Wien in der Weihnachtszeit: Am Burgtheater wird eine modernistische Hamlet-Inszenierung gegeben. Als einer der Hauptdarsteller blutüberströmt von Lanzen aufgespießt wird, klatscht das Publikum Beifall – doch der bekannte Burgschauspieler Meersburg stirbt tatsächlich einen grausamen Tod auf der Bühne. Nach einer kurzen Untersuchung durch die Behörden wird verkündet, dass er Opfer eines tragischen Unfalls wurde. Paula Kisch von der Wiener Kripo hat allerdings ihre Zweifel und bittet ihren Ex-Kollegen, Privatdetektiv Conrad Orsini, zu ermitteln. Als Komparse »undercover« eingeschleust, erkennt Orsini schnell: Neid und Missgunst vergiften das Klima auf allen Ebenen, vom Bühnenarbeiter bis zum Direktorium. Und dann gibt es einen zweiten Toten.

LIZL STEIN, 1961 in Wien geboren, wuchs in Österreich und England auf. Sie studierte in Wien Komposition, klassisches Klavier, Jazzklavier und Rhythmik. 1980 gründete sie die Band »Liszl«, produzierte u. a. die erfolgreiche CD »Talk about Job-Sharing« und gab zahlreiche Konzerte. Seit 1990 unterrichtet sie Klavierimprovisation an der Universität für Musik in Wien.

GEORG KOYTEK, 1964 in Wallsee/Donau geboren, studierte Audio-Engineering an der Universität für Musik und der SAE. Er arbeitete viele Jahre als Tontechniker am Burgtheater in Wien und betreute unter anderem Produktionen wie »Hamlet«, »Woyzeck« und »Heldenplatz«.

Mehr Informationen zu dem Autorenduo finden Sie unter www.koytek-stein.at

KOYTEK & STEIN BEI BTB

Der letzte Stich. Kriminalroman

KOYTEK & STEIN

WIEN
KANN SEHR
KALT
SEIN

Kriminalroman

btb

Der überwiegende Teil der Schauplätze dieses Kriminalromans entspricht realen Gegebenheiten. Sämtliche Personen und Handlungen sind frei erfunden. Ähnlichkeiten mit lebenden Personen sind zufällig und nicht beabsichtigt.

FSC
www.fsc.org
MIX
Papier aus verantwortungsvollen Quellen
FSC® C014496

Verlagsgruppe Random House FSC® N001967
Das für dieses Buch verwendete FSC®-zertifizierte
Papier *Lux Cream* liefert Stora Enso, Finnland.

2. Auflage
Originalausgabe November 2015,
btb Verlag in der Verlagsgruppe Random House GmbH, München

Umschlaggestaltung: semper smile, München
Umschlagmotiv: © Rudolf Tepfenhart/Shutterstock;
Fedorov Oleksiy/Shutterstock
Satz: Uhl + Massopust, Aalen
Druck und Einband: GGP Media GmbH, Pößneck
MK · Herstellung: sc
Printed in Germany
ISBN 978-3-442-74996-6

www.btb-verlag.de
www.facebook.com/btbverlag
Besuchen Sie auch unseren LiteraturBlog www.transatlantik.de!

… der Schauspieler stürzte durch die ungeplante Fahrt eines Hubpodiums einige Meter weit in die Tiefe und erlitt dabei schwere Verletzungen … (Die Presse)

Auf den ersten Blick funktioniert am Theater immer alles nach Plan, die Sicherheitsbestimmungen sind streng und werden penibel eingehalten. Bühnenunfälle scheinen in keiner Statistik auf, fast als gäbe es sie nicht. Innerhalb der Theatermauern wird darüber zwar hinter vorgehaltener Hand gesprochen – nach außen hin aber breitet man den Mantel des Schweigens.

Prolog

Am Rand der Welt gibt es eine Schwärze, die in die Luft eingebrannt ist.

Ob er die Augen offen oder geschlossen hatte, es machte keinen Unterschied – er sah so gut wie nichts und wusste auch nicht mehr, wo er war.

Eine salzige Schweißperle löste sich über den Falten seiner Stirn und suchte sich einen Weg. So langsam, dass er schreien wollte. Als Nächstes würde sie in den Winkel seines linken Auges tropfen, er aber war nicht einmal in der Lage, einen Finger zu rühren, um sie wegzuwischen.

Die Wand hinter seinem Rücken fühlte sich unangenehm kalt und klebrig an, dennoch drückte er sich an sie. Oder wurde an sie gedrückt. So genau konnte er das nicht mehr unterscheiden. In seinen Ohren dröhnte es unerträglich, obwohl irgendetwas in ihm darauf beharrte, dass es hier still sein musste.

Nur als das kleine Giftfläschchen aus seinen Fingern glitt und zu Boden fiel, hörte er einen Aufprall, der echt sein musste. Gedämpft, von der schwarzen Luft im Fall gebremst.

Und dann überfiel ihn die Gewissheit: Er würde ersticken. Jetzt. Sein Hals verengte sich, klebte zusammen, als würden die Schleimhäute keinen Atemzug mehr durchlassen können. Oder wollen.

Alles war vorüber, alles ihm bisher Bekannte aufgesaugt in dieses unendliche Dunkel.

Als die kräftige Hand nach ihm griff und ihn mit sich zog, ließ er es willenlos geschehen. Ein Stück des schwarzen Vorhangs streifte sein Gesicht. Die kantigen Finger der anderen Hand öffneten die Druckknöpfe seines Jacketts, dann den Reißverschluss seiner Hose. Zogen sie grob hinunter.

»Das ist die falsche Seite!«, zischte die vorwurfsvolle Stimme nah an seinem Ohr. »Wie soll ich Sie da finden?« Dann spürte er eine Flasche an seinem Mund, Wasser. Er trank, um nicht zu verdursten. Unfähig zu antworten.

Die Hände hatten ihm inzwischen die Kleider vom Leib gezerrt und zwängten ihn nun in Hemd und Hose. So eng anliegend, dass es ihm erneut den Atem abschnürte. Er versuchte zu protestieren, doch kein Laut kam über seine Lippen.

»Noch zwei Minuten, höchstens!«, hörte er wie von weit entfernt.

Dann wurde er weitergezogen, stolperte über irgendetwas am Boden, wurde aufgefangen, bekam nochmals zu trinken. Die Jacke wurde zurechtgerückt, die Hose glattgestrichen.

Die Zeit ist aus den Fugen, schrie es immer lauter in seinem Kopf, als die Hände ihn unnachgiebig vorschoben. Er hatte Angst vor dieser lauernden Schwärze.

Plötzlich ein heller Spalt.

Starkes, blendendes Licht.

Schlafwandlerisch ging er darauf zu, seine Füße fühlten sicheren Boden unter den Sohlen, die Augen fanden sich erleichtert zurecht.

Wie weggewischt war die drängende Finsternis.

Als erwachte er aus einem bösen Traum, trat er zwischen den Gassenschals hervor, unter die grellen Scheinwerfer, und wischte sich gleichzeitig mit einer geübten Handbewegung den Schweiß aus dem Gesicht. Räusperte sich kaum hörbar, befreite so seine Stimme und war wieder er selbst.

Kühn, als sei nichts gewesen, legte er dem jungen Kollegen seine Hand auf die Schulter und tauchte in das Stück ein. Ganz in der Rolle.

Vergessen der Albtraum.

*

Kaum eine Viertelstunde später beugte Josef Meersburg sich über die Brüstung der rechten Feststiege im Wiener Burgtheater und sog die frische Luft in sich auf wie ein trockener Schwamm. Erleichtert sah er auf seine Uhr. Zwanzig Minuten Pause, immerhin.

Was war vorhin mit ihm geschehen? Eine Halluzination? Hatte ihm jemand etwas in sein Getränk gemischt? Vor allem: War er tatsächlich auf der falschen Seite gestanden? In seiner gesamten Laufbahn war ihm noch nie ein solcher Fehler unterlaufen!

Sein Blick löste sich vom roten Teppich, auf den ursprünglich niemand als der Kaiser seinen Fuß setzen durfte, und wanderte nach oben zu den Büros. Verächtlich schnaubend stieß er die Luft aus den Lungen.

Wieder holte ihn der Augenblick am Bühnenrand ein. Was reine Routine hätte sein sollen – das Umkleiden zwischen zwei Szenen –, war mehr als bizarr gewesen. Eine vergleichbare Angst hatte er so noch nie erlebt. Dabei kannte er das Stück zur Genüge … Wenn nur die debilen Einfälle dieses unfähigen Regisseurs nicht wären! Als Anspielung auf den Mord, dessen er, Meersburg, im Stück bezichtigt wurde: mit einem giftgrünen Fläschchen im Hintergrund wortlos auf einem Stein hocken! Es war einfach nur erniedrigend.

So gesehen kein Wunder, dass er sich aufregte …

Aber wenn seine Informationen stimmten, würde sich hier demnächst ohnehin vieles ändern. *Gute Kontakte* hin oder her. Nötigenfalls würde er höchstpersönlich dafür sorgen!

Er streckte sich und nickte der Statue schräg gegenüber verschwörerisch zu – Richard Burbage. Das war Shakespeares erster Mann gewesen, wenn es um Premieren ging, ein herausragender Schauspieler. Damals hatte man eben noch etwas vom Theater verstanden, im Gegensatz zu heute!

Meersburg machte ein paar bedeutsame Schritte auf dem roten Teppich und versuchte sich in seiner zukünftigen Rolle außerhalb des Stücks. Die Schultern breit, das Kinn hochgereckt, der Blick weit und durchdringend. Sie würden gar nicht umhinkönnen, ihn zum neuen Direktor zu ernennen.

Hoch über ihm blickten inzwischen die Gestalten aus Klimts Deckengemälden ungerührt auf ihn herab. Leben und Sterben, helles Licht und düstere Schatten, ein ewiger Kreislauf.

*

Zwei Stockwerke tiefer lehnte er sich bald darauf erleichtert an die Theke der Kantine und sah zu, wie sich sein Glas füllte.

»Einmal die Spezialmischung, wie üblich, Herr Meersburg – bitte sehr!«

Mit einem Nicken nahm er das Glas entgegen und trank. Eines nach dem ersten Akt, das zweite während der Totengräber-Szene. Durch diese Einteilung wurde das Stück gerade noch erträglich.

»Prost!« Ein Ellbogen stieß ihn an.

»Wie bitte?«, murmelte er und sah demonstrativ in eine imaginäre Ferne.

»Durst?«

Langsam drehte Meersburg sich um und starrte den jungen Mann neben sich an. Einer der Tontechniker. Die löchrige Hose und die abgelatschten Stiefel ließen Meersburg innerlich einen Schritt zurücktreten. Diese Typen hatten keinen Anstand und waren unglaublich von sich eingenommen. Dabei war er ein

Niemand! Weniger noch! Hatte keinen blassen Schimmer vom Schauspiel, und wenn man etwas wirklich dringend brauchte, dauerte es eine Ewigkeit. Noch dazu war der unsympathische Kerl in Begleitung der Neuen aus der Requisite. Wie sie ihn anhimmelte! Hatten die nichts Besseres zu tun?

Wortlos wandte Meersburg sich wieder von ihnen ab und leerte mit gequälter Miene sein Glas.

»Noch eines, bitte … ausnahmsweise!«

Als neuer Direktor würde er aufräumen! Langhaarige Handlanger hätten unter seiner Führung garantiert keine Zeit, während der Vorstellung einer Blondine ins Dekolleté zu stieren!

So würdevoll wie möglich, griff er schließlich nach seinem Getränk und rauschte erhobenen Hauptes aus der Kantine. Im Vorübergehen schenkte er dem Tontechniker noch einen kurzen, vernichtenden Blick.

*

Während seine Finger über die glatte Oberfläche der kleinen Figur in seiner Hosentasche glitten, sah er über sich in die Höhe. Wie viele Meter waren es bis zum Dach? Etwas weiter darunter, am Schnürboden, hatten sie ein Licht angelassen. Er grinste. Es hielten sich also doch nicht alle an die Verdunkelungs-Anweisungen des *Herrn* Regisseur …

Vor ein paar Jahren war er von dort aus noch zwischen den Seilen, an denen die Kulissen hingen, in die Tiefe gesprungen. Es hatte ihm nichts ausgemacht. Bungee-Jumping gewissermaßen. Zwar auch so eine beschissen moderne Inszenierung, aber wenigstens eine abwechslungsreiche!

Als hätte jemand seine Gedanken gehört, erlosch das funzelige Licht über ihm. Stattdessen umhüllte ihn erneut das erbärmliche Schwarz.

… brecht euch selbst den Hals!, hörte er aus dem winzigen

Lautsprecher, seiner einzigen Verbindung zur gespielten Realität.

Plötzlich, vom hinteren Teil der Bühne her, ein Flüstern, scharf und eindringlich. Dann wieder nichts. Wollte jemand etwas von ihm? Je näher sein Auftritt rückte, desto schwerer ging sein Atem. Dazu das Zittern in den Händen und seltsamerweise auch in seiner Brust. Nervös holte Meersburg die kleine Figur aus der Hosentasche und hielt sie sich dicht vors Gesicht. Eigentlich war es lächerlich, einen solchen Talisman zu brauchen. Aber jedes Mal, bevor er auf die Bühne ging, steckte er ihn dann doch ein.

Eine schattenhafte Bewegung in seiner Nähe ließ ihn kurz zögern. Es ist Zeit, dachte er, betrat mit wenigen, kurzen Schritten die Drehbühne, auf der seine Kollegen schon warteten, und glitt gemeinsam mit ihnen nach vorne ins Licht.

Fast ohne sein Zutun verließen dann die Worte seinen Mund, reihten sich aneinander, füllten den Raum zwischen ihnen und dem Publikum. Was er eigentlich sagen wollte – *du arroganter, junger Idiot! Was glaubst du, wer du bist!?* –, würgte er mühsam hinunter. Im Stück war er dabei, den Idioten nach England zu schicken. Wäre es doch nur tatsächlich so!

Dieser junge Geck mit seinen noch jüngeren weiblichen Fans, die beim Portier nach der Vorstellung auf ihn warteten, um ihn anzuhimmeln! Überhaupt hätte er am liebsten laut hinausgeschrien: *Man kann doch nicht einen TV-Serienstar für das wichtigste Bühnenstück verpflichten, das jemals geschrieben worden ist!*

Stattdessen zischte er ihm mit so viel Süffisanz, wie er nur aufbringen konnte, entgegen: »… dein liebevoller Vater, Hamlet!«

Sein um mindestens dreißig Jahre jüngeres Gegenüber fuhr sich durchs lange dunkelblonde Haar und warf es lässig nach hinten. Mit einem sympathielosen Blick, dem seinen ebenbürtig, antwortete Hamlet schließlich, machte kehrt und trat ab.

Die Galle stieg in Meersburg hoch. Während er seinen Text abspulte, allein auf der Bühne … *Hamlets schnellen Tod … wie die Hektik rast er mir im Blut …* wurden Realität und Schauspiel eins. In Trance ging er auf den Jeep zu, der am Bühnenrand für ihn bereitstand. Noch so ein Regieeinfall – der Gipfel des Erbärmlichen! Anstatt einfach abzutreten, musste er sich der Lächerlichkeit preisgeben.

Voller Zorn bestieg er die alte Karre, die eigens aus dem technischen Museum geliehen worden war. Das Bühnenlicht erlosch. Im Finstern stopfte er sich rasch Stöpsel in die Ohren. Damit setzte er sich über eine Anweisung des Regisseurs hinweg, was ihm aber herzlich gleichgültig war. Dann stieg er aufs Gas und lenkte den Jeep quer über die Bühne, vom Publikum weg. Stroboskoplicht erhellte die Szenerie. Hoch über ihm erschien eine Videowall. Originalaufnahmen aus dem ersten Irakkrieg.

Knattern, Explosionslärm, Blitze, Feuer.

Vor und hinter ihm rannten Komparsen in Kriegsmontur quer über die Bühne. Ihre verstärkten Schreie konnte er trotz Ohrstöpsel genauso hören wie das restliche Getöse. Am liebsten hätte er sie allesamt einen nach dem anderen umgefahren!

Hinten hielt Meersburg den Jeep an, schnappte das Maschinengewehr und die Sonnenbrille. Doch als er sie beim Aussteigen aufsetzen wollte, rutschte sie ihm aus der Hand. Sie landete vor seinen Füßen am Boden, und ehe er es sich überlegte, trat er drauf. Mit grimmiger Miene machte er ein paar Schritte aufs Publikum zu. In seinen Ohren dröhnte es, lauter und lauter. Dieser Vollidiot von Tontechniker ließ das ganze Haus erzittern und dachte nicht daran, wie unerträglich es dadurch auf der Bühne war. Sogar in den Büros und in der Kantine waren die donnernden Granateneinschläge angeblich zu spüren. Es trieb ihm den Schweiß aus den Poren. Alles war nass. Luft und Boden bebten.

Die Komparsen trugen blutige Verbände. Mit den Gasmasken sahen sie schlecht und rempelten einander nieder. Körperteile fehlten oder wurden durch die Gegend geschleudert. Blitzend kaltes Licht blendete ihn, schoss ihm direkt ins Hirn.

Dass sich hinter ihm etwas abspielte, das mit dem gewohnten Ablauf der Inszenierung nichts zu tun hatte, bemerkte er dabei nicht.

Mit zusammengekniffenen Augen marschierte er durch das Chaos, hob das Maschinengewehr an, richtete es direkt aufs Publikum und ballerte los. Ein Höllenlärm!, dachte er und schrie sich die Wut aus dem Leib.

Schlagartig, und jedes Mal auch überraschend, war wieder das Schwarz da. Die Stille, absolut und beherrschend.

Er wusste, dass sie nur einen kurzen Moment lang anhalten sollte, aber für ihn dauerte es eine Ewigkeit. Sein Herz wehrte sich, hämmerte dagegen an. Die Jacke war ihm zum Platzen eng. Der Magen drückte. Warum hatte er nur das zweite Glas getrunken?

Geduld, sagte er sich vor, entfernte die Stöpsel aus den Ohren und verlangsamte den Atem, so gut er konnte.

Fahrig wetzten seine Füße am Boden. Er musste warten! Konnte nur ahnen, dass sich die Komparsen davonschlichen. Alles sollte lautlos ablaufen, bis das über Lautsprecher eingespielte Weinen die Geräusche überdeckte.

Dann hörte Meersburg wieder das Flüstern. Direkt hinter ihm. Oder bildete er es sich nur ein? Nervös sah er über seine Schulter und versuchte in der Dunkelheit etwas zu erkennen.

Wie sollte er bloß die restlichen eineinhalb Akte durchstehen?

Schon sah er das Standbild vor sich, das in ein paar Augenblicken das Publikum beruhigen sollte, bevor es in die Pause ging. Gleichzeitig erfasste ihn erneut die Wut. Die Lichtblitze der erloschenen Scheinwerfer hallten wie ein Echo in seinen Augen wider und bohrten sich weiter bis ins Hirn.

Seine ersten Schritte Richtung Publikum waren für ihn die reine Erlösung. Doch als seine Beine ins Leere traten, plötzlich keinen Boden mehr unter sich finden wollten, die Luft sich an seinem Gesicht in der falschen Richtung vorüberbewegte, sein Oberkörper dabei in heftiges Taumeln geriet, konnte er nur mehr verblüfft hochsehen. Seine Augen trafen sich zum letzten Mal mit einem anderen Augenpaar.

Die gesamte Belegschaft hinter der Bühne hielt vor Schreck den Atem an, während begeisterter Applaus aufbrandete. Die Leute erhoben sich, um besser zu sehen. Denn für einen allzu langen Augenblick sah man den zuckenden Körper des auf Lanzen aufgespießten Josef Meersburg als König Claudius in vollem Scheinwerferlicht mit der Unterbühne hochfahren.

Samstag, 12. Dezember

1

Der pulvrige Schnee staubte links und rechts neben ihren Spuren in die Luft. Wolken voller glitzernder Kristalle.

»Nein!«, gellte es über die weite, schneebedeckte Weide.

Hoch über ihnen ragten die Felsen grau und hart gegen den Himmel. Ein Schwarm Krähen flatterte aufgebracht von einem kahlen Ast hoch. Das Schlagen der vielen Flügel, die krächzenden Schreie wuchsen an zum vielstimmigen Echo eines Marschbefehls, ein Heer kurz vor dem Aufbruch.

»Doch!«, schallte es inzwischen vom Gestrüpp zurück, und schon prasselte eine Armada an Schneebällen auf sie herab.

Die beiden Burschen sprangen von ihren Rodeln, schnappten das kleine Mädchen, stellten die Rodeln hochkant und verschanzten sich zu dritt dahinter. »Na gut, wenn ihr es nicht anders wollt!«

Kriminalinspektorin Paula Kisch, die die Szene aus einiger Entfernung beobachtet hatte, lächelte. Nun würde die Mutter aller Schneeballschlachten folgen. Während sie selbst zumindest ein paar Minuten für sich reklamieren konnte. Einfach nur die Augen schließen und die Sonne im Gesicht spüren, ehe sie sich wieder hinter den massiven Wolken zurückzog. Sie lehnte sich an den Stamm einer alten Föhre und öffnete ihre Daunenjacke ein wenig.

Momente wie dieser zählten zu den eindeutigen Pluspunkten in ihrem Leben. Ihre beiden Neffen hatten ihre Tochter Lilly zwischen sich platziert und beschützten sie mit ihren breiten Schultern.

Lilly schien die Welt rund um sich vergessen zu haben. Glückselig tauchte sie ihre Fäustlinge in den Schnee, schaufelte eine Ladung hoch und wartete. Ihre beiden Cousins pressten ihr zwischendurch den pulvrigen Schnee zu Kugeln und setzten ihre Attacke Richtung Gestrüpp fort.

Hier draußen war es um so vieles einfacher als in der Stadt.

Paula griff in den Schnee und führte die Finger zum Mund. Mit den Lippen strich sie über das kalte Nass und kostete. Sie liebte den Augenblick, wenn die Kristalle schmolzen.

Doch immer wieder kam ihr in den Sinn, ob sie nicht eigentlich zu einem Stadtmenschen geworden war. Denn ganz eindeutig erfasste sie hier, wo sie aufgewachsen war, nach ein paar Tagen eine Art innerer Aufruhr. Dann musste sie einfach weg.

*

Zur selben Zeit stapfte eine vermummte Gestalt durch eine unberührte, tief verschneite Landschaft. Am Rücken ein ausgebeulter Rucksack, am Kopf eine grau-schwarz gestreifte Fleecemütze. Unter einer Tanne blieb Conrad Orsini stehen und holte eine Flasche hervor. Außer der einsamen Spur eines Hirschen wies nichts darauf hin, dass in letzter Zeit jemand hier gewesen war. Der Abhang lag unter einer tiefen Schneedecke. Nur zwischen den Bäumen war es möglich voranzukommen.

Als es bald darauf erneut zu schneien begann, hob er prüfend den Kopf und sah in die Ferne. In Kürze würde niemand mehr sehen können, dass jemand gerade hier durchgekommen war.

Ein Stück weiter oben zog er die zusammengefaltete Karte hervor, fuhr mit den Augen einen Weg darauf ab und schüttelte den Kopf. Er war sich nicht mehr sicher, wo er sich befand. Selbst wenn er ein Handy mitgehabt hätte, würde es ihm in dieser Einöde nichts bringen. Eine, höchstens zwei Stunden blieben ihm, dann musste er den Weg gefunden haben. Er rückte die Riemen des Rucksackes zurecht und schob einen schneeschweren Ast beiseite. Den Abhang hinauf, an der Lichtung vorüber, kämpfte er sich durchs Dickicht und verfluchte seine Leichtsinnigkeit.

Unter der atmungsaktiven Kleidung rann Orsini der Schweiß über den Oberkörper. Trotzdem erhöhte er sein Tempo, bis seine Oberschenkel zu brennen begannen. Endlich stand er auf dem, was der Gipfel hätte sein sollen. Nur, dass es eher eine Rundkuppel mit dichtem Baumbewuchs war.

Keuchend setzte er den Rucksack ab und musterte die Kiefern rund um ihn. Er wählte eine davon aus, rüttelte daran, bis sich der Schnee löste, schwang sich auf den niedrigsten Ast und kletterte in den Wipfel hoch, bis er eine zwar schwankende, aber doch bessere Aussicht hatte.

Ein weiteres verschneites Tal. Menschenleer.

Er versuchte seinen Oberkörper in die andere Richtung zu drehen, drohte den Halt zu verlieren und hielt inne. Während er sich mit einer Hand am Stamm festhielt, scannte er nochmals den Horizont ab und runzelte die Stirn. Sah rasch zu Boden, fluchte kurz und rutschte mehr, als dass er kletterte hinunter. Kramte im Rucksack, zog ein Präzisionsfernglas hervor und erklomm neuerlich den Baum.

Durch das Glas sah er, was er vorhin nur erahnt hatte. Eine Rauchsäule hinter dem nächsten Abhang.

Er hatte die Orientierung doch nicht verloren. Und im Sommer wäre es höchstens eine halbe Stunde bis dorthin.

*

Die Sonne stand tief, und alle Kleider waren durchnässt, als das Grüppchen zum Hof von Paula Kischs Eltern zurücktrottete. Die Gesichter glühten und erinnerten Paula an altmodische Winterbilder aus den Schulbüchern von früher. Sie hielt das Gartentor auf und beantwortete den fragenden Blick ihres Bruders mit einem Nicken.

Erleichtert klopfte er ihr auf die Schulter, schob die Meute vor sich her und gab die Order aus: »Schuhe ausziehen, bevor ihr den ganzen Dreck reintragt!«

Vor der Tür hockte er sich zu seiner Nichte hin und zog ihr die Stiefel aus. Dann hob er sie hoch und trug sie unter dem Arm hinein ins Warme. Er war groß gewachsen und wie gebaut für die anstrengende Arbeit am Hof. Sie waren alle heilfroh gewesen, als ihr ältester Bruder Gregor und seine Frau sich entschlossen hatten, einen Teil des Gehöfts für sich zu adaptieren. Zuerst hatten sie den Eltern nur unter die Arme gegriffen, mittlerweile aber beschränkten sich die »Alten« mehr oder weniger auf das, was sie am liebsten taten: sich um ihre Enkelkinder kümmern.

Anfangs hatte Paula Lilly nur widerwillig hiergelassen, wenn sie nach Wien musste. Sie wollte sie in ihrer Nähe haben, obwohl es sie gleichzeitig oft überforderte. Nach einer Weile hatte sie jedoch zugeben müssen, dass Lilly sich in dieser Großfamilie sehr zu Hause fühlte. Trotzdem kostete es Paula nach wie vor Überwindung, ohne sie wegzufahren.

»Wenn es für euch okay ist, käme ich dann morgen wieder raus …«, meinte sie schließlich.

»Alles klar«, erwiderte Gregor und fuhr Lilly gegenüber fort: »Und, wo möchtest du heute schlafen, bei der Oma oder bei uns …?«

Die Kleine sah ihn an und wog ihre Optionen genau ab. »Weiß nicht«, antwortete sie dann, lief zu ihrer Großmutter und warf sich ihr in die Arme.

Nach dem Essen suchte Paula ihre Sachen zusammen und stapfte durch die kalte Luft zum Auto. Dabei warf sie einen Blick auf die Nachrichten in ihrem Handy.

Bin krank, LG Mia, las sie. Paula seufzte. Mit wem sollte sie jetzt nur auf die Schnelle …?

Während der Fahrt kreisten ihre Gedanken wie öfters in der letzten Zeit um einen ganz bestimmten Menschen. Jetzt, wo sie im frühen Dunkel allein unterwegs war, schien es ihr fast so, als würde seine Gestalt gleich aus dem Nichts auftauchen, mit diesem Schatten im Gesicht, vor dem sie zuletzt eher zurückgeschreckt war.

Conrad Orsini, ihr früherer Vorgesetzter, der längst den Dienst quittiert hatte. Sie hatte ihm vor einigen Wochen bei seinen Ermittlungen bezüglich des ermordeten Posamentenhändlers geholfen. Dabei waren sie einander etwas nähergekommen – hatte sie zumindest gedacht. Doch seit der Fall gelöst war, hatte er sich weder bei ihr gemeldet, noch ging er ans Telefon. Es lief immer nur die Mailbox.

Bei der Kreuzung auf der Anhöhe fuhr sie an den Straßenrand, hielt den Wagen an und stellte den Motor ab. Die weite Landschaft hatte sie immer schon beeindruckt, selbst zu dieser Jahreszeit war sie hier oben mit jedem Winkel vertraut. Als die Windströmung ein Loch in die Wolken riss, übergoss der Mond die kahlen Felder mit farblosem Licht. Absurde Formationen entstanden und verschwanden ebenso schnell wieder.

Paula mochte diese besondere Stimmung. Trotz der Kargheit. Sie half beim Denken. Als sich am Abhang gegenüber eine Ladung Schnee von einem Baum löste, schrak sie dennoch kurz zusammen.

In entscheidenden Momenten ist man immer allein, dachte sie. Eine flüchtige Erinnerung an die Geburt ihrer Tochter stieg in ihr auf.

Orsini? Was erwartete sie sich eigentlich von ihm? Dass er plötzlich ein anderer war, nur wegen eines kurzen Augenblicks der Nähe? Davor hatte sie nach seiner überraschenden Kündigung ewig nichts von ihm gehört. Genau genommen über fünf Jahre.

Angeblich war er lange gereist – danach gefragt hatte sie bisher nicht. Zu heikel, das Thema. Natürlich hatte es sie getroffen, dass er so plötzlich von der Bildfläche verschwunden war. Als sie damals nach der Operation aufwachte, stand am Bettrand nur ein Blumenstrauß.

Allerdings waren in den letzten Wochen ein paar Anrufe von unbekannten Festnetznummern eingegangen. Immer genau dann, als sie wirklich keine Zeit gehabt hatte. Möglicherweise war er es gewesen.

Abwesend sah sie auf die Uhr, stieg wieder in ihren Wagen und fuhr los. Mehrere Kurven später beschleunigte sie, um zu überholen, und entschied: Sie würde die zweite Karte eben verfallen lassen.

Dann drehte sie das Radio auf volle Lautstärke und begann mitzusingen. *Everything's gonna be allright! Everything's gonna be allright…*

Schon seltsam, dachte sie dabei. Orsinis Interesse für Musik hatte damals etwas in ihr ausgelöst. Wie eine Welle, deren Ausläufer Stunden später eine neue Küste erreichten, so war die Musik in ihr an Land gespült worden, lange nachdem er von der Bildfläche verschwunden war.

No, woman, no cry!, sang sie aus vollem Hals.

Anfangs hatte sie den Song für eine Macho-Hymne gehalten. Doch inzwischen wusste sie, dass Bob Marley in seinem jamaikanischen Kreolisch seine Frau trösten wollte: *No, woman, don't cry!*

Und von Jamaika war es wieder nur ein kleiner Gedankensprung zurück zu Conrad Orsini – er hatte vor seiner Zeit als Kriminalbeamter auf Jamaika Station gemacht, als DJ, wenn sie sich recht erinnerte.

*

Orsini trank den letzten Schluck aus seiner Flasche und wischte sich mit dem Handrücken über den Mund.

Zwischen den Bäumen war es bereits düster, Farblosigkeit, von dem Fleck, auf dem er stand, bis zu den Hügelkuppen. Wo genau der Horizont in den Himmel überging, konnte er nicht mehr ausmachen. Er folgte mehr seinem Instinkt als einer exakten Richtung.

Während er sich durch die Schneemassen schob, waren Erinnerungen aufgetaucht, zu denen er eigentlich Abstand suchte. Paula. Er hatte sie vor Jahren im Stich gelassen. Damals, bei ihrem ersten und einzigen gemeinsamen Fall. Dabei hätte sie beinahe mit dem Leben bezahlt. Und er wäre schuld gewesen – zumindest sah er das so.

Ja, er hatte sie im letzten Moment gerettet und sich auch vergewissert, dass es ihr gut ging. Aber danach …

Dableiben hätte er müssen, einfach nur dableiben. Stattdessen war er abgehauen, so weit wie möglich.

Er steckte die Flasche in den Rucksack und stapfte weiter.

Vor einigen Wochen hatte er sie wieder kontaktiert und um Hilfe gebeten bei seinen Ermittlungen rund um den Mord am Posamentenhändler. Sie war reserviert gewesen, hatte ihm aber doch geholfen. Und dann war da inzwischen auch noch das Kind, Lilly, mittlerweile vier. Natürlich hatte er zurückgerechnet. Aber er hatte nicht die richtigen Worte gefunden, um zu fragen.

Und kaum, dass sie den Fall gelöst hatten und er sich im Spiegel gesehen hatte – tiefe Ringe unter den Augen, alles an ihm schlaff und müde –, trieb es ihn wieder weg. Nicht so weit diesmal, nur weit genug, um frische, klare Luft ins Hirn wehen zu lassen.

Der eindeutige Geruch von brennendem Holz leitete ihn weiter wie im Blindflug. Er näherte sich im Dunkeln der Hütte, in deren beschlagenen Fenstern ein unruhiges Licht flackerte. Endlich drückte er die Klinke nieder und schob die Tür auf. Eine Welle feuchtwarmer Luft schlug ihm entgegen.

Drinnen Holztische, ein alte schmierige Theke, Musik aus der Konserve, aber kein Mensch zu sehen.

»Hallo!«, rief er, klopfte sich den Schnee von den Füßen und schloss die Tür hinter sich. »Niemand da?«

Dann ließ er den Rucksack von den Schultern gleiten, öffnete seine Jacke und spürte, wie die glühende Wärme ihn umhüllte. Kurze Erleichterung wallte in ihm auf, während er auf einen Platz neben dem Christbaum zusteuerte.

Übersät mit goldenen Kugeln und Kitschfiguren. Eine Kette mit dunkelrot blinkenden LED-Kerzen, die den Baum wie eine Boa umschlang.

Weihnachten war ihm ein Gräuel, seit jeher. Aber vom Platz neben dem Baum aus hatte man die beste Übersicht. Und er saß nicht gern mit dem Rücken zur Tür.

Als die Wirtin endlich erschien, eine schmuddelige Schürze über dem Bauch, lehnte Orsini sich auf der Holzbank zurück und gab seine Bestellung auf.

*

Wenn man allein ist, kann sich wenigstens keiner aufregen, dass man zu spät kommt, dachte Paula, drückte geraume Zeit später eine der massiven Eingangstüren zum Burgtheater auf, durchquerte das Foyer und hielt dem Billeteur ihre Karte hin.

»Zweite Loge rechts, die Dame! Erster Stock. Garderobe gibt es dort auch, aber in der Loge ist genug Platz für Ihre Sachen.«

»Danke«, erwiderte Paula und ließ unweigerlich den Blick schweifen. Gewisse Verhaltensweisen streifte man auch in der Freizeit nicht ab.

Ein wummernder Basston durchdrang die ehrwürdigen Mauern. Es hat schon begonnen, registrierte sie.

Im ersten Stock erstand sie bei einem rotgesichtigen, älteren Billeteur ein sündteures Programm und ließ sich von ihm den Weg zeigen. Beim Öffnen der Logentür erfasste sie ein Schwall Musik.

... walk your cold heart right out of my life!, drang es durch einen Vorhang, der den kleinen Vorraum von den Sitzplätzen trennte. Passt irgendwie, dachte sie und verbannte die Gedanken an Orsini. Sie hatte es sich ganz gut eingerichtet in ihrem Leben zu zweit – trotz der ständigen Zeitknappheit. Brauchte sie ein drittes Rad am Wagen? Zumindest kein dermaßen holpriges, entschied sie.

Mit einem Ruck zog sie den Samtvorhang auf, ging auf die Logenstühle zu und hängte Jacke und Tasche über die Lehne.

Das Haus war voll bis auf den letzten Platz, das Publikum gemischt. Sie fragte sich, wie sie zur Ehre von Freikarten kam – sie hatte die Loge ganz für sich –, und warf einen Blick nach schräg gegenüber. Dort saß nämlich die Direktorin, die ihr die Karten bei Paulas letztem Besuch ausgehändigt hatte.

Deren Erleichterung über den Ausgang des Lokalaugenscheins, den Paula nach dem tödlichen Bühnenunfall geleitet hatte, war förmlich greifbar gewesen. Zu deutlich in Paulas Augen. Nun saß die Direktorin neben dem äußerst gutaussehenden Hauptdarsteller und genoss sichtlich das Konzert.

... walk your cold heart right out of my life, wiederholte der Sänger nun klar und laut. Mayer Hawthorne, wusste Paula und blätterte im Programm. Mia hatte einen Freudenschrei losgelassen, als sie von den Freikarten erfahren hatte und würde sich

grün und blau ärgern. Doch schon nach einigen Songs wurde Paula unruhig. Die Musik gefiel ihr, aber …

Nur ein kleiner Rundgang, beschloss sie.

Die Räumlichkeiten hatten eine ganz eigene Atmosphäre. Großzügig, hell, elegant, Säulen aus Marmor und rutschig gebohnerter Parkettboden. Gleichzeitig lag eine Art Kühle in der Luft und bestätigte den Eindruck, den sie Wochen zuvor gehabt hatte. Für ihren Geschmack alles etwas zu glatt und glänzend.

Auf dem Rückweg fand sie sich nach einiger Zeit statt in ihrer Loge in einem hohen, prunkvollen Stiegenhaus wieder. Roter Teppich und Statuen, Deckengemälde im Überfluss. Nur führte die Treppe weder zur Bühne noch zu ihrem Platz, sondern direkt ins Freie.

»Kann ich Ihnen helfen?«

Paula drehte sich um. »Helfen?!«

Es war der rotgesichtige Billeteur von vorhin. Durch seine Krankenkassenbrille musterte er sie missbilligend.

»Ja«, erwiderte sie dann befehlsgewohnt, »meine Loge, bitte?«

Mit einer ihrem Ton ebenbürtigen Handbewegung wies er in eine Richtung. »Die Stufen dort hinauf und nach rechts. Wenn Sie mir folgen möchten!«, erklärte er würdevoll und marschierte voraus.

Wenig später schloss Paula die Logentür erneut hinter sich, holte eine Wasserflasche aus ihrer Tasche und löschte ihren Durst.

From the moment I met you, I thought you were fine, sang Mayer-Hawthorne nun. Die Stimmung war aufgeheizt, einige hatten inzwischen ihre Plätze verlassen und bewegten sich ausgelassen zum Rhythmus der Musik. Eine Frau mit langen Locken bis zu den Hüfte drehte sich ekstatisch im Kreis.

Doch all dies nahm Paula kaum wahr. Mit gerunzelter Stirn starrte sie auf ihren Sitz. Bückte sich und streckte die Hand aus.

Noch eine kleine Aufmerksamkeit von der Direktion?

Sie blickte in die Loge gegenüber. Ein fester, beinahe starrer Blick begegnete ihr von dort.

Während die Musik weiter dröhnte, nahm Paula die kleine Schachtel aus blauem Seidenstoff in die Hand, ließ ihre Finger über die kleinen goldenen Drachen gleiten, die die Schachtel verzierten, und klappte den Deckel hoch.

Und obwohl sie Überraschungen aller Art gewohnt war, klappte sie den Deckel sofort wieder zu und sah um sich.

Wer könnte bemerkt haben, dass sie ihre Loge verlassen hatte?, schoss es ihr durch den Kopf. Theoretisch jeder im Publikum. Von der Direktorin angefangen bis zu all denen, die beim Lokalaugenschein dabei gewesen waren. Dazu noch die Garderoberinnen und mehrere Billeteure draußen am Gang.

Sie zwang sich einen Moment zu warten. Kniff die Augen zu einem Schlitz zusammen, blendete die Musik völlig aus ihrem Bewusstsein aus und öffnete erst dann die Schachtel erneut.

Montag, 14. Dezember

2

I know you know what I've been dreamin of, sang Conrad Orsini leise vor sich hin und starrte aus dem Fenster. Sollte er es noch einmal versuchen?, fragte er sich.

Nein, jetzt war sie an der Reihe, entschied er und zupfte dabei lustlos auf den Saiten seiner Gitarre herum. Der Optimismus, der sich in ihm in den vergangenen zehn Tagen ausgebreitet hatte – glitzernde Sonnenstrahlen über verschneiten, einsamen Hängen –, war schnell verflogen.

Außerdem – er massierte vorsichtig mit dem Daumen seiner rechten Hand die Innenfläche der linken – schmerzte ihn der Durchstich immer noch. Er war zwar gut verheilt, die Narbe mitten am Handteller würde aber wohl bleiben. Kurz sah Orsini den dafür verantwortlichen Zettelaufspießer an seiner Hand baumeln bei seinem nächtlichen Besuch im Geschäft des Posamentenhändlers – eine stete Erinnerung.

Schließlich stapfte er mit der Gitarre zur Küche und holte sich den letzten Rest kalten Kaffees, als sein altes schwarzes Bakelit-Telefon seinen unverwechselbaren Klingelton von sich gab.

Kundschaft, vermutete er – eine Überwachung, ein eifersüchtiger Ehemann … Er seufzte und folgte dem Ton in sein Büro. Das ehrwürdige Ding mit seiner abgegriffenen Wählscheibe thronte auf dem ansonsten relativ leeren Schreibtisch. Unschlüssig blieb er davor stehen, spielte zwei Akkorde und griff dann doch nach dem Hörer.

»Conrad?«

Ein Stich durchfuhr ihn. »Ja?«

»Bist du das?«

»Ist ja mein Telefon«, brachte er hervor und zog gleichzeitig die Stirn in Falten. Fiel ihm nichts Besseres ein?

Kurzes Schweigen. Dann: »13.00 Uhr, Lugner City, Restaurant Mai Thai – kannst du da sein?«

Er blickte auf seine Uhr. Kurz nach zwölf. »Ist es dringend?«

»Würde ich dich sonst anrufen?«

Er strich seine widerspenstige Stirn glatt und nickte.

»Ich komme!«, antwortete er schließlich und wusste nichts weiter als aufzulegen.

*

Eine Viertelstunde später ließ Orsini die Haustür hinter sich ins Schloss fallen und ging los. Vor dem Kolonitzplatz blieb er stehen, blickte sich nach der Straßenbahn um und studierte kurz die Auslage des Eckgeschäfts, als könne er dort den aktuellen Fahrplan finden. Doch stattdessen blickte nur ein Sammelsurium an Dingen, die man im Laufe eines Haushaltslebens brauchen konnte, zurück. Dahinter erkannte er den Eigentümer, der gerade eine ältere Dame bediente.

Seit Orsini denken konnte, gehörte der Laden zuerst dem Vater, dann dem Sohn. *Die Unfreundlichen*, hatten seine Schwester und er die beiden getauft. Als Kinder war es ihnen unangenehm gewesen, für eine Besorgung dorthin geschickt zu werden. Unweigerlich wurde man als unwissend gebrandmarkt, ehe man überhaupt seinen Wunsch geäußert hatte. Schrauben, Glühbirnen, Wandfarben, Einmachgläser, Werkzeug in diversesten Größen und Ausführungen – alles gab es, gleich um die Ecke und nicht im Baumarkt an der Peripherie, aber es hatte seinen Preis: Man verließ das Geschäft als Unwürdiger. Erst, seit eine Frau dem Sohn beiseite stand, hatte sich dies geändert – der Name war geblieben.

Orsini zuckte mit den Achseln und marschierte los. Er brauchte ohnehin frische Luft. Bald darauf durchquerte er den Stadtpark, nahm aber kaum Notiz von seiner Umgebung, zu viel ging ihm durch den Kopf.

Was gab es so dringend zu besprechen? Weshalb ausgerechnet in einem Einkaufszentrum? Warum nicht ein Treffpunkt in der Innenstadt?

Normalerweise half ihm ein Fußmarsch beim Denken, doch diesmal war es anders. Das lag nicht nur am vollkommen verrückten Wetter, aber auch. Wenige Wochen zuvor hatten die für den November ungewöhnlich heftigen Schneefälle die halbe Stadt lahmgelegt und bereits Vorfreude auf weiße Weihnachten aufkommen lassen. Mit dem darauffolgenden Warmwettereinbruch hatte niemand gerechnet. Schon gar nicht die Meteorologen. Seit mittlerweile drei Tagen herrschte Tauwetter, die stolzen Schneegebirge waren auf schmutzige, kümmerliche Haufen zusammengeschmolzen. Auch dem Fürsten Schwarzenberg auf seinem Ross troff das Tauwasser vom Hut über den Umhang hinunter aufs Pferd, als Orsini auf dem gleichnamigen Platz vor der Ampel zum Stehen kam. Stalinplatz hatte er auch eine Zeitlang geheißen, passend zum nahen Russendenkmal. Er wandte den Blick zwei Arbeitern zu, die sich an der Weihnachtsbeleuchtung zu schaffen machten. Ist es vor oder nach Weihnachten?, durchfuhr ihn kurz ein verwirrter Gedanke. War es möglich, dass er mehrere Wochen übersehen hatte? Bauten sie die Lichter gerade auf oder ab?

Dann schüttelte er den Kopf. Mitte Dezember, murmelte er, wie um es sich selbst zu bestätigen. Die Beleuchtung musste durch das viele Wasser einen Schaden bekommen haben. Endlich schaltete die Ampel auf Grün, Orsini fluchte angesichts der Überflutung der Gehwege und ging im Zickzack weiter, je nachdem, ob es von oben tropfte oder nicht.

Die Fragen, die ihn hauptsächlich beschäftigten, ließen sich nicht so einfach beantworten – so viel stand in der Gumpendorfer Straße fest. Hier zum Beispiel hätten sie sich treffen können! Im Vorübergehen schielte er auf die Kaffeemaschine im Lokal, das er gerade passierte. Das Phil, eines der derzeit hipsten Cafés. Normalerweise machte er eher einen Bogen um neuere Lokale, doch als sich die Tür öffnete, wehte ihm eine verlockende Geruchsmischung aus Espresso und Zimt entgegen.

Seine Gedanken waren deswegen so enervierend, weil sie alle mit Paula zu tun hatten.

Wegen ihr hatte er wie ein Schneepflug die halben Ostalpen durchquert, hatte aufgehört zu rauchen und zumindest während des Trecks keinen Tropfen Alkohol getrunken. Unterwegs war ihm auch alles sonnenklar und simpel erschienen. Doch kaum hörte er ihre Stimme am Telefon, diese distanzierte Knappheit, schmiss es ihn sofort aus der Bahn.

Vor dem Gürtel – dem ehemaligen historischen Linienwall, über die Jahrhunderte längst zu einer der meist befahrenen Straßen Wiens ausgebaut – blieb Orsini schließlich stehen und wartete, dass die Ampel den Weg freigab. Braun-grauer Matsch hatte sich auch hier zu einem Hindernisparcours formiert und bestrafte hinterhältig jeden Fehltritt.

12.57 Uhr. Pünktlich würde er in dem Lokal nicht ankommen. Aber wann war Paula schon je pünktlich gewesen?

Trotzdem beeilte er sich und hielt erst vor der Rolltreppe an. Sie war zum Schutz gegen die Witterung mit Glas überdacht, führte steil nach oben, querte dann den Äußeren Gürtel und mündete direkt im Bauch des Einkaufszentrums. Auf dem

Klotz – sozusagen als dessen Krönung – protzte das Penthouse des Besitzers. In puncto Geschmack stand die architektonische Missgestalt dem sonstigen Auftreten des stadtbekannten Baumeisters in nichts nach. Mit gequältem Gesichtsausdruck betrat Orsini das Innere des traurigen Tempels des Mammons.

Mai Thai, wiederholte er im Geiste, blickte sich in der abgenutzten Glitzerwelt um und fuhr in den nächsten Stock, der sich vom daruntergelegenen insofern unterschied, dass er praktisch nur aus Lokalen bestand und *Mausi Markt* hieß. Das *Mai Thai* fand er im entlegensten Winkel. Über dem Eingang leuchtete das Wort *Karaoke* in grellem Blau.

Das ist nicht ihr Ernst!, grollte Orsini und hielt Ausschau. Wie erwartet war sie noch nicht da. Warum auch? Es war ja gerade mal 13.07 Uhr.

Also warf er einen Blick aufs Buffet. Dort zerteilten zwei Sushiköche geschäftig Berge von Gemüse, obwohl im Lokal selbst nur ein einziger Tisch besetzt war. Die Mitte des Raums wurde beherrscht von einer Bar, über der eine Discokugel schwebte. Dahinter drei riesige Bildschirme, auf denen gerade Argentinien gegen Mexiko Fußball spielte. Es stand 1 : 0, was den goldenen Buddhas an den Wänden vermutlich egal war. Mit stoischer Würde überlebten sie auch Lokale dieser Art – Aussitzen war wohl die Devise.

Dazu passend lief Ramschmusik, zum Glück nicht allzu laut. Orsini wählte den Tisch nach Gehör, nämlich in der ruhigsten Ecke.

13.17 Uhr. Allmählich unrund, bestellte er etwas zu trinken und ging zum Buffet. Indische Linsensuppe, Chicken in verschiedenen Variationen, Currys, Kartoffeln, Reis. Fasziniert beobachtete er die teigigen Hände des Sushikochs, wie sie ein Hühnerfilet aus der Plastikverpackung zogen und aufs grindige Holzbrett knallten.

»Good eat!«, pries dieser das Essen an und fuchtelte mit dem Messer durch die Luft.

»I'm sure«, entgegnete Orsini einsilbig und zog dabei eine Augenbraue hoch.

Linsensuppe, entschied er, da konnte noch am wenigsten schiefgehen. Er füllte sich den Teller und legte gerade den Schöpflöffel zurück, als ihm Paula auf die Schulter tippte.

»Ist die gut?«, fragte sie ohne Einleitung.

»Keine Ahnung«, erwiderte Orsini und drehte sich zu ihr um, bemüht, keine Regung zu zeigen.

Sie sah gut aus, dachte er und spürte den Impuls, sie an sich zu ziehen. Doch der hektische Blick in ihren Augen ließ ihn Abstand halten.

»Willst du auch?«, fragte er stattdessen und deutete dabei auf seinen Teller.

»Später vielleicht«, antwortete Paula. »Wo sitzt du?«

»Hinten im Eck mit dem wunderbaren Ausblick.«

»Ging nicht anders«, erwiderte Paula kurz angebunden und marschierte an ihm vorbei.

Ärger schoss in ihr hoch. Er hatte keine Ahnung! Ihr blieb gerade mal eine halbe Stunde für die Mittagspause, in der sie unbedingt auch noch eine wetterfeste Hose für Lilly besorgen musste, weil im Kindergarten für den morgigen Tag ein Ausflug geplant war. Hier war es zwar potthässlich, aber man konnte schnell Dinge besorgen. Außerdem würde sie hier keinen der Kollegen antreffen. Die bevölkerten lieber nur das unmittelbar um die Polizeidirektion gelegene Grätzl. Und das war ihr jetzt nur recht.

»Ich wusste gar nicht, dass du für exotische Küche schwärmst«, ätzte Orsini weiter und stellte den Suppenteller auf den Tisch.

Ohne darauf zu antworten, zog Paula ihren Mantel aus und schmiss ihn über einen der abgenutzten Sessel. Eigentlich hatte sie sich auf ein Wiedersehen gefreut, so aber …

»Soll ich dir etwas bestellen?«, meinte Orsini und fühlte sich dabei ein wenig wie ein Volksschüler am ersten Schultag.

»Einen Tee vielleicht«, erwiderte Paula und setzte sich gegenüber hin. Kein Kuss, nicht einmal angedeutet, registrierte Orsini.

Paula zupfte indessen ihren Schal zurecht und fragte dann ohne Umschweife: »Würdest du für uns arbeiten?«

Orsini rollte den Löffel langsam aus der Serviette und bemühte sich, seine spontane Enttäuschung zu verbergen. Er hatte auf privates Interesse gehofft. »Wie, für euch arbeiten?«, fragte er dann und versuchte in ihrem Gesicht zu lesen.

»Verdeckt.«

»Verdeckt? Wieso das?«

»Aus ... verschiedenen Gründen.«

»Und wo, wenn ich fragen darf?«, erwiderte Orsini ruhig, ließ sich absichtlich Zeit und widmete sich der matschigen Suppe.

»In einem Bereich, in dem du gewisse Erfahrung hast. Im Gegensatz zu uns.«

Ungeduldig öffnete Paula ihre Tasche, bestellte nebenbei einen grünen Tee und zog eine Mappe hervor. »Also, bist du interessiert?«

Orsini dachte nicht daran, den nächsten Schritt zu tun, sondern löffelte gemächlich die Suppe aus. Er würde sie zappeln lassen. Als Paula die Mappe aufschlug, erhob er sich, entschuldigte sich und ging zum Buffet. Dort lud er sich eine Portion Brokkoli mit Reis auf den Teller. Als er damit an den Tisch zurückkehrte, schob ihm Paula eine Farbkopie hin. Er warf einen schnellen Blick darauf.

»Willst du mir den Appetit verderben?«

»Ich dachte, du bist abgebrüht genug.«

»Ist das nicht dieser Schauspieler?«

Paula nickte und zog die Stirn in Falten. Dass dabei ihre

dunklen Augenbrauen kleine Wellen bildeten, hatte ihm immer schon gefallen.

»Ich hab gelesen, es war ein Unfall …«

»Ja.«

»Und ihr habt so eure Zweifel.« Mehr eine Feststellung als eine Frage. Orsini zuckte mit den Achseln, schob das Blatt demonstrativ zur Seite und begann zu essen. Innerlich war er weit weniger ruhig. Mit Fotos von Toten hatte er es nach wie vor nicht wirklich.

Selbst wenn ich es eilig habe, dieses Spielchen kann ich auch, dachte sich Paula und musterte Orsini stumm. Er sah frischer aus als beim letzten Mal. Zwar unrasiert, aber mit etwas Farbe im Gesicht. Außerdem ausgeschlafen. Sein Hemd war gebügelt und sah neu aus. Jedenfalls kannte sie es nicht.

Aber wie viel wusste sie denn wirklich von ihm? Und wollte sie überhaupt mehr kennenlernen? War ihr Interesse nicht rein beruflich, erinnerte sie sich selbst an den Vorsatz, den sie auf dem Herweg ganz entschieden gefasst hatte. *Lass die Finger von ihm.*

»Also, warum genau bist du hier?«, hakte Orsini schließlich doch nach.

»Weil du mir einen Gefallen schuldest und Erfahrung hast auf den Brettern, die die Welt bedeuten.« In Paulas Miene zeigte sich ein verschmitzter Zug, wenn sie ihn auch zu verbergen suchte.

Orsini musste an den Abend als Babysitter ihrer Tochter denken. Es war gerade mal einen knappen Monat her, dass sie ihn ins kalte Wasser hatte springen lassen – als Gegenleistung für ihre Hilfe. Er würde in Zukunft besser Acht geben, ehe sich die *Gefallen* summierten. Zumindest, wenn sie beruflicher Natur waren.

Andererseits, sie hatte ihm auch geholfen.

»Theater«, murmelte er.

»Du hast doch ab und zu dort gearbeitet. Das hast du irgendwann erzählt.«

»Ist aber lange her, während meiner Studienzeit, und ich war immer in der Oper, der siebente Statist von links«, winkte Orsini ab.

»Du kennst zumindest die Abläufe und weißt, wie es auf einer Bühne zugeht.«

Orsini nickte. »Das schon.«

»Jedenfalls bräuchten wir jemanden, den wir einschleusen könnten.«

»Wer ist wir?«

»Wilasich und ich.«

Wilasich, ging es Orsini durch den Kopf, sein ehemaliger Kollege, mit dem er sich das Büro geteilt hatte. Er hatte ihn jahrelang nicht gesehen. Sollte er Paula nach ihm fragen?

»Nur du und Wilasich«, wiederholte er stattdessen.

»Genau.«

»Klingt nach Geheimbund.«

»Das Ganze ist nur ein Angebot«, erwiderte Paula betont lässig. Orsini meinte jedoch einen dringlichen Unterton herauszuhören.

»Du kennst meinen Honorarsatz?«

»Nicht wirklich«, antwortete Paula und holte einen aufgerissenen Umschlag aus ihrer Tasche. Dann suchte sie nach einem Stift, fand ihn schließlich, nahm den Umschlag und schrieb eine Zahl darunter. »Das ist unsere Wochenpauschale, bar auf die Hand, ohne sonstige Vergütungen und Extras. Mehr konnte ich nicht rausholen.«

Orsini zog den Umschlag zu sich, bat um den Stift und schrieb eine neue Zahl darauf. »Das ist meine Wochenpauschale, bar auf die Hand, ohne sonstige Vergütungen und Extras. Weniger konnte ich aus mir nicht herausholen«, erwiderte er und sah sie direkt an.

Das erste Lächeln, registrierte er zufrieden. Und ein hellblau strahlendes Meer in den Augen. Allerdings nur für einen Moment.

»Ist okay«, antwortete Paula knapp, zog ein Smartphone aus ihrer Handtasche und reichte es ihm. »Ist auf Conrad Tuppy angemeldet.«

Orsini wand sich für einen Augenblick innerlich und erwiderte dann mit zusammengekniffenen Augen: »Du kannst Wila ausrichten, er soll es auf Beer ummelden.«

»In Ordnung.«

»Waffe?«

»Wird nicht nötig sein. Du solltst dich nur umhören und Informationen für uns sammeln.«

»Wie wollt ihr mich einschleusen?«

»Über die Komparserie, genauer gesagt über deren Leiter. Sonst weiß niemand davon. Er wird auch nicht plaudern, weil er, sagen wir es so: Schulden bei uns hat«, erklärte Paula.

»Schulden … und so jemand steigt zum Leiter auf?«

»War nichts Ernstes. Eine kleine Veruntreuung vor Jahren.«

»Verstehe, und wann soll ich beginnen?«

»In zwei Tagen.«

»In zwei Tagen?«

»Geht nicht anders, die Proben für die Wiederaufnahme des Stücks beginnen«, sagte Paula und beobachtete Orsinis Augen, die sich eine Spur geweitet hatten. Bernsteinbraun, mit einem kleinen grünen Kranz um die Pupille, dessen Fransen sich am einen Tag mehr, am anderen weniger ins Braun zu strecken schienen. Verführerisches Glatteis, auf das sie sich nicht begeben wollte. Sie wandte den Blick ab und rückte ihre Mappe zurecht.

»Das Stück wird weitergespielt?«, fragte Orsini indessen.

»Klar. Die müssen jetzt genauso hart kalkulieren wie die Privatwirtschaft. Die Pietätspause wird eingehalten, und dann wird Cash gemacht, jetzt wo es den besonderen *Touch* hat.« Paula machte mit den Fingerspitzen Anführungszeichen in die Luft.

»Touch«, wiederholte Orsini. »Natürlich. Echtes Blut und ein richtig Toter auf der Bühne. Alles live vor Publikum. Das lässt sich vermarkten.«

»Im Internet sind natürlich Fotos aufgetaucht, Handyaufnahmen der eher gruseligen Art«, erklärte Paula nüchtern.

»Das heißt, offiziell war es ein Unfall.«

»Korrekt.«

»Und von wie weit oben wurde deswegen interveniert?«

Paula schüttelte langsam den Kopf. Weiteres, diesmal berufliches Glatteis.

»Gut. Was war also die konkrete Todesursache?«

»Eine Lanze durch den Oberschenkel, zwei – die waren sofort tödlich – durch den Brustkorb und eine durch den Kopf. Viel Blut, kein schöner Anblick. Da sind sogar einige der Bühnentechniker in die Knie gegangen. Und die sind durchaus hart im Nehmen. Dass solche scharfen Waffen auf der Bühne überhaupt genehmigt werden …«

Bezüglich des tatsächlichen Herganges gibt es abweichende Aussagen. Stählerne Lanzen sollten als symbolisches Heer von der Unterbühne auf Bühnenniveau fahren. In gänzlicher Dunkelheit. Der Regisseur hat sogar durchgesetzt, dass die Notbeleuchtungen abgedeckt wurden, nur um das *vollkommene Schwarz* zu erzeugen. Den Aussagen der Sicherheitsbeauftragten nach, sind sie erfolglos dagegen angelaufen. Meiner Meinung nach nur halbherzig. Die buckeln alle.«

»Wer hat es schließlich abgesegnet?«

»Im Grunde niemand«, erwiderte Paula. »jetzt schieben sich alle gegenseitig die Schuld in die Schuhe.«

»Typisch. Und wer hat die Reise nach Jerusalem verloren und muss den Sündenbock geben?«

»Der technische Leiter. Und von wegen Bock – der hat übrigens wirklich einen Ziegenbart«, sagte Paula.

»Wie tief ist er gefallen?«

»Ungefähr so tief wie das Opfer. Nur statt der Lanzen durchbohren ihn die Schuldzuweisungen.«

»Ist er gekündigt worden?«

»Nein, degradiert. Er arbeitet wieder dort, wo er begonnen hat: als Aushilfe, und er säuft sich dabei nieder.«

»Woher weißt du das?«

»Ich hab ihn in der Kantine getroffen. Interimistisch hat den Job übrigens sein Stellvertreter bekommen.«

»Das ist der allgemeinen Stimmung sicher förderlich«, meinte Orsini. Allmählich begann ihn die Sache zu interessieren.

»Soweit wir das rekonstruieren konnten, ist es in etwa so abgelaufen: Vierter Akt, mittendrin. Quasi als Zwischenspiel wird eine blutige Schlacht nachgestellt, die plötzlich abbricht. Meersburg – so hieß der Tote – bleibt allein über.

Während eines Moments der totalen Finsternis senkt sich ein Teil der Bühne, unten werden die Lanzen von Arbeitern platziert. Das Hubpodium fährt damit in vollkommener Dunkelheit hoch. Und erst danach soll der König auf die Lanzen zugehen.«

»Was er offensichtlich zum falschen Zeitpunkt getan hat«, ergänzte Orsini.

Paula nickte und blickte irritiert auf ihr Handy. Es hatte ein eingehendes SMS angekündigt. Ihr stand die Eile ins Gesicht geschrieben, den Tee hatte sie kaum angerührt.

Jetzt, wo er sie erstmals in ihrer eigenen Ermittlung erlebte und nicht nur als Unterstützung für ihn, fiel es ihm besonders stark auf. Sie hatte sich verändert. Natürlich. Jahre waren vergangen, seit er sie in seine Ermittlergruppe aufgenommen hatte. Damals war sie ein Neuling gewesen. Jetzt hatte er eine professionelle Kriminalistin vor sich. Am liebsten hätte er etwas Anerkennendes von sich gegeben. Doch es schien ihm nicht zuzustehen, und außerdem fühlte er sich durch ihren sachlichen Ton vor den Kopf gestoßen.

»Haben die nicht Kameras, habt ihr die…?«, fuhr er also ebenso sachlich fort.

»Sogar Infrarot, mehrere«, unterbrach Paula. »Bei der Hektik hat aber niemand auf sie geachtet.«

»Und Aufzeichnungen?«

»Leider nein, werden nur bei Premieren gemacht.«

»Es war also nicht die Premiere?«, fragte Orsini überrascht.

»Nein, die achtzehnte Vorstellung, warum?«

»Weil bei der Premiere die Abläufe noch nicht so geläufig sind. Da passiert so manches.«

»Kann ich mir vorstellen«, erwiderte Paula. »Vor allem bei dieser Inszenierung. Kriegslärm in einer Lautstärke, dass es dich wegbläst, wahnwitzige Lichteffekte, herumfliegende Körperteile und nicht zu wenig Blut.«

»Modern eben«, quittierte Orsini. »Trotzdem seltsam, ein *Unfall* nach so vielen Aufführungen.«

»Allerdings ist Routine auch nicht ungefährlich«, wandte Paula ein und schielte dabei auf ihr Handy.

»Stimmt«, erwiderte Orsini. »Hat es denn keine Sicherheitsvorkehrungen gegeben, Absperrungen?«

»Schon«, antwortete Paula. »Sogar jede Menge. Es war natürlich allen bewusst, wie gefährlich so eine Szene ist. Der König durfte erst auf eine Art Signal hin losgehen…«

»Ein Lichtzeichen …?«

»Ja, genau, das war am Boden für ihn installiert. Also nach dem Erlöschen. Aber das hat nicht geklappt.«

»Weil?«

»Weil der Inspizient, der das Zeichen normalerweise gibt, zum fraglichen Zeitpunkt nicht bei seinem Pult am Bühnenrand war.«

»Er war nicht am Platz?«

»Nein, weil es zusätzliche Turbulenzen gab, obwohl das bei der Schlacht kaum mehr möglich war.«

Orsini runzelte die Stirn. »Moment, nur dass ich's richtig versteh: Meersburg ist losgegangen, *obwohl* sein Lichtzeichen noch nicht erloschen war?!«

»Richtig. Es hat danach noch geleuchtet.«

»Das ist allerdings einigermaßen seltsam!«

»Nicht, wenn du weißt, was zuvor im Hintergrund passiert ist. Jemand hat mitten im Kriegsszenario den Projektor für die Videowall umgestoßen. Die Projektion ist ausgefallen. Der Bühnenmeister eilt hin und will ihn aufrichten, bekommt aber einen abgetrennten Arm ins Gesicht, der gerade quer über die Bühne geschleudert worden ist, und stürzt.

Das haben die Souffleuse und ein Arbeiter bestätigt. Sie sind ihm dann zu Hilfe gekommen. Jedenfalls hat das eine Hektik ausgelöst, die alle anderen angesteckt hat. Der Inspizient ist dem Bühnenmeister nach.

Alle haben versucht, den Projektor während der Szene wieder in Gang zu bringen, ohne dass das Publikum was mitkriegt.«

»Den Tumult kann ich mir vorstellen. Wie viele Leute waren insgesamt auf der Bühne?«

»Mit Komparsen und allem Drum und Dran 83. Zuerst totales Chaos, und dann sollte eben nur mehr der Meersburg dastehen, allein. Deswegen waren die Arbeiter schwarz angezogen, samt Mützen und Handschuhen. Sogar die Notbeleuchtungen am Rand waren für diese Szene abgedeckt. Und auch dieses Lichtzeichen für den Meersburg war so mit Klebestreifen abgeklebt, dass nur ein kleiner leuchtender Schlitz übrigblieb.«

»Das ist tatsächlich Irrsinn«, pflichtete Orsini bei. »Das heißt, er könnte es auch übersehen und geglaubt haben, es ist erloschen?«

»Möglich.«

»Oder er wurde gestoßen?«

»Auch möglich.«

»Obduktion ...«

»Hat's keine gegeben. Es war ja offiziell ein Unfall. Und natürlich ist er längst beerdigt.«

» Selbstmord ...«

»Haben alle ausgeschlossen, die ihn näher kannten.«

»Könnte trotzdem sein.«

»Könnte«, entgegnete Paula.

»Und der Komparserieleiter? Was sagt der? Er kann sich doch denken, dass ihr an der Unfallthese zweifelt, wenn ihr mich einschleusen wollt.«

»Sagen wir so: Er ist keine besondere Hilfe.«

Orsini starrte seinen Brokkoli an. Ausgekühlt sah er nicht unbedingt appetitlicher aus als direkt vom Buffet. Aber ihm war der Hunger ohnehin vergangen. »Wozu willst du mich dann für einen Hungerlohn engagieren?«, fragte er.

»Weil das da gegen einen Unfall spricht«, erwiderte Paula und blätterte in der Mappe. Als ihr Handy erneut einen Ton von sich gab, griff sie irritiert danach und las die Nachricht. »Entschuldige kurz«, meinte sie abgelenkt und gab mit flinken Fingern eine Antwort ein.

»Ist es wegen Lilly?«, rutschte es Orsini über die Lippen.

»Was? … Nein, ja, auch«, wiegelte Paula ab und tippte auf Senden.

Orsini verschränkte seine Finger ineinander, als könne ihm das Halt geben, und nahm innerlich Anlauf. Die Frage hatte ohnehin schon die ganze Zeit über geduldig gewartet, bis sie an die Reihe kam, und hing nun beinah sichtbar in der Luft. »Wie geht es ihr? Ist sie im Kindergarten?«

»Lilly?« Paula legte das Handy beiseite und sah ihm in die Augen.

Orsini bemerkte: etwas änderte sich, einfach nur durch die Erwähnung des Namens. Paulas Eile schien von ihr abzufallen wie ein Schleier, der vom Gesicht rutscht. Übrig blieb etwas Sanfteres, das sich im Blick genauso zeigte wie in ihren Gesten. Sie fuhr mit den Fingern leicht über ihre Lippen und schob dann eine schwer zu bändigende Locke hinters Ohr, ehe sie fortfuhr: »Es geht ihr gut. Aber im Kindergarten sind die Masern ausgebrochen, beziehungsweise besteht der Verdacht. Das hieße, ausgerechnet zu Weihnachten …«

»Verstehe … Ist sie denn nicht geimpft?«

»Erst eine Teilimpfung«, antwortete Paula, senkte ihren Blick und konzentrierte sich wieder auf ihre Mappe. Ganz nebenher fragte sie: »Das Gasthaus zur Bruthenne, die Araburg und das … Gasthaus Kalte Kuchl, sagt dir das was?«

Orsini biss sich auf die Lippe. »Wieso willst du das wissen?«

»Na ja, dort gibt es öffentliche Telefone … Und nachdem mich jemand von dort aus angerufen hat …« Paula sah kurz hoch. »Warst du das?«

»Möglich«, antwortete Orsini. »Und wenn?«

»Dann hättest du theoretisch auch was sagen können, bevor du auflegst. Was hast du dort überhaupt gemacht?«

Orsini richtete sich in seinem Stuhl auf. »Via Sacra, Wallfahrerweg von Wien nach Mariazell«, erwiderte er schließlich lapidar, als wäre es das Selbstverständlichste auf der Welt. Dabei konzentrierte er sich auf ihre Nasenflügel, die ein wenig zu beben schienen.

»Wie bitte?« Paula musterte ihn eingehend. »Seit wann bist du unter die Heiligen gegangen? Und was hat das mit diesen Gasthäusern zu tun?«

»Bin ich nicht. Ist nur der einzige Weitwanderweg, der im Winter zumindest theoretisch geräumt wird.«

»Interessant. Das heißt, du warst in der Natur, frische Luft und so?«

Orsini zuckte mit den Achseln und schwieg.

»Und dein Handy? *Ich* hab versucht dich zu erreichen.«

Orsini ignorierte ihren vorwurfsvollen Ton und erklärte: »Ist im Donaukanal gelandet…«

Paula verdrehte die Augen, beließ es aber dabei. Suchend blätterte sie weiter.

»Da! Das ist es«, sagte sie dann und drehte die Mappe zu ihm hin.

Orsini blickte auf die Fotografie. »Appetitlich…«, murmelte er und fragte dann: »Woher hast du das?«

»Ich war vorgestern im Burgtheater, die Direktion hatte mir Karten geschenkt.«

»Illegale Geschenkannahme!«

Paula schob ihr Kinn vor und fuhr fort: »Für einen exklusiven Logenplatz. Und in der Pause hab ich es auf meinem Sitz gefunden.«

Orsini nahm das Foto in die Hand.

»In der Pause?«, wiederholte er nachdenklich.

»Ja, na ja, ich hab eine Runde gedreht. Als ich wieder in der Loge ankam… Natürlich hat niemand jemanden gesehen«, erläuterte Paula und betrachtete Orsini dabei, wie er das Bild eingehend studierte. Er schien die Fähigkeit zu besitzen, Bilder in einer Art inneren Bibliothek abzulegen und bei Bedarf exakt wieder hervorzuholen.

»Die Lanze«, sagte Paula, »die den Kopf durchbohrt hat, muss es herausgerissen haben. Das ganze Haus hat danach gesucht«, bemerkte sie.

»Originell«, kommentierte er, kniff die Augen zusammen und legte dann das Foto wieder hin.

Stark vergrößert zeigte es eine kleine blaue Schachtel, und darin ein menschliches Auge.

*

Paula Kisch hetzte die Treppe hoch, in der einen Hand ihre Tasche und ihren Einkauf, in der anderen zwei Becher Kaffee aus dem Automaten. Als in ihrer Tasche das Handy zu läuten begann, beschleunigte sie ihr Tempo, nahm zwei Stufen auf einmal und wäre so beinahe mit ihrem Kollegen Kubicek zusammengekracht, der gerade im ersten Stock um die Ecke bog.

»Rasant unterwegs!«

Paula setzte ein gequältes Lächeln auf und versuchte, sich an ihm vorbeizudrängeln.

Kubicek jedoch zupfte an dem Plastiksack in ihrer Hand und meinte: »Is des für die Abteilung?«

Paula funkelte ihn zornig an. Bevor sie den Sack jedoch an sich ziehen konnte, hatte Kubicek schon einen Blick ins Innere geworfen. »Eine Kinder-Skihose?«

Paula atmete tief ein. Sie machte genügend Überstunden, um es sich erlauben zu können, zwischendurch etwas Privates zu besorgen. Aber weil sie darüber hinaus auch öfter früher wegmusste, waren Bemerkungen dieser Art wohl unvermeidlich. Immerhin, dachte sie, hielt Kubicek sich zumindest zeitweise zurück. Wortlos ging sie an ihm vorüber, den Gang entlang und öffnete ihre Bürotür.

»Die Mirno hat vorhin angerufen«, bemerkte ihr Vorgesetzter Kurt Wilasich zur Begrüßung und sah von seinem Schreibtisch hoch.

Wie immer schoben sich darauf Akten, Bücher und diverser Kram ineinander und türmten sich zu einer eigenwilligen Landschaft, in die auch der Computer nur als ein felsiger Einschnitt integriert war. Selbst die Tastatur verschwand meist unter wichtigen Papieren und den Bildschirm zierten zahllose Post-its.

Paula, die sich seit Orsinis Ausscheiden aus dem Dienst das Zimmer mit Wilasich teilte, stellte ihre Tasche auf dem Boden ab, setzte sich und schob einen kleinen Stapel Bücher auf ihrem eigenen Tisch zurecht. Sie verschränkte die Hände im Nacken und gönnte sich einen seltenen Moment der Ruhe.

Bei ihrem Dienstantritt am Landeskriminalamt war dieser Schreibtisch so gut wie leer gewesen, Orsini hatte behauptet, nur so denken zu können. Und obwohl es nun schon einige Jahre lang ihr eigener Tisch war, schien diese Eigenschaft dem Tisch anzuhaften. Ausgerechnet sie selbst konnte sich diesem Hang zur Schlichtheit zumindest hier an diesem Tisch nicht widersetzen, ganz entgegen ihrem Naturell.

»Was wollte sie?«

»Dieses Auge«, erwiderte Wilasich, »was sie damit tun soll ›offiziell‹.«

»Und, was hast du geantwortet?«

»Was glaubst du?«

Paula schwieg. Wilasich, der Orsinis Funktion als Leiter der Gruppe Gewalt 1 im Landeskriminalamt Wien damals nur widerwillig übernommen hatte und seither ihr Vorgesetzter war, hatte ihr klargemacht, dass der Tod Meersburgs keine Priorität haben konnte gegenüber den anderen beiden großen Fällen, die sie derzeit bearbeiten mussten. Genauer gesagt, war derzeit diesbezüglich überhaupt keine offizielle Ermittlung geplant. Vor allem angesichts ihrer extremen Personalknappheit.

Heikel war die Sache schon alleine wegen Meersburgs Bekanntheit. Und natürlich hatte Wilasich relativ hartnäckige Anfragen dazu erhalten, nicht nur von ganz oben im Polizei-Apparat, in denen er auch nebulös vor *Konsequenzen* gewarnt wurde.

Nicht, dass er sich grundsätzlich davon hätte einschüchtern lassen, wenn es einen konkreten Verdacht gegeben hätte. Paula aber hatte nach dem Lokalaugenschein nichts als ein Bauchgefühl vorzuweisen. Der Fund des Auges gab der Sache zwar eine andere Färbung, aber es konnte sich immer noch um einen äußerst makabren Scherz handeln.

Letztlich hatten sie sich darauf geeinigt, dass Paula nebenher – inoffiziell und möglichst ohne Aufsehen – Fragen stellen sollte, solange sie an den beiden anderen Fällen weiterarbeitete.

»Ich hab sie gebeten, das Auge in ihrem Kühlschrank ganz nach hinten zu schieben, vorläufig.«

Dr. Mirno war die Pathologin, mit der Wilasich am liebsten zusammenarbeitete. Obwohl, oder vielleicht gerade weil sie einen etwas herben Charme versprühte.

»Danke«, antwortete Paula.

Wilasich nickte und fuhr dann fort: »Und, wie geht es unserem … *Schauspieler*?«

Paula sah kurz zum Fenster hinaus und antwortete dann möglichst beiläufig: »Er sieht erstaunlich erholt aus, irgendwie anders.«

»Hmm«, murmelte Wilasich und fing an, bei einem seiner Stapel die Blätter der Reihe nach anzuheben, offensichtlich auf der Suche nach irgendetwas. Paula sah ihm seelenruhig zu.

»Er ist zu Fuß nach Mariazell marschiert«, meinte sie dann eher beiläufig.

»Was!« Wilasich hielt in der Bewegung inne und starrte Paula über seine Landschaft hinweg kurz an. »Du nimmst mich auf den Arm!«

»Nein, er hat sogar eingewilligt für uns zu arbeiten.«

»Normal war er ja noch nie«, grummelte Wilasich. Nach einer Pause fuhr er fort: »Du hast eindeutig überzeugende Fähigkeiten!«

»Wegen der Bezahlung …« Paula kippte mit ihrem Stuhl ein wenig nach hinten. »Er hat das veranschlagte Honorar verdoppelt.«

»Hab ich mir gedacht«, erwiderte Wilasich schmunzelnd. Er war beinah am Boden seines Stapels angelangt. Immer noch durchsuchte er die Akten, sodass nun der Berg zu kippen drohte. Mit einer flinken Handbewegung stützte Paula das Gebilde ab.

»Danke«, meinte Wilasich, »und was diese Angelegenheit betrifft: solange wir nichts Handfestes vorweisen können, bleibt die Sache unter uns!«

»In Ordnung, wie besprochen.«

»Wann fängt er an?«

»Übermorgen.«

Wilasich nickte und fuhr fort: »Dann kannst du dich ja inzwischen wieder *damit* beschäftigen. Ein energischer Ruck, und Wilasich hielt endlich das in der Hand, wonach er gesucht hatte: die Telefonliste der zu kontaktierenden Personen in einer der beiden anderen Ermittlungen. Paula nahm sie entgegen und spürte augenblicklich ein Ziehen im Nacken.

Ein langweiliger, stupider Nachmittag stand ihr bevor, aller Wahrscheinlichkeit nach auch ein ergebnisloser. Neid kroch in ihr hoch. Orsini blieben solche Jobs wohl erspart. Sie seufzte, warf einen kurzen Blick auf den Plastiksack zu ihren Füßen und zuckte mit den Achseln – schließlich hatte sie nicht nur für sich zu sorgen.

Zumindest hatte sie in dem unausgesprochenen Match, das zwischen ihr und Orsini lief, mit der Lugner City gepunktet… Für sie waren es mit dem Einkauf gleich zwei Fliegen mit einer Klappe – ihn hatte jedoch das Betreten dieser städtebaulichen »Perle« offensichtlich Überwindung gekostet.

Er ließ die schwere Tür hinter sich zufallen, streifte die Handschuhe über und machte sich auf den Weg. Langsam umrundete er die Burg, spürte die steinernen Blicke in seinem Nacken. Er wollte den Moment einfangen, die Ruhe der Nacht, die Gewissheit.

Vom Parlament her tauchten einzelne Fahrzeuge im dichten Nebel auf und verschwanden zur Votivkirche hin wieder ins Nichts. Die Laternen verströmten fahles Licht, als hätten sie einen Pakt mit dem Nebel geschlossen, der die Stadt umhüllte wie eine kalte Decke. Jedes feinste Tröpfchen, das in der reglosen Luft hing, war Teil eines großen Ganzen.

Ihn störte die Witterung nicht. Das Feuchte hatte er immer schon gemocht. Und die aus Stein gehauenen Figuren, die oben Wache hielten? Sie waren für die Ewigkeit bestimmt, egal ob die Sonne schien oder der Wind peitschte.

Gerade an Abenden wie diesem spürte er ihre Gegenwart, stärker als sonst.

Sie hatten einen eigenen Willen. Genauso wie das gesamte Haus. Oder glaubte etwa irgendjemand, dass Agamemnon und Orest einfach nur so dastehen und ihren uralten Zorn vergessen würden?

Die Figuren aus Fleisch und Blut zu ihren Füßen hingegen waren nichts als winzige Ameisen, die ein und aus krabbeln durften. Ob sie auf ihrem Rücken Lasten transportierten oder anderen Aufgaben nachgingen, jede Ameise hatte sich dem Gesamten unterzuordnen in dem riesigen Bau, in dem sie lebten, dachte er und hielt an der Ecke vor dem Landtmann inne.

In den Fensterscheiben spiegelten sich die verschwommenen Konturen der vorbeifahrenden Straßenbahn. Am Tisch direkt hinter dem Fenster saß eine junge Frau, eine Gabel in der Hand. Sie spießte damit ein Stück Apfelstrudel auf, tunkte es in den Schlagobers und führte das Ganze zum Mund. Mitten in der Bewegung hielt sie inne, sah ihr Gegenüber an und schüttelte den Kopf.

Ob man damals wohl genauso hier beim Strudel gesessen hatte? Er versuchte sich die Szenerie vorzustellen und wandte sich zum Theater. Exakt heute vor 140 Jahren, am 16. Dezember, hatten sie begonnen die Baugrube auszuheben. Waren die beiden Architekten nach dem Spatenstich mit dem liberalen Bürgermeister Cajetan Felder auch ins nagelneue Caféhuus gegenüber gegangen? Damals noch alle ein Herz und eine Seele? Vielleicht hatte Felder ihnen von seinen aus Afrika mitgebrachten seltenen Schmetterlingen erzählt.

Und der Boden unter ihren Füßen?

Er sah den Schlamm vor sich, die ganze Ringstraße eine riesige Baustelle nach der anderen, Pferdefuhrwerke, deren Räder stecken blieben, weder elektrisches Licht noch modernes Gerät für den Bau. Ein Kraftakt, um einer der größten Metropolen der Welt zu noch glänzenderem Ruhm zu verhelfen: die Donauregulierung, die Hochquellwasserleitung, der Musikvereinssaal, der Zentralfriedhof – alles rund um dieses Jahrzehnt.

Und jetzt? Die geheimnisvolle Kraft, die seit damals in den Steinfiguren steckte, durchdrang auch heute noch die Gemäuer – von den Fundamenten bis zum Trompeten blasenden Engel oben am Dach.

Außerdem, er hatte Buch geführt: Über die Jahre gesehen gab es einen mysteriösen Zyklus – lange hatte er vermutet, dass es mit den Sonnenflecken zusammenhing: ruhigere Zeiten und Zeiten, da die Energie anschwoll, bis sie in einer grandiosen Eruption gipfelte.

Kein Wunder also, dass zumindest die Sensibleren unter der Belegschaft etwas davon auffingen, wenn sie so lange auf der Bühne verharren mussten – sie wurden nervös, konnten die unsichtbare Quelle aber nicht orten. Und so führten sie ihre Unruhe auf die Produktion zurück, den Regisseur, das lange Stück. Alles, nur um der Wahrheit nicht ins Gesicht zu sehen.

Die Tür zum Café Landtmann wurde aufgerissen, eine Gruppe gut gekleideter älterer Leute strömte heraus – Theaterpublikum vermutlich – und bog in die Oppolzergasse, direkt vorbei am Eingang zum legendären früheren Salon Zuckerkandl. Auch etwas, das von den monströsen Ereignissen des 20. Jahrhunderts hinweggefegt worden war. Wie so vieles. Nur stumme, störrische Relikte einer goldenen Zeit waren geblieben.

Und er selbst?

Er war nur ein Rädchen, er tat nur, was ihm zustand. Wenn er es nicht täte, würde sich das Haus auch an ihm rächen. So wie sich sein Zorn immer schon an denjenigen entladen hatte, die es entweihten. Es war nichts Neues.

Entschlossen sog er die feuchte Luft durch die Nase, für einen winzigen Augenblick legte sich der Hauch eines Lächelns über seine Lippen. Dann setzte er seinen Weg fort, bis auch er im undurchdringlichen Nebelteppich verschwunden war.

Donnerstag, 17. Dezember

3

»Ich scheiß bald drauf«, zischte ein Soldat mit bunten Federn auf dem glänzenden Helm.

»Wieso lassen uns die schon so lange Aufstellung nehmen, obwohl noch nicht alle da sind?«, fragte ein anderer.

»Weil sie alle vor ihr kriechen«, erwiderte der gefiederte Helm.

»Ich muss jetzt schon aufs Klo«, klagte ein dritter.

»Tu dir keinen Zwang an, auf dem Schlachtfeld haben sie sich auch angschissen«, sagte einer von hinten.

»Achtung!«, raunte jemand.

Schlagartig wurde es still.

Es war Orsinis zweiter Tag auf der Probebühne.

Diese befand sich in der Nähe des neuen Bahnhofs. Genauer gesagt im Arsenal, das ursprünglich eine riesige Militäranlage gewesen war. Der Backsteinbau aus über 177 Millionen Rohziegeln wurde von Kaiser Franz Josef I. in Auftrag gegeben, nach der Märzrevolution von 1848. Er diente weniger dazu, äußere Feinde von der Stadt abzuhalten, sondern die inneren in Schach zu halten.

Während der Weltkriege hatten die Gebäude als Waffenfabriken, Depots und Kasernen gedient. Danach hatten sich allmählich farbige Tupfer in die streng geplante Anlage eingenistet. Forschungseinrichtungen, der weithin sichtbare Funkturm, Spielplätze für die rund zweitausend Bewohner, Dekorationswerkstätten der Bundestheater und als letzte bauliche Erneuerung eben die Probebühnen, die zwischen dem Heeresgeschichtlichen Museum und der elektrotechnischen Versuchsanstalt lagen.

Beton und Wellblech außen. Kalte Nüchternheit innen. Von Fantasie und Traum keine Spur.

Seit über einer halben Stunde wurden nun auf Geheiß der Dramaturgin Lichteinstellungen verändert. Immer wieder sah der Lichtdesigner nervös zum Eingang, wohin sie verschwunden war.

»Wihir haassen dihich ahalle…«, sang jemand leise.

Mit ihrer Pingeligkeit hatte sie sich nicht nur Freunde gemacht. Sie formulierte spitz, war undiplomatisch, hart nach unten und geschmeidig nach oben.

»Ob er sie auch vögelt?«, kam es von hinten.

»Der vögelt alles, was nicht niet- und nagelfest ist!«

Er war der Regisseur des Stückes, der eben samt unvermeidlicher Entourage eintrat. Ein launischer Mittsechziger, der seinen Ruf als Despot mit jeder Probe bestärkte. Er maß kaum einen Meter sechzig, ging gebeugt und watschelte dabei wie eine Ente auf sie zu.

»Psst!«

Insgesamt 40 Komparsen mussten als Norwegische Soldaten im Hintergrund in Reih und Glied ausharren. Noch dazu auf einem leicht schrägen Aufbau. Damit man sie besser sehen konnte. Während des endlos langen Stückes mussten sie mehrmals die Montur wechseln, jedes Mal etwas moderner, bis sie schließlich in der Gegenwart angekommen waren. An und für sich machte das Orsini nichts aus. Zumindest kam dann Bewegung in die Truppe, und man konnte sich unterhalten.

Insgesamt ein aufgeblasener Regieeinfall, wenn man ihn fragte. Sie waren nichts anderes als lebendige Kulissenteile. Das dicke Wams, die klobigen Stiefel, der enge Helm – das Innere hatte er sich mit Hilfe von Klebeband und Schaumgummi ausgepolstert, um den Druck auf die Stirn zu mindern – und die knallenden Scheinwerfer machten ihren Job nicht gerade einfacher. Noch dazu hatten die anderen Komparsen monatelange Proben im wahrsten Sinne des Wortes durchgestanden. Orsini konnte also deren Aggressionen gut nachvollziehen. Für seine *Mission* bot das Heer allerdings einen idealen, unauffälligen Beobachterposten.

Während die Truppe wegen der Lichtproben von Anfang an am Fleck stehen musste, hatte auf der übrigen Bühne ein chaotisches Durcheinander geherrscht, bis der Regisseur erschien. Von einem Moment auf den anderen senkte sich der Ton zu einem Flüstern. Einzig der Tontechniker mit den langen Dreadlocks hielt die Fahne des Widerstands aufrecht und ließ seine Drum&Base-Musik laufen. Ein knappes Zeichen der Dramaturgin an die Assistentin, die sich dann an den Tontechniker wandte – und auch die Locken kapitulierten.

Mittlerweile thronte der Regisseur inmitten seiner jungen Assistentinnen und der Dramaturgin hinter einem abgenutzten Tisch. Um sie herum verteilten sich Schauspieler, Bühnenbildner, Inspizient, Souffleuse, der Komponist, Musiker und die Chefs von Komparserie, Licht, Bühne, Maske und Requisite. Insgesamt, registrierte Orsini, gab es doch einen deutlichen Männer-Überhang, vor allem, wenn man diejenigen, die hinter der Bühne arbeiteten, dazuzählte.

»Probenbeginn!«, rief der Regisseur mit kräftiger Stimme und gab dem Inspizienten ein Zeichen.

Kam es Orsini nur so vor, oder wurden dem Inspizienten verstohlen strafende Blicke zugeworfen? Immerhin war er für den reibungslosen Ablauf auf der Bühne verantwortlich. Sämtliche technischen Umbauten und natürlich auch die Auftritte der Schauspieler wurden von ihm mittels Lichtzeichen koordiniert.

Wie um diese Blicke auszulöschen, schob der Inspizient seine ohnehin kurzen Haare mit einer glättenden Geste nach hinten.

Jemand räusperte sich.

Für einen Augenblick hielt der Inspizient inne, ehe er mit hundertfach geübten Einsätzen alle Beteiligten dirigierte. Ein Mann, der seine Aufgabe ernst nahm und schnell und präzise arbeitete. Vielleicht einmal zu schnell?

Am Bühnenrand erloschen zwei Lichtzeichen. Im Hintergrund erklang beinah zeitgleich ein tief wummernder Basston, begleitet von künstlich zerhacktem Schlachtlärm, dann blies die Windmaschine Rauch aus der Seitenbühne, und das Licht wurde gedimmt. Orsini blickte nach oben auf die surrenden, sich um die eigene Achse drehenden Scheinwerfer. Dann glitt sein Blick nach unten, wo sich eine schmucklose Bühne auf fantastische Weise in etwas verwandelte, das nur in der Vorstellung existierte.

Der Zauber des Theaters.

»Aus! Aus! Aus!«, schrie der Regisseur. »Das ist kein Licht, das ist gequirlte Kacke!«

Orsini atmete enerviert aus, denn so ähnlich hatte auch die gestrige Probe begonnen. Erneut waren die Scheinwerfer schuld und offenbar genau jene, deren Lichtstimmung die Dramaturgin zuvor geändert hatte. Der zuständige Lichttechniker holte sich pflichtbewusst seine verbale Ohrfeige ab und warf der Dramaturgin einen abschätzigen Blick zu. Sofort bekam er noch eine weitere verpasst, weil er es nicht schaffte, den Fehler rasch genug zu beheben, sondern dazu etwas auf seinem Pult umprogrammieren musste.

»Können wir nicht wenigstens jetzt ein paar Lockerungsübungen machen?«, stöhnte einer der Soldaten.

»Das dauert sicher wieder eine Ewigkeit«, maulte ein anderer. »Gebt mir ein Maschinengewehr, und ich mähe die da vorne alle nieder.«

»Achtung!«, zischte jemand von der Seitenbühne.

Einige Sekunden vergingen, dann ertönte wieder das tiefe Wummern, es wurde stockdunkel, und die Probe begann von vorne. Das grüne Lichtzeichen seitlich der Bühne erlosch.

»Eins, zwei, drei«, zählte der Kommandant daraufhin ein, und die vierzig Soldaten begannen im Gleichschritt zu marschieren.

Ein lautes Scheppern.

Orsini blickte nach links, wo mehrere Becher über den Bühnenboden nach unten kollerten.

»Sind wir hier in einem Kindertheater?!«, echauffierte sich der Regisseur, sprang wie ein Kobold aus seinem Sessel auf und kam auf die Bühne.

Einer der Schauspieler hatte beim Auftritt einen kleinen Tisch mit verschiedenen Utensilien umgeworfen und beschuldigte die beiden zerknirscht dreinschauenden Requisiteure, den Tisch absichtlich dorthin gestellt zu haben.

Jemand kicherte.

»Wer hier was zu lachen hat, soll das auf der Bühne tun«, wandte sich der Regisseur drohend in die Richtung, aus der das Lachen erklungen war. »Die nächste Pause ist gestrichen.«

Angespannte Stille.

»Alles auf Anfang!«, rief der Regisseur und ging von der Bühne ab, um sich wieder hinter seinem Tisch zwischen den eifrig mitschreibenden Assistentinnen zu verschanzen.

Hinter einer Kulisse versteckt, bog sich derweil der junge Hamlet-Darsteller vor Lachen. Dann begann das Spiel von neuem, und geschlagene dreißig Minuten nach Eintreffen des Regisseurs und somit knapp ein ein viertel Stunden nach dem angesetzten Probenbeginn ertönte tatsächlich das erste zum Stück gehörige Wort.

Bald schliefen in den Seitengängen die ersten Schauspieler, denen es nicht viel besser erging als den Soldaten. Abgesehen davon, dass sie nicht stehen mussten. Hamlet kauerte ausgestreckt wie ein angeschlagener Boxer in einer Scheibtruhe, die er sich zuvor mit einem dicken Vorhang ausgepolstert hatte. Laertes lümmelte halb auf dem Boden, halb auf einem großen Schaumstoffplüschtier, dessen ehemals rosarote Farbe nur mehr stellenweise zu erkennen war. Offenbar ein nicht mehr gebrauchtes Requisit. Am Vortag hatte er das unansehnliche Ding – gut sichtbar für die gesamte Komparserie – in einer eindeutigen Stellung benutzt.

Im Gegensatz zu ihnen standen Orsini und seine Kameraden wie Schachfiguren herum und warteten im Grunde nur darauf, dass die Zeit ein Einsehen hatte und schneller verstrich als üblicherweise. Orsini verlagerte das Gewicht erneut von einem Bein auf das andere, spürte das hartnäckig wiederkehrende Ziehen in den Venen und wartete.

Eigentlich waren es 41 Soldaten, wenn man den Kommandanten des Trupps mitzählte. Obwohl er einen Offizier darstellte, bekam er den gleichen Lohn wie alle anderen. Im Grunde war seine Rolle aber schlechter: Er stand in der Auslage, möglichst reglos, ein Spot strahlte direkt auf ihn – keine Chance, sich zu unterhalten. Das tat er auch auf bemerkenswert ausdauernde Weise, bis zu dem verhängnisvollen Augenblick, in dem er sich an eine juckende Stelle im Schritt griff, um sich unauffällig zu kratzen.

Nicht unauffällig genug.

»Stopp, aus! Abbruch!«, schrie der Regisseur aufgebracht, stieß seinen Stuhl um und stampfte tobend auf die Bühne. Vor dem Kommandanten blieb er stehen. »Du dämliches … was glaubst du eigentlich, wo du bist?! Auf einer Provinzbühne vielleicht, wo jeder machen kann, was er will?«

»Nein, ich wollte nur«, stammelte der junge Mann. Er kam gar nicht dazu, sich zu verteidigen, so sehr deckte ihn der Regisseur mit Schimpfwörtern zu.

»Du bist der Kommandant einer Armee, verstehst du, und kein kleiner Statist, der sich an den Schwanz greift, wenn es ihn dort juckt!«

Der Wirtschaftsstudent sah stumm geradeaus.

»Willst du das«, fuhr der Regisseur mit hochrotem Kopf fort, »während der Aufführung etwa auch machen?«

Der Regisseur war so außer sich, dass er sich selbst unentwegt in den Schritt griff. Orsini musste grinsen, hatte aber die Aufmerksamkeit des Regisseurs unterschätzt.

»Ich glaube es einfach nicht«, wandte sich der Regisseur abrupt um und kam auf ihn zu. »Zuerst kratzt sich der Kommandant an den Eiern, und jetzt lacht auch noch der dritte Soldat von rechts!«

Orsini blickte ruhig in zwei blutunterlaufene Augen, die wie aus einem brodelnden Kochtopf herausquollen. Plötzlich war es stiller als still.

Neugierige waren in die Seitengänge gehuscht, um sich von dieser relativ sicheren Position aus das zu erwartende Spektakel anzusehen, denn der in Rage geratene Regisseur hatte noch jeden gefressen. Orsini konzentrierte sich seelenruhig auf das angeschwollene Augenpaar vor sich. Wie durch einen Glasdeckel konnte er auf den Inhalt des Kochtopfs sehen.

»Warum hast du gelacht?«, herrschte der Regisseur ihn an, keine zwanzig Zentimeter vor Orsinis Nase.

Orsini wartete ab, bis der Regisseur Luft holte, und sagte: »Ich habe nicht gelacht, ich habe höchstens gegrinst.«

Es schien, als würde sämtliche Hitze aus dem Raum weichen.

»Gegrinst«, wiederholte der Regisseur eisig. »Ich habe aber ein leises Lachen vernommen. Also, was hast du zu deiner Verteidigung zu sagen?«

»Ich habe keine Sprechrolle, also ist Lachen unmöglich.«

Räuspern zwischen zusammengedrückten Zähnen in den Reihen hinter Orsini. Ein giftiger Blick genügte, um es abzustellen.

»Wie heißt du?«, fragte der Regisseur scharf. Dabei wich er jedoch Orsinis Blick aus.

»Beer.«

»Den Vornamen meine ich natürlich.«

»Conrad Beer.«

»Also Conra…«

»Ich möchte mit meinem Nachnamen angesprochen werden«, unterbrach ihn Orsini.

Ringsum wurde der Atem angehalten, Augenpaare zogen sich zusammen.

»Also…«, begann der Regisseur von neuem, gönnte seinem Publikum eine kleine Pause, um sich die Aufmerksamkeit zu sichern, und fuhr mit großer Geste fort: »Herr *Beer* ist ab heute der neue Kommandant der Truppe.«

Getuschel setzte ein, es durfte wieder geatmet werden.

»Sie!«, der Regisseur deutete auf den bisherigen Kommandanten, »Sie sind ab jetzt einfacher Soldat!« Er drehte sich zu seiner Assistentin. »Susanne!«

»Ja«, reagierte diese augenblicklich mit zarter Stimme, die nicht gegensätzlicher hätte sein können. »Du gibst das an die Komparserieleitung weiter.«

»Natürlich, wird sofort erledigt.«

*

Pause, endlich. Orsini hatte eine geschlagene Stunde stramm stehend versucht, seine Blase zu ignorieren, und befand sich nun auf dem Rückweg von der Toilette.

»So was hab ich bei dem erst ein einziges Mal vor dir erlebt. Meine Hochachtung«, hörte er eine ruhige Stimme sagen.

Orsini hob eine Augenbraue und erwiderte das angedeutete Lächeln.

Die Souffleuse saß an ihrem winzigen Tischchen, das geschlossene Textbuch auf ihrem Schoß. Einziges Requisit war eine verbeulte Lampe, die gerade so viel an Licht hergab wie unbedingt nötig.

»Halmet?«, las Orsini vom Umschlag.

»Ein kleiner Scherz unter Eingeweihten«, erwiderte die Souffleuse. Aufs Erste wirkte sie unscheinbar – zu ihrer Arbeit passend. Erst auf den zweiten Blick erschloss sich Orsini, dass sie durchaus hübsch war, wenn auch auf eine besondere Art. Das zierliche Gesicht mit den zarten Sommersprossen hatte einen leicht verträumten Ausdruck. Hinter einer dezent roten Brille verbargen sich jedoch müde Augen. Stundenlang am Text zu kleben war vermutlich keine einfache Arbeit.

»Der ist noch von der alten Schule. Die meisten jüngeren Regisseure sind wesentlich respektvoller, da ist dann gleich die ganze Atmosphäre entspannter«, erklärte sie, als wollte sie sich entschuldigen. »Hast du bemerkt, dass es danach die angenehmste Probe seit langem war?«

»Für mich nicht«, antwortete Orsini. »Den Kommandant zu spielen ist wesentlich anstrengender, als ich dachte. Im zweiten Glied hat man mehr Möglichkeiten, sich Bewegung zu verschaffen.«

»Dafür stehst du im Rampenlicht.«

»Was hab ich davon? Und anhalten wird das auch nicht lange.«

»Mal sehen«, meinte die Souffleuse und lächelte gequält.

»Beobachtet er mich?«, fragte Orsini. »Ich bin praktisch blind, wegen der Scheinwerfer.«

»Was glaubst du?«

»Eher ja.«

»Er hat sogar *nur* dich beobachtet, die ganze Zeit über. Ich hab gelegentlich zu ihm hingesehen, er hat dich fixiert und die Probe einfach schleifen lassen. Wenn ich dir einen Rat geben darf: Sei vorsichtig. Das war zwar ein sensationeller Einzelsieg, aber den Krieg hast du noch nicht gewonnen!«

*

»Tut mir leid, ich bin schon weg!« Friedrich Watzek, leitender Tontechniker, hielt bereits die Tür in der Hand.

»Aber das Ding muss morgen spielen, sonst hängt er mich an den Eiern auf«, protestierte sein Kollege Shure, dessen eigentlicher Name innerhalb kürzester Zeit von allen ignoriert worden war.

»Dann soll er nur eines nehmen, damit du zeugungsfähig bleibst.«

Shure verdrehte die Augen und ließ seine Dreadlocks absichtlich ins Gesicht baumeln. Vor knapp eineinhalb Jahren hatte er als Tontechniker hier angefangen. Warum sie damals die Bezeichnung für eines der gängigsten Mikrofone ausgerechnet zu seinem Spitznamen auserkoren hatten, war ihm schleierhaft, er verwendete es auch nicht öfter als die anderen. Der Spitzname blieb jedenfalls an ihm kleben wie die Klettverschlüsse, mit denen die akkurat aufgerollten Kabel fixiert wurden. Noch so eine nervige Angelegenheit, die sein Chef immer wieder kontrollierte. Überhaupt hatte er sich diesen Job anders vorgestellt. Mittlerweile konnte er jeden verstehen, der das Handtuch schmiss, weil er sich weder den vielen Regeln noch den Launen der Stars unterwerfen wollte.

»Und vergiss den Hauptschalter nicht, wenn du gehst!«

»Was?« Shure klappte das Textbuch zu, das sie soeben bei der Vorstellung verwendet hatten, und sah hoch.

»Der Hauptschalter. Die Anlage läuft seit 8:00 Uhr. Ich will nicht wieder einen Ausfall riskieren, wenn die Kühlung es nicht mehr schafft.«

»Bin ich ein Anfänger?«, konterte Shure genervt.

»Man sieht sich!«

Schlapp lehnte Shure sich im Stuhl zurück und blickte seinem Chef nach. Im Grunde war er okay, allerdings hatten die knapp zwanzig Jahre in diesem Irrenhaus ganz offensichtlich ihre Spuren hinterlassen. Wie lange er es selbst noch hier aushielt, war mehr als fraglich, denn der Job war anspruchsvoll. Neben technischem Wissen brauchte man vor allem Durchhaltevermögen, gute Nerven und das Wichtigste: Improvisationstalent. Vom ersten Tag einer Probe an wurde man mit Änderungen konfrontiert, die natürlich *sofort* umgesetzt werden mussten. Was am Vortag noch gut angekommen war, konnte bereits am nächsten Tag in den Mistkübel wandern. Bei dieser Produktion quoll der Mistkübel längst über.

Müde rieb Shure sich die Augen. Tagsüber hatte er die Hamlet-Probe im Arsenal betreut, danach war er ins Theater gefahren, hatte in der Kantine rasch eine Kleinigkeit zu essen erstanden und dann noch einem Kollegen bei der Abendvorstellung geholfen. Und nun, wo er genauso heimwollte wie alle anderen, durfte er sich noch um eine defekte Box hoch oben am Schnürboden kümmern. Denn wenn er es nicht tat, würde der Regisseur – oder irgendjemand anderer – sich morgen früh mit Sicherheit aufführen wie ein trotziges Kleinkind.

Seufzend schaltete er alle Geräte ab, öffnete das Fenster ihres winzigen Büros und zündete sich eine Zigarette an. Offiziell galt im ganzen Theater Rauchverbot, aber was kümmerte ihn das? Es wird wohl kaum mehr jemand im Haus sein, dachte er und beobachtete durchs Fenster, wie der Kollege auf seine Maschine stieg. Hinter ihm, nur von der Tankstelle ein wenig verdeckt, streckten die Bäume aus dem Volksgarten sich in die Finsternis hoch. Ihre nackten schwarzen Äste hoben sich bizarr vom dunkelgrauen Nachthimmel ab wie riesige Finger.

Wenig später ließ Shure die Tür zum Studio hinter sich zuschlagen und machte sich auf den Weg hinauf zum Schnürboden. Dort befand sich die Schaltzentrale für alles, was hing, oder auf und ab gefahren werden musste, egal ob es ein Vorhang, ein Scheinwerfer oder eine Box war. Von dort aus wurden auch diejenigen in die Tiefe gelassen, die im Stück fliegen mussten. Natürlich angeleint und doppelt gesichert.

»Ist noch wer da?«, rief er, bückte sich und trat durch die Tür.

Keine Antwort.

Kurz blieb er stehen, eine Hand an der kühlen Mauer. Wie dick sie war, beeindruckte ihn immer noch. Aber für eine dermaßen ausgeklügelte und leistungsstarke Technik brauchte es natürlich ein massives Bauwerk. Die Türen hier heroben hatten sie wohl eher für Zwerge bemessen, dachte er und stellte sich bucklige Gnome vor, die sich wagemutig an die Seile hingen, um die Kulissen auf und ab zu ziehen – damals, als alles noch von Hand betrieben wurde.

Im Haus war es mittlerweile still geworden. Langsam trat er ans Geländer und warf einen Blick in die Tiefe. Auf der Bühne brannte noch Licht. Hatten sie es seinetwegen angelassen? Oder hatte es jemand vergessen?

Wie vereinbart stand jedenfalls der mobile Steg, an dem die defekte Box hing, hoch genug. Er war ein Stahlkonstrukt, das wie eine Brücke weit über den Köpfen der Schauspieler die Bühne querte und auch auf und ab gefahren werden konnte.

Die Höhe machte Shure an sich auch nichts aus. Dennoch ergriff er heute ein wenig zögerlich das kühle, einstmals schwarz lackierte Metall. Horchte.

Nichts.

Gut so.

Als er jedoch dazu ansetzte, sich über das Geländer auf den Steg hinüberzuschwingen, erhob sich gleichzeitig – von ihm unbemerkt – in einem dunklen Winkel eine Gestalt geräuschlos aus einem Stuhl.

*

»Möchten Sie auch einen?«

»Nein danke, bin noch im Dienst.«

»Natürlich!« Alice Meersburg machte eine großzügige Armbewegung und wies Richtung Wohnzimmer. Der weite Ärmel ihrer grasgrünen Seidenbluse hing locker herab. So präsentierten sich die fein gezeichneten, überdimensionalen Schmetterlinge, die darauf in schillernden Farben abgebildet waren, in ihrer ganzen Pracht. »Tut mir leid, dass ich nicht früher konnte, aber die Proben haben wieder begonnen.«

Paula Kisch nickte und folgte ihr ins Wohnzimmer.

Es war schon spät, und sie fühlte sich ausgelaugt. Die letzten Tage hatte sie kaum eine Minute Zeit gehabt für den Fall, der eigentlich keiner war. Stattdessen hatte sie stupide Telefonlisten bearbeitet, war endlos lange in einem überheizten Wagen gesessen, um einen Verdächtigen zu observieren, und hatte dann mit hängender Zunge Lilly vom Kindergarten abgeholt – wieder einmal als Letzte. Die vorwurfsvollen Blicke der Kindergärtnerinnen kannte sie bereits in- und auswendig. Aber was sollte sie machen?

Kündigen war keine Option.

Einerseits ließ sie dieser sehr spezielle Fall nicht los, selbst wenn es spätnachts war. Andererseits war sie vorhin zu Hause neben Lilly im Bett einfach eingenickt. Zu gerne wäre sie einfach bei ihrer Tochter geblieben. Sie sah Alice Meersburg an, die wiederum sie fragend ansah. Hatte sie etwas verpasst?

»... sich setzen?«, schnappte Paula gerade noch auf.

»Gerne, aber ich möchte Sie wirklich nicht lange aufhalten«, erwiderte Paula und blieb vorerst stehen. Sie wollte sich umsehen, und das war mit Sicherheit leichter, wenn sie nicht in den Tiefen der teuren Sitzgruppe verschwand, die den Raum dominierte. Sie konzentrierte sich und fuhr rasch fort: »Ich bin hier, weil wir einigen Ungereimtheiten nachgehen wollen.«

»Ungereimtheiten?«

»Ja, im Zusammenhang mit dem Tod Ihres Bruders.«

»Aber Josef ist verunglückt!«, setzte Alice Meersburg überrascht entgegen und nahm einen langen Schluck von ihrem Drink.

»Können Sie das nicht ruhen lassen!?«

Paula fühlte sich augenblicklich unwohl und bereute es beinahe, hergekommen zu sein.

»Glauben Sie, dass es für mich als Hinterbliebene einfach ist?«

»Natürlich nicht, das verstehe ich auch sehr gut«, versuchte Paula sie zu beruhigen. »Es sind nur ein paar Fragen, die wir noch hätten ...«

Paula wusste, dass sie sich auf dünnem Eis bewegte. Erstens war es vorläufig nur sie selbst, die diese Fragen stellen wollte. Zweitens wusste außer Wilasich, Mirno und Orsini bis jetzt auch niemand von der Schachtel mit dem blutigen Auge. Und drittens, selbst wenn – es gab eben keine konkreten Hinweise auf etwas anderes als einen Unfall.

»Wir möchten nur sichergehen, dass wir nichts übersehen haben, bei einer so bekannten Persönlichkeit! Gibt es in Ihren

Augen irgendeinen Grund, am Unfall zu zweifeln? Hatte Ihr Bruder Sorgen? Hat er etwas erwähnt? In seiner Stellung könnte er Feinde gehabt haben.«

»Feinde!«, prustete es aus Alice Meersburg heraus. »Natürlich hatte er die. Das Burgtheater ist das größte deutschsprachige Theater, und er hat regelmäßig Hauptrollen gespielt. Was denken *Sie* denn!?«

»Hmm«, Paula machte einen Schritt zum Fenster, »war das also Business as usual – oder ging etwas darüber hinaus? Gab es etwas Konkretes in letzter Zeit? Wie gesagt, wir gehen nur losen Enden nach.«

Alice Meersburg lehnte sich ans Sofa und stellte ihren Drink auf den Couchtisch. Die dunklen Ringe unter den Augen ließen ihr Gesicht älter scheinen, als es vermutlich war. Paula wartete. Früher hätte sie vielleicht schneller nachgehakt. Doch inzwischen hatte sie verstanden, dass weniger oft mehr war, auch wenn ihr das meist schwerfiel.

Tatsächlich, nach einem Moment der Stille setzte Alice Meersburg zu einer Antwort an, als im Vorzimmer der Klingelton eines Handys ertönte. »Sie entschuldigen, aber das wird wegen der Probe morgen sein …«, erklärte sie nun stattdessen, erhob sich und ging ins Vorzimmer.

Paula biss sich auf die Zunge und versuchte, ihren aufkeimenden Ärger zu zügeln. Während sie aus dem Vorzimmer nun leise Sätze vernahm, ohne deren Inhalt verstehen zu können, ließ sie den Blick schweifen.

Angrenzend zum Wohnzimmer befand sich ein weiterer Raum, durch eine türlose Öffnung verbunden. Darin zwei große Tische, eine Staffelei, Regale. Das Arbeitszimmer vermutlich. Da die Meersburg ins Gespräch vertieft im Vorzimmer auf und ab ging, war es doch wohl denkbar, dass auch sie selbst ein paar Schritte auf und ab ging.

»Ja, wenn du unbedingt willst«, hörte Paula – der Ton schwankte zwischen ruhig, müde und ärgerlich –, während sie langsam zu den Tischen im Nachbarraum wanderte.

Der eine war übersät mit Zeichnungen von Kostümen, ebenso die Staffelei, der andere aber war ein schlichter weißer Schreibtisch. Darauf – Paula machte einen Kontrollblick Richtung Vorzimmer – Kondolenzkarten, der schwarz umrandete Partezettel, ein großes Foto ihres Bruders im Kostüm. Überhaupt, registrierte Paula, gab es hier eine Reihe von Bildern mit dem Schauspieler in den verschiedensten Posen. An der Wand, auf dem Tisch und auch auf dem Sims des ausladenden Kamins. Und es gab auch mehrere mit den beiden Geschwistern. Als Kinder, aber auch jüngeren Datums.

Paulas Blick flog über den Tisch, saugte die Details auf und wünschte sich nicht zum ersten Mal Orsinis fotografisches Gedächtnis. Rasch fingerte sie in ihrer Tasche nach dem Handy – ein magerer Ersatz –, als ihr Blick an etwas hängen blieb, das nicht ganz hierher passte.

Ihre Stirn schob sich in Falten, schnell, sie musste nur … vielleicht hatte es ja etwas zu bedeuten …

Dass Alice Meersburg inzwischen ihr Gespräch beendet und sich ihr genähert hatte, bemerkte Paula nicht.

*

Eine Hand legte sich auf seine Schulter, Shure durchfuhr ein eiskalter Schauer vom Nacken abwärts. Er wollte schreien, doch aus seinem Mund drang nur ein kaum hörbarer Krächzer. Doch als er sich umdrehte, sah er nur in ein bekanntes Gesicht. Die schlaffen Tränensäcke unterstrichen die Müdigkeit im Gesicht seines Chefs.

»Bist du verrückt!«, blaffte Shure.

»Na, na!«, erwiderte Watzek. »Angst?«

In Shures Ohren hämmerte ein harter Techno-Beat. »Schon lang nicht mehr!«, schoss es aus ihm heraus.

»Dann ist es ja gut«, meinte Watzek ruhig und strich sich mit dem Zeigefinger über den Nasenflügel.

Shure ließ die angriffsbereiten Arme wieder sinken. »Was machst du hier oben? Wolltest du nicht heim?«

»Ich dachte, du könntest Hilfe brauchen mit der Box ...«

»Danke«, erwiderte Shure, ließ die Luft mit gemischten Gefühlen aus seinen Lungen entweichen und versuchte, die Mischung aus Argwohn und Erleichterung zu verbergen. Seit Meersburgs Sturz hing Misstrauen zwischen den Seilen wie lose Spinnweben, die jederzeit an einem kleben bleiben konnten.

Mit zusammengekniffenen Augen holte er sein Multitool aus der Gürteltasche. Als er glaubte, hinter ihnen ein Geräusch zu hören, zog er mit geübter Bewegung eine Klinge hervor, ohne dass Watzek es bemerkte. Doch da war nichts. Unauffällig schob er die Klinge wieder zurück und klappte das heraus, was er eigentlich benötigte: die Kombizange. Dann schwang er sich vor Watzek auf den leicht schwankenden Steg.

»Scheiß-Hollywoodschaukel«, murmelte er.

»Stimmt«, brummte Watzek.

Schnaufend zogen sie die Box am Stahlseil hoch. Alleine war das nur sehr schwer zu bewerkstelligen, wusste Shure und war letztlich froh, dass Watzek sich die Mühe gemacht hatte. Trotz mancher derben Scherze versuchten die Kollegen einander zu helfen, so gut es ging.

Während sie das unhandliche Ding dann über das Geländer des Stegs hievten, hörte Shure die näselnde Stimme des Komponisten förmlich quäken: *Wir brauchen mehr Raum,* hatte der Idiot behauptet und darauf beharrt, dass sie die zwei Boxen extra für jede der Hamlet-Vorstellungen neu aufhängen sollten. Danach musste man sie natürlich auch wieder abhängen, denn sonst störten sie bei den anderen Stücken. Für die morgige Probe hatten seine Kollegen die Boxen zwar bereits montiert, beim Testen aber bemerkt, dass die rechte aus irgendeinem Grund nicht funktionierte.

Shure musste grinsen. Nach und nach hatte er nämlich die Boxen während der Proben ein wenig ausgeblendet.

»Der Raum ist nun wirklich viel größer«, hatte der Komponist indessen geschwärmt.

Ein Dilettant, Shure unterdrückte einen Lacher. Sobald Regisseur und Komponist nicht mehr in der Vorstellung saßen, hatten sie die Boxen gar nicht mehr aufgehängt. Solche Erleichterungen gab es bei jeder Vorstellung, die über einen längeren Zeitraum lief.

Jetzt aber würde es dem Komponisten bestimmt auffallen. Ärgerlich ließ er die Box aufs Stahlgitter des Stegs knallen.

»Pass auf!«, herrschte Watzek ihn an.

Shure gab keine Antwort. Der Leiter der Tonabteilung war ein eher wortkarger, bisweilen harscher Typ, der im Theater aber dennoch geschätzt wurde. Watzek kniete sich neben die Box hin und schraubte die Abdeckung auf. Wie vermutet, war die Sicherung hinüber, das Glasröhrchen in der Mitte schwarz.

Nur nichts fallen lassen, durchfuhr es Shure, und hielt ihm die neue Sicherung hin. Durch den Stahlrost ging es in die Tiefe bis zur Bühne. Was zu dieser Uhrzeit nicht so tragisch war. Wenn ihnen etwas entglitt, musste man es schlimmstenfalls eben unten wegräumen und ersetzen. Tagsüber jedoch … Lange vor seiner Zeit hatte es angeblich einen Arbeiter erwischt. Gerüchteweise hatte oben jemand unvorsichtig hantiert, ein Schraubenschlüssel war zum Geschoss geworden.

Oder es handelte sich nur um eine dieser Theaterlegenden. Shure blickte hinunter zu den Reihen von leeren Sitzen, die im Halbdunkel wie ein kleines gehorsames Heer auf ihren Einsatz warteten. Er hörte sie beinah knarzen. Sie hätten von ihm aus anstatt der vielen Komparsen genau solche Sitze auf die Bühne stellen können – wäre billiger gewesen.

Während Watzek nun vor ihm die Sicherung hineinschraubte, studierte Shure von oben dessen Hinterkopf. Er war ein wenig eckig geformt, was man aber nur aus dieser Perspektive erkennen konnte. Im Theater gab es viele Möglichkeiten zu verunglücken: eine Rempelei, ein Schubser im unrechten Moment, ein Schlag…

Deshalb war er am liebsten allein. Vor allem, wenn er wie heute diesen Zorn in sich spürte. Marlene meinte, er solle sich öfter eine Pause gönnen. Als er an ihre glatte Haut dachte und an den leichten, frischen Duft, den sie verströmte, beruhigte er sich endlich und erinnerte sich einige Wochen zurück.

Er hätte es kaum gewagt, sie anzusprechen. Das war nicht sein Ding. Aber als sie sich in der Kantine zu ihm gesetzt hatte und ihm in ihrer fröhlichen Art von ihrer Arbeit in der Requisite erzählte, hatte sich in ihm etwas gelöst. Sie hatte ihm unlängst sogar eine dieser Figuren geschenkt!

Wenn sie nur wüsste, dachte er und starrte wieder auf Watzeks Hinterkopf.

*

»Suchen Sie etwas Bestimmtes?!«

»Wie bitte?« Ertappt drehte Paula sich um und steckte dabei das Handy wieder in ihre Gesäßtasche.

»Ob Sie… beziehungsweise *was*…«, fauchte Alice Meersburg und dehnte die Silben in die Länge, »… Sie hier in meinem Arbeitszimmer suchen, habe ich gefragt!« Sie hatte sich in der Türöffnung aufgebaut, die Hände in die Hüften gestützt, und starrte Paula an. Die Schmetterlinge auf der Bluse schienen sie ebenso resolut anzufunkeln wie ihre Eigentümerin.

»Tut mir leid, ich bin nur auf und ab gegangen und habe dabei Ihre Entwürfe bewundert«, erwiderte Paula ruhig. »Es war ein langer Tag, wenn ich mich nicht bewege, schlafe ich im Stehen ein.«

»Dann sollten Sie vielleicht auch tatsächlich schlafen gehen!«

»Sie haben recht, ich habe Sie schon lange genug belästigt. Nur eine Frage noch: Ihr Bruder«, Paula wies auf eines der Fotos, »er ist sehr beschäftigt gewesen, nicht?«

»Ja!«

»Und ist auch in seinem Beruf aufgegangen?«

»Allerdings.«

»Und Sie haben ja bei der aktuellen Produktion die Kostüme gemacht. Da ist man doch ständig dabei, oder?«

»Ja, natürlich. Worauf wollen Sie hinaus?«

»Ist Ihnen an ihm irgendetwas an seinem Verhalten aufgefallen, wirkte er nervös, oder hat er vielleicht Dinge gesagt, die nicht ganz zu ihm passten, im Nachhinein gesehen …«

»Nervös? Nein, im Gegenteil. Er war sehr zuversichtlich!« Alice Meersburg wandte sich um, machte Paula ein Zeichen, ihr zu folgen, und setzte sich auf die Lehne des Sofas. Es war, als hätte die kurze Empörung sie ihre letzte Energie gekostet. Ihre Körperspannung ließ nach, ihr Rücken wurde rund, die Schultern sackten ein kleines bisschen nach vorn. »Er hatte mehrere Rollen in Aussicht. Nicht nur hier in Wien. Das Hamburger Thalia Theater wollte ihn unbedingt haben. Und auch ein Filmprojekt war angedacht.«

»Dann ist also an der Vermutung, dass er vielleicht Selbstmord begehen wollte, nichts dran?«

Alice Meersburg lächelte gequält. »*Selbstmord?* Der Josef?« Sie schüttelte den Kopf. »*Niemals!*« Der Nachdruck, mit dem sie die Worte betonte, wirkte ein wenig seltsam, fand Paula. Als wäre es eine bewusste Anstrengung.

»Ja dann, haben Sie vielen Dank!« Paula streckte sich. Heute würde sie kaum noch etwas in Erfahrung bringen. Dass die Wohnung zum Teil beinahe einem Schrein für den Toten glich, war zumindest interessant.

Alice Meersburg begleitete sie ins Vorzimmer und meinte: »Ich hoffe, dass Sie das Thema nun abschließen können!« Der drohende Unterton war nicht zu überhören.

»Wie auch immer«, erwiderte Paula ausweichend und ließ ihren Blick ein letztes Mal im Vorzimmer schweifen. Ein blank polierter Spiegel, goldgerahmt, eine Jugendstil-Kleiderablage. Darauf Kleiderbügel aus dunklem Leder, wattiert und mit Messingnieten beschlagen. Designermantel, Jacken, Schals, zwei Regenschirme. Neben dem Eingang ein Schuhregal. Paula reichte Alice Meersburg die Hand und verabschiedete sich.

Als sie wenig später in ihrem eigenen Vorraum die Schuhe auszog und ins Wohnzimmer schlich, hatte sie den Fall zumindest für diesen Abend tatsächlich zu den Akten gelegt. Erschöpft, aber gleichzeitig auch zufrieden sah sie auf die Couch. Vor ihr, eng aneinandergeschlungen, lagen ihr jüngster Bruder und Lilly, beide in tiefen Schlaf versunken.

Freitag, 18. Dezember

4

Orsini fühlte sich wie gerädert.

Nach der Probe war er noch mit dem Komparserieleiter und dem Ex-Kommandanten beisammen gesessen, um die Abläufe seiner neuen Rolle durchzugehen. Die Aufgabe war zwar auf den ersten Blick einfach – wenn alles so ablief, wie es sollte –, konnte aber auch haarig werden, erklärte sein Vorgänger. Orsini hatte das Gefühl, dass er absichtlich übertrieb. Zufällig war Orsini danach einigen anderen Komparsen begegnet, hatte mit ihnen etwas getrunken. Über Meersburg und dessen Tod hatte er dabei aber nichts von Interesse herausgefunden, es schien fast, als sei das Thema tabu.

Zu Hause waren die Ereignisse auf der Probebühne unaufhörlich in seinem Kopf gekreist und hatten ihn lange keinen Schlaf finden lassen. Schließlich war er mitten in der Nacht aufgestanden und hatte eine Weile auf der Gitarre herumgezupft, bis er endlich gegen fünf doch noch auf dem Sofa eingenickt war.

Viel zu früh kam der Morgen, und mehr als ein schnell zubereiteter Espresso war nicht möglich, vor allem, weil der Kühlschrank leer war. Zu spät wollte er zur ersten Probe im Theater keinesfalls erscheinen, also hatte er den dringend fälligen Einkauf auf unbestimmte Zeit verschoben. Allerdings brauchte er einen klaren Kopf, weshalb er sich entschloss, auf die morgendliche Körperpflege zu verzichten und ein Ersatzfrühstück im Gehen einzunehmen. Das musste reichen.

Nun stand er vor einer Vitrine mit frischem Gebäck und gab seine Bestellung auf. Einige Jahre war es erst her, seit oben am Markt die einzige alte Bäckerin ihren Laden zugesperrt hatte. Innerhalb kürzester Zeit eröffneten auf dem kurzen Straßenabschnitt bis zum U-Bahn-Knotenpunkt vier neu gestylte Läden und verwandelten die Landstraße in die Bäckereimeile Wiens.

Der süße Duft hing auch draußen in der feuchten Luft und begleitete ihn bis zur Kreuzung. Während er sich das Croissant in den Mund stopfte und auf die Grünphase wartete, trat er von einem Fuß auf den anderen. Die Herumsteherei machte sich schon nach zwei Probentagen bemerkbar. Verspannungen in den Beinen und schmerzende Knie, registrierte er, schenkte den Beschwerden aber keine weitere Beachtung und überprüfte in einer Schaufensterscheibe rasch sein Äußeres.

Zerknittert und unrasiert. Genau so, wie der Komparserieleiter es von ihnen haben wollte: *Ihr stellt keine strahlenden Helden dar, sondern hartgesottene Kämpfer …*.

Abgesehen von der Kleidung entsprach er dieser Vorgabe auch perfekt. Die Maskenbildner würden sich freuen und ihm nur mehr etwas Puder auftragen müssen, um die Lichtreflexionen zu minimieren.

Bald überquerte er die Brücke über den Wienfluss. Das Tauwetter hatte aus dem halbgefrorenen Rinnsal wieder einen beachtlichen Fluss gemacht, dessen Kraft gemeinhin unterschätzt wurde. Er hatte die enorme Wucht der Wassermassen vor über fünf Jahren höchstpersönlich zu spüren bekommen – allerdings bei sommerlichen Temperaturen. Was ihn unweigerlich in Gedanken zu Paula führte, einer jüngeren, weniger scharfzüngigen Paula. Die jetzige hatte er seit ihrem Treffen beim Chinesen nicht wiedergesehen und nur einmal kurz mit ihr telefoniert.

Sie wollte sich heute bei ihm melden. Aber wie sollte er mit ihr kommunizieren, wo er doch die meiste Zeit auf der Bühne verbrachte und sie nicht immer ans Telefon ging?

Orsini wanderte im Zickzack der Gassen Richtung Stephansdom.

Weihnachten stand unübersehbar bevor. Die Innenstadt war – so wie jedes Jahr – herausgeputzt, um sich den Touristen von der besten Seite zu zeigen. Über den Köpfen der Passanten schwebte überdimensionaler Weihnachtsschmuck in leuchtend grellen Farben, und auf jedem verfügbaren Platz standen festlich dekorierte Holzbuden, um billigen Fusel an spendenfreudige Menschen mit dem nötigen Kleingeld zu verkaufen.

Selbst der Stephansdom – normalerweise ein einsamer Fels in der Brandung des unablässigen Konsums – war mit einem riesigen gesponserten Plakat verunstaltet. Zweifelnd marschierte Orsini weiter und fragte sich, warum er ausgerechnet heute die teuerste Einkaufsmeile entlangging, deren Geschäftsauslagen sich gegenseitig überboten.

Rote Dessous als Christbaumschmuck, ein Poster mit einer halb nackten Weihnachtsfrau in knappen Hosen und zwei Sternen auf den Brüsten, die auf einem Surfbrett voller Geschenke posierte, Haustiere als Christkind verkleidet. Als ihn dann noch ein lebender Weihnachtsmann anstrahlte, um ihm Werbematerial in die Hand zu drücken, bog Orsini ohne darauf zu reagieren in die schmale Naglergasse ein. Beim Haarhof machte er jedoch einen kleinen Umweg über die Wallnerstraße und blieb vor dem Schaufenster der auf Fernreisen und Kartenmaterial spezialisierten Buchhandlung stehen.

Rasch überflog er einige der Buchtitel: *Freiheit hinter dem Horizont, Die Seidenstraße, Jedem seine Insel …*

Voller Sehnsucht ging er weiter und hob den Kopf erst wieder, als er den Heldenplatz überquerte. Hinter dem Volksgarten gab der hartnäckige Hochnebel so viel an Sicht frei, dass Orsini das hellgrüne Dach des Theaters erahnen konnte. Ein schemenhaftes Schiff, das im Nebel schwamm.

Spätestens um 9.15 Uhr musste er sich in der Maske einfinden – noch eine Viertelstunde.

Zügig überquerte er den Platz, dem der erbärmlichste Moment der österreichischen Geschichte anhaftete wie ein schwerer Mantel, den er nie wieder abwerfen konnte. Orsini bahnte sich einen Weg zwischen den unvermeidlichen Weihnachtsständen hindurch und wäre beim Eingang zum Volksgarten beinahe in ein Schild geknallt. Mit einer unansehnlichen roten Kunststoffstange auf einem klobigen Betonsockel befestigt, wies das Schild zweisprachig darauf hin, dass der Weg bei Schneelage nicht geräumt und bei Glatteis nicht gestreut wurde. Die Hinweiswut der Stadt hatte auch vor dem historischen Park nicht haltgemacht. Orsini ging an dem Schild vorüber und folgte den matschigen Fußspuren derer, die sich vor ihm ebenfalls hineingewagt hatten.

Rio Grande, Bonica, Pascali, las er im Vorübergehen – klingende Namen, die fantasievolle Gärtner den Rosenbäumchen gegeben hatten. Allerdings steckten sie in groben Jutesäcken – Orsini musste sofort an seine kommende Tagesbeschäftigung denken: ein ebenso in Reih und Glied wartendes Heer, hier aber mit verkrüppelten, kopflosen Körpern. Die Aufschriften darauf vermittelten unbeabsichtigt internationales Flair und ließen Orsinis Fernweh weiter aufblühen: *Café do Brasil, Coffee Exporter since 1960.*

Kahle Kastanienbäume reckten ihre verstümmelten Äste zum Himmel. Der jedoch wollte die ersehnten Flocken nicht so schnell ein zweites Mal herausrücken. Der Wetterbericht für die kommenden Tage war ernüchternd und lautete: Hochnebel.

Angesichts der trüben Aussichten war es kein Wunder, dass so viele ihre Sehnsucht nach Sonne, Licht und Wärme im Kaufrausch ertränkten, als würde die Welt demnächst untergehen.

Eine Welt, die tatsächlich untergegangen war, hatte dies alles erschaffen, dachte Orsini und blickte über den Ring vom Parlament zum Rathaus. Auf der dreispurigen Straße staute sich der Verkehr hinter einem Fiaker, der einen zweiten überholte. Orsini versuchte sich vorzustellen, wie es hier ausgesehen hatte, ehe das Automobil seinen Siegeszug um den Erdball angetreten hatte.

Leer – die Stadt von damals würde einem Zeitreisenden wohl so vorkommen.

In den 1860ern, so viel wusste Orsini noch, war die erste Tramway den Ring entlanggefahren, eine größere Kutsche auf Schienen, aber von Pferden gezogen. Zu der Zeit, als auch die großen Bauten in Angriff genommen wurden. Plötzlich hatte er die Stimme seines Vaters im Ohr, wie er in ihm die Neugier auf das Vergangene weckte. Von den Kutschern erzählte, deren Arbeitszeit 16 Stunden und mehr betrug, die der Pferde hingegen nur vier.

Orsini sog die kühle Luft ein und streckte sich. Schon allein die Weite zwischen den großzügig angelegten Gebäuden ließ einen gerader dastehen.

Als Orsini bald darauf die Tankstelle beim Ausgang vom Park passierte, wurde gerade einem Kastenwagen der Tank gefüllt – zurück im 21. Jahrhundert, der Geruch nach Benzin …

Er warf einen Blick auf das wuchtige Theatergebäude, in dem er seinen Tag verbringen würde. Alleine das Stiegenhaus war groß genug, um ein kleineres Theater in sich aufzunehmen. Wie kein anderes Theater spiegelte die Burg nach wie vor den Stolz der Nation wider. Gelebte Tradition hinter dicken Mauern, die seit Jahren gegen Fernsehen, Film und Video bestehen musste. Dennoch hatte die Illusionsmaschine kaum an Strahlkraft verloren, allerdings war der Lack ein wenig angekratzt.

*

Die Pforte zur Theaterwelt – der Bühneneingang beim Portier – befand sich auf der Rückseite der Burg, der Innenstadt zugewandt. Die schwere Tür ging ständig auf und zu. Die Hälfte der Eintretenden kannte Orsini mittlerweile vom Sehen. Den königlichen Ratgeber Polonius, zum Beispiel, der soeben seiner Königin die Tür aufhielt.

Orsini überquerte die breite Straße und trat hinter einer Frau ein, deren Kopf unter einer extravaganten Pelzhaube steckte. Eilig, beinahe im Laufschritt, trabte sie am Portier vorbei, ohne diesen zu grüßen. Für einen Moment meinte Orsini, die Darstellerin der Ophelia zu erkennen. Dann summte es kurz, sie riss fahrig die gläserne Tür vor sich auf und hüpfte einem kleinen Mädchen gleich in den dahinter liegenden Gang.

»Sie wünschen?«, fragte der Portier Orsini, der es der Schauspielerin gleichtun wollte.

»Ich gehöre zur Komparserie«, gab Orsini Auskunft und blickte sich um. Der Portier trabte hinter einem Holztresen, auf dem sich etliche Pakete stapelten, hin und her und verteilte die Post in die Fächer. Er hatte einen leicht schelmischen Gesichtsausdruck und vermittelte doch zugleich das Gefühl, der wahre Herr im Haus zu sein. Als wüsste er, was in jedem der Briefe stand. Die Sitzbank auf der gegenüberliegenden Seite des Entrees wurde gerade von einem jungen Mann in Jeans mit technischen Geräten vollgeräumt. Kabeltrommeln und zwei Scheinwerfer landeten zuoberst auf einem wirren Haufen. Daneben schob er eine grüne Transportrodel mit dicken Gummireifen, die bis zu den Griffen mit Holzscheiten beladen war. Dann stellte er sich mit beinah untertäniger Geste zum Portier und erklärte, wer das Zeug abholen würde.

Der Portier nickte und wandte sich erst dann an Orsini: »Name?«

»Beer.«

»Wie noch?« Der Portier kontrollierte seine Liste.

»Conrad«, erwiderte Orsini. »Brauchen Sie einen Ausweis?« Natürlich trug er keinen Ausweis bei sich, und schon gar keinen mit diesem Namen. Doch wie beinahe immer half diese Frage sofort.

»In Ordnung«, meinte der Portier mit gutmütigem Gesichtsausdruck, machte ein Häkchen und drückte auf den Türöffner.

»War das eben die Lohr?«, erkundigte sich Orsini.

»Ja, unsere wunderbare Ophelia, auf die alle nur gewartet haben«, erwiderte der Portier und tippte sich in eindeutiger Weise auf die Stirn.

Orsini verstand, denn die junge Schauspielerin hatte bereits auf der Probebühne seine Aufmerksamkeit erregt. Ihrer Rolle im Stück nicht unähnlich, geisterte sie auch abseits des Scheinwerferlichts aufgedreht herum, reagierte auf alles leicht gekränkt und wirkte übernervös.

»Ist keine einfache Rolle«, meinte Orsini und öffnete die Tür.

»Tja«, seufzte der Portier, »es gibt eben Schauspielerinnen, die eine Rolle *spielen*, und es gibt Schauspielerinnen, die sich in die Figur *verwandeln*.«

Orsini nickte. »Die Komparserie ist wo?«

»Vierter Stock.«

Orsini marschierte los und blickte dabei auf seine Uhr – noch drei Minuten. Vor dem schwarzen Brett blieb er kurz stehen. Darauf hing der Spielplan neben Glückwünschen der Direktion für das bevorstehende Weihnachtsfest, direkt neben zwei Inseraten für gebrauchte Autos.

Zwei Stiegenhäuser und zahlreiche Türen später gelangte Orsini wieder an dieselbe Stelle. Das Haus war groß und ein wenig verwirrend, wie er feststellen musste. Bis jetzt hatte er gezögert, jemand um Hilfe zu fragen. Doch nun wurde es langsam knapp. Pünktlich würde er es ohnehin nicht mehr schaffen.

Die Tür zur Kantine öffnete sich, und ein Mann mit auffällig schmaler, langer Nase und silbergrauem Haar, in einen derben grauen Arbeitskittel gekleidet, kam die wenigen Stufen herunter.

»Wo geht's denn zur Komparserie?«, fragte Orsini ihn rasch.

»Ein Frischling«, meinte der Mann, musterte Orsini und griff sich an den ebenfalls grauen Ziegenbart. Orsini erinnerte sich an Paulas Schilderung. Der geschasste technische Direktor? Ein Hauch von Alkohol schien in der Luft zu schweben, nicht wirklich eine Fahne, aber doch ungewöhnlich für diese Uhrzeit. Der Ziegenbärtige deutete nach rechts, dann nach oben und meinte: »Vierter. Nimm den Lift.«

»Danke«, erwiderte Orsini und ging los.

Gerade als er den Taster drücken wollte, öffnete sich vor ihm die Lifttür, ein Bühnenarbeiter stieg aus und hielt Orsini die Tür auf.

»Wird eng«, bemerkte der Arbeiter lakonisch.

Erst jetzt sah Orsini, dass der Lift von oben bis unten mit aller Art von Requisiten vollgestopft war. Zwei übereinandergestapelte Sofas, drei Stehlampen, Teppichrollen, ein bunter Haufen Polster, eine Schneiderpuppe und Kisten.

»Wohin?«, fragte eine Stimme hinter den Kisten.

»Vierter Stock.«

»Nix da, wir müssn in Keller.«

Orsini seufzte, stieg wieder aus und hastete erneut die Stufen nach oben. Im vierten Stock angelangt, blieb er verzweifelt stehen. Wieder falsch?, fragte er sich, als es hinter ihm rhythmisch schnaufte.

Zwei Komparsen kamen plaudernd das Stiegenhaus herauf. Orsini schloss sich ihnen wie selbstverständlich an und betrat hinter den beiden wenig später endlich das Komparseriezimmer.

»Ah, der neue Kommandant ist *auch schon* da«, begrüßte ihn der Komparserieleiter mit ausdruckslosem Gesicht.

»Das Haus ist …«

»Man verirrt sich leicht, ich weiß«, unterbrach ihn der Komparserieleiter und drückte ihm einen Schlüssel in die Hand. »33 ist dein, ist *Ihr* Spind«, verbesserte er sich rasch. »Der ist nebenan in der Garderobe. Unten im Erdgeschoss ist dann noch ein eigener Raum für euch alle eingerichtet worden mit den Uniformen, und wenn ihr zwischen den Szenen von der Maske was braucht.«

Orsini nickte und nahm den Schlüssel in Empfang.

»Ist die Aufgabe als Kommandant klar?«

»Ich gehe als Erster auf die Bühne und als Erster auch wieder ab«, rekapitulierte Orsini.

»Genau.«

Das linke Augenlid des Komparserieleiters hatte sich selbstständig gemacht und bewegte sich unaufhörlich auf und ab wie ein schadhaftes Garagentor. Allerdings mit erhöhtem Tempo. Jede Menge Kaffee und durchwachte Nächte, vermutete Orsini und fragte sich, welchen konkreten Deal es zwischen Paula und dem Komparserieleiter gab.

»Wenn das Lichtzeichen auf dem Boden leuchtet, heißt das Achtung, und wenn es erlischt, zähle ich für den Marsch ein.«

Der Komparserieleiter nickte. »Sollte es irgendwelche Probleme geben, bin ich jederzeit erreichbar«, fügte er hinzu und widmete sich bereits wie selbstverständlich den nächsten Komparsen.

Während Orsini sich umkleidete, trafen auch die letzten Komparsen ein. Die Atmosphäre ähnelte der einer Turnsaal-Garderobe: laut und stinkend, voller Pubertierender, mehr als doppelt so viele hineingepfercht als eigentlich vorgesehen. Die Fenster waren dementsprechend beschlagen.

Einer der Komparsen – ein schräger Typ mit tätowierten Unterarmen und trainiertem Körper – wandte sich grinsend an Orsini: »Als Kommandant wird man einfach besser behandelt.«

»Was?«, fragte Orsini, der gerade seinen eigenen Gedanken nachhing und damit beschäftigt war, sein Hemd zuzuknöpfen.

Der Komparse wies mit einer Hand zum Komparserieleiter, der eben den Raum verließ: »Na ja, *uns* zieht er jede Minute, die wir zu spät kommen, gnadenlos vom Lohn ab. Bei dir vermutlich …«

»Dann sollte man eben pünktlich sein«, entgegnete Orsini und kam sich angesichts seiner eigenen Unpünktlichkeit sofort besserwisserisch vor.

»Außerdem verkürzt er die Pausen, wie er will.«

»Dann solltet ihr …«, Orsini zog sich stöhnend die engen Stiefel an, die bis zu den Waden reichten, »ihn zur Rede stellen.«

»Das hat sich bis jetzt niemand getraut. Vielleicht …« Der Komparse machte eine Kopfbewegung, die ihm, Orsini, die Verantwortung dafür zuwerfen sollte.

»Warum, ihr seid doch bewaffnet«, meinte Orsini und deutete grinsend auf dessen Schwert.

»Du hast leicht reden, wirst schon noch sehen.«

»Weil?«

»Von der miesen Bezahlung kann doch keiner auch nur annähernd existieren! Außer du brauchst das Geld nicht so dringend«, antwortete der Komparse und hielt Orsini die Hand hin. »Jeff.«

»Conrad!« Überrascht vom kräftigen Händedruck, rieb Orsini sich die Finger und fragte: »Minigolf?«

»Tischfußball«, erwiderte Jeff schlagfertig, fuhr sich durch die dünnen schwarzen Haarsträhnen und warf sich einen groben Mantel über. »Die meisten haben Nebenjobs beim Film.«

»Ist vermutlich nicht so langweilig«, warf Orsini ein.

»Das nicht. Aber wer glaubst du, vermittelt diese Jobs?«

»Verstehe«, Orsini griff noch einmal in seinen Spind. »Ein kleines Nebengeschäft…«

»Ein *kleines*«, wiederholte Jeff amüsiert. »Normalerweise kreuzt der nur selten hier auf, ist ständig unterwegs.«

»Und jetzt?«

»Das ist nur wegen dem Unfall«, erklärte Jeff. Als er sah, dass Orsini sein Handy im Wams verbarg, riet er ihm: »Schalt es ja aus, sonst bist du beim ersten Ton weg!«

»Keine Sorge«, entgegnete Orsini und versuchte möglichst beiläufig nachzuhaken: »Hattest du eigentlich Dienst, als der Unfall passiert ist?«

»Ja«, meinte Jeff aber nur kurz, schnappte seinen Helm, schob ihn unter den Arm und eilte voraus. »Bis später, Kommandant!«

*

Paula rieb sich die Augen – die vergangene Nacht war viel zu kurz gewesen.

»Lilly?«, fragte Wilasich und wechselte dabei den Fahrstreifen. Er hatte selbst drei Töchter und kannte durchwachte Nächte zur Genüge.

»Ja«, erwiderte Paula einsilbig.

Sie befanden sich auf dem Weg zu einem Wohnhaus in Wiens noblem Vorort Hietzing. Die Eigentümerin stand im Verdacht, sich eines Geschäftspartners entweder selbst entledigt oder zumindest dies in Auftrag gegeben zu haben. Außerdem schien sie in äußerst dubiose Geschäfte verwickelt zu sein. Gemeinsam mit den Kollegen von der Wirtschaftskriminalität und der Observationseinheit ermittelten sie nun schon seit über zwei Monaten in der Sache, kamen aber kaum vom Fleck. Sie konnten weder der Eigentümerin noch deren *Mitarbeitern* etwas Hieb- und Stichfestes nachweisen.

Noch dazu war die Observationseinheit, wie alle anderen auch, chronisch unterbesetzt, sodass an manchen Tagen auch die Kriminalbeamten ihre Stunden absitzen mussten, obwohl dies eigentlich nicht zu ihren Aufgaben zählte. Anfangs hatte Paula es interessant gefunden, die Kollegen zu unterstützen. Aber mittlerweile hatte die Sache längst an Reiz verloren und brachte hauptsächlich Nackenverspannungen und Fastfood-Verpflegung mit sich.

»Was ist mit unserem *Undercover-Agent?*«

»Haben nur kurz telefoniert, ist voll im Einsatz.«

»Als was?«

»Standbild im Hintergrund.«

Wilasich schmunzelte. Er hatte Paulas Überzeugungskünste unterschätzt. Nie hätte er gedacht, dass Orsini sich auf so etwas einlassen würde. Er sah Paula von der Seite an. Sie war eine attraktive Frau, auch wenn sie sich und ihrer Umgebung das Leben durch ihre direkte und ungeduldige Art oft genug schwer machte. Besonders Kollegen wie Viktor Kubizek waren ihr nicht gerade wohlgesinnt. Je eher sie lernte, ihre scharfe Zunge zu zügeln, desto leichter würde sie in Zukunft dem Schussfeld der Intrigen entfliehen, das in regelmäßigen Abständen unter dem Stichwort Reform aufflammte.

Auch Orsini war damals unter Feuer geraten, hatte sich aber durch seine Kündigung selbst aus dem Spiel genommen. Allerdings gab es da wohl immer noch offene Rechnungen und einige, die diese Rechnungen bestimmt gerne getilgt hätten. Schon alleine deswegen war es heikel, Orsini einzusetzen. Auch für Paula, die sich zwar mit erstaunlicher Energie in eine Ermittlung warf, wenn es sie interessierte, andererseits aber immer wieder zurückstecken musste. Sei es wegen der Kleinen oder aber auch, weil in ihr etwas arbeitete, das er immer nur kurz zu Gesicht bekam.

Sie schien manchmal unzufrieden mit dem Alltag als Ermittlerin, als zöge es sie woandershin. Dass sie ihr Psychologiestudium, für das sie ursprünglich freigestellt worden war, wegen Lilly abgebrochen hatte, war in zweierlei Hinsicht ihre Achillesferse. Einerseits nagte es an ihr, andererseits bot es den Kollegen Gelegenheit zu Breitseiten.

»Ich habe gestern Abend noch mit Alice Meersburg gesprochen«, fuhr Paula fort.

Wilasich sah kurz fragend zu ihr hinüber. »Mit wem?«

»Mit der Schwester des Toten, sie ist die Chefin der Kostümbildner.«

»Ach so. Und?«

»Na ja. Die Trauer um ihren Bruder ist ihr anzumerken. Sie sieht ziemlich erledigt aus, Schlafmangel wahrscheinlich.«

»Aber?«

Paula lächelte. Wila – wie sie ihn intern nannten, auch wenn er es nicht so gern hörte – hatte ein feines Gespür für Zwischentöne.

»Josef Meersburg war jedenfalls ein Star, so viel steht fest. In ihrer Wohnung hängen zig Bilder von ihm.«

»Das ist ja nichts Außergewöhnliches.«

»Nein. Aber es muss doch schwierig sein, wenn der Bruder so im Rampenlicht steht, oder? Außerdem, auf ihrem Schreibtisch …«

»Schreibtisch?«, unterbrach Wilasich sie. »Du hast doch nicht etwa …?«

»Nein, nein, ich hab gar nichts … es ist nur so, dass Meersburg …«, Paula tippte auf ihrem Handy herum, bis ein bestimmtes Foto erschien.

»Also doch!«, knurrte Wilasich pro forma, »sie hat dich hoffentlich nicht dabei gesehen?«

»Nein. Also, hier, das ist ein Kontoauszug von ihm. Für einen Burgschauspieler, der sich vor Rollenangeboten kaum retten kann, ist es doch merkwürdig, dass sein Konto überzogen ist, oder?«

Wilasich bremste vor der Ampel beim Schloss Schönbrunn und hielt an. Er ließ seinen Blick wandern. Hundehütten, hatte Orsini sie genannt. Wie überall in der Stadt verunstaltete auch hier eine Art Wagenburg den Vorplatz. Christbaumschmuck, Kerzen, Kitsch und garantiert hausgemachter Punsch. Für manche ein idyllischer Ort, um die langen Abende der Vorweihnachtszeit zu überbrücken. Für andere eine Plage, und wiederum für andere ein willkommenes Arbeitsfeld: Taschendiebe hatten in der alkoholschwangeren Luft leichtes Spiel.

»Wenn alle, die auf dem Konto ein Minus haben, sich aufspießen würden, hätten wir das weltweite Bevölkerungswachstum locker im Griff«, meinte er.

Paula nickte. »Du hast wahrscheinlich recht. Ist nur so ein Gefühl.«

»Ein Gefühl? Das klingt eher wie …«

»Orsini, ich weiß«, fiel Paula ihm ins Wort. »Außerdem war Meersburg vermutlich nicht so allseits beliebt, wie die Direktorin es gern darstellt. Vor allem nicht nach dem, was er zuletzt so von sich gegeben hat.«

Wilasich zog die Stirn kraus.

»Vor der Premiere«, fuhr Paula fort, »ist ein langes Interview mit ihm erschienen. Darin ist er unter anderem über seinen Kollegen – den Jungstar Lang, der den Hamlet spielt – hergezogen. Weil der in einer TV-Serie mitgespielt hat und seitdem auf dem Silbertablett herumgereicht wird.«

Wilasich ließ den Wagen wieder anfahren und entgegnete: »Auch das ist in diesen Kreisen ziemlich normal, schätze ich.«

*

Zehn Minuten vor dem offiziellen Probenbeginn stand Conrad Orsini vor dem Eingang zum Bühnenraum. An der zerkratzten, doppelflügeligen Tür klebte ein Zettel, auf dem um Ruhe auf den Gängen gebeten wurde. Jemand hatte mit Kugelschreiber *Warum?* daruntergeschrieben. In der Ecke vor der Tür lag ein achtlos hingeworfener Ledergurt samt Werkzeug, aus dem schwarze Nägel herausgekullert waren. Daneben ein flacher Behälter mit Kolophonium für die Schuhsohlen wegen der Rutschgefahr auf der Bühne.

Als Orsini die Bühne betrat, umgab ihn mit einem Schlag eine besondere Stimmung. Anders als im Arsenal, stellte er fest und legte den Kopf in den Nacken. Heilige Hallen …

Im Zuschauerraum hatten sich bereits die Assistentinnen niedergelassen. Susanne – die Einzige, deren Namen er sich gemerkt hatte – flitzte unentwegt zwischen Bühne und Zuschauerraum hin und her. Ihr Arbeitseifer war beachtlich. Daneben hatten sich die Chefs von Licht und Ton eingefunden. Offenbar waren sie gut gelaunt, denn Orsini hörte sie lachen. Jeff, den er gerne weiter zum Unfall ausgehorcht hätte, sah er vorerst nirgends.

Dafür stakste der Bühnenbildner vor der ersten Zuschauerreihe nervös auf und ab. Seine hochgeschossene Figur erinnerte Orsini an eine Skulptur von Giacometti. Zu dünn für diese Welt. Wie ein Schoßhund folgte ihm sein ebenfalls schlanker Gehilfe auf dem Fuß.

Unablässig deutete der Bühnenbildner auf verschiedene Kulissenteile. Die Verzweiflung stand ihm ins Gesicht geschrieben, denn die Bühne hatte sich noch keineswegs in das prunkvolle Schloss Helsingör verwandelt. Vielmehr glich sie einem Abstellplatz, auf dem Figuren planlos herumhuschten.

»Bitte nicht«, hörte Orsini ihn plötzlich flehen.

Ein Arbeiter hatte mit einer Leiter ein Wandfragment gerammt. Sofort sprang der Schoßhund auf die Bühne, schnappte sich ein schwarzes Klebeband und versuchte damit die frisch abgeschlagene Ecke zu reparieren.

Mehrere Arbeiter standen daneben und sahen tatenlos zu.

»Der is a Talent«, raunte einer. Die Hosenenden seines schwarzen Overalls hatte er bis über die enorm dicken Waden aufgekrempelt, und der Werkzeuggurt hing – wie bei einem Cowboy der Pistolengurt – locker an seiner Hüfte.

»Was!«, fuhr der Schoßhund auf.

»Ob ich helfen kann?«, erwiderte der Cowboy, nahm seinen Hammer aus dem Gurt, hieb sich damit auf die flache Hand und grinste frech. Womit er nicht gerechnet hatte, war allerdings die schnelle Reaktion seines Vorgesetzten.

Des Bühnenmeisters.

Dieser verkörperte nahezu den perfekten Kontrast zum schlanken Bühnenbildner.

Der Bühnenmeister – oberster Arbeiter gewissermaßen und doch auch mehr als das – wirkte ob seiner Leibesfülle nicht nur wie ein gestandener Bulle frisch von der Weide, er schnaufte auch genau so. Seine Stimme hingegen war zart, gehaucht fast. Dennoch hatte er offensichtlich kein Problem, sich Respekt zu verschaffen, und dirigierte mit seiner leisen Art mühelos die gesamte Mannschaft.

»Du holst schwarzes Stoffklebeband!«, wies er den Cowboy mit ruhiger Stimme an, »du den Tacker«, einen Zweiten.

»Ich drehe hier noch durch!«, klagte der Bühnenbildner indessen etwas von oben herab – im doppelten Wortsinn. Noch dazu hatte er einen norddeutschen Akzent, was bei der großteils einheimischen Arbeiterschaft nicht unbedingt gut ankam.

»Das ist ganz normal«, erwiderte der Bühnenmeister zweideutig und wies auf die ramponierte Stelle, »eine Kleinigkeit.«

»Eine Kleinigkeit nennen Sie das?«, ereiferte sich der Schoßhund.

Sein Gekläffe schien dem bulligen Bühnenmeister allerdings keine Antwort wert.

»Zweiter Akt, zweite Szene!«, donnerte plötzlich der Lichttechniker. Eine Warnung an alle, denn soeben betrat der Regisseur den Zuschauerraum.

Binnen Sekunden verschwanden sämtliche nicht in der Szene benötigten Objekte, die laute Gesprächskulisse ging in Gemurmel über, Vorhänge fuhren in die Höhe, und in den Gängen formierten sich Schauspieler und Komparsen. Arbeiter, Requisiteure und Techniker, die auf der Bühne und doch unsichtbar zu sein hatten, verbargen sich rasch hinter Kulissen oder Vorhängen.

»Auf Beginn!«, rief eine tiefe Stimme von irgendwo.

»Die Probe hat begonnen, ich bitte alle Beteiligten um absolute Ruhe«, wiederholte die sachlichere Stimme des Inspizienten aus den Lautsprechern. Anders als auf der Probebühne saß er in einem engen Verschlag aus Plexiglas seitlich der Bühne, vor ihm ein Pult mit unzähligen Tastern, mit denen er die überall verteilten Lichtzeichen ein- und ausschalten konnte.

Angeführt von Orsini marschierten die Komparsen im Gänsemarsch an ihren Platz auf dem schrägen Podest. Vor der schmalen Treppe kam es zu einem Stau, weswegen es eine Weile dauerte, bis sich die gewünschte Formation gebildet hatte.

Orsini ging in Position und blickte in den Zuschauerraum,

der sich nun in ein dunkles Loch verwandelt hatte. Nur der Regisseur war im fahlen Licht der Lampen zu erkennen, wie er sich mit dem Komponisten unterhielt. Knapp vor der Bühnenkante, halb hinter einem Vorhang verborgen – in der sogenannten Nullergasse – erspähte Orsini noch die Souffleuse, die mit aufgeschlagenem Buch Platz genommen hatte.

»Gute Nacht«, meckerte einer der Komparsen.

»Ruhe!«, zischte der Komparserieleiter aus einem der Seitengänge. Ein Wichtigtuer, von dem Orsini kaum Unterstützung zu erwarten hatte. Da war Jeff schon vielversprechender, dachte er und fuhr seine Antennen aus. Neben der Anspannung, die auch schon auf der Probebühne herrschte, war hier im Haus eindeutig noch etwas anderes spürbar.

War einer der Anwesenden hier tatsächlich für Meersburgs Tod verantwortlich? Als Kriminalbeamter hatte Orsini sich so gut wie immer auf seine Intuition verlassen können. Lag es bei Paulas Ahnungen ähnlich? Oder war sie nur dieser Stimmung aufgesessen, die die Burg ohnehin auszustrahlen schien?

Gründe, Meersburg umzubringen, konnte Orsini sich mittlerweile zur Genüge vorstellen.

Alleine schon die Rivalitäten unter den Schauspielern oder eventuelle Ambitionen Meersburgs in Richtung Regie.

Als das Licht wechselte, konnte Orsini die Dramaturgin gut beobachten, wie sie zwischen dem Regisseur und den Umstehenden Bindeglied spielte. Im schwachen Licht der Lampe flog ihr Kopf ständig hin und her. Ob ihr diplomatisches Geschick auch für die Dauer einer Produktion ausreichte? Wie war ihr Verhältnis zum Toten gewesen? Dass sie hinter ihrem Rücken mit dem Spitznamen *schwarze Hexe* tituliert wurde, hatte nicht nur mit ihrer Lieblingsfarbe zu tun – so viel war klar.

Ebenso gut war es natürlich denkbar, dass jemand aus dem technischen Bereich eine Rechnung beglichen hatte. Nicht jeder Schauspieler ging mit dem Fußvolk, das für den Betrieb unerlässlich war, besonders wertschätzend um.

Inzwischen waren sie bei der nächsten Szene. Zu Orsinis Überraschung gab der Regisseur heute mehr oder weniger sachliche Anweisungen, wurde zwar manchmal laut, aber nicht ausfällig. Der Grund für dieses ungewohnte Verhalten saß zwei Reihen dahinter – in Person der Direktorin.

Orsini hatte sie bis jetzt nur flüchtig ein einziges Mal am Gang gesehen. Sie hatte sogar oberflächlich-freundlich gegrüßt. Die Burgherrin war etwas füllig und hatte blonde glatte Haare. Auffällig an ihr war eigentlich nur der knallige rote Lippenstift, der ihrem teigig-weichen Puppengesicht einen Hauch von Exaltiertheit gab. Aber eben nur einen Hauch.

Über seinem Kopf surrte es nun – die Scheinwerfer richteten sich wie von Geisterhand gesteuert ein –, und binnen einer Sekunde waren nur mehr diejenigen Bühnenausschnitte in Licht getaucht, die ein erlesenes Zimmer im Schloss darstellen sollten. Schwere Möbelstücke, seidene Tapeten, samtene Vorhänge mit Brokat verziert.

Jetzt traf Orsini ein hartes Licht von unten, was ihn gewollt dämonisch erscheinen ließ, so hatte es zumindest der Lichttechniker erklärt. Orsini fand irgendwie Gefallen daran und reckte sein Kinn.

Mit dem Zeigefinger schob er den Ärmel seines Mantels ein wenig nach hinten und kontrollierte seine Uhr. Er durfte die Zeit nicht übersehen. Sonst würde jemand beginnen, Fragen zu stellen. Aber solange das Pausenchaos herrschte, war alles in Ordnung. Mittlerweile wusste er auf die Sekunde genau, wie lange er für den Weg herauf und wieder zurück brauchte. Einmal oben, hatte er alles im Überblick ohne gesehen zu werden.

Er dachte sich den modernen Stahlrost weg und befand sich augenblicklich am originalen alten Rollenboden. Es war, als würde er im Inneren eines gigantischen Uhrwerkes stecken.

Alles um ihn drehte sich und wurde weiter gedreht, ein Seil sauste hinauf, ein anderes hinunter. Rollen bewegten sich entweder im Gleichschritt oder im Alleingang. Gegengewichte hoben und senkten sich parallel dazu. Dass all dies früher mit purer Manneskraft bewerkstelligt worden war, flößte ihm noch immer größten Respekt ein.

Als er zum ersten Mal hier heroben gewesen war, hatte er höllischen Lärm erwartet und war beinahe enttäuscht gewesen. Plötzlich erlosch im gesamten Bühnenbereich das Licht. Vermutlich probierten die Lichttechniker etwas aus. Er hielt sich an einem der Dachbalken fest, Seile surrten knapp vor seinem Gesicht. An manchen Tagen war die Verlockung, seine Finger dazwischen zu halten, fast zu groß. Aber dann hielt ihn jedes Mal das Flüstern der Maschinerie zurück.

Dann kehrte das Licht wieder. Unter ihm bereiteten sie gerade die Kulissen für Hamlets großen Auftritt vor. Wassermassen wurden aus den darunter liegenden Tanks in ein längliches Becken geschüttet. Hamlet würde am Rand sitzen, mit einer Hand im Wasser planschen und Ophelia zurückweisen – dem Burgtheater war nichts zu teuer.

... wir sind ausgemachte Schurken, alle: trau keinem von uns.

Und sie würde es sich wie immer viel zu sehr zu Herzen nehmen.

Mit einem weiteren Kontrollblick auf die Uhr an seinem Arm ließ er den Rollenboden hinter sich und ging hinaus ins Freie. Die kleine, unscheinbare Tür zum Dach war vielen unbekannt. Ohnehin verirrte sich selten jemand bis hier herauf. Und wenn, dann benutzten sie eher die Treppe auf der Rückseite des Theaters.

Er strich mit dem Finger über das nebelfeuchte Geländer, hielt sich daran fest und beugte sich weit vor. Ein ebenso idealer Ausguck wie Rückzugsort. Je nach Bedarf.

Orsini hatte jegliches Zeitgefühl verloren. Die Pause war viel zu kurz gewesen. Nun befand er sich wieder in dieser Zwischenwelt, von der er zuvor nicht geahnt hatte, dass es sie gab: Sein Körper war wach, aber reglos, sein Geist driftete hingegen freizügig von einem Tagtraum zum nächsten. Es fühlte sich an, als wären sie alle in einer großen unterirdischen Höhle, fliehende Schatten an den Wänden. Vergessen war der Vorsatz, alles und jeden nüchtern zu beobachten. Doch wie aus weiter Ferne erreichte ihn dann doch etwas, das ihm bekannt vorkam.

Ist dies schon Tollheit, hat es doch Methode…

Er gab sich einen Ruck, lockerte unauffällig seine Schultern und hörte auf den Text. Darin war von Irrsinn und Grabesstimmung die Rede. Nicht gerade aufheiternd, dachte er und blickte in den Zuschauerraum. Dort, in dem Grüppchen nahe der Türen, tat sich gerade etwas.

Köpfe bewegten sich, eine kleine Welle der Unruhe. Sitze knarzten. Als sich mit der Szene das Licht veränderte, erkannte Orsini Ophelia. Daneben eine der Assistentinnen, die sich zu ihr beugte und ihr etwas ins Ohr flüsterte. Offenbar nichts Erfreuliches. Denn Ophelia gestikulierte mit schlaksigen, beinah unkoordinierten Bewegungen, fast wie um die Assistentin zu verscheuchen. Die Umstehenden gingen auf Abstand, bis auf einen.

Die Chefdramaturgin blickte strafend hinüber, was Ophelia allerdings nicht zu merken schien. Knapp hinter ihr stach eine hochgeschossene Figur in einem langen, elegant fallenden Mantel hervor, die Ophelia um gut einen Kopf überragte. Helle, vielleicht sogar weiße Haare, männlich, mehr sah Orsini nicht. Jetzt legte er Ophelia die Hand auf die Schulter, doch sie beutelte sich, als wollte sie auch ihn abwehren und stieß den Mann regelrecht von sich.

Der Assistentin schleuderte sie gleichzeitig gut hörbar entgegen: »Nein! Das mache ich bestimmt nicht!!«

Der Regisseur fuhr zusammen und ließ unterbrechen.

»So geht das nicht!«, herrschte er sie an.

Worauf Ophelia in Tränen ausbrach und heulend hinauslief.

Es wurde weitergeprobt, man musste Anlauf nehmen, im Textbuch vier Seiten zurück…

Als die Königin *Mehr Inhalt, wen'ger Kunst!* von sich gab, kam es vom Truppenkern leise zurück: »Sie hat ja soo recht.«

Orsini starrte vor sich hin und wartete auf den Jähzorn des Regisseurs. Dieser schien die Replik jedoch nicht gehört zu haben.

Die Königin hingegen sehr wohl. Böse funkelte sie das Heer an, um sich dann jedoch wieder rasch auf die Szene zu konzentrieren. Sie war eine kleine, aber durchaus resolute Person. Allerdings schien niemand sie besonders leiden zu können. Als Schauspielerin hingegen verdiente sie Respekt.

Selbst den fülligen König, der sie um einen Kopf überragte, stellte sie mühelos in den Schatten. Ein Blick, ein scharf gesprochener Satz, eine weiche Wendung, genau gesetzte Pausen, eine gezierte Bewegung der Fingerspitzen, eine angedeutete Geste mit dem Kinn – all das ließ auf edelstes Geblüt schließen, obwohl sie im wirklichen Leben laut Orsinis Kollegen aus einem Kaff kam, in dem man mit Shakespeare wohl wenig am Hut hatte.

Als eine Ewigkeit später der Satz erklang: *Zwanzig Minuten*

Pause für alle!, hätte Orsini sich am liebsten auf der Stelle fallen lassen, so sehr schmerzten bei der ersten Bewegung seine Glieder. Dennoch ließ er sich Zeit und trat wie zufällig mit Jeff vom Podest.

»Du bist fast eingeschlafen!«, meinte Jeff belustigt.

»Wie haltet ihr das aus? Ich weiß nicht, ob ich den Job weitermache«, knurrte Orsini und wich einem Arbeiter aus, der einen Kulissenteil herantrug. Das Ding überragte ihn um Mannshöhe, sodass er damit beinahe an einem der Vorhänge hängen blieb.

»Vorsicht!«, rief jemand.

Orsini und Jeff sprangen zur Seite. Ein zweiter Arbeiter hechtete an ihnen vorbei, zog einen Captain-Hook-Haken hervor, fädelte ihn in ein Loch in der Kulisse und packte zu.

»Ein Ameisenhaufen«, bemerkte Orsini und sah zu, wie im Bühnenboden eine Klappe geöffnet wurde. Daneben lag ein Turm aus aufgerollten Kabeln.

Jeden Tag ein anderes Stück, dachte er. Wie viele Kilometer Kabel wurden wohl pro Saison verlegt und wieder entfernt? Wie viele Rollen Klebstreifen, wie viele Nägel – Orsini bemerkte ein dickes Pflaster –, wie viele blaue Daumen?

»Ameisen sind aber organisiert«, meinte Jeff.

»Vielleicht ist es organisierter, als es wirkt«, entgegnete Orsini und folgte Jeff auf den Gang.

»Natürlich. Trotzdem, im Grunde ist es eher wie eine Großfamilie.«

»Wie meinst du das?«

Jeff sah sich links und rechts um, ehe er in gedämpftem Ton weitersprach: »Untereinander wird oft genug gestritten, nach außen hin halten sie aber zusammen wie Pech und Schwefel!«

»Gestritten?«

»Bildlich gesprochen«, entkräftete Jeff sofort, »was in einer Familie halt so läuft. Sind ja auch einige wirklich verwandt.«

»Verwandt?«

»Na ja, der Meersburg und seine Schwester, die Alice zum Beispiel. Und einer der Lichttechniker hat erst im Sommer die neue Beleuchterin geheiratet. Geschwister, Mutter und Sohn, hier findest du alles! Und am Schnürboden oben ist überhaupt alles seit drei Generationen in einer Hand.«

»Verstehe«, sagte Orsini und wartete. *Alice Meersburg*, machte er sich einen mentalen Knoten ins Taschentuch, *am besten eine zufällige Begegnung*, und fuhr fort: »Und die Dramaturgin? Auf die sind die anderen ja nicht soo gut zu sprechen.«

»Die schwarze Hexe?«

Orsini nickte. Längst hatte er den Spitznamen registriert. Der Zusatz *schwarze* bezog sich auf deren permanent in dieser Farbe gehaltene extravagante Kleidung. Einziger bunter Tupfer war ein knalliger Seidenschal.

»Ein bellender Hund beißt nicht. Die schupft den Laden, das ist nicht einfach.« Jeff zog eine zerknitterte Zigarettenpackung aus seiner Hosentasche. »Willst du?«

»Gern!«, Orsini tat erfreuter, als er tatsächlich war, hatte er doch gerade erst mit dem Rauchen aufgehört. Aber leider waren die Glimmstängel als soziales Bindeglied so gut wie unersetzlich. Und so standen sie wenig später vor einem Seiteneingang des Hauses. Jeff stellte den Fuß in die Tür und blies den Rauch in Richtung Löwelstraße. Orsini paffte vor sich hin – zumindest ohne zu inhalieren – und blickte nach oben: Nach wie vor nicht die geringste Aussicht auf Sonne.

»Die richtige Stimmung für einen Selbstmord. Noch dazu bei der Produktion. Dieses Stück macht alle fertig. Die Ophelia«, Jeff nahm einen tiefen Zug seiner Zigarette, »die wird bald komplett durchdrehn, wenn du mich fragst.«

»Wieso glaubst du das?«

»Seit dem Unfall, wie soll ich sagen, die war vorher auch schon nicht ganz dicht. Aber jetzt…«

»Sie wirkt ein bisschen hysterisch.«

»Ein bisschen? Du untertreibst. Sie ist ja an dem Tag am Bühnenrand gestanden, wie's passiert ist. Normalerweise hätt sie schon längst Pause gehabt. Aber ich hab gesehen, wie sie auf den Toten gestarrt hat, konnte sich fast nicht abwenden. Seither kommt sie aus dem Zittern nicht mehr raus.«

»Das heißt, du warst auch auf der Bühne, als er…«

»Na klar! Wir waren alle da, so gut wie alle. Ist doch eine der wildesten Szenen überhaupt! Wirst schon sehen. Und seither sind alle noch abergläubischer als vorher!«

Jeff schüttelte den Kopf und trat seine Zigarette aus. Doch ehe Orsini nachhaken konnte, griff Jeff in die Hosentasche, holte sein vibrierendes Handy hervor und ließ Orsini in der Kälte stehen.

*

Geistesabwesend steckte Paula einen Duplo-Stein auf einen anderen und sah zu, wie Lilly weitermachte.

»Du bist dran!«, drängte Lilly.

Sie waren gerade dabei, einen weiteren Trakt zu einer neu errichteten Ritterburg hinzuzufügen. Jedes Mal, wenn Lilly Zeit mit ihren Cousins oder wie heute nach dem Kindergarten mit Paulas jüngstem Bruder Jojo verbrachte, kam eine bemerkenswerte Mischung aus zweierlei Klischees dabei heraus.

Das mädchenhafte Klischee stach in Form eines Turmzimmers hervor, in dem Lillys diverse Polly-Pocket Figuren als Prinzessinnen gekleidet saßen und Tee tranken oder strickten. Zumindest gab es auch einen Prinzen, der zu ihren Füßen still sitzen musste.

Am anderen Ende der Burgzinnen hielten klassische Ritter das zweite Klischee in Ehren, indem sie Wache schoben, während im Burghof die hölzernen Tiere eines Bauernhof-Sets grasten – vor allem die vielen Pferde, die Paulas Mutter Lilly letzte Weihnachten geschenkt hatte.

»Mama!«, rief Lilly und zielte mit einer aus Duplo-Steinen improvisierten Pistole auf Paula, »Hände hoch!«

In Paula stieg leiser Zweifel auf, ob sie das Spiel ihrer Tochter gutheißen sollte. Wie kam Lilly auf die Idee, sich selbst eine Waffe zu bauen? Oder war das eine naive Frage?

Jedenfalls erinnerte es Paula an die Schießübungen, die sie schon längst wieder hätte absolvieren müssen. Nach Weihnachten, dachte sie, hob kurz ihre Arme und platzierte dann einen schon etwas abgenutzten Playmobil-Cowboy auf der Mauer, der zuvor die Pferde versorgt hatte.

»Peng, peng!«, machte Lilly und stieß ihn von der Mauer.

Daraufhin beschlossen die Prinzessinnen, dass sie einen Ausritt über die Prärie machen wollten und warfen sich in ihr improvisiertes Cowgirl-Outfit.

Während also die Pferde über den Teppich donnerten, ließ Paula sich zurücksinken.

Ob Conrad auch gerade auf der Bühne Wache schob? Sie hätte ihn längst anrufen sollen, um ein Treffen zu vereinbaren oder sich zumindest telefonisch auszutauschen. Aber in Gegenwart der Kollegen war dies ungünstig. Außerdem würde sie ihn vermutlich kaum erreichen. Ob er überhaupt etwas in Erfahrung gebracht hatte? Sie wusste selbst nicht so genau, weshalb sie dieser Todesfall nicht losließ – aller Wahrscheinlichkeit nach war Meersburg einfach zu früh losgegangen.

Vermutlich interpretierte sie zu viel in die Sache hinein. Sie musste zugeben, dass der Trott der täglichen Arbeit sie gelegentlich lähmte und die Aussicht auf einen ungewöhnlichen Ermittlungsrahmen sie durchaus lockte.

Allerdings war schon beim Lokalaugenschein am Tag nach Meersburgs Tod etwas in der Luft gelegen.

Eine schwer fassbare Mischung aus Schrecken und So-tun-als-wäre-nichts-geschehen. Dazwischen aber waren Blicke aufgeflackert, die auf Erleichterung oder schlechtes Gewissen hatten schließen lassen. Oder auf Geheimnisse, die bewahrt werden mussten. Wenn sie mit ihrer Befürchtung richtiglag, geisterte möglicherweise jemand unbehelligt durchs Theater, der bei dem Unfall zumindest nachgeholfen hatte.

Der Hamlet-Darsteller zum Beispiel hatte sich neben sie gestellt, das Kinn nachdenklich in der Hand ruhend, als wollte er den Kommissar spielen. Kurz darauf war er von der Bildfläche verschwunden und erst wieder aufgetaucht, als sie schon am Gehen war. Auch dieser bullige Bühnenmeister hatte ihr eindringlicher als nötig die Schwierigkeiten einer solchen Inszenierung erläutert. Es war insgesamt einer der chaotischsten Lokalaugenscheine ihrer Karriere gewesen.

Und dann noch die Sache mit dem Auge: Entweder handelte es sich um einen besonders ausgefallenen Scherz, oder jemand hatte ein bösartigeres Faible für Rätsel und wollte mit der Polizei spielen.

Außerdem: Wer hatte überhaupt davon gewusst, dass sie das Konzert besuchen würde?

Wahrscheinlich hatte es sich schnell herumgesprochen. Als die Direktorin ihr die Karten aushändigt hatte, war die halbe Belegschaft in der Nähe gewesen.

»Mama!« Paulas Gedankenfluss wurde jäh unterbrochen. Die galoppierenden Ex-Prinzessinnen hatten sich in die Haare gekriegt und lagen wild verstreut am Boden.

»Ja?«

»Ich hab Hunger!«

Paula seufzte. »Hast du im Kindergarten nichts gegessen?«

»Doch«, Lilly machte ein ernstes Gesicht. »Alles aufgegessen!«

Paula musterte sie und versuchte Strenge zu zeigen. Natürlich hatte Lilly nicht aufgegessen. Alles klar. Sie war ansonsten ein unkompliziertes Kind, aber wenn es etwas gab, das sie nicht mochte …

Nach einem raschen Blick in den leeren Kühlschrank fragte Paula: »Möchtest du ausnahmsweise noch zu Christian hinunter?«, und schlüpfte bereits in ihre Schuhe. Denn die Antwort kannte sie ohnehin.

»Ja!«, kam diese prompt. »Darf ich Knödel mit Ei?«

»Meinetwegen.«

»Und dann eine Torte?« Lillys Gesichtsausdruck war siegessicher.

Bei Christian handelte es sich um den Barkeeper des kleinen Lokals unten in ihrem Haus, das Paula und Lilly gleichermaßen mochten.

Mit etwas Glück ergatterten sie den kleinen Ecktisch und machten es sich auf der roten ledernen Sitzbank bequem. Das Lokal war winzig, und seine Lage an der viel befahrenen Währinger Straße nicht gerade idyllisch. Dennoch war es ein Unikat. Vom Grundriss her einem Konzertflügel ähnlich, war es die Reinkarnation einer italienischen Fifties-Bar mit geschwungener Theke aus Messing, Kunstleder und Holz. Ein Traum für Designfreaks. Paula und Lilly fühlten sich dort einfach nur wohl. Kurz dachte Paula an Orsini und seine durchaus ähnlich eingerichtete Wohnung und nippte an ihrem Aperol, einen Arm um Lillys Schultern.

*

Hektisch versperrte Orsini die WC-Tür von innen, legte den Gürtel mit dem Schwert ab, ergriff mit beiden Händen den goldbraunen Stoff und zerrte so fest er konnte an seinem linken Hosenbein. Das Material war widerstandsfähiger, als er vermutet hatte, gab schließlich aber doch nach. Er schnappte das Schwert, band sich den Gürtel wieder um und verließ im Laufschritt das WC.

Nach einem kurzen Zwischenstopp befand er sich wenige Minuten später vor den Garderoben auf der Damenseite. Er verlangsamte seinen Gang und sah hinter sich. Er war allein. Schräg vor ihm war eine Tür angelehnt – oder irrtümlich nicht ganz geschlossen. Dahinter gedämpfte Worte, Schluchzen.

»Das ist eine bodenlose Frechheit!«

»Ja, natürlich. Arschlöcher, das wissen wir ja schon.«

»Du hast leicht reden, du musst ja nicht…!«

»Beruhige dich! Du hast recht, aber es bringt jetzt nichts…«

Ein Sessel wurde verschoben, das Fenster geöffnet.

Dann wieder die ruhigere Stimme: »Du brauchst das nicht zu machen. Ignorier das Ganze!«

Die andere: »Aber wenn er wieder so ausfällig wird!«

»Dann lässt du ihn schreien und spielst die Szene so wie bisher.«

»Und wenn…«

Orsini hörte hinter sich Geräusche, eine Tür wurde geöffnet, andere Stimmen. Jetzt, dachte er und trat näher. Hob die Hand zum Klopfen.

»Jedenfalls«, fuhr die eine Stimme fort, »solltest du heimfahren und schlafen. Das ist das Beste!« Und, nachdem keine Antwort gekommen war, nun doch mit einem Anflug von Dringlichkeit: »Wie viele von denen hast du geschluckt?!«

Plötzlich kam von hinten die Frage einer Garderoberin: »Suchen Sie jemand?«

Orsini nickte, ergriff die Türschnalle vor sich und klopfte an.

»Ja?«, tönte es unerwartet scharf von innen.

»Entschuldigung«, sagte er und schob die Tür auf, »ich will nicht stören… Aber man hat mir gesagt, ich finde Sie vielleicht hier.« Er deutete auf seine Hose. »Ist leider eingerissen. Das Schwert, bei jedem zweiten Schritt … also wollte ich fragen, ob man die Uniform nicht ändern …«

Alice Meersburg sah hoch und richtete sich dann auf. Sie hatte sich vor Ophelia hingekauert wie vor ein Kind, um ihr in die Augen sehen zu können. Ophelia selbst saß schlaff wie ein zusammengefallenes Tuch auf ihrem Stuhl. Sie schien Orsini nicht zu bemerken und stierte geradeaus vor sich hin. Völlig anders die Meersburg. Mit strengem Gesichtsausdruck musterte sie Orsinis Uniform. Das linke Hosenbein war eingerissen, ein Stoffteil baumelte lose herab: Orsini hatte ganze Arbeit geleistet.

Meersburg trat auf ihn zu und inspizierte die Hose aus der Nähe. »Komisch, ist mir während der Probe gar nicht aufgefallen. Der vorige Kommandant hatte keinerlei Probleme damit«, sagte sie und wandte sich nochmals an Ophelia, »also, du ziehst dich um, bestellst dir ein Taxi und fährst heim, okay?« Sie klang sofort wieder weich und fürsorglich. »Ich ruf dich nachher an. Hörst du?«

»Ja«, flüsterte Ophelia nur und griff nach einer Medikamentenschachtel.

»Nein«, erklärte Alice Meersburg sanft, aber bestimmt, »die nehm jetzt ich. Wenn du willst, schaue ich später noch bei dir vorbei.« Ehe Ophelia reagieren konnte, hatte sie die Schachtel schon in der Hand und steckte sie ein. Dabei entging ihr, was Orsini inzwischen tat.

»Kommen Sie«, sie nickte Orsini mit einer befehlenden Geste zu.

Orsini folgte ihr den Gang entlang zur Treppe. »Es tut mir leid«, setzte er an.

»Tut es das?«, kam die knappe Replik.

»Ich wollte wirklich nicht …«

»Da bin ich mir nicht so sicher«, erwiderte Alice Meersburg. Schweigend ging sie mit Orsini ins untere Stockwerk, kramte dort nach ihrem Schlüsselbund und sperrte die Tür zu einem kleinen Raum auf. Eine Art Schneiderei, stellte Orsini fest.

»Also, runter damit!«, forderte sie. Doch anstatt sich abzuwenden, sah sie ihn provokant an. Orsini blieb nichts anderes übrig, als die Hose vor ihren Augen auszuziehen.

»Hübsches Modell«, kommentierte sie seine Boxershorts, nahm die Uniformhose und legte sie auf den Nähtisch.

»Hab ich mir letzte Weihnachten selbst geschenkt«, nahm Orsini den Fehdehandschuh auf, lehnte sich gegen einen Stuhl und hoffte, dass sie die Hosentasche nicht leeren würde.

Alice Meersburg schaltete die Maschine an und begann zu nähen. »Wie kommt es eigentlich«, fragte sie schließlich über das summende Geräusch hinweg, »dass Sie auf einmal hier in die Produktion reinschneien? Das Stück läuft doch schon eine Zeitlang!«

»Soweit ich weiß«, erwiderte Orsini, »ist einer der Komparsen erkrankt. Jedenfalls hat mich der Komparserieleiter angerufen. Ich bin sonst beim Film, daher kennt er mich.«

»Bei welchem Film denn?«

Orsini antwortete, ohne den Gesichtsausdruck zu verändern: »Ein Krimi fürs Fernsehen.«

»Aha.«

Alice Meersburg zog die Hose hoch, griff nach einer großen Schere und schnitt die Nähseide mit Schwung ab, als würde sie das Aneinanderreiben der beiden Klingen genießen. »Und Sie sind sicher, dass Sie nicht herumschnüffeln und für eine«, sie stieß das Wort förmlich hervor, »*Zeitung* schreiben?«

»Zeitung?«

»Ja, *Das mörderische Treiben der Burgstars*, so in der Art.«

»Für solche Storys wird heutzutage nicht mehr recherchiert –

dazu fehlt das Geld. Die erfindet man doch einfach und zahlt schlimmstenfalls ein Bußgeld.«

Skeptisch hielt Meersburg ihm die Hose hin und sah zu, wie er sie wieder anzog.

»Da könnten Sie allerdings recht haben«, antwortete sie und entließ ihn mit einer schlichten Handbewegung, für sie war das Gespräch eindeutig beendet.

*

Orsini öffnete seinen Spind, holte ein zusammengeknülltes Blatt Papier aus seiner Hosentasche, das aus Ophelias Mistkübel stammte, und glättete es.

Überspanne den Bogen nicht! Meine Geduld ist am Ende, stand da in großer, schnell hingeworfener Schrift.

Orsini steckte das Blatt in seine Umhängetasche, riss sich die Uniform vom Leib und warf sie samt seiner Kriegsausrüstung in den Spind. Unter der Dusche fragte er sich, wem die Botschaft wohl galt. Dann schlüpfte er in seine Zivilkleidung und verließ die dampfende Garderobe. Am Gang blieb er kurz stehen und kontrollierte sein Handy.

Halb elf. Kein eingegangener Anruf.

Schließlich folgte er einigen Komparsen, mit denen er bisher kaum ein Wort gewechselt hatte. Nach Jeff hielt er vergebens Ausschau. Auch in der Umkleide war er nicht aufgetaucht.

Im Grunde musste Orsini froh sein, dass Paula nicht anrief, denn eine konkrete Spur konnte er noch nicht vorweisen. Eigentlich wollte er am liebsten nach Hause, doch wenn es einen Ort gab, an dem die Schweigsamen gesprächig wurden, musste man eben dort sein. Als der Komparsentrupp in die Kantine abzweigte, folgte er ihm. Ohne sich lange umzusehen, stellte er sich direkt an den Tresen vor die Kaffeemaschine.

Die Kellnerin bediente gerade zwei Gäste und wandte sich danach an ihn: »Bitte?«

»Einen Espresso«, antwortete Orsini und blickte sich um, während die Kellnerin das Sieb füllte. Ihre Bewegungen waren flink, Hunderte Male wiederholt und perfektioniert, kein Handgriff zu viel.

Die Kantine war wider Erwarten gut besucht. Der Geruch von Alkohol und Ausdünstung hatte sich mit denen aus der Küche vermischt, wo ein Gehilfe noch den Abwasch erledigte und laut mit diversen Töpfen hantierte. Bis auf einen Tisch war alles belegt.

»So, einen Moment noch«, sagte die Kellnerin.

Orsini zog seine Geldbörse hervor und legte ihr zwei Münzen hin.

»Müde?«, fragte die Kellnerin und stellte die Tasse scheppernd auf den Tresen.

»Und wie!.«

»Was soll *ich* erst sagen«, meinte die Kellnerin, »bin seit sieben in der Früh da.«

Plötzlich erklang schallendes Gelächter, einer der Arbeiter rief: »Maria, noch eine Runde!«

Die Kellnerin seufzte kurz, bedankte sich bei Orsini fürs Trinkgeld und erklärte mit einer Kopfbewegung zum Stammtisch: »Wenn der voll ist, wird's jedes Mal eine lange Nacht.«

»Dann stimmt doch zumindest die Kassa, oder?«

»Ja, das schon«, meinte sie, schnappte mehrere saubere Biergläser und begann sie zu füllen.

Orsini nippte an seinem Espresso und beobachtete, wie der Bierschaum in den Gläsern auf dem Tresen zur Krone anwuchs, als Jeff schwungvoll eintrat. Lachend kam er auf Orsini zu. »Na, Kommandant, du wirkst angeschlagen.«

Orsini quittierte den Scherz mit einem gequälten Lächeln.

Jeff nickte der Runde am Stammtisch zu, dann wandte er sich an die Kellnerin: »Kaffee plus.«

»Kaffee plus?«, fragte Orsini.

»Doppelter Espresso plus Obstler«, erklärte Jeff.

»Gibt's was zu feiern?«

»Probe überstanden«, erwiderte Jeff und hielt Orsini am Arm. »Da hast du deine Großfamilie!«

»Was?«

»Geh die Tische mal durch und sag mir, was du siehst!« Jeff kniff das rechte Auge zu, wie um zu unterstreichen, was er gerade gesagt hatte. Sein Gesicht geriet dadurch seltsam aus den Fugen.

»Was ich sehe?«, Orsini runzelte die Stirn.

»Genau.«

»Den Stammtisch mit den Arbeitern.«

Jeff unterbrach: »Der Techniker-Stammtisch, genauer gesagt!«

»Techniker? Arbeiter und Techniker ist also dasselbe?«

»Ja und nein. Zu den Technikern zählen eigentlich die verschiedenen Handwerker: Tapezierer, Schlosser und so weiter. Aber am Stammtisch sind alle zusammen die Techniker, auch die Arbeiter.«

»Verstehe«, murmelte Orsini, obwohl er nicht wirklich verstand, und sah zu, wie am Tisch mit dem Cowboy einer der Techniker seine massige Gestalt hervorquetschte, hinter die Theke ging, und sich selbst am Zapfhahn bediente.

Sonderkonditionen?, fragte Orsini sich.

»Schnürboden«, erläuterte Jeff. »Und, was siehst du dann noch?«

Orsini musste schmunzeln. Jeff blieb wirklich am Ball. Ihm konnte es nur recht sein, ein Backstage-Who-is-who-Update gewissermaßen. Durch den Kaffee nun deutlich wacher, erklärte

Orsini: »Ehrlich gesagt, die Leute an den anderen Tischen kenn ich nicht. Schauspieler, vielleicht noch mehr Techniker?«

Jeff rückte näher und senkte die Stimme: »Kommt ungefähr hin, aber wie sitzen sie? Fällt dir nichts auf?«

»Nein, ich versteh nicht, was du meinst.«

»Vorne sitzen nur Komparsen beisammen, dann nur Tontechniker … Ein Tisch mit Schauspielern und hier drüben die drei Typen gehören zum Publikumsdienst«, fuhr Jeff unbeirrt fort.

»Publikumsdienst?«

»Ja, so nennen sich die Billeteure heutzutage.«

»Ach so, aber heute war doch keine Vorstellung, sondern Probe!«

»Auf der Nebenbühne im Vestibül schon«, erklärte Jeff.

»Worauf willst du hinaus?«

»Jeder Tisch eine kleine Familie für sich«, erklärte Jeff. »Keiner der Komparsen würde es wagen, sich zu den Schauspielern zu setzen.«

Orsini nickte. Allmählich verstand er, was Jeff sagen wollte.

»Genauso wenig würde sich ein Schauspieler herablassen und sich zu den Komparsen begeben. Die Tontechniker ganz hinten sind ein eigenes Völkchen, die stehen zwischen allen. In der Kantine bleiben sie normalerweise unter sich, genauso wie Billeteure, nur dass die zu den anderen Gruppen praktisch keinen Kontakt haben. Der ältere Herr am Tisch ist übrigens ihr Chef und darf sich *Ober*billeteur nennen.« Jeff deutete unauffällig auf einen rotgesichtigen älteren Herrn.

»Die Krankenkassenbrille ist ein Vorkriegsmodell«, scherzte Orsini.

»Der ganze Typ ist ein Relikt«, pflichtete Jeff bei. »Führt angeblich ein sehr strenges Regiment.«

»So sieht er auch aus.«

»Kaffee plus«, sagte die Kellnerin und stellte Jeff ein Tablett samt Tasse hin.

»Danke«, erwiderte Jeff und wandte sich wieder an Orsini. »Der Stammtisch ist das Heiligtum der Bühnenarbeiter. Kannst du das Schild lesen?«

»Nur für Befugte!«

»Bis Mitternacht verteidigen sie ihr Revier, wirst sehen. Dann, wenn alle einen über den Durst getrunken haben, lockert es sich.

Heut zum Beispiel könnt's sein: Nach so einer anstrengenden Probe braucht man mehr Flüssiges zum Runterkommen. Sonst spielt's zu Hause auch noch Hamlet. Und Frust gibt's genug zum Hinunterspülen.«

Orsini blickte auf den Stammtisch, wo sich mittlerweile die leeren Gläser stapelten und die Stimmung allmählich stieg. Die Kellnerin hatte alle Hände voll zu tun, war jedoch nicht aus der Fassung zu bringen.

Jeff machte indessen ein sorgenvolles Gesicht. »Wir haben die großen Umbauten noch kein einziges Mal geprobt. Ich will gar nicht wissen, was sich da noch abspielen wird!«

»Die Stelle, an der der Unfall passiert ist, wurde doch entschärft«, warf Orsini ein.

»Das schon, und es kann nach menschlichem Ermessen auch eigentlich nichts mehr passieren. Aber die Nerven liegen blank, denk nur an die Ophelia.«

»Ophelia ist doch ein einziger freiliegender Nerv.«

»Die hält das sowieso nur durch, weil …« Der Rest von Jeffs Satz ging im allgemeinen Gegröle unter. Der Mann mit dem Ziegenbart, dem Orsini am Morgen begegnet war, sprang wie von der Tarantel gestochen auf, wankte zur Tür und stolperte die Stufen hinunter.

»Der Erste geht?«

»Der technische Direktor, der *ehemalige*, ist Kettenraucher«, meinte Jeff. »In einer Minute ist er wieder da. Jede Wette.«

Orsini lag noch die Frage nach Ophelias Verhalten auf der Zunge, vor allem nach seinem kleinen Ausflug vorhin, doch Jeff wechselte die Gesprächsrichtung: »Und wen wirst du hier nur in Ausnahmefällen sehen? Wer koppelt sich von der Großfamilie ab?«

»Der Regisseur?«

»Genau.«

»Ist der überhaupt nie da?«

»Nur, wenn er sternhagelvoll ist«, sagte Jeff. »Dann rate ich dir aber, dich nicht mit ihm anzulegen, da fliegen sofort die Fäuste.«

»Kaum zu glauben, auf der Bühne drückt er sich immer so gepflegt aus«, meinte Orsini lächelnd.

»Also, wer noch?«

»Die Direktorin?«

»Bingo!«, antwortete Jeff. »Die Direktorin und ihre linke Hand, oder besser wohl umgekehrt. Jedenfalls kommen die beiden so gut wie nie her. Besonders seit dem Unfall.«

»Na ja, Sympathiebomben sind die nicht gerade.«

»Korrekt. Allerdings darfst du nicht unterschätzen, was es heißt, einen Laden wie diesen zu schmeißen. Wenn die beiden zu freundlich werden, ist es aus und vorbei. Eine gewisse Distanz verschafft nun mal Respekt.«

»Das schon …«

»Was ich sagen will: Ich kenn die Dramaturgin von früher, flüchtig natürlich nur. Sie war Regieassistentin am Volkstheater, und dort war sie noch halbwegs nett. Hier allerdings … übrigens, gutes Krisenmanagement sieht anders aus.«

Jeff deutete auf die Tür, die gerade aufgerissen wurde. Der Kettenraucher kam mit einem Stummel im Mund zurück und blies eine Rauchwolke aus.

»Das war weniger als eine Minute«, meinte Orsini.

»Offenbar hat er es sich auf halber Höhe überlegt und bricht absichtlich das Rauchverbot. Seit sie ihn degradiert haben, ist ihm alles egal.«

Hatte sich die frühmorgendliche Alkoholfahne noch kaum merklich im Wind bewegt, so herrschte jetzt Starkwind. Der Ziegenbärtige trug nach wie vor den grauen Schlosserkittel, der seine hagere Gestalt betonte und die Degradierung überdeutlich sichtbar machte. Achtlos schmiss er den Zigarettenstummel zu Boden und wollte ihn dann mit dem Fuß ausdämpfen. Doch seine Zielgenauigkeit hatte wohl gelitten, denn er trat daneben, machte eine ungewollt tänzerische Bewegung und landete vor dem Stammtisch. Rasch fing einer der Arbeiter den ehemaligen Chef auf und verfrachtete ihn auf seinen Platz.

»Ich schätze, das wird noch ein langer Abend«, meinte Orsini.

»Noch eine Runde, Maria!«, rief einer der Schauspieler.

Orsini griff nach seiner Tasse und spielte damit.

»Die ist leer«, sagte Jeff.

»Stimmt«, meinte Orsini, ohne Jeff aus den Augen zu lassen. »Interessiert dich das Theater, oder ist das nur ein Job?«

»Das Theater«, wiederholte Jeff fast abfällig, »eher gezwungenermaßen, Theater ist verstaubtes Kino ohne Schnittmöglichkeiten. Nein, ich brauch das Geld.«

»Nur das Geld?«

Jeff zuckte mit den Achseln.

Orsini beließ es dabei. »Was ist mit den berühmteren Schauspielern, kommen die auch her?«

»Unterschiedlich, je nach Drang zur Selbstdarstellung, manche ziehen sich auch lieber zurück.«

»Wie die Königin zum Beispiel«, erwiderte Orsini.

Jeff lachte verhalten auf und nahm einen Schluck Kaffee.

»Die heißt übrigens im normalen Leben Eva Anderlecht. Ostdeutsche, polnische Grenze. Die Arroganz in Person. Was die von den Garderoberinnen verlangt!«

»Und zwar?«

»Die hat so eine lange Liste von Extrawünschen«, erklärte Jeff und deutete mit den Händen einen Meter an. »Lauwarmen Kamillentee eine Stunde vor Stückbeginn, eine Semmel ohne Butter und exakt zwei Goudascheiben in der Pause, und das Ärgste ist: Die Garderoberinnen müssen sich angeblich die Hände wärmen, notfalls mit heißem Wasser, bevor sie sie berühren dürfen.«

»Nicht schlecht«, meinte Orsini.

»Und ihr Spitzname, kennst du den auch schon?«

Orsini sah eine Rose mit Stacheln vor sich und verneinte.

»Eine Kombination aus Mimose und Osten ....«

Orsini zuckte nur mit den Achseln.

»Auf der Bühne haben sie den Spitznamen übrigens in Mimöse abgewandelt.«

»Mimöse?« Das passte zum derben Umgangston unter den Arbeitern, dachte Orsini.

»Eine ausgetrocknete, wenn du mich fragst.«

Orsini entschied, dass es Zeit war, in eine andere Richtung zu lenken. »Wie war eigentlich der, der bei dem Unfall umgekommen ist?«

»Der Meersburg?«, Jeff klang verächtlich. »Menschlich gesehen ein Schwein, als Schauspieler ein Gott. Jedenfalls der Einzige, der der Tyrannin aus dem ostdeutschen Kaff die Stirn bieten konnte. Nicht so wie dieser jämmerliche Ersatz!«

Jeff deutete dabei mit den Händen das beachtliche Doppelkinn des neuen Königs an und leerte seinen Kaffee plus.

»Der Meersburg«, Jeff senkte die Stimme, »hat angeblich sogar mit der Mimöse ...«

Orsini legte den Kopf eine Spur zur Seite, als zweifelte er an der Bemerkung, und versuchte nicht allzu interessiert zu wirken. »Deine Theorie bröckelt«, meinte er dann und deutete auf den Tisch mit den Schauspielern.

Laertes war aufgestanden und zum Tontechniker mit den Dreadlocks hinübergegangen.

»Nein«, widersprach Jeff. »Sag ich doch, erstens ist es zwölf vorbei, und zweitens sind die eben dazwischen. Genauso wie die Souffleuse, der Inspizient und eventuell noch manche von Maske und Kostüm. Die Meersburg, zum Beispiel. War ja mit ihrem Bruder ganz dick, besonders seit sie aus dem Ausland zurück ist.«

»Das wären dann praktisch alle, die unmittelbar mit den Schauspielern zu tun haben.«

»Richtig, allerdings, die *Souff-leu-se* ist eine ganz besondere. Trägt die Nase hoch und spricht generell nur mit den Schauspielern.«

»Aber jetzt gerade setzt sie sich auch zu den Tontechnikern«, wandte Orsini ein.

»Das ist eher die Ausnahme, vielleicht muss sie mit Laertes wegen dem Text …«

»Mit mir hat sie auch schon geplaudert«, unterbrach Orsini. »Ich glaub eher, sie ist schüchtern.«

Tatsächlich schienen die beiden etwas zu besprechen, ehe Laertes sich wieder erhob.

»Mag sein«, antwortete Jeff. »Mein Fall ist sie jedenfalls nicht.« Er nahm seinen Kaffeelöffel, rührte in der leeren Tasse kurz um und fragte dann: »Weißt du, was das hier ist?«

»Was?«, fragte Orsini, ein wenig abgelenkt. Laertes hatte gerade der Souffleuse einen schnellen Kuss in den Nacken gegeben, dann strich er wie unbeabsichtigt der Kellnerin über den Hintern. Diese sah ihn daraufhin herausfordernd an, ehe sie sich wieder abwandte und eine Bestellung aufnahm.

»Ich meine die Kantine: Sie ist die Gerüchtebörse, hier werden die Informationen ausgetauscht, die du sonst nirgends im Haus bekommst.«

»Und, gibt es auch ein Hinterzimmer an dieser Börse?«

»Ja«, antwortete Jeff, »aber nicht heute, ich muss weg.«

Samstag, 19. Dezember

5

Orsini ließ den kühlen Griff los, während die Stahltür lautlos zuglitt. Ein Lufthauch ließ seine Nackenhärchen Stellung beziehen.

Von vorne hörte er die Stimmen der Schauspieler, konnte sie aber wegen des Vorhangs nicht sehen. Eine Weile lehnte er nur an der kahlen Seitenwand des Bühnenraums und versuchte sich die dazugehörigen Gesten vorzustellen, bis sich seine Augen an die Dunkelheit gewöhnt hatten. Dann schob er sich Schritt für Schritt Richtung Hinterbühne, vorsichtig nach abgestellten Requisiten tastend, die ihm den Weg verstellen konnten. Absolute Stille war eines der obersten Gebote auf der Bühne. Meist wurde es unabsichtlich, gelegentlich jedoch auch absichtlich gebrochen.

Es war Samstagvormittag, er war zur Probe herbestellt worden, so wie alle anderen auch, hatte nun aber gerade nichts zu tun. Ideal also, um unbemerkt durchs Haus zu streifen.

Paula hatte ihm früh am Morgen auf die Mailbox gesprochen und nach Neuigkeiten gefragt. Ihren Anruf musste er überhört haben. Sie hatte dann noch von einer Observierung gesprochen.

Unvermutet wechselte das Licht und blendete Orsini. Gleichzeitig legte sich eine Hand auf seine Schulter und hielt ihn zurück.

»He!«, hörte er eine raue Stimme hinter seinem linken Ohr und zuckte zusammen.

»Was soll das!«, zischte Orsini und sah erst jetzt einen großen Blechkasten neben sich, aus dem ein beweglicher, fast oberschenkeldicker Schlauch ragte. Er wäre beinah dagegen geknallt. Dahinter lümmelte eine Gruppe von Bühnenarbeitern auf übereinanderliegenden Teppichrollen und unterhielt sich flüsternd. Einer von ihnen zielte mit einem blauen Laserstrahl auf die Vorhänge, was aber niemanden zu stören schien.

Die Hand auf Orsinis Schulter gehörte zu einem bereits bekannten Gesicht, dem verhinderten Cowboy, im realen Leben Schlosser.

»Pass auf, wo du hinsteigst!«, erwiderte er und ließ Orsini wieder los.

Ehe Orsini etwas entgegnen konnte, kam schon ein leises, aber klares Kommando: »Ruhe!« Wie aus dem Nichts war der Bühnenmeister neben ihnen aufgetaucht.

Der Cowboy blieb ruhig stehen, kaute an einem Kaugummi und blies ihn nach einer Weile zu Ballongröße auf, ehe er ihn platzen ließ. Dann manövrierte er ihn mit der Zunge wieder in den Mund und kaute weiter.

Orsini beschloss den Mann zu ignorieren, steckte seine Hände in die Hosentaschen, deutete auf den Blechkasten und fragte den Bühnenmeister eher beiläufig: »Was ist das eigentlich?«

»Die Nebelmaschine«, antwortete der Bühnenmeister nur und stieß ein eigenartiges, verhaltenes Niesen aus. Dann verschwand er genauso lautlos, wie er erschienen war.

Eine Weile hielt Orsini sich noch im Hintergrund auf. Als er die Stimme des Ersatz-Königs hörte, musste Orsini an Meersburg denken und versuchte, sich in die Lage des toten Schauspielers zu versetzen.

Angeblich war er hier irgendwo gestanden, vor seinem letzten Auftritt. Irgendetwas war daran eigenartig gewesen – so viel zumindest hatte Orsini in Erfahrung gebracht. Aber was genau, wollte keiner erzählen.

Wie fühlte es sich an, wenn man Abend für Abend in der Finsternis wartete, um aufs Stichwort hin ins grelle Licht zu treten? Hatte Meersburg Lampenfieber gehabt? Selbst Routiniers litten darunter. Oder war er eher der Typ, den nichts aus der Ruhe brachte?

Plötzlich – auf der Bühne sollte Ophelia gerade eine zarte Bemerkung in den Raum hauchen und still verharren – durchschnitt eine piepsende elektronische Version der kleinen Nachtmusik die Luft. Einer der Arbeiter sprang wie von der Tarantel gestochen auf und lief fluchend hinaus.

Gelächter. Von vorne dumpfe Schritte.

»Welcher Vollidiot war das?« Der Vorhang wurde beiseitegeschoben, dahinter der Bühnenmeister – im Tonfall immer noch leise, im Blick aber eindeutig. Reflexartig griff Orsini nach seinem eigenen Handy – stumm geschaltet, stellte er erleichtert fest.

»Ich kann so nicht arbeiten!«, erklang die schrille Stimme der Königin. Es folgte Geschrei aus dem Zuschauerraum.

Das Arbeitslicht ging an.

Der Bühnenmeister tat nichts, außer seinen Blick von einem Arbeiter zum anderen wandern zu lassen. Allgemeines Köpfe-Senken folgte. Erst, als er sich abwandte, kam wieder für einen Moment sein nervöser Tick, das kurze Niesen. Dann schloss er die Augen, atmete durch und wandte sich den Schauspielern auf der Bühne zu, um die Lage zu beruhigen. Seine Stimme ging allerdings in einem Wortschwall des Regisseurs unter, bis er schließlich ohne eine Regung von der Bühne abtrat.

Nachdem sich der Regisseur an ihm abreagiert hatte, trat

er zum Inspizienten und gab Anweisungen. Dieser nickte und sprach in sein Mikrofon: »Wir setzen die Szene fort, Handys auf der Bühne sind ausnahmslos verboten! Die Direktion behält sich allfällige Konsequenzen vor.«

Dann erlosch das Arbeitslicht, und es war wieder pechschwarz.

Ein eigenartiger Dschungel – unberechenbar und voller versteckter Fallen, dachte Orsini und wartete darauf, dass sich seine Augen wieder anpassten.

Das Publikum hatte kaum eine Ahnung von den unzähligen Vorhängen und Seitengassen, in denen verborgen die Kulissenaufbauten auf ihren Einsatz warteten und einem den Weg versperrten. Wo das eiserne Gesetz galt, niemals auf der Bühne zu laufen. Prinzipiell konnte Orsini sich durchaus vorstellen, dass es zu einem derart verhängnisvollen Unfall kommen konnte. Wie einem Dschungelforscher, der nach jahrzehntelanger Erfahrung für einen kurzen Augenblick seine Achtsamkeit am Weg liegen ließ, könnte es auch Meersburg ergangen sein.

Orsini lenkte seine Aufmerksamkeit wieder auf das Bühnengeschehen und suchte nach einem geeigneten Platz, um zu beobachten, ohne selbst gesehen zu werden.

Es war eine mehr als absurde Welt, in der er sich nun so unerwartet bewegte. Vorne leuchtende Farben – Gold, Brokat, Samt – und pure Konzentration. Hinten Sperrholz, Klebeband, grobes Leinen – und Langeweile.

Als er die Seitengasse erreicht hatte, in der die Souffleuse an ihrem Tischchen saß, schlich er näher und sah ihr über die Schulter. Sie hatte sich im Textbuch mit einem roten Stift Anmerkungen gemacht. Manche Sätze waren durchgestrichen.

Es war eine Szene mit einer ganzen Reihe von Schauspielern, der König und Hamlet schienen im Mittelpunkt zu stehen. Orsini selbst hatte das Stück noch nie gesehen. Im Vergleich zum Kino empfand er die Möglichkeiten des Theaters trotz all des Aufwands als beschränkt und altertümlich. Gleichzeitig bekam man hier natürlich eine Ahnung, wie die Menschen vor dem Zeitalter von Action und Dolby-Surround ihre Fantasie beflügelt hatten. Dem wiederum musste man Respekt zollen.

Hamlet machte nun eine Geste, die Orsini nicht ganz deuten konnte. Sie wirkte beinahe, als spräche er alle an, vor allem auch diejenigen abseits des Lichts.

»*This play is the image of a murder, done in Vienna!*«, deklamierte er dann, nur um nach einer winzigen Pause wieder auf Deutsch fortzufahren. Es schien, als wären alle Anwesenden in einem Standbild eingefroren, der Film für einen Moment gestoppt.

Doch dann sprach Hamlet seinen Text weiter, als sei nichts geschehen.

*

»Anstrengender Job«, meinte Orsini in der darauffolgenden Pause und trat neben die Souffleuse.

»Wie bitte?« Erschrocken drehte sie sich zu ihm, für einen Moment sah sie ihn verwirrt an.

»Entschuldige! Ich wollte dich nicht stören!«

»Nichts passiert«, entgegnete sie ruhig und fuhr mit belustigtem Blick fort, »ohne deine Montur hätte ich dich beinahe nicht erkannt. Wie geht's den Beinen?«

»Den Beinen so weit gut, nur wenn ich so lang steh, sinke ich allmählich in mich zusammen. Gefühlt bin ich schon zum Zwerg geschrumpft.«

»Glaub mir, das ewige Herumsitzen ist auf die Dauer auch nicht angenehm. Mir tut manchmal alles weh.« Die Souffleuse griff sich ans Kreuz und bog den Rücken durch.

»Es ist schon nach zwei. Wie lange wird das jetzt dauern?«

»Wenn er sich, so wie immer, wichtigmacht, noch länger«, seufzte die Souffleuse, schob mit der Hand ihre Brille nach oben und fuhr sich über die Augen.

»Bei dem funzeligen Licht ständig mitlesen, stell ich mir mühsam vor.«

»Das ist es nicht.«

»Die Konzentration auf den Text?«

Die Souffleuse winkte mit der Hand ab. »Das meiste kann ich auswendig.«

»Glaub ich nicht«, erwiderte Orsini, schnappte sich das Textbuch, schlug irgendeine Seite auf und las: *»Oh, ich bin umgebracht!«*

»Weh mir! Was tatest du!?«

»Das war Zufall!«, sagte Orsini und blätterte ein paar Seiten weiter: *»Auch nicht so lang, um nur das Beil zu schärfen …«*

»… das Haupt mir abgeschlagen werden sollte«, setzte die Souffleuse routiniert fort.

»Unglaublich«, meinte Orsini anerkennend. »Du könntest hier sofort einspringen, wenn jemand …«

Die Souffleuse wandte den Blick ab.

»Entschuldige, es war nicht so gemeint.« Doch Orsini ließ nicht locker. »Bist du an dem Abend auch hier gesessen?«

»Nein, noch ein Stück näher.«

»War bestimmt kein schöner Anblick.«

»Die Leute haben zuerst begeistert applaudiert«, erwiderte sie leise, nahm das Textbuch und sah quer über die Bühne.

»Wer war eigentlich der zweite Sieger?«

»Der *zweite Sieger*?«

»Ina«, unterbrach eine bekannte Stimme. Diesmal kam sie nicht aus einem der Lautsprecher.

»Ja?«, erwiderte die Souffleuse.

»Halt dich bereit!« Der Inspizient stand wie aus dem Boden gewachsen mit dem Textbuch in der Hand neben Orsini. »Ich glaub, er braucht dich im Zuschauerraum.«

»Der schreit schon nach mir, wenn er mich braucht«, antwortete die Souffleuse eine Nuance zu aggressiv, ohne den Inspizienten anzusehen.

»Wenn du meinst«, antwortete der und warf Orsini einen eigenartigen Blick zu, ehe er verschwand.

»Überfürsorglich«, meinte die Souffleuse.

Orsini sah dem Inspizienten nach. Fürsorglich?

»Auf der Probebühne«, knüpfte er dann an, »hast du zu mir gesagt, dass es einen Zweiten gegeben hat, der dem Regisseur die Stirn geboten hat.«

»Hm …«, antwortete die Souffleuse abwesend.

Orsini folgte ihrem Blick. Gegenüber, in einer der Seitengassen, tauchten mehrere Requisiteure mit glitzerndem Tafelgeschirr in den Händen auf.

»Du selber vielleicht?«.

»Ich?«, meinte sie überrascht. »Nein, ich flüstere nur vorgegebenen Text ein und widerspreche nicht.« Einen Moment lang sah sie Orsini unverwandt ins Gesicht. »So etwas würdest du mir doch nicht wirklich zutrauen, oder?«

Orsini wurde von einem Arbeiter angerempelt, der stumm vorbeiging, ohne sich zu entschuldigen.

»Der ist ein besonderes Arschloch.«

»Das war aber jetzt kein vorgegebener Text, sondern echte Emotion«, entfuhr es Orsini.

Die Souffleuse lachte kurz.

»Als Frau hat man es auf der Bühne vermutlich nicht ganz einfach«, hakte er nach.

Sie nickte unmerklich, ihre Blicke folgten einer anderen Frau, die gerade den Zuschauerraum querte. Alice Meersburg. Ihre langen Haare steckten unter einem eher altmodischen Haarreifen, der nicht so ganz zum restlichen Outfit passte.

»Bei den Kostümbildnern ist das was anderes, da sind die Frauen in der Mehrheit.«

Alice Meersburg ging auf den Regisseur zu und sprach ihn an. Ohne die sonst herrschende Unterwürfigkeit.

»Weißt du, warum in diesem Theater die Nullergasse immer noch Schlitz heißt?«, fuhr die Souffleuse indessen fort.

»Nullergasse?«

»Dort sitze ich bei vielen Vorstellungen«, erklärte sie und wies mit der Hand seitlich Richtung Zuschauerraum.

»Keine Ahnung.«

»Damit miese Typen wie der«, die Souffleuse wies auf den Arbeiter, »noch miesere Witze machen können.«

»Was meinst du?«

»Du bist wirklich noch nicht lange dabei.«

Orsini zuckte mit den Achseln.

Die Souffleuse sah ihn prüfend an. »Wenn jemand dort gebraucht wird, kommt die Durchsage: Ein Techniker rasch in den *Souffleusenschlitz*.«

»Verstehe«, murmelte Orsini.

»Du brauchst mich nicht zu bedauern, die beiden Frauen, die direkt auf der Bühne arbeiten, kriegen noch viel mehr ab.«

»*It's a man's, man's world …*« räumte Orsini ein.

»Diesen Zweiten, nach dem du gefragt hast, den gibt's übrigens nach wie vor. Allerdings weiß ich nicht, wie lange er das noch durchhält.«

Die Souffleuse deutete auf den Bühnenmeister, der gerade mithalf, ein besonders schweres Kulissenteil auf die Bühne zu hieven.

»Bis später«, sagte sie dann und setzte sich Richtung Zuschauerraum in Bewegung.

Orsini sah ihr eine Weile nach, dann wandte er sich wieder dem Geschehen auf der Bühne zu.

Der Bühnenmeister sprach gerade über Funk mit jemandem. Neben ihm war ein gutes Dutzend Bühnenarbeiter damit beschäftigt, Kulissenteile abzubauen. Ein Tapezierer kniete am Boden und verlegte einen Teppich. Orsini dachte an einen Kaffee in der Kantine, wandte sich ab und blickte plötzlich ins süffisante Gesicht des Schlossers.

»Jetzt verscherzt du es dir auch noch mit unserer niedlichen kleinen Souffleuse«, meinte dieser und tippte Orsini dabei auf die Brust.

»Einmal Tippen hast du frei«, erwiderte Orsini scharf.

»Und beim nächsten Mal?«, fragte der Schlosser herausfordernd.

»Was ist mit euch schon wieder?!« Der Bühnenmeister hatte offensichtlich ein Auge auf sie gehabt und baute sich vor den beiden auf.

»Wir schließen gerade Freundschaft«, antwortete Orsini, während der Cowboy sich verzog.

»Zu hoch!«, schrie der Bühnenmeister ansatzlos Richtung Schnürboden – das zweite Auge blieb bei den Umbauten. Die gereizte Stimmung war förmlich mit Händen zu greifen.

*

Erleichtert trat Orsini ins Freie. Die Probe war wegen der Umbauten für die Abendvorstellung kürzer ausgefallen als befürchtet. An der Verladerampe vor ihm parkte ein LKW, daneben ein kleiner Kastenwagen mit der Aufschrift *Pizza-Service*. Hatte da jemand das Kantinen-Essen satt?, fragte er sich verwundert und sah zu, wie der LKW entladen wurde. Mehrere sperrige Kulissen waren auf ihrem Weg in den Bauch des Theaters. Eine beinahe täglich nötige, sowohl körperliche als auch logistische

Schwerstarbeit. Orsini schob den Kragen seines Mantels hoch, sog die kalte Luft ein und genoss die feuchte Frische nach der trockenen Theaterluft.

Bevor er aufbrach, holte er sein Handy hervor. Als er ungeduldig darauf herumzutippen begann, hörte er neben sich ein Kichern. Es kam von einem Grüppchen weiblicher Teenager, die offensichtlich auf jemanden warteten. Das aufklappbare Billigding machte es ihm tatsächlich nicht einfach. Der Bildschirm war klein und pixelig, die Menüführung unübersichtlich. Zwei eingegangene Anrufe und ein SMS, alles von Paula, registrierte er mit leichter Genugtuung.

Doch die Nachricht war mehr als karg: *16:30, Gentzgasse 211, L.*

In zehn Minuten!, dachte er, aber immerhin, ein Treffen mit Paula wäre nach den letzten Tagen eindeutig ein Lichtblick.

L.?, fragte er sich nur kurz, winkte ein Taxi heran und ging an den Teenagern vorbei, als er hinter sich eine bekannte Stimme hörte.

Hamlet. Offenbar warteten die Mädchen auf ihn. Sie umringten den Serienstar und hielten ihm Autogrammkarten hin. Hamlet schien die Aufmerksamkeit zwar kurz zu schmeicheln, er signierte aber nur rasch die Karten und wurde dann eher unwirsch.

Orsini sah seine Gelegenheit kommen und deutete mit einer Kopfbewegung auf das Taxi.

»Ein Königreich für ein Pferd«, rief er, hielt Hamlet die Wagentür auf und wimmelte gleichzeitig die Fans ab.

»Wohin?«, fragte der Chauffeur.

»Zuerst in die Gentzgasse 211 und dann vermutlich nach Helsingör.«

»Danke«, Hamlet ließ sich erleichtert in den Sitz fallen, »ein Königreich ist dir sicher!«

»Bist du nicht der Kommandant?«, fragte er, während der Wagen Fahrt aufnahm.

»Ja, warum?«, erwiderte Orsini abgelenkt, während er versuchte, ein SMS an Paula zu schreiben.

»Ich bewundere dich und das Heer.«

»Weswegen?«, fragte Orsini und brach das Schreiben auf den Minitasten entnervt ab.

»Ihr habt Stehvermögen.«

»Sehr witzig«, erwiderte Orsini säuerlich und erreichte wieder nur Paulas Mailbox. Er klappte das Handy zu und wandte sich Hamlet zu.

»Ich wusste nicht, dass an der Burg zweisprachige Texte verwendet werden.«

»Ja, interessant, nicht?« Hamlet studierte einen seiner Fingernägel.

Gut manikürt, bemerkte Orsini und bohrte weiter: »Man kann damit Akzente setzen.«

»Nur, wenn man sein Handwerk beherrscht und etwas zu sagen hat.«

Das Taxi bretterte indessen mit überhöhter Geschwindigkeit die Währingerstraße entlang, die Votivkirche tauchte schemenhaft auf, ohne ihre Turmspitzen zu zeigen, und war schon wieder verschwunden, ehe Orsini fragte: »Warum aber sagt man es nicht klar und deutlich?«

»Das ist nicht Sinn des Spiels«, antwortete Hamlet kryptisch, noch immer sehr an seinen Fingernägeln interessiert, »und man könnte sich leicht die ganze Hand verbrennen.« Dabei spreizte er plötzlich seine gepflegten Finger auseinander und streckte die Hände von sich, nur um danach in brütendes Schweigen zu verfallen.

Wo liegt die Grenze zwischen Wirklichkeit und Spiel bei jemandem, der den ganzen Tag die Rolle einer Figur probt, die im Stück vorgibt, verrückt zu sein? Orsini war sich nicht sicher und starrte in den Nebel.

Erst knapp vor dem Ziel in der Gentzgasse beugte Hamlet sich zum Chauffeur vor und durchbrach die Stille: »Ich übernehme das!«

»Ist in Ordnung«, sagte Orsini und öffnete die Wagentür. »Dafür gebe ich das Königreich zurück.«

Er stieg aus, hob zum militärischen Gruß die Hand an die Schläfe und versuchte, sich Hamlets Gesichtsausdruck einzuprägen. Er sah ein freundliches, fast schelmisches Lächeln. Nachdem er die Tür zugeschlagen hatte, ließ Hamlet aber einen Moment zu früh die Fassade fallen. Eine senkrechte Furche bildete sich auf seiner Stirn – ein tiefes, enges Tal in einer ansonsten ebenen Landschaft.

Mit quietschenden Reifen fuhr das Taxi davon. Orsini warf einen Blick auf seine Uhr – drei Minuten zu spät – und dann auf das Gebäude. Ein leicht abgewohntes Zinshaus mit einem kleinen Innenhof. Ein großes schmiedeeisernes Tor hing offen und etwas schief in den Angeln. Zwei Fahrräder waren mit klobigen Schlössern daran befestigt.

Orsini schielte auf das Nummernschild oberhalb des Hauseinganges. Er war zwar eindeutig richtig, aber von Paula keine Spur. Leicht enerviert drehte er ein paar Runden im geschotterten Hof. Trat gegen eine verschlissene Matratze, die an der Hausmauer lehnte, und zupfte dann an einer Stelle, an der der Inhalt hervorquoll. Plötzlich knarrte eine der beiden Türen, die jeweils zu den Wohnungen führen mussten. Kindergelächter.

Eine Frau mit zwei Mädchen an der Hand trat in den Hof und musterte ihn. »Sind Sie Herr Orsini?«

»Ja.« Orsini sah sie fragend an. Weder die Frau noch die beiden Mädchen hatte er jemals zuvor gesehen.

»Sie kommt gleich«, fuhr die Frau fort, wandte sich zur Gegensprechanlage und erklärte: »Er ist schon da.« Dann warf sie ihm ein flüchtiges Lächeln zu, nahm die Mädchen an der Hand und machte sich mit ihnen auf den Weg. »Ciao!«, rief sie über die Schulter.

»Wiedersehen«, murmelte Orsini und blieb fröstelnd stehen. Eine Ahnung kroch in ihm hoch.

Wenig später kam ein Mädchen, das seine Ahnung zur Gewissheit werden ließ, die Stufen heruntergehüpft und versuchte, die viel zu schwere Eingangstür aufzuschieben. Ihre dichten blonden Locken sahen unter einer gestrickten Mütze mit bunter Quaste hervor, die sie bis über beide Ohren heruntergezogen hatte.

»Ist sie unten?«, fragte jemand aus der Gegensprechanlage.

Orsini half mit der Tür und erwiderte gleichzeitig: »Ja.«

»Tschüss, Lilly!«, erklang eine helle Mädchenstimme noch. Natürlich, wie dumm von ihm! Orsini war sauer – andererseits strahlten ihn große Augen vertrauensselig an.

»Gehen wir?«, fragte die Kleine. An ihrer Wange klebte ein gelbes Stück Zuckerstreusel. In der linken Hand hielt sie einen Rucksack, aus dem das Ohr eines Stoffhasen herausragte, den er ebenfalls kannte. Er musste zugeben: Dass Lilly ihn nicht nur wiederkannte, sondern auch seinen Hasen dabeihatte, freute ihn.

»Ja, gehen wir«, antwortete Orsini und sah die Straße entlang. »Wo die Mama ist, weißt du nicht?«, fragte er vorsichtig.

Die Kleine schob die Unterlippe vor und schüttelte den Kopf, als es auch schon in Orsinis Manteltasche vibrierte. Er holte sein Handy hervor und hob ab: »Paula?«

»Ja?«

»Also«, er wandte sich von Lilly ab, »das war so nicht ausgemacht!«

»Ich weiß«, erwiderte Paula beschwichtigend. »Aber ich kann jetzt unmöglich weg, weil ...«

»Warte! Du bestellst mich zu einer unbekannten Adresse, ohne mir zu sagen, was ich da soll!«

»Ich kann jetzt wirklich nicht!«, schnitt Paula ihm das Wort ab. »Unternimm doch zumindest eine Stunde etwas mit ihr, bitte!«

»Aber was? Ich hab doch keine Ahnung, es ist schon finster!«

»Lass dir was einfallen, bitte!! Und schick mir ein SMS, wo ihr seid«, zischte Paula beinahe und legte auf.

Orsini starrte auf das Handy.

»Mama?«, fragte Lilly und trat von einem Bein auf das andere. Orsini ging vor ihr in die Hocke, um den Reißverschluss des Mantels ordentlich zu schließen. »Sie kommt bald.«

»Wann?«

»Bald«, wiederholte Orsini und überlegte. Ihm war kalt, und er hatte Hunger. Und er hatte nicht mit dem Abstecher gerechnet! Eigentlich wäre er schon längst zu Hause oder in einem Lokal. Rasch fasste er einen Entschluss, griff nach Lillys Hand und rief ein neues Taxi.

»Kannst du dich noch an meinen Namen erinnern?«, fragte er beiläufig.

»Conad«, antwortete die Kleine stolz. »Con-rrrr-ad!«

Orsini zog die Augenbrauen hoch. Innerhalb eines Augenblicks wurde ihm klar, dass es vieles gab, wovon er keine Ahnung hatte. Die sprachliche Entwicklung im Kindergartenalter beispielsweise.

»Und wo warst du gerade?«

»Bei der Nora, sie hat heute Geburtstag.«

»Ach so, und du? Wann hast du denn Geburtstag?«

Lilly überlegte eine Weile und zog einen Mundwinkel nach unten.

»Sagen wir«, schlug Orsini vor, »du hast auch heute Geburtstag, und wir feiern das jetzt zusammen!«

Sie sieht ihn fallen, ganz aus der Nähe.

Ständig sieht sie ihn fallen. Sie braucht nur die Augen zu schließen, und sie steht wieder genau dort. Egal, welche Tageszeit, egal, ob sie alleine ist oder nicht. Nicht nur im Traum. Selbst hier auf der Straße.

Es gibt kein Entrinnen.

Seine weit aufgerissenen Augen, seine wirren Haare, der zum Schrei geöffnete Mund. Aber es kommt ihm kein Laut über die Lippen. Nie.

Die Arme und Beine streckt er weit von sich, als hätte er einen Fallschirm am Rücken, der sich öffnen wird. Nur der Wind bläst ihm nicht ins Gesicht. Dazu ist der Weg zu kurz.

Als er auf die Lanzen auftrifft, beginnt sein Körper zu zucken, für einen langen Augenblick. Sie durchbohren ihn, als wäre die Inszenierung von Anfang an so angelegt gewesen. Stehen nach wie vor gerade und nüchtern da, wie befohlen. Ihre Spitzen ragen aus seinem Rücken und seinem Bein. Eine hat sich in seinem Kopf verfangen, dass er in eigenartig zurückgebeugter Haltung dort hängt. Ein menschlicher Spieß.

Tut er ihr leid? Das weiß sie nicht.

Jedenfalls ist es geschehen. Nicht mehr rückgängig zu machen. Das Blut spritzt, rinnt die Lanzen hinunter, erreicht den Boden.

Er macht einen Atemzug, der Rücken hebt sich, der Körper will die Eindringlinge weghaben. Die Hände verkrampfen sich, die Arme suchen nach den Schäften. Glauben, dass sie etwas ausrichten können.

Irgendwann ist Schluss.

Ihre Hände zittern unkontrollierbar. Sie lehnt sich zurück und wartet, bis ihr Herz wieder ruhig schlägt. Sieht entsetzte Gesichter. Keiner kann helfen. Der Unterboden fährt gnadenlos langsam in die Höhe. Lange Sekunden geschieht sonst nichts. Auf der Bühne nicht und auch nicht in den Seitengassen.

Erst als er oben ankommt, greifen unbeholfene Hände nach ihm. Zerren, ziehen, sie wollen ihn retten und machen es doch nur schlimmer. Einer zerrt an der Lanze, auf der der Kopf steckt.

Sie wendet sich ab.

»Mitten im Winter in ein Eisgeschäft?«, fragte Paula entgeistert, ohne zu bemerken, wie fehl am Platz ihr vorwurfsvoller Ton war. »Bei dem Wetter und nach einer Geburtstagsparty?«

Orsini hatte gute Lust, etwas Griffiges zu erwidern, ließ es aber doch bleiben. Erstens hatten Lilly und er eine erstaunlich kurzweilige Zeit miteinander verbracht, und zweitens wirkte Paula völlig erschöpft. Jetzt zu kontern war zwecklos. »Kann ich dir etwas bestellen?«, meinte er stattdessen.

»Bestellen?« Paula sah ihn an, als hätte er eine Reise zum Mond vorgeschlagen.

»Ja, bestellen: essen, trinken, so in der Art. Das machen manche Menschen.«

Paula funkelte ihn an, hielt aber den Mund. Er hatte ja keine Ahnung! Anstatt wie geplant den Samstag ausschließlich mit Lilly zu verbringen, hatte sie nach einem dringenden Anruf von Pokorny doch eingewilligt, bei der Observation zu helfen. Er hatte sie ziemlich unverblümt daran erinnert, dass sie zu Weihnachten länger als die Kollegen freihaben wollte. Dass sie bei der Observation den halben Tag mit Kubizek in einem kleinen Raum hocken musste, um die Villa gegenüber im Auge zu behalten, hatte sie erst vor Ort erfahren. Fauchend wie eine Wildkatze hatte sie einige seiner Kommentare quittiert, was aber auf die Dauer zu anstrengend geworden war. Vor allem, weil Lilly von der Schokotorte mitten in der Nacht Bauchweh bekommen hatte.

Sie fuhr mit der Hand über Lillys Haar und lehnte sich zurück. »Tut mir leid.«

»Es geht ihr gut!«, meinte Orsini mit Blick auf die Kleine, die entspannt neben ihnen am Tisch saß, ein Lied summte und in einem Grüffelo-Malbuch blätterte. Buntstifte lagen verstreut auf der Bank.

Sie hatten ein paar ereignisreiche Stunden hinter sich. Sein erster Plan – der mit dem Lokal – hatte adaptiert werden müssen. Zu Orsinis absolutem Entsetzen hatte Lilly darauf bestanden, am Christkindlmarkt eine Runde Ponyreiten zu dürfen – was er ihr auch kaum ausschlagen konnte, da er doch mit ihr ihren *Geburtstag* feierte. Keine zehn Pferde hätten ihn unter normalen Umständen ausgerechnet auf den in seinen Augen kitschigsten und überfülltesten aller Weihnachtsmärkte zerren können. Gegen die blau-strahlenden Augen allerdings war er machtlos. Das Malbuch und die Stifte hatten sie dann in einer Buchhandlung erstanden, als Pfand quasi, um sie wegzulocken. Weiter weg. Im Gasthaus Wild, unweit seiner Wohnung, war er endlich auf seine Rechnung gekommen, bis sie den Abend in einer Eisdiele abrundeten.

»Es war nur eine Kugel«, beruhigte er Paula, »und davor Maroni und eine Hühnersuppe!«

Paula starrte ihn an. »Hühnersuppe?«

»Ja, was Gesundes! Hat meine Mutter auch immer gekocht.«

»Okay«, antwortete Paula. *Seine Mutter* … sie musste ihr Bild von Orsini etwas revidieren. Zur Ablenkung zeigte sie auf Lillys Bild. »Den Baum könntest du anmalen«, schlug Paula müde vor, »grün vielleicht.«

Lilly streckte nachdenklich die Zungenspitze hervor und rollte die Stifte hin und her.

»Ich finde rote Bäume schöner«, konnte Orsini es sich nicht verkneifen.

Doch die Kleine hatte ihren eigenen Kopf und wählte einen gelben Stift.

Paula lächelte.

»Tee?«, fragte Orsini.

»Nein danke. Tut mir leid, dass ich dich … Es ist nicht anders gegangen. Pokorny hat mich eingeteilt. Ich wollte freihaben, aber wegen Weihnachten …«

Als sie bald darauf das Lokal verließen, hatte die Stimmung zwischen ihnen von akuter Sturmwarnung auf Windstärke fünf gedreht, immerhin. Über die Burg war kein Wort gefallen. Vage hatte Paula vorgeschlagen, morgen zu telefonieren.

Beim Heimweg durch die Stadt schob Orsini seine Hände tief in die Manteltaschen. Die eine Hand umschloss dabei ein kleines Papiersäckchen aus dem Eisgeschäft. Bezüglich des Inhalts tauchte am Horizont der Hauch eines schlechten Gewissens auf, den er jedoch rasch wieder verjagte.

Sonntag, 20. Dezember

6

»Die Frau Inspektor kennt kein Erbarmen«, stöhnte Jojo gekünstelt.

»Immerhin hat die Frau Inspektor deine Anzeige wegen Falschparkens … mal ganz abgesehen von der Geschwindigkeitsüberschreitung letztens auf der Tangente.«

»Ja, ja. Du hast mich in der Hand. Was ist das überhaupt?«

Paula hielt ihrem Bruder ein Blatt Papier entgegen. »Für dich doch sicher ein Klacks!«

Sie befanden sich in seinem neuen Büro, zufälligerweise ganz in der Nähe von Orsinis Wohnung, wie Paula sofort registrierte. Sie hatte Jojo für die Übersiedlung ihren Wagen geliehen, damit alles rascher ging, und wollte sich ihn nun holen. Außerdem wollte sie Jojo aber auch um einen Gefallen bitten, der mit seinen besonderen Fähigkeiten zusammenhing.

Während er Lilly auf seinem Knie balancierte, nahm er das Blatt Papier entgegen. »Josef Meersburg«, las er, »Abhebung, Barauszahlung … Und was konkret stellst du dir vor, dass ich mache?«

»Ich bräuchte eine Übersicht über die letzten Jahre.«

»Schon mal vom österreichischen Bankgeheimnis gehört?! Dem strengsten nach der Schweiz?«

»Gerade deswegen. Offiziell hab ich keine Chance!«

Jojo tippte auf die Kopie und fragte: »Ist das der tote Schauspieler?«

Paula bestätigte.

»Ziemlich leeres Konto für einen Star.«

»Genau!«

»Aber du weißt schon, dass das dauert«, Jojo machte eine Rundumgeste über die Kartontürme hinweg. »Ich hab ja sonst nichts zu tun! Nur ein kleiner Umzug und das neue Spiel, das im Jänner – sprich jetzt – fertig sein soll!

So eine *Recherche*, das muss gut vorbereitet sein.« Er warf einen Blick auf den Kontoauszug. »Du kannst nicht einfach mal schnell einen Angriff auf eine so große Bank starten. Die sind mittlerweile hochgerüstet!«

Enttäuscht ließ Paula die Schultern hängen. Natürlich. Was hatte sie sich auch erwartet! Nur weil Jojo und seine Partnerin mittlerweile zu den angesagtesten Computerspiele-Entwicklern zählten, hieß das nicht, dass die Gesetzmäßigkeiten des Netzes für sie nicht galten. Sie wusste allzu gut, wie viel Arbeit dahintersteckte, sei es bei einem guten Spiel oder bei einer heiklen *Recherche*.

Jojo räusperte sich und begann: »Wenn …«, als sich die Tür öffnete und ein Rücken zum Vorschein kam. Katja, seine Partnerin, mit einer großen Pflanze. »… es bis morgen Zeit hätte«, fuhr Jojo fort, ging auf Katja zu und hielt die Tür auf.

»Ja?«

»… wüsste ich eventuell eine Lösung.«

So leise er konnte, schloss er die Logentür hinter sich. Es war reine Gewohnheit, denn am Nachmittag des vierten Adventsonntags verirrte sich keiner in sein Theater. Es war nicht irgendeine Loge, sondern genau die, in der im Mai 1925 die Attentäterin mit den tiefschwarzen Augen und dem Bubikopf den Fürst der Mazedonier umgebracht und seiner Frau die Zunge weggeschossen hatte.

Dann rückte er einen der Sessel zurecht und breitete darauf sorgfältig seine Schätze aus. Alles aus dem Archiv. Er hatte eigens eine Lupe mitgebracht, die er nun vor das erste Foto hielt.

Unglaublich, wie es hier ausgesehen hatte, dachte er und verglich Foto und Realität. Gegen Ende des Krieges war ein Flieger hinter der Burg abgestürzt, die Explosion hatte einen ersten Brand ausgelöst. Und wenige Tage später war es zu einem zweiten, wesentlich verheerenderen Brand gekommen, dessen Ursache nie geklärt wurde.

Er schüttelte den Kopf: alles verkohlt oder zumindest angesengt. Der Zuschauerraum, die Bühne, die Foyers und auch die Garderoben. Es hatte Jahre gedauert, bis sie den Originalzustand wiederherstellen konnten.

Dabei hatte man beim Bau doch vorgesorgt – fast als hätten die Architekten etwas geahnt!

Der erste Eiserne Vorhang der Welt, das Haus im Gegensatz zum alten Theater nicht mehr direkt an die Hofburg angrenzend. Zu gefährlich: die Katastrophe im nahegelegenen Ringstraßentheater mitten in der Bauphase des Burgtheaters hatte – je nach Berichterstatter – bis zu tausend Tote gefordert und saß den Wienern noch im Nacken. Von der Hofburg aus gesehen, wurde das neue Theater hinter den Volksgarten verbannt – weit genug, dass sie schlimmstenfalls allein abbrennen konnte …

Was fast sechs Jahrzehnte später auch tatsächlich geschah. Er stand auf und ging mit dem Foto in der Hand ins Parkett hinunter, die Stuhlreihen entlang. Sie hatten so bald wie möglich wieder den Betrieb aufgenommen, vor schwarz angesengten Vorhängen und halb verbranntem Mobiliar. Er schloss die Augen, machte einen tiefen Atemzug und spürte förmlich den abgestandenen, kalten Rauch in seiner Nase, der aus der halben Ruine aufstieg. Man hatte keine Ressourcen gehabt, um zu löschen. Und so kam eine absurde Verbesserung der Bausubstanz ganz von alleine zustande: Beim langsamen Abkühlen waren die Walzeisen-Träger zu hochwertigem Stahl ausgeglüht. Hätte man gelöscht, hätte es sie zerfetzt.

Und die beiden Architekten, sinnierte er weiter – Semper und Hasenauer –, was hatte es mit diesen eigenartigen Andeutungen auf sich, die er in mehreren alten Artikeln gefunden hatte, über die sich aber keiner genauer ausließ? War zwischen den beiden etwas vorgefallen? Oder hatten sie sich im Zeitalter der Seancen irgendeinem spiritistischen Zirkel angeschlossen, wie es in einem der Zeitungsartikel gemutmaßt wurde? Lag es an ihnen, dass diese Mauern nicht zur Ruhe kamen?

Ruckartig drehte er sich um und schlurfte wieder zur Loge zurück. Dann packte er seine Sachen und verschwand, ehe die ersten Gäste für die Abendvorstellung eintrudelten.

Paula lehnte sich in die rot-weiß gemusterte Polsterung zurück und schloss für einen Moment die Augen. Sie saß im Café Zartl, vor sich eine Melange. Lilly hatte sie bei Jojo und Katja gelassen. Noch ehe Paula einen Schluck genommen hatte, ging die Tür auf, und Orsini trat ein.

»Ausgeschlafen?«, fragte er und setzte sich ihr gegenüber.

Kurz machte es den Anschein, als würde er sich für einen Begrüßungskuss zu ihr beugen, doch ehe Paula reagieren konnte, war der Augenblick vorüber.

»Halbwegs«, antwortete sie nur und griff nach dem Kaffeelöffel. »Danke übrigens nochmals für gestern!«

Orsini lächelte. »Gern, nur nächstes Mal vielleicht mit Vorwarnung.«

Nächstes Mal, dachte Paula und löffelte etwas Milchschaum aus der Tasse. »Also, ich hab nur kurz Zeit«, lenkte sie dann auf die berufliche Ebene. »Hast du inzwischen was herausgefunden?«

Orsini winkte die Kellnerin herbei. »Herausgefunden im Sinne von konkret eine Spur oder einen Verdacht haben – leider Fehlanzeige!«

»Aber?«

»Also, die Stimmung in dem Laden … es ist ein seltsamer

Verein. Man hockt in abgedunkelten Räumen ohne das geringste Tageslicht, muss sich von einem egomanischen Regisseur anschnauzen lassen, und am Ende kommt Kunst heraus.«

»Klingt nach Frust.«

»Gepaart mit Schmerzen in den Beinen«, ergänzte Orsini und bestellte ein kleines Bier. »Die Proben dauern ewig.«

»Verstehe«, meinte Paula und spürte einen Anflug von schlechtem Gewissen. »Und über den Meersburg, hast du da was erfahren?«

»Er war nicht unbedingt beliebt.«

»Das gibt's überall«, wandte Paula ein.

»Trotzdem, einfach die Art, wie über ihn gesprochen wird. Ich weiß nicht …«

»Also nur ein Gefühl?«

»Vorläufig ja.« Die Kellnerin stellte das Bier vor Orsini ab. Er sah hoch, nickte, trank einen Schluck und fuhr fort: »Hast du eigentlich nach dem Unfall mit der Schwester geredet?«

»Nicht direkt danach, aber am vergangenen Donnerstag. Wieso fragst du?«

»Ich hab da was mitgekriegt.«

»Und?« Paula rührte in ihrem Kaffee, froh über den Gesprächsfluss. Das Sachliche war entschieden einfacher für sie beide.

»Ich muss vorausschicken, die Burg ist definitv ein Männerverein. Direktorin hin oder her – den Umgangston, vor allem hinter der Bühne, würde ich als Frau nicht lange aushalten.«

»Dabei ist die Kunstszene doch so liberal.«

Orsini hob die Schultern zu einer zweifelnden Geste. »Je nach Naturell reagieren die Frauen: Die Ophelia würd ich zum Freud schicken als klassisches Fallbeispiel für Hysterie. Die Meersburg hingegen kann sich wehren. Jedenfalls scheinen die beiden befreundet zu sein. Und die Ophelia hat mit jemandem entweder eine Rechnung offen oder sie bereits beglichen.«

»Rechnung?«

Orsini holte den glatt gestrichenen Zettel aus seiner Tasche und reichte ihn an Paula weiter.

»*Überspanne nicht den Bogen*«, las Paula laut. »Aber wer der Bogenschütze sein könnte, weißt du noch nicht?«

»Nein.«

Paula legte den Zettel vor sich hin und sah auf die Uhr. Ihren Kaffee würde sie nicht austrinken können. »Ich muss gleich weg… Eins noch, ich war bei der Meersburg in der Wohnung. Die hat einen regelrechten Schrein für ihren Bruder im Arbeitszimmer eingerichtet. Du sagst, sie kann sich wehren… Aber konnte sie das auch gegen ihren Bruder? Außerdem hab ich auch was gefunden«, sagte sie und erzählte von dem Kontoauszug. »Jedenfalls wird Katja versuchen, mir weitere Infos dazu zu besorgen. Sie arbeitet gerade an einem Sicherheitssystem für genau *die* Bank…«

Orsini lächelte. Paula hatte sich seit ihrer gemeinsamen Zeit offensichtlich interessante Ermittlungswege erschlossen.

»Gibt's sonst noch was?«, fragte Paula rasch, legte einen Geldschein auf den Tisch und stand auf. Orsini hatte zwar noch nicht ausgetrunken, aber sie hatte versprochen, nicht allzu lange wegzubleiben.

»Nur, dass Hamlet seine Rolle irre gut beherrscht.«

Montag, 21. Dezember

7

Montagmittag, Orsini saß als Letzter bei der Maske, im Raum, der extra für die vielen Komparsen als Zimmer für alles eingerichtet worden war. Drei alte hölzerne Schminktische, deren Spiegel in den Ecken blinde Flecken hatten, mit allen möglichen Utensilien vollgeräumt. Perücken, Haarteile, Pflaster, Tuben, Bürsten, Pinsel, Kleenex-Packungen, einfache Küchenrollen und ein winselndes, über und über mit Farbe beschmiertes Radio.

»Den Kopf höher«, befahl der Maskenbildner mit leichtem, aber unüberhörbar französischem Akzent und beugte sich wieder zu Orsinis Gesicht herab.

Er hatte nicht gerade den idealen Körperbau für diese Art der Arbeit. Einfach zu groß, dachte Orsini – derselbe Mann, den Orsini vor einigen Tagen beim Zwischenfall mit Ophelia neben ihr stehen gesehen hatte. Der wallende silbergraue Mantel betonte seine Statur zusätzlich. Er schien etwas gereizt.

»Merde!«, stieß der Maskenbildner aus und warf einen Pinsel auf einen wackeligen, völlig überfüllten Rollwagen, der zwischen den Schminktischen stand. Dann wischte er sich die Hände an einem zerfledderten Lappen ab, hob sein Kinn, musterte das Gesicht kurz von allen Seiten und murmelte: »Am besten Fischhaut …«

Orsini, der zuvor über eine Stunde wieder einmal im Stehen verbracht hatte und nun für die nächste Szene vorbereitet wurde, schrak aus seinen Gedanken hoch. »Fischhaut?«

»Ja, Fischhaut«, erklärte der Maskenbildner und verschluckte dabei das *h*, »darauf halten die Narben am besten.«

»Wenn Sie meinen.«.

»Ja, meine isch«, entgegnete der Maskenbildner und strich sich mit dem kleinen Finger der rechten Hand geziert über den Nasenrücken. Der Nagel des Fingers war länger als die anderen und vorne elegant zugespitzt. Dieselbe Maniküre wie Hamlet?, schoss es Orsini durch den Kopf, während er zusah, wie der Maskenbildner mit dem Fingernagel eine Plastikverpackung öffnete und daraus etwas hervorzog. Für Mund und Nase gab es vorgefertigte Öffnungen.

»Ist garantiert kein Kunststoff!«, meinte der Maskenbildner grinsend.

Leicht angewidert hielt Orsini sein Gesicht ruhig und spürte, wie die Fischhaut über seine Wangen spannte. Es fühlte sich kühl und etwas unangenehm an.

Ein Fisch auf dem Trockenen, dachte Orsini bei sich und studierte die Gesichtszüge des Maskenbildners. Lange, spitze Nase, gepflegte Haut, die feinen weißen Haare hinter die Ohren gesteckt.

Während der Maskenbildner einen Spachtel in die Hand nahm, aus einer Tube durchsichtiges, gelatineartiges Material quetschte und dieses dann auf seiner Wange verteilte, sah Orsini ihm in die Augen. Es war ungewohnt, so ungestört die Iris eines wildfremden Menschen aus der Nähe betrachten zu können. Sie war hellbraun, wie Wüstensand, und passte gut zu den weißen Haaren. Er musste früh ergraut sein, denn Orsini schätzte den Maskenbildner auf maximal Mitte vierzig. Obwohl er genervt wirkte, hatte er eine ruhige Stimme. Für jemanden, der ständig mit hypernervösen Menschen zu tun hatte, bestimmt kein Nachteil.

Plötzlich läutete das Handy des Maskenbildners. Er hob ab, hörte zu, antwortete mit Ja und Nein und legte auf. Ohne sich für die Unterbrechung zu entschuldigen, arbeitete er danach intensiv weiter.

Augen, dachte Orsini, schloss die seinen und lehnte sich zurück. Mutter wie Tochter hatten außergewöhnliche Augen. Ein solch strahlendes Hellblau hatte er noch nie gesehen. Und bei Lilly war es ihm auch erst vorgestern aufgefallen, vielleicht weil er länger mit ihr allein gewesen war. Wenn sie einen ansah, war es, als gäbe es einen direkten Draht zwischen ihnen. Wie bei Paula – nur dass die beiden Enden dieses Drahtes derzeit lose in der Luft hingen.

Lilly, wem sah sie noch ähnlich?, ging es ihm durch den Kopf. Warum war es nur so schwierig, danach zu fragen? Wo doch offensichtlich kein Vater präsent war?

Wünscht er sich in seinem tiefsten Inneren vielleicht sogar…? Doch dann sah er ein anderes Gesicht vor sich, ein jüngeres, männliches. Einer, der doch präsent war, zumindest beruflich. Armin Ennsner, den Paula schon lange kannte. Wie nahe stand sie ihrem Kollegen wirklich?

Plötzlich ging die Tür auf, lautes Gelächter riss Orsini aus seinen Gedanken. Als er die Augen öffnete, stellten sich in seinem Nacken die Haare auf.

Der Maskenbildner hatte ein offenes Rasiermesser in der Hand. Es näherte sich Orsinis Kinn, die Schneide glänzte bedrohlich nahe. Was sollte das! Orsinis Atem stockte.

Er suchte Blickkontakt, fand aber nur zwei ausdruckslose Augen. Alle Geräusche waren schlagartig ausgeblendet. Doch schon im nächsten Moment war da noch etwas anderes, Undefinierbares im Blick seines Gegenübers.

Plötzlich schnellte die Hand von Orsinis Hals zum eigenen, der Maskenbildner rollte mit den Augen und zog dann die Klinge über die eigene Kehle.

Orsini saß wie angewurzelt im Stuhl und starrte auf die Stelle, ein tiefer Schnitt … aber, nichts dergleichen! Stattdessen hinter ihm ein Lachen.

»Willkommen in der Maske!«, meinte der Franzose boshaft, ehe er sich mit dem gefakten Rasiermesser mehrmals über die Handflächen fuhr.

Orsini blieb mit klopfendem Herzen sitzen.

»Ziemlich echt!«, bemerkte er ruhig, obwohl er innerlich kochte.

»Ich mache das ja auch schon ein Weilschen«, erwiderte der Maskenbildner lachend.

»Und sie fallen immer noch alle drauf rein«, pflichtete ihm einer der Kollegen bei, die hinter Orsini aufgetaucht waren.

»Bin isch fertisch?«, fragte Orsini und deutete dabei auf sein verunstaltetes Gesicht.

Der Maskenbildner zwinkerte seinen Kollegen zu.

»Danke«, erwiderte Orsini, schnappte sich im Aufstehen eine offene Tube vom Schminktisch und drückte dem Maskenbildner gelbes Gel mitten ins Gesicht. »Willkommen bei mir, ich mach das übrigens zum ersten Mal.«

Der Maskenbildner stand mit offenem Mund da. Die gelbe Soße suchte sich einen Weg übers Kinn und troff auf sein Hemd.

»Idiot«, murmelte Orsini noch und ging an den Kollegen vorbei, die mit offenem Mund zusahen. Ohne sich weiter zu kümmern, trat er zur Tür. Doch kaum hatte er sie aufgemacht, fuhr er zurück.

»Pass auf! Weg da!«, schrie ihn ein Bühnenarbeiter an, der mit einem mannshohen Eisengestänge haarscharf an Orsini vorbeisauste.

Orsini wartete und entschied dann, den Transportwegen der Bühnenarbeiter auszuweichen. Am Gang hinter den Logen im Zuschauerbereich war tatsächlich weniger los, stellte er fest. Alleine war er aber dennoch nicht.

Zwei ihm durchaus bekannte weibliche Stimmen, in ein Gespräch verwickelt, näherten sich ihm. Warum er innehielt, die erstbeste Logentür öffnete und sich dorthin zurückzog, hätte er später nicht wirklich erklären können. Vielleicht lag es am dringlichen Tonfall. Er ließ die Tür einen Spaltbreit offen, lehnte sich an die Wand und holte sein Handy hervor. Sollten sie ihn bemerken, wäre er einfach nur ein Komparse, der in Ruhe seine Mails checkte.

»Das wäre Wahnsinn!«, sagte die etwas tiefere, vollere Stimme nun.

»Wenn das an die Öffentlichkeit dringt!«, erwiderte die hellere.

»Es darf *keinesfalls* an die Öffentlichkeit dringen!« Die tiefere Stimme gewann an Schärfe. »Wie stellt er sich das vor?«

»Ich meine ja auch …«

Die ganze Woche hatte Orsini gehofft, Dinge zu hören, die nur für ganz bestimmte Ohren gedacht waren.

Er hielt den Atem an.

»Wir müssen uns darum kümmern!«, meinte die hellere Stimme mit Nachdruck.

Orsini öffnete die Tür etwas weiter, denn die beiden Stimmen hatten seine Loge passiert und entfernten sich Richtung Foyer. Vorsichtig schielte er um die Ecke und sah die zwei gläsernen Schwingtüren zufallen, die ins Stiegenhaus führten. Rasch schlüpfte er aus der Loge und heftete sich an ihre Fersen. Bei den Schwingtüren blieb er stehen und zog eine davon langsam auf.

»Natürlich!«, hörte Orsini und spähte um die Ecke.

Er sah gerade noch ein rotes Kostüm neben einer schwarzen Hose die Stiege hinauf verschwinden: die Direktorin und ihren Schatten, die Hexe in Schwarz. So leise wie möglich folgte er ihnen. Als die beiden im nächsten Stock anhielten, machte er nach ein paar Stufen ebenso Halt. Es war *eine* Sache, unauffällig irgendwo zu lehnen, eine andere, beim Spionieren erwischt zu werden.

»In der jetzigen Situation brauchen wir nicht noch zusätzlichen Ärger.«

»Das musst du mir nicht erklären!«

Dann wurde der Tonfall schlagartig verbindlich. Offensichtlich war eine dritte Person dazugestoßen.

Orsini schlich die Stufen wieder hinab und bog um eine Ecke. Vielleicht hatte Paula doch recht mit ihrer Ahnung. In Gedanken rekapitulierte er, was er gehört hatte, ohne zu bemerken, dass auch er nicht unbeobachtet geblieben war.

*

Eigentlich sollte Paula noch den Bericht wegen des Einbruchs mit Körperverletzung fertigstellen und sich danach auf den Weg machen.

»Komm schon«, flüsterte sie und verfluchte den ewigen Geldmangel.

Schon vor Monaten hatte man ihnen eine schnellere Breitbandverbindung zugesagt, doch geschehen war nichts. Zu Hause ginge das schneller, dachte sie und klickte auf einen Artikel aus dem Vorjahr.

Anstatt den Bericht zu schreiben, recherchierte sie nun schon eine Weile zum Thema Meersburg. Über seine privaten Verhältnisse hatte sie in Erfahrung gebracht, dass er eine kleine Wohnung in Wien besaß, in der er als Einziger gemeldet war. Dann gab es noch ein Haus auf dem Land, das er sich mit seiner Schwester teilte – geteilt hatte, korrigierte sie sich. Das ehemalige Elternhaus, vermutlich.

»Interessant«, murmelte sie, scrollte weiter und bückte sich dabei unter den Tisch zum Drucker. Das altertümliche Ding stammte aus dem Fundus und wenn man sein lästiges Summen nicht den ganzen Tag hören wollte, musste man ihn zwischendurch jedes Mal wieder abschalten.

Hektisch überflog sie einen Artikel nach dem anderen und beschloss, Orsini Bescheid zu geben. Paula war so vertieft in ihre Lektüre, dass sie hochschrak, als es an ihrer Tür klopfte. Noch ehe sie etwas sagen konnte, stand auch schon ihr Kollege Ennsner vor ihr.

»Ja?« Sie sah ihn fragend an.

»Ist Kurt nicht da?«

»Nein, ist bei einer Besprechung. Brauchst du was von ihm?«

»Nein, ich dachte…«

Ungeduldig unterbrach Paula ihn und sah auf die Uhr: »Ich bin auf dem Sprung.«

Wilasich hatte ihr inoffiziell den Nachmittag freigegeben. Es war drei Tage vor Weihnachten, und irgendwann musste und wollte sie schließlich auch Geschenke kaufen. Sie schaltete den Computer aus, nahm die Artikel aus dem Drucker, steckte sie in eine Hülle und schob ihren Stuhl zurück.

Ennsner war verunsichert. Sie kannten einander von ihrer Ausbildung, es hatte das eine oder andere Fest gegeben. Seither pendelte ihr Verhältnis zwischen vertraut und abgekühlt.

Ehe die beiden jedoch klären konnten, worum es ging, betrat ein weiterer Kollege ohne anzuklopfen das Zimmer.

»Traute Zweisamkeit?«, kam die unvermeidliche stichelnde Bemerkung.

Zorn stieg in Paula auf, und sie holte zu einer verbalen Attacke aus.

Aber Kubicek war schneller: »Du sollst zur Befragung wegen dem Überfall mitkommen!«

»Was? Wieso ich? Ich kann jetzt nicht.«

»Natürlich kannst du«, erwiderte Kubicek lässig und schob dabei den Kaugummi im Mund hin und her. Er wusste, dass sie das hasste und schon den Geruch von Kaugummi widerlich fand.

Paula versuchte gelassen zu bleiben und betonte jedes ihrer Worte: »Nein, ich kann jetzt sicher nicht.«

»Ist aber ein Befehl … von oben.« Kubicek ahmte ihre Betonung nach, nahm eine Akte von ihrem Tisch und deutete damit Richtung Decke. »*Er* hat es angeordnet, vor drei Minuten!«

Gemeint war ihr Abteilungsleiter Pokorny. Wenn man ihm widersprechen wollte, sollte man sich das vorher gut überlegen. Paula sackte innerlich zusammen. Für die beiden folgenden Tage hatte sie sich zu freiwilligen Überstunden verpflichtet, damit sie über die Feiertage mit Lilly zusammen sein konnte. Wann aber sollte sie dann die Geschenke besorgen?

Sie biss sich auf die Unterlippe, in ihr brodelte es. Sie würde sich vor diesem Idioten keine Blöße geben! Ärgerlich riss sie Kubicek die Akte aus der Hand und warf sie zurück auf ihren Tisch.

»Paula«, hörte sie plötzlich Ennsner wie aus weiter Ferne.

»Ja?«, fuhr sie ihn an.

Ungeachtet ihrer Aufregung, legte er die Hand auf ihre Schulter und meinte dann zu Kubicek: »*Ich* übernehme das.«

Paula stutzte. Sie empfand die Berührung, zumal im Dienst, einerseits als grenzüberschreitend, andererseits war sie in guter Absicht geschehen. Nur allzu gerne hätte sie einen Blick in Ennsners Innenleben geworfen. Doch das ließ er nicht zu. Seit der Jahre zurückliegenden, gemeinsam verbrachten Nacht war ihr Verhältnis kompliziert, denn beide verhielten sich so, als hätte es diese Nacht nie gegeben.

Erstaunt blickte sie ihm ins Gesicht. »Du?«

»Du musst ja dringend weg.«

»Ja, aber«, Paula wusste nicht weiter. Ein Knödel steckte in ihrem Hals.

Kubicek funkelte Ennsner indessen böse entgegen: »In zehn Minuten unten!« Mit martialischem Schritt verließ er das Büro.

Noch ehe Paula ein Wort hervorgebracht hatte, reichte Ennsner ihr das kleine Paket, das er die ganze Zeit über in der Hand gehalten hatte, und meinte: »Für die Kleine!«

Paula ließ die zornige Luft entweichen und hielt inne. Beschämt nahm sie das Paket entgegen und setzte zu einer Entschuldigung an. »Danke, also ich …«

Doch Ennsner hatte bereits die Türschnalle in der Hand und wandte sich mit einem leichten Nicken zum Gehen.

*

»Oh, dass die Erde, der die Welt gebebt, vor Wind und Wetter eine Wand verklebt!«, hallte es Orsini entgegen.

Überrascht blickte er den imposanten Stiegenaufgang hinab. Auf einer der Stufen, mitten am roten Teppich, saß Hamlet und deklamierte vor sich hin. Er war wie üblich bleich geschminkt, hielt einen schwarzen Totenschädel in der Hand und starrte ihn an. Dass Hamlet sich in seine Rolle versenken musste, lag nahe, aber ausgerechnet hier auf der Kaiserstiege?

Während Hamlet sich durchs lange, glatte Haar fuhr und es dann mit einer theatralischen Kopfbewegung nach hinten warf, trat Orsini an die kühle Brüstung.

Der Raum vor ihm hatte etwas wahrhaft Beeindruckendes, war er doch ursprünglich auch dem Kaiser allein vorbehalten gewesen. Selbst die Kaiserin musste die gegenüberliegende Stiege benutzen. Der Grund: In einem der Gemälde hatte der Kaiser anscheinend seine Mätresse abbilden lassen, Orsini hatte vergessen, in welchem. Jeff war diesbezüglich erstaunlich bewandert und hatte ihm unlängst einen kleinen Vortrag gehalten.

Marmorne Säulen streckten sich entlang der Wände in die Höhe, daneben Skulpturen, kleinere Figuren und Verzierungen, hauptsächlich weiß oder golden.

Hamlet schien Orsini nicht bemerkt zu haben und fuhr mit einer ausladenden Handbewegung fort: »*Doch still! Hier kommt der …*«, er streckte den Zeigefinger aus und ließ seine Bewegung so enden, dass er genau auf Orsini zielte, »*… König!*«

Dann lachte er kurz auf und wandte sich wieder dem Totenschädel zu. Wie zu einem Freund sagte er dann mit gespielter Enttäuschung: »Ach nein, es ist nur der beförderte Soldat!«

Orsini lächelte, holte sein Handy hervor und schaltete es ein. Er stieg damit die Stufen hinab und setzte sich neben Hamlet.

»Ist es dir zu eng in der Garderobe?«, meinte Orsini beiläufig und rief am Handy die eingegangenen Nachrichten auf.

Hamlet drehte den Schädel mit beiden Händen bedächtig hin und her. Mit einer Selbstverständlichkeit, die nur aus lange geübter Gewohnheit stammen konnte, strich er ihm sanft über die Stirn, tippte auf das Kinn und deklamierte weiter: »*Ein Zeichen, dass die Leiche, der sie folgen, verzweiflungsvolle Hand an sich gelegt …*«

Hand an sich gelegt? Orsini dachte sofort an die Taxifahrt und fragte sich, ob Hamlet – durch den Schädel gewissermaßen – etwas zu verstehen geben wollte. Aber warum gerade ihm? Er konnte doch nicht wissen, was Orsini hier trieb. Oder gab es eine Achse zum Komparserieleiter? Wie lange würde Orsini seine Identität überhaupt noch geheim halten können?

Angriff ist die beste Verteidigung, dachte Orsini, stützte sich auf der Stufe hinter sich mit den Ellbogen ab und erwiderte:

»Kannst du eigentlich den ganzen Text im englischen Original?«

Hamlet legte den Schädel neben sich und machte eine Kunstpause. »Original? Du meinst, so wie Richard Burbage hier oben?«

»Wer?«

Wie ein Fußballfan beim Torschrei sprang Hamlet auf und zeigte zur Skulptur an der Wand. »Weißt du nicht, wer das war?«

»Sollte ich?«, fragte Orsini irritiert.

»Er war der *erste* Hamlet … King Lear … oder dort oben, Romeo!«, fuhr Hamlet begeistert fort und zeigte auf eines der Deckengemälde.

Orsini folgte kurz seinem Blick, dann ergriff zur Abwechslung er den Totenschädel, steckte drei seiner Finger in die Öffnungen für Nase und Augen und drehte ihn ein wenig.

»Ginge zur Not auch als Bowlingkugel«, meinte er und legte ihn wieder zurück. »Also nicht den ganzen Text.«

Mit weit aufgerissenen Augen stürzte Hamlet sich daraufhin vor dem Totenkopf auf die Knie, als wollte er ihn küssen, und flüsterte: *»Das eben ist der Fluch der bösen Tat, dass sie, fortzeugend, immer Böses muss gebären!«*

Genug der kryptischen Worte, dachte Orsini und erhob sich mit einem Ruck. Der Riff, der sich dabei in seine Ohren schlich, bis er am liebsten laut mitgesungen hätte, war von Gitarre, Keyboard und Schlagzeug angetrieben.

… it seems such a waste of time,
if that's what it's all about,
if that's movin up then I'm movin out!

Ohne Hamlet weiter zu beachten, ging er die Stufen hinauf. Was hätte er jetzt für eine Gitarre und einen Verstärker gegeben! Oben drehte er sich nochmals um und blickte zur Decke.

Romeo und Julia lagen leblos vor einer Gruppe mittelalterlich gekleideter Zuschauer. Julias Antlitz war ebenso fahl wie das Leinen, das ihren Körper bedeckte. Jeder Faltenwurf meisterhaft gemalt. Romeos Kopf lehnte hingebungsvoll an der Schulter seiner Geliebten.

Erst auf den zweiten Blick entdeckte Orsini die finstere Gestalt neben ihnen. Ein Mönch in grober Kutte, der sich kaum vom schwarzen Hintergrund abhob.

*

Einige Stunden später steckte Orsini die Fingerspitze in das eine Rädchen der Tonbandkassette, drehte das Band ein wenig vor und zurück und sah zu, wie sich das zweite Rädchen mitbewegte. Einfach und verständlich, aber mittlerweile ein technisches Relikt – ähnlich wie die zerbeulten Scheinwerferteile, die ihm gegenüber auf einem Regal vor sich hin gammelten. Obwohl das Haus riesig war, herrschte doch unverkennbar Platzmangel. Jeder noch so kleine Verschlag wurde für irgendetwas verwendet.

Orsini befand sich auf der sogenannten Damenseite, vor dem Tonstudio, und wartete. Während der Probe hatte er beobachtet, wie Hamlet und Shure wegen eines Mikros aneinandergeraten waren. Anscheinend hatte Hamlet es zum mehrten Male ausgeschalten und darauf vergessen. Wer vom Regisseur angefahren wurde, war natürlich Shure.

Zumindest wäre es ein Anknüpfungspunkt, dachte er und sah auf die Uhr.

Allerdings hatte die Probe lange gedauert, und er hatte Hunger.

»Sag nicht, dass du was von mir brauchst!« Mit schlurfendem Gang kam Shure ihm nun entgegen, holte einen großen Schlüsselbund aus seiner schwarzen löchrigen Jeans, warf einen belustigten Blick auf die Kassette und meinte: »TDK, historisch gesehen erste Qualität.«

Orsini täuschte Verlegenheit vor. »Kannst du mir damit vielleicht behilflich sein?« Er zog einen USB-Stick aus seiner Tasche. »Auf der Kassette ist eine alte Nummer, mein Rekorder im Proberaum hat den Geist aufgegeben.«

Shure blickte ihn skeptisch an. »Und?«

»Es ist nur der erste Take«, fuhr Orsini fort. »Ich bräuchte ihn digital.«

Shure spielte gekonnt genervt mit dem Schlüsselbund in seiner Hand.

»Es sind höchstens drei Minuten.«

Seufzend steckte Shure den Schlüssel ins Schloss und drehte ihn um. An der Tür hing ein blaues Schild, auf dem in geschwungenen Buchstaben *Akustik* prangte. Orsini versuchte sich in Smalltalk: »Auch ein aussterbendes Wort, heute heißt es ja wohl eher Sounddesign, oder?«

Shure murmelte: »Hier sterben nicht nur die Wörter.« Dann hielt er Orsini die Tür auf und fragte: »Und, wie lebt es sich so als Kommandant?«

»Anstrengend«, erwiderte Orsini und folgte ihm. Ohne Vorankündigung krachte die Tür ins Schloss, dass Orsini zusammenzuckte.

»Bleib cool«, erwiderte Shure, jetzt ganz abgebrühter Easyrider. »Das ist nur der Zug.« Er wirkte älter, als er vermutlich war. Ein Woodstock-Roadie in abgenutztem Schwarz, ausgespuckt im falschen Jahrzehnt. Seine dicke orange Geldbörse hielt sich mit letzter Kraft in der speckigen Gesäßtasche, drohte jeden Moment herauszufallen, war aber mit einer verchromten Kette gesichert. Die Absätze seiner Cowboystiefel waren einseitig bis ans Äußerste abgetreten.

»Als Kommandant ist man eben immer angespannt«, erwiderte Orsini.

»Ist mir bei den Proben auch schon aufgefallen.« Orsini

wollte fragen, wie Shure das gemeint hatte, beließ es aber dabei und sah sich in den Räumlichkeiten um.

Der Eingangsbereich war von oben bis unten mit Lautsprechern vollgestopft. An der gegenüberliegenden Wand hingen säuberlich gebündelte Kabel, darunter lehnten Mikrofonstative.

Rechts zweigte eine Tür ab, dahinter surrte eine Reihe von Verstärkern neben einer mit technischen Innereien übersäten Werkbank. Orsini warf einen kurzen Blick hinein, ehe er die paar Schritte ins Büro vor ihnen machte.

Shure schaute auf seine Armbanduhr. »Ich muss die Abendvorstellung für die Kollegen vorbereiten«, erklärte er und fischte dabei eine Schachtel mit Batterien aus einem Schrank.

»Es ist wirklich nur eine Kleinigkeit«, wiederholte Orsini und sah durchs Fenster über dem Schreibtisch. Von hier hatte man einen guten Ausblick auf den Bühneneingang an der Rückseite des Theaters.

Shure öffnete das Fenster und hielt Orsini eine Packung Zigaretten hin. »Rauchst du?«

»Hin und wieder.« Orsini zog eine Zigarette heraus.

»Ist wie früher in der Schule«, sagte Shure und klappte vor Orsini sein blitzendes Zippo auf.

»Wieso?«

»Rauchen ist doch im ganzen Haus verboten. Wir sind der Hotspot für alle, die sich nicht entmündigen lassen.«

Orsini blies eine Rauchwolke Richtung Fenster, während Shure das Zippo mit tausendfach geübter Handbewegung schloss und in seiner Hosentasche verschwinden ließ.

»Während der Vorstellung kommen sogar die Schauspieler kurz vorbei und ziehen eine durch. Allerdings«, Shure deutete mit der Zigarette Richtung Tonstudio. Der Raum war hell erleuchtet, aber leer, »da drinnen stehen so wertvolle Geräte, dass wir das Rauchen über kurz oder lang auch hier verbieten müssen.«

»Wie werdet ihr dann den neuesten Tratsch erfahren?«

Shure deutete grinsend auf eines der Mikrofone: »Big Brother!«

»Ihr kriegt wohl so einiges mit.«

»Durch die da«, erwiderte Shure, zog an seiner Zigarette und deutete dabei auf einen Haufen von Funkmikrofonen, »kann ich sogar hören, wo sich jemand aufhält und ob er normalen Stuhlgang hat.«

»Verstehe«, antwortete Orsini. »Und, was war so das Außergewöhnlichste?«

Shure grinste, machte mit der linken Hand eine lose Faust und fuhr mit dem ausgestreckten Mittelfinger der rechten Hand hinein und hinaus.

»Aha, und die haben nicht gemerkt, dass ihr …?«, Orsini hob eine Augenbraue.

»Wie sollten sie?«

»Habt ihr auch was aufgezeichnet?«

Shure hob nur die Augenbraue.

Orsini hielt es für geschickter, nicht weiter zu fragen. In einer Art stummem Einverständnis rauchten sie nebeneinander her. Der Rauch kratzte ein wenig in Orsinis Hals, er war ihn nicht mehr – oder noch nicht wieder – gewohnt. Schließlich drückten sie die Kippen in einem ungewöhnlichen Aschenbecher aus.

»Der Kern einer Tonbandspule?«, versuchte Orsini, das Gespräch wieder in Gang zu bringen.

»Du kennst dich aus?«

»Nur ein bisschen, nicht wirklich.«

»Sind ein Überbleibsel aus der Steinzeit.« Shure blickte auf seine Uhr und zeigte auffordernd auf die Mikrofone: »Eine Hand wäscht die andere!«

»Kein Problem, was soll ich tun?«

»Nimm die alten raus, und füll sie mit neuen!«

»Aye, aye, Sir!« Orsini wies beiläufig Richtung Studio nebenan. »Das ist aber schon das neue Jahrtausend, oder?«

»Kannst du wohl laut sagen. Wenn ich dich da hinten einsperre«, Shure deutete dabei in einen dahinter liegenden, dunklen Raum, »kannst du schreien, bis du schwarz wirst.«

»Ist das der Aufnahmeraum?«

Shure nickte. »Absolut schalldicht. Hat auch genug gekostet, war aber anders nicht mehr möglich. Vor ein paar Jahren noch hättest du geglaubt, du stehst in einem Vorkriegsstudio. Wir hatten sogar noch uralte Hallplatten!«, erwiderte Shure und verschwand in die Werkstatt.

Während Orsini wie befohlen die Batterien wechselte, blickte er sich um. In einem Wandregal häuften sich technische Magazine, auf dem Schreibtisch lagen lose Blätter, ein Notizblock und ein Textbuch. Orsini hatte es gerade in die Hand genommen, als Shure plötzlich wieder neben ihm stand. Er hatte trotz der schweren Stiefel eine spezielle Art, sich lautlos zu bewegen, was während der Vorstellungen vermutlich von Vorteil war.

Orsini bemühte sich, belanglos zu wirken und unterstrich mit seinem Zeigefinger den Titel des Textbuches – wie bei der Souffleuse trug auch dieses den Titel *Halmet*. »Hat das was Bestimmtes zu bedeuten?«

»Nothing special«, erwiderte Shure und nahm es Orsini ab. Er hatte sich in der Zwischenzeit ein neues T-Shirt angezogen, statt Iron Maiden lachte nun ein pinkes Smily von seiner Brust. »Wir gehen nach oben!«, entschied er und warf seine Dreadlocks mit einem Ruck nach hinten. Dann drehte er das Radio auf dem Schreibtisch an.

»Oben?«, fragte Orsini.

»Ja, komm mit.«

Wortlos folgte Orsini dem Tontechniker. Wieder knallte die

Tür hinter ihnen. Dann ging es durch den Zuschauerraum und anschließend die Treppen hinauf, bis sie vor einer Tür stehen blieben, die sich in nichts von denen der Logen unterschied, außer dass mit Messingbuchstaben *Tonregie* darauf geschrieben stand.

»Ich hatte keine Ahnung, dass es das hier gibt«, sagte Orsini und betrat hinter Shure die umgebaute Loge.

»Geht den meisten so, die Leute wissen nicht, was sich in dem verstaubten Kasten an Technik verbirgt. Auf der anderen Seite gibt's das Gleiche noch einmal, für unsere lieben Freunde vom Licht«, erläuterte Shure. Dem Tonfall entnahm Orsini, dass es zwischen Licht und Ton nicht zum Besten stand.

»Freunde vom Licht?«, wiederholte er deshalb.

»Es gibt gewisse Spannungen.«

»Warum?«

»Keine Ahnung, das war schon immer so, nichts Ernstes.«

»Angespannt scheint mir ehrlich gesagt das gesamte Haus zu sein«, versuchte Orsini den Faden weiterzuspinnen.

Shure warf ihm einen bedeutsamen Blick zu und schwieg.

Leise meinte Orsini: »Der Hamlet, wie ist der eigentlich so?«

»Wie kommst du ausgerechnet auf ihn?«, fragte Shure schärfer als nötig.

»Nur so, es war eigentlich nichts, ich bin ihm vorhin auf der Feststiege begegnet, und da hat er so vor sich hin deklamiert. Kann der auch mal ein normales Wort von sich geben?«

Shure ging nicht weiter darauf ein und betätigte stattdessen wortlos mehrere Schalter. Sofort fuhr das riesige Mischpult hoch und begann mit sämtlichen LEDs zu blinken.

»Wie auf der Enterprise.«

»Ja, nur das Beamen fehlt, dann bräuchten wir nicht immer die verdammten Stiegen hinauf- und hinunterlaufen«, erwiderte Shure und betätigte erneut einen Schalter.

»Und damit arbeitet ihr?«

»Nicht nur«, antwortete er. »Bei dem Stück«, er zeigte mit dem Finger auf das Textbuch, »haben wir unten im Zuschauerraum noch ein Pult, aber das hast du ja sicher schon gesehen. Heroben macht einer von uns die Einspielungen. Unten im Zuschauerraum mischen sie nur die Mikros, weil man da wesentlich besser hört. Gib mir die Kassette und den USB-Stick.«

Shure legte die Kassette ein und drückte einen beleuchteten Taster, worauf einige Schieberegler nach oben fuhren. »Nur den ersten Take?«

»Ja«, erwiderte Orsini, während Shure mit dem USB-Stick unter dem Mischpult verschwand. Wie zwei Eindringlinge blickten die abgetretenen Schuhe hervor. Die Löcher in den Absätzen deren Augen.

Orsini blickte sich um. In einem Regal lagen zwei Zeitschriften. Eine für Motorsport, die andere hieß *Der Golem. Metaphysik…* konnte Orsini gerade noch lesen, als Shure stöhnend wieder auftauchte.

»Alte Kiste«, murmelte er und drückte die Starttaste auf dem Kassettenrekorder.

Orsini deutete auf drei kleine Schwarz-Weiß-Monitore oberhalb des Mischpults. Der linke flimmerte nervös, und auf dem mittleren verschob sich das Bild beständig nach rechts. »Wozu braucht ihr die, wenn ihr doch direkten Blickkontakt auf die Bühne habt?«

»Der rechte zeigt das Infrarotbild, wenn er nicht gerade ausfällt, ist hauptsächlich für die Umbauten ohne Vorhang, wo's auf der Bühne finster ist«, antwortete Shure und knallte mit der flachen Hand auf den Monitor. Das wandernde Bild nahm den Schlag ernst, verzerrte sich kurz und blieb dann stehen. Allerdings so, dass die rechte Hälfte des Bildes links erschien.

»Mit so was muss ich mich ständig herumquälen!«, ärgerte

sich Shure und hieb ein weiteres Mal auf den Monitor ein. »Der in der Mitte zeigt die Bühne, wenn der Vorhang unten ist«, fuhr er fort, »und der rechts ist flexibel.«

»Dir entgeht also so leicht nichts.«

»Nicht, wenn es wichtig ist.«

»Und, hast du den Unfall mitbekommen?«

»Nicht so genau, weil da viel zu tun war.«

Orsini beugte sich zum Zuschauerraum hinaus und fragte: »Kannst du dir erklären, wie das passieren konnte?«

»Vielleicht, weil er neben sich gestanden ist?«, antwortete Shure und begann geschäftig CDs in einem Regal zurechtzurücken, die ohnehin geschlichtet waren.

Orsini runzelte die Stirn. »Neben sich?«

»Neben, vor oder von mir aus auch hinter sich.«

»Du meinst, er war betrunken?«

»Oder was anderes«, antwortete Shure ausweichend und hielt kurz inne.

»Was meinst du genaur?«

Shure hob die Hände und sagte: »Kein Kommentar!« Dann drückte er eine Taste am Mischspult. Wie von Zauberhand schossen Regler hinauf und hinunter.

Was anderes. Orsini machte sich eine mentale Notiz und wechselte das Thema: »Sind das die Einstell...«

»Auf wie vielen steht da Micro?«, schnitt Shure Orsini das Wort ab und wies auf die Anzeige über den Reglern.

»Auf etwa zwanzig?«

»Genau genommen zweiundzwanzig«, verbesserte Shure. »Sechs davon hast du grade mit Batterien bestückt.«

Um zu verdeutlichen, was er meinte, drückte er eine rot leuchtende Taste, und aus dem Lautsprecher vor Orsini hörte man das Radio auf dem Schreibtisch unten im Büro.

I haven't yet opened the doors, that your bullets are already fly-

ing through, sang eine Orsini unbekannte Frauenstimme, *devil or angel, I'm not one or the other …*

Schöne Ballade, dachte er und sah Shure zu, wie er die anderen Mikrofone ebenfalls testete.

»Die werden vor Aufführungsbeginn ausgeteilt und nochmals überprüft. Es gibt immer wieder Pannen damit, deshalb horchen wir in unregelmäßigen Abständen immer wieder hinein – wenn was schiefgeht, sind sowieso wir schuld.«

»Und was hast du beim Meersburg gehört?«, griff Orsini das Thema wieder auf.

»Für einen Komparsen willst du ganz schön viel wissen.« Shure stand von seinem Drehsessel auf, drückte eine Taste, wartete, bis die Kassette ausgeworfen wurde, reichte sie Orsini und kroch erneut unter das Mischpult.

Orsini schielte rasch zu der okkulten Zeitschrift, schlug sie aber doch nicht auf, weil Shures Beine schon wieder zum Vorschein kamen. Über ihm am Regalbrett entdeckte Orsini noch einen eher skurrilen Weihnachtsschmuck: Von einem Reißnagel baumelte ein etwa sechs, sieben Zentimeter großer goldener Engel an einer dünnen Schnur befestigt mittels Galgenknoten.

»So, deine drei Minuten sind vorbei, und damit bist du auch wieder in der Jetztzeit«, sagte Shure, richtete sich auf und reichte Orsini den USB-Stick.

»Danke«, erwiderte Orsini und deutete auf ein Fernglas, das an der Brüstung des Fensters lag. »Bergsteiger oder Seefahrer?«

Shure nahm das Fernglas in die Hand und antwortete: »Eher Nacktszenen oder Dekolletés.«

»Aha!«

»Nein, Joke! Es gibt Situationen, die sehe ich weder mit den Kameras noch von hier aus, da ist das Glas ganz hilfreich.«

»Und beim Unfall?«

Shure nickte. »Eins kannst du mir glauben, wie ihm der

Darm da unten rausgekommen ist, hab ich mich fast übergeben.«

Orsini ging zur Tür und deutete auf die Kassette. »Danke!«

Er war schon am Gang, als Shure ihm nachrief: »He, Kommandant!«

Orsini drehte sich um. Shure hielt das Fernglas verkehrt an die Augen und fixierte ihn damit. »Ab heute stehst du unter besonderer Beobachtung!«

Sie wird ihn nie wiedersehen. Und doch sieht sie ihn andauernd. Er taucht aus jedem zweiten Schatten, biegt um jede Ecke, geht vor ihr über die Straße, steckt in jeder Menschmenge.

Nur, dass er es natürlich nicht ist.

Was sie aber genauso vor sich sieht, ist damals. Er kommt auf sie zu, eine Spur verlegen, fährt sich durchs lockige Haar. Nimmt sie beiseite, fragt, ob sie denn abends Zeit hätte.

»Weshalb?«, fragt sie.

Verlegen massiert er sein Kinn, oder spielt er die Verlegenheit nur? Bei ihm weiß man nie. So gut kann man ihn gar nicht kennen, egal wie nahe man ihm steht. Was ist gespielt, was ist echt? Sie freut sich sogar, wird helfen, natürlich. Bevor sie überlegen kann, ob sie will, hat sie zugesagt. Als wäre es etwas Besonderes. Es ist etwas Besonderes, eine Ehre. Er hat sie gefragt, dabei wären andere naheliegender.

Und als sie im klapprigen Aufzug hinauffährt, seine Stimme aus der Gegensprechanlage noch im Ohr, fühlt sie sich leicht.

»Den Text«, hat er gesagt, »es ist mir furchtbar unangenehm, aber diesen Text … ich habe Schwierigkeiten, ihn mir zu merken. So etwas habe ich noch nie erlebt. Stell dir vor, jemand erfährt davon! Also, es muss unter uns bleiben, darum bitte ich dich!«

Sie lächelt nur und nickt verschwörerisch. Sie hat das Theater vom ersten Tag an geliebt, die Arbeit dort. Anfangs hat sie nur mitgeholfen, denn sie wusste nicht, was sie mit ihrem Leben anfangen sollte. Zur Überbrückung. Im Grunde hat sie zu ihrem Bruder aufgeschaut, bis sie ihren Platz fand.

Sie blättert im Textbuch, während er an die elegante Hausbar tritt, den Kühlschrank öffnet, die Getränke holt. Ein Glas Wein zum Entspannen, Wasser. Sperrig, das ist das richtige Wort. Keine leichte Rolle. Trotzdem ist es seltsam, dass er ausgerechnet jetzt Probleme bekommt. Er ist ein gefeierter Schauspieler, hat auf allen Bühnen gespielt. Er hat immer schon gewusst, was er will. Selbstsicheres Auftreten, eine Stimme, die mühelos bis in die letzten Reihen reicht.

Sie nimmt das Glas entgegen, lächelt, als sie anstoßen, bemerkt, dass er frisch aus der Dusche gekommen ist, die Haarspitzen sind noch nass. Blondes Haar, eine lässige Welle vom Seitenscheitel leicht in die Stirn fallend. Sie weiß so viel über ihn. Früher hat er es länger getragen, als Kind, feines, gut gebürstetes Haar. Matrosenanzug.

Kurz blickt er aus dem Fenster über die Dächer. Sammelt sich. Dann beugt er sich zu ihr über das Textbuch.

Sagen Sie dem Feuerwehrhauptmann, dass es sich nur um fünf Minuten handelt, *beginnt er. Das ist eine Stelle, die er sich merkt, kein Problem, nur zum Warmwerden. Und doch ist sie jetzt, so viele Jahre später, fast prophetisch.*

Es geht nur um die Zusage, fünf Minuten absolute Finsternis, fünf Minuten kein Notlicht, lächerlich …

Wie oft hat sie ihn in den letzten Tagen und Wochen stürzen sehen. Es passiert mitten auf der Straße, ein Loch tut sich auf, die Finsternis, nur mehr seine Augen, weit aufgerissen.

Damals.

Sie lacht, sieht ihm ins glatt rasierte Gesicht, seine Pose passt zur Rolle, wo liegt das Problem? Braucht er sie tatsächlich, oder ist ihm nur langweilig? Sie trinkt einen Schluck vom Wein, ein Ries-

ling, gerade richtig, frisch, nicht zu trocken. Sie betrachtet sein Kinn, markant, etwas zu breit, während er den Text fließen lässt. Sie gibt ihm die Stichworte, die er kaum nötig hat. Sie lehnt sich zurück. Er ist nicht besonders gutaussehend, findet sie. Da gibt es attraktivere. Aber die Frauen laufen ihm trotzdem nach. Was finden sie an ihm?

Es läuft glatt bis zu der Stelle mit der Suppe.

Vier Mal Frittatensuppe, *setzt er an, zögert, verhaspelt sich, spricht weiter,* um halb vier Uhr nachmittags Frittatensuppe … *Sein Gesicht verengt sich, alles zieht sich zusammen. Er beginnt von neuem. Verwechselt die Stellen …* immer diese Riesenfettaugen in der Suppe, selbst in der Frittatensuppe … *Er sieht sie hilfesuchend an, panisch fast. Dabei ist es doch halb so schlimm. Sie unterbricht ihn, zeigt ihm die Textzeile, er setzt erneut an, macht denselben Fehler wieder.*

Es ist alles so ähnlich!, *schreit er.*

Zornig schnappt er das Textbuch und knallt es zu Boden. Wie ein kleines Kind, denkt sie. Er kennt das nicht, dass man etwas nicht gleich kann. Vielleicht liegt es an seiner Tagesverfassung, vielleicht hat er zu viel zu tun. Oder es ist das Stück. Weil er in der Rolle sich selbst spielen muss und das spürt.

Das behagt ihm nicht, denkt sie. Es ist keine besonders sympathische Figur, die er da spielt – ganz wie er selbst, denkt sie jetzt.

Stunden später haben sie sich durch den Text gekämpft. Sie hat ihm geduldig die Knoten im Hirn gelöst, geholfen, die Stellen auseinanderzuhalten. Die mit dem Blutwursttag genauso wie die, in der es ums Umbringen geht.

Sie trinkt ihren Wein aus, steht mit ihm auf der Terrasse und genießt den Blick. Er ist ihr so dankbar, sagt, dass sie eine starke Ausstrahlung hat. Dass ihm das bisher noch nicht bewusst war. Bedankt sich und blickt ihr tief in die Augen. Sie lächelt zurück, schüchtern, wie sie damals war.

Dann nimmt sie ihre Tasche und geht. Morgen werden sie wieder miteinander üben, verspricht sie. Und, nein, sie wird es niemandem erzählen, dass der große Josef Meersburg sich am Thomas Bernhard beinahe die Zähne ausgebissen hätte.

Orsini hatte Ravioli gegessen, rührte nun seinen kleinen Braunen um und lehnte an der Theke neben der wuchtigen Kaffeemaschine.

Die Kantine war trotz der späten Stunde gesteckt voll, die Familie samt ihrer Verästelungen hatte sich wieder zusammengefunden. Jeff steuerte geradewegs auf ihn zu.

Rasch kontrollierte Orsini sein Handy und sah, dass Paula ihm nachmittags geschrieben hatte. Er las ihre Nachricht und runzelte die Stirn.

»Was Unangenehmes?«, forschte Jeff nach.

»Nicht wirklich«, antwortete Orsini, steckte das Handy weg und begrüßte Jeff mit Handschlag.

In Gedanken blieb er jedoch bei Paula: Sie stellte sich die Sache leichter vor, als sie war. Wenn er in den wenigen Tagen etwas gelernt hatte, dann, dass diese Großfamilie zusammenhielt wie geschweißt und genietet. Um aufgenommen zu werden, bedurfte es Fingerspitzengefühl und vor allem Geduld. Ob es einen Weg gab, die Anwartschaftszeit zu verkürzen, würde sich erst herausstellen.

Er beschloss, Paula erst morgen früh anzurufen. Während er seinen Kaffee schlürfte, schallte lautes Gelächter von den Schauspielern zu ihnen herüber.

Laertes hatte die gebeugte Haltung des Regisseurs eingenommen und ahmte nun dessen Gang nach. Die Haare hatte er sich zerrauft, die Augenbrauen waren hochgezogen – und plötzlich stand da auf der Sitzbank der Zeter und Mordio schreiende Regisseur.

Eindringlich erklärte er den Schauspielern, wie sie diese ganz banale Szene, die jeder nur halbwegs begabte Statist hinkriegen würde, gefälligst zu spielen hätten.

»Der ist gut«, raunte Orsini Jeff zu.

»Wenn jetzt die Tür aufgeht und der Regisseur reinkommt, gibt's Tote«, erwiderte Jeff amüsiert.

»Ich dachte, der kommt nie?«

Orsini blickte zur Tür, doch die blieb geschlossen. Unterdessen lieh ein anderer Schauspieler Laertes seine Brille, nun glich er dem Regisseur noch mehr. Sofort begann Laertes damit zu gestikulieren und steigerte sich in eine Schimpftirade hinein.

Allgemeiner Beifall an den Tischen. Davon angestachelt, erhob sich nun auch Hamlet am Nachbartisch und verwandelte sich in eine weitere wohlbekannte Person. Dazu riss er sein schwarzes T-Shirt aus der Hose und zog es bis zu den Knien runter. Dann sah er sich um, schnappte eine farbige Serviette und band sie sich um den Hals. Seine Lippen waren dünn und spitzer als spitz, als er in unterwürfigem Ton säuselte: »Aus dramaturgischer Sicht muss ich Ihnen völlig zustimmen.«

»Nicht schlecht«, meinte Jeff und leckte die Schaumkrone von seinem Bier. Mittlerweile war die Stimmung durchaus aufgeheizt. Während auf der Bühne alles nach Plan lief, reagierte sich hier der Rest der Truppe ab.

Am Tisch der Tontechniker bemerkte Orsini neben Shure eine junge Frau, die er noch nicht kannte. Als Hamlet sich mit einer ausladenden Geste zu ihnen beugte und dabei das Gleichgewicht zu verlieren drohte, stützte er sich für einen tiefgründigen Augenblick bei ihr ab. Länger als nötig?, fragte Orsini sich und bestellte sich nun ebenfalls ein Bier, nahm sich aber vor, es damit langsam anzugehen. Alle Anwesenden, inklusive Kellnerin und Küchenaushilfe, sahen weiter zu, wie die beiden Darsteller aus dem Stegreif spielten, und quittierten die Darbietung mit Zwischenrufen und Beifall.

Theater im Theater.

In der Hitze des Gefechts beachtete keiner mehr den Monitor an der Wand, der das Geschehen auf der Bühne übertrug – eine überlange Version von *Die letzten Tage der Menschheit*. So bemerkte auch niemand, dass sich dort der Vorhang senkte.

Laertes streckte gerade seinen Bauch vor und ließ die Zunge heraushängen, während er brüllte: »Aus, aus! Das ist letztklassig! Das kann jedes Provinzensemble besser!«, als plötzlich die Tür aufging.

Von einem Moment zum anderen herrschte Stille. Die Luft schien zum Schneiden. Selbst Orsini, der eigentlich unbeteiligt war, trat der Schweiß auf die Stirn. Nur das dumpfe Geräusch des Geschirrspülers aus der Küche war zu hören.

Alle Augen richteten sich auf den Eingang.

*

Wild um sich tretend, versuchte sie, sich von ihren Fesseln zu befreien. Doch ihr Bett stand offensichtlich auf Schienen und raste mit ihr quer durch das ihr unbekannte Zimmer. Im Schatten eine große Gestalt, deren Gesicht aus lauter winzigen Spiegeln bestand.

Sie wollte um Hilfe rufen, aber ihr entfuhr nur ein heiseres Krächzen. Ihr Herz raste. In der nächsten Sekunde würden sie gegen die Wand knallen. Sie ballte ihre gefesselten Hände zu Fäusten und wappnete sich für den Aufprall.

Doch plötzlich verwandelte sich das Bett in eine rote samtene Liege mit goldenen Beinen. Die Liege kam knapp vor der Brüstung zum Stehen. In einer Loge, im Theater.

Wo ist Lilly?, schoss es ihr durch den Kopf, während sie nun verwirrende Gänge entlanglief. Der Boden war schräg und gab wie auf einem Schiff in Seenot immer wieder nach. Es war fast unmöglich voranzukommen. Und doch befand sie sich plötzlich mitten auf der Bühne. Immer noch: Wo ist Lilly? Für eine Sekunde hab ich nicht achtgegeben, und schon ist sie verschwunden!

Dort drüben?

Sie hechtete quer über die dunkle Bühne, neben ihr taten sich große, rechteckige Löcher im Boden auf, denen sie nur knapp ausweichen konnte.

Und Conrad?

Sie war von einer übergroßen Angst erfüllt, die ihr das Fortkommen unmöglich machte. Sie sah blutige Speere aus den Löchern hochfahren, allesamt nicht auf sie gerichtet, sondern auf ihn. Oder auf Lilly? Mit einer Willenskraft, die größer war als sie, gelang es ihr aber dann doch. Plötzlich trug sie eine schwarze Maske und jagte damit über der finsteren Bühne durch die Luft.

Schweißgebadet richtete sich Paula mit einem Ruck auf – *alles nur ein Traum!* Sie griff nach dem Glas Wasser, das sie immer neben ihrem Bett stehen hatte, und knipste das Licht an.

Alles nur ein Traum, wiederholte sie wie ein Mantra und musste doch sofort aufstehen und nachsehen. Erst, als sie vor dem Kinderbett kniete, ihr Gesicht auf Lillys Hand, den leisen Atemzügen horchend, beruhigte Paula sich allmählich.

Sie musste damit aufhören, dachte sie. Nicht alles so an sich ranlassen. Letztlich hatte sie nur eine einzige echte Verantwortung, und die lag hier vor ihr. Alles andere war nur ein Job.

Paula erhob sich leise und tappte durch die dunkle Wohnung. Von der Straße her fiel etwas Licht in die Küche. Sie sah zum Fenster hinaus. Die Wohnung lag im obersten Stock. So konnte sie ihre Stadt im Auge behalten, dachte sie und lehnte sich an das kühle Glas.

Und doch, als Katja vorhin angeläutet hatte, um ihr die Kopien der Kontoauszüge von Josef Meersburg zu bringen, waren sie beide darauf zu neugierig gewesen, um sie für morgen wegzulegen.

Die Dächer der Häuser schräg gegenüber glänzten matt im fahlen Licht, das die Stadt nächtens wie eine Glocke umwölbte. Der Widerhall der Tausenden Lichter ihrer Stadt. Gerade bei Hochnebel. Richtig dunkel war es hier nie. Paula wanderte weiter, wie sie es oft tat, wenn Lilly sie geweckt hatte. Im Wohnzimmer sah sie die Blätter mit Meersburgs Kontobewegungen auf ihrem Schreibtisch liegen, daneben das Foto des aufgespießten Toten.

Schnell räumte Paula es weg. Nichts für Kinderaugen.

Dann griff sie nach ihrem Handy. Sollte sie versuchen, Conrad zu erreichen? Halb zwölf. Er wäre bestimmt noch wach. Unschlüssig wanderte sie auf und ab und las nochmals ihre Nachricht an ihn.

Unbedingt über andere Unfälle etwas herausfinden! P

Sie seufzte. Keine Antwort bisher. Zu befehlsmäßig?, fragte sie sich und legte das Handy wieder auf den Tisch, neben die Ausdrucke, die sie aus dem Büro mitgebracht hatte. Meersburgs *Unfall* war nicht der einzige gewesen. Allerdings von einer Serie zu reden wäre verfrüht. Dazu waren die Abstände wohl zu groß.

Der erste, über den sie etwas gefunden hatte, war noch im letzten Jahrtausend geschehen: Mozartkugeln in Übergröße, über die Bühne verteilt – dass für so etwas Geld ausgegeben wurde, während die Polizeireviere ewig auf eine bessere Ausstattung warten mussten! Ausgerechnet der Sicherheitsbeauftragte der Burg war auf den Mozartkugel-Bällen ausgerutscht und so gestürzt, dass er per Hubschrauber ins Spital transportiert werden musste.

Und Meersburg?

»Das Konto ist so sauber, das riecht nach einem Zweitkonto«, hatte Katja gemeint, als sie ihr den Stapel Ausdrucke überreichte.

»Und, war es schwierig dranzukommen?«

»Eigentlich nicht. Die lassen uns ja freie Hand. Ohne uns wären sie aufgeschmissen. Das ist der krisensicherste Job, den ich kenne«, hatte Katja achselzuckend geantwortet und das Bier entgegengenommen, das Paula für sie geöffnet hatte. »Spiele erfinden ist aber trotzdem mehr mein Ding«, hatte sie hinzugefügt und begonnen, die einzelnen Kontobewegungen abzuklären.

Jetzt, mit dem nächtlichen Blick über die kahlen Bäume im Innenhof – hinter den Dächern die Spitzen der Votivkirche, die von unten an der Nebelglocke kratzten –, schien Paula das alles nicht mehr so wichtig.

Morgen, beschloss sie, war Zeit genug, der Sache nachzugehen. Sie ging zurück in ihr Schlafzimmer, hob das aufgeschlagene *Batgirl*-Comic mit der Story vom Mirror-Man auf und legte es auf den Stapel. Leichte, entspannende Lektüre, hatte sie gedacht. Wobei sie eher zu *Spirou und Fantasio* neigte. Aber immerhin hatte die fliegende Superheldin sie schließlich vor den wild gewordenen Theater-Sitzgelegenheiten gerettet.

Mia, hier in Wien eine ihrer wenigen Freundinnen, die sie regelmäßig sah, und Mutter von Lillys bester Freundin, hatte sie ihr geliehen. Daneben ein Stapel Bücher, der schwerer wog: *Thinking, fast and slow, Daniel Kahneman,* lag zuoberst. Psychologie, das, was sie eigentlich wollte – wann würde sie dafür die Zeit und die Energie haben?

*

Die Kantinentür fiel hinter dem Oberbilleteur zu.

Es dauerte einige lange Sekunden, bis die Luftmasse durch kollektives Ausatmen wieder in Schwingung geriet und sich die starre Szene auflöste.

Erleichtert brandete Applaus auf, Gläser wurden aneinandergeschlagen, Kichern ging in Lachen über.

Ungewollt und völlig überrascht fand sich der Oberbilleteur im Mittelpunkt der Aufmerksamkeit. Dann richtete er sich mit einem Räuspern die Krawatte und steuerte etwas verlegen auf einen der Tische zu, während die Stimmung sich wieder entspannte.

Über eine Stunde später jagte der Feuerwehrmann sie auf seiner Schlussrunde aus der Kantine – weniger, weil er annehmen konnte, dass wirklich alle heimgingen, sondern, weil er dann zumindest offiziell für Ruhe und Ordnung gesorgt hatte. Nun waren sie laut Jeff auf dem Weg in den Orkus.

»Was hab ich dir gesagt …«, lallte Jeff. Er hatte den Arm über Orsinis Schulter gelegt und stützte sich ab. In seiner Linken hielt er eine halb volle Bierflasche.

»Wie weit denn noch?«, fragte Orsini und tat, als hätte er auch Schwierigkeiten, das Gleichgewicht zu halten.

Er hatte vier große Biere geordert. Tatsächlich getrunken aber höchtens die Hälfte. Was nicht genug war, um ihm die Sinne zu vernebeln.

Den beiden Weihnachtssternen, die die Theke schmückten und die ebenso viel Flüssigkeit zu sich genommen hatten wie Orsini, war er jedenfalls dankbar.

»Ein Stockwerk noch«, sagte Jeff, zog Orsini weiter die steinernen Stufen in die Tiefe und lehnte sich so fest an Orsini, dass dieser unsanft gegen die Mauer gedrückt wurde. Orsini steuerte dagegen, sah an seinem Hemd hinab, an dem nun staubiger Dreck klebte, und zuckte mit den Achseln.

»Warum stinkt es hier so?«, fragte er, als sie endlich die dritte Kelleretage erreicht hatten. »Das ist ja kaum auszuhalten!«

»Der ganze Mist«, erwiderte Jeff, hielt sich die Nase zu und deutete auf eine Tür mit zwei Flügeln. »Küchenabfälle.«

Orsini sah ihn skeptisch an. Warum um Himmels willen transportierten sie die Abfälle zuerst hier herunter, anstatt sie gleich oben zu entsorgen? Quasi der Enddarm des Hochseedampfers, dachte er und bemerkte: »Eindeutig der ästhetische Höhepunkt des Tages!«

»Tiefer geht's nicht mehr«, meinte Jeff und löste sich bei einer Gabelung von Orsini. Vor ihnen lagen zwei düstere, niedrige Gänge. An deren Decken verliefen Rohre und Kabel, die versteckten Adern des Ungetüms. Ein altersschwaches Gebläse jammerte rhythmisch vor sich hin und blies kühle Luft aus einem Lüftungsgitter.

»Warte«, sagte Jeff plötzlich und ging drei Schritte in den einen Gang hinein. Er machte unmotiviert stolpernde Ausfallschritte, stützte sich unbeholfen mit einer Hand an der Mauer ab und urinierte auf den Boden.

Orsini seufzte.

»Fertig«, sagte Jeff genau in dem Moment, als Orsini überlegte, den Abend hiermit zu beenden – mittlerweile war es drei viertel zwei. »So, jetzt ist wieder genug Platz«, erklärte Jeff mit dem Tonfall eines stolzen Kleinkindes, setzte die Flasche an und trank sie in einem Zug aus. Dann warf er das leere Gebinde hinter sich auf den Boden, wo es in Scherben zersprang.

Schwankend zog er Orsini mit sich, bis sie vor einer weiteren

Tür tief in den Eingeweiden des Gebäudes anlangten. Längst hatte Orsini die Orientierung verloren.

*

Orsini registrierte einen Geruch, den er kannte, aber doch erst nach einigen verwirrten Augenblicken zuordnen konnte: Esse und Amboss, eine kohlschwarze Abzugshaube, dahinter eine Drehbank und eine Falzmaschine. Bei den Mengen an Kulissen und Aufbauten sicherlich von Bedarf.

Trotzdem blieb Orsini angesichts des unkonventionellen Einrichtungsstils im hinteren Teil der Schlosserei verblüfft stehen.

Über einem groben Tisch mit Bänken war ein Schilfdach angebracht, auf dessen Giebel ein Storch thronte. Ob der Vogel ausgestopft oder aus Kunststoff war, vermochte Orsini nicht zu sagen. Eine bunte Kette aus Glühbirnen umrandete das Dach und verbreitete schummriges Licht. Darunter hing ein herzförmiges Holzschild mit der Inschrift: *Es lebe der Neusiedlersee.*

Jeff steuerte auf den Tisch zu, an dem bereits der ehemalige technische Direktor Slivovsky saß, eine Hand an seinem Ziegenbart, die andere an einem Schnapsglas.

Hinter dem Tisch fügte sich eine hellbraune Einbauküche mit einer Arbeitsplatte aus Edelstahl knallhart ins skurrile Ensemble. Die Heurigen-Idylle wurde komplettiert durch einen kugelförmigen Standgriller und ein Bierfass auf zwei umgedrehten Bierkisten.

An der Küchenplatte säbelte der Bühnenmeister mit einem großen Messer an einem Laib Brot, schnitt es in Scheiben und summte dabei vor sich hin. An seiner Seite zerteilte Orsinis spezieller Freund Cowboy, der Herr der Räumlichkeiten, eine Kantwurst.

»Willkommen in ›Klein Illmitz‹!«, rief Jeff mit einladender Geste.

»Und schöner als im Original!«, kommentierte Orsini diese absurde Kopie eines burgenländischen Heurigen.

Jeff ließ sich auf eine der Bänke plumpsen. »Musik!«

Der Bühnenmeister hielt kurz beim Schneiden inne, wandte sich um und drehte am Lautstärkeregler der Stereoanlage.

Seemann lass das Träumen…, dröhnte es daraufhin verzerrt aus zwei Boxen hoch oben beim Storch. Sie sahen aus wie Kuckucksuhren und hatten eigene kleine Schindeldächer.

Weiter drüben hing der obligatorische großformatige Kalender. Blonde Frau, aufreizend gekleidet, mit einer Trennmaschine zwischen den Beinen. Darunter, auf der breiten Werkbank Schrauben, Nägel, Hämmer, Feilen, Blechscheren und Zangen in verschiedenen Größen.

»Kummst oder kummst net?«, rief der Bühnenmeister Orsini zu.

An und für sich sei der ein Familienmensch – hatte Orsini zumindest so sagen hören –, der nach der Arbeit heimfuhr. Heute offenbar nicht.

»Darf ich?«, fragte Orsini und deutete auf das Bierfass.

»Für des is es da«, brummte der Cowboy-Schlosser mit grimmigem Blick und stellte einen großen Teller mit der geschnittenen Wurst auf den Tisch. Dann rammte er ein Messer neben den Teller in die Tischplatte und setzte sich zu Slivovsky auf die Bank. Von seinem Gürtel trennte er sich anscheinend selbst zu so später Stunde nicht, als hinge irgendetwas Lebenswichtiges daran. Dass sein Bierbauch durch den Gürtel nur noch mehr zur Geltung kam, hatte ihm möglicherweise noch niemand gesagt. Lieber quetschte er sich damit zwischen Tisch und Bank.

Slivovsky rückte ein wenig zur Seite, um ihm Platz zu machen, zupfte an seinem grauen Bart und meinte: »Na, is dir a Laus über 'd Leber glaufn?«

Der Cowboy murrte etwas von zu vielen Überstunden und stopfte sich ein Stück Wurst in den Mund.

Orsini fühlte sich etwas unbehaglich, bückte sich zum Bierfass und zapfte sich ein Glas mit möglichst viel Schaum. Hilfreiche Weihnachssterne mit großen Übertöpfen gab es hier leider nicht. Dann setzte er sich zu Jeff auf die Bank und prostete in die Runde.

Neben Slivovsky, dem Cowboy, dem Bühnenmeister, Orsini und Jeff befanden sich noch zwei Arbeiter im pannonischen Reservat. Einer davon lag auf einer zerschlissenen Liege in einem Winkel und schlief seinen Rausch aus.

»Wenn er schnarcht, schütt ich ihm ein Krügerl drüber«, sagte der Bühnenmeister mit einem beiläufigen Blick auf den Schlafenden. Eine Spur aggressiver, als Orsini erwartet hätte.

Bisher war der Bühnenmeister ihm für seine große, bullige Figur äußerst gewandt vorgekommen. Auch in verbaler Hinsicht hatte er eher verbindlich agiert, wenn es darum ging, Schauspieler zu besänftigen oder bei allzu breitbeinig auftretenden Arbeitern für Ruhe zu sorgen. Jetzt, nach Feierabend, schien er auf einmal ins Gegenteil zu kippen. Er schnappte sich sein Bierglas und rief: »Auf des Scheißstück!«

Die Gläser klirrten.

Orsini stieß mit allen an, erntete dabei aber vom Schlosser einen misstrauischen Blick. Ihm war klar, dass er es einzig und allein Jeff zu verdanken hatte, dass er hierher mitgenommen worden war.

In der Zwischenzeit zog Slivovsky ein Holzbrett mit Schnapsgläsern näher zu sich, goss zuerst seines und dann die übrigen Gläser voll, bis sie überschwappten. Schwungvoll schob er das Brett schließlich seinem Sitznachbarn hin, von wo aus es die Runde machte. Wie auf allen anderen Gläsern kopulierten auch auf Orsinis Glas zwei Comicfiguren. Erneut wurde angestoßen. Dann langten alle zu und aßen grob geschnittene Kantwurst mit Brot.

Einzig Slivovsky rührte nichts davon an, sondern blickte nur stur geradeaus, wenn er nicht sein Glas an die Lippen setzte. »Auf dich, dass du bald wieder dort bist, wo'st hinghörst!«, meinte der Arbeiter zu Slivovsky, um dessen Miene aufzuheitern.

Vergeblich.

»Des kann nimmer lang dauern«, pflichtete der Cowboy bei und prostete Slivovsky ebenfalls zu, wirkte aber alles andere als aufmunternd.

»Spätestens, wenn ...«, Jeff sah mampfend in die Runde, als versuche er scharfsinnig zu sein, was bei seinem Alkoholpegel aber kaum mehr möglich war, »wieder was passiert und ein anderer die Arschkarte zugeschoben kriegt ...«

»Du glaubst doch net auch an den Scheiß?«, meinte der Vorarbeiter kauend und schüttelte den Kopf.

»Woran soll ich glauben?« Jeff hielt mit fragendem Blick beim Essen inne.

Der Bühnenmeister funkelte den Arbeiter an. »Ernstl!«, sagte er mit drohendem Unterton.

»I man ja nur.«

»Was?«, hakte Jeff lallend nach.

»Ernstl!«, zischte der Bühnenmeister und griff quer über den Tisch nach dem Arm des Arbeiters. Doch der Alkohol hatte dessen Zunge bereits so weit gelöst, dass es kein Zurück mehr gab.

»Na, der scheiß Fluch!«, schoss es aus ihm heraus.

»Flucht?«, fragte Jeff noch verwirrter.

»Naa ... der Fluch«, wiederholte der Arbeiter, »dass des mit dem Meersburg ka Unfall war ...« Er hob sein Glas und sah in die Runde: »Des sagn doch eh alle.«

»Was isn des für a Bledsinn!«, ging ihn nun der Schlosser aggressiv an.

»Was für ein verfluchter Fluch?«, lallte Jeff.

Orsini, der einfach nur dasaß und zuhörte, hätte zu gern nachgehakt. Doch da fuhr Slivovsky, der bisher ruhig geblieben war, nach einem kurzen Blick auf Orsini energisch und erstaunlich nüchtern dazwischen: »Pass auf, was du redst, Ernstl!«

Der Arbeiter blickte sich Hilfe suchend um, beließ es dann aber dabei und schwieg. Seine Miene hatte sich jedoch verfinstert.

»Der Meersburg war ein Trottel«, schoss es plötzlich aus dem Bühnenmeister heraus. »Was passiert ist, kann er sich selber zuschreibn.«

»Aber …«, setzte der Arbeiter erneut an.

»Nix aber!«, schnitt ihm der Bühnenmeister das Wort ab. »Und wenn i des no amal hör.«

»Na, was ist dann?«

»Vielleicht fallst dann *du* in a Loch«, antwortete der Bühnenmeister herausfordernd und starrte den Arbeiter dabei an.

»Des …«, herrschte Slivovsky ihn an, »hast du jetzt net gsagt!«

Der Bühnenmeister warf Slivovsky einen Blick zu, der irgendwo zwischen *du kannst mich mal* und *du hast recht* lag. Der Schlosser griff derweil nach dem Messer und drehte es vor sich im Kreis.

»Des sündteure Stück bringt uns no alle um!«, fluchte der Bühnenmeister und stand auf. Dabei stieß er mit seinem massigen Körper so kräftig am Tisch an, dass zwei Biergläser umkippten.

»Pass auf!«, zischte der Schlosser, wehrte die Flüssigkeit vergeblich mit den Händen ab, sprang auf und deckte den Bühnenmeister mit derben Verwünschungen ein. Das Messer fiel zu Boden.

»Was willstn, du Kellerassel!«, zahlte es ihm der Bühnenmeister mit gleicher Münze heim.

»Oarschkräuler!«, zischte der Schlosser, schnappte sich ein Geschirrtuch und wischte damit das Bier behelfsmäßig von seinem Overall ab. Orsini holte rasch ein zweites Tuch für den Tisch. Der Bühnenmeister schwankte unterdessen Richtung Ausgang.

Orsini wischte das Bier vom Tisch und fragte: »Sündteures Stück?«

»Was glaubst denn du?«, erwiderte Slivovsky. »Dass das alles gratis is, die vielen Statisten, die Videowalls, die endlosen Überstunden?« Er nahm Orsini das Geschirrtuch ab, hielt es über den Boden und wrang es aus. »Aber wir habens ja zum Saufüttern!«

»Die Produktion, hat die mehr gekostet als sonst?«, setzte Orsini an, als die Tür aufging. Laertes und die Kellnerin, eng umschlungen.

»Wo ist die Party?«, brüllte Laertes – das Hemd bis zum Bauchansatz offen, der Kragen verdrückt – und übertönte damit Orsinis Frage.

Als wäre er hier zu Hause, ging er zur Stereoanlage, wechselte die CD und drehte den Lautstärkeregler auf Anschlag. *You see we're born, born, to be alive!*, dröhnte es aus den Kuckucksuhrboxen, was Laertes sofort zum Tanzen und Mitgrölen animierte.

Die Kellnerin, die in der Kantine noch die Ruhe bewahrt hatte, war kaum wiederzuerkennen. In der einen Hand hielt sie eine Flasche Tequila, die andere lag auf Laertes' Hüfte. Ihre Frisur hatte sich aufgelöst, der Lippenstift war verschmiert, und die obersten Knöpfe ihrer Bluse fehlten. Mit einer schwungvollen Bewegung drehte sie sich plötzlich von Laertes weg, auf den Bühnenmeister zu, und griff mit verführerischem Blick nach dessen Arbeitsmantel.

... born, born to be alive, kam es weiter aus den ländlichen Boxen und trieb sie mit stampfendem Rhythmus an.

Der Bühnenmeister fügte sich überraschend schnell, langte nach der Flasche, setzte an und ließ Tequila in sich hineinlaufen. Als er sich einfach den Arbeitsmantel vom Leib riss, blieb vom besonnenen Familienvater nicht mehr viel übrig. Stattdessen verwandelte er sich in einen tollpatschigen Tanzbären.

Jeff stieß Orsini ungewollt heftig in die Rippen und sprang auf: »Komm!«, rief er ausgelassen und fiel dann einfach rücklings von der Bank, wo er wie ein hilfloser Käfer liegen blieb.

»... born to be alive!«, sangen die drei Tanzenden indessen ungehemmt weiter, während Orsini Jeff wieder zurück auf die Bank zerrte und in eine halbwegs aufrechte Position brachte. Er wollte ihm zur Abwechslung ein Glas Wasser holen, als Slivovsky schon wieder das Brett mit den Schnäpsen zu sich zog, die Gläser füllte und sie dann weiterreichte.

Grinsend lenkte Jeff seine unsichere Hand zu einem der Gläser, bekam es zu fassen und rief: »Prost!« Dann stürzte er den Inhalt hinunter und schoss das Glas weg. Es landete auf dem Abzug der Esse und fiel von dort auf den Holzboden, wo es unbeschadet liegen blieb. Allerdings nur so lange, bis Laertes einen schweren Hammer ergriff und dem Glas im Rhythmus der Musik den Garaus machte.

»You see we're born, born ...«, schrien die Kellnerin und der Bühnenmeister unisono mit.

Slivovsky sah zu Orsini und hob ruhig sein Glas.

Orsini erwiderte die Geste, es blieb ihm nichts anderes übrig als mitzutrinken. Zumindest war er derjenige, bei dem noch am wenigsten Alkohol durch die Blutgefäße geschwemmt worden war.

Der Arbeiter erhob sich umständlich und hielt sich am Tisch

fest wie ein Seefahrer beim Landgang. Dann steuerte er auf die Tür zu und verschwand.

Nur Slivovsky saß nach wie vor unverändert aufrecht da und stierte vor sich hin. Entweder war er ein Alkoholiker, der täglich sein Quantum brauchte, um überhaupt über die Runden zu kommen, und vertrug deshalb mehr als alle anderen. Oder …

Ehe Orsini den Gedanken fertig ausführen konnte, forderte Slivovsky ihn jedoch auf, ihm zu helfen. Gemeinsam verfrachteten sie den eingenickten Jeff zu einem schäbigen Sofa.

»Wissen einfach nicht, wann's genug ist …«, meinte Slivovsky, wieder am Tisch angelangt, füllte zwei Gläser und schob eines davon Orsini hin.

Orsini schwieg.

»Das ist eben das Problem mit der Entropie«, murmelte Slivovsky, mehr zu sich selbst.

»Entropie?«, fragte Orsini.

Slivovsky fixierte ihn mit einem durchdringenden Blick und ergänzte: »$S = kB \log \Omega$, Thermodynamik, einfach ausgedrückt.«

Doch ehe Orsini etwas antworten konnte, fiel Laertes ebenfalls ohne Vorankündigung wie ein leerer Sack in sich zusammen. Die Kellnerin schrie auf und löste sich vom Tanzbären. Rasch rappelte Slivovsky sich auf und kam ihr zu Hilfe. Was Orsini nutzte, um sein Glas mit dem Slivovskys zu tauschen.

Überraschend schnell sprang Laertes jedoch wieder auf, umklammerte die Kellnerin an der Hüfte, zog sie an sich und begann sie stürmisch zu küssen. Eng umschlungen torkelte das Paar zum Tisch und setzte sich auf die Bank.

Der Bühnenmeister hatte von alldem nichts mitbekommen und tanzte weiter, immer noch im selben stampfenden Rhythmus, obwohl längst ein langsamer Song lief. Mitten im Schwung entledigte er sich noch seines Hemds, ließ es auf die

Werkbank segeln und tanzte mit geschlossenen Augen weiter, als sei dies das Natürlichste auf der Welt. Endlich entspannt, dachte Orsini. Auch das nervöse Niesen war hier unten von ihm abgefallen.

Orsini nahm das ausgetauschte Schnapsglas, führte es an die Lippen und trank. Slivovsky kippte den Schnaps ebenfalls hinunter, stellte das Glas mit Schwung vor Orsini auf den Tisch und sah ihm verächtlich in die Augen: »Hast glaubt, i trink Wasser!?«

»Hätte sein können!«, entgegnete Orsini mit standhaftem Blick.

Der Schlosser musterte die beiden indessen, beugte sich dann mit hohlem Gesicht langsam unter den Tisch, hob sein Messer vom Boden auf und wog es eine Weile in der Hand.

Orsini erwiderte nun dessen Blick ebenso ausdruckslos.

Als der Schlosser mit einem Ruck aufstand und zur Küche ging, atmete Orsini unmerklich auf.

»Der macht nix«, sagte Slivovsky wie beiläufig.

»Wenn du's sagst.«

Nebenan griff Laertes inzwischen der Kellnerin in die Bluse und langte nach ihrer Brust, bis sie ihn lachend abschüttelte. Wieder wurde die Tür aufgerissen, und der Arbeiter wackelte herein, diesmal in Begleitung von Hamlet. Arm in Arm taumelten die beiden auf den Tisch zu.

»Wo warstn so lang?«, fragte der Schlosser mit einem neuen Teller voll aufgeschnittener Wurst in der Hand.

»Na urdentlich scheißn!«, antwortete der Arbeiter. »Und wen … hab i da gfundn?«

»An vielfachn Mörder«, erwiderte der Schlosser, während der Arbeiter Hamlet auf die Schulter hieb und ihm den Tequila reichte.

Die bunte Serviette aus der Kantine hing Hamlet immer

noch – jetzt wie ein nasser Lappen – um den Hals. Im Gesicht war er kreidebleich. Sein T-Shirt war am Kragen eingerissen und vorne fleckig. Insgesamt sah der Serienstar ziemlich mitgenommen aus. Trotzdem nahm Hamlet die angebotene Flasche in die Hand und trank.

»Na servas«, meinte der Schlosser anerkennend.

Hamlet deutete auf den Teller mit Wurst und sagte: »Schwein oder nicht Schwein?«

»Es ist Kantwurst, mein Prinz«, deklamierte der Schlosser mit nasaler Stimme.

Ungestüm griff Hamlet nach der Wurst und nahm sich eine Handvoll. Einen Teil schob er sich in den Mund, ein Teil fiel zu Boden. Mit den restlichen Stücken begann er jedoch plötzlich auf den immer noch tanzenden Bühnenmeister zu zielen. Der erste Schuss ging daneben, das Wurststück landete auf der Werkbank. Der nächste Schuss traf den Bühnenmeister am Rücken.

»Warum sinket der Feind nicht zu Boden?«, fragte Hamlet und feuerte das nächste Geschoss ab, mitten ins Gesicht des Bühnenmeisters. Der erwachte aus seiner Trance, fixierte Hamlet für einen Moment und stürzte sich wie ein wilder Stier auf ihn. Mit voller Wucht traf seine gestreckte Faust Hamlets Auge, und nur mit vereinten Kräften konnten Orsini, Slivovsky und der Schlosser Gröberes verhindern.

War hier eine offene Rechnung ausgetragen geworden?, fragte Orsini sich kurz und dachte an die Reibereien zwischen Shure und dem Star. Oder befeuerte der Alkohol nur die allgemeine Kampflust?

Mit den Worten: »Den brauchen wir noch für die Vorstellung«, gelang es Slivovsky schließlich, den Bühnenmeister so weit zu beruhigen, dass er von Hamlet abließ und sich zu Jeff aufs Sofa zurückzog.

Benommen setzte Hamlet sich auf die Bank und hielt sich das Auge, bis ihm Orsini ein Geschirrtuch mit Eiswürfeln aus dem Gefrierfach des Kühlschrankes hinhielt. Er nahm es stumm entgegen und drückte es sich auf die Schwellung.

»Letzte Runde!«, verkündete Slivovsky nun, setzte sich zu ihnen, goss die Gläser voll und verteilte sie. »Normal trinkt er fast gar nichts«, fügte er hinzu, als müsste er den Bühnenmeister verteidigen.

Niemand wagte einen Kommentar, Laertes zog die Kellnerin näher zu sich, als wolle er sie beschützen. Orsini nippte an seinem Glas.

»Morgen müsst ihr alle wieder fit sein!«, befahl Slivovsky mit ruhiger Stimme, ganz der technische Direktor, der er jahrzehntelang gewesen war. Nichts Ehemaliges war da durchzuhören.

»Sicher«, murmelte Hamlet, nüchterner als noch Minuten zuvor, und wischte sich mit dem Handrücken über den Mund.

»Passts auf euch auf!«, sagte Slivovsky und sah dabei zum schlafenden Jeff. »Besser ihr haltet euch überall draus!«

»Mir kann nichts passieren«, erwiderte Laertes. Mit einem Lächeln holte er etwas Kleines aus seiner Hosentasche hervor und küsste es. Aber ehe Orsini erkennen konnte, worum es sich handelte, hatte er es schon wieder weggesteckt, stand auf und zog die Kellnerin mit sich. Als die Tür hinter den beiden zufiel, war es Orsini, der ein letztes Mal nachgoss und zum verbleibenden Slivovsky meinte: »Allerletzte Runde!«

Slivovsky kämmte mit seinen Fingern den Ziegenbart, befeuchtete seine Lippen und stellte fest: »Du bist einer, der genau aufpasst und schnell lernt. Vielleicht kann man sich auf dich verlassen. Aber irgendwie weiß ich net, ob du nach Illmitz oder mehr ins Landtmann ghörst!«

»Das musst du schon selber abschätzen«, erwiderte Orsini und prostete ihm zu. Mittlerweile war ihm seine Mission fast schon egal. Erfahrungsgemäß war dies der beste Zustand, um in Familienangelegenheiten aller Art eingeweiht zu werden. Er leerte das Glas und setzte nach: »Jedenfalls wüsst ich gern, was es mit diesem Fluch auf sich hat, von dem alle reden.«

Slivovsky lehnte sich zurück, über ihm thronte der Storch zwischen den Kuckucksboxen.

»Und das soll ausgerechnet ich dir erzählen?«

Dienstag, 22. Dezember

8

Mit der einen Hand am Hebel der Kaffeemaschine und der anderen an seiner Schläfe, stand Orsini einfach nur da. Behutsam versuchte er, seinen Gleichgewichtssinn von der senkrechten Position zu überzeugen und sah zu, wie die schwarze Flüssigkeit in die Tasse tropfte. Die Maschine stammte aus einer Bar am Lago di Bracciano, wo er sich nun liebend gerne hingebeamt hätte. Abgesehen von einem Ventil, das er hatte erneuern lassen, war das Gerät nun schon über vierzig Jahre alt, lieferte aber nach wie vor ausgezeichneten Kaffee.

Normalerweise mochte er ihr tiefes Brummen, es gehörte zu seinem Frühstücksritual. Heute allerdings war es ihm zu laut. Übernächtigt rieb er sich die Augen, drückte den Hebel hinunter, nahm seinen Espresso mit zum Tisch und ließ sich auf den Sessel fallen. Erst wenn er etwas gegessen hatte, würde er die Tabletten einwerfen, beschloss er, sonst drohte zum Stechen im Kopf auch noch das im Magen. Immerhin blieb ihm noch etwas Zeit, die Probe war für 9:30 angesetzt.

Er strich Honig auf seinen Toast und versuchte, sich an die gestrige Nacht zu erinnern. Bis zu Hamlets blauem Auge konnte er die Ereignisse noch relativ klar abrufen, sogar in der richtigen Reihenfolge, aber danach hatte der Winternebel sich von draußen über das Unterdeck des Theaters bis in sein Hirn geschlichen. Der milchige Schleier verweigerte ihm hartnäckig den Zutritt zu seinem eigenen Gedächtnis.

Er hatte keine Ahnung, wie lange er noch in Klein Illmitz *geurlaubt* hatte, oder wie und wann er heimgekommen war. Vermutlich zu Fuß, wie immer. Kurz tauchte Slivovskys Hand hinter den Nebelfetzen auf, wie sie den spitzen Bart glättete. Eine flüchtige Bemerkung war gefallen, die Orsini sich hatte einprägen wollen. Oder hatte er das nur geträumt?

Nachdem er sich einen weiteren Espresso, mehrere Toasts und die beiden Kopfwehtabletten genehmigt hatte, duschte er sich eiskalt, zog ein frisches Gewand an und machte sich auf den Weg.

Bei der Stubenbrücke hielt er kurz an. Er ließ die Szene von damals Revue passieren. Beinahe hätten sie Paula bei ihrem Einsatz dort unten verloren. Kaum dass er in Gedanken bei ihr war, hörte er den Klingelton. Seufzend zog er das Handy aus seiner Manteltasche und blickte aufs Display. Eigentlich hätte er sie nach der Probe anrufen sollen, meldete sich sein schlechtes Gewissen, als er abhob.

Ehe er zu Wort kam, schoss es aus Paula heraus: »Was war gestern los mit dir?«

»Tut mir leid«, erklärte er, »ich konnte dich nicht …«

Paula unterbrach ihn lautstark: »Was heißt, es tut dir leid!?«

Orsini hielt einfach nur das Handy vom Ohr weg. Verwirrt sah er einem Passanten zu, wie er die Straße überquerte. Alles um ihn schien in Zeitlupe abzulaufen.

Sie hatten die vergangene Woche kaum telefoniert, warum regte sie sich nun wegen einem Tag dermaßen auf? Immerhin war er den ganzen Abend lang ihren Vermutungen nachgegangen. Und das Hämmern in seinen Schläfen hatte er auch nur den Ermittlungen zu verdanken!

»Paula, du reagierst über. Nur weil ich mich nicht gemeldet habe.«

Paulas Tonfall hätte nicht spitzer sein können, als sie ihn anfuhr: »Du *hast* mich angerufen – das kannst du doch nicht vergessen haben!«

»Habe ich *tatsächlich …?*« Verwirrt bemühte er sich, den nebeligen Vorhang in seinem Hirn zu teilen.

»Um vier Uhr früh!«

»Was?« Orsini hielt sich am Brückengeländer an und starrte ins Wasser. »Du hast völlig unzusammenhängendes Zeug von dir gegeben. Ich versteh ja, dass du mit denen was trinken musst, aber ruf mich in Zukunft erst an, wenn du wieder nüchtern bist! Ich habe eine Einvernahme! Bis später«, setzte Paula nach. Dann war die Leitung stumm.

… your bullets are already flying …, erinnerte Orsini sich plötzlich an die Textzeile des Songs, den er gestern beim Tontechniker gehört hatte.

Nüchtern?

Das war in Klein Illmitz nicht so einfach zu schaffen. Er fühlte sich, als hätte ein Sturm über ihn hinweggefegt. Was hatte ihm Slivovsky da nur zu trinken gegeben? Er peilte eine Bank im nahen Stadtpark an. Erst nach einigen Minuten schaffte er es, seine Anrufliste zu checken und fand dort schließlich den Beweis für das nächtliche Telefonat.

Was er dabei übersah, war eine weitere Nachricht.

Als er eine Viertelstunde später beim Portier vorbeimarschierte, wunderte er sich zwar kurz über dessen breiten Grinser. Dass er aber der Einzige weit und breit war, der zur Hamlet-Probe wollte, bemerkte er erst, als er sowohl die Kantine wie auch den Umkleideraum verschlossen vorfand.

Hamlet-Probe verschoben auf 11.30 Uhr, las er dann doch und ging verärgert die Treppen hinunter. Im ersten Stock blieb er stehen und zog die schwere Tür zur Bühne auf.

Sie war leer, die Notbeleuchtung das einzige Licht. Die Kulissen hatte man bereits aufgebaut, vermutlich noch nach der gestrigen Vorstellung. Nur im Zuschauerraum saß ein Grüppchen Unbekannter und hörte jemandem aufmerksam zu. Der Oberbilleteur, registrierte Orsini, als sich der Mann zu ihm drehte und ihm zurief: »Na, zu früh aufgestanden?«

Orsini quittierte die Bemerkung mit einem gequälten Gesichtsausdruck, überquerte die Bühne und wollte zu einer Gegenfrage ansetzen, als der Billeteur einen jungen Mann aus der Gruppe anherrschte: »Stopp! Keine Kamera!«

»Sorry?« Überrascht lachte der Angesprochene, tat, als hätte er nicht verstanden, und wollte weiterfotografieren.

»No Camera!«, bellte der Oberbilleteur ihn unmissverständlich an.

Orsini folgte dem anschließenden Wortwechsel und begriff, dass es sich um eine Führung durchs Theater handeln musste. Der junge Mann richtete seine Kamera nun provokant lächelnd auf den Billeteur, um ihn in voller Rage aufs Bild zu bekommen. Allerdings nur kurz. Denn dieser nahm ihm die Kamera einfach aus der Hand.

»No pictures of the stage!«, herrschte der Alte den Besitzer an und tippte auf dem Gerät herum.

Offensichtlich hatte sich die Nervosität wie ein Virus ausgebreitet und sogar Leute infiziert, die gar nicht unmittelbar mit den Vorstellungen zu tun hatten.

Mit hochrotem Kopf händigte der Oberbilleteur dem jungen Mann die Kamera wieder aus, nachdem er ihm alle Bilder gelöscht hatte.

Die Gruppe tuschelte aufgeregt untereinander, ehe sich der Oberbilleteur Richtung Bühnenmitte in Bewegung setzte und dabei so weiterredete, als sei nichts vorgefallen: »Wir verlassen nun den Zuschauerbereich mit seinen 1175 Sitz- und 85 Stehplätzen. Die Breite der Vorbühne – oder im Bühnenjargon

Proszenium genannt – beträgt 13 Meter, die des Bühnenraums 28,5 Meter, die Tiefe 23 Meter«, erklärte er und wies die Leute an, schnell aufzuschließen. Unauffällig gesellte Orsini sich zu ihnen.

»Die Höhe bis zum Rollenboden unter dem Dach…«, fuhr der Oberbilleteur fort und deutete dabei nach oben wie ein Schauspieler, der seine Gesten sogar im Schlaf abrufen konnte. Die Zuhörer streckten ihre Köpfe nach hinten wie eine Schar Vögel, die vor dem Abflug den Himmel inspizierten.

»…beträgt 28 Meter. Bis zum Schnürboden sind es exakt 12 Meter. Wie Sie sehen, sind das verantwortungsvolle Tätigkeiten, die diese Herrschaften in luftiger Höhe ausüben, denn jede Schraube, die aus dieser Höhe herunterfällt, verwandelt sich dabei in ein kleines Geschoss.«

An diesem Punkt durchbrach ein spitzer, schriller Schrei die ehrfurchtsvolle Ruhe. Starr vor Schreck zeigte eine junge Frau mit ausgestreckter Hand auf einen Fuß, der aus einem dunklen Stoffknäuel ragte.

Genau genommen waren es zwei Füße, die im fahlen Licht eigenartig schimmerten, ein großer breiter und ein schlanker.

»Niemand rührt etwas an!«, befahl der Oberbilleteur.

»Ist er tot?«, fragte die sichtlich erblasste junge Frau.

Ein Blitz tauchte alles für einen Moment in grelles Licht.

Woraufhin der Oberbilleteur wutentbrannt auf den Mann mit der Kamera zuschritt und sie ihm erneut entriss.

Der zweite Schrei war nicht mehr ganz so schrill, dafür umso lauter. Wieder richteten sich die Blicke auf den Stoffhaufen. Eine Zehe hatte sich bewegt, dann der Fuß und schließlich mit ihm das ganze Knäuel. Entschlossen bückte sich der Oberbilleteur, ergriff eines der Enden und zog die Laken schwungvoll zur Seite. Diesmal blieb der Schrei der jungen Dame aus.

Dafür blitzten hintereinander drei Kameras auf, denn auf

dem Bühnenboden lag – eng umschlungen – ein splitternacktes Paar.

»Was ist denn?«, fragte Laertes mit schlaftrunkener Stimme und räkelte sich. Seine Hand suchte nach dem Stoff, der ihn eben noch umhüllt hatte. Neben ihm erwachte nun auch die Kellnerin und wurde durch einen weiteren Blitz geblendet.

»Was?!«

»In einer Stunde ist Probe, und ich bräuchte einen Kaffee, falls die Kantine heute noch aufsperrt«, bemerkte Orsini lapidar aus dem Hintergrund.

*

Der Tag zog sich hin. In den beiden kurzen Probenpausen schüttete Orsini Unmengen an Kaffee in sich hinein, was aber an seinem Gesamtzustand nicht viel änderte. Wen er tatsächlich bewunderte, war Hamlet. Seit Stunden ununterbrochen im Einsatz, ließ er sich vom gestrigen Gelage kaum etwas anmerken. Bezüglich des blauen Auges hatten die Maskenbildner ganze Arbeit geleistet. Und die Blässe im Gesicht passte ohnehin zur Rolle.

Orsini machte es sich am hinteren Ende des Zuschauerraumes in einem der Klappsitze so bequem wie möglich. Immerhin, dachte er, bekam er im Vergleich zu anderen die doppelte Gage. Die Stimmung unter dem Zirkel, der sich vor ihm rund um den Regisseur scharte, schien etwas friedlicher als zuvor. Während die Dramaturgin den Ausführungen des Regisseurs ihre ungeteilte Aufmerksamkeit schenkte, saß einer der Tontechniker mit demonstrativer Engelsgeduld vor seinem Mischpult, ein paar Reihen schräg hinter dem Regisseur. Was diesem zum Glück verborgen blieb, war die Zeitschrift, die der Tontechniker unter dem Pult auf seinen Knien liegen hatte. Praktischerweise hatte er dort eine winzige Lampe montiert, die man von vorne nicht sah.

Die Schauspieler und Komparsen, die gerade nichts auf der

Bühne zu tun hatten, lümmelten größtenteils genauso herum wie Orsini. Eigentlich hätte er das Gespräch mit ihnen suchen sollen. Doch heute fehlte ihm dazu jede Energie.

Als der Regisseur wieder einmal den Bühnenmeister wegen einer Lappalie anherrschte, hatte Orsini kurz das Bild des wütenden Stieres aus Klein Illmitz vor sich. Jetzt war davon rein gar nichts zu sehen.

Orsini versuchte zum mehrten Mal, den Ausgang der letzten Nacht Revue passieren zu lassen. Vergeblich. Er war alleine mit Slivovsky übriggeblieben, hatte daran aber weniger als bruchstückhafte Erinnerungen. Der Anruf bei Paula war komplett gelöscht.

Nach einer Weile schlief Orsinis Bein, das er über die harte Lehne gelegt hatte, ein und begann unangenehm zu kribbeln. Kreislauf hin oder her, er brauchte Bewegung.

Zu Hause auf seinem Bürotisch lag mittlerweile ein Lageplan des Burgtheaters, inklusive der Zwischenetagen, die man von der Frontseite nicht sehen konnte, und der darin befindlichen Räume. Er dachte an das zufällig belauschte Gespräch zwischen der Direktorin und der Dramaturgin. Am liebsten hätte er einen ausführlichen Blick in deren Büro geworfen, aber an den Vorzimmerdamen führte – zumindest wenn Betrieb war – kein Weg vorbei.

Am Ende des Ganges tauchte der Maskenbildner auf, Ophelia im Schlepptau, und eilte mit ihr zum Stiegenabgang. Selbst auf die Entfernung wirkte Ophelia wie ein Schatten. Ob sie immer einen so zerbrechlichen Eindruck machte? Oder zählte sie zu denjenigen, die in ihrer Rolle dermaßen aufgingen, dass sie am Ende tatsächlich nur schwer herausfanden? Sie wirkte so anders als Hamlet oder Laertes, die jeden Tag schäkernd am Gang standen, um im nächsten Augenblick die Bühne zu betreten und sich in ihre Rolle zu versenken, als bräuchten sie in ihrem Inneren nur einen Schalter umzulegen.

Bald landete Orsini erneut in der Kantine. Es herrschte reger Betrieb, an der Bar lehnten zwei Garderoberinnen, vor sich einen Kaffee.

»So eine Schweinerei!«, bemerkte die jüngere. »Vögeln da einfach ungeniert auf der Bühne.«

Orsini tat unbeteiligt und stellte sich zur Kaffeemaschine.

»Dass die sich nicht schämt!«, fuhr die Garderoberin fort. Als die Kellnerin bei ihnen auftauchte, hielt sie natürlich sofort den Mund.

Erst nachdem Orsini seinen Kaffee erhalten hatte und die Kellnerin wieder in die Küche verschwunden war, setzte das Gespräch wieder ein.

»Angeblich hat er sie sogar von ...«

»Er ist ja sowieso eine Sau, aber von ihr hab ich mir das nicht dacht!«

»Die war sicher zu bis da«, erklärte die jüngere und hob ihre Hand zur Nasenspitze, »nur weil sie in *Paris* gearbeitet hat, seitdem bildet die sich sonst was ein.«

»Naa, des war doch Zürich, das verwechselst jetzt!«, sagte die ältere und schüttete sich Unmengen an Zucker in ihren Kaffee.

»Is ja wurscht. Also, sie bildet sich was ein, das sag *ich* dir! Ist sich zu gut für die Kantine, will lieber wieder zur Maske.«

»Und des vor den Japanern!« Die ältere schüttelte den Kopf.

»Japaner?«

»Japaner, Chinesen, Mongolen ... schaun eh alle gleich aus. Jedenfalls Touristen.«

»So viel zum Thema Kulturhochburg! Was sagen Sie?« Die beiden Damen hatten sich Orsini zugewandt und sahen ihn auffordernd an.

»Tja.« Orsini griff nach seinem Kaffee, um Zeit zu gewinnen.

Da es sich aber ohnehin nur um eine rhetorische Frage gehandelt hatte, fuhr die ältere Garderoberin fort, ohne besonders auf Orsini zu achten: »Nur weil er weiß, dass die Anderlecht …«

»Die Mama wird's schon richten.«

»Mama?«, hakte Orsini nun trotz Müdigkeit nach.

»Die Anderlecht ist doch die Mutter vom Laertes. Ohne die hätt er die Rolle ja nie gekriegt.«

Wieder ein Mosaikstein im Familienbild, dachte Orsini.

»So was soll man nicht sagen!«, widersprach die ältere schnell und legte der jüngeren die Hand auf den Arm. »Er ist ein sehr guter …«

»Wollen die Damen noch was?«, unterbrach die Kellnerin in scharfem Ton und ließ den Stapel Teller, den sie zuvor von den Tischen abgeräumt hatte, auf den Tresen knallen, dass sich die gesamte Kantine zu ihnen drehte. Dann griff sie nach einem Schwamm, hob die Tassen der beiden Garderoberinnen an und wischte mit übertriebener Geste darunter sauber.

»… ein *sehr* guter Schauspieler«, vollendete die ältere ihren Satz mit säuerlicher Miene. Dann legte sie den exakt abgezählten Geldbetrag neben die Kaffeetassen und schwebte mit ihrer Kollegin davon.

»Tratschweiber, neidige!«, quittierte die Kellnerin ihren Abgang und sah ihnen spöttelnd nach.

*

Für einen Augenblick fast zufrieden, rückte Feuerwehrmann Hannes Achter den Stapel zurecht. Sein kleines *Business*, wie er es nannte, ging recht ordentlich. Immerhin. Dann schob er den abgenutzten Holzdrehstuhl vom Schreibtisch zurück, erhob sich und hielt sich sofort die Ohren zu. Das Quietschen war unerträglich! Dennoch dachte keiner der Kollegen auch nur daran, die Rollen des Stuhls mit ein paar Tropfen Öl zu beruhigen oder gar irgendetwas im Mannschaftsraum zu verschönern.

So wie ohnehin nie jemand an etwas anstreifte, das nach Arbeit roch. Seit er hier angefangen hatte, sah der Raum so aus wie jetzt. Eine Reihe verbeulter Blechspinde, eine Umkleidebank, das durchgelegene Sofa, der Schreibtisch mit den Funkgeräten und dem Bühnenmonitor. Einzige Neuerung war der großformatige Fernseher, der aus einer laufenden Inszenierung stammte und offiziell defekt war. Dass der Fernseher ihnen hier die tristen Stunden etwas verkürzte, wusste nur der Chef der Requisite. Aber der hielt garantiert den Mund.

Ein stechender Schmerz, vom Knie ausgehend, durchfuhr ihn, den er umgehend mit einer ausgeklügelten Mischung aus Paracetamol, Voltaren und Ibuprofen zu betäuben gedachte. Zumindest für die nächsten paar Stunden. Was blieb ihm denn auch anderes über? Er hatte die Treppen wohl zu schnell genommen.

»Der Eingriff ist heutzutage Routine«, hörte er die beruhigend gemeinte Stimme des Chirurgen in sich nachhallen, »Ober- und Unterschenkelknochen werden abgesägt, das Knie durch eine Prothese ersetzt.«

Routine, allein wenn er das Wort hörte, wurde ihm schlecht! Wenn er eines wusste, dann, dass genau bei solch *einfachen* Vorgängen am häufigsten etwas danebenging. Hier im Theater ganz besonders. Die Sache mit Meersburg war dafür das beste Beispiel.

Seine Alternativen waren allerdings begrenzt, weshalb er den Operationstermin bestätigt hatte. Die drei Wochen Reha in irgendeinem Sanatorium wären zumindest ein kleiner Bonus. So würde er ein paar Wochen diesem Irrenhaus entkommen. Außerdem brauchte er einen Körper, der funktionierte.

Kurz massierte er sich das rechte Knie, so wie es ihm die Physiotherapeutin mit dem ultraknappen weißen Kittel gezeigt hatte. In Gedanken bei der blonden Therapeutin, blickte er auf den Bildschirm, der die Bühne zeigte.

Die Vorstellung war zu Ende, die Kulissen für die morgige Hamlet-Probe vorbereitet. Wie es die Direktorin geschafft hatte, dass sogar die Kurtine über Nacht oben bleiben durfte, damit die notwendigen technischen Änderungen am nächsten Tag schneller durchgeführt werden konnten, war ihm ein Rätsel. Aber was scherte ihn das?

Gewohnheitsgemäß sperrte er von innen ab, um ungestört zu sein, ging zum Waschbecken und schloss die Augen. In seiner Fantasie zog er den Kittel der Therapeutin nach oben, schob ihre stämmigen Beine auseinander und begann es ihr auf der Behandlungsliege zu besorgen. Knapp vor dem Orgasmus der Therapeutin, hielt er keuchend inne, ein schrilles Pfeifen drang von draußen an sein Ohr.

Nicht jetzt.

Mit einem wohligen Stöhnen entlud er sich. Dann, als er wieder zu Atem gekommen war, lauschte er kurz, doch das Pfeifen hatte aufgehört. Wahrscheinlich nur eines der vielen eigentümlichen Geräusche, die das alte Haus eben manchmal produzierte. Von den knarrenden Brettern, die die Welt bedeuteten, ließ er sich schon lange nicht mehr zum Narren halten. Nicht einmal in der Dunkelheit, die nachts auf der Bühne herrschte.

Unlängst zwar, keine Woche her, hatte ihn etwas Seltsames gestört. Ein eigenartiger Singsang, Quelle unbekannt. Sein erster Gedanke galt den durchgeknallten Tontechnikern, die manchmal auch in der Nacht weiter herumtüftelten. Doch es war weder eine Nachtprobe angesagt gewesen, noch war jemand im Haus. Zumindest nicht offiziell.

Gedankenverloren kramte er in der Seitentasche seiner Hose nach der länglichen Schachtel, entnahm mehrere verschiedene Tabletten und drückte sie mit geübter Bewegung aus ihren Folien. Genug, um den Schmerz nicht mehr zu spüren. Mechanisch nahm er die Pillen in den Mund, beugte sich unter den

Wasserhahn, füllte den Mund mit Wasser und schluckte das Ganze hinunter.

Spätestens im Erdgeschoss würden die Pillen wirken, dachte er und zog sich die Jacke über. Zuerst würde er die vorgeschriebene Runde im Haus machen, um nachzusehen, ob alles ordnungsgemäß verlassen worden war, und sich erst dann der Sache widmen, die ihn interessierte.

Sein Job war bei Gott keine Schwerarbeit. Nur, dass er ihn längst anwiderte. Er saß die meiste Zeit über sinnentleert herum. Löscheinsätze waren so gut wie nie nötig, und für ernste Verletzungen gab es den Theaterarzt und die Rettung. Aber für eine Stelle bei der aktiven Feuerwehr war er zu alt. Das wussten seine Kollegen und machten sich hinter seinem Rücken über ihn lustig.

Mit einer ärgerlichen Handbewegung schnappte er die Taschenlampe und den großen Schlüsselbund. Heute zumindest hatte er etwas vor.

*

»Und?«

»Alles dort, wo es hingehört«, stimmte Orsini mit geschlossenen Augen zu.

»Was sagst du zur Tiefenstaffelung?«

»Lässt keine Wünsche übrig, der Bass klingt voll und steht weit hinten. Ganz genau in der Mitte. Ich höre sogar das Kratzen der Saiten.«

»Wie gesagt, die sind jetzt auf Klassik abgestimmt.«

Orsini öffnete die Augen und ließ sich im bequemen Stuhl zurücksinken. Er befand sich an einer der ersten Adressen in Sachen Musikelektronik, ganz in der Nähe des unlängst verblichenen Posamentenhändlers. »Ein wenig zu weich für meine Musik, aber sonst, alle Achtung!«

»Das ließe sich natürlich abwandeln …« Hanten, einer der beiden Eigentümer, blickte mit sichtlichem Stolz auf seine neueste Entwicklung – zwei bis ins kleinste Detail ausgetüftelte HiFi-Boxen in coolem Industriedesign.

Binnen Kürzestem hatte er die beiden röhrenartigen Gebilde vor Orsini aufgestellt und alles andere auf die Werkbank verbannt. Dort stapelten sich nun neben Orsinis repariertem Gitarrenverstärker jede Menge technischer Innereien. Platinen, Drähte, Widerstände, Kondensatoren, Lötkolben, Oszillatoren und Messgeräte. Wie in den restlichen Räumen herrschte permanente Überbelegung. Die beiden langjährigen Partner und gleichzeitig Chefs machten das Geschäft zu einem Lieblingsort für eigenbrötlerische Typen. Der Hang zum – für Außenstehende – verwirrenden Durcheinander gehörte zur Firmenphilosophie. In den verwinkelten Räumlichkeiten stapelten sich verletzte Patienten, die auf Ersatzteile oder die Operation warteten. Hoffnungslose Fälle fristeten ihr Dasein als Organspender.

Am Boden klebten rote Streifen Isolierbands. Nach diesen Markierungen hatte Hanten Boxen und Stuhl für Orsini ausgerichtet, damit der Abstand von Ohr zu Box genau passte.

»4000 Euro, wenn du sie so nimmst, wie sie sind.« Hanten grinste spitzbübisch, zog dabei die Augenbrauen nach oben und fuhr sich durch die grauen Locken. Früher waren sie kurz und exakt wie ein englischer Rasen geschnitten gewesen, dachte Orsini, und fuhr sich durchs eigene Haar, an der kleinen Geheimratsecke vorüber.

Sinnl, Hantens Compagnon, stand im Eingang zur Werkstatt und grinste ebenfalls. »Dann wär die Reparatur des Verstärkers natürlich inkludiert.«

»Aber meine Anlage funktioniert noch einwandfrei«, erwiderte Orsini.

»Der Sound der Siebziger«, parierte Hanten und warf dabei Sinnl einen gespielt mitleidigen Blick zu.

»Die Siebziger waren der Höhepunkt der Soulmusik«, konterte Orsini.

»Das schon, aber die Technik ist Steinzeit.«

»Eigentlich sogar knapp davor«, bekräftigte Sinnl schmunzelnd.

»Mit unseren Boxen holen wir dich ins Jetzt«, fuhr Hanten fort. »Du bekommst ein aktives HiFi-System, bei dem du die Ohren anlegst.«

»Ich hänge aber an meiner alten Anlage!«

»Ein Nostalgiker …«, seufzte Hanten.

»Das ist ein wenig so wie mit dem Fußballclub«, antwortete Orsini. »Einmal Röhre, immer Röhre.«

»Da ist natürlich jedes Argument zwecklos«, meinte Sinnl, warf sich seine Jacke über und verabschiedete sich.

»Was hast du eigentlich zu Hause stehen?«

»Altes Zeug«, wiegelte Orsini ab und deutete mit einem Blick auf seine Uhr an, dass er langsam aufbrechen wollte. Zum wiederholten Male vereitelte Hanten den Versuch allerdings, indem er eine aller-, allerletzte CD hervorholte und sie Orsini präsentierte.

»The Pecan Tree, Joe Sample, müsste dein Geschmack sein«, sagte er, drückte Orsini das Cover in die Hand und legte die CD in den Player. »Ich neige zwar eher zur Klassik, aber der Pianist lässt mich womöglich noch die Fraktion wechseln.«

In die Stille hinein läutete Orsinis Handy.

»Ich muss«, entschuldigte sich Orsini.

»Hallo«, sagte Paula. »Kannst du reden?«

»Ja, einen Moment«, erwiderte Orsini, hielt die Hand über das Mikrofon und sagte zu Hanten: »Ich müsste mal kurz ungestört sprechen.«

»Kein Problem«, antwortete Hanten, »durch den Lagerraum ins Büro. Mach dir Licht, der Schalter ist links an der Wand.«

Während Orsini nach hinten ging, setzte sich Hanten in den Stuhl, drehte den Lautstärkeregler auf und schloss die Augen, um sein selbstgebautes Wunderwerk zu genießen.

»Entschuldige«, sagte Orsini ins Telefon und betätigte den Lichtschalter.

»Wo bist du?«, fragte Paula.

»Zu Hause.« Orsini wollte nicht lange erklären, wo er sich aufhielt. Er blickte sich in dem winzigen überquellenden Raum um. Der Drehsessel hinter dem Schreibtisch war ein gefährdetes Gebiet im Falle einer technischen Lawine von oben.

»Gibt's was Neues?«, fragte Paula ohne Einleitung.

Im Hintergrund hörte Orsini ein blubberndes Geräusch. Saß sie zu Hause in der Küche? Und dieser dienstliche Ton in ihrer Stimme. Sollte er sich wegen des nächtlichen Anrufs entschuldigen? Vermutlich.

»Was Neues«, wiederholte er stattdessen nur und blickte kurz nach oben auf das Keyboard, das dort weit über sein Regal hinausragte, und setzte sich dennoch darunter in den Stuhl.

»Vielleicht hast du gestern ...«

Paulas vorwurfsvoller Ton erweckte Orsinis Widerstand. Widerstände, sinnierte er und sah auf den Tisch vor sich, wo in einem kunterbunten Durcheinander genau diese elektronischen Bauteile lagen.

»Gibt es Probleme wegen der Kosten?«, fragte er ähnlich geschäftsmäßig wie sie und nahm ein gelb-blau gestreiftes Teil in die Hand. Dabei gab es eigentlich genügend zu erzählen.

»Nein, noch nicht, aber ...«

»Aber wenn du nicht bald was vorweisen kannst, schon ...«, ergänzte Orsini und legte den gelb-blau gestreiften Widerstand ordentlich neben einen zweiten.

»Vorweisen«, wiederholte Paula. Offenbar war sie gerade vom Sessel aufgestanden und zum Küchenkasten gegangen. Orsini hörte Geschirr scheppern.

»Bist du noch dran?«, fragte er.

»Natürlich«, reagierte Paula eine Nuance zu scharf. »Also, ist etwas vorgefallen, oder hast du mit jemandem gesprochen?«, drängte sie.

Unfähig sich zu konzentrieren, hob Orsini ein hübsches türkises Bauteil hoch und hielt es sich vor die Nase. »Gesprochen, ja. In der Burg brodelt es genauso wie in dem Topf vor dir«, erwiderte Orsini. »Was gibt's denn zu essen?«, fragte er unbeholfen, bemüht die Stimmung zu heben.

»Spaghetti«, antwortete Paula knapp und keineswegs überrascht.

»Guten Appetit.«

»Danke, aber rede ruhig weiter.«

Orsini riss sich ein wenig zusammen: »Möglich, dass Meersburg mit Alkohol oder irgendwelchen Drogen ein Problem hatte. Aber das ist nur ein Gerücht.«

Aus der Werkstatt hörte er ein bluesig-funkiges Klaviersolo, von Tempo und Arrangement her angenehm relaxed.

»Das bringt uns nicht weiter«, antwortete Paula.

Zumindest hat sie *uns* gesagt, dachte Orsini und fühlte sich dennoch seltsam gekränkt. Für einen Augenblick sah er Paula und sich im Auto, nur wenige Ecken entfernt, und hörte sich sagen … *wenn ich was Schönes finde, hole ich es mir …*

War der nur Wochen zurückliegende Kuss eine Eintagsfliege gewesen? Ein Ausrutscher, den sie so schnell wie möglich wieder vergessen wollte?

Aber dazu war er zu intensiv gewesen. Oder hatte er sich das nur eingebildet?

»Conrad?«

»Ja, also … ich hab jetzt keine Zeit mehr. Ich melde mich«, erwiderte Orsini und legte auf. Er konnte nur eines denken: *Ich Idiot!* Er starrte sein Handy an, als wollte er ihm alle Schuld aufladen und es irgendwo auf dem technischen Friedhof über seinem Kopf entsorgen.

Ein Geräusch aus der Werkstatt übertönte die Musik und holte ihn aus seinen Gedanken. Er schob ein letztes Bauteil zurecht, stand auf und ging vorsichtig durch den Lagerraum, der ihm irgendwie dunkler als zuvor erschien. Vermutlich hatten sich seine Augen auf das grelle Licht im Büro eingestellt, dachte er und schritt Richtung Werkstatt.

Could this be for real now, or am I just a fool?, sang eine tiefe weibliche Stimme. *And all that glitters is only … fools gold.* Die Band groovte entspannt durch den Song, der Text hingegen versetzte ihm einen Stich.

Fool's gold can trick the darkness into day, but you could blink and find that true love slipped away …

Eigenartig aufgewühlt blieb Orsini vor dem Eingang zur Werkstatt stehen. Hanten schnarchte in seinem Stuhl leise vor sich hin, eine leere Bierflasche lag umgekippt auf dem Boden. Eilig machte Orsini einen Schritt auf ihn zu, um sich nach der Flasche zu bücken. Dann stellte er den CD-Player auf Wiederholen, nahm den Lötkolben vom reparierten Verstärker und legte ihn auf die Werkbank. Geräuschlos hob er seinen Verstärker vom Tisch, drehte das Licht ab und wünschte Hanten eine gute Nacht unter dem Baum mit den Pecannüssen.

*

Warum die Tabletten manchmal sofort halfen und manchmal erst nach einer Weile? Vielleicht lag es an der Tagesform. Wer wusste das schon?

Ganz bestimmt nicht dieser ganzheitlich arbeitende Dilettant von einem Hausarzt. Zu dem ging er nur, weil er seine Praxis ums Eck hatte und ohne langes Nachfragen alles unterzeichnete, was man ihm vorlegte.

Ganzheitlich! Allein das Wort erzeugte in ihm Übelkeit.

Feuerwehrmann Achter blieb vor den Stufen zur Kantine stehen, richtete sich die Uniform und rüttelte aus einer Art Zwang heraus an der verglasten Kantinentür, obwohl es drinnen dunkel war. Diese ewig gleichen Tätigkeiten hatten sich derart in ihm verfestigt, dass er sie völlig mechanisch erledigte.

Manchmal wie ferngesteuert. »Niemand im Haus«, murmelte er, »eigentlich erstaunlich früh …«

Der große Schlüsselbund in seiner Hand klimperte laut, als er die Taschenlampe anknipste, den Uniformärmel zurückzog und den Strahl auf seine Armbanduhr richtete. Die Leuchtkraft des Ziffernblattes hatte schon lange nachgelassen.

Kurz vor zehn.

Er schaltete die Lampe ab und stand wieder im Dunklen. Die Notbeleuchtung in den Gängen würde für jeden anderen kaum ausreichen, er aber hätte seinen Rundgang auch blind absolvieren können. Im Gehen vergewisserte er sich, dass er seine Liste in der Hosentasche hatte. Methodik ist alles, dachte er. Er würde dort weitermachen, wo er gestern Nacht aufgehört hatte, Zimmer für Zimmer, und steckte den Schlüssel ins Schloss. Ein sanftes Klicken, und die Tür ging auf.

Das Innere kannte er. Die Jalousie war zwar lichtdicht, trotzdem verwendete er nur die Taschenlampe. Ebenso systematisch wie im gesamten Haus ging er auch hier vor. Von links nach rechts und von oben nach unten. Er öffnete jeden Schrank, jeden Kasten und jede Schublade. So hatte er schon mehr persönliche Geheimnisse entdeckt, als irgendjemandem lieb sein konnte. Den Leiter der Komparserie zum Beispiel sah er seit einer Woche mit völlig anderen Augen.

»Es wird interessant«, raunte er und zog einen weiteren Schlüsselbund hervor. Daran hingen nicht nur Schlüssel, sondern auch Dietriche in allen Größen und Formen.

Udo stand auf der Schublade. Es war die einzige versperrte Lade am Schreibtisch. Im Bruchteil einer Sekunde war sie offen. Achter leuchtete hinein, schob Krimskrams zur Seite und erblickte eine kleine Kassette aus Metall, natürlich verschlossen.

Rasch ging er zum Kleiderständer, durchsuchte den grauen Mantel, auf dem über der linken Brusttasche Udolph stand, und wurde sofort fündig: ein weiterer Bund mit Schlüsseln, einer davon auffallend klein. Grinsend öffnete er damit die Kassette und erblickte, was er zwar gesucht, aber dennoch nicht wirklich erwartet hatte. Dann holte er den Zettel aus seiner Tasche und entfaltete ihn.

Büro Bühnenmeister, notierte er drauf, *Udolph*, und machte daneben ein Häkchen.

Sorgfältig darauf bedacht, den ursprünglichen Zustand wiederherzustellen, legte er das Fundstück zurück in die Kassette. Eine Minute später ließ er die Tür hinter sich zuschnappen und ging nur ein paar Schritte weiter, bis er vor einer weiteren Tür anlangte. Dem Künstlerzimmer.

Fast belustigt kehrte er eine gute Stunde später von seinem Rundgang zurück. Man konnte so gut wie alle manipulieren. Es kam nur darauf an, die Situation richtig zu nutzen. Als er den Mannschaftsraum betrat, stutzte er. Seltsam.

Nichts hatte sich verändert, und doch war irgendetwas anders.

Die Dinge befanden sich wie gewohnt an ihrem Platz, die Decke auf dem Sofa lag so, wie er sie hingelegt hatte, die rote LED am Fernseher leuchtete, und der Stuhl stand so, wie er ihn verlassen hatte. Plötzlich ein Knistern.

Achter blickte zum Bühnenmonitor. War es von dort gekommen?

Natürlich, woher sonst.

Von einem Seufzer begleitet, zog er die Liste hervor und faltete sie auf dem Schreibtisch auseinander. Eine Sache erstaunte ihn.

Er hatte geglaubt, dass Pornomagazine Männersache waren. Zwei Hardcore-Ausgaben in der Damengarderobe deuteten auf das Gegenteil. Dass Frauen abergläubischer waren als Männer, hatte er angenommen und nun bestätigt bekommen.

Dann war da noch die Chefdramaturgin. Das Schloss an ihrem Schreibtisch hätte man mit einer Sicherheitsnadel öffnen können! Umso mehr hatte ihn gestern der Inhalt überrascht. Rechnen gehörte zwar nicht zu seinen Stärken, doch er konnte zwei und zwei addieren. Dass sie so etwas im Theater in ihrer Lade liegen ließ?

Brütend ringelte er ihren Namen ein, knipste die Schreibtischlampe aus und verstaute die Sachen in seinem Spind. Im Kopf ging er dabei seine dieswöchigen Einnahmen durch, ehe er es sich auf dem Sofa bequem machte. Ohne seine Streifzüge und seinen kleinen *Nebenverdienst* wäre er hier schon längst verrückt geworden! Erstere verschafften ihm Einblick in die diversen Geheimnisse hier im Haus. Die Meersburg zum Beispiel, dachte er, und ihr Kompagnon, wenn die wüssten! Und die Möglichkeit, diese Geheimnisse jederzeit auffliegen lassen zu können – was für ein grandioses Gefühl!

Genüsslich zog er den dunkelroten Slip aus seiner Brusttasche, den er aus Ophelias Garderobe hatte, schloss die Augen und vergrub sein Gesicht darin.

Ob sie doch das Grab öffnen werden und ihn obduzieren? Ob sie Zweifel haben? So was merkt man denen nicht an, das sind Profis. Offiziell haben sie die Ermittlungen eingestellt, heißt es. Man wird sehen. Je nachdem, was kommt.

Die Terrasse … wieder steht Josef mit ihr auf der Terrasse. Wie viele Jahre sind es seither?

Es geht immer noch um denselben Text wie beim ersten Mal. Immer noch fleht er sie an, darüber zu schweigen. Wochenlang ist sie zu ihm gekommen, jeden zweiten Abend nach der Vorstellung. Opfert ihre freie Zeit, obwohl sie es nicht als Opfer empfindet.

Bald werden die Proben zum Bernhard-Stück beginnen. Er ist zwar nicht mehr so panisch wie anfangs, aber nervös ist er doch. Hilflos hebt er die Arme, wenn er im Text zögert. Schaut sie an, dass ihr das Herz weich wird.

Sehenden Auges, so sagt man doch.

Sie weiß es selbst noch nicht, aber sie würde längst alle Warnungen in den Wind schlagen – wenn es denn jemanden gäbe, der sie ausspräche. Er hat sein Netz ausgeworfen und kann sich Zeit lassen mit dem Einholen.

So wartet sie einfach nur. Fühlt sich wichtig. Ohne sie, das sagt er selber, würde er die Rolle nicht spielen können. Er lehnt sich zuerst über das Geländer, zeigt ihr einen Turmfalken, der über die

Dächer segelt, deutet auf das Haus gegenüber, in dem der elegante Räuber nistet. Dann dreht er sich zu ihr, schiebt ihr die Strähne aus dem Gesicht, hinters Ohr, sachte. Zieht ein kleines Päckchen aus seiner Hosentasche und hält es ihr hin.

»Mach es auf«, sagt er mit dieser tiefen, verführerischen Stimme. Vielleicht ist es einfach nur die Stimme, wegen der die Frauen so auf ihn fliegen. Das Aussehen alleine ist es jedenfalls nicht. Die breiten Schultern? Die Intensität, wenn er sie lange anschaut? Er wendet den Blick nicht so schnell ab wie andere, zumindest nicht, wenn er etwas will.

Sie denkt, ich lasse mich nicht um den Finger wickeln. Ich helfe ihm ja nur. Und so ein kleines Geschenk ... Das ist es, was sie denkt.

Was sie spürt, ist, dass sie das Alleinsein satthat. Dass jemand sie begehrt. Ihr den Hof macht. Sie zappelt nicht einmal in dem Netz, das er einholt, sondern lässt sich willenlos fangen.

Heute, so viele Jahre später, greift sie sich an den Hals.

Eine einfache Goldkette, ein kleiner Stern als Anhänger, auf der Rückseite ihre Initialen. Aber jetzt ist ihr Dekolleté frei.

In der Nacht nach seinem Sturz hat sie die Kette weggeworfen. Am Heimweg die Straße überquert, den Verschluss geöffnet und sie achtlos in der U-Bahn-Unterführung fallen lassen.

Wütend marschierte Shure im Tonstudio auf und ab. Roth, der Schauspieler, der Meersburg als König Claudius ersetzte, trieb ihn zur Weißglut. Gestern hatte ihn das Microport, das Shure ihm unter dem Kostüm angebracht hatte, angeblich bei gewissen Bewegungen so sehr gestört, dass er sich nicht *auf das Stück konzentrieren* konnte.

Lachhaft! In Wirklichkeit hatte der Alte seinen Text einfach nicht gut genug drauf.

Heute wiederum ging es um Schreie, die während der Schlachtszenen eingespielt wurden. Sie stammten natürlich noch von Meersburg. Roth hatte dem Regisseur aber erfolgreich eingeredet, dass es *seine* Stimme sein sollte, nein, musste. Deshalb hatte er den geplanten Kinobesuch mit Marlene sausen lassen müssen, um sich stundenlang mit dem Typen abzuquälen. Sie hatten alle nur erdenklichen Varianten von Schreien aufgenommen: kurze, langgezogene, krächzende, weinerliche – Roth war in seinem Element und hätte noch bis in die Morgenstunden weitergemacht, wenn er nicht einen Anruf von der Direktorin erhalten hätte. Daraufhin hatte er es plötzlich eilig.

Die Vorstellung, die seine Kollegen parallel dazu betreut hatten, war längst zu Ende, er hatte mit ihnen ein kurzes Bier in der Kantine getrunken und musste sich nun weiter um diese verdammten Schreie kümmern. Anhören, sampeln, bearbeiten, in die Einspielungen einfügen. Damit nicht genug, hatten die Kollegen zwar oben am Schnürboden die Boxen umgehängt, die morgen bei der Probe gebraucht wurden, dann aber vergessen, sie zu testen. Er hätte es zwar ebenso auch einmal *vergessen* und einfach riskieren können, dass sie ohnehin funktionierten – bei seinem derzeitigen Glück würde ihm das aber vermutlich um die Ohren fliegen. Überhaupt wollte er bei diesem verfluchten Stück nur mehr eines: dass zumindest die Proben endlich vorbei wären!

Und tatsächlich machte die beschissene Box Zicken, genau jetzt, wo *er* sich darum kümmern musste. Morgen würde er den Kinobesuch nachholen, schwor er sich und löschte eine Weile später den letzten der alten Schreie aus der Kakophonie von Bombendetonationen, Gewehrsalven und Kriegsliedern. Dann entschied er sich für einen besonders widerlichen, krächzenden neuen Take und blendete ihn ein. Nur noch einmal alles durchhören, ein Backup machen, und er könnte den Kasten abschalten, feuerte er sich selbst an.

Aufgekratzt blätterte er dabei in einer seiner Zeitschriften. Sie hatten ihm schon so manchen Abend gerettet. Denn sobald ein Stück die Premiere hinter sich hatte, setzte unweigerlich die Routine ein.

Der Bobbit Worm, las er, ein Killerwurm im Aquarium von Newquay, mehr als einen Meter lang, hatte über Jahre unter dem Sand gelauert, um in der Nacht auf Beute zu gehen. Selbst die größten Fische waren vor ihm nicht sicher gewesen.

Shure kontrollierte schnell das Backup und überflog die Bilderstory: Der Killerwurm im Sand vergraben auf der Lauer liegend, die Antennen hochgesteckt. Die scharfen Zähne, wie sie ihr Opfer mühelos unter den Sand zogen. Ein Stachel, der lähmendes Gift injizieren konnte.

Vielleicht sollte er fürs Studio ein Aquarium besorgen, überlegte er, während er hinter sich absperrte. Es war nach elf, und er musste noch hinauf auf den Schnürboden! Diesmal würde er einfach eine stärkere Sicherung nehmen, selbst auf die Gefahr hin, dass es die Box vernichtete.

Zorn stieg in ihm hoch, als er die Treppe hinaufstapfte. Zorn auf die Kollegen, Zorn auf den Regisseur und die eingebildeten Schauspieler. Im düsteren Licht, das die nächtliche Notbeleuchtung abgab, konnte er das Ende des Ganges im obersten Stockwerk kaum erkennen. Und diesmal hatte auch keiner daran gedacht, auf der Bühne oder der Galerie das Arbeitslicht für ihn anzulassen. Nur eine kleine Lampe schien vorne beim Pult, von dem aus die gesamte Technik am Schnürboden bedient wurde. Ein wütendes Schnaufen entfuhr ihm, während er sich dem Pult näherte.

Mit ein paar Handgriffen ließ er den Beleuchtersteg, der hoch über ihm schwebte, herunter und schaltete das Licht ein. Der Luftzug, der durchs Haus strich und die verbrauchte Atemluft der Zuschauer hinaus in die kalte Finsternis beförderte, war heute deutlicher spürbar als sonst. Doch ihm machte das nichts aus. Das Umluft-System, das die Architekten damals installiert hatten, war genial. Damit wurde frische Luft unterirdisch aus dem Volksgarten ins Theater angesaugt, die oben unter dem First wieder entwich. Lautlos.

Eine kühle Stille lag über den Kulissen der Totengräberszene, die morgen früh geprobt werden sollte. Deutlich sah er weit unter sich den Haufen Erde mit den Grabsteinen.

Er griff übers Geländer, auf dem die Box hing, und hievte sie hoch. Tatsächlich war wieder die Sicherung gefallen, stellte er sofort fest. Für einen Augenblick spielten seine Finger mit einer der Schrauben, die zur Befestigung dienten. Wenn er sie nicht ganz festzog …

Nüchtern sah er hinab. Sie würde direkt auf den Erdhügel krachen. Vielleicht würde sie jemanden treffen, vielleicht nicht. Es wäre ein Unfall, wie bei Meersburg.

*

Plötzlich saß er aufrecht auf dem Sofa mit dem Springmesser in der Hand. Im diffusen Licht, das von draußen hereinfiel, suchte Feuerwehrmann Achter den Raum ab. Es war hell genug, um Bewegungen zu registrieren, Umrisse der Möbel zu erkennen. Doch die einzige Bewegung war das Flimmern des kleinen altersschwachen Monitors am Schreibtisch, der noch immer dasselbe statische Bild zeigte.

Niemand hier, beruhigte er sich, und trotzdem: Irgendetwas hatte seinen Instinkt als Feuerwehrmann geweckt.

Irritiert fixierte er den Monitor, der nur ein unscharfes Schwarzweiß-Bild lieferte. Das Bild war, seitdem der letzte Arbeiter die Bühne verlassen hatte, praktisch eingefroren. Dennoch hatte er das Gefühl, dass sein Auf-der-Hut-Sein mit dem Gerät zu tun hatte. Er kniff die Augen zusammen und starrte eine Weile darauf, als könnte er darin lesen. Doch da war nichts, keine Bewegung, keine auffällige Veränderung. Nur die Kulisse für die Totengräberszene.

So weit alles normal.

Aber dieser Schrei? Dünn und undeutlich, irgendwie verzerrt.

Von draußen? Misstrauisch erhob er sich und ging zum Fenster. Unter ihm aber schlief die Straße und dahinter der Volksgarten. Keine Polizei, keine Rettung, keine Besoffenen.

Nein, solche Geräusche filterte er schon seit langem aus. Eindeutig war der Schrei aus dem Hausinneren gekommen. Erneut starrte er auf den flimmernden Monitor.

Dann knöpfte er seine Uniform zu, zog die Schuhe an,

schnappte sich den Schlüsselbund samt Taschenlampe, die immer in Griffweite lag, und klappte sein Springmesser auf.

Leise öffnete er die Tür, das Messer vor sich gestreckt, und spähte vorsichtig um die Ecke, erst nach links, dann nach rechts.

Von irgendwoher hörte er Schritte – oder hielt ihn das Haus zum Narren?

Früher, als Halbwüchsiger, war er der Erste gewesen, wenn es darum ging, in eines der Abbruchhäuser in ihrem Viertel zu steigen. Weder die Gefahr irgendwo durchzubrechen noch der Gestank nach Schimmel und Fäkalien hatten ihm etwas ausgemacht. In einem der Häuser hatte es gebrannt. Er hatte zugesehen, wie die Feuerwehrmänner darauf losgestürmt waren, mit ihren fetten Wasserstrahlen die wilden, züngelnden Flammen gebändigt hatten. Schreie, Kommandos, fallende Balken. Funken, die auseinanderstoben wie bei einem Silvesterfeuerwerk.

Die Männer hatte ihn schließlich weggezerrt, aber er war am nächsten Tag wieder dorthin und hatte sich zwischen die Trümmer geschlichen. Seither hatte er davon geträumt, es ihnen nachzumachen. Hatte die Schule nur so lange ertragen, bis er bei der Feuerwehr anfangen konnte.

Hier allerdings verweichlichte er. Wenn er nicht etwas änderte. Lautlos schlich er das Treppenhaus hinunter, den finsteren Gang entlang. Im ersten Stock auf Bühnenniveau blieb er stehen und horchte.

Nichts.

Nach einer Weile zog er die schwere Bühnentür am halbkreisförmigen Griff auf und verschwand dahinter. Unhörbar glitt die Tür ins Schloss. Er befand sich direkt hinter den Kulissen der Totengräberszene. Sperrholz, abstehende Nägel, das Übliche. Die Hinterwand sollte wohl eine Kapelle darstellen, wirkte aber eher wie von Kinderhänden zusammengebastelt. Den Strahl der Lampe vor sich auf den Boden gerichtet, umrundete er das seltsame Ungetüm. Davor der aufgeschüttete Erdhügel, Knochen ragten heraus. Das Messer immer noch gezückt, ging Achter Richtung Bühnenmitte.

Dies war sein Revier, um diese Uhrzeit hatte hier keiner außer ihm etwas verloren.

*

Nur der Speer in seiner Hand hielt Orsini noch davon ab, umzukippen. Die Luft war so stickig, dass jeder Atemzug im Hals kratzte. Aus der Ferne drang das gehässige Gebrüll des Regisseurs zu ihm. Die Kollegen hinter ihm wetzten ihre Müdigkeit an ihrer Kampfmontur ab und unterhielten sich mit zischenden Lauten, die er kaum verstand.

Plötzlich begann es unter ihren Füßen zu vibrieren, ein Grollen stieg aus der Unterbühne hoch. Nervosität breitete sich aus. Panisch drängte die Soldatentruppe zum schmalen Abgang, während das Grollen immer lauter wurde. Neben Orsini stürzte ein Soldat den Aufbau hinunter, ehe er ihm die Hand reichen konnte. Jemand anderer rempelte ihn beinahe nieder.

Erschöpft schrak er hoch und fand sich in seinem Wohnzimmer wieder. Er lag auf der Couch und war eingenickt. Das Rumpeln der alten Waschmaschine hatte ihn geweckt. Zerknittert schlurfte er ins Badezimmer, holte seine Kleider aus der Maschine und hing sie über der Badewanne auf.

Knapp nach zwölf.

Per Taxi war Orsini von der Werkstätte zu seiner Wohnung gefahren. Nun stand der reparierte Fender Tweed De Luxe Gitarrenverstärker endlich wieder stolz auf dem löchrigen Zebrafell im Wohnzimmer. Genau dort, wo er hingehörte: direkt neben der Gibson Les Paul und der GIBSON ES 330 mit der noch immer gut erhaltenen Sunburst-Lackierung.

Warum hatte er einfach aufgelegt?, fragte er sich wenig später zum x-ten Mal und schüttelte den Kopf. Langsam fuhr er mit der Hand über die Lautsprecherabdeckung des Verstärkers, als begrüßte er einen lange vermissten Mitbewohner, den er um Rat fragen konnte.

Scheiße! Er fluchte und ging zurück ins Büro. Dort kramte er nach einer Telefonnummer und wählte. Aufgekratzt wie er war, würde er ohnehin nicht einschlafen. Eine Viertelstunde später knüpfte er sich gerade den linken Schuh zu, als das Handy in seiner Manteltasche läutete.

Paula.

Ratlos ließ er die Klingeltöne vergehen, ehe er doch abhob.

»Conrad, können wir reden? Tut mir leid, falls ich in der Früh vielleicht zu scharf gewesen bin.« Paulas Stimme klang unerwartet sanft.

»Kein Problem«, erwiderte Orsini nach einer Überraschungssekunde. Sie hörte sich nicht mehr an wie die Polizistin im Dienst, sondern wie die Frau, nach deren Stimme er sich sehnte.

»Es ist alles wahnsinnig anstrengend«, sagte sie. »Mir wird grad alles zu viel.« Den Geräuschen nach lag sie entweder auf ihrer Couch oder bereits im Bett. »Und natürlich spürt die Kleine meine Unruhe. Wenn dann auch noch jemand um vier Uhr anruft.«

»Sorry wegen gestern Nacht. Ich hatte eindeutig zu viel getrunken, und dass ich dich angerufen hab, das ist in meiner Erinnerung komplett gelöscht. Aber – das musst du mir einfach glauben – getrunken hab ich nicht aus Vergnügen! Im Gegenteil.«

»Was war los?«

»Wenn man die kleinen oder größeren Geheimnisse der Leute erfahren will, muss man irgendwie ihr Vertrauen gewinnen.«

»Und, hast du?«

»Ich denke schon, aber es ist eine heikle Sache. Ein Wort zu viel, und das Vertrauen ist dahin.«

»Das mit dem Vertrauen ist insgesamt so eine Sache.«

Orsini ließ sich auf dem Parkettboden nieder. »Darf ich dich etwas fragen?«, setzte er an, nachdem sie eine Weile ihrem gegenseitigen Atem lauschten.

»Ja.«

»Damals im Kanal, ich war dein Vorgesetzter und verantwortlich für die Aktion.«

»Conrad, das ist eine Ewigkeit her. Außerdem hab ich selber entschieden da reinzugehen!«

Orsini schwieg.

Nach einer gefühlten Ewigkeit fragte Paula schließlich: »Wie läuft's also im Theater?«

»Der Grund für meinen gestrigen Absturz ist dieses absurde Kellerlokal, das die Schlosser sich eingerichtet haben:

Klein Illmitz. Gestern haben dort einige *ein wenig* über die Stränge geschlagen. Der Bühnenmeister zum Beispiel, tagsüber ein kontrolliert ruhiger Mensch, hat alle im Griff. Aber da unten.«

»Ja?«

»Ist er völlig ausgerastet. Hat dem Hamlet ein blaues Auge geschlagen.«

»Klein Illmitz«, wiederholte Paula, »und, sieht es auch so aus?«

»Du wirst lachen, ja!« Orsini schilderte ihr die unterirdische pannonische Steppen-Idylle und fuhr fort: »Der Slivovsky weiß eindeutig mehr, als er sagt. Und apropos Hamlet: Der Tontechniker mit den Dreadlocks, Shure, hatte auch eine Auseinandersetzung mit ihm, hinter der Bühne. Ich hab die beiden gesehen. Es hat nicht viel gefehlt und Hamlet hätte sich mehr als ein blaues Auge zugezogen.«

»Worum ging es?«

»Das ist es eben: Shure sagt, um Mikrofone, die nicht korrekt gehandhabt wurden. Aber in der Kantine hab ich sie auch beobachtet. Da gibt es eine junge Frau aus der Requisite. Ich glaub, da köchelt was .«

»Ob das irgendetwas mit dem Unfall zu tun hat«, warf Paula zweifelnd ein, »zumindest scheint Hamlet nicht gerade konfliktscheu zu sein.«

»Kann man wohl sagen. Was mich aber am meisten beunruhigt, ist die aufgeladene Stimmung. Da ist alles möglich. Und dann bin ich auch noch ganz zufällig auf etwas Interessantes gestoßen.«

»Zufällig?«, hakte Paula nach. Orsini konnte ihr Lächeln spüren.

»Absolut! Ich hab ein Gespräch zwischen der Dramaturgin und der Diektorin aufgeschnappt. Es gibt etwas, das nicht an die Öffentlichkeit dringen soll.«

»Worum ging's?«

»Jemand droht damit, etwas hinauszuposaunen, das mit der jetzigen Situation zu tun hat.«

»Hmm. Wobei, das kann sich auf den Unfall und die Publicity beziehen.«

»Oder es ist etwas, von dem wir noch keine Ahnung haben.«

Paula seufzte.

Orsini richtete sich auf und fuhr fort: »Was dein SMS von gestern anlangt, da müsstest du mir genauer sagen, was du im Kopf hast!«

»Ich hab bezüglich der Unfälle recherchiert. Ich schick es dir gleich noch als Mail. Aber erzähl weiter!«

Orsini ließ den Schal neben sich auf den Vorzimmerboden fallen und öffnete den Mantel, ihm war warm geworden: »Dass der Meersburg nicht nur Freunde gehabt hat, hat sich weiter bestätigt. Genauer gesagt, hab ich bisher niemanden kennengelernt, der ihn besonders leiden konnte.«

Paula räusperte sich kurz. »Wenn du das letzte Interview, das er gegeben hat, liest, weißt du auch warum.«

»Interview?«

»Ja, schicke ich dir, und wir haben auch noch was anderes gefunden.«

Orsini wurde hellhörig.

»Ich hab dir doch von diesem Kontoauszug erzählt.«

»Vom Meersburg?«

»Genau. Es hat sich herausgestellt, dass es in Oberösterreich ein zweites Konto gibt. Er hat sich selbst von dort ein paar Mal was überwiesen. Kann natürlich ganz harmlos sein.«

»Ist er von dort? Viele haben noch ein Konto in der *Heimat*. Das muss noch nichts heißen!«

»Schon möglich. Jojo und Katja werden dem nachgehen, aber das kann dauern … Mist!« Orsini hörte ein leises Seufzen.

»Paula? Ist sie wieder aufgewacht?«

»Nein, sorry! Das ist Wilasich, ich muss drangehen. Er hat Nachtdienst, ich hoff, er braucht nichts Unmögliches von mir! Ich meld mich. Schau dir einstweilen das Mail an.«

»Mach ich«, erwiderte Orsini, band sich die Schuhbänder zu und ging ins Arbeitszimmer, um Paulas Mail zumindest kurz anzusehen. Zu mehr hatte er jetzt keine Zeit.

*

Mitten auf der Rotundenbrücke blieb Orsini stehen und starrte hinunter. Helle Nebelschlieren schwebten über dem dunkel dahinfließenden Wasser des Donaukanals, als könnten sie sich nicht entscheiden, ob sie sich nicht doch lieber verflüssigen und abtauchen wollten, Richtung Schwarzes Meer.

Orsini zog den Mantel enger.

Der Sandstrand vor seiner Hütte in St. Marie tauchte auf, an einem ganz anderen Meer. Sonnenschein, tiefblaues warmes Wasser, Wale, die sich ohne Scheu näherten, seine ausgefranste Hängematte zwischen den Palmen …

Am liebsten hätte er die nächste Maschine dorthin genommen. Aber der Gedanke an das Telefonat mit Paula überlagerte den Wunsch. Wieder war da dieser stumme Groll. Sie hatte ihn dann doch nicht mehr zurückgerufen. Unter anderem deswegen hatte er sein Handy mit einer Mischung aus Stolz und Trotz zu Hause liegen lassen und war losmarschiert.

Die Artikel, die sie ihm geschickt hatte, waren schnell überflogen. Meersburgs Sturz war demnach nicht der erste Bühnenunfall im Haus gewesen. Während es auch an anderen Theatern Unfälle gab, so schienen sich diese in der Burg zu häufen. Oder wurde wegen der Bekanntheit der Bühne nur mehr darüber geschrieben?

Ausrutschen, im Finstern eine Stufe übersehen oder über ein Kabel stolpern, sich die Finger einquetschen oder bei einem Zusammenstoß das Knie anschlagen – all das schien am Theater business as usual zu sein.

Vor einigen Jahren aber war, ebenfalls bei einer Shakespeare-Inszenierung, eine Art schräge Säule zu früh in die Höhe gefahren. Der Hauptdarsteller wurde mitgezogen und musste sich dann minutenlang in acht Metern Höhe daran festkrallen, um nicht abzustürzen. Die Technik hatte erstaunlich lange gebraucht, um zu reagieren und das Ding wieder hinunterzufahren.

Dann der Vorfall mit dem älteren Schauspieler, der angeblich eine Treppe übersehen hatte und dabei so schwer zu Sturz gekommen war, dass er mehrere Brüche erlitt.

Und im Vorjahr schließlich die Steigerung: Beim Gastspiel einer deutschen Truppe waren zwei Requisitenmesser vertauscht worden, ein stumpfes und eines mit scharfer Klinge. Der Schauspieler fuhr sich damit wie immer an den Hals, um einen Selbstmord anzudeuten. Doch diesmal verwandelte sich innerhalb weniger Augenblicke das Spiel in On-Stage-Reality. Der Schauspieler ging in die Knie, mit einer klaffenden Wunde am Hals. Er überlebte nur dank des beherzten Einsatzes des ganzen Teams. Ein Millimeter tiefer, und keiner hätte ihm helfen können. Dort hatte der makabre Scherz des Maskenbildners also seinen Ursprung genommen, dachte Orsini und blieb bei der Prater Hauptallee stehen. Gab es wohl eine Liste der Diensthabenden dieser Vorstellung?

Rechts vor ihm erstreckte sich eine lange Gerade. An sonnenklaren Tagen führte sie direkt zum Lusthaus. Heute aber kam ihm das nahezu abwegig vor. Nasser Asphalt, auf dem sich das Licht der Laternen eigenartig spiegelte. Schimmernde Wegweiser.

Alleebäume, deren rissige Stämme sich ebenso ins milchige Etwas verjüngten wie die Straße. Schräg gegenüber ein Stand, an dem Orsini sich gelegentlich aufwärmte, von außen am Ofen, von innen mit Glühwein.

Dafür war es heute zu spät.

Er war allein.

Plötzlich tauchte vom Praterstern kommend ein Fiaker-Gespann auf. Dunst stieg aus den Nüstern der beiden Pferde und vermischte sich mit dem Nebel. Die schwarze Kutsche ratterte heran, als sei sie einem vergangenen Jahrhundert entsprungen, der Hintergrund gelblich-weiß. Das klackernde Geräusch der Hufe und das Knarren der Räder klangen gedämpft, wie von einem Schwamm aufgesaugt. Auf dem Kutschbock hockte ein Mann im schweren Mantel, die Kapuze tief über die Stirn gezogen. Knapp vor Orsini hielt der Fiaker sein Fuhrwerk jedoch abrupt an und beugte sich zu Orsini. Sein Gesicht blieb im Dunklen.

»Host a Feuer füa mi?«, fragte er.

Orsini, aus den Gedanken gerissen, zückte wortlos sein Feuerzeug und streckte es dem Fiaker hin. Kaum, dass dieser sich die Zigarette angezündet hatte, schnalzte er kurz mit der Peitsche, hob die Hand mit der Zigarette zwischen den Fingern zum Gruß und wurde nach wenigen Metern samt Kutsche wieder vom Nebel verschluckt.

Wie zum Abschied wieherte eines der Pferde.

Orsini blickte ihnen nach und bog dann in die Richtung ab, aus der das Gespann gekommen war. Das Bild der schwarzen Figur auf dem Kutschbock glitt dabei noch eine Weile zwischen seinen losen Gedanken hindurch, als wär es auf der Suche nach Halt. Doch der Anker der Erinnerung schleifte über den Boden, ohne sich irgendwo fest zu verhaken.

Fröstelnd vergrub Orsini seine Hände tief in den Manteltaschen und umschloss das kleine Papiersäckchen aus der Eisdiele. Drei Tage trug er es nun schon unentschlossen mit sich herum, nun eben bis zum Praterstern. Dort blieb er kurz stehen. Er konnte sich noch gut erinnern, wie es hier ausgesehen hatte, ehe man den Verkehrsknotenpunkt vor einigen Jahren saniert hatte. Mit Grausen dachte er an den schmierigen Hühnergrill und kickte mit der Schuhspitze einen der weggeworfenen Zigarettenstummel vor sich her, die ihn an eine bestimmte Person erinnerten und an einen mit Hunderten ebensolchen Stummeln übersäten Hinterhof. Dr. Mirno, die Pathologin, uneingeschränkte Herrscherin über Lebende und Tote. Obwohl sie wusste, wie eine zerstörte Lunge aussah, war es unwahrscheinlich, dass sie in der Zwischenzeit die Seiten gewechselt hatte.

Sollte er tatsächlich mit dem Papiersäckchen zu ihr?

Es war punktgenau eins, als ihm beim Lokaleingang ein Schwall Musik und feuchte, abgestandene Luft entgegenschlug.

Hans, je nach Bedarf Barmann, Beichtvater oder manchmal einfach nur Freund, wartete geduldig an der Bar. Heute – nach Dienstschluss – als Freund.

Obwohl er mit dem Rücken zu Orsini am Barhocker saß, konnte er den Soldaten in sich nicht verbergen. Unehrenhaft entlassen und im zwielichtigen Gewerbe gelandet, strahlte er noch immer etwas von Haltungbewahren und Strammstehen aus. Die Kleidung war allerdings legerer als sonst, und auch der Bürstenhaarschnitt wirkte heute weniger militärisch.

Am Tresen vor ihm stand ein großes Glas mit prickelndem Wasser. Also war er noch immer trocken. Hans drehte sich gemächlich um und streckte Orsini die Hand entgegen.

»Hallo, Meister!«

»Danke!« Orsini erwiderte den kräftigen Händedruck.

»Wofür?«

»Dass du spontan Zeit hast.«

Hans nickte und bot Orsini einen Hocker an. »Netter Laden, bist du öfters hier?«

»Gelegentlich, ist nicht allzu weit.«

»Sag nicht, du bist zu Fuß unterwegs.« Hans schüttelte den Kopf »Bei dem Scheißwetter?!«

»Ich trage die Sonne im Herzen …«

»Egal ob es stürmt oder schneit …«, Hans ergänzte im Singsang, »welcher Schnulzenheini war das noch mal?«

»Keine Ahnung«, antwortete Orsini. »Aber meine Emotionen kommen aus tiefstem Inneren und sind garantiert echt.«

»Klingt ganz nach schwerer Sonnenbrandgefahr.«

»Dann genehmige ich mir sofort ein Schutzmittel«, entgegnete Orsini.

Hans winkte der Kellnerin. »Schutzfaktor vierzig oder gleich fünfzig?«

»Sechs Prozent reicht, ich kühle lieber mit Masse.«

»Was willst du trinken?«, fragte die Kellnerin. Auf ihrem schwarzen T-Shirt blickte eine kleine weiße Fliege mit bunten übergroßen Facettenaugen in die Tiefe zwischen ihre Brüste.

»Eine Halbe für den Sonnenanbeter«, bestellte Hans und zog eine Packung Zigaretten aus seiner Hosentasche. »Konzert?«, fragte er und deutete dabei hinter sich, wo eine Gitarre am Keyboard lehnte.

»Möglich«, meinte Orsini.

»Spielst du noch?«

»Zu wenig.«

»Wie wär's mit jetzt?«

»Vielleicht«, erwiderte Orsini, verspürte aber keine Lust. Abgesehen davon lief gerade angenehm unaufdringliche Musik.

»Brauchst du Hilfe?«

»Nicht direkt«, erwiderte Orsini.

»Dann indirekt. Woran arbeitest'n grad?«

»Darüber kann ich nicht sprechen.«

»Also, wo ist das Problem?«

Orsini machte eine abwehrende Kopfbewegung.

»Lass mich raten … Paula?«

»Nein«, antwortete Orsini.

»Wenn du an meiner Stelle wärst«, entgegnete Hans grinsend, »und gehört hättest, wie schnell dieses Nein aus deinem Mund gschossen ist, wüsstest du – noch dazu als ehemaliger Kriminalist –, dass es zu schnell war und folglich nicht stimmen kann.«

Orsini verzog keine Miene.

»Dein Pokerface kommt auch zu spät!«

Gedankenverloren nahm Orsini sein Bier entgegen. Der Fiaker von vorhin ging ihm nicht aus dem Kopf. »Die Prater Hauptallee, eine Kutsche, zwei Pferde, der Kutscher im schweren Mantel, was fällt dir spontan ein?«, fragte er dann, ohne auf die Anspielung einzugehen.

»Du lenkst ab.«

»Möglich«, erwiderte Orsini mit gespielt ernstem Gesichtsausdruck, »also?«

»Hauptallee, Nebel, Kutsche – Pferdeäpfel, verstopfte Abflüsse, Gestank«, begann Hans zögerlich.

»Weiter«, ermunterte ihn Orsini.

»Fiaker, Touristen, Trinkgeld, Urin.«

Orsini schüttelte den Kopf.

»Tierquälerei im Sommer, Hufeisen, gebrochenes Wagenrad.«

»Was noch?«

»Klischee, Trabrennbahn, Melone, Wiehern, Flinserl.«

»Flinserl?«

Hans griff sich ans Ohr. »Na sicher, das war ihr Erkennungszeichen.«

»Die Kutscher«, nickte Orsini.

»Früher waren das alles Häfnbrüder, die gfahrn sind. Diebe, Säufer, lichtscheues Gsindl.«

»Und heute?«

»Wahrscheinlich gemischt, was weiß ich«, meinte Hans und zuckte dabei mit den Schultern. »Und hat es was gebracht?«

Orsini schüttelte den Kopf.

Später, am Heimweg, passierte er wieder die Stelle, bei der ihn der Fiaker angesprochen hatte. Eine angenehme Müdigkeit hatte sich in ihm breitgemacht. Vielleicht gerade deswegen blitzte nun für einen Moment endlich das gesuchte Bild auf: die Feststiege im Theater.

Hamlet mit seinem Totenschädel. Das Deckengemälde. Düsteres Licht, eine grobe Kutte, ein bärtiges Gesicht. Der Mönch.

Orsini blieb stehen und blickte sich um, als erwartete er ein

Wiehern oder das Klappern der Hufe. Gespannt horchte er eine Weile, doch da war nichts außer dem eigenen Atem und dem entfernten Rauschen des Straßenverkehrs.

*

Zwei Gedanken kreisten in Paulas Kopf, während sie das Auto neben der Tankstelle parkte.

Erstens: Würde Lilly durchschlafen? Ohne Jojo und seine Unterstützung hätte sie diesen Job nie machen können. Er war bereits unterwegs, doch bis er in der Wohnung ankam, würde Lilly allein sein.

Zweitens: Hatte sie mit ihrer Ahnung also doch recht gehabt?

Paula zwang sich zur Konzentration und blickte auf ihre Uhr: drei Viertel eins. Vor einer halben Stunde war sie noch im Bett gelegen und hatte mit Orsini telefoniert. Hastig zog sie den Schal enger und stieg aus dem Auto. Sie fror, denn die Heizung hatte es in der kurzen Zeit nicht geschafft, auch nur ein Minimum an Wärme zu liefern. Fahrig sperrte sie den Wagen ab und lief über die Straße zum Bühneneingang, vor dem ein Streifenwagen parkte. Sie sah zum offenen Autofenster hinein, zückte ihren Ausweis und fragte direkt: »Wer von uns ist schon da?«

»Spurensicherung, Fotograf und der leitende Beamte.«

»Das bin ich«, fuhr sie den Polizisten an, der sichtlich zusammenzuckte. Innerlich verfluchte Paula ihre ungestüme Art und nahm sogar Anlauf, um sich zu entschuldigen, ließ es aber dann doch bleiben. Weshalb auch? Einem Mann wurde ein befehlender Tonfall als Führungsstärke ausgelegt. Einer Frau hingegen …

»Dr. Mirno ist kurz vor Ihnen gekommen«, ergänzte der Polizist, um Sachlichkeit bemüht, obwohl sie ihm ansah, dass er sich ärgerte.

»Danke«, antwortete Paula, deutete ein Lächeln an und trat ein.

Die Portiersloge war hell erleuchtet, aber verwaist. Die Glastür zum Gang stand offen. Paula lief die paar Stufen hinauf, bog nach links, stutzte, kehrte um, eilte eine Treppe hinauf, keineswegs sicher, dass sie richtig war, und blieb einen Moment stehen, um sich zu sammeln.

An der Decke hing ein altmodischer Blechkasten. *Umbau Bitte Ruhe* – daran konnte sie sich erinnern. Also musste die hohe Tür vor ihr auf die Bühne führen.

»Lilly schläft tief und fest, und Jojo ist auf dem Weg«, betete sie sich wie ein Mantra leise vor. Dann atmete sie einmal tief durch, schaltete auf die Kriminalbeamtin um, für die es nur eine Priorität gab, und öffnete die Tür.

Ein greller Lichtblitz.

»Ah, die Frau Kollegin, auch schon da«, wurde sie von Kubicek auf gewohnte Weise begrüßt.

Ohne auf ihn einzugehen, grüßte Paula in die Runde.

Noch ein Lichtblitz.

»Könntest du einen Moment warten?«, bat sie den Fotografen und versuchte sich die Szenerie vor ihr einzuprägen. Das hatte sie sich von Orsini abgeschaut, der eine ganz eigenwillige Art hatte, sich einem Tatort zu nähern. Ganz so, als sauge er mit einer inneren Kamera jede Kleinigkeit in sich auf. Irgendwie war ihr das altmodisch erschienen, und doch tat sie jetzt genau dasselbe und scannte den Tatort: ein Haufen Erde, darauf schwarze Kreuze und Grabsteine. Davor zwei Laternen und ein löchriger Stiefel. Abdrücke nur am Rand des lockeren Erdreichs.

»Der ist in der Mitte durch …«, dröhnte Kubiceks aufdringliche Stimme.

Auf einem der Grabsteine hing ein Mann wie ein Bündel

nasser, schmutziger Wäsche über einer Leine. Der linke Fuß steckte in einer kurzen schwarzen Socke. Die dünne Wade war behaart. Ein Lederstiefel hing auf dem rechten Fuß. Schwarze zerschlissene Jeans. Mehr war auf dieser Seite nicht zu sehen, der Oberkörper hing auf der anderen Seite. Dass das Rückgrat gebrochen sein musste, war klar.

Paula ging um den Hügel herum und blickte auf der anderen Seite in das kopfstehende Gesicht eines ihr vage bekannten Mannes. Unrasiert, Dreadlocks, deren Spitzen das Erdreich berührten – der Tontechniker, erinnerte sie sich.

Seine leblosen Augen sahen seltsam verdreht aus. Der Sturz oder nur die Perspektive?

»Sein Name ist Manuel Zimmer«, erklärte Kubicek gespielt hilfsbereit, »er hat hier als Tontechniker gearbeitet.

27 Jahre alt, im Haus ist sein Spitzname *Schur*, was auch immer das bedeutet.«

»Wer hat ihn gefunden?«

»Der Feuerwehrmann dort drüben auf dem Sessel.«

Paula nickte und blickte gleichzeitig nach oben. »Vermutlich ist er gestürzt.«

»Mit ziemlicher Sicherheit«, meinte Dr. Mirno, die plötzlich neben Paula aufgetaucht war. »Wie unser Kollege sich so präzise ausgedrückt hat, ist er«, sie senkte ihre Stimme, »wirklich praktisch in der Mitte durch. Die beiden Teile hält nur noch die Haut zusammen.«

»Darf ich weiterarbeiten?«, fragte der Fotograf.

»Sicher«, kam Kubicek Paula zuvor. Die Augen von Paula und Dr. Mirno trafen sich für einen Moment. Auch ohne Worte wussten sie, dass sie beide dasselbe dachten.

»Hat der Feuerwehrmann auch die Meldung gemacht?«

Kubicek nickte.

Paula sah zum Schnürboden hoch. »Ist schon jemand oben?«

Kubicek vergrub seine Hände in den Hosentaschen und studierte die Schuhabdrücke beim Erdreich. Dann antwortete er wie beiläufig: »Der Lehner von der Spurensuche.«

»Sonst keiner? Dann sieh dich oben um, ob du was entdeckst!«, befahl Paula, wohl wissend, dass Kubicek lieber unten geblieben wäre, um den Chef zu spielen.

»Aber das ist verdammt hoch, und der Lehner …«

»Du bist doch schließlich der Kerl«, unterbrach Paula ihn.

»Und wie komm ich dort hin?«

»Zu Fuß oder mit dem Lift«, erwiderte Paula lapidar und an den Feuerwehrmann Achter gerichtet: »Können Sie uns kurz helfen!?«

Eher langsam, sei es aus Müdigkeit oder Widerwillen, erhob dieser sich und trat näher. »Was soll ich tun?«, fragte er.

»Meinem Kollegen zeigen, wie man da hinaufgelangt!«

»Das ist der Beleuchtungssteg«, erklärte Achter, »und das Ganze nennt sich Schnürboden.«

»Danke«, entgegnete Paula knapp, »also, Sie zeigen ihm nur den Weg und verändern nichts! Danach halten Sie sich zu meiner Verfügung!«

Der Feuerwehrmann nickte knapp, deutete Kubicek, dass er ihm folgen solle, und ging dann Richtung Ausgang.

»Sieht nach dem *perfekten* Unfall aus«, meinte Dr. Mirno mit kryptischem Unterton.

Paula nickte.

»Könnten Sie Kubicek nicht irgendwie davon abhalten, seinen Mund aufzumachen?«, rutschte es Paula statt einer Antwort eher ungewollt heraus, obwohl sie mit Dr. Mirno bisher über ein distanziertes Verhältnis nicht hinausgekommen war.

Dr. Mirno überging Paulas Äußerung und widmete sich dem Inhalt ihres Koffers.

Paula fragte sich kurz, warum es ihr nicht gelang, zur Pathologin zumindest einen dünnen Draht zu finden. »Wie lange hängt er schon da?«, fragte sie deshalb in möglichst neutralem Ton.

»Ein bis zwei Stunden, würde ich sagen«, erwiderte Dr. Mirno mit dem Anflug eines Lächelns im Gesicht. Aus dem Koffer hatte sie sich nur eine Zigarette geholt, die unangezündet auf ihrer Unterlippe hing.

»Das heißt, es muss zwischen elf und zwölf passiert sein«, konstatierte Paula.

Dr. Mirno hielt ihr einen zusammengefalteten Spielplan hin und deutete mit dem Finger auf den 22. Dezember. »Die Vorstellung hat demnach nur bis zirka 20.30 Uhr gedauert.«

»Was hatte er dann um diese Zeit noch da oben zu suchen?«

»Gute Frage«, meinte Dr. Mirno.

»Richard!«, rief Paula und blickte nach oben.

»Ja?«, antwortete Richard Lehner, ein mit allen Wassern gewaschener Tatortspezialist, verlässlich und präzise. Zudem stellte er keine unnötigen Fragen, sondern tat das, wozu er da war.

»Hast du da oben Werkzeug gefunden?«

»Ja, ein Multitool!«

Paula ging zusammen mit Dr. Mirno um die Leiche herum.

»Bingo«, sagte Dr. Mirno und zeigte auf ein offenes Lederetui, das am Gürtel baumelte.

»Sonst noch was?!«, rief Paula erneut nach oben.

»Eine Lautsprecherbox.«

»Und?!«

Kubiceks Kopf erschien über dem Geländer. »Die hängt an zwei Drahtseilen. Wenn du mich fragst, wollte er sie raufziehen, hat dabei Übergewicht bekommen und ist runtergeflogen. Basejumping ohne Schirm!«, rief er.

»Wenn ich es mir recht überlege«, sagte Dr. Mirno, »irgendwo in meiner Tasche finde ich doch noch eine Betäubungspistole.«

»Mir wäre ein Giftpfeil lieber«, erwiderte Paula.

»Verdammt!«, schrie Kubicek plötzlich.

»Was ist?«

»Das Scheißding wackelt wie ein Schiff auf Hochsee!«

Paula schloss genervt die Augen und wollte gerade eine entsprechende Antwort nach oben rufen, als sie eine aufgeregte Stimme hörte. Ein Beamter in Begleitung der Direktorin steuerte auf sie zu. Paula warf dem Beamten einen Blick zu, der bedeutete: *Schaff die Frau wieder raus.*

»Aber das ist doch einer der Tontechniker«, brachte die Direktorin über die Lippen, als sie den Toten erblickte.

Paula stellte sich in den Weg und beobachtete, was sich im Gesicht der Direktorin abspielte. Entrüstung, Aufregung, vielleicht sogar Sensationslust – und erst dann Betroffenheit. Angst, Schock? Eher nicht.

»Ich muss Sie bitten, in einer der Garderoben zu warten, bis die Untersuchung abgeschlossen ist.«

»Aber das ist *mein* Haus!« Die Direktorin baute sich demonstrativ vor ihr auf.

»Aber *meine* Ermittlung«, erwiderte Paula kühl. »Solange die Untersuchung hier nicht abgeschlossen ist, haben nur diejenigen Zugang, denen ich es gestatte.« Dann wandte sie sich wieder dem Toten zu.

»Das werden wir ja sehen!«, ereiferte sich die Direktorin hinter ihr und streifte mit einer abrupten Bewegung die Hand des Polizisten ab, der sie am Arm packte.

Paula blickte wie nebenbei über ihre Schulter und erwiderte nüchtern: »Wenn Sie es darauf anlegen, kann ich auch noch einen weiteren Beamten rufen lassen! Sobald ich hier fertig bin, komme ich zu Ihnen.«

»Ich warte in meinem Büro«, entgegnete die Direktorin knapp, rümpfte die Nase und rauschte ab.

»Betäubungspistole oder Giftpfeil?«, fragte Dr. Mirno.

Noch ehe Paula darauf antworten konnte, rief Kubicek erneut: »Was hab ich gesagt, Basejumping ohne Schirm!« Es schien ihn zu erheitern. Zur Bestätigung ließ er auch noch ein Hanfseil nach unten. So weit, dass die Spitze des Seils den Rumpf des Toten berührte.

»Der *perfekte* Unfall«, wiederholte Dr. Mirno.

»Wie der erste ...«, antwortete Paula und rief nach oben: »Richard, irgendwelche anderen Spuren bei dir?«

»Jede Menge Fingerabdrücke – leider zu viele!«

»Was ist mit den Abdrücken im Erdreich?«, wandte sich Paula an den Fotografen.

»Sind alle im Kasten, aber etwas ist komisch.«

»Was?«

Der Fotograf hielt Paula das Display hin und tippte mehrere Aufnahmen durch. »Die haben praktisch alle dasselbe Profil.«

»Arbeitsschuhe, müssen von den Bühnenarbeitern getragen werden«, nahm Paula an.

»Könnte stimmen«, mischte sich ein anderer Tatorttechniker im weißen Ganzkörperanzug ein. »Außerdem sind die Spuren nur am Rand verteilt. Auf dem Grabhügel ist keiner zu sehen.«

»Der Grabhügel«, mutmaßte Paula, »ist wahrscheinlich schon für die nächste Probe vorbereitet worden.«

»Wenn du mich fragst«, sagte der Tatorttechniker, »finden wir hier genauso viel wie beim letzten Mal. Auf der Bühne gibt's hunderte, wenn nicht tausende Abdrücke!«

Kubicek kam mit Achter retour. »Der Idiot hat allein versucht, die Box über das Geländer zu heben und ist einfach abgestürzt«, meinte er. »Da oben scheißt du dich echt an.«

»Wann und wie haben Sie den Toten entdeckt?«, fragte Paula

den Feuerwehrmann, ohne auf Kubiceks Vermutung einzugehen.

»Ich bin aufgewacht, weil ich was gehört hab«, begann er und beschrieb den Ablauf bis zu dem Punkt, an dem er den Tontechniker fand. Seine Schilderung wirkte schlüssig. Nicht erfunden oder im Nachhinein adaptiert. Aber dennoch …

»Sie sind also möglicherweise durch ein Geräusch geweckt worden«, wiederholte Paula. Je länger sie ihm zuhörte, desto sicherer war sie sich, dass er einen erzählerischen Bogen um etwas machte.

»Ja, das habe ich doch schon gesagt. Einen Schrei, er ist aus dem Monitor gekommen, denke ich«, seine Stimme verlor sich in einer vagen Geste.

»Und haben Sie auf die Uhr geschaut? Wie spät war es genau?«

Achter druckste herum.

»Also nicht. Passiert das öfters, dass Sie durch ein Geräusch aufwachen?«, fuhr Paula fort.

»Selten. Wissen Sie, wenn man so lange wie ich im Haus ist, dann kennt man sich.«

»Sich?«

»Das Haus. Ich weiß, das klingt seltsam, aber wenn Sie einmal eine Nacht hier verbracht hätten, dann wüssten Sie, was ich meine.«

»Und was genau meinen Sie?«

Achter biss sich kurz auf die Lippe und senkte den Blick, ehe er antwortete: »Dass es lebt.«

»Ein Haus, das lebt«, äffte Kubicek ihn unweigerlich nach.

Der Feuerwehrmann warf Kubicek einen abschätzigen Blick zu. »Nicht einmal eine Nacht würden *Sie* aushalten.«

Paula zog die Augenbrauen zusammen, langte nach ihrem Autoschlüssel, hielt ihn Kubicek hin und sagte ihm ins verdutzte Gesicht: »Im Auto liegt ein blauer Akt, hol ihn mir bitte, jetzt!«

Kubicek wusste nicht, wie er reagieren sollte.

»Sofort!«, legte Paula nach, schärfer, bis er den Schwanz einzog, ihr einen giftigen Blick zuwarf und ging. Dass er die Zeit für eine Rauchpause nutzen würde, war Paula klar und durchaus recht.

»Wie auch immer«, lenkte sie zurück, »Ihre normale Runde hatten Sie schon hinter sich. Und während der war am Schnürboden alles ruhig.«

»Ja genau. Kein Mensch da.«

»Und dann lagen Sie also im Bett.«

»Auf dem Sofa«, verbesserte der Feuerwehrmann.

»Sie lagen also auf dem Sofa …«, wiederholte Paula, »sind aufgewacht, haben sich angezogen und hier heruntergegangen.«

»Ja.«

»Auf welchem Weg?«

»Durch das Treppenhaus.«

»Das vordere oder das hintere?«

»Das hintere natürlich, das liegt ja viel näher beim Mannschaftsraum.«

»Warum ausgerechnet hierher?«, Paula ließ dem Mann keine Zeit, lange nachzudenken.

»Weil man über den Monitor praktisch nur die Bühne hören kann.«

»Verstehe. Sie haben also die Tür geöffnet und sind auf die Bühne gegangen?«

»Ja.«

»Aber es war doch finster, oder?«

»Ja, natürlich.«

»Wie fanden Sie sich dann zurecht?«

Der Feuerwehrmann griff in seine Seitentasche und zog eine Taschenlampe hervor.

»Damit haben Sie dann die Bühne abgesucht?«

»Nein.«

»Sondern?«

»Irgendetwas hat mich direkt hierher geführt«, antwortete der Feuerwehrmann und deutete auf den Grabhügel.

»Irgendetwas?

»Ein Gefühl …«

Paula schwieg. Immer noch hatte sie den Eindruck, dass er etwas ausließ. Wortlos abzuwarten war oft die erfolgreichere Strategie als noch so genaues Nachfragen. Diesmal nicht.

»Haben Sie versucht, ihm zu helfen?«, setzte sie an.

»Helfen!«, stieß der Feuerwehrmann hervor. »Ich hab schon genug Tote gesehen. Jedenfalls genug, um auf einen Blick sagen zu können, dass der da nicht mehr zusammengeflickt werden kann.«

»Und was glauben Sie, was passiert ist?«

Der Feuerwehrmann wies mit dem Kopf zum Ausgang. »Genau das, was der Kollege grade gesagt hat.«

»Also ein Unfall?«

»Richtig.«

»Aber die Vorstellung war schon vorbei. Es sollte eigentlich niemand mehr im Haus sein.«

»Der und seine Freunde«, erwiderte der Feuerwehrmann mit unverhohlener Abneigung, »die halten sich doch an nichts.«

»Wie meinen Sie das?«

»Die proben einfach, wann und wo sie wollen, hängen bis spät in der Nacht in den Studios herum und …«

»Und?«

»Keine Ahnung, da müssen Sie andere fragen, da verbrenne ich mir jetzt nicht den Mund.«

Einen Moment lang blickten sie stumm auf den Leichnam, der im Blitzlicht des Fotografen für den Bruchteil einer Sekunde noch bizarrer aussah.

»Diese Runde im Haus machen Sie wozu konkret?«, hakte Paula nach.

»Alles abschalten, was jemand vergessen hat, die hängen gebliebenen Leute aus der Kantine befördern und hinter dem Letzten das Haus abschließen.«

»Ab da sind Sie also allein?«

»Natürlich.« Der Feuerwehrmann steckte die Taschenlampe zurück in die Seitentasche und warf Paula einen vielsagenden Blick zu: »Brauchen Sie mich noch?«

»Für den Augenblick nicht. Halten Sie sich zur Verfügung – Sie haben ja immer noch Dienst, oder?« Trog sie ihr Gefühl? Vielleicht waren es nur zwei Unfälle in kurzer Zeit. Es hatte schon unglaublichere Zufälle gegeben. Andererseits: ein Ordnungshüter und ein – sie warf einen Blick auf die Dreadlocks des Toten – Musikfreak, eine Meinungsverschiedenheit aus einer Reihe von mehreren, ein Wort zu viel.

Achter nickte indessen und marschierte ab. Er humpelte leicht, registrierte Paula. Wovon, fragte sie sich.

Einige Zeit später – die Tatortsicherung war bis auf wenige Details abgeschlossen – wurde der Leichnam vom Grabstein gehoben. Paula fühlte Übelkeit aufsteigen, als sie sah, wie der Körper dabei mehr oder weniger in zwei Teile zerfiel, die nur mehr durch das Hautgewebe miteinander verbunden waren. Hatte er die Wucht des Aufpralls noch bewusst wahrgenommen?

»Wenn er einen halben Meter weiter drüben gelandet wäre, hätte er vielleicht sogar überlebt«, meinte Dr. Mirno.

Wie durch einen Zeittunnel zurückkatapultiert, saß Paula plötzlich wieder alleine in der Loge, in der Hand die blaue Schachtel, aus der sie das Auge anstarrte.

»Das glaube ich nicht«, antwortete sie abgelenkt.

»Warum nicht?«

Wie sollte sie Dr. Mirno erklären, dass ebenjenes Auge, das hinten im Kühlschrank der Pathologie lagerte, immer wieder aus dem Nichts auftauchte? Stattdessen fragte sie nur knapp: »Wann kann ich die Untersuchungsergebnisse haben?«

»Bald«, antwortete Dr. Mirno ebenso kühl.

Paula biss sich auf die Zunge, denn mit einem Schlag war die gefühlte kurze Periode des Tauwetters einem neuerlichen Wintereinbruch gewichen.

*

Kubicek zu befehlen den Mund zu halten hatte genauso wenig Sinn wie Lilly zu erklären, dass sie nur eine halbe Stunde auf ihr Kinder-Notebook starren sollte. Trotzdem musste Paula mit ihm zusammenarbeiten, ob sie wollte oder nicht.

»Setze ihn für das ein, wozu er taugt«, hatte Wilasich ihr geraten. Aber das war einfacher gesagt als getan, denn Kubicek reagierte meist unvorhersehbar. Außerdem verbarg er seine Abneigung gegen weibliche Angestellte im Allgemeinen und gegen Paula im Besonderen keineswegs. An kleine Provokationen hatte sich Paula gewöhnt und schoss nur mehr dann zurück, wenn es einfach zu arg wurde. Abgesehen davon war er Gottschlichs verlängertes Ohr. Schützend hielt der die Hand über Kubicek, sodass sich niemand getraute, an ihm anzustreifen. Gottschlich war rechts außen stehender Gewerkschaftsvertreter, politisch bestens vernetzt, und wurde von oben gedeckt. Intern wurde gemunkelt, dass er bei Prostitution und Menschenhandel seine Finger im Spiel hätte.

Eine der unangenehmen Angewohnheiten Kubiceks war, dass er immer vor ihr gehen wollte. So auch jetzt. Paula blieb plötzlich im Gang stehen.

»Was ist?«, fragte Kubicek knapp und drehte sich zu ihr.

»Ich hab noch was im Auto vergessen, ich geh es selber holen«, sagte Paula und machte kehrt, »wir treffen uns im Direktionsbüro.«

Sie wartete eine Weile, bis Kubiceks Schritte verklungen waren, und ging dann die Treppe hinauf, während Kubicek geradeaus marschiert war. Oben angekommen, klopfte sie einmal kurz, trat ein, durchschritt ein weitläufiges Vorzimmer und gelangte ins großzügig dimensionierte Direktionszimmer. Es strahlte diskrete Gediegenheit aus. Schwarz-Weiß-Fotos berühmter Inszenierungen hingen an den ansonsten kahlen Wänden. Die Direktorin stand vor dem Fenster und blickte sie mit betont sachlicher Miene an. Erst jetzt wurde Paula klar, was sie bei der Begegnung vorhin auf der Bühne irritiert hatte. Es war der fehlende Lippenstift, der dem Gesicht der Direktorin normalerweise einen Hauch Erotik verlieh. In der Eile hatte sie wohl nicht mehr die Zeit gefunden ihn aufzutragen.

»Ich dachte schon, Sie kommen nicht mehr«, sagte die Direktorin und wies auf einen freien Stuhl. »Bitte! Unsere Chefdramaturgin Frau Pinchoff kennen Sie ja vom letzten Mal.« Es handelte sich um die Dame in Schwarz, die auf der opulenten Couch saß. Davor ein Tisch mit vergoldeten Beinen.

»Und der Herr auf dem Stuhl ist der Leiter der Tontechnik, Herr Watzek.«

»Paula Kisch«, stellte sie sich kurz vor, reichte allen die Hand und nahm auf dem angebotenen Stuhl auf der anderen Seite des Tisches Platz.

»In Anbetracht der schlimmen Umstände hielt ich es für sinnvoll, Herrn Watzek davon in Kenntnis zu setzen, dass einer seiner Mitarbeiter … verunglückt ist«, fuhr die Direktorin fort und setzte sich neben die Dramaturgin.

»Ich …«, begann Paula.

»Frau Kisch«, unterbrach sie die Direktorin mit einer eleganten Handbewegung. »Wir, Frau Pinchoff und ich, haben beschlossen – und ich hoffe, Sie stimmen da mit uns überein –, dass über diese Sache so wenig wie möglich nach außen dringen sollte. Ich meine, *ein* Unfall ist wirklich genug. Wir brauchen nicht noch einen weiteren Schatten über unserem Haus. Das können und wollen wir uns nicht leisten! Ich hoffe, wir verstehen uns?«

Paula blickte einen Moment durch die gläserne Balkontür über die Wipfel der schwarzen Bäume hinweg in die Nacht. Was hatte dieses Leben eigentlich mit dem ihren zu tun? Vermutlich nichts, außer dass der Zufall eine Kreuzung auf den verschiedenen Wegen eingebaut hatte.

»Herr Watzek«, fuhr die Direktorin indessen fort, »übernimmt es, und das ist ihm hoch anzurechnen, die Angehörigen des … des Mitarbeiters über dieses Unglück zu informieren.«

Paula kramte nach ihrem Handy und kontrollierte ungeduldig zum x-ten Mal ihre Nachrichten. Was war mit Jojo los? Er hätte längst bei ihr in der Wohnung sein müssen und meldete sich normalerweise auch sofort.

»Sollte es zu finanziellen Problemen der Angehörigen kommen«, erklärte nun die Dramaturgin, »springen wir für einen begrenzten Zeitraum helfend ein.«

Paulas Blick wanderte zurück zu dem Paar auf der Couch. Die beiden Frauen saßen ziemlich eng nebeneinander. Enger als üblich? Jedenfalls agierten sie wie eine Einheit.

Plötzlich vibrierte Paulas Handy.

Alles in Ordnung!, las sie rasch die Nachricht ihres Bruders. Endlich, dachte sie, schob das Bild ihrer schlafenden Tochter erleichtert zur Seite und räusperte sich.

»Wichtig ist«, übernahm wieder die Direktorin, als hätten

sich die beiden abgesprochen, »dass die Proben und Aufführungen wie vorgesehen weitergeführt werden können. Eine neuerliche Unterbrechung können und wollen wir uns nicht leisten und …«, führte sie weiter aus und blickte dabei zur Dramaturgin, die sich eine dünne Zigarette anzündete und zustimmend nickte.

Paula spürte einen plötzlichen Energieschub. Zorn stieg in ihr auf.

»Also«, unterbrach sie den Redefluss entschlossen, zog dabei ihre Pistole aus dem Halfter und legte sie auf die marmorne Tischplatte. Eher zufällig, denn gewollt zeigte der Lauf knapp an der Direktorin vorbei. »Die drückt beim Sitzen.«

Die Direktorin richtete sich kerzengerade auf. »Keine Angst, die ist gesichert«, deutete Paula lächelnd an. Mit einer spielerischen Geste drehte sie die Pistole im Kreis, bis der Lauf auf die Dramaturgin wies. »Wenn Herr Watzek es übernimmt, die Familie des Opfers zu informieren, dann ist mir das nur recht, denn das tut niemand von uns freiwillig, geschweige denn gern. Befragen müssen wir sie aber. Dass Sie die Familie künftig unterstützen wollen, finde ich eine ausgesprochen humane Geste. Was allerdings nach außen dringt oder nicht, liegt nicht in meiner Hand. Wann die Proben und Aufführung weitergehen werden schon eher, denn was heute hier geschehen ist, habe *ich* aufzuklären.«

»Sie sind aber nur die … stellvertretende Beamtin«, erwiderte die Dramaturgin und blies eine zarte Rauchwolke aus. Wie hatte sie es nur geschafft, um diese Zeit und unter diesen Umständen so perfekt gestylt auszusehen?, fragte sich Paula. Im Gegensatz zur Direktorin wirkten sogar ihre Haare wie frisch vom Friseur.

»Solange keine höhere Charge anwesend ist, führe ich die Untersuchung«, konterte Paula resolut.

»Nun, der oder die höhere Charge wird sich ja wohl bald hier einfinden«, sagte die Direktorin.

»Sicher nicht.« Demonstrativ drehte Paula sich zum Chef der Tontechnik. Einem Mann mit grauem Seemannsbart und faltigem Gesicht. Eine winzige, rahmenlose Lesebrille saß ganz vorne auf seiner langen Nase. »Haben Sie eine Ahnung, was Ihr Mitarbeiter um diese Zeit dort oben auf dem Steg vorhatte?«

»Ich vermute«, begann Watzek und fuhr sich verschlafen durch die ebenfalls grauen Haare, »dass er die Sicherung der Lautsprecherbox auswechseln wollte.«

»Kommt das öfters vor?«

»Ja, leider.«

»Ist es üblich, dass man das alleine erledigt?«

Watzek legte ein Knie über das andere und kratzte sich am Oberschenkel.

»Schon … es ist natürlich leichter zu zweit … aber gelegentlich …«

»Gibt es keine konkreten Sicherheitsvorschriften diesbezüglich?«

»Doch, aber …«

»In unserem Haus werden selbstverständlich alle Vorschriften eingehalten«, unterbrach die Dramaturgin. »Wenn sich jemand nicht daran hält, geschieht das aus eigenem Verschulden.«

»Oder wenn es zu wenig Personal gibt«, warf Paula ein und erntete dafür einen missbilligenden Blick.

»Was wollen Sie damit sagen?«

»Nichts. Das ist eine reine Vermutung. Aber ich habe eigentlich mit Herrn Watzek gesprochen und erwarte von ihm eine Antwort auf meine Frage.« Erneut sah Paula den Leiter der Tontechnik fordernd an.

Unruhig wetzte Watzek auf seinem Stuhl herum. »Wenn jemand zum Beispiel eine Probe betreut, die dann auch noch länger dauert, und er anschließend noch eine Vorstellung spielen muss und am nächsten Tag wieder Probe hat, dann …«

»… kann es vorkommen, meinen Sie«, ergänzte Paula ungeduldig.

Watzeks Augen schnellten von Paula zu seinen Chefinnen und zurück, man konnte ihm dabei zusehen, wie er seine Chancen kalkulierte, seinen Posten zu behalten, ohne die Ermittlungen zu behindern. Schließlich entschied er sich für die riskantere Variante und nickte kaum merklich.

Paula nickte ebenso minimal zurück. »Zusammengefasst heißt das, dass Herr Zimmer gestern Vorstellung hatte und diese Box heute für die Probe brauchte.«

»Nicht ganz.«

»Sondern?«

»Meines Wissens hat er mit dem neuen Darsteller Herrn Roth, der den toten Meersburg ersetzt, noch Aufnahmen machen müssen. Die Vorstellung – es war nur ein kurzes Stück – haben drei andere Kollegen gemacht. Ich hab vorhin mit einem davon telefoniert. Er hat geschworen, dass sie die Box für ihn aufgehängt haben. Nur getestet haben sie sie nicht …«

»Und was bedeutet das?«

»Er hat sie wahrscheinlich ausprobiert, und vermutlich hat etwas nicht funktioniert.«

»Ich verstehe nicht ganz?«

»Also, die Boxen sind leider anfällig.« Watzek sah entschuldigend zur Couch, auf der es still geworden war. »Da brennt gelegentlich die Sicherung durch, die man dann auswechseln muss. Wenn er eine kaputte eingesteckt hat, dann würde das darauf hinweisen.«

Paula machte sich eine geistige Notiz, Lehner danach zu fragen, ehe sie nachhakte: »Wie geht man in so einem Fall vor?«

»Normalerweise fahren die Kollegen vom Schnürboden den Steg auf ihre Höhe, damit man von dort hinaufsteigen kann.«

»Vermutlich war niemand mehr am Schnürboden, um ihm zu helfen?«

Watzek hob die Hände und drehte sie in einer bedauernden Geste nach außen. »Die wollen genauso schnell nach der Vorstellung nach Hause wie alle anderen.«

»Was ist mit dem Licht auf der Bühne? Ist das noch an?«

»Meistens nicht, weil die genauso schnell nach Hause wollen wie alle anderen.«

»Das heißt also, er steigt im Dunklen auf diese Brücke?«

»Nicht unbedingt, er hat das Licht vielleicht selbst eingeschaltet, und eine Taschenlampe hat er eventuell auch dabeigehabt.«

»Eine Lampe haben wir keine gefunden«, entgegnete Paula. »Auf der Brücke lag nur ein Multitool.«

Die nächste Notiz, *Lehner nach dem Licht fragen,* dachte Paula und sah Watzek an: »Bestellen Sie mir für morgen früh die Kollegen her. Alle!«

Mittwoch, 23. Dezember

9

Um 9.50 Uhr parkte Paula ihren Wagen exakt an derselben Stelle wie einige Stunden zuvor. Mit klammen Fingern zog sie den Schlüssel aus dem Zündschloss und ließ die vergangene Nacht kurz Revue passieren.

Kubicek hatte sich wie erhofft im Haus verfranzt und war schnaufend wie ein Walross im Direktionsbüro aufgetaucht, als Paula sich gerade verabschiedete. Erstaunlicherweise hatte er keinen Aufstand angezettelt, sondern sich kleinlaut entschuldigt, was ihm absolut nicht ähnlich sah.

Viel hatte sie in der Kubicek-freien Zeit allerdings nicht herausbekommen. Hauptsächlich, dass die Direktorin und die Dramaturgin einem auseinanderoperierten siamesischen Zwillingspaar glichen, an dem sich vermutlich schon so mancher die Zähne ausgebissen hatte. Der Vergleich *hart wie Marmor* drängte sich auf. Paula sah zu den hohen Fenstern auf, hinter denen sich die Kommandozentrale der beiden befand, und stufte die Dramaturgin in der Härteskala hinauf, eher in Richtung schwarzer Granit.

Die Untersuchung der Unfallstelle war vorerst abgeschlossen. Trotzdem hatte Paula sie absperren lassen und zwei Uniformierte daneben postiert. Die geplante Hamlet-Probe war gestrichen. Darauf hatten sie sich noch in der Nacht geeinigt –

bezüglich der Abendvorstellung war alles offen. Unter anderem deswegen hielt Paula die Sperre aufrecht – als Druckmittel.

Gegen 4 Uhr früh hatte sie Wilasich erreicht und ihn informiert. Erstaunlicherweise gab er ihr sofort freie Hand. Was Kubicek – noch dazu als Dienstälterer – davon halten würde, war klar, aber das kalkulierte Wilasich offenbar ein. Sogar genüsslich, wie es Paula schien.

Für 10 Uhr hatte die Direktorin eine Vollversammlung angesetzt, um die Mitarbeiter über den *neuerlichen tragischen Unfall* zu informieren. Parallel dazu würden die kriminalistischen Befragungen beginnen. Die Direktorin hatte Paula eine Liste der Personen zugesagt, die am gestrigen Abend Dienst gehabt hatten. Das schränkte den Kreis zumindest etwas ein. Dass dabei viel herauskommen würde, bezweifelte Paula allerdings.

Übermüdet fuhr sie sich durch die Locken, sperrte den Wagen ab, griff nach ihrem Smartphone und prüfte die eingegangenen Nachrichten. Mehrmals hatte sie versucht, Orsini zu erreichen – doch bislang kein Rückruf. Gerade jetzt, wo sie seine Meinung wirklich brauchen könnte. Rasch tippte sie ein SMS ein, sandte es ab und warf einen Blick auf die News.

Erneut Toter im Burgtheater!, blitzte es ihr samt Foto des aufgespießten Meersburg entgegen – offenbar in Ermangelung eines aktuellen Bildes. Die Katze war also aus dem Sack.

Sie überflog den Artikel, von Selbstmord war die Rede. Dass die Vorkommnisse im nationalen Heiligtum ein Fressen für alle waren, die sich mit Sensationen und deren Verbreitung finanzierten, lag auf der Hand.

Dann noch eine Nachricht von ihrer Mutter. *Wann kommt ihr heute?*

Paula seufzte. Sie hatte vorgehabt, abends mit Lilly rauszufahren, Weihnachten als Familienfest, gemeinsame Vorfreude …

Lilly kommt heute mit Jojo, ich kann leider erst morgen, antwortete sie, ehe sie Zeit hatte weiterzugrübeln. Dann gab sie sich einen Ruck und querte mit energischem Schritt die Straße. Vor dem Eingang knipsten etliche Fotografen jeden, der auch nur so aussah, als wollte er ins Haus. Mit stur geradeaus gerichteten Augen ging Paula an ihnen vorüber, grüßte den Polizeibeamten, den sie Stunden zuvor dort postiert hatte, und trat ein.

»Kriminalpolizei, die Direktion hat eine Liste für mich hinterlegt, könnte ich die haben?«, orderte sie beim Portier. Ehe dieser noch den Mund öffnen konnte, zückte sie ihren Ausweis.

»Schon gut, hier … Sie heißen doch Kisch?«, erwiderte der Portier und reichte ihr ein weißes Kuvert. Unter ihren Nachnamen hatte jemand fein säuberlich *Stellvertretende Ermittlerin* gekritzelt.

»Steht zumindest auf meinem Ausweis«, entgegnete Paula und setzte dann fort: »Hatten Sie gestern Abend Dienst?«

»Nein, aber können Sie mir trotzdem sagen, was eigentlich passiert ist? Ich habe nur gehört, dass einer der Tontechniker sich umgebracht hat.«

»Ein Unfall«, erklärte Paula knapp und ergriff die Flucht, denn einer der beiden Fotografen hatte sich hinter einem Schauspieler hereingedrängt und blitzte wild darauflos.

Um die Ecke, nach der Glastür, blieb Paula stehen und zog die Liste hervor. Wie befürchtet erstreckte sie sich über fünf eng bedruckte Seiten mit Namen, Adressen, Telefonnummern und – wie sie ausdrücklich verlangt hatte – Professionen der einzelnen Mitarbeiter und Mitarbeiterinnen. Seufzend überflog sie die Seiten und machte sich auf den Weg zur Bühne.

»Knapp, aber doch zu spät«, begrüßte Kubicek sie – was Paula gekonnt ignorierte. Er saß auf einem goldenen Thron, fummelte mit einem Zahnstocher im Mund herum und unterhielt sich mit Elvira Zobl. Paula hatte die Kollegin in der Nacht noch informiert, weil sie sie unbedingt dabeihaben wollte.

Elviras offene Art wirkte bei so manchem Wunder und entlockte Dinge, die Kubicek wohl nie anvertraut würden.

Neben Zobl stand, wie immer auffallend ruhig, Armin Ennsner. Paula warf ihm einen kurzen Blick zu, ehe sie alle grüßte. Wie von weit entfernt erklang eine gedämpfte Stimme.

Paula sah in die Runde, bis sie hinter ihnen den schweren roten Vorhang entdeckte, der die Bühne vom Zuschauerraum trennte.

»Ich hab doch Anweisung gegeben, dass nichts verändert werden darf!«

Der eine Polizeibeamte zuckte entschuldigend mit den Schultern. »Als ich einschreiten wollte, ist das Ding schon runtergekommen.«

»Eine Frau in Schwarz hat das einfach angeordnet«, bestätigte der zweite.

»Danke«, antwortete Paula ärgerlich. »Gab es noch irgendwelche besonderen Vorkommnisse in der Nacht?«

Die Angesprochenen verneinten stumm. Genauer nachzufragen verschob sie auf später, denn man sah ihnen die Übermüdung an. Lange konnte die Sperrung der Bühne ohnehin nicht mehr aufrechterhalten werden. »Gehen Sie nach Hause, ein Mann genügt bis auf Weiteres«, wies sie den älteren daher an. »Aber vorher kopieren Sie mir diese Liste noch drei Mal.«

»Wo?«

»Sie werden schon eine Möglichkeit finden. In fünf Minuten erwarte ich Sie zurück«, antwortete Paula.

»Sieben Minuten sind auch in Ordnung«, lenkte Elvira ein und lächelte dabei besänftigend. »Hier«, sagte sie und bot Paula einen Becher Kaffee an. »Den kannst du sicher brauchen. Deine Nacht war vermutlich kürzer als unsere.«

Froh, dass sie sich entschieden hatte, Elvira stärker einzubeziehen, nahm Paula den Kaffee entgegen. Elvira war der soziale

Kitt im Team. Zumeist gelang es ihr, in kritischen Situationen mit wenigen Worten und Gesten eine gewisse Ausgeglichenheit herzustellen. Dies war zwar noch keine solche Situation, trotzdem war die Stimmung zu Beginn einer Ermittlung wichtig. Paula trank einen Schluck von dem Kaffee.

Zehn Minuten später – der Polizist war schneller als erwartet mit den Kopien aufgetaucht – teilte Paula ihre kleine Gruppe ein.

»Armin«, sie blickte Ennsner dabei nur kurz an, »du befragst alle Schauspieler und die Komparsen.«

»Du«, deutete sie auf Kubicek, »alle Techniker und sonstigen Leute, die am Abend Dienst hatten.«

»Ich kann aber besser mit Stars …«, versuchte Kubicek einzuwenden.

»Nein«, widersprach Paula bestimmt. »Wir müssen wissen, wann jeder das Haus verlassen hat. Alles, auch das kleinste Detail kann wichtig sein. Jeder nimmt sich eine der Garderoben als Befragungszimmer. Dann lasst ihr den Portier über die Hausanlage die Leute durchrufen, die ihr auf der Liste stehen habt, und bestellt sie zu euch.«

»Und was macht ihr inzwischen?«, stichelte Kubicek.

»Wir vernehmen die, von denen wir mit Sicherheit wissen, dass sie den Toten gestern Nacht gesehen haben«, antwortete Elvira Zobl, noch ehe Paula explodieren konnte.

*

»Du solltest niemals allein mit Kubicek ein Zimmer betreten, wenn du deine Pistole dabeihast«, meinte Elvira mit hochgezogener Augenbraue und sah den beiden Männern nach, wie sie von der Bühne abgingen.

»Und wenn das Zimmer schalldicht wäre und einen unterirdischen Geheimausgang hätte, den niemand kennt?«

»Dann sofort!«

»Wo ist eigentlich der Lehner?«

»Da vorne links, bei dem Verschlag mit den vielen Knöpfen«, antwortete Elvira und deutete mit dem Kopf zum Bühnenrand.

»Das ist das Pult des Inspizienten.«.

»Des was?«

»Inspizienten«, wiederholte Paula, formte ihre Fingerspitzen zu einem Punkt und zeichnete dann mit ihnen ein Netz in die Luft, dessen Fäden auseinanderliefen. »Er ist eine Art Schnittstelle und koordiniert die Abläufe während der Szenen.«

»Aha …«, nickte Elvira und ging mit ihr zum Verschlag.

»Wenn das aufgezeichnet worden wäre«, sagte Richard Lehner gerade und deutete dabei auf einen Bildschirm, »dann wüssten wir vermutlich, was gestern passiert ist.«

»Leider geschieht das nur bei Premieren und auf besondere Anordnung der Direktion«, erläuterte der Inspizient, halb an Paula gerichtet. Hinter seinem rechten Ohr steckte ein Bleistiftstummel. Darüber dünne Schläfenhaare, teilweise grau. Er griff nach dem Stummel und begann damit zu spielen.

»Hatten Sie gestern Vorstellung?«, fragte Paula.

»Ja.« Der Bleistift wanderte wieder an seinen Platz, gekonnt zwischen den Brillenbügel und das Ohr geklemmt.

»Waren Sie bis zum Vorstellungsende hier am Pult?«

»Natürlich, das ist meine Aufgabe.«

»Und danach?«

»War alles so wie immer.«

»Wie ist *immer*?«

Der Inspizient verzog kurz die Mundwinkel und zuckte mit den Schultern, ehe er antwortete: »Sobald die Schauspieler abgegangen sind, sage ich das Vorstellungsende durch, wünsche allen eine gute Nacht und schalte das Pult ab.«

»Und dann gehen Sie nach Hause.«

»Nein, noch nicht …«

»Sondern«, drängte Paula.

»Zuerst mache ich noch einen Eintrag im Vorstellungsbuch.«

»Eintrag?«

»Wenn es zum Beispiel besondere Vorkommnisse gegeben hat.«

»Und, hat es?«

Wieder fand der Bleistift seinen Weg zwischen die Finger des Inspizienten. Gleichzeitig sah er Paula durch die randlose Brille an, die perfekt auf der kantigen Nase saß. »Ja.«

»Also doch nicht alles so wie immer?«

»Nein.«

Paula versuchte, sich im Zaum zu halten. Ungeduld brachte hier nichts. Dennoch überkam sie das dringende Bedürfnis, den Inspizienten zu schütteln, um endlich etwas aus ihm herauszubekommen. »Also!?!«

»Ein Requisiteur hat … äh … einen Vibrator gegen einen Dildo ausgetauscht und …«

»… einen Dildo?«

»Ja«, fuhr der Inspizient betont sachlich fort, als spräche er über die Reparatur einer Waschmaschine, »und deswegen konnte das Geräusch vom Vibrator nicht verstärkt in den Zuschauerraum eingespielt werden, sodass …«

»Danke«, fiel Paula ihm ins Wort.

»Aber das ist noch nicht alles«, sprach der Inspizient unbeirrt weiter. Er schien auf den Geschmack gekommen zu sein. Der Bleistift landete auf dem Tisch. »Dieses Geräusch wird lauter und lauter, bis es kaum mehr auszuhalten ist, und daraufhin sollen als Spermien …«

»Was für ein Stück ist das?«, fragte Lehner entgeistert.

»Rotkäppchen und der böse Wolf.«

»Das ist jetzt wohl ein Scherz«, entfuhr es Elvira.

»Ganz und gar nicht«, erwiderte der Inspizient und zog den Spielplan hervor, »hier.«

»Und für so was zahlen wir Steuern!«, warf Lehner ein.

»Wir zahlen auch für marode Banken und korrupte Politiker, und zwar eindeutig mehr«, entgegnete Paula, ehe sie sich wieder dem Inspizienten zuwandte, »das heißt, Sie sind danach in Ihr Büro, haben dort das Buch deponiert ...«

»Das Buch habe ich beim Portier hinterlegt«, verbesserte er.

»Und von dort sind Sie dann aber nach Hause gegangen?«

»Nicht sofort. Ich bin auf einen kurzen Abhänger in die Kantine.«

»Wer war außer Ihnen noch dort?«, fragte Paula, zückte die Liste, unterstrich die Namen und gab Elvira den Auftrag, sie mit Ennsner und Kubicek abzugleichen.

»Herrn Zimmer, den Toten, kannten Sie ihn näher?«, fragte Paula, nachdem Elvira verschwunden war.

»Ein Kollege, wie alle anderen auch«, erwiderte der Inspizient und drehte den Lautsprecher am Pult etwas auf, damit man die Direktorin besser verstehen konnte.

»... deshalb bitte ich Sie, Ruhe zu bewahren und achtsam zu sein ...«

»Und gestern, nach der Vorstellung?«, hakte Paula mit erhöhter Lautstärke nach.

»Ja?«

»Haben Sie ihn noch irgendwo gesehen?«

»Gesehen?«

Der Inspizient griff nach dem abgebissenen Bleistift und ließ ihn geschickt im Zickzack durch die Finger gleiten, ohne seinen Blick von Paula zu wenden. »Ja, in der Kantine.«

Paula fühlte sich an ein Spiel aus ihrer Kindheit erinnert, das sie mit ihren Brüdern lange Zeit trainiert hatte. *Wer zuerst wegsieht.* So ungeduldig sie sonst war, dabei hatte sie immer gewonnen. »Und, saß er da allein oder mit jemand zusammen?«, half sie dem Inspizienten auf die Sprünge.

»Mit seinen Kollegen«, kam schließlich die Antwort. Dann unterbrach ein Räuspern die Anspannung.

»Tschuldige, aber ich muss dringend zu einem anderen Tatort«, sagte Lehner, zeigte ihr das Display seines Handys und zog sie beiseite. Paula kniff die Augenbrauen zusammen und konnte ihren Ärger kaum verbergen.

»Es tut mir leid, der Pokorny«, setzte Lehner nochmals an, doch sie brachte ihn mit einer knappen Geste zum Schweigen.

»Gib mir wenigstens irgendetwas!«, sagte sie.

»Sieht alles nach Unfall aus.« Lehner schüttelte bedauernd den Kopf. »Seine Fingerabdrücke sind auf dem Multitool, auf dem Geländer, auf der Box. Wenn du mich fragst, hatte er es einfach eilig. Zu eilig. So was kommt vor.«

»Nicht zwei Mal«, erwiderte Paula trotzig, um sich dann wieder dem Inspizienten zu widmen. Doch der konzentrierte sich nun völlig auf seine Tasten und Lämpchen.

Paula ließ die Schultern mit einem Ausatmen sinken und beschloss, später noch einmal nachzuhaken.

*

Im Künstlerzimmer erwarteten Paula acht betreten wirkende Gesichter. Sechs davon gehörten den Kollegen des Toten, das siebente Watzek und das achte dem Feuerwehrmann, der heute älter wirkte als in der Nacht.

Paula stellte sich vor, wartete, bis Elvira dazustieß, und legte dann los: »Wer hatte gestern Dienst?«

Drei Hände hoben sich.

»Mit Ihnen möchte ich nachher ausführlicher sprechen«, sagte Paula und fragte dann in die Runde: »Ist Ihnen an Ihrem Kollegen in letzter Zeit etwas aufgefallen?«

Achselzucken.

»Wirkte Herr Zimmer irgendwie anders als sonst?«

»Der Kollege war eigentlich so wie immer, nur mehr unter Stress, wegen der Wiederaufnahme«, erklärte Watzek.

Paula nickte.

»Er hat davon gesprochen, sich eine andere Arbeit zu suchen«, meldete sich ein anderer Tontechniker.

»Das hat er nicht so gemeint«, relativierte der Kollege neben ihm.

»Gab es etwas Spezielles, etwas, das Sie sonderbar fanden?«

Watzek zog die ohnehin tiefen Mundwinkel noch weiter hinunter und schüttelte kaum merkbar den Kopf. »Außer, dass er gern dieses Zeugs gelesen hat. Nein, nichts Spezielles.«

»Welches Zeugs?«

»So Magazine, esoterisches Zeugs, wenn Sie mich fragen, aber harmlos, finden Sie oben bei uns im Studio.«

»Und sonst? War er mit jemandem näher befreundet, vielleicht von den anderen Gruppen?«

Allgemeines Kopfschütteln.

»Eine Freundin?«, versuchte Paula die stumme Runde zum Reden zu bringen.

»Na ja«, meinte einer der Tontechniker und zupfte an einer seiner ausgefallenen Koteletten herum. Auf der einen Seite gelb, auf der anderen Seite grün gefärbt, bildeten sie mit dem roten Spitzbart ein Dreieck. Sonst gab es auf dem Kopf kein einziges Haar. Dass der Feuerwehrmann mit dem glatzköpfigen Rastaman nicht zurechtkam, war logisch. »Ein Aufreißer war er nicht gerade.«

»Aber geredet hat er schon gern mit den Kolleginnen, gelegentlich«, fiel ihm sein lockenköpfiger Nachbar ins Wort. Er konnte nicht viel älter als zwanzig sein, der Welpe im Rudel.

»Ja, aber nur, wenn *sie ihn* angesprochen haben, umgekehrt nie!«

»Was heißt das genauer? Hatte er zu jemand Bestimmtem öfter Kontakt?«

»Also, in der Kantine hat es sich ein paar Mal ergeben, dass…«

»Aber«, unterbrach Watzek, »das war doch harmlos!«

»Weißt du das so genau?«

Watzek schwieg, runzelte dabei aber zweifelnd die Stirn.

Paula lehnte sich zurück, verschränkte die Arme im Nacken und studierte die einzelnen Mienen. Vielleicht war eine Befragung in der Gruppe nicht der Weg, um etwas aus diesen Typen herauszukitzeln.

»Danke«, sagte sie, »meine Kollegin gibt Ihnen noch unsere Kontaktdaten – sollte Ihnen doch noch was einfallen –, und dann halte ich Sie nicht mehr auf. Sie drei«, Paula deutete auf diejenigen, die am Vorabend Dienst gehabt hatten, »bleiben bitte noch hier. Und Sie, Herr Achter«, wandte sie sich an den Feuerwehrmann, »muss ich bitten, einstweilen draußen zu warten!«

»Selbstverständlich«, erwiderte Achter und verließ mit den anderen das Künstlerzimmer. Er wirkte eher wie ein aufmerksamer Beobachter, aber nicht wie einer, der zum ersten Mal in seinem Leben ein Mordopfer gefunden hat.

»So, nun zu Ihnen!«

Paula fixierte die drei Tontechniker einen nach dem anderen.

»Werden wir etwa verhört? Es war doch ein Unfall, oder?«, fragte der jüngste aufgeregt. Seine Kleider hätten eine Wäsche gut vertragen, dachte Paula und setzte zu einer Antwort an.

»Natürlich war es ein Unfall. Trotzdem wüssten wir gerne, wie er passiert ist«, kam Elvira ihr jedoch zuvor.

»Und deswegen wüssten wir auch gerne, was Sie mit *ein paar Mal ergeben…* konkret gemeint haben!«, sagte Paula und blickte dem jungen Tontechniker dabei direkt in die Augen.

Er wäre gerne ausgewichen, das sah man ihm an.

»Ja, also, es gibt da eine Requisiteurin. Er ist manchmal neben ihr gesessen«, erklärte er leise. »Mehr wissen wir auch nicht. Ob da was gelaufen ist? Verstanden haben sie sich jedenfalls ganz gut, oder?« Er sah zu seinen Kollegen, wie um sich zu vergewissern, dass er nichts Dummes gesagt hatte.

Elvira hatte längst ein Notizbuch gezückt und erkundigte sich in ruhigem Tonfall: »Der Name?«

Wieder sah der Lockenkopf fragend zu den anderen.

»Marlene«, antwortete der Rastaman an seiner Stelle, »aber den Familiennamen kenne ich nicht. Sie ist erst seit kurzem da.«

Eine junge Requisiteurin, hatte Paula plötzlich Orsinis Stimme im Ohr, *da könnte irgendwas am Kochen sein,* hatte er gesagt und kontrollierte ihre Liste. »Marlene Hell, 23?«

»Kann sein.«

»Gut, wir werden dem nachgehen«, entschied Paula. »Jetzt möchte ich von Ihnen alles wissen, was Ihnen einfällt, vom gemeinsamen Dienstbeginn weg bis zu dem Zeitpunkt, als Sie Ihren Kollegen zuletzt gesehen haben!«

Die drei nickten.

»Warum sind Sie überhaupt zu dritt bei der Vorstellung?«

»Das liegt daran, dass das Stück so kompliziert ist«, erläuterte überraschenderweise der Lockenkopf. »Einer sitzt oben in der Tonkabine über der Präsidentenloge und macht die Toneinspielungen, einer, also ich, unten im Zuschauerraum am Mischpult …«

»Und ich«, übernahm der Glatzkopf-Rasta, »laufe die ganze Vorstellung im Haus herum, um Mikrofone zu testen, den Schauspielern welche anzukleben …«

»Anzukleben?«

»Ja, irgendwo an der Wange oder am Haaransatz. Andere werden während der Vorstellung in die Perücke oder ins Kostüm eingebaut.«

»Meersburg hatte bei dem Sturz doch auch so ein Ding?«

»Sogar zwei, eines an der Wange und eines als Reserve am Kragen.«

»Deshalb waren seine …«, der Glatzkopf rang sichtlich um Worte, »war seine Stimme bis in die letzte Reihe zu hören …«

Paula blickte kurz zu Elvira, ehe sie fortfuhr: »Um auf gestern zurückzukommen: Ihren Kollegen haben Sie während der Vorstellung gar nicht zu Gesicht bekommen?«

»Nein, der hat inzwischen im Studio diese Schreie aufgenommen mit dem Roth, dem neuen Darsteller«, erwiderte der Lockenkopf.

»Schreie?«

»Ja, der Regisseur hat angeordnet, dass die Schreie, die wir in einer der Kampfszenen einspielen, statt mit der Stimme vom Meersburg vom neuen Schauspieler kommen sollen.«

»Schreie …«, murmelte Paula. »Und nach der Vorstellung?«

»Nichts, wir haben alles abgebaut und das Mischpult aus dem Zuschauerraum weggeräumt«, antwortete der Lockenkopf.

»Ich hab länger gebraucht, weil ich eines der Mikrofone nicht sofort gefunden hab«, erklärte der Rastaman. Das Licht der Deckenlampe spiegelte sich auf seiner Glatze. »Wir haben ihm auch die Boxen oben aufgehängt, die er bei der Probe heute gebraucht hätte. Dann haben wir uns alle kurz in der Kantine getroffen, da ist der Shure mitgekommen.«

Der Rasta-Glatzkopf hatte eindeutig eine schärfere Gangart. Wollte er das Gespräch in die Hand nehmen, um die Richtung bestimmen zu können? Das Schiff weglenken, dachte Paula, nur um welche Untiefen herum?

Der dritte Tontechniker hingegen hatte noch gar nichts gesagt. Ein stummer Beobachter? Oder doch nur eingeschüchtert?

»Hat er über die Aufnahme mit dem Schauspieler etwas erzählt?«, drängte Paula.

Achselzucken. Der Jüngste fummelte an einer Locke, die anderen sahen zu Boden.

Paula klopfte mit dem Finger auf die Tischplatte. »Ja?«

Der Rastaman räusperte sich und sah Paula plötzlich eindringlich an. Offenbar musste er aufgestauten Ärger ablassen. »Der Schauspieler, also, der ist nicht so einfach. Der Kollege Zimmer war sauer«, seine Nase stieß mehrmals vor sich in die Luft, als wäre sie eine Speerspitze, »weil der Roth, dieses arrogante Arschloch – entschuldigen Sie – von seiner eigenen Stimme den Hals nicht vollgekriegt hat!«

»Ja«, bekräftigte der dritte Tontechniker, »anscheinend hat der ihn auch noch beim Regisseur angeschwärzt!«

»Aber die Aufnahmen waren da schon zu Ende?«, hakte Elvira nach.

»Ja, das schon, aber man muss sie nachbearbeiten, in die Einspielung einfügen. Das kann dauern …«

Paula sah Elvira kurz an. »Der Schauspieler heißt Roth, sagen Sie?«

»Richtig!« Jetzt, wo er damit herausgerückt war, schien der Rastaman erleichtert.

»Apropos Schauspieler, wie war denn das Verhältnis Ihres Kollegen zum Hauptdarsteller?«, meinte Paula und sah den jüngsten Tontechniker an.

»Zum Hauptdarsteller?«, fragte dieser zurück und sah hilfesuchend zum Rastaman. Dieser wiederum fuhr sich über die Glatze und räusperte sich.

»Also?«

»Meinen Sie den Hamlet?«

»Ja, genau.«

»Das war gut. Wieso?«, kam es dem Lockenkopf mit leicht brüchiger Stimme über die Lippen.

»Sind Sie sicher?«

Elvira sah Paula fragend an. Doch Paula hakte nach: »Ich habe da was anderes gehört.«

»Und zwar?«, ging der Rastaman dazwischen.

»Dass es eine Auseinandersetzung gegeben hat, gestern.«

»Eine Auseinandersetzung?«, wiederholte der Rastaman und stierte den Lockenkopf kurz an. Dieser senkte den Blick. »Davon wissen wir nichts.«

»Interessant«, kommentierte Paula, »es ging nämlich um dessen Mikrofon. Dass Sie das nicht mitbekommen haben …«

»Ach, das meinen Sie«, lenkte der Rastaman ein, »das war doch nicht der Rede wert! Das kommt ständig vor, dass wegen der Mikros was nicht passt. Und der Hamlet vergisst gerne, seines rechtzeitig einzuschalten.«

»Sonst war da nichts?«

»Nein, bestimmt nicht!« Auch der Lockenkopf und der dritte Kollege nickten nun unisono, Erleichterung im Gesicht.

Elvira lenkte nun das Gespräch zurück zu dem Abend: »Wer saß denn noch in der Kantine?«

»Das hat gewechselt.«

»Ich brauche alle, an die Sie sich erinnern können«, forderte Paula. Sie würde sie mit denen, die der Inspizient genannt hatte, abgleichen. »Wie spät ist es geworden?«

»Überhaupt nicht spät, vielleicht so halb zehn herum.«

»Sonst bleiben Sie länger?«

»Wenn was los ist.«

»Wir sind dann zusammen gegangen, das kann der Portier bestätigen«, erklärte der Lockenkopf.

»Und Ihr Kollege Shure?«

»Er ist noch mal ins Studio.« Die drei sahen sich kurz an.

»Sie haben nicht angeboten, ihm zu helfen?«, fragte Elvira Zobl.

»Wenn wir gewusst hätten, was passiert, dann schon«, platzte es dem Lockenkopf heraus, »das müssen Sie uns glauben!«

»Haben Sie aber nicht«, entgegnete Paula.

»Wollen Sie jetzt uns die Schuld dafür geben?«, ereiferte sich der Rastaman. Seine Augen verengten sich zu Schlitzen.

»Schuld?« Paula zog die Brauen hoch. »Nein, aber …«

»Sie wissen nicht, was sich hier abspielt!«, unterbrach sie der Dritte. »Außerdem haben wir ihm die Boxen aufgehängt. Er musste sie nur mehr testen!«

»Aber diese Schreie, dabei hätten Sie ihm doch auch helfen können«, bemerkte Elvira.

Der versteckte Vorwurf nagte wohl am Gewissen der drei, denn es schoss aus dem Rastaman heraus: »Sie haben keine Ahnung, was wir hier leisten müssen!« Sein Gesicht wechselte die Farbe: »Unbezahlte Überstunden, ständige Erreichbarkeit. Fragen Sie doch mal in der Direktion nach, wie viele Leute in den letzten Jahren eingespart worden sind! Und dann hängen sich diese zwei Hexen da oben noch den Heiligenschein der gestiegenen Auslastung um!«

Paula lehnte sich zurück. Langsam zeigten sich Risse im Verputz des prunkvollen Bauwerks. Hier gab es offenbar auch ein unteres Deck für die Passagiere dritter Klasse.

»Wir können Sie absolut verstehen«, beruhigte Elvira, ganz *good cop*.

»Trotzdem lag es in Ihrer Verantwortung, ob Sie ihm helfen oder nicht«, provozierte Paula weiter. »Außerdem, wenn Sie ihm die Boxen schon montiert hatten, warum ist er dann überhaupt noch mal hinauf?«

»Wenn eine der Boxen was hat«, der Lockenkopf bemühte sich um Sachlichkeit, »gehört sie repariert.«

»Was aber nicht sonderlich schwer ist. Das haben wir auch schon öfter allein gemacht. Da muss man sich schon besonders blöd anstellten …«, entfuhr es dem Rastaman.

»Damit man unten landet, meinen Sie?«

»Ich meine gar nichts!«

»Das klang aber gerade anders«, erwiderte Paula und beobachtete, wie sich sein Mund öffnete, um nach Luft zu schnappen. Dabei verrutschte die genietete Lederjacke ein wenig, und ein dornengekrönter Jesus kam auf dem T-Shirt zum Vorschein. Unter dem Gottessohn stand in Neongrün: *Für euch bin ich nicht gestorben.*

»Verstehen Sie nicht, dass wir hier alle Angst haben?«, sagte der Lockenkopf leise. »Einer schneidet sich irrtümlich die Kehle auf, ein anderer fällt in ein Loch und wird aufgespießt, dass ihm alles raushängt, und der Dritte landet in zwei Hälften zerteilt auf einem Grabstein.«

Sein Kollege stieß ihn in die Seite.

»Wir verstehen, dass es nicht ganz ungefährlich auf der Bühne ist.« Elvira schien geradezu die Sanftmut in Person zu sein.

»Sie verstehen nichts!«, erwiderte der Rastaman und stand auf. »Brauchen Sie uns noch?«

»Möglicherweise«, antwortete Paula und beschloss, die drei ein wenig im eigenen Saft garen zu lassen, »aber wir wissen ja, wo wir Sie finden.«

*

Gelangweilt saß Kubicek vor dem Schminktisch und drückte sich einen besonders hartnäckigen Pickel am Hals aus.

Dreimaliges Klopfen an der Tür.

»Moment!«, rief Kubicek und quetschte an dem geschwollenen Ding herum.

Erneut klopfte es. Diesmal etwas lauter.

»Ja sofort!«, schrie er retour, schnappte sich ein Kleenex aus einer der Schubladen und hielt es sich an die mittlerweile blutende Stelle.

Die Befragung der Techniker war genauso sinnlos wie ein

Pickel. Zehn davon hatte er sich bereits vorgenommen, aber wie zu erwarten war nichts von Belang dabei herausgekommen. Ausschuss, den am besten eine Putzfrau mit einem Riesenlappen entfernen sollte und nicht ein Kriminalbeamter seines Ranges.

Zu verdanken hatte er das nur dieser verdammten Kisch, die den Unfall eines dämlichen Technikers zu einem Fall hochstilisierte.

Wer sie so rasch hatte aufsteigen lassen, wussten alle. Doch wenn sie diesmal Mist baute, würde ihr auch Pokornys schützende Hand nicht beistehen können. So viel stand fest. Dazu hatte sie einfach zu viele Angriffspunkte. Besonders ihre kreative Auslegung der Arbeitszeiten war mittlerweile einigen Leuten ein Dorn im Auge. Und diesen Dorn drückte er bei jeder sich bietenden Gelegenheit weiter hinein.

Der andere wunde Punkt war ihr Augenstern. Der kleine Balg, von der er nur das Gesicht kannte, vom eingerahmten Foto auf ihrem Schreibtisch.

In Gedanken weit weg öffnete Kubicek die Tür, fragte lustlos nach dem Namen, suchte ihn auf der Liste, bat den Mann sich zu setzen und machte neben dem Beruf einen Haken. Ferngesteuert hörte er sich zum wiederholten Mal praktisch dieselbe Geschichte an: Die Vorstellung war, abgesehen von der Dildo-Sache – Kubicek grinste kurz – so wie immer verlaufen und nein, den toten Tontechniker hatte der Tapezierer nicht gesehen.

Wenn wenigstens ein Star vor ihm sitzen würde, sinnierte Kubicek genervt, nickte, hörte nicht zu, machte hinter der Zeile des Befragten ein Kreuz, bedankte sich pro forma und wartete, bis der Mann aus dem Raum geschlurft war.

Frustriert ging er ans Fenster, um zu lüften, beugte sich hinaus und sah über den Volksgarten in die Ferne. Einen solchen Ausblick hätte er auch gerne von seinem Büro aus gehabt, dachte er neidisch und ließ den Blick zum Bühneneingang schweifen.

*

Paula Kisch tippte eine rasche Zusammenfassung der bisherigen Ermittlungen in ihren Laptop und sah auf. Elvira trat ein, in der Hand zwei Cappuccinos auf einem Tablett, hinter ihr der Feuerwehrmann.

Nach Marlene Hell, der jungen Requisiteurin, hatte Elvira zuvor vergeblich gesucht. Sie war unauffindbar. Auch am Handy hob sie nicht ab.

Feuerwehrmann Achter, überflog Paula nun eine zweite Liste am Laptop und wurde fündig: Achter hatte auch am Abend, als Meersburg verunglückte, Dienst gehabt. Sie konnte sich aber nur mehr entfernt erinnern, damals im Rahmen der offiziellen Untersuchung mit ihm gesprochen zu haben.

»Wie haben Sie geschlafen?«, fragte sie, musterte seine Gesichtszüge, in denen jedoch nur schwer zu lesen war.

»Schlecht«, erwiderte Achter.

»Kann ich mir vorstellen«, Elvira Zobl nickte verständnisvoll.

»Worüber wir gestern nicht gesprochen haben«, fuhr Paula wenig gerührt fort, »wann haben Sie Herrn Zimmer zuletzt lebend gesehen?«

»Lebend?« Kurz streiften Achters Finger die Kante seiner Uniform entlang, umkreisten einen der Knöpfe, den untersten, ein Mal, zwei Mal. Beim dritten Mal begegnete sein Blick dem Paulas, und er ließ die Hand sinken. »Gestern gar nicht«, antwortete er.

»Sind Sie sicher?«

»Ich bin mir immer sicher. Sonst wäre ich hier fehl am Platz.«

»Verstehe. Wann also dann?«

»Da müsste ich nachdenken. Möglicherweise vorgestern.«

»Möglicherweise, er ist Ihnen also gestern nicht begegnet, obwohl Sie«, Paula kramte in ihren Unterlagen, »ab 15 Uhr Dienst hatten?«

»Richtig.«

»Ist das nicht ungewöhnlich?«

Achter lehnte sich demonstrativ zurück. »Überhaupt nicht. Wissen Sie, wie viele Mitarbeiter die Burg hat?«, fragte er mit belehrendem Unterton.

Paula lehnte sich ebenfalls zurück: »Insgesamt 612, mit heutigem Stand, inklusive der Schauspieler.«

»Na, dann werden Sie verstehen, dass ...«

»... Sie nicht auf jeden ein Auge haben können«, unterbrach Paula ihn. Seine Sympathiewerte stiegen nicht gerade. »Dennoch ist es aber eigentlich Ihr Job, überall dabei zu sein und zu beobachten, oder?«

Er nickte kurz.

»Haben Sie zufällig gesehen, ob der Tote irgendwann tagsüber mit dem Hamlet-Darsteller gesprochen hat?«

Achter schüttelte nur den Kopf, die Unterlippe hochgezogen.

»Gut«, meinte Paula kühl, »dann gehen wir ein paar Wochen zurück: Wo waren Sie, als Herr Meersburg verunglückt ist?«

Achter wirkte überrascht. »Was?«

»Und?«

»Wie ... Sie wollen mir unterstellen ...?«

»Ich will gar nichts, ich frage Sie nur, wo Sie waren, als Herr Meersburg verunglückt ist.«

»Ich ... das war doch auch ein Unfall.«

»Das sind reine Routinefragen«, beschwichtigte Elvira Zobl.

»Auf der Bühne war ich, wo ich fast immer bin, wenn Vorstellung ist.«

»Na also. Das war doch ganz einfach!«

»Ja, aber was wollen Sie damit…?«

»Wo genau?«, unterbrach Paula.

»Ich verstehe nicht.«

»Wo genau Sie sich befanden, als Meersburg gestürzt ist! Wir wissen, dass es zu einer Panne kam und es während des Umbaus drunter und drüber ging.«

»Ich stehe oder sitze meistens hinter dem Inspizientenpult und beobachte.«

»Und was haben Sie beobachtet?«

»Dass nicht alles so war wie immer.«

»Das wissen wir!« Paula wurde ungeduldig.

»Was die Kollegin meint, ist, wer könnte die Panne mit dem Projektor ausgelöst haben«, erklärte Elvira.

»Wer?«, antwortete Achter verblüfft. »In dem Fall weiß das keiner. Aber am Theater gibt es ja ständig Pannen, das gehört dazu. Einmal ausgelöst vom Licht mit einer komplett falschen Einstellung, dann legt wieder einer der Requisiteure irgendetwas verkehrt ab, beim nächsten Mal vergisst ein Schauspieler den Text oder gar den eigenen Auftritt. Oder der Inspizient verdrückt sich und gibt ein falsches Lichtzeichen…«

»Sie waren gestern, genauer gesagt heute, als Letzter im Haus«, fuhr Paula dazwischen.

»Das bin ich immer, wenn ich Dienst habe.«

»Und Sie haben überall Zugang.«

»Das muss ich als Feuerwehrmann.«

»Sie mögen die Tontechniker nicht besonders. Gestern haben Sie sie abfällig mit… *der und seine Freunde* tituliert.«

»Habe ich?«

»Ja.«

»Dann tut es mir leid, ich wollt niemand verletzen.«

»Was haben Sie gegen die Kollegen?«

»Nichts.«

»Das klang aber gestern anders.«

»Da müssen Sie sich verhört haben!«

Elvira beschwichtigte: »Sie können uns ruhig anvertrauen, wenn Sie etwas wissen. Wir sind zu Verschwiegenheit verpflichtet.«

Der Feuerwehrmann taxierte sie von oben bis unten, ehe er antwortete. Diese mütterliche Art ging ihm auf die Nerven. Auf keinen Fall sein Typ – dann schon eher die Quirlige, Bissig-Scharfe.

»Die haben schon mehrere Male den Rauchalarm ausgelöst«, fuhr Achter fort.

Paula zog gelangweilt die Augenbrauen nach oben. »Und?«

»Marihuana. Aber seit ein paar Monaten ist Ruhe, weil diese Idioten den Melder an der Decke abgeschaltet haben. Die glauben doch wirklich, dass wir das nicht bemerken!«

»Das ist alles?«

»Nein.«

»Weiter!«, forderte Paula gereizt. Nichts hasste Paula mehr, als den Leuten alles aus der Nase ziehen zu müssen. Außerdem roch der Typ ihr gegenüber aufdringlich nach irgendetwas, das sie nicht zuordnen konnte. Kampfer vielleicht?

»Ich hab einmal weißes Pulver gesehen.«

»Interessant, bei wem?«

Achter zuckte mit den Schultern.

*

Der Weg war Orsini schon zur Gewohnheit geworden, und der dazugehörige Kater drohte es ebenso zu werden. Hoffentlich gab es nicht wieder eine elendslange Debatte über die Schrei-Stimme des neuen Darstellers, so wie gestern. Shure hatte ihm richtig leidgetan. Gegen das Doppel-Ego Regisseur plus neuer

König hatte Shure natürlich den Kürzeren gezogen und war in einer Flut von Beschuldigungen untergegangen. So ähnlich war es zuvor dem Leiter der Requisite, dem Bühnenmeister und sogar der Souffleuse ergangen, die in ihrem dunklen Winkel beinahe unsichtbar war. Wenn die beiden Egoisten jemandem an die Gurgel wollten, dann zogen sie ihn auch aus dem finstersten Loch. Dabei hatte die Souffleuse dem neuen König den Text exakt und gut hörbar zugeflüstert.

Wie es mit den Nerven all dieser Leute stand, konnte er sich vorstellen. Solche Attacken schluckte niemand einfach hinunter, nicht einmal der Abgebrühteste. Etwas blieb immer hängen, selbst wenn das keiner zugeben würde. Orsinis Nerven – und sein Magen – verhielten sich beruhigenderweise unauffällig, obwohl er in der Nacht noch ordentlich zugelangt hatte.

Mit jedem Schritt, mit dem er sich der Kärntnerstraße näherte, schwoll die Menschenmenge an. Der Weihnachts-Countdown war angezählt.

Er hätte mit der U-Bahn fahren sollen.

Am Ballhausplatz ließ der magnetische Sog der Innenstadt endlich nach. Hier, im Zentrum der politischen Macht des kleinen Landes, gab es nichts zu kaufen. Das habsburgische Familiensilber allerdings – Orsini überblickte den imposanten kaiserlichen Wohnsitz – verwendete man bei Staatsbanketten immer noch gerne. Über Nacht war Wind aufgekommen, leicht zwar nur, aber genug, um den Nebel zu vertreiben. Wolken zogen über der Stadt nach Osten, hatten damit aber keine Eile und warfen wandernde Schatten auf die Mauern und blank polierten Fenster.

Das Beste an diesem Job ist der Weg in die Arbeit, dachte er, und hielt sein Gesicht in die kurz aufblitzende Sonne, die allzu schnell wieder von einer Wolke verdeckt wurde. Auf eine eigentümliche Art mochte er seine Stadt. Selbst oder vielleicht gerade wenn er wieder einmal in die Ferne geflüchtet war. Wenn man geduldig war, konnte man versuchen, in ihr zu lesen wie in einem Buch. Ob sie einem aber auch etwas erzählte von dem, was ihre Mauern alles gesehen hatten, oder störrisch schwieg, hing von vielem ab. Und selbst in den wärmsten Sommernächten, wenn die Fenster sperrangelweit offen standen, behielt sie immer etwas für sich.

Beim Eingang zum Volksgarten kam hinter den Bäumen das bekannte hellgrüne Dach in Sicht, unter dem er die vergangene Woche die meiste Zeit verbracht hatte. Langsam querte er den Volksgarten und blieb vor dem restaurierten Theseus-Tempel stehen und grinste. Das hätte dem Kaiser bestimmt nicht gefallen. Über den linken Oberschenkel der bronzenen Statue vor dem Tempel straffte sich ein rosarotes Strumpfband. Dicke Wassertropfen troffen dem athletischen Jüngling von der noblen Nase. Im Hintergrund hockte eine einzelne Krähe auf einem der verkleideten Rosenstöcke und pickte beim i des *Café do Brasil* ein Loch in den Jutesack.

Als Orsini das Gittertor beim Ausgang durchschritt, kramte er mit klammen Fingern in der Brusttasche seines Ledermantels nach dem Handy und schaltete es ein. Leicht gekränkt dachte er an Paula, die ihn abends nicht mehr zurückgerufen hatte. Dass er das Ding danach abgeschaltet hatte, war zwar gegen die Abmachung, aber die ständige Erreichbarkeit nervte ihn grundsätzlich.

Wenn sie ihm zumindest ein neues Gerät gegeben hätten! Dieses brauchte jedes Mal eine Ewigkeit, bis es zum Leben erwachte.

Er sah über die Straße zur Burg und stutzte. Etwas war anders als sonst. Verwirrt überflog er seine Nachrichten. Nicht beantwortete Anrufe von Paula: halb drei in der Früh, halb vier, neun.

Ein SMS vor einer Stunde. *Ruf mich zurück!* Eines vom Theater. *Probe abgesagt!* Sofort regte sich sein schlechtes Gewissen.

Hektisch wählte er seine Mailbox an.

»Ruf mich dringend an und bleib vom Theater weg, es gibt einen neuen Toten!«

Zu spät, fluchte Orsini innerlich, denn er war keine zehn Meter von zwei uniformierten Polizisten entfernt, denen eine Handvoll Fotografen und Medienleute gegenüberstand. Trotz des Gewimmels hatte ihn einer der beiden bemerkt. Orsini glaubte, den Mann von einer Ermittlung her zu kennen, stellte den Mantelkragen ein wenig höher und zog sich den Schal übers Kinn. Sollte er umkehren?

Er hielt einen Moment an, tippte eine Nummer ein, dann schlenderte er an der Menschentraube weiter, an der Rückseite des Theaters entlang.

Ein Toter?

Paula ging natürlich nicht ans Telefon. Vorsichtig sah Orsini über seine Schulter. Es war unwahrscheinlich, dass der Polizist ihn erkannt hatte, aber nicht ganz auszuschließen. Doch der Beamte war gerade vollauf damit beschäftigt, ein neu eingetroffenes Kamerateam abzuwimmeln. Direkt neben dem Bühneneingang parkten zwei Polizeiautos und ein Transporter von der Spurensicherung. Er konnte von Glück reden, dass er noch keinem der früheren Kollegen in die Arme gelaufen war.

Wieder wählte er Paulas Nummer – nichts. An der Ecke auf der Landtmann-Seite bog er links ab, Richtung Ring, und blickte sich um. Passanten, Geschäftsleute, vereinzelte Radfahrer, die Straßenbahn. Keine Gefahr.

Bleib vom Theater weg …, wiederholte er, schüttelte den Kopf und blieb brütend auf der ehemaligen Kutschenzufahrt stehen. Noblere Besucher waren früher direkt bis zur Feststiege gefahren worden. Doch dort, wo einst Hufe geklappert hatten, verstopften jetzt geparkte Autos die Zufahrt. Orsini trat näher und zog an der Eingangstür. Natürlich geschlossen.

Frustriert setzte er sich auf die kalte Motorhaube eines japanischen Kleinwagens und wählte eine andere Nummer. Nach zweimaligem Läuten hörte er Jeffs fragende Stimme: »Ja?«

»Wie wär's mit einer Zigarette?«

»Jetzt?«

»Ja, ich bin unten auf der Landtmann-Seite.«

»Ist okay, bin gleich da«, erwiderte Jeff und legte auf.

Kurz darauf spähte Jeff überrascht durch den Spalt. »Wieso bist du draußen?«

»Ich war noch nicht drinnen. Zu viel Tumult beim Bühneneingang«, unterbrach Orsini. »Gibst mir eine?«

»Klar«, antwortete Jeff und hielt ihm die Packung hin. Er wirkte verunsichert.

»Beim Bühneneingang ist mir zu viel Polizei«, erklärte Orsini.

Jeff runzelte die Stirn.

»Ich bin amtsbekannt«, Orsini nahm lächelnd einen tiefen Zug, »die kennen mich von früher.«

Jeff grinste und deutete verschwörerisch auf seine Hosentasche. »Ich hab auch was zu verbergen.«

»Sicher nicht so viel wie ich«, erwiderte Orsini, nahm erneut einen Zug und blickte sich um. »Was ist denn drinnen los?«

»Die Hölle ist da drinnen los. Shure, der Tontechniker, hat sich angeblich von irgendwo am Schnürboden nach unten gestürzt«, berichtete Jeff und begann zu erzählen.

»Und das heißt, die Vollversammlung ist noch im Gange?«, fragte Orsini, als Jeff fertig war.

»Ja, und stell dir vor, die Alte will unbedingt, dass der Betrieb ab übermorgen einfach weiterläuft!«

»Ist die Kriminalpolizei auch da?«

Jeff schnippte die abgebrannte Asche zu Boden. Sie landete neben mehreren ausgetretenen Stummeln. »Ja, sie verhören grad einen nach dem anderen. Die gesamte Bühne ist abgesperrt. Angeblich mindestens bis heute Abend.«

»Und du, haben sie dich auch schon einvernommen?«

»Nein, sie reden nur mit denen, die gestern Abend da waren.«

»Schade«, erwiderte Orsini und beobachtete, wie die Asche vor ihren Füßen von einer kleinen Böe erfasst wurde.

»Wieso?«

»Mich hätte interessiert, was die so für Fragen stellen.«

»Bist ja ganz schön neugierig«, antwortete Jeff und rieb sich fröstelnd die Arme. Dann trat er seine Zigarette aus und fuhr fort: »Würd gern wissen, woher das kommt.«

»Als Kind wollte ich unbedingt Inspektor werden«, entgegnete Orsini. »Gehen wir rein?«

Jeff musterte ihn kurz, verzog den linken Mundwinkel und nickte. »Kannst du doch immer noch.«

»Was?«

»Inspektor werden.«

»Bin ich dafür nicht schon zu alt?«, fragte Orsini und nahm zwei Stufen auf einmal.

»So wie du die Stiegen raufläufst, sicher nicht«, keuchte Jeff hinter ihm her.

»Gestern eine lange Nacht gehabt?«, witzelte Orsini, behielt dabei aber ständig die Gänge im Auge.

Im ersten Stock angekommen, hielt Jeff Orsini am Arm zurück. »Da dürfen wir nicht rein. Die gesamte Bühne ist bis auf Widerruf gesperrt!«

»Da will ich auch gar nicht hin«, erwiderte Orsini, obwohl er genau das vorgehabt hatte, und marschierte weiter hinauf. »Was ist oben los?«

»Keine Ahnung, ich glaub, da dürfen wir auch nicht hin.«

Orsini ignorierte ihn und ging zielstrebig weiter. Eher widerwillig folgte Jeff ihm bis in den dritten Stock. »Ehrlich gesagt, mir hat der Meersburg auf den Speeren gereicht. Den Shure will ich mir gar nicht vorstellen. Angeblich war alles voller Blut, und er ist praktisch in zwei Teilen dort gehangen.«

Orsini blieb vor dem Eingang zum Schnürboden stehen. Ein rot-weiß-rotes Sperrband war in der Form eines X über die Tür geklebt.

»Was ich gehört hab, ist er auf einem Grabstein gelandet, und da hat's ihn zerrissen.«

Orsini erwiderte darauf nichts und marschierte stattdessen den Gang entlang nach hinten und probierte es beim zweiten Eingang. »Hier ist nicht abgesperrt«, erklärte er und spähte durch den Türspalt. Keiner zu sehen. Auch vom Theater niemand. Langsam öffnete er die Tür weiter und winkte Jeff, ihm zu folgen.

»Spinnst du? Das …«

»Komm, ist doch interessant!«

»Ich warte.« Jeff wirkte mit einem Mal verändert. »Nein, ich muss wieder runter, ich sollte …« Mit einer linkischen Geste machte er auf dem Absatz kehrt.

Orsini schlüpfte indessen rasch unter den Bändern durch und horchte.

Nur das sanfte Brummen eines Lüfters, gedämpfte Stimmen aus einiger Entfernung.

Die Vollversammlung?

Der Schnürboden schien verwaist. Vorsichtig trat Orsini ans Geländer und blickte nach unten auf die Kulissen. Der Grabhügel war jedoch von den Aufbauten verdeckt. Also schlich er das Geländer entlang, bis der Erdhügel in sein Sichtfeld rückte.

Vor der Unglücksstelle langweilte sich ein Polizist. Orsini

kannte ihn nicht. Seine beginnende Glatze war von oben gut sichtbar. Er drehte einen Schlüsselbund am Zeigefinger im Kreis. Zu gerne hätte Orsini sich einfach weiter über das Geländer gebeugt, um den Grabstein besser zu sehen. Als verdeckter Ermittler zu arbeiten hatte eindeutig Nachteile. Vorsichtig machte er noch ein paar Schritte, bis er den Grabstein im Blick hatte.

Kurz registrierte er das Absperrband, konzentrierte sich dann aber auf das Gesamtbild. Sein Blick wanderte zum metallenen Steg, der sich vor ihm über die gesamte Bühnenbreite erstreckte. Auch hier Absperrband. Er versuchte sich Shures Sturz vorzustellen, das Aufprallen: zu spät – dieser Ort gab keine Geheimnisse mehr preis. Es waren zu viele Füße herumgetrampelt, zu viele Augen darauf gerichtet, zu viele Meinungen gedacht worden, und außerdem fehlte der Leichnam.

Plötzlich aber tauchte unter ihm unweit des Polizisten ein zweiter Kopf auf. Eine altbekannte Stoppelfrisur. Nach einer viel zu langen Schrecksekunde zuckte er schneller als ratsam zurück. Sein Puls beschleunigte sich, er ließ das Geländer los. Rasch schlich er nach hinten und versuchte sich zu beruhigen. So schnell konnte niemand von der Bühne unten hier oben sein.

Ein Knarzen ließ ihn vor der Tür innehalten. Sein Herz raste.

*

Hatte die blöde Kuh etwa eigenmächtig …? Kubicek spürte, wie der Zorn in ihm hochstieg. Sein Kopf fühlte sich trotz der kühlen Winterluft wie glühende Kohle an. Wütend knallte er das Fenster zu und durchquerte die Garderobe.

»Bleiben Sie hier!«, befahl er der Frau, die am Gang darauf wartete, bei ihm ihre Aussage zu machen, und rannte an ihr vorbei. Gleichzeitig zog er sein Handy aus der Tasche, suchte

Paulas Nummer, überlegte es sich aber auf der Treppe anders und steckte das Handy wieder weg.

Bei der Portiersloge riss er die schwere Tür auf, rammte mit der Schulter einen der Reporter, die sofort alle ihre Kameras und Mikrofone in Stellung brachten, schob ihn zur Seite und überblickte die Gehsteige.

»Stimmt es, dass ein Schauspieler sich umgebracht hat?«

»Können Sie zum Todesfall etwas sagen?«

»Gibt es einen oder mehrere Tote?«

Kubicek starrte wütend direkt in eine der Kameras und setzte zu einer Replik an. Doch im letzten Moment hielt er sich zurück, stieß die Kamera grob beiseite und machte kehrt.

Er musste längst drinnen sein, schloss Kubicek, bedachte den Reporter mit einer abfälligen Bemerkung und bahnte sich einen Weg zurück. Dann lief er den Gang entlang, riss die Tür zur Kantine auf, sah sich hektisch um und lief weiter. Auch der Gang mit den Herrengarderoben war menschenleer.

Was sollte er tun? Eine Garderobe nach der anderen absuchen? Als Kriminalbeamter hatte er schließlich jedes Recht dazu, folglich drückte er die Klinke vor sich.

Geschlossen.

Auch bei der nächsten Tür Fehlanzeige. Was hatte er denn erwartet? Dieses verfluchte Haus mit den vielen Winkeln, Stiegen, Gängen und Türen! Welcher Architekt hatte sich nur so ein Labyrinth ausgedacht?

Die Galle kam ihm hoch, wenn er daran dachte, wie lange er in der Nacht dieses Scheiß-Direktionszimmer gesucht hatte. Und in der Zwischenzeit hatte diese verdammte Kisch alles Wichtige mit der Direktorin und der Dramaturgin besprochen. Im Laufschritt hetzte er weiter, bis er keuchend im Zuschauerraum landete. Alle Augen richteten sich auf ihn. Die zickige Dramaturgin fragte: »Ja?«

Kubicek blickte verständnislos über die Köpfe der Versammelten hinweg.

»Brauchen Sie etwas?«

Er schüttelte den Kopf, knurrte eine unverständliche Antwort und hastete an ihr vorüber die provisorischen Holzstufen zur Bühne hinauf. Hektisch versuchte er, den schweren Vorhang beiseitezuschieben, was seinen Zorn nur noch mehr anstachelte.

»Wenn Sie nach hinten wollen, dort an der Seite«, merkte die Dramaturgin trocken an.

»Scheiß-Theater!«, fluchte Kubicek ungehemmt vor sich hin, während er sich seinen Weg bahnte. »Ist gerade jemand vorbeigekommen?«, fragte er den Polizisten, der sich noch immer allein die Beine in den Bauch stand.

Der Beamte zuckte nur mit den Achseln.

»Reden verlernt?«, herrschte Kubicek ihn an.

Der Beamte schüttelte den Kopf und sagte nur: »In der letzten halben Stunde nicht«, um dann seinen Schlüsselbund hervorzuholen und damit herumzuspielen.

Frustriert fischte Kubicek seine Zigarettenpackung hervor und zündete sich eine an. Es war sinnlos, das ganze Haus abzusuchen. Gierig sog er den Rauch ein und streifte dabei wie eine Raubkatze auf der Pirsch zwischen den Kulissen hin und her. Dass aus Sicherheitsgründen strengstes Rauchverbot herrschte, war ihm vollkommen egal. Trotzig kostete er die Zigarette aus, formte nach dem letzten Zug die Lippen zu einem Kreis und blies einen Rauchring schräg nach oben. Der graue Doppel-Kringel segelte kunstvoll von ihm weg. Sein Blick folgte der sich allmählich auflösenden Acht nach oben zum Geländer des Schnürbodens. Kubicek erstarrte.

Dann schmiss er den Zigarettenstummel zu Boden, trat ihn hektisch aus und rannte neuerlich los.

*

Orsini saß in der Falle.

Keinesfalls wollte er Kubicek begegnen und damit für Paula eine Lawine an Schwierigkeiten lostreten. Wer weiß, wer noch alles im Haus war! Dann konnte er die ganze Aktion vergessen. Kubicek würde seine Empörung darüber, dass er nicht informiert gewesen war, innerhalb kürzester Zeit im gesamten Haus herumposaunen, ohne darüber nachzudenken, welche Folgen das hätte.

Orsini rüttelte an mehreren Türen. Endlich ließ sich eine öffnen. Ein fensterloser Raum, der Geruch nach Werkstatt, Öl, Booten und Hafen. Schnell schloss er die Tür hinter sich und lehnte sich mit dem Rücken gegen das Türblatt. Mit der Hand tastete er sich wie ein Blinder langsam vorwärts: ein Regal, die raue Oberfläche von Hanfseilen. Offenbar befand er sich in einer Art Lagerraum.

Angespannt legte er das Ohr an die Tür und horchte.

Schritte, ein abgehacktes Räuspern, das er nur zu gut kannte – nur übertönt von seinem pochenden Herzschlag. Hatten die Schritte gestoppt? Ahnte Kubicek, dass er sich hier versteckte? Er hatte bisweilen einen bemerkenswerten Instinkt bewiesen. Als die Schnalle sich ruckartig nach unten bewegte, drückte Orsini mit voller Körperspannung gegen die Tür und hielt den Atem an.

Heftigeres Räuspern. Rütteln an der Schnalle. Eine Kaskade an Flüchen. Dann endlich – eine gefühlte Ewigkeit später – Schritte, die sich entfernten.

Kubicek war weg. Doch in der Stille, die Orsini nun umgab, spürte er plötzlich, dass jemand hinter ihm atmete.

Dann das kratzende Geräusch eines Feuerzeugs. Blitzschnell drehte er sich um und brachte die Arme hoch, um sich verteidigen zu können.

»Hab ich Sie erschreckt?«, fragte eine tonlose Stimme. Im Schein der kleinen Flamme konnte Orsini schemenhaft eine zerbrechlich wirkende Frauengestalt erkennen. Ophelia? Zumindest war sie von ähnlicher Statur wie die hypersensible Darstellerin.

»Allerdings. Das könnte man schon so sagen«, antwortete Orsini schnaufend. »Was um Himmels willen machen Sie hier?«

»Was machen *Sie* hier?«, entgegnete die Frau mit brüchiger Stimme. Dennoch klang es nicht so, als würde sie sich wundern. Es klang auch nicht empört. Eher so, als wäre sie keiner stärkeren Emotion fähig. Oder als wäre sie einfach unendlich müde. Orsini ließ die Arme sinken. Sein Adrenalinspiegel sank. Dass jemand sich hier versteckte, schien ihm plötzlich gar nicht mehr so abwegig. Die Frau hob für einen Moment den Kopf: ihr blondes Haar gab ihr Gesicht frei. Es war nicht Ophelia, sondern Marlene!

Shure tot, vom Steg gestürzt, und seine Freundin allein hier oben – das konnte alles Mögliche bedeuten. War sie dabei gewesen? Hatte sie etwas gesehen? Oder war sie – wie er selbst – hergekommen, auf der Suche nach einer Erklärung?

Warum war sie nicht unten bei den Kriminalbeamten? Hatte sie vielleicht doch mit Shures Tod zu tun?

»Ich bin nur neugierig«, sagte er dann, um Zeit zu gewinnen, und suchte nach einem Lichtschalter.

»Ich weiß«, antwortete sie, diesmal nüchterner.

Was hielt sie da in ihrer anderen Hand? Etwas Längliches … Angespannt beäugte Orsini jede ihrer Bewegungen.

»Dort«, sagte sie nur und deutete mit dem Feuerzeug auf eine provisorisch montierte, zerbeulte Lampe.

Orsini nickte. »Wie lange sind Sie schon hier?«, fragte er und knipste die Lampe an.

»Lange. Und vor wem verstecken Sie sich?«

»Vor dem Phantom des Theaters«, erwiderte Orsini und studierte die Gesichtszüge der jungen Requisiteurin. Sie hatte ihm unlängst geholfen, seinen Helm zu suchen. Eine freundliche Person, quirlig, vergnügt. Aber all das schien wie ausgelöscht, hier in dieser muffigen Kammer.

Er sah zu, wie sie sich eine selbstgedrehte dünne Zigarette anzündete, und fragte dann vorsichtig: »Ist das Ihr heimlicher Rückzugsort?«

Als Antwort entfuhr ihr ein tiefer Seufzer. Mit mechanischen Bewegungen versuchte die Requisiteurin, ihr komplett durchnässtes Taschentuch zu glätten, und fuhr sich damit über die Augen. »Nur, wenn ich die da draußen nicht mehr aushalte.«

»Wen halten Sie nicht mehr aus?«

Schweigen. Zittrig führte die Hand die Zigarette zum Mund, ein unbeholfener Zug, Hüsteln. Keine geübte Raucherin, registrierte Orsini.

»Wir wollten eigentlich ins Kino …«

»Ins Kino?«

»Ja, *Inception*. Gestern. Er hat ihn schon gesehen, drei Mal, ich noch nicht.«

»Aber ihr seid nicht gegangen?«

»Er hatte keine Zeit. Und jetzt werden wir nie miteinander … er ist nicht gefallen«, flüsterte Marlene und sog wieder an der Selbstgedrehten.

Orsini nickte und schwieg.

»Er hat sich hier oben ausgekannt, das wär ihm niemals passiert! Außerdem, *Inception* war einer seiner Lieblingsfilme …«, flossen die Sätze aus ihr heraus und schwammen ineinander wie auf unruhiger See. »Ich hab ihm doch noch gesagt, dass er aufpassen muss.«

»Aufpassen?«

»Ja, so wie … wie wir alle. Ich hab ihm sogar den Talisman besorgt.«

»Talisman?«

»Er hat nur darüber gelacht.«

»Worüber?«, versuchte Orsini möglichst behutsam nachzufragen.

Die Requisiteurin biss sich auf die Lippen, Tränen rannen aus ihren verquollenen Augen herab.

»Wenn wir nur ins Kino gegangen wären! Dann wär das nie … Aber sie haben sich immer über ihn lustig gemacht! Und deswegen ist er unvorsichtig geworden.«

»Unvorsichtig?«

»Er hat in der Nacht Dinge erledigt. Allein. Weil er seine Ruhe haben wollte.«

»In der Nacht?«

»Ja.«

»In der Nacht ist das Haus doch geschlossen?«

Mit leerem Blick starrte Marlene durch Orsini hindurch. »Ich gehe jetzt nach Hause.« Fragil, zart und doch auf der Lauer, dachte Orsini. Zugleich verwundert und enttäuscht.

»Du bist ein eigenartiger Komparse.« Sie blickte Orsini direkt in die Augen und strich sich das Haar glatt. »Eines sag ich dir: In der Nacht gehen hier mehr Leute ein und aus, als du dir vorstellen kannst.«

Sie hatten den ganzen Tag für Unruhe im Haus gesorgt und tappten dennoch im Dunklen. Man sah es ihnen an. Sie hatten nicht den blassesten Schimmer.

Zuerst hatte er heimgehen wollen. Irgendwann war es genug. Aber dann – er sah von Tisch zu Tisch, verzog den Mundwinkel zu einem angedeuteten Lächeln und nickte den Neuankömmlingen zu – war seine Neugier stärker gewesen. Wie sie alle überreagierten! Die Blicke waren fahrig, jeder hatte jeden im Verdacht.

Er nahm einen Bieruntersetzer zur Hand und ließ ihn zwischen den Fingern kreisen. Der Umsatz musste sich verdoppelt haben, jedenfalls an Hochprozentigem. Essen mochte heute hingegen kaum jemand. Da hatte der tote Tontechniker ihnen doch den Appetit verdorben.

Schade auch, dass er diesmal nichts von der Leiche mitgenommen hatte. Es hatte sich eben nicht ergeben. Sonst hätte er wieder der Kriminalbeamtin ein Präsent machen können. Mit freundlichen Grüßen von der Belegschaft.

Die Kantinenwirtin freilich konnte ganz gut mit der Situation umgehen. Prompt wie immer kümmerte sie sich um jede Bestellung, machte Kaffee, zapfte Bier ab oder mixte Sonderwünsche, alles in einem beeindruckenden Tempo.

Er selbst hatte sich noch nicht entschieden, was er besser fand, die aufgeregte Anspannung, die wie eine Unterwasser-Strömung alle erfasst hatte, oder die Abgeschiedenheit oben am Dach. Genüsslich trank er einen Schluck Bier, spürte die kühle Flüssigkeit in seiner Kehle und wischte sich den Schaum von der Oberlippe.

Es war so gekommen, wie es kommen musste. Warum sahen sie das nicht? Es hatte keinen Sinn, sich zu wehren. Meersburg war nicht mehr tolerierbar gewesen, einfach eine Schande.

Und jetzt, wo der Damm gebrochen war, würden noch einige mit dem Strudel fortgerissen werden. Da konnten sie sich betrinken, so viel sie wollten, dachte er und prostete seinen Tischnachbarn zu.

»Mit dem hätte und habe ich privat kein Wort gewechselt.«

»Warum?«

»Warum? Was ist das für eine Frage? Darauf gebe ich keine Antwort, das ist und bleibt privat.«

»Und beruflich, ich meine, wie haben Sie denn während der Arbeit kommuniziert?«, Elvira Zobl ließ sich nicht aus der Fassung bringen.

»Wozu sollten wir da groß kommunizieren? Es gibt einen Text, das reicht. Wenn man ihn kann!«

»Aber es gab doch sicher Situationen, bei denen es nicht nur …«

»Dafür gibt es die Susanne.«

»Susanne?«

»Sie wissen nicht, wer Susanne ist?« Eva Anderlecht, die Darstellerin der Königin und Hamlets Mutter, sah Elvira herablassend an.

»Nein.«

»Na, hätte ich mir denken können.«

»Also?«

»Susanne ist unsere Assistentin. Nicht die Flinkste und nicht die Hellste, aber wenn man sie ein bisschen antreibt, bewegt sie sich schon. Wenn auch mit Verzögerung.«

»Die hat dann im Falle des Falles vermittelt.«

»Es gab nichts zu vermitteln! Wozu machen Sie sich eigentlich Notizen, wenn ich dann alles wiederholen muss.«

»Das heißt, zwischen Ihnen und Meersburg gab es also nur Kontakt auf der Bühne?«, mischte sich Ennsner zum ersten Mal ein.

»Junger Mann«, antwortete Eva Anderlecht mit erhobener Stimme. »Denken Sie noch einmal darüber nach, was ich vorhin geantwortet habe. Vielleicht fällt es Ihnen wieder ein, denn ein drittes Mal erkläre ich Ihnen das jetzt nicht.«

Ennsner lief rot an.

»War es das?«, fragte die Schauspielerin, rümpfte dabei die Nase und deutete gekonnt an, dass sie Besseres zu tun hatte, als dämliche Fragen zu beantworten.

»Also Ihnen ist nichts an Herrn Meersburg aufgefallen, das anders war als sonst?«, fragte Elvira ruhig, obwohl ihr die Abgehobenheit der Darstellerin zusehends auf die Nerven ging.

»Nein, nein. Und wenn Sie mich in einer Stunde noch einmal fragen, lautet die Antwort wieder: nein! Aber ich kann Ihnen das auch schriftlich geben, wenn das hilft.«

Elvira Zobl nickte und machte ein Häkchen auf der Liste der Schauspieler. Mit einer spitzen Bemerkung auf den Lippen rauschte Anderlecht nun aber schon aus dem Zimmer und knallte die Tür hinter sich zu.

»Phhh!« Ennsner ließ seinem Ärger freien Lauf. »Die spielt die Königin nicht nur im Stück.«

»Wer ist noch draußen?«, wollte Elvira Zobl wissen.

»Der Laertes«, erwiderte Ennsner und überflog das Programmheft, »Ophelias Bruder.«

»Bitte, lass ihn nicht so sein wie seine Schwester«, meinte Elvira und rief in Richtung Tür: »Herein!«

»Der nächste Spinner, bitte«, ergänzte Ennsner leise und

blickte dabei auf seine Armbanduhr. Sie saßen seit mehreren Stunden in der zum Befragungsraum umfunktionierten Garderobe auf der Herrenseite, die ansonsten den Stars vorbehalten war. Zahlreiche Fotos und Postkarten samt Autogramm hingen an den Wänden.

»Herein!«, rief Ennsner erneut und nahm eine der Autogrammkarten in die Hand. »Wie viel ist die wohl am Schwarzmarkt wert?«

Elvira Zobl zuckte mit den Schultern. »Geh mal raus, vielleicht hat er uns nicht gehört.«

Ennsner ging vor die Tür und sah sich um. »Keiner da.«

»Dann müssen wir den Nächsten suchen«, Elvira hob ihren Blick von der Liste, auf der neben dem Namen Christoph Roth handschriftlich stand: *ab zirka 14.00 Uhr in der Schneiderei, wegen Kostümänderung.*

Ennsner warf einen Blick in das Programmheft und blies hörbar die Luft aus.

»Was ist?«, fragte Elvira und schloss die Garderobentür im Gehen hinter ihnen.

»Der König«, Ennsner und deutete auf das Portraitfoto im Programmheft, »hat ein ordentliches Doppelkinn.« Ohne auf Elvira zu warten, marschierte er zügig los und hielt erst vor der Schneiderei.

»Dass du gerne in den Bergen bist, merkt man«, entfuhr es ihr. Sie selbst war allerdings auch eher durchtrainiert – vor allem wegen ihres für eine Kriminalbeamtin ungewöhnlichen Hobbys, dem Bouldern – und keineswegs außer Atem.

Ennsner ignorierte ihre Bemerkung und konstatierte stattdessen nüchtern: »Die Ausbeute ist bis jetzt mehr als mager: Wir hatten zuerst einen vollkommen überdrehten Jungstar.«

»Mit einem blauen Auge«, kommentierte Elvira süffisant.

»Zwei warme Brüder, die gemeinsam befragt werden wollten.«

Elvira sah ihn rügend an. »Sie heißen Rosenstern und Gül...«

»Rosenkranz und Güldenstern«, verbesserte Ennsner mit einem Blick ins Programmheft, ehe er fortfuhr: »Dann noch diesen ordinären Typen, der... wie hieß der doch gleich im Stück?«

»Polonius.«

»Genau, der Kämmerer im Stück... dann den Bodybuilder, der den Dänenkönig gibt.«

»Drei Mal h: hübsch, harmlos, hirntot«, ergänzte Elvira und tippte sich dabei an die Stirn.

»Einen Totengräber mit markanter Stimme.«

»Gefragter Synchronsprecher für Hollywoodgrößen, uns gegenüber aber stumm wie ein Grab.«

»Und mein Liebling, abgesehen von der königlichen Präpotenz in Person: Ophelia – Bulimie und nervliches Wrack.«

»Rausgefunden haben wir also insgesamt null, aber wenigstens kann es kaum mehr schlimmer werden.«

»Warten wir's ab«, entgegnete Ennsner, klopfte an die Tür und trat ohne zu warten ein.

»Was erlauben Sie sich!«, fuhr Roth sie aufgebracht und zugleich verschämt an. Er stand auf einem Schemel und entsprach nur bis zur Körperhälfte dem, was man sich unter einem König vorstellte. Unterhalb des prächtigen dunkelroten Wamses trug Roth nämlich nur eine gestreifte Boxershorts, in der die wuchtigen Beine des Schauspielers steckten. Ein Mann mit dicker Brille nahm gerade an dessen linkem Oberschenkel Maß. Am linken Unterarm trug er eine gepolsterte Schaumstoffbinde mit verschiedenfarbigen Stecknadeln darin. Es sah aus, als hätte sich ein kleiner Igel mit bunten Stacheln auf dem Arm niedergelassen.

»Kriminalpolizei! Wir haben nur ein paar Fragen«, sagte Ennsner energisch und kam Elvira zuvor. Dabei warf er seiner Kollegin einen frustrierten *Ich hab es gewusst*-Blick zu.

»Polizei?« Roth schien überrascht und strahlte deutliche Missbilligung aus.

»Wenn es Ihnen peinlich ist«, Elvira war genervt, »dann können wir ...«

»Peinlich?«, entgegnete Roth und stieg vom Schemel. »Peinlich ist, wenn dir mitten in der Probe die Hose platzt!« Mit einem vernichtenden Blick strafte er den Gardrobier neben sich, den er offensichtlich für dieses Missgeschick verantwortlich machte.

»Wenn das bei der Premiere geschieht, dann ... dann hat das ganz sicher Konsequenzen«, drohte Roth und bedeutete dem Garderobier, dass er verschwinden sollte. »Ich meine, wo sind wir denn hier?«, fuhr er fort, nachdem der Mann die Schneiderei verlassen hatte. »Nennt sich das *erste* Haus, und dann hat man es mit zweitklassigen Leuten zu tun.«

»Also«, hakte Ennsner ein.

»Was sage ich zweitklassig, drittklassig!« Lässig nahm Roth auf einem Stuhl Platz, den er zur Gänze ausfüllte. »Der Dilettant«, er deutete Richtung Tür, »kriegt nicht mal eine passende Hose hin!«

»Könnten wir bitte zum Thema kommen!«

»Da glaubt man, dass es hier professionell zugehen würde, und dann schicken sie mir einen Gardrober, um die Hose zusammenzuflicken. Nicht mal für einen ordentlichen Schneider gibt's hier Geld. Das Gleiche ist mir mit diesem Tontechniker passiert, die Requisiteure sind nicht viel besser und wenn ich an diese ungeschickte Souffleuse denke, wird mir gleich übel.«

Elvira räusperte sich.

»Kein Wunder, dass es zu Unfällen kommt«, redete Roth wie aufgezogen weiter, so als gäbe es die beiden Kriminalbeamten nicht. Elvira beobachtete die Veränderung in Ennsners Gesicht. Ein leichtes Zucken der Wange verriet, dass er kurz davor war, die Beherrschung zu verlieren.

»Waren Sie, als Meersburg gestürzt ist, im Haus?«, unterbrach Ennsner Roths Wortschwall.

»Was?« Roth sah ihn zum ersten Mal an, verblüfft.

»Das ist die falsche Antwort«, entgegnete Ennsner harsch, dann wiederholte er die Frage mit ungewohnter Schärfe: »Ob Sie hier im Haus waren, als Meersburg zu Tode gekommen ist!?«

»Ja, in der Kantine«, antwortete Roth, sichtlich kleinlauter als zuvor.

»Gibt es Zeugen?«, drängte Ennsner.

»Maria, die Kellnerin, vielleicht.«

»Was hatten Sie da zu tun? Es war doch gar nicht Ihr Stück?«

»Wir hatten eine Sitzung wegen der geplanten Weihnachtsfeier und …«

»Gut, wir werden das überprüfen.«

»Überprüfen?« Empörung machte sich auf Roths Gesicht breit. Doch ehe er richtig loslegen konnte, schoss Ennsner weiter: »Am Abend, als der Tontechniker verunglückte, wo waren Sie da?«

»Zuerst haben wir an diesen Schreien gearbeitet.«

»Richtig.« Ennsner tat, als würde er in den Unterlagen etwas nachschauen. »Und danach?«

»Ich war ebenfalls in der Kantine, und dann bin ich nach Hause.«

»Verstehe, und wie?«

»Mit dem Taxi.«

»Und dann?«

»Ich wohne allein.«

Elvira wunderte sich. So hatte sie Ennsner noch nie erlebt, er galt allgemein als verschlossener Typ. Selbst über ihre gemeinsame Leidenschaft, die Berge, redeten sie praktisch nie. Angeblich war er tief unten im Tal aufgewachsen. Sie selbst hingegen ganz oben auf einer einsamen Alm. Vielleicht machte das den Unterschied aus. Umso sonderbarer erschien ihr sein momentanes Verhalten dem Schauspieler gegenüber, den er förmlich im Stuhl festgenagelt hatte und nun im Staccato mit Fragen bombardierte.

»Der Tod Meersburgs war doch ein beruflicher Glücksfall für Sie. Wie war Ihr Verhältnis zu ihm?«

»Ich habe ihn kaum gekannt, aber einen Glücksfall würde ich das nicht …«

»Eine Hauptrolle an diesem Haus zu bekommen ist ein Glücksfall.«

»Ich …«

»Was wissen Sie sonst über ihn?«

»Er war ein Star …«

»Das weiß ich.«

»Er hatte Angebote aus dem Ausland …«

»Das weiß ich auch.«

»Angeblich …« Roth druckste herum.

»Ja!«

»Angeblich war er ein Frauenheld …«

»Und weiter!«

»Und bestimmten Sub…«

Roth zog sich im Stuhl zusammen, als wollte er einen Rückzieher machen.

»Ein Frauenheld und …?«

»Ein Kokser, heißt es …«

»Ein Kokser?!«

»Er hat gerne nachgeholfen, wenn er schlecht drauf war. Hat mir jedenfalls der Erich«, er deutete zur Tür, »erzählt. Angeblich weiß das aber ohnehin jeder.«

»Wer liefert den Stoff?«

Roth hob die Schultern. »Das weiß ich wirklich nicht. Ehrlich!«

»Und sonst, was hört man sonst noch so?«

»Seine Schwester …«

»Ja!«

»Sie ist hier die leitende Kostümbildnerin. Ich hab gehört, dass die beiden ein seltsames Verhältnis haben sollen.«

»Seltsam?«

»Na ja, er ist … war der Star, sie nur … Oder es ist vielleicht auch etwas anderes …«

Fünf Minuten und diverse Fragen später schlossen Ennsner und Zobl hinter sich die Tür zum König, der zum dicklichen Prinzchen geworden war. Davor lehnte der Gardrobier lässig an der Wand. Einige der bunten Stecknadeln steckten auf der Außenseite seines Armes und bildeten ein Kreuz.

»Fakir?«, fragte Elvira Zobl beeindruckt.

»Na, fad is mir«, erwiderte der Garderobier und zog die Stecknadeln allesamt aus der Haut, ohne mit der Wimper zu zucken, »was hat euch der blade Schwachkopf da drinnen erzählt?«

»Nicht viel«, erwiderte Elvira ausweichend.

»Was is net viel?«

Elvira überlegte kurz. »Dass er durch Zufall zu der Rolle gekommen ist und den Meersburg praktisch nicht gekannt hat.«

»Der hat euch aber hübsch was vorgspielt. Dem steht doch die Gier nach der Rolle und der Kohle ins Gsicht gschriebn«, antwortete der Garderobier und steckte sich eine der Nadeln zwischen die Zähne.

Ehe er fortfahren konnte, erklang die dröhnende Stimme Roths durch die Tür: »Erich!«

»Übrigens ist er künstlerischer Betriebsrat und bei den Aufsichtsratssitzungen dabei. Also wenn er da gelegentlich telefoniert, könnt einem schlecht werdn.«

»Erich, soll ich hier anwachsen?!«

»Ich muss, das Riesenbaby braucht Unterstützung.«

»Dem Dicken hast du ganz schön zugesetzt«, meinte Elvira wenig später im Treppenhaus und blieb stehen. Ennsner zuckte gleichgültig mit den Schultern. Er hatte sich längst wieder in sein dunkles Tal zurückgezogen.

*

Verärgert knallte Paula das Handy auf den Tisch. Das Telefonat mit Orsini war ebenso kurz wie heftig gewesen. Verflogen der versöhnlichere Tonfall. Wie konnte er nur so leichtsinnig sein, das Auffliegen seiner Tarnung zu riskieren?

Mit der einen Hand öffnete sie die Brotlade und griff nach dem angeschnittenen Wecken, mit der anderen zog sie das Messer von der Magnetschiene. Sie hatte Hunger. Eigentlich war es zu spät für ein Essen, doch mit knurrendem Magen würde sie nicht einschlafen können. Als sie mit dem Handrücken die Bierflasche zur Seite schob, die sie gerade geöffnet hatte, rutschte ihr das Brot aus der Hand und fiel zu Boden. Fluchend hob sie es auf, blies pro forma darüber und säbelte eine Scheibe ab.

Als ihr Handy läutete, hoffte sie beinahe auf einen Rückruf Orsinis, wusste aber, dass er es nicht sein würde. Er machte einfach nie den ersten Schritt, das war nicht sein Ding. Auf dem Display sah sie nur die Info *unterdrückte Nummer* und hob ab. Doch anstatt eines akustischen Gegenübers war da nur ein leeres Knistern. Oder Atemzüge?

»Hallo, ist da jemand?«, fragte sie nach – keine Antwort. Sie schaltete das Handy auf stumm, steckte es in ihre Hosentasche und widmete sich wieder dem Brot. Sie belegte die Scheibe mit Käseresten samt einer halben Tomate und ging damit ins Wohnzimmer.

Am liebsten wäre sie einfach aus ihren Kleidern geschlüpft und ins Bett gefallen, doch auf ihrem Couchtisch türmte sich ein Berg, der noch heute abgearbeitet werden musste.

Geschenke, Spiele, Plüschtiere, Kleider, Bücher... lauter Sachen, die sie innerhalb eines Nachmittags besorgt hatte.

Sie hörte schon ihre Mutter nörgeln: *Halb so viel und stattdessen mehr Zeit mit deinem Kind...*

Gereizt biss Paula ins Brot. Ärger über den hinter ihr liegenden Tag stieg in ihr hoch. Über die Geier von der Presse, die Direktorin und ihren ständig um sie kreisenden schwarzen Mond – und über Orsini.

Nicht zu vergessen die zickige Kindergärtnerin, die sich außerstande gesehen hatte, Lilly auch nur für fünfzehn Minuten über die Zeit zu betreuen. Also war Paula um 16.45 Uhr vom Theater in den Kindergarten gerast, hatte Lilly abgeholt, ihr erklärt, dass sie erst morgen nachkommen würde, und sie dann ihrem Bruder übergeben. Zum Überdruss hatte auch noch Paulas Mutter mehrmals angerufen, weil ihr Christbaumkerzen und Zitronen fehlten. Und schließlich die Kollegen, die sich nichts aus dem Fall zu machen schienen, allen voran Kubicek. Sie wollte sich erst gar nicht vorstellen, was der veranstaltet hätte, wenn Orsini ihm in die Arme gelaufen wäre.

Achtlos stopfte sie den Rest des Brotes in den Mund, spülte das Ganze mit einem Schluck Bier hinunter und schob die Geschenke zur Seite. Am wütendsten war sie jedoch auf sich selbst, weil ihr ihr Leben immer wieder zu entgleiten drohte. Und daran war nur sie selbst schuld. Sie hätte die Sache einfach auf sich beruhen lassen sollen. Dann säße sie jetzt gemütlich vor einem knisternden Feuer am Kamin, mit einem Glas Wein in der Hand. Verdrossen schnitt sie ein Stück Geschenkpapier ab, verpackte damit eines der Bücher und dachte an den dicken Schauspieler, der den toten Meersburg ersetzte.

Wie hieß das Fass auf zwei Beinen noch gleich? Roth? Ein eitler Hahn, nur an sich und den Aufnahmen seiner Schreie interessiert. Mehrfach hatte er nachgefragt, ob der Tontechniker sie noch fertig gestellt hätte. Bis ihr schließlich der Geduldsfaden gerissen war und sie ihn angeschrien hatte, ob sie vielleicht im Jenseits anrufen sollte, um das zu klären. Dieser Fettsack, der sich selbst für das Wichtigste auf der Welt hielt!

Überhaupt hatte sie das Gefühl, dass die Außenwelt den *Burgleuten* reichlich egal war – Hauptsache, der Vorhang hob sich, und es konnte gespielt werden.

Elivra war schließlich mit ihr an die Luft gegangen, und sie hatten sich etwas zu essen besorgt.

Natürlich hatte Elvira recht, dass sich aufregen nichts brachte. Aber sich ständig unter Kontrolle zu haben war einfacher gesagt als getan. Vor allem in diesem Narrenhaus voller eitler Selbstdarsteller. Zur Eitelkeit kam aber noch etwas. Angst und Verunsicherung. Die stand nicht nur den Schauspielern ins Gesicht geschrieben.

Wie am Fließband legte Paula das fünfte Bilderbuch aufs Papier, schnitt ein Stück von der Rolle ab, faltete es und klebte das Päckchen mit kurzen Tixo-Streifen zu. Nicht besonders schön, aber zweckmäßig. Hauptsache irgendwie verpackt. Morgen würde all das Papier ohnehin wieder im Abfall landen.

Hastig fuhr sie mit der Schere durch das Papier und riss es dabei ein. Verärgert knüllte sie es zu einer Kugel und warf sie gegen den Wohnzimmerschrank. Selbst eine so simple Sache gelang ihr nicht! Sie war unkonzentriert, weil ihr immer wieder die Ermittlung in die Quere kam. Dabei wollte sie doch nur abschalten, sich auf das bevorstehende Fest freuen. Doch schon wanderten ihre Gedanken wieder zu dem Fall.

Da war die ungeklärte Sache mit dem Licht. Der Schnürbodenmeister hatte ausgesagt, dass er eigenhändig das Licht abgeschaltet hatte. Also musste Shure entweder doch eine Taschenlampe benutzt haben, oder er hatte das Licht oben angedreht. Wer aber hatte es dann wieder ausgeschaltet? Denn als Lehner mit seiner Mannschaft oben ankam, war es finster. Eine Taschenlampe war nicht aufgetaucht. Kein Fingerabdruck am Schalter.

In Shures Hosentasche hatte man die kaputte Sicherung gefunden, genau wie der Leiter der Tontechnik es vermutet hatte. Wenigstens diesbezüglich kein loses Ende. Dennoch arbeitete es in ihr weiter, die übergroße Fülle an Informationen von so vielen verschiedenen Personen in so kurzer Zeit – es schien unmöglich, die Spreu vom Weizen zu trennen.

Achtlos legte sie ein größeres Geschenk auf den Stapel und griff nach dem Stoffhasen für ihre jüngste Nichte. Er ähnelte bewusst dem, den Lilly von Orsini geschenkt bekommen hatte und seither überall mitnahm. Das Grinsen des Hasen kam ihr allerdings heute boshaft vor, als wollte er sie und ihre kreisenden Gedanken auslachen.

Zwei Unfälle, so schnell hintereinander?

Nein, sagte ihr Instinkt. Aber konnte sie sich darauf wirklich verlassen? Erwiesen war jedenfalls, dass selbst nüchterne Fachleute der verschiedensten Sparten die eigene Intuition krass überschätzten. Mechanisch entrollte Paula ein größeres Stück Papier für den Hasen, schnitt es zurecht und wickelte das Stofftier damit ein. Warum hatte sie nicht darauf bestanden, alles im Geschäft verpacken zu lassen? Außerdem – sie sah skeptisch auf das verbleibende Papier – hatte sie zu wenig davon eingekauft.

Was ihr noch im Kopf herumging, war die Sache mit den Schlüsseln für das Haus. Angeblich war eine beträchtliche Menge im Umlauf. Zwar hatte angeblich keiner selbst einen, aber jeder wusste von zumindest einem Mitarbeiter, der über einen verfügte.

Mit der verschlafenen Miene des Feuerwehrhauptmannes vor Augen, begann Paula Tixo-Streifen wahllos auf dem Hasen-Päckchen zu verteilen. Diesen Theaterleuten ging es doch nur darum, dass ihr heiliger Tempel nicht beschmutzt wurde!

Sie stand auf, um sich ein zweites Bier zu holen, blieb aber dabei mit dem Ärmel am Stapel hängen und beförderte einen Teil der Geschenke zu Boden.

»Mist!« Fluchend starrte sie auf die Pakete. Obwohl nur eines davon eingerissen war, spürte sie, wie dieser läppische Vorfall ihr den mickrigen Rest an Energie absaugte, der ihr noch geblieben war. Erschöpft ließ sie die Pakete liegen und begab sich Richtung Schlafzimmer.

Donnerstag, 24. Dezember

10

Nach einer unruhigen Nacht hatte Paula am Morgen die restlichen Geschenke verpackt und einen anstrengenden Vormittag im Büro verbracht. Jetzt schob sie ihren Sessel zurück, verschränkte die Hände im Nacken und sah auf die Pinnwand, wo die Bilder der beiden Toten aus der Burg hingen. Ob sie dort bleiben würden oder in eine Akte wandern und verschimmeln, würde sich spätestens – sie warf einen Blick auf die Uhr – in einer halben Stunde weisen.

Pokorny hatte darauf bestanden, dass sie ihm noch vor den Feiertagen sämtliche Befragungsprotokolle aushändigte. Er hatte durchblicken lassen, dass er einen Anruf erhalten hatte, der auf ein bestimmtes Ermittlungsergebnis abzielte. Genau so, wie es die Direktorin und ihre schwarze Eminenz wünschten: zwei tragische Unfälle und kein Zusammenhang.

Ob er gewillt war, diesem Wunsch nachzugeben? Sie kannte ihn nicht als jemanden, der sich drängen ließ, auch nicht von höchster Ebene. Mit ziemlicher Sicherheit würde es von ihrem Auftritt bei ihm abhängen. Nur was hatte sie schon in der Hand?

Es war Heiligabend und bereits nach zwei, als Paula hastig die Stufen zu Pokornys Büro erklomm. Sie klopfte, hielt die Akte fest in der Hand, wartete auf das schnarrende *Herein!* und betrat das Büro.

Pokorny saß hinter seinem Schreibtisch und hielt eine große Teekanne in der Hand.

»Milch?«, fragte er ohne besonderes Begrüßungsritual. Es klang eher wie ein Befehl.

»Nein danke, schwarz ist mir lieber«, erwiderte Paula trocken. Zum verbindlichen Ton fehlte ihr im Moment die Geduld. Während sie sich setzte, schielte sie auf die im ganzen Haus bekannte Pflanze. Das Ungetüm mit den riesigen, löchrigen Blättern beherrschte einen großen Teil des Büros. Den Stadtplan an der Wand konnte man nur noch erahnen. Nicht umsonst hieß Pokornys Büro unter den Kollegen nur noch *der Dschungel*, und *Auf ins Dschungelcamp!* war inzwischen ein geflügeltes Wort.

Ohne geringste Eile goss Pokorny den Tee in die erste Tasse, was im hausinternen Jargon Vorspiel hieß.

Wie es diese Zeremonie verlangte, wartete Paula darauf, dass er sich selbst eingoss und danach die nicht wegzudenkende Zigarette ansteckte. Stumm sah sie ihm zu und fragte sich – nicht zum ersten Mal –, was er von ihr hielt. Vor Jahren hatte er sie ins Team geholt und ihr damit eine Chance gegeben, sich zu beweisen. Auch während ihrer Karenz hatte er den Platz für sie freigehalten. Obendrein war sie unlängst zu Wilasichs Stellvertreterin avanciert, weswegen sich unter anderem Kubicek übergangen fühlte und sich dementsprechend verhielt.

Trotzdem.

Immer wenn sie Pokorny gegenübersaß, fühlte sie sich unweigerlich etwas kleiner. Der allseits bekannte durchdringende Röntgenblick streifte sie kurz. Pokorny stellte die Kanne ab. Paula legte einen Atemzug später die Akte daneben und begann – nachdem er sie mit einer Geste dazu aufgefordert hatte – mit ihrer Schilderung.

Nach etwa zehn Minuten, in denen sie sich ziemlich unbehaglich fühlte, endete sie, ohne ein einziges Mal von Pokorny unterbrochen worden zu sein, mit den Worten: »Ich möchte weiter dranbleiben.«

Pokorny steckte sich seelenruhig die nächste Zigarette an, blies eine Wolke Richtung Dschungelmonster und sagte: »Zusammengefasst heißt das, Sie haben keinen direkten Hinweis auf ein Gewaltverbrechen.«

»Abgesehen von der Sache mit dem Licht auf der Arbeitsgalerie«, erwiderte Paula nüchtern und sah Pokorny geradeheraus in die Augen.

Der drehte die Zigarette zwischen den Fingern, tippte die Asche in den Aschenbecher, inhalierte und blies den Rauch aus.

»Zwei *Unfälle* sind einer zu viel«, sagte er dann und schob ihr die Akte zu. »Machen Sie weiter! Allerdings werden Sie mit der Kollegin Zobl auskommen müssen, und Sie erstatten Wilasich oder mir Bericht! Außerdem, die Proben und die Aufführungen müssen ungehindert weiterlaufen, sonst rennen mir sämtliche Kulturbonzen die Türen ein!«

»In Ordnung«, erwiderte Paula knapp – ein halber Sieg also –, nahm die Akte wieder an sich und stand auf. »Der Tee war gut«, bedankte sie sich schlicht und wandte sich zum Gehen.

»Wir hätten jemand einschleusen sollen!«, sagte Pokorny ebenso unvermittelt wie unerwartet.

Paula schluckte, drehte sich aber nicht um. Wusste der alte Fädenzieher etwa Bescheid? Wenn ja, wer hatte geplaudert?

Wilasich? Undenkbar. Wer sonst? Oder war Pokorny nur gut im Raten? Sollte sie ihn einweihen? Was würde das ändern? Auf keinen Fall würde sie jetzt von sich aus zugeben, dass Orsini verdeckt operierte.

Paula räusperte sich, um Zeit zu gewinnen.

»Na ja«, fuhr Pokorny ruhig fort, »konnte niemand wissen, dass da noch was passiert. Frohe Weihnachten!«

Das *Frohe Weihnachten* noch im Ohr, drückte Paula die Stopptaste auf ihrem Smartphone. Manchmal konnte es nicht schaden, ein Gespräch aufzuzeichnen.

*

Als der Wagen auszuscheren drohte, ermahnte Paula sich, langsamer zu fahren und schaltete zurück. Die Straße am Fuß der alten Burgruine war tückisch. Von Kurve zu Kurve stieg die Gefahr von Glatteis.

Um diese Jahreszeit ging die Sonne so früh unter – wenn sie sich überhaupt zeigte –, dass Paula es nicht geschafft hatte, vor Einbruch der Dunkelheit aufzubrechen. Nach dem Gespräch mit Pokorny war sie heimgerast, hatte ihre Sachen in die Reisetasche gestopft und war losgefahren.

Neben der Straße ragte dreckiger Schnee hoch, festgefroren und hart. Zumindest hielt er sich hier auf dem Land noch, dachte sie. In der Stadt gab es seit Jahren kaum mehr weiße Weihnachten.

Bei jeder Linkskurve streifte das Aufblendlicht den Waldrand. So gern sie die Landschaft ihrer Kindheit mochte, im Finstern wirkte sie trostlos. Sie fragte sich, wo Orsini wohl Weihnachten verbringen würde. Eigentlich hatte sie vorgehabt, ihn anzurufen. Ihr Handy klingelte: Vielleicht war er es wider Erwarten …

»Kisch«, sagte sie und hielt das Handy ans Ohr.

Keine Antwort.

»Hallo?«

Nichts.

Paula wandte den Blick kurz von der Straße ab und sah aufs Display. Keine Rufnummer angezeigt. Sie stellte das Radio leiser und drückte das Handy fester ans Ohr. Regelmäßiges Atmen.

»Wer ist da?!«

Wieder Atemzüge, heiser. Paulas Puls beschleunigte sich, und der Gurt drückte ihr plötzlich gegen die Brust.

Dann das Besetztzeichen, genau wie am Tag zuvor.

Mit einer Hand lenkte sie den Wagen Kurve für Kurve weiter, auf das alte Gutshaus unter den verfallenen Mauern zu, mit der anderen versuchte sie einen Rückruf. Doch sie landete damit nur in einer telefonischen Sackgasse. Kaum hatte sie das Handy weggelegt, läutete es erneut. Ihr Magen verkrampfte sich.

»Kisch …«, sagte sie möglichst ruhig.

»Wo bleibst du?«, kam es vorwurfsvoll aus dem Lautsprecher. Ihre Mutter. »Du wolltest doch am Vormittag kommen!«

»Bin auf dem Weg!«, antwortete Paula, kühler als beabsichtigt. »In zehn Minuten bin ich da.«

»Die Kinder sind seit Stunden überdreht, Lilly wartet auf dich.«

Paula biss sich auf die Unterlippe und hielt alle spitzen Bemerkungen, die ihr auf der Zunge lagen, zurück. Es war der denkbar schlechteste Zeitpunkt für einen Streit. Nicht jetzt, dachte sie.

»Tut mir leid.« Sie suchte in sich nach einem wärmeren Ton. »Es hat einen Toten gegeben.«

Ihre Mutter seufzte. »Und … brauchen die Toten dich mehr als die Lebenden?« Dann legte sie auf.

Unweigerlich stieg Paula aufs Gas und donnerte über die leere Landstraße. In der Ferne blinkten die Lichter der nächsten Ortschaft. Als sie beim Ortseingang abbremste, geriet der Wagen ins Schleudern. Sie musste gegenlenken, bretterte zuerst über den Gehsteig, dann wieder über die Fahrbahn auf einen schmalen Parkplatz an der anderen Straßenseite. Ein Haufen Schnee stoppte schließlich den Wagen.

Mit weichen Knien stieg sie aus.

Nichts geschehen. Alles in Ordnung. Nicht einmal ein Kratzer. Niemand hatte ihr Manöver beobachtet.

Sie atmete die kühle Luft in vollen Zügen ein und starrte auf die Hohe Wand, deren Felsen im Hintergrund dunkel aufragten. Erst als sie sich wieder beruhigt hatte, stieg sie ein, reversierte und lenkte den Wagen wieder auf die Straße.

Wenige Minuten später erreichte sie den Hof, auf dem sie aufgewachsen war. Sie hatte kaum Zeit, ihre Sachen aus dem Auto zu laden, als ein Lichtkegel die Einfahrt erhellte. Kindergeschrei, Trappeln von Füßen unterschiedlicher Größe, wildes Gerangel. Dann hielt sie endlich ihre Tochter im Arm, verbarg vor ihr und den anderen Kleinen den Sack mit den Geschenken, indem sie ihre Jacke darüber warf, und ließ ihre Nase in Lillys Locken versinken. Der Geruch ihres Kindes machte sie glücklich.

Der anonyme Anrufer war vergessen.

Weihnachten. Jahre her, aber sie erinnert sich, als wäre es gestern.

Sie sind ein Paar. Seine Probleme mit den Texten haben sich gelegt. Trotzdem hilft sie ihm, wenn er danach fragt. Es verbindet sie. Dann stecken sie tagelang beisammen, näher kann man kaum sein. Sie vergessen die Zeit, als wären sie kleine Kinder.

Sie halten es geheim. Natürlich darf es keiner wissen. Die Gründe liegen auf der Hand. Vor allem aber, weil er es so will.

Als sie ein Angebot aus dem Ausland erhält, nimmt sie an. München, das Residenztheater, eine Chance hinauszukommen. Andere Leute, ein anderes Leben. Sie blüht auf, sie merkt selbst zum ersten Mal, wie einengend Wien für sie war.

Josef versteht. Er schreibt ihr Briefe, sie besuchen einander. Sie sehen einander fast genauso häufig wie zuvor. Eine Zeitlang. Er hat ja selbst verschiedenste Engagements, immer schon. Das genießt er. Aber wenn er bei ihr zu Besuch ist, zeigt er sich von einer neuen Seite. Er drängt sie förmlich von den Kollegen weg, er möchte sie für sich haben, so wie früher. Sogar nach der Vorstellung soll sie mit ihm weggehen, nicht mit den anderen.

Und dann kommt die Anfrage vom Film. Nicht irgendein Film. Hollywood. Plötzlich kennt man ihn auch außerhalb der Theaterwelt. Er ist viel beschäftigt, wird herumgereicht. Fotos, Interviews. Sie sehen einander seltener. Alles ist gut, bis nach einem langen

Flug mit dem Jetlag die Gedächtnisprobleme wieder einsetzen. Er erzählt es ihr am Telefon. Sie beruhigt.

Es ist das Wochenende vor Weihnachten, sie haben einen Ausflug nach Tirol gemacht und spazieren durch die einsame, verschneite Landschaft.

Auf einer Anhöhe bleiben sie stehen. Er sieht ihr tief in die Augen, holt etwas Kleines aus seiner Manteltasche, hält es in der Faust versteckt und lächelt.

Was hast du?, fragt sie ahnungslos.

Ich möchte dich um etwas bitten, sagt er und streicht sanft über ihre Wange.

Was denn?

Ich möchte, dass du wieder heimkommst!

Er öffnet seine Faust, auf der Handfläche liegen zwei Schlüssel.

Heim?

Ja. Dein Heim, wenn du willst.

Sie versteht immer noch nicht. Sie hat ihr Zimmer in Wien ohnehin behalten. Irgendwann will sie ja wieder zurück. An der Burg ist sie auch nur beurlaubt.

Ich hab sie für dich gekauft. Ich brauche dich in meiner Nähe, zumindest wenn ich in Wien bin.

Was hast du gekauft?, fragt sie, ein bisschen ungeduldig. Nicht, dass sie ihn anfährt. Nein. Aber sie hat ein eigenes Leben begonnen, trifft ihre eigenen Entscheidungen. Glaubt sie.

Es dauert zwei Monate. Dann hat er sie so weit. Sie kehrt zurück, früher als geplant. In die stilvolle Altbauwohnung, die er nur für sie gekauft hat. In den goldenen Käfig, keine dreihundert Meter Luftlinie zur Burg.

Orsini schaltete die Tischlampe aus den Sechzigerjahren aus, verschob das altmodische Telefon und fuhr mit der Hand über die ansonsten wie leergefegte Tischplatte des Schreibtisches.

Auf dem Plattenspieler im Wohnzimmer drehte sich *The Nightfly.*

What a beautiful world this will be, what a glorious time to be free …, sang Donald Fagen.

Aus den üblichen Weihnachtsritualen machte Orsini sich wenig. Während rundherum alle – wie gleichgeschaltete Spielfiguren, von einer allmächtigen Wii-Konsole ferngesteuert – zur selben Zeit unnütze Dinge hektisch in zukünftigen Papiermüll steckten, um sie daraufhin gegen andere unnütze Dinge auszutauschen, nur um diese später erschöpft zu entsorgen, ging er lieber seinem eigenen Ritual nach.

Er hatte lange geschlafen, sich ein ausgedehntes Frühstück im Café Zartl genehmigt und sich dann an den Bürotisch gesetzt, um seine Unterlagen zu ordnen, Honorarnoten zu versenden, das Übliche eben. Nach Lust und Laune wechselte er zwischen Schreibtisch, Verstärker und Plattenspieler hin und her, seine Gibson stets umgehängt. Endlich hatte er Zeit gefunden, sich diesen Song rauszuhören, der seit seinem Besuch beim noch lebendigen Tontechniker in seinem Hinterkopf nach den richtigen Akkorden suchte. Eine französische Sängerin, deren Namen er zuvor noch nie gehört hatte. Lou Doillon. Sie sah jedenfalls ihrer berühmten Mutter Jane Birkin verdammt ähnlich, und der Song gefiel ihm trotz oder wegen seiner Schlichtheit auch.

Mutter und Tochter … Während er in der Küche nach etwas Essbarem suchte, schweiften seine Gedanken immer wieder zu Paula und Lilly ab. Wo ist der Vater dazu?, fragte er sich nicht das erste Mal. Und warum kann ich nicht einfach darüber reden?

Er stellte sich die beiden inmitten einer winterlichen Landschaft vor, dann in einem festlich geschmückten Raum, mit Menschen, deren Gesichter er nicht kannte.

Familie. Das Wort verdrängte die Bilder in seinem Kopf, während er aus dem Küchenfenster über die Straße in eine fremde Wohnung blickte, wo ein Mann auf einem Stuhl stehend Christbaumkerzen entzündete.

Perfect weather for a streamlined world …

Seine eigene Familie bestand nur noch aus seiner Schwester und seinen Erinnerungen. Vor allem an seine Mutter. Die Kerze am Sockel ihres Grabes würde noch etwa eineinhalb Tage brennen. So versprach es zumindest der Aufkleber auf dem roten, durchscheinenden Gehäuse, den er mühsam abgekratzt hatte.

Einen stillen Moment lang dachte er an seinen Vater. Das tiefe, von Herzen kommende Lachen, die kräftige, führende Hand. Zeit seines Lebens ruhelos. Wie lange schob Orsini die Suche nach dessen letzter Ruhestätte schon hinaus?

Das dumpfe Knacken der zu Ende gespielten Platte drängte die Vergangenheit sanft beiseite. Orsini warf noch einen flüchtigen Blick auf die gegenüber stattfindende Feier und ging danach zurück ins Wohnzimmer, um die Nadel von der Scheibe zu heben.

Anschließend stellte er die Gibson ab, füllte ein Glas mit Cognac und setzte sich an den Wohnzimmertisch. Dort nahm er das altmodische Feuerzeug seines Vaters in die Hand, dessen eigenwilliger Zündmechanismus manches Mal Probleme machte, jetzt aber sofort funktionierte. Zufrieden zündete er damit die dicke, etwas krumme Kerze an, die seine Mutter gemeinsam mit ihm aus Wachsresten gegossen hatte. Wie lange war das her? Eine Ewigkeit.

Die Kerze war zwar ein etwas unansehnliches Ding, doch die Flamme vereinte ihn auf symbolische Weise mit seinen Eltern.

Jedes Jahr flackerte sie für einige Minuten. Mit dem aufgeputzten Baum in der Wohnung gegenüber konnte sie allerdings kaum konkurrieren. Dort tauchten nun auch noch Funken sprühende Wunderkerzen alles in grelles Licht.

Orsinis Augen wanderten zurück zum Tisch. Einerseits lockte die aufgeschlagene Seite des Buches *A journey around the world* mit dem Foto eines Traumstrandes und eines Vulkans, andererseits stand die dringende Reparatur des Ford Capri an.

Nähe oder Ferne?

Unschlüssig trank er einen Schluck. Dann griff er zu seinem Handy.

Paula? Was war das eigentlich?

Nähe oder Ferne? Oder beides zugleich?

Im Grunde hatte er keine Ahnung, wie es weitergehen würde, so tippte er schließlich nur *Frohe Weihnachten* ein und drückte auf »senden«.

Die Flamme der Kerze flackerte ein wenig, als er das Handy beiseitelegte und den Umschlag mit dem roten Zierrand in die Hand nahm, um ihn zu öffnen.

Alles Gute zu Weihnachten!, darunter die gleichmäßige Unterschrift seiner Schwester.

Eine ähnliche Karte hatte Orsini an sie geschickt.

Als er einige Zeit später aufstand, um eine neue Platte auszusuchen, sah er zum Fenster hinaus. Die Familie drüben hatte sich offenbar zum Festmahl zurückgezogen, denn die Lichter des Baumes waren erloschen. Ein sanfter Schimmer lag über dem geschmückten Baum. Nachdenklich setzte Orsini sich wieder an den Tisch und betrachtete sein einziges Geschenk. Es hatte im verschlossenen Spind gelegen.

Gold-gelb gestreiftes Geschenkpapier, unsauber gefaltet und verklebt. Das Auge in der Schachtel kam Orsini in den Sinn.

Er riss die Klebestreifen ab, befreite das Päckchen aus seiner Hülle und lehnte sich zurück. Interessant. Ein schmales Buch: Das Burgtheater: Architektur und Geschichte.

Er nahm die beigefügte Karte in die Hand. Auf der Rückseite stand: *Meinem neugierigen Kommandanten! Jeff.*

*

Wie immer war der Baum mit roten Äpfeln, selbstgebackenen Lebkuchen und Kerzen aus Bienenwachs geschmückt. Dazwischen hingen kleine Flieger und Schmetterlinge aus Blech, mechanisches Spielzeug, das sich drehen ließ und dabei Funken sprühte, Engel, deren Trompeten einen Ton von sich gaben, wenn man stark genug hineinblies.

Gedankenverloren brach Paula sich ein Stück von einem Lebkuchen in Form eines Schaukelpferdes ab. Dabei blickte sie zum Fenster. Darin spiegelten sich flackernde Kerzen, die sich in Paulas Kopf nach und nach in die Blitzlichter des Fotografen verwandelten, der Bilder vom zerteilten Tontechniker schoss.

»Paula!«, sagte ihr ältester Bruder Gregor und rüttelte sie sanft am Arm. »Ob du ihr mit dem Geschenk hilfst?«

»Was …? Ja …« Zerstreut wandte sie den Blick vom Fenster ab und trat mit Lilly zu einem großen Gebilde, das sie an den verhüllten Reichstag von Christo und Jeanne-Claude erinnerte.

»Was habt ihr denn da?«, flüsterte sie ihrem Bruder zu.

Gregor schürzte die Lippen. »Wirst du gleich sehen!«

Aufgeregt zerrte Lilly an der Verpackung, bis endlich der Inhalt zum Vorschein kam: ein Viersitzer-Ringelspiel, strahlend blau lackiert, die Sitzflächen aus hellem Holz, die Lehnen rot.

Gregor hatte es eigenhändig gebaut.

Lilly war stumm vor Überwältigung. Ausgerechnet ihr sollte das größte Geschenk gehören? In ihren schimmernden Augen spiegelte sich nichts als pure Freude, die für eine Weile auch auf Paula übersprang. Ausgelassen schob sie das Ringelspiel wieder und wieder an und versuchte nebenher auch am Gespräch ihrer Familie teilzunehmen.

Doch als Paulas Neffen sich unter den großen Verpackungsbögen versteckten, kehrten die Bilder zurück. Bilder, die hier nichts zu suchen hatten. Doch es gelang Paula nicht, sie auszublenden: Sie sah den Leichensack vor sich, in dem der Tote von der Bühne abtransportiert worden war. Und bald darauf, am Esstisch, gerade als ihre Mutter begann, den gefüllten Truthahn zu zerlegen, hatte sie Dr. Mirnos schnarrende Stimme im Ohr. Und schon war sie wieder mitten im Fall. Shure war noch nicht obduziert worden, weil der Staatsanwalt gezögert hatte. Wenn es sich um einen lupenreinen Unfall handelte, sei eine Obduktion nicht angebracht, hatte er Paula am Telefon erklärt. Sie hatte ihn deswegen zwar nach ihrem Gespräch mit Pokorny nochmals angerufen. Er aber hatte seltsam ausweichend reagiert und auf nach Weihnachten gepocht.

Wieder holte einer ihrer Brüder sie in die Gegenwart, diesmal merklich kurz angebunden.

Ihre Mutter stand mit dem Tranchiermesser über den Tisch gebeugt da. Hastig streckte Paula ihren Teller hin.

Stunden später – Lilly war längst im Reich der Träume – setzte Paula sich wieder zu den Erwachsenen. Zerstreut drehte sie an einem der Baumanhänger, bei dem sich ab einem gewissen Tempo die eiförmige Schale öffnete und darin einen Mini-Christbaum zum Vorschein brachte.

»Paula!«, hörte sie plötzlich die scharfe Stimme ihrer Mutter aus der Küche.

»Mama, nicht!«, versuchte Gregor das Unabwendbare zu verhindern.

»Lass sie nur«, erwiderte Paula ebenso scharf wie ihre Mutter, erhob sich und marschierte in die Küche.

»Ich finde es unmöglich, wie du ...«

»Wie ich was ...?«

Ihre Mutter wischte mit einem Lappen die Arbeitsfläche sauber und antwortete: »Wenigstens zu Weihnachten könntest du etwas mehr Rücksicht nehmen!«

»Und wer nimmt Rücksicht auf mich?«, schoss es aus Paula heraus wie aus einem Überdruckventil. Wort für Wort und Satz für Satz schraubte sich der Ton zwischen Tochter und Mutter hinauf.

»Alle nehmen Rücksicht auf dich! Nur bist du die Einzige, die das nicht sieht!«

»Du hast ja keine Ahnung«, gab Paula zurück, »wie es im richtigen Leben zugeht! Du hockst hier in deiner Idylle und rufst mich wegen *Zitronen* an!«

Nebenan verstummte das Gespräch.

*

Keine zwanzig Meter entfernt sprühte die Beschneiungsmaschine einsam ihr trockenes weißes Pulver auf den Hügel. Flutlicht erhellte die kurze Rodelstrecke.

Vermutlich war dies der einzige Abend im ganzen Winter, an

dem kein Kind sich mit irgendeinem Gefährt den Hang hinabstürzte.

Zielstrebig schritt Orsini über die menschenleere Wiese. Der Boden unter seinen Füßen war feucht, kurz vor dem Gefrieren. Bei jedem Schritt spürte er einen Widerstand, als hätten die Gräser etwas gegen ihn. Er ging in Schlangenlinien, denn an vielen Stellen war das Erdreich wie zerfetzt. Orsini hatte die Krähen im Verdacht, die jedes Jahr ein wenig länger blieben und hier nach nahrhaften Maden suchten. Die Bäume ringsum waren praktisch kahl, nur vereinzelt hingen widerspenstige, runzelig-braune Blätter an den Ästen.

Am anderen Ende der Jesuitenwiese stach Orsini quer in den düsteren Wald und folgte einem schmalen, von Gestrüpp gesäumten Weg. Allmählich gewöhnten sich seine Augen an die Umgebung. Der Lichtschein, der immer über der Stadt lag, reichte, um sich zu orientieren. Außerdem kannte er den Prater wie seine Westentasche. Ein beruhigendes Gefühl von Einsamkeit erfüllte ihn: Niemand sonst war so verrückt, an diesem Abend hier herumzulaufen. Er genoss das befreiende Gehen, den kühlen Wind, der ein heiseres Pfeifen in den kahlen Wipfeln erzeugte.

Vor der Trauerweide beim Teich neben dem Heustadelwasser hielt er an. Im Winter hatten die dünnen Äste etwas von einer durchscheinend-zarten Frisur einer Neunzigjährigen.

Eine Viertelstunde später entschied Orsini sich für den Rückweg am ehemaligen Donauarm, der sich halbkreisförmig unter der Autobahn hindurch fast bis zum Kai erstreckte. Aber schon nach ein paar Schritten ertönte in seiner Tasche das penetrante Klingelzeichen seines Handys. Überrascht sah er aufs Display, ehe er abhob.

»Ja?«, sagte er, leiser als nötig.

Ein Seufzen am anderen Ende der Leitung. Dann, ebenso leise: »Frohe Weihnachten!«

»Dir auch«, erwiderte Orsini, überquerte die Straße und bog auf den Weg neben dem Wasser ein.

»Ich wollte nur ...«

Orsini wusste, wohin dieses Gespräch führen würde. Er ging mit dem Handy am Ohr an der alten Bude vorüber, bei der man im Sommer Boote mieten konnte. Um diese Jahreszeit war das Gebäude, das wie aus der Zeit gefallen schien, geschlossen.

Paulas Stimme klang seltsam. »Wegen morgen.«

Wollte sie etwa *jetzt* mit ihm über den Fall reden?

»Wir werden weiterermitteln, aber nur Elvira und ich. Du kannst also zur Probe kommen. Ich werde Elvira informieren. Die Probe wird auch genauso stattfinden, wie die Direktorin es sich wünscht, und wegen ...«

Orsini blieb stehen. Normalerweise war er derjenige, der nicht über Privates reden wollte. Ehe er es sich anders überlegen konnte, unterbrach er: »Wo bist du?«

Paulas Stimme wirkte verändert, als sie antwortete: »Bei meiner Familie.«

»Die Kleine auch?«

»Ja, aber sie schläft schon.«

Langsam ging Orsini weiter und blieb schließlich stehen. Vor ihm führte ein schmaler Pfad zum Wasser hinunter. Er lehnte sich mit der Schulter gegen einen massiven Baumstamm und sah auf die still daliegende blauschwarze Fläche.

»Und?«, fragte er vorsichtig.

»Nichts und!«

Orsini schwieg, tat das, was er gut konnte – warten.

Am anderen Ende der Leitung ging Paula an den Stallungen vorüber zur Koppel. Hier hatte sie unzählige Stunden verbracht und vom Wilden Westen geträumt. Entgegen aller Warnungen war sie auch ohne Sattel geritten und hatte sich dabei wie eine Indianerin gefühlt. Jetzt war sie eher geladen wie eine Kanone der amerikanischen Artillerie, die schließlich von allein losging: »Warum kann ich nicht *einmal* etwas richtig machen!? Wenigstens zu Weihnachten!«, brach es aus ihr heraus.

»…?«

Schwungvoll kletterte sie aufs Gatter und sah auf das schneebedeckte Land. Über ihr riss der Wind, der in der Höhe offensichtlich stärker blies als in Bodennähe, gerade ein großes Loch in die Wolkendecke. Hinter ihr, im Haus, herrschte immer noch betretenes Schweigen.

»Nie bring ich etwas zu Ende!«, sagte sie, mehr an die über ihr dahinziehenden Wolken gerichtet als an Orsini.

»Das ist nicht immer einfach.«

»Und manchmal sogar unmöglich!«

Ehe Orsini antworten konnte, nahm die Lawine ihren Lauf: »Ich bin zu ungeduldig für eine Ermittlerin, mir gehen alle viel zu schnell auf die Nerven. Gerade jetzt, wo ich endlich einmal in Ruhe mit Lilly Weihnachten verbringen will, stirbt dann auch noch dieser Tontechniker! Die Kollegen reden hinter meinem Rücken über mich, weil ich weniger Überstunden mache als sie. Dabei hole ich die Kleine oft zu spät ab! Ich traue mich der Kindergärtnerin schon nicht mehr unter die Augen. Dann streite ich auch noch mit meiner Mutter. Und beinahe hätte ich heute auch noch den Wagen zu Schrott gefahren!«

Eine Weile schwiegen sie beide. Paula sah zu den Sternen hoch, die zwischen den Wolken aufblitzten. Kurz fragte sie sich, wo Orsini sich eigentlich befand. Musik war keine im Hintergrund zu hören, also war er wohl nicht zu Hause. Vom sprachlosen Anrufer würde sie vorerst nichts erwähnen, sie hatte ihm soeben schon mehr als genug Mist vor die Füße geschüttet.

»Kennst du die Geschichte vom armen Uhrmacher?«, fragte Orsini unvermittelt.

»Uhrmacher? Nein, die kenn ich nicht.«

»Vielleicht gefällt sie dir …«

Orsini hatte selbst nicht die leiseste Ahnung, weshalb er ausgerechnet jetzt zum Geschichtenerzähler mutierte. Es war sonst nicht seine Art. Er hatte nur dieses Bild vor Augen und das Bedürfnis, Paula zu beruhigen. Also begann er:

»Eines Tages kommt ein gut betuchter Kunde ins Geschäft des armen Uhrmachers und verlangt von ihm eine Uhr, die nie falsch gehen darf.

Aber das ist unmöglich!, antwortet der Uhrmacher.

Nichts ist unmöglich, erwidert der Kunde und gibt dem Uhrmacher einen so großen Haufen Geld, wie er ihn noch nie gesehen hat.

Ich vertraue Ihnen!, sagt der Kunde und verschwindet ohne zu sagen, wann er die Uhr abholen wird.«

Orsini machte eine Pause und hörte auf Paulas Atem am anderen Ende der Leitung. Zumindest hatte er ihre Aufmerksamkeit.

»Also, der Uhrmacher geht ans Werk. Mit dem Batzen Geld blüht sein Geschäft bald auf, und er ist ein gemachter Mann. Es vergehen Jahre und der Uhrmacher werkt immer wieder an dieser einen Uhr, die niemals falsch gehen darf.«

Orsini rutschte den Baumstamm entlang in die Hocke und lehnte sich mit dem Rücken dagegen.

Er befeuchtete seine Lippen und fuhr fort: »Die Jahrzehnte verstreichen. Eines Tages – der Uhrmacher ist alt geworden –, erscheint ein junger Mann in seinem Geschäft.

Mein Vater, sagt der junge Mann, hat eine Uhr bei Ihnen bestellt, die niemals falsch gehen darf.

Zerknirscht antwortet der Uhrmacher: Tut mir leid, ich habe alles versucht, es war mir nicht möglich so eine Uhr herzustellen! Aber Ihr Geld habe ich für Sie zur Seite gelegt.

Er zieht ein Bündel Scheine aus einer Schublade und hält sie dem jungen Mann hin.«

Gegenüber auf der Böschung raschelte plötzlich etwas. Orsini umfasste das kleine Papiersäckchen in seiner Manteltasche, um das er sich immer noch nicht gekümmert hatte, während seine Augen das Ufer absuchten. Nichts. Wahrscheinlich einer der Biber, die sich in den Auen angesiedelt hatten.

Abgelenkt fragte er: »Wo war ich?«

»Bei dem Geldbündel, das er dem jungen Mann geben will«, half Paula ihm weiter.

»Der junge Mann«, Orsini kniff die Augenbrauen zusammen. »er…« Plötzlich hatte er das schnauzbärtige Gesicht Pokornys vor Augen, als er Orsini damals völlig überraschend die Leitung einer Gruppe übertrug.

»Ja, er hebt ablehnend die Hand und sagt: Behalten Sie das Geld, wie ich sehe, hat mein Vater es gut investiert!

Aber ich kann diese Uhr nicht herstellen, erwidert der Uhrmacher.

Für so eine Uhr braucht man ein ganzes Leben, sagt der junge Mann, schiebt das Geld zurück und sagt: Ich vertraue Ihnen, arbeiten Sie bitte weiter an dieser Uhr. Sie werden es eines Tages schaffen.

Dann dreht er sich um und geht.«

Stille.

»Hast du für mich auch so einen Packen Geldscheine?«, meinte Paula nach einer Weile.

Freitag, 25. Dezember

11

Es war der 25. Dezember, der Tag vor der Wiederaufnahme. Im Spiegel betrachtete Orsini sein vernarbtes Gesicht, ehe er sich bei den Kostümbildnern anstellte, um sich Arme und Beine verbinden zu lassen. Jeff hatte ihm soeben erzählt, dass mittlerweile die Karten für diese quasi zweite Premiere im Internet zu horrenden Preisen angeboten wurden.

Nervosität erfüllte die Luft und drang bis in jede Ritze der Kulissen.

Die viel beschworene Besinnlichkeit hatte jedenfalls nicht einmal einen Tag lang gehalten. Natürlich hing es auch mit der Szene zusammen, die heute geprobt werden sollte. Es war die, bei der Meersburg gestorben war.

Orsini beobachtete, wie Alice Meersburg dem Komparsen vor ihm das Bein verband. Gekonnte, hunderte Male ausgeführte Handgriffe. Knappe Anweisungen an die Kollegen daneben. Nicht direkt unfreundlich, aber es war klar, dass sie es nötigenfalls werden konnte. Die spitze Nase verlieh ihr auch äußerlich eine gewisse Härte, die durchaus zu ihrer führenden Position passte.

Bewusst hatte er sich bei ihr angestellt. Denn an sie war mindestens genauso schwer heranzukommen wie an Ophelia. Und er wollte unbedingt mehr darüber erfahren, was es mit dem

Inhalt von Ophelias zerknüllten Briefen auf sich hatte – sei es direkt oder eben über Alice Meersburg. Immer wieder hatte er den Weg an den Damen-Garderoben vorbei genommen, in der Hoffnung, einen Blick auf Ophelias Sachen werfen zu können. Ein naiver Wunsch.

Meersburg selbst ging jedoch nicht in die Kantine, sie rauchte nicht vor der Feststiege, und er hatte sie auch noch nie irgendwo herumstehen gesehen.

Nun drückte sie aus einer Tube rote, klebrige Farbe großflächig auf den Verband und strich sie mit einem Pinsel zurecht, um eine große Wunde zu suggerieren. In diesem Fall überschnitten sich die Arbeitsbereiche von Kostüm und Maske. Als sie sich bückte, um dem Komparsen beim Anlegen des einzelnen, mit Blutspritzern übersäten Hosenbeins zu helfen, konnte er unter der eleganten, überlangen Bluse ihre starken Schulterblätter erkennen. Sie war eine attraktive Frau, mit einem Hang ins etwas Herbe vielleicht. Hatte sie tatsächlich – wie Paula vermutete – im Schatten ihres Bruders gestanden? Immerhin war sie die leitende Kostümbildnerin. Wenn ja, hatte sie das über die Jahre verändert?

Alice Meersburg wandte sich an ihre Assistentin und befahl: »Bring mir bitte das Kostüm von Herrn Beer!«

Orsini zog langsam die Uniformhose aus, nahm die zerfetzte Uniform für die kommende Szene entgegen und schlüpfte hinein. Während die Meersburg die herabhängenden Stoffteile innen mit einem Klettstreifen so befestigte, dass sie Orsini nicht am Laufen hindern konnten, schielte er ins offene Fach unter der Tischplatte. Eine Zeitschrift lag aufgeschlagen da.

Als ihr Handy läutete, richtete die Kostümbildnerin sich auf und trat einen Schritt zurück. Orsini nutzte die Gelegenheit und zog die Zeitschrift ein wenig hervor.

»Ja«, hörte er sie sagen, »aber ich kann jetzt nicht.«

Das *National Geographic*, stellte er indessen fest, mit einem

Artikel über die Riten der Maya. Ein stämmiger Mann in hellem Federkleid starrte mit wildem Blick vom Titelblatt.

»Was?« Aufregung klang in dem einen Wort mit. »Das gibt's doch nicht!«

Das Federkleid auf dem Cover war ähnlich zerrupft wie ihre Theateruniformen. Auf dem Kopf trug der Mann einen monströsen Federschmuck, in den zwei riesige Augen eingearbeitet waren.

»Isch … rufe disch zurück!«, sagte Meersburg fast fröhlich, unüberhörbar den Akzent des Maskenbildners imitierend, und legte auf.

»Historisch interessiert?«, fragte sie scharf, deutete mit dem Kopf auf die Zeitschrift, die Orsini soeben zurück in den Stapel schob, und hielt ihm die Uniformjacke auf.

Orsini streckte ihr seinen Arm entgegen, fuhr damit in den Ärmel, schürzte die Lippen und antwortete: »Ich bin an vielem interessiert.«

»Ist nur die Frage, wieso.«

Unbeeindruckt suchte Orsini den direkten Blickkontakt, dem Alice Meersburg aber ohne weiteres standhielt. Achselzuckend erhob er sich, richtete seine Uniform und wartete, bis sie seinen ebenfalls blutroten Ärmel kampfecht gestaltet hatte.

*

Orsini befand sich seitlich der Bühne und versuchte, alle so gut wie möglich im Blickfeld zu behalten. Als fürchteten sie, dass die tödliche Szene sich wiederholen würde, dachte er und ließ seinen Blick schweifen: vom müden König zum Helden und weiter zum jugendlichen Liebhaber – ein wandelbarer Menschentypus. Selbst auf diejenigen Berufsgruppen an der Bühne, die mehr Bodenhaftung hatten, schien das Wechselhafte abzufärben. Jeder ein Chamäleon.

Orsini hörte dem Getuschel zu, das zwar an Lautstärke verloren, an Intensität aber eindeutig zugelegt hatte. Neben ihm stand der Bühnenmeister und wachte breitbeinig über sein Reich. Ein ruhender Pol oder doch nur der Versuch, es zu sein? Der Inspizient hockte in seinem Kabäuschen und kontrollierte die vielen Lämpchen, als verdächtigte er sie eines Eigenlebens. Der Regisseur besprach sich intensiver als sonst mit den Schauspielern, besonders mit dem neuen König. Im Zuschauerraum lehnte Ophelia an der Wand nahe den Logen, allein.

Die Sicherheitsmaßnahmen waren erheblich verschärft worden: Statt der Lanzen aus Stahl würden nur noch halb so große Repliken aus Hartgummi in die Höhe fahren. Neben dem Bühnenmeister nahmen nun auch noch der Feuerwehrmann und vier Arbeiter Aufstellung. Die Arbeiter hatten ein Seil in der Hand, das ab nun vor der heiklen Stelle aufgespannt werden musste, damit der König auf keinen Fall in Gefahr geriet, selbst wenn er zu früh losging.

Je näher sein Auftritt kam, desto langsamer schien Roth sich zu bewegen. Selbst sein Nicken als Antwort auf eine Bemerkung des Regisseurs schien gebremst. Und als er sich endlich auf den Weg Richtung Bühne machte, geschah es wie in Zeitlupe.

Orsini ließ seine Schultern kreisen und konzentrierte sich. Seit langem war er wieder einmal ausgeschlafen. Nach dem Telefonat mit Paula war er in den Jazzclub gegangen, um sich das traditionell nicht-weihnachtliche Konzert anzuhören, er war aber nur kurz geblieben. Das Gespräch mit Paula hatte ihn zu sehr beschäftigt. Er vermisste sie: als Kollegin – und als Frau.

Als das Arbeitslicht auf der Bühne erlosch, verstummten diesmal alle, ohne dass der Regisseur ein Kommando geben musste.

Vierter Akt, erste Szene. Die Königin betrat die Bühne. Mit

steinerner Miene steckte sie ihr Revier ab. *Räumt diesen Platz,* hieß es im Stück. Dieser Satz hätte aber auch ins richtige Leben gepasst.

Während sich nun alles darum drehte, wohin Hamlet die Leiche des ermordeten Polonius gebracht hatte, ergriff die Anspannung zunehmend auch von Orsini Besitz. Als seien sie alle festgefroren an ihren Positionen, wagte niemand, sich auch nur zu kratzen oder durch die Haare zu fahren. Einzig die Schauspieler, die gerade ihre Szene spielten, waren von dem Zauber befreit.

Plötzlich schien Orsini alles möglich. Ein Köpfe-Rollen wie bei den Mayas? Ihm wurde unbehaglich in seiner Uniform.

Hamlet sprach indessen von den Würmern, die sich längst über Polonius hermachten.

… wie ein König seinen Weg durch die Gedärme eines Bettlers nehmen kann, warf er dem neuen König hin. Sein langes Haar hing ihm dabei ins Gesicht, die Bewegungen waren gekonnt fahrig, unterstrichen den vermeintlichen Irrsinn. Orsini konnte nicht anders, als an dessen Auseinandersetzung mit Shure zu denken.

Vom Publikum unbemerkt, wurde währenddessen die Videowall allmählich herabgesenkt, die Lichttechniker brachten den dazugehörigen Projektor in Position. Diesmal fixierten sie ihn zusätzlich mit einem Gestell, damit er keinesfalls umgeworfen werden konnte. Alle bis auf den König gingen von der Bühne ab. Die ganze Kompanie an Komparsen drängte bei den Eingängen herein, bereit, am Ende des königlichen Monologs loszustürmen. Gut die Hälfte von ihnen trug Gasmasken. All das hinter den schweren schwarzen Vorhängen. Nur der König stand mitten auf der Bühne.

… noch ist deine Narbe wund und rot …, fantasierte er den Tod Hamlets im fernen England herbei.

Besorgnis war rundum in den Gesichtern zu lesen. Mehr als das: Angst, die auf alle übersprang, vom gefeierten Burgstar bis zum Bühnenarbeiter. Auch Orsini wartete angespannt darauf, dass endlich etwas geschah.

Dann erlosch das Licht. Man sah nur mehr Umrisse. Plötzlich eine schnelle Bewegung in Orsinis Nähe, der Bühnenmeister drehte den Kopf. Das Weiß in seinen Augen blitzte kurz auf. Und schon setzte das Stroboskoplicht ein – der Startschuss für alle.

Die Tontechnik startete die Einspielungen, die Komparsen rannten über das Schlachtfeld, die Videowall erwachte zu kriegerischem Leben. Auch Orsini hechtete los, mitten ins Getümmel, am fahrenden Jeep vorbei querte er die Bühne. Die Luft erfüllt von den verzerrten Schreien des Königs, Shures Vermächtnis. Orsini wich im Laufen den täuschend echten Körperteilen aus, die von den Requisiteuren durch die Luft geschleudert wurden. Nach der dritten Querung – der König richtete gerade das Maschinengewehr aufs Publikum – sah Orsini im zerhackten Licht, wie die Bühnentür aufging. Die Dramaturgin schob sich herein. Was tat sie hier?

Keuchend kam er hinter einem der Vorhänge zu stehen. In seiner Nähe schleuderte Marlene gerade einen blutgetränkten Unterarm auf die Bühne. Orsini versuchte die Dramaturgin im Auge zu behalten. Durch ihre schwarze Kleidung war sie jedoch kaum zu erkennen. Wie ein Geist tauchte sie plötzlich hinter dem Bühnenmeister auf und klopfte ihm auf die Schulter. Der bullige Mann zuckte erschrocken zusammen.

Orsini rannte noch einmal über die Bühne und landete genau zum richtigen Zeitpunkt hinter dem gegenüberliegenden Vorhang, als mit einem Schlag Licht und Lärm einfach aufhörten.

In Orsinis Ohren knallte es weiter, der Nachhall des Lichts

spielte ihm Streiche. Bewegte sich in der Nähe des Königs etwas? Er sollte doch eigentlich nur still stehen. Oder waren es nur der Bühnenmeister und seine Arbeiter, die das Seil in Position brachten?

Schnaufend lehnte er sich an einen Kulissenteil, unfähig sich zu rühren. Als endlich der Spot auf den König eingeblendet wurde, tauchten die Spitzen der Lanzen bereits aus dem Boden. Der König stumm dahinter, geschützt vom schwarzen Seil, das vor ihm aufgespannt war.

*

Ohne sich umzuziehen, ging Orsini in der Pause kurz hinaus ins Freie.

Luft, frische Luft! Kein grelles Licht, kein Lärm, kein brüllender Regisseur, wenn auch nur für wenige Minuten.

Ungeachtet der Kälte schlängelte er sich mit äußerster Vorsicht zwischen den parkenden Autos hindurch, denn in der Nacht hatte es geregnet, nur um in den frühen Morgenstunden zu frieren.

Eine dünne, boshafte Eisschicht überzog nun alles wie ein verlockender, durchsichtiger Zuckerguss, der rasch zur Falle wurde. Die Unfallkrankenhäuser hatten vermutlich Hochbetrieb. Drüben im Volksgarten sahen die vereisten Bäume hingegen weihnachtlich glitzernd aus. Eine verzauberte Welt.

Jeff hatte ihm die Szene schon vor Tagen beschrieben. Dennoch verstand er erst jetzt. Sie war wuchtig, überwältigend. Er musste zugeben, dass der Regisseur sein Handwerkszeug verstand. Niemand konnte davon unberührt bleiben. Erst recht nicht seit Meersburgs Tod.

Orsini wischte sich mit dem zerfetzten Ärmel den Schweiß aus dem Nacken und marschierte in vorsichtigem Rutschgang rund um die Burg Richtung Universität, bis er vor dem Wintergarten des Landtmann anhielt. Dass ihn die Kaffeehausbesucher angafften, bemerkte er nicht.

Was war am Ende der Szene vorgefallen? Was hatte die Dramaturgin gewollt? War sie einfach nur nervös gewesen wie alle anderen?

Rätselnd sah Orsini den Ring entlang und hatte plötzlich wieder eine ganz bestimmte Textzeile im Ohr. Er blickte in die Höhe. Schüttelte den Kopf. Kramte in seinem Gedächtnis. Irgendetwas versuchte sich Gehör zu verschaffen. Er musste es nur am Kragen packen. Oder ging es um Slivovsky? War es etwas, das er gesagt hatte?

Orsini schaute den Ring entlang. Links und rechts von ihm, über den Köpfen der Passanten, eine endlose, beleuchtete Prozession. Selbst am riesigen Christbaum vor dem Rathaus.

Auf der anderen Straßenseite drängelte sich eine lärmende Menge zwischen den Holzbuden des Christkindlmarktes. Normalerweise war der 24. der letzte Tag, an dem sie offen hatten, doch der touristische Ansturm aus dem südlichen Nachbarland hatte diesmal die Stadtverwaltung zu einer Abänderung bewogen.

Sich zusammenscharen, um die Finsternis zu verjagen, dachte Orsini wie jedes Mal beim Anblick eines bevölkerten Weihnachtsmarktes. Jeder wollte jeden noch einmal treffen, als sähe man nicht dem höchsten kirchlichen Fest, sondern dem Weltuntergang entgegen. Ein Ablenkungsmanöver, das funktionierte, und das über Silvester in Ausgelassenheit kippte, die die Zuversicht mit sich trug, dass ein neuer Frühling kommen würde – eine Zuversicht, die derzeit im Inneren der Burg fehlte.

Die beiden vordersten Buden, die den Eingang zum Markt flankierten, stachen ihm ins Auge. Silber in der einen, Gold in der anderen. Kugeln, Christbaumschmuck, Kerzen. Bestimmt ein gutes Geschäft. Und auch da baumelten eine Menge …

Gleichzeitig sang Lou Doillon ihren lästigen Refrain unnachgiebig in seinem Kopf – *Honey you are so quick to skip from praise to slender* –, während Schicht für Schicht etwas freigelegt wurde, das sich seit Montagnacht hartnäckig dem Zugriff verweigert hatte. Ungeduldig rutschte Orsini zwischen den übergossenen Autos retour zum Seiteneingang, mittlerweile sicher, dass drinnen etwas auf ihn wartete, das ihm weiterhelfen würde … Doch vor dem Eingang lief er Jeff in die Arme, der grinsend eine Rauchwolke in die Luft blies.

»Bist du lebensmüde?«, fragte Jeff.

»Weder noch«, reagierte Orsini etwas unwirsch, da er den Gedankenfetzen nicht verlieren wollte. Jeff hielt ihm dennoch die Packung Zigaretten hin. Orsini lehnte das Angebot ab und meinte: »Übrigens Danke für das Geschenk!«

»Das lag bei mir so herum. Ich dachte, du interessierst dich vielleicht dafür«, erwiderte Jeff und machte ihm die Tür auf. »In drei Minuten müssen wir wieder oben sein.«

Orsini hörte nur halb zu, murmelte: »Bis gleich«, und hastete an Jeff vorüber zur Feststiege. Dort blieb er vor einem der prunkvollen bronzenen Kandelaber am Fuß der Treppe stehen. Hier war an nichts gespart worden. Seine Finger glitten über das kühle Metall, kleine Engelchen, unterschiedlich gearbeitet, und darüber, wie zur Krönung: elektrisches Licht. Orsinis Blick flog von Kandelaber hinauf zum größten der Bilder. Klimt.

Devil or angel, I'm not one or the other …

Und dann hätte er am liebsten sich selbst geohrfeigt. Er hatte den Text auf Paula und sich bezogen, dabei kreisten die Zeilen aus einem ganz anderen Grund in seinem Hirn wie bei einem Indoor-Radrennen. Es hatte mit der Nacht zu tun, unten im tiefsten Bauch des Theaters. Slivovsky hatte ihm etwas erzählt, das wichtig war, und er hatte es trotzdem vergessen.

Aber plötzlich, aufgeschreckt durch den Kriegslärm, war

die Erinnerung wieder aufgetaucht. Seine Hand fuhr über die kühle Oberfläche eines der kleinen Bronzeengel, die sich um den Kandelaber gruppierten. Sie lächelten ihm verspielt zu. Nur einer lächelte nicht. Oben im größten der Deckengemälde.

Schwarz. Mit hochgerecktem Am, darin ein Kranz. Der Siegesengel.

Überdeutlich hatte er Slivovskys Stimme nun wieder im Ohr.

*

Stürmisch fiel Lilly ihrem Cousin um den Hals und fegte so beinahe sämtliche Spielfiguren vom Brett. Kurzes allgemeines Aufstöhnen. Sie hatte anscheinend genau die richtige Zahl gewürfelt. Mit triumphalem Gesichtsausdruck klatschte sie ihre kleine Hand gegen seine, die etwa doppelt so groß war. Obwohl sie vom Spiel selbst noch nicht viel verstand, war sie glückselig, mit ihm zusammen ein Team zu bilden. Welche Aufgaben er ihr sonst noch übertrug, war ihr egal, Hauptsache sie durfte würfeln. Dem Zwölfjährigen schien dieses Arrangement sehr recht, gelegentlich musste Lilly ihm ein Glas Wasser holen oder andere Hilfsdienste leisten – ein guter Deal.

Sternförmig gruppierten sich zehn Kinderbeine auf dem Teppich rund um das Brett, alle wieder ins Spiel vertieft, daneben zwei Teller mit Weihnachtskeksen.

Jojo tippte Paula am Arm.

»Kurz Zeit?«, fragte er. Paula konnte an seinem Gesichtsausdruck erkennen, dass er mit sich zufrieden war.

»Klar«, antwortete sie und folgte ihm zum Couchtisch. Dort saß Katja bereits vor dem Laptop und verzog das Gesicht.

»Du hast Glück – und auch wieder nicht«, sagte sie nur.

Paula wusste, dass sie eigentlich kein Recht hatte, ihren Bruder zu diesen Manipulationen zu drängen, sosehr sie deren Resultat auch brauchte. Sie war heilfroh, dass er sich an der

Weggabelung, vor der Teenager mit gewissen Talenten unweigerlich landeten, für die Abzweigung in Richtung Spiele-Entwicklung entschieden hatte. Der Reiz des Hackens war für Jojo eine Zeitlang sehr groß gewesen.

Nur das eine Mal, sagte sie sich.

*

Nach dem nächsten Durchlauf genehmigte der Regisseur allen eine weitere kurze Pause, die sie auch bitter nötig hatten. Die verhängnisvolle Schlachtszene war eine außergewöhnliche Anstrengung für alle Beteiligten, sowohl vor als auch hinter den Kulissen.

Dass es die Pause gab, lag jedoch nicht am Einfühlungsvermögen des Regisseurs, sondern an der Königin und an Hamlet. Erschöpft und in seltenem Einverständnis waren die beiden einfach von der Bühne abgegangen, ohne auf die anhaltenden Schreie des Regisseurs zu reagieren. Dem anschließenden Wutausbruch des Regisseurs fiel eine der Leselampen zum Opfer. Das altehrwürdige Ding landete neben einem Textbuch zerschmettert in den Stuhlreihen.

»Arschloch«, zischte der Bühnenmeister zum wiederholten Mal und verfiel danach wieder in sein eigenartiges, kurzes Nasenschnauben.

Orsini aber hastete an seinen Komparsen-Kollegen vorüber. Während der Probe hatte er Slivovskys Worte mehr als einmal wiederholt und ihre Bedeutung zu entschlüsseln versucht. Er hatte aber vor Probenbeginn keine Zeit mehr gehabt, den degradierten technischen Direktor zu suchen. Zumindest hatte er nebenbei dem Bühnenmeister entlockt, wo Slivovsky sich am häufigsten aufhielt, wenn er oben nicht zu sehen war.

Das halbe Haus ist schon verrückt…, hörte er ihn wieder sagen, während er auf der Treppe hinunter in den dritten Keller zwei Stufen auf einmal nahm. In seiner Eile hätte er beinahe einen der Küchengehilfen umgestoßen, der sich mit zwei großen stinkenden Mistsäcken an ihm vorbei die Stufen hinaufquälte.

»Entschuldige«, meinte Orsini nur kurz und rannte weiter. Hoffte, dass er sich auf seine Füße verlassen konnte, um den richtigen Weg zu finden, und bog unten mehrfach um die Ecke.

Wild entschlossen hämmerte er dann mit der Faust gegen die versperrte Stahltür der Schlosserei. Von drinnen übertönte das nervende Geräusch einer Flex seine Bemühungen. Doch dann verstummte das alles durchdringende Kreischen, und er versuchte es erneut. Als die Tür sich endlich öffnete, hatte sich der Schlosser – einem ungeschlachten Wächter aus dem Mittelalter gleich – zwischen Tür und Rahmen aufgebaut. Mit der Schutzbrille im Gesicht und den wirren Haaren hätte ihn Orsini beinahe nicht erkannt. Die übergroßen Augen waren hinter dem zerkratzten Glas kaum zu erkennen. In der schmierigen Hand hielt er einen beeindruckend großen Hammer, den er wie einen Federballschläger locker durch die Luft schwang. Hinter ihm stand ein eigenartiges Gebilde aus verschiedenen Metallteilen.

Verärgert fuhr er Orsini an: »Was willst'n?«

»Slivovsky, ist er da?«, fragte Orsini.

»Wer lasst'n fragn?«

»Ich brauch etwas Privates«, entgegnete Orsini, ohne darauf einzugehen, und versuchte am Schlosser vorbeizuspähen.

»Privat?«

»Ja! Was dagegen?«

»Vielleicht findst'n in der Klimazentrale«, antwortete der Schlosser mürrisch und drehte auf dem Absatz um. Die Tür knallte hinter ihm zu.

Klimazentrale?, dachte Orsini und ging denselben Weg retour, den er gekommen war. Beim Treppenabsatz blieb er stehen, vor sich einen der Notfallpläne für den Fall eines Brandes. Auf dem vergilbten Papier war jeder einzelne Raum mit schwarzer Tinte beschriftet, die Fluchtwege mit roten Pfeilen markiert. Keine Minute später drückte er auf einen Klingelknopf, über dem in hellen Kunststoffbuchstaben *Klimazentrale* stand.

»Wer ist da?«, fragte eine kratzige Stimme, begleitet von knackenden Geräuschen.

… sind total verrückt, hatte dieselbe Stimme gesagt, *… wegen der Engel. Für irgendwen ist das ein gutes Geschäft.*

Geschäft?, hatte Orsini gefragt und sah wieder Slivovskys gekränkte, glasige Augen vor sich. Der Ausdruck darin hatte etwas Unberechenbares, als er antwortete: *Es geht doch immer nur ums Geschäft. Egal, ob hier herunten oder in der Chefetage.* Dann hatte Slivovsky sich genau umgesehen, obwohl außer ihnen beiden ohnehin schon alle weggekippt waren. *Was sich in der Chefetage derzeit abspielt, das hätte dir der Meersburg am besten sagen können. Aber dem hat sein Engel auch nichts genutzt!*

»Beer«, brummte Orsini zur geschlossenen Tür und blickte sich um. Woher war die Stimme gekommen? Auf den ersten Blick konnte er weder einen Lautsprecher noch eine Kamera entdecken. Möglicherweise steckten beide in dem verstaubten Verteilergehäuse über seinem Kopf.

Nichts geschah.

Erst als er erneut auf den Klingelknopf drücken wollte, erklang plötzlich doch ein Summerton.

Er drückte die Tür auf und warf einen Blick auf seine Uhr. Die Probe würde in zehn Minuten weitergehen, viel Zeit blieb ihm also nicht.

Ein großer länglicher, neonheller Raum – vollgestopft mit isolierten Rohrleitungen, Ventilen, Anzeigen, Armaturen und Geräten. Der rohe Betonboden war voller Flecken in unterschiedlichsten Schattierungen. Verputz bröckelte von den kahlen Wänden. Ein abgenutzter Schreibtisch auf einem teilweise zerschlissenen gelb-orangen Teppich – eine nur mehr stellenweise flauschige Insel inmitten desolater Trostlosigkeit.

Slivovsky saß mit dem Rücken zu Orsini am Tisch und las etwas auf einem Bildschirm. An der Lehne des Drehstuhls klebten grün-weiße Aufkleber eines Fußballklubs.

»Entschuldigung, wenn ich störe.«

»Da herunten stört sicher niemand«, erwiderte Slivovsky und drehte sich um.

Slivovskys Augen waren zwar nicht mehr ganz so glasig, neben zwei Funkgeräten und einer Kaffeetasse stand allerdings eine Flasche Gin auf dem Tisch. Slivovsky machte eine einladende Geste und nahm die Flasche zwischen die Finger.

»Später vielleicht«, erwiderte Orsini.

»Dann ist wieder die Schlachtszene dran, und du musst rauf«, meinte Slivovsky und goss sich Gin in die Tasse. Aus dem Bühnenmonitor drang zuerst lautes Hämmern und danach ein kurzer Schrei.

Orsini erkannte die Stimme des Bühnenmeisters.

»Der ist reif für einen Herzinfarkt, wenn er so weitermacht«, kommentierte Slivovsky trocken und drehte den Lautstärkeregler des Bühnenmonitors ab. »Dieser Idiot von Regisseur probt das drei Mal hintereinander, obwohl andere Stellen weitaus wichtiger wären. Bei dem Umbau passiert sicher nichts mehr, da kann man ein Kleinkind hinstellen, und es würd funktionieren.«

Orsini nickte stumm und beobachtete, wie Slivovsky die Tasse in einem Zug in sich hineinschüttete.

»Der Arsch schreit herum und glaubt, das ist gute Regie.«

»Schreien kann er tatsächlich«, pflichtete Orsini bei.

»Einfach widerlich, wie der sich aufführt!« Slivovsky ließ

seine Hand auf die Tischplatte sausen. »Vierzig Jahre im Haus, beinahe zwanzig davon in leitender Funktion und dann…«, wechselte er übergangslos das Thema. »Dankbarkeit kennt da niemand. Setzen mich hierher, obwohl ich denen jahrelang alles gerichtet hab!«

Orsini wies auf den Bildschirm. »*Gibt es mehrere Higgse?*«, las er die Überschrift des Artikels, mit dem Slivovsky sich offensichtlich beschäftigt hatte, laut vor. »Physik?«, fuhr er fort, »Überlegst du einen Berufswechsel?«

Slivovsky zuckte mit den Achseln. »Ist nur zum Zeitvertreib.«

Orsini sah ihn fragend an, bis Slivovsky ergänzte: »Weiß ja kaum einer, dass nur vier Prozent vom Universum bekannt sind. Alles andere ist Dunkle Materie oder die noch mysteriösere Dunkle Energie.«

»Interessant.«

»Ähnlich wie hier bei uns«, fügte Slivovsky kryptisch hinzu und klickte den Artikel weg.

Orsini wollte nachhaken, als es plötzlich in einem der Funkgeräte knisterte. Dann die verzerrte Stimme des Inspizienten: »Klimazentrale?«

Slivovsky schnappte sich das Gerät, drückte eine Taste und antwortete: »Ja?«

»Zum Eisernen Vorhang.«

»Zu Befehl«, erwiderte Slivovsky und stellte das Funkgerät wieder zurück. »Noch so ein Arschloch«, murmelte er vor sich hin, machte aber keine Anstalten zu gehen. »Und was willst du eigentlich von mir?«, fragte er Orsini. Sein Ton hatte sich verändert.

Orsini griff nach der Flasche, setzte sie an die Lippen und nahm einen kurzen Schluck. Für einen flüchtigen Augenblick hatte er den schwarzen Siegesengel aus dem Deckengemälde der Feststiege vor Augen, ehe er meinte: »Neulich in Klein Illmitz…«

»Ja?«

Orsini wog zwischen dem vertraulichen, allerdings dem nächtlichen Alkoholkonsum entsprungenen Du und dem distanzierten Sie ab. »… hast du von Engeln gesprochen.«

Slivovsky starrte ausdruckslos ins Leere.

»… dass es für irgendwen ein gutes Geschäft wäre«, fuhr Orsini fort und versuchte, Slivovskys Blick auf sich zu lenken.

Stattdessen wandte Slivovsky sich ab, stand auf und nahm das Funkgerät an sich. »Ich muss rauf.«

»Und ich zur Probe.« Orsini folgte ihm. »Du hast auch gesagt, dass der Meersburg wüsste, was sich derzeit in der Chefetage abspielt«, drängte er weiter, während sie die schmale Treppe zur Bühne hochstapften. »Was hast du damit gemeint?«

Erst oben auf Bühnenniveau zuckte Slivovsky zur Antwort mit den Achseln. Er holte einen schweren Schlüsselbund aus seiner Hosentasche, wählte einen Schlüssel aus und steckte ihn ins Schloss einer unscheinbaren Tür.

Der dazugehörige Raum war winzig, umfallen wäre in dem Kabäuschen unmöglich. Ein Schwarz-Weiß-Monitor, ein Mikrofon an einem Schwanenhals, notdürftig mit Klebeband an der Wand befestigt, mehrere altertümlich wirkende Schalter und ein mickriger Hocker. Dass Slivovsky gezwungen war, hier Dienst zu machen, war mehr als eine Degradierung.

»Was ist das hier?«, fragte Orsini.

»Von hier aus bediene ich den Eisernen Vorhang, die Kurtine«, erwiderte Slivovsky lapidar. Als sich Stimmen vom Gang näherten, zog Slivovsky Orsini zu sich. »Mach zu!«, befahl er.

Notgedrungen quetschte Orsini sich zu ihm in die Kammer. Mit einer umständlichen Bewegung schloss er die Tür hinter sich. Nun stand er Kopf an Kopf mit Slivovsky. Orsini konnte die Poren der ungepflegten Haut sehen, kleine Narben einer schlampigen Rasur. Der linke Eckzahn stand ein wenig schief.

In Slivovskys Augen funkelte es, als er Orsini mitten ins Gesicht ausatmete.

»Wer bist du?«, fragte er herausfordernd.

Orsini ließ sich nicht einschüchtern. »Beer, Komparse, neuerdings Kommandant.«

»Also, Kommandant Beer«, sagte Slivovsky leise, aber scharf. »Ich weiß noch nicht, wer du wirklich bist, aber das erfahre ich schon noch. Keine Angst, mir entgeht in dem Haus nichts. Nicht einmal, wenn sich im tiefsten Keller zwei Ratten gegenseitig umbringen.«

»Warum haben Sie dann, nur als Beispiel, das Auge von Meersburg nicht gefunden?«, reizte Orsini ihn.

»Du bist schlauer, als ich gedacht habe«, antwortete Slivovsky, wurde aber von einer Durchsage abgelenkt.

»Achtung, die Probe wird in Kürze fortgesetzt! Alle Beteiligten auf die Bühne«, ertönte die Stimme des Inspizienten aus einem eingebauten Lautsprecher. Dann krächzte dieselbe Stimme aus Slivovskys Funkgerät: »Ist der Eiserne Vorhang besetzt?«

»Ja!«

»Was weißt du über diese verdammten Engel?«, insistierte Orsini. Mittlerweile begann auch er zu schwitzen.

»Dass derjenige, der *die* verteilt …«, antwortete Slivovsky und hielt plötzlich einen kleinen goldenen Engel vor Orsinis Nase, »… für die *Unfälle* verantwortlich ist!«

Es war derselbe Engel, den Orsini bei Shure in der Tonregie gesehen hatte – mit leicht angehobenen Flügeln, die Hände zum Gebet gefaltet. Um den Hals baumelte immer noch die Schnur mit dem Henkersknoten.

»Eiserner Vorhang auf!«, befahl die Stimme des Inspizienten.

Ohne zu antworten, drehte Slivovsky sich um, betätigte einen Schalter, starrte einen Moment auf den Monitor und ließ den Engel wieder in seiner Hosentasche verschwinden.

»Alle, die glauben, dass sie mich hier verstauen können, werden mich noch kennenlernen«, stieß er hervor und beobachtete weiter, wie der Eiserne Vorhang langsam nach oben fuhr. »Und wenn du mir dabei in die Quere kommst, kann's leicht sein, dass du irgendwo runterfällst und dir dabei wehtust!«

»Ich bin ziemlich trittsicher«, entgegnete Orsini trocken und verließ den stickigen Raum.

Ein Schwall abgestandener Luft begleitete ihn auf den Gang. Dort herrschte zunehmend Hektik. Orsini musste diversen eifrigen Garderoberinnen ausweichen und machte einen Bogen um einen Maskenbildner, der mit einer Flasche Bühnenblut herumfuchtelte und im Spaß einige Komparsen damit anspritzte. *Engel – Unfälle – Talisman*, ging es ihm durch den Kopf. Er sah sich auf der Bühne um und seufzte. Marlene, Shures Freundin – wie lange würde er nun wieder warten müssen, ehe er mit ihr sprechen konnte? Ärgerlich schob er zwei Arbeiter zur Seite, ignorierte eine abfällige Bemerkung und eilte zu seinem Platz.

»Und, abgekühlt?« Eine Hand legte sich ihm auf die Schulter.

Orsini fuhr herum.

»Ich bin nur deines Vaters Geist, verdammt auf eine Zeitlang nachts zu wandern«, deklamierte Jeff mit erhobenen Händen.

»Erster Akt, fünfte Szene, Hamlets toter Vater«, ergänzte Orsini lapidar.

Dann setzte zum dritten Mal das Stroboskoplicht ein, und die Schlacht begann von neuem.

*

»Was das Burgtheater anbelangt, hab ich in der kurzen Zeit leider nichts ausrichten können.« Jojo hob entschuldigend die Arme.

»Bis du da eine Schwachstelle gefunden hast, braucht es mindestens zehn Arbeitstage, eher länger«, erläuterte Katja. »Da wär's vermutlich leichter, wenn dein eingeschleuster Ermittler sich direkt der Sache annimmt.«

Enttäuscht schürzte Paula die Lippen und sah Lilly zu, wie sie aus lauter kleinen Plastikkamelen eine Karawane aufreihte, die vom Teppich bis zum Christbaum führte, zur Krippe mit den klassischen Holzfiguren. »Das stellst du dir so einfach vor! Die Büros sind tagsüber besetzt, und auch an den Abenden ist in den Gängen ständig was los. Da kann man nicht so mir nichts, dir nichts reinmarschieren und sich bedienen, selbst wenn jemand wüsste, wo sich die interessanten Unterlagen befinden.«

»Aber«, fuhr Jojo fort, und da war wieder der Schelm in ihrer beider Augen, als er sich neben Katja setzte, »dein Bankdirektor hat uns einen Gefallen getan.«

Paula horchte auf. »Einen Gefallen? Mein Bankdirektor?«

»Ja. Also, der Trojaner, den ich verwendet hab, ist nicht neu – nicht, dass ich ...«, er lächelte Katja an, »besser gesagt wir das nicht könnten, aber das würde viel zu lange dauern. Und die meisten Banken haben in den letzten Jahren auch massiv aufgerüstet.«

»Cyber-Impfungen nennen sie das«, fügte Katja hinzu.

»... so, dass es eben schon schwieriger geworden ist, Schwachstellen zu finden. Und von denen sind normalerweise auch nur wenige für einen Angriff brauchbar.«

»Andererseits, bei unbegrenztem Zeitrahmen kannst du fast alles hacken. Vor allem, wenn dir die Mittel einer gewissen Agency zur Verfügung stehen ...«

Paula verdrehte die Augen. »Davon sind wir im Landeskriminalamt noch Galaxien weit entfernt. Ich bin schon froh, wenn mein Drucker funktioniert.«

»Na ja, egal, unser Bankdirektor macht gerade Überstunden und hat sich leider zu sehr für meine gefakte PowerPoint-Präsentation interessiert.«

»PowerPoint?«

»Ja, damit wurden in den letzten Jahren diverse Großinstitutionen in Verlegenheit gebracht.«

Während sich zu ihren Füßen das Siedler-Spiel auf seinen Höhepunkt zubewegte und Lilly für ihren Cousin die diversen Lehm- und Erz-Einkäufe tätigte, klickte Jojo sich ebenso verspielt durch die Passwort-Sequenz von Josef Meersburgs Hausbank.

»Und ihr seid sicher, dass das nicht rückverfolgt werden kann?«

Jojo sah sie entrüstet an. »Rückverfolgt? Glaubst du wirklich, das würden wir riskieren?«

Paula verzog zweifelnd die Mundwinkel, hauptsächlich um Jojo zu ärgern. Allerdings hatte sie unlängst ein Seminar zum Thema absolviert. Der Vortragende hatte eine ähnliche Selbstsicherheit an den Tag gelegt wie Jojo, nur in der Gegenrichtung. Wenn sie aber auf einen der beiden ihr Geld setzen müsste, wäre das allemal ihr kleiner Bruder.

Jojo fuhr fort: »Wir gehen hier einmal rein, suchen deine Unterlagen und sind draußen – alles komplett im Hintergrund. Wenn du mal Zeit hast, erklär ich dir, was Rootkits sind und C&C Server. Unserer befindet sich übrigens in Costa Rica.«

»Also was Rootkits sind«, erwiderte Paula, »weiß ich. Und dass man die Server im Ausland benutzt, auch. Ansonsten«, Paula hob einlenkend die Arme, »bist du der Boss, absolut – oder besser gesagt, ihr beide!«

Katja nickte lächelnd und fügte hinzu: »Außerdem: Es wär was anderes, wenn wir dem Institut finanziellen Schaden zufügen wollten. Das würden sie irgendwann merken und sich auf die Suche machen. Aber so?«

»Sollten wir hier was finden, was dir weiterhilft, müsstest du es dir natürlich auf legalem Weg ein zweites Mal beschaffen –

das ist schon klar!«, ergänze Jojo, »ein bisschen Arbeit wirst du schon auch selber haben.«

»Ein bisschen!? Ich hab Arbeit genug!«, protestierte Paula und beugte sich zum Laptop vor. Jojo hatte Meersburgs Zweitkonto geöffnet und scrollte gerade durch die Kontobewegungen des vergangenen Jahres, als von nebenan die Stimme ihrer Mutter ertönte: »Arbeit? Ihr werdet doch nicht am Christtag arbeiten!«

Paula seufzte. »Können wir das hier ausdrucken und später …«

»Klar, und ich geb's dir auch auf einen USB-Stick!« Jojo erhob sich bereits mit dem Laptop in Händen und meinte: »Vorhin, ich hab's nur schnell durchgeschaut, ist mir bei seinem Konto eine interessante Sache untergekommen.«

*

Es dauerte eine Weile, bis Orsini in der nächsten Unterbrechung die blonden langen Haare inmitten der verletzten Komparsen ausmachen konnte. Offensichtlich hatte die zierliche Requisiteurin alle Hände voll zu tun, denn auf ihren dünnen Armen trug sie fünf Beine. Orsini steuerte zielstrebig auf sie zu und hielt ihr die Tür auf.

»Entschuldige, hast du kurz Zeit für eine Zigarette?« Orsini deutete mit dem Kopf nach oben, in Bezug auf die Kammer, in der die Requisiteurin seinen Herzschlag um einen Takt verkürzt hatte.

»Dort sicher nicht«, entgegnete sie, zögerte und deutete dann mit dem Kopf auf die Beine. »Du kannst mich begleiten … Ich muss die austauschen.«

»In Ordnung«, erwiderte Orsini und ging neben ihr her. »Der Talisman, den du Shure geschenkt hast, von wem hast du den bekommen?«, fragte er ohne Umschweife.

Die zierliche Requisiteurin blickte sich ängstlich um. Sie senkte die Stimme: »Darüber kann ich nicht sprechen.«

»Wer soll dich denn daran hindern?«

»Jemand, den ich nicht kenne«, wich Marlene aus und nickte im Vorbeigehen einer der Garderoberinnen zu, die an der Wand lehnte und sich mit einer zweiten unterhielt. Vor der Requisitenkammer hielt Marlene an und ließ Orsini die Tür öffnen. Dabei sah sie nochmals zu den beiden älteren Frauen hin. »Die sind die neugierigsten überhaupt!«

Drinnen ließ sie die Beine achtlos auf einen Tisch rollen, holte einen Schemel, stieg darauf und nahm vom obersten Fach eines Regals neue. »Kannst du die halten?«, fragte sie und reichte Orsini mehrere Beine. Während sie vom Schemel stieg, sah sie schnell zur Tür und meinte dann: »Ich sollte nicht darüber reden! Wenn meine Tante wüsste, dass ich dir …«

»Deine Tante?«, fragte Orsini.

»Ja, wegen ihr hab ich den Job.«

»Was hat das mit Shure zu tun?«

Marlene holte aus einer Lade eine frische Tube Theaterblut, klappte den Verschluss auf und begann, es über die Beine zu verteilen. »Er hat da was mitbekommen, zwischen ihr und dem kaufmännischen Direktor.«

»Wie?«

»Über irgendwelche Mikros.«

Orsini hatte kurz ein erotisches Zwischenspiel vor Augen, ehe er nachfragte: »Was hat er denn gehört?«

»Einen Streit.«

»Worüber?«

»Das wollte er mir später erzählen, er musste ja noch diesen Roth aufnehmen und hatte keine Zeit zu reden.«

»Jetzt hast du mich neugierig gemacht. Wer ist denn deine Tante?«

Marlene schüttelte den Kopf. »Ich glaub immer, alle wissen das. Dabei hast du natürlich keine Ahnung.« Sie machte die Tube zu, schnappte sich eine Schere und schnitt Verbandszeug zurecht. Dabei sah sie rasch auf ihre Uhr. »Kannst du mir helfen? Die Pause ist gleich wieder um …«

Orsini entrollte das Verbandsmaterial und fragte ruhig: »Also wer?«

»Die Frau Direktor. Und ich schwör dir – weil manche sagen, sie und die Dramaturgin seien so herrisch –, privat ist sie überhaupt nicht so! Im Gegenteil, und wenn man seinen Job richtig macht, sind die beiden in Ordnung, das musst du mir glauben!«

»Hat Shure nicht einmal angedeutet, worum es ging?«, hakte Orsini nach und wickelte dabei Verbandszeug um ein blutiges Knie. Er musste an das belauschte Gespräch zwischen der Direktorin und ihrer schwarzen besseren Hälfte denken.

Marlene zögerte erneut, eine Spur zu lange. »Nein.«

Orsini wartete, während Marlene das Zubehör verstaute und dann mit dem Stapel an Beinen auf die Tür zuging. »Sie ist einfach mit den Nerven am Ende seit dem Sturz vom Meersburg. Da gibt ein Wort das andere. Sie hat ihn ja von früher gekannt, und es geht ihr nahe.«

Mit einer Kopfbewegung bedeutete sie ihm, die Tür zu öffnen, und trat auf den Gang. Orsini folgte ihr. Die Direktorin kannte Meersburg also von früher? Doch als er nachfragen wollte, machte Marlene unmissverständlich klar, dass das Thema beendet war.

Wieder auf der Bühne, meinte Orsini ohne große Hoffnung auf Antwort: »Deinem Freund hat der Talisman aber nicht viel genützt.«

Marlene nickte und biss sich auf die Lippen. »Vielleicht, weil er ihn nicht ernst genommen hat.« Sie stützte sich mit dem Arm an der Wand ab, um die Beine nicht fallen zu lassen und fixierte Orsini: »Du solltest deine Nase nicht in Dinge stecken, die dich nichts angehen!«

Als eines der Beine dennoch in Schieflage geriet, fing Orsini es auf und erwiderte: »Sag mir, wie man den Engel bekommt, und ich finde den, der Shure von da oben runtergestoßen hat.«

»Marlene, wo bist du?«, rief eine ungeduldige Stimme im selben Moment quer über die Bühne.

»Ich muss …«

Orsini legte das Bein obenauf und zog die Augenbrauen hoch.

Die Requisiteurin gab sich einen Ruck. »Man wirft etwas mit einem Zettel oben am Schnürboden ein. Geh zum Herrn des Himmels«, flüsterte sie und marschierte los.

Mit einer Hand zog er sich an der Balustrade weiter, mit der anderen tarierte er sein Gleichgewicht aus. Der Nebel war ihm entschieden lieber gewesen. Besser als dieses verdammte Glatteis, das jeden der Steine überzogen hatte und so das Fortkommen erschwerte. Es war außerdem eine andere Art von Kälte. Gut, er würde sich auch dadurch keinesfalls von seinen Rundgängen abbringen lassen. Sie halfen ihm beim Denken. Und das Denken war von enormer Wichtigkeit.

Oben auf der Mölkerbastei blieb er stehen und sah auf den goldenen Siegesengel hinab. Von hinten gesehen wirkte es beinah, als wollte der Engel sich zum Herrscher über die alte Universität auf der anderen Seite des Rings machen, über deren Eingang ein ähnlicher Kollege wachte. Auch dieses Gebäude war ein Teil der gigantischen Bauvorhaben Kaiser Franz Josefs gewesen, allerdings eher ein Zugeständnis an die erstarkende Bürgerschaft. So wie das Rathaus und das Parlament – mehr oder weniger ein Block, außerhalb der neu gestalteten Ringstraße. Man hatte dem Militär dafür den Paradeplatz abgerungen, das stattdessen aber ohnehin den neuen Boulevard nutzen konnte. Sei es für Paraden oder um Aufmärsche von Aufständischen praktischerweise im perfekten Schussfeld zu haben.

Nach einem Blick auf die Uhr tappte er bald darauf Stufe für Stufe die Treppe hinunter, in Gedanken vertieft. Lange Zeit hatte er vermutet, dass es am Ort lag, an dem das Burgtheater errichtet worden war.

Dass das Blut, das hier geflossen war, den Ort für immer beherrschen würde. Er hatte so gut wie jedes Buch über die Türkenbelagerungen und die Verteidigung der Stadt gelesen. Wusste genau, wo die Osmanen ihre Zelte aufgeschlagen hatten, wo und wann die Wiener einen Ausfall gewagt hatten, und wie knapp sie letztlich davongekommen waren. Vom Ring aus sah er nochmals schnell auf den Engel zurück. Angesichts des historisch schwer umkämpften Orts hatte der Himmelsbote eigentlich einen überraschend friedlichen Gesichtsausdruck. Aber mittlerweile war ihm ohnedies klar geworden, dass die blutgetränkte Erde höchstens den Untergrund für das Unheil bereitete.

Und, dass es immer einen Vollstrecker geben würde.

Eintritt nur für befugte Personen.

»Unbefugt«, murmelte Orsini. Ohne langes Nachdenken drückte er die Schnalle hinunter und verließ sich in Bezug auf das, was kommen würde, auf seine Intuition.

»Was ist mit dir?«, fuhr ihn ein groß gewachsener Mann in schwarzer Arbeitshose und *Fuck you*-T-Shirt auch schon an und kam mit grimmigem Blick auf ihn zu. Er erinnerte Orsini an einen Geier, oben kaum Haare, aber zum langen Hals hin eine Art Flaum, dazu ein kräftiger Überbiss. »Kannst du net lesen?«

»Doch«, erwiderte Orsini, *»fuck you.«*

Gelangweilte Miene. »Was steht aufm Schild draußen?«

»Ja, ich weiß.«

»Warum bistn dann herinnen?«

»Weil ich den Schnürbodenmeister sprechen muss.«

»Brauchst was?«

Orsini war zwar nicht klar, was der Mann meinte, nickte aber.

»Na, des musst gleich sagn.« Der Geier wandte sich ab und deutete übers Geländer, hinter dem es in die Tiefe ging. »Wennst dich traust, dort sitzt er.«

Orsini blickte auf den schmalen, brückenförmigen Steg, der sich knapp unter ihm über die ganze Bühnenbreite erstreckte.

Gerade, als Orsini hinübersteigen wollte, setzte sich das eiserne Ungetüm in Bewegung.

»He!«, rief Orsini und blickte zum Geier, der ihm grinsend vom Steuerpult zuwinkte. Leise vibrierend bewegte sich der Zugang zum Beleuchtersteg an Orsinis Füßen vorbei in die Höhe.

»Fuck you, too!«, rief Orsini, kletterte aufs Geländer vor sich, sprang mit einem Satz auf den fahrenden Steg hoch und zeigte dem Mann den ausgestreckten Mittelfinger. Durch den Sprung wurde das stählerne Konstrukt in Schwingung versetzt und pendelte hin und her wie eine übergroße, träge Schaukel.

Orsini musste sich festhalten und sah an seinen Beinen hinab. Nur noch ein Stahlrost und viele Meter Luft trennten ihn von den harten Brettern des Bühnenbodens. Vorsichtig hangelte er sich auf die Mitte zu.

»Wen hamma denn da?«, begrüßte ihn eine imposante Erscheinung, die ihm aus der Kantine bekannt vorkam.

Es war derjenige, der sich hinter der Theke regelmäßig selbst bediente. Ein ehemals weißes Feinrippunterleibchen spannte sich über seinen voluminösen Bauch. An den ausgefransten Rändern kämpften unzählige Brusthaare um einen Platz an der nicht existenten Sonne. Vom Hals hing eine Kette mitten hinein ins Dickicht, das sich übergangslos zum Kopfbewuchs fortsetzte. Die Beine steckten in einer schwarzen Hose.

Der *Herr des Himmels* saß auf einem gut gepolsterten Hocker, der mit lila Samt überzogen war. Ein Stück aus einem Stück, vermutete Orsini, zur Rangordnung des Schnürbodenmeisters vielleicht passend, zur nüchternen Umgebung weniger.

»Der Soldat aus der ersten Reihe gibt sich die Ehre.«

»Kommandant«, verbesserte Orsini.

»Entschuldigung, *Kommandant* natürlich!«

Noch immer schwankte die stählerne Brücke leicht. Den Schnürbodenmeister schien das aber nicht zu stören. In den

Händen hielt er ein Hanfseil, an dessen Ende er mit routinierten Griffen herumflocht. Der Strahl eines Scheinwerfers streifte über seinen gut trainierten Oberarm. Darauf ein tätowierter Anker.

»Was willstn?«, fragte der Schnürbodenmeister mit tiefer, rauchiger Stimme, hielt kurz mit dem Flechten inne und sah Orsini an.

»Reden«, erwiderte Orsini und ging auf dem engen Steg in die Hocke.

»Warum?«

»Aus Interesse.«

»Worüber?« Mit regloser Miene sah der Schnürbodenmeister in die Ferne zu den Zuschauerrängen. Seine Finger flochten weiter die Stränge des Seils ineinander. Der pralle Bauch hob und senkte sich in trägen Atemzügen.

»Über das, was sich da unten so abspielt.« Orsini deutete mit dem Kopf Richtung Bühnenboden.

»Das siehst ja auch so.«

»Von heroben hat man aber eine besondere Aussicht.« Während Orsini – allerdings nicht so gelassen, wie er sich nach außen gab – auf eine Antwort wartete, erlosch mit einem Schlag das Licht im gesamten Bühnenraum. Nur die kleine Lampe tief unten beim Regiepult war zu sehen. Der Steg begann zu vibrieren, Orsinis Magen sandte unverzüglich Signale des Unbehagens aus. Vorsichtig ließ er sich von der Hocke auf den stählernen Rost nieder, seine Hände griffen fester zu. Unter ihnen war es still.

»Angst?«, fragte die rauchige Bassstimme.

»Nicht direkt.«

»Aha …« Der Schnürbodenmeister gab ein schnaufendes Lachen von sich.

Nur langsam gewöhnten Orsinis Augen sich an die Dunkelheit. Neben ihm ragten die massigen menschlichen Umrisse auf und verströmten einen strengen Geruch. Aus der Tiefe unter ihnen drang nun leises Gewisper in die Höhe. Ein untrügliches Zeichen dafür, dass die Probe begonnen hatte. Diesmal ohne Komparsen, denn der Betriebsrat hatte – erstaunlicherweise – der Direktion unmissverständlich die Regelungen für die Pausenlängen nahegelegt.

Orsini nahm erneut Anlauf: »Glauben Sie an Zufälle?«

Mit gesenkter Stimme kam die Antwort: »Sicher glaube ich an Zufälle. Einer meiner besten Freunde hat einmal sogar im Lotto gewonnen.«

»Viel?«

»Sehr viel.«

»Gratulation.«

»Richte ich ihm aus.«

Mit einem Ruck setzte sich der Steg erneut in Bewegung, Scheinwerfer gingen an. Alles erzitterte. Orsini umklammerte die Holme der Brüstung. Mit leisem Scheppern blieb die Konstruktion aber nach wenigen Sekunden wieder stehen. Sie waren etwa einen Meter nach oben gefahren.

»3. Akt, 4. Szene. Die Scheinwerfer unter uns dürfen den Vorhang nicht ausleuchten, hinter dem sich Polonius versteckt«, kommentierte der Schnürbodenmeister nüchtern die abrupte Bewegung.

»Aha«, entgegnete Orsini und lockerte den Griff um die Holme.

Als ein gellender Schrei erklang, bemerkte der Schnürbodenmeister nur: »Jetzt meuchelt Hamlet grad den Polonius.«

Orsini verdrehte die Augen und blickte auf die Köpfe der Schauspieler hinab. Haarige Wesen, denen seitlich Arme entsprangen. Polonius stand hinter einem Vorhang und rief: »Ich bin umgebracht!«

Orsini wagte einen Schuss ins Blaue. »Meersburg …«, fragte er, »sind Sie auch hier gesessen?«

»Und wenn?«

»Dann könnten Sie mir sagen, was passiert ist.«

»Warum sollte ich?«

»Es könnte Mord gewesen sein.«

Der Schnürbodenmeister drehte sein Gesicht Orsini zu und hörte auf, das Seil zu flechten, schwieg aber.

»Hatte Meersburg auch einen Engel?«, fragte Orsini und erkannte im selben Moment, dass er einen Fehler begangen hatte. Die Augen, die sich soeben ein wenig geöffnet hatten, verengten sich wieder.

»Was willst du?«

»Ich will wissen, was mit Meersburg passiert ist.«

»Was willst du?«, unterbrach der Schnürbodenmeister mit erhobener Stimme.

Orsini entschloss sich zum Frontalangriff: »Ich habe gehört, dass man Sie fragen soll, wenn man einen Engel braucht.«

Der Herr des Himmels kratzte sich an der Brust, bevor er Orsini fixierte und ihn dann mit einer unmissverständlichen Handbewegung seines Reichs verwies: »Schleich dich, scheiß Zeitungsheini, bevor du zufällig runtersaust!«

»Ich bin nicht einer von denen …« Orsini hob die Hand zu einer beruhigenden Geste. Doch der Schnürbodenmeister brachte ihn mit einer schroffen Handbewegung zum Verstummen.

Hier war nichts zu holen, zumindest vorläufig, erkannte Orsini und trat den Rückzug an. Was ihm dabei entging, war, dass der Schnürbodenmeister leise einige Worte ins Funkgerät sprach und sich – für seinen Bauchumfang erstaunlich flink – von seinem Hocker erhob und zum anderen Ende des Stegs schlich.

Orsini tastete sich zu seinem Ende des Stegs voran. Als er sich über die Brüstung aufs Festland schwingen wollte, kam ihm jedoch Fuck you entgegen. In der Hand hielt er eine Holzlatte und klopfte damit lässig gegen seine offene Handfläche. Orsini sah zurück über seine Schulter. Am anderen Ende des Stegs war der Schnürbodenmeister längst auf die Arbeitsgalerie geklettert und versperrte dort den Weg.

»Immer noch neugierig?«, fragte Fuck you grinsend und legte dabei den Kopf schief.

»Seit frühester Kindheit«, erwiderte Orsini. »Hat meine Mutter schon versucht mir auszutreiben.«

»Erfolgreich?«

»Keine Chance.«

»Und Vati?«

»War selten zu Hause.«

»Armer Bub.«

»Na ja, ging so, ich hab mir eben immer was einfallen lassen müssen.«

»Was denn?«

»Irgendwelche Sachen. Manchmal hab ich versperrte Türen mit gebogenem Draht aufgemacht, manchmal Briefe über heißem Wasserdampf geöffnet, oder … einfach einen Stecker rausgezogen.« Orsini deutete auf ein Paneel mit Steckdosen, das seitlich auf dem Steg montiert war. »Die waren damals natürlich nicht so groß.«

»Ich schlag dich kurz und klein!«, brauste Fuck you auf und sah Orsini entgeistert zu, wie er einen armdicken Stecker aus der Buchse zog. Unter ihnen wurde es schlagartig dunkler.

»Einer ist keiner«, legte Orsini nach und zog den nächsten Stecker.

»Du Arschloch!«, zischte Fuck you.

Von unten hörte man erste Schreie.

»Aller guten Dinge sind drei«, erwiderte Orsini lächelnd.

Fuck you rannte zum Pult und schnappte sein Funkgerät. Bis zu ihnen schallte nun die sich überschlagende Stimme des Regisseurs.

»Auf den kann man sich verlassen«, murmelte Orsini, als er über die Brüstung stieg und sich aus dem Staub machte.

*

Langsam wurde ihm doch kalt. Orsini erhob sich und zog ein leintuchgroßes Stück aus dem schmutzigen Haufen hervor. Es fühlte sich samtig an. So leise wie möglich schüttelte er es aus. Das war allerdings zwecklos, denn in dem Gewebe hatte sich so viel Staub angesammelt, dass der Versuch nicht einmal für eine oberflächliche Reinigung reichte. Im stumpfen Gegenlicht der Notbeleuchtung rollte nun eine Wolke dahin, und jedes einzelne Teilchen suchte sich eine neue Ablagefläche.

Nur wenige Meter über seinem Kopf zogen winzig kleine Insekten ihre wirren Kreise, von der grünen Notbeleuchtung angezogen. Ein verliebtes Mottenpärchen spielte Ringelreihen, wurde jedoch immer wieder von einem sturen Nachtfalter gestört, der offenbar Steuerungsprobleme hatte und ständig gegen die Notbeleuchtung oder die Wand dahinter prallte. Zugegeben, er war ein harter Nehmer. Sein Knockout dauerte nur Sekunden. Dann tauchte er abermals ins tiefe Dunkel der Unterbühne, bis er mehr oder weniger zielsicher, dafür umso hartnäckiger, einen neuen Angriff auf sein grünes Pearl Harbour startete.

Plötzlich ein klagendes, langgezogenes Wimmern. Orsini erstarrte. Dass das Haus lebte, bekam hier unten eine andere Bedeutung. Doch dann folgte Stille – die er beinahe noch beunruhigender fand.

Trotzdem legte er sich nach einer Weile wieder ins provisorische Bett aus wild aufgetürmten Stoffresten, nicht mehr benötigten Vorhängen, Sackleinen, derben Bodenbelägen und durchscheinendem Tüll. Behutsam – um nicht eine weitere Staubwolke zu produzieren – legte er den dickeren Stoff wie eine Decke über sich und wartete. In dem alten Gemäuer knarrte, klopfte, röchelte und gurgelte es immer wieder in unterschiedlicher Intensität. Das Knarren konnte vom Bühnenboden kommen, dessen Bretter sich je nach Feuchtigkeit dehnten oder zusammenzogen. Das Gurgeln von den Wasserleitungen oder Abflüssen.

Aber die anderen Geräusche? Manche waren kaum zu beschreiben. Woher kamen sie? Dass der Feuerwehrmann im Haus war, beruhigte ihn nur mäßig. Wer sich darüber hinaus noch in der Burg befand und wie klug es gewesen war, sich hier einschließen zu lassen, darüber wollte Orsini im Moment lieber nicht nachdenken.

Erneut ein langgezogenes Knarren hoch über seinem Kopf. Aus welchem Holz waren die Bretter, die die Welt bedeuteten, eigentlich gemacht?, versuchte er sich abzulenken. Buche, Eiche?

Endlich eine Weile nichts.

Das Telefonat mit Paula kam ihm in den Sinn. Sie hatten nur kurz miteinander gesprochen und das Wichtigste ausgetauscht. Zu wenig Zeit, um alle Details zu erzählen. Wie sie konkret an die Informationen zu Meersburgs Zweitkonto gelangt war, wollte sie ihm nicht sagen. Orsini erinnerte sich zwar noch gut an Paulas Computerkenntnisse, die die seinen eindeutig übertrafen, aber dass sie sich Zugang zu Bankdaten verschaffen konnte?

Auffällig daran waren auf den ersten Blick jedenfalls zwei größere Überweisungen, die im Betreff das Burgtheater nannten, aber nicht von derjenigen Kontonummer stammten, von der das normale Gehalt kam. Und dann hatte sie den Satz gesagt, der ihn – er stierte ein wenig ärgerlich ins Dunkel – vielleicht doch unüberlegt alleine hierher verfrachtet hatte. *Wenn wir nur an die Unterlagen des Theaters kämen.*

Immerhin, Paula schien mit ihrer Familie Frieden geschlossen zu haben. Sie würde erst morgen früh zu Shures Obduktion in die Stadt kommen. Orsini hatte noch versucht, ihr klarzumachen, dass er vermutlich nicht mehr lange unerkannt im Theater würde ermitteln können. Dass nun schon mehrfach der Verdacht ausgesprochen worden war, er sei von einer Zeitung, konnte nur bedeuten, dass über ihn geredet wurde. Dann hatte ein Kind Paula in Beschlag genommen, woraufhin sie das Gespräch abrupt abgebrochen hatte.

Orsini blickte auf die Umrisse der mächtigen Drehbühne vor ihm. Ein verwirrendes Gestänge mit Zwischendecken, daneben enge Stiegenaufgänge, Sicherungsgitter, Stahlträger, Rohre und Kabel. Alles nur dazu da, um oben so rasch und eindrucksvoll wie möglich eine sich verändernde magische Bilderwelt zu erzeugen. Genauso verwirrend wie die ungeordneten Ereignisse und Bilder des vergangenen Tages.

Der Aufenthalt in luftiger Höhe, ein grauer Morgenhimmel, Jeff, wie er den Rauch in die trockene Luft blies, die Schlachtszene, mit Eis übergossene Autos, Engel am Markt, am Deckengemälde, zwischen Slivovskys Daumen und Zeigefinger, die Requisiteurin und ihre Bemerkungen, und schließlich die zwei unverhohlenen Drohungen.

Ein wenig kam er sich wie der sture Falter vor, der sein Ziel nicht aus den Augen ließ und nach jedem Zusammenstoß erneut losflog. Einen Crash mit Fuck you oder dem Schnürbodenmeister wollte er jedoch keinesfalls riskieren. Er blickte auf die Leuchtzeiger seiner Uhr. Eine halbe Stunde versteckte er sich nun schon hier. Trotzdem war es noch zu früh.

Nach der letzten Probe, die abgesehen von Kleinigkeiten zum Erstaunen aller ohne Komplikationen abgelaufen war, hatte sich ein kleines Grüppchen in der Kantine eingefunden. Dort war aber kaum Erleichterung, geschweige denn Freude aufgekommen, zu sehr nagte die Anspannung an allen. Während er seinen Kaffee schlürfte, war ihm Paulas Bemerkung nicht aus dem Kopf gegangen. Als Feuerwehrmann Achter dann auftauchte, um alle heimzuschicken, stand sein Plan fest.

Ohne Eile erhob er sich von seinem Tisch. Vor der Glastür zur Portiersloge bog er jedoch ab und schlüpfte ungesehen durch das große Tor. Hier wurden die angelieferten Kulissenteile in die Unterbühne – wo er sich jetzt befand – und von dort je nach Bedarf mittels eines Lastenaufzugs auf Bühnenniveau gebracht.

Orsini streckte sich und zog die Decke höher. Der Falter hatte seine Angriffe auf die Notbeleuchtung eingestellt, die beiden Motten produzierten vermutlich in einem verborgenen Winkel Nachwuchs. Nur die winzigen Marathonflieger kreisten unverändert. Im Halbschlaf, mehr dämmernd als wach, vernahm er ein Geräusch, das nicht zu den mittlerweile bekannten passte.

Eine zufallende Tür. Augenblicklich saß er aufrecht da, hielt den Atem an und starrte auf die Unterseite des Bühnenbodens schräg über seinem Kopf.

Dumpf hallende Schritte, unregelmäßig.

Der hinkende Feuerwehrmann bei seinem letzten Kontrollgang? Oder schlich hier noch jemand mit ganz bestimmten Absichten herum? Jemand, der hier arbeitete und seine Kenntnisse genutzt hatte, um zwei Menschen zu beseitigen? Nach Kantinenschluss schien eine andere Burg zu erwachen. Der Feuerwehrmann, der angeblich nach seinem Kontrollgang den Raum nicht mehr verließ; die Tontechniker, die sich die Freiheit nahmen zu arbeiten, wann sie wollten; die Bewohner von Klein Illmitz …

Wo war die Verbindung zwischen dem alternden Bühnenstar und dem Tontechniker? Gab es überhaupt eine? Zweifelnd blickte Orsini auf seine Uhr – in einer weiteren halben Stunde würde er aufbrechen. Mit an Sicherheit grenzender Wahrscheinlichkeit würde der Feuerwehrmann dann schlafen oder sich vielleicht das Nachtprogramm einschlägiger Sender ansehen.

Müde zog Orsini das Handy hervor, aktivierte den Wecker und schloss die Augen. Als ihn das hartnäckige Klingeln aus dem Schlaf riss, fuhr er hoch und tippte hektisch auf dem Handy herum, bis er die Weckfunktion deaktiviert hatte. Er fluchte stumm. Was für ein Anfängerfehler! Dabei hatte er doch nur das Vibrieren aktiviert.

Vorsichtig rappelte er sich hoch und streckte die Glieder. Sein erstes Ziel war der Verschlag des Inspizienten. Dort hatte er griffbereite Taschenlampen in Erinnerung. Wie ein Fuchs mit spitz aufgestellten Ohren schlich er zur engen Holzstiege, die steil nach oben zur Zwischenetage unter der Bühne führte.

Vorsichtig setzte er einen Fuß vor den anderen, ohne auch nur das leiseste Geräusch zu machen, bis er eine schmale ebene Fläche vor sich erkannte. Kabel hingen knapp über seinem Kopf. Eine kaum sichtbare Falle in der Finsternis.

Einen Moment lauschte er seinem eigenen Atem. Wo war nur der schmale Aufgang, der wie eine eckige Wendeltreppe auf Bühnenniveau führte und direkt hinter dem Inspizientenpult endete? Er streckte seinen Arm vor sich aus, hob bei jedem Schritt die Kabel etwas in die Höhe, um nicht daran hängenzubleiben. So bewegte er sich weiter, bis direkt vor seiner Nase der schmale Aufgang auftauchte. Ein schwarzes Loch.

Tastend griff er in die Finsternis und suchte nach dem Treppengeländer. Fand es, setzte die rechte Schuhspitze auf den ersten Treppenabsatz und verlagerte sein Gewicht. Wie viele Stufen waren es? Hätte er gewusst, dass er diesen Weg nehmen würde, hätte er sich besser darauf vorbereitet. So aber tappte er sprichwörtlich im Dunkeln.

Plötzlich, er war beinahe auf halber Höhe, über ihm eine Bewegung. Orsini hielt den Atem an. Schemenhaft erkannte er eine Gestalt, die ihm den Weg versperrte. Er wich zurück und verfehlte dabei die nächste Stufe. Sein Fuß rutschte ins Leere, das Geländer entglitt ihm. Die Hand streifte an der Mauer und fand keinen Halt. Wie ein Betrunkener torkelte er nach hinten. Schlug mit dem Steißbein an einer Kante auf und landete dann hart auf dem Boden der Zwischenetage.

Die Gestalt rumpelte erstaunlich schnell die Stiege herab und türmte sich vor ihm auf. So schnell er konnte, rappelte er sich hoch und wollte in die andere Richtung flüchten, nur weg!

Doch ehe er sich vom Fleck rühren konnte, erklang direkt neben ihm eine Stimme: »Einen Schritt, und ich erschlag dich!«

Der Strahl einer Taschenlampe traf ihn hart im Gesicht. Geblendet kniff Orsini die Augen zusammen. Er sah nur eine dicke Latte, deren Ende mit Nägeln gespickt war, in einer männlichen, leicht behaarten Hand. Augenblicklich spürte er ein Ziehen im verheilten Durchstich in seiner Linken und hielt still, eingekeilt zwischen zwei Unbekannten.

»Der neue Kommandant!«, hörte er und hob eine Hand vor die Augen.

Das gibt es nicht, wunderte er sich und machte einen Schritt zurück. Sofort aber spürte er in seiner Nierengegend etwas Spitzes.

»Lass ihn mir, und ich stech ihn mit dem Messer ab wie eine Sau«, sagte die Gestalt bei der Treppe, nun hinter seinem Rücken. Der emotionslose Tonfall kam ihm bekannt vor.

Vor Orsini schwenkte die Taschenlampe hin und her – Slivovsky.

»Ich hab dir doch gesagt, dass mir nichts im Haus entgeht!«

Orsini sah den aufgespießten Meersburg vor sich. Warum hatte er nicht wenigstens Paula Bescheid gegeben? Rasch brachte er sich in Verteidigungsstellung, obwohl ihm bewusst war, dass er gegen die beiden nicht die besten Chancen hatte.

»Ich weiß nur noch nicht, wer du wirklich bist«, fuhr Slivovsky fort, »aber das werden wir gleich haben. Knie dich hin!«, befahl er.

Deutlich roch Orsini seine Ausdünstung. In diesem Zustand hielt er Slivovsky zu vielem fähig und suchte fieberhaft nach einer Fluchtmöglichkeit. Aber vorne und hinten war der Weg versperrt, rechts von ihm ragte ein Berg mit Gerümpel hoch, links ging es meterweit in die Tiefe. Zugleich erhöhte sich der spitze Druck auf die empfindliche Stelle oberhalb des Beckens. Ein stechender Schmerz durchfuhr ihn.

»Hinknien! Und gib die Hände langsam nach vorn, flach auf den Boden!«, befahl Slivovsky.

Orsini gehorchte. Für einen Moment verschwand das Stechen in der Nierengegend, nur um in seinem Nacken wiederzukehren. Die Holzlatte mit den Nägeln landete unsanft auf Orsinis ausgestreckter Hand. Wieder die linke – als hätte sich seit dem Posamentenhändler die Welt einseitig gegen ihn verschworen – Slivovskys Fuß obenauf.

»Wenn du lügst, kannst du die Hand als Sieb verwenden«, drohte Slivovsky, ehe er fortfuhr: »Also, Herr Kommandant, die erste Frage lautet: Wozu bist du hier?«

Orsinis Gedanken überschlugen sich. Slivovsky hatte im Laufe der Jahre vermutlich alle möglichen Fäden gezogen. Aber dass er etwas mit den Unfällen zu tun hatte? Mit einem Mal schien es Orsini denkbar. Eine hausinterne Familienfehde?

Waren Meersburg und Shure einfach nur zwischen die Fronten geraten?

»Also!« Der Druck auf Orsinis Hand erhöhte sich.

»Wegen der zwei Unfälle«, presste er hervor.

»Er weicht aus«, sagte die unbekannte Stimme hinter ihm.

Slivovsky stieg fester auf die Latte. Die Nägel drückten zwischen die Knochen, auf Sehnen und Muskeln. Nicht mehr viel, und sie würden die Haut durchlöchern. Orsini stöhnte.

»... weil wir glauben, dass es keine Unfälle waren, sondern Morde.«

»Klugscheißer«, erwiderte die Stimme hinter ihm.

»Welche Zeitung schickt dich?«, fragte Slivovsky mit Häme in der Stimme.

»Zeitung?«

»Oder bist du gar vom Funk?«

»Weder noch«, beeilte Orsini sich zu erwidern.

»Der lügt doch wie gedruckt!« Das Messer rasierte seinen Nacken entlang.

Orsini versuchte die Situation kühl abzuwägen. Falls die beiden mit den Todesfällen zu tun hatten, was würde sie davon abhalten, einen weiteren zu begehen? Oder waren sie so etwas wie eine theaterinterne Bürgerwehr?

»Nein! Ich bin ...« Orsini schloss die Augen. Wenn er sich jetzt falsch entschied, würde er es sofort wissen. »... Polizist.«

»Du willst Polizist sein?«, höhnte Slivovsky.

»Ja«, bekräftigte Orsini und öffnete die Augen wieder. »Ich bin eingeschleust worden und arbeite als verdeckter Ermittler.«

»Glaub ihm kein Wort!«

»Beweis es!«, verlangte Slivovsky schroff.

»Kisch, das ist die leitende Ermittlerin, ich hab ihre Nummer. Ruft sie an! Schaut auf meinem Handy nach, es ist die einzige eingespeicherte Nummer!«

»Gib her!«, befahl Slivovsky eine Spur verunsichert. »Und versuch ja nicht irgendeinen Scheiß!« Um seine Warnung zu untermauern, trat er fester auf die Holzlatte.

Orsini schrie auf und wollte seine Hand wegziehen, was den Schmerz jedoch nur vergrößerte. Eine Hand griff von hinten in seine Jackentasche und suchte nach dem Handy. Sollte er einen Fluchtversuch wagen? Doch wie zur Antwort spürte Orsini die kalte Klinge im Nacken. Er verharrte reglos in kauernder Stellung, so gut er konnte. Die Hand zog endlich sein Handy heraus.

»Welche Nummer?«, kommandierte Slivovsky dann.

»Sag ich doch: die einzige, die gespeichert ist!«, presste Orsini zwischen zusammengebissenen Zähnen heraus und betete, dass Paula ihr Handy hören möge.

Es ist ihr egal.

Ihre Augen haben sich an die Dunkelheit gewöhnt. Sie braucht kein Licht. Die Stäbchen ihrer Netzhaut arbeiten immer schon besonders präzise. Vielleicht bin ich eine Außerirdische, denkt sie und lächelt kühl. Das hat sie zumindest als Kind manchmal geglaubt, wenn ihr Bruder neben ihr im Finstern herumgetappt ist, während sie genug sehen konnte, um ihm das Bein zu stellen, weil er sich wieder einmal zu sehr in den Mittelpunkt gespielt hat.

Als sie ihm die Rolle in dem Kinderfilm gaben, einfach nur wegen seines Aussehens. Sie ist tagelang am Rand gestanden und hat zugesehen, wie ihr Bruder vor der Kamera aufblühte.

Sie hat keine Ahnung, wie lange sie schon so steht und einfach nur beobachtet. Plötzlich lenkt sie etwas ab, eine Spiegelung im Fensterglas gegenüber.

Sie sieht in die Ferne, in eine ganz gewisse Richtung, dorthin, wo sich damals alles geändert hat. Nur ein paar Mal um die Ecke.

Damals. Der Tag, an dem ihr alles egal wurde.

Sie steht vor dem Spiegel im Vorzimmer und betrachtet sich. Fährt mit der Fingerspitze über die kleinen Falten, die sich von den Augenwinkeln wegfächern.

Nicht zu leugnen, sie ist keine achtzehn mehr. Aber was soll's? Locker schüttelt sie ihre Haare aus, denkt an die vergangene

Nacht, zieht einen zur türkisen Bluse passenden Seidenschal aus dem Fach und wirft ihn um den Hals.

Sie muss ins Theater, macht aber einen Umweg über die Rotenturmstraße und den Hohen Markt, auf der Suche nach einem Geburtstagsgeschenk. Vor den Auslagen bleibt sie stehen, dazwischen kauft sie sich ein Eis. Es ist warm genug, der Frühling treibt die Bäume zum Sprießen. Vergnügt schlendert sie über die Tuchlauben zum Kohlmarkt, ihre Gedanken pendeln zwischen Wildlederhandschuhen und einem maßgeschneiderten Hemd hin und her. Sie bleibt vor einem Altwarengeschäft stehen. Vielleicht …

Aus dem Augenwinkel erblickt sie plötzlich einen Hut, der ihr bekannt vorkommt. Hell, elegant, mit breiter Krempe, ein dunkelrot und schwarz gestreiftes Band. Er wippt in einiger Entfernung auf und ab, dazwischen sind Leute.

Seltsam, denkt sie, dass es den Hut ein zweites Mal gibt? Er hat ihn in Paris gekauft.

Sie studiert die kleinen Preiszettel, die an den Antiquitäten befestigt sind, und blickt doch wieder Richtung Hut. Er bewegt sich nur langsam näher.

Sie schüttelt den Kopf.

Das kann nicht sein. Vor einer Stunde hat er noch geschrieben, dass er eine längere Probe hat und sie erst abends treffen kann. Es hat ihr nichts ausgemacht, so kann sie wegen des Geschenks in Ruhe schauen.

Sie stellt sich zwischen die beiden Auslagenfenster direkt vor den Eingang und beugt sich ein wenig vor, damit sie nicht gesehen wird. Wie peinlich, von einem Fremden beim Gaffen erwischt zu werden. Sie spürt ihr Herz klopfen, nicht unbedingt schneller, aber sie spürt es.

Minuten später. Er ist auf der anderen Straßenseite vorübergegangen. Sie hat sich förmlich in die Auslage hineingepresst, damit er sie nicht sieht. Das wäre zu erniedrigend gewesen. Seinen Arm um diese Frau gelegt, seine Hand auf ihrer Schulter – wer auch immer sie sein mochte.

Sie hat diese Frau noch nie gesehen. Jung ist sie, vielleicht achtzehn. Aber dass er sie so direkt anlügt! Es gibt keine andere Erklärung dafür als die klassische, dazu ist die Situation zu eindeutig. Wie konnte sie nur so dumm sein! Wut steigt in ihr hoch. Als der Altwarenhändler die Tür öffnet und sie fragt, ob er ihr behilflich sein kann, fährt sie diesen scharf an.

Später hingegen, als sie Josef im Theater trifft, hat sich ihre Wut in einen Winkel tief in ihrem Innersten verkrochen. Sie sagt nichts, sie fragt nicht. Sie nimmt hin. Sie geht sogar mit ihm essen, lässt sich von ihm einladen. Nur nach Hause geht sie an diesem Abend nicht mit ihm.

Sie täuscht Kopfschmerzen vor. Eigentlich muss sie sie nicht vortäuschen. Sie hat Kopfschmerzen. Doch im Bett denkt sie, vielleicht gibt es eine logische Erklärung. Vielleicht … aber er ist doch nicht so. Morgen erwähne ich es. Ganz beiläufig. Es wird eine Erklärung geben.

Morgen ist der Tag, an dem alles weitergeht wie zuvor. Er braucht sie für den Text, er rechnet mit ihrer Hilfe. Alles läuft wie bisher.

In ihr aber ist etwas zerbrochen. Sie merkt es selbst nicht sofort. Erst, als sie Tage später zufällig daneben steht, als ein Hund von einem Wagen überfahren wird.

Es ist ihr egal.

»Und woran erkenne ich, dass das keine Zeitungstante ist, mit der du dich vorher abgesprochen hast?«

»An ihrer Stimme!«

Slivovsky nickte mit skeptischem Gesichtsausdruck und gab seinem Partner ein Zeichen. Orsini kauerte nach wie vor auf dem schmutzigen Boden der Unterbühne, im Nacken das Messer. Zumindest hatte er mit diesem Schachzug ein wenig Zeit gewonnen. Trotz seiner prekären Situation suchte er nach einem Ausweg, doch das Messer erlaubte ihm nicht einmal die winzigste Kopfbewegung. Ein Anruf bei Paula war seine beste und vermutlich einzige Chance.

Slivovsky nahm das Handy und wählte. Das Klingelzeichen war in der beharrlichen Stille des Theaterbauches gut hörbar. Kein Ächzen, kein Quietschen, nur das eintönige Tuten, von dem der Ausgang seines spontanen Entschlusses abhing. Was hatte ihn nur dazu getrieben, ganz allein dieses Risiko einzugehen?

Tuuuuuut!

»Ich hab dir gesagt, das ist eine Scheiß-Ausrede!«, sagte die Stimme hinter Orsini. Plötzlich spürte er etwas Warmes den Nacken hinunterrinnen. Träge und heiß wie Wachs.

»Warte«, befahl Slivovsky.

Tuuuuuut!

Heb ab!, flehte Orsini stumm, während das Wachs sich unendlich langsam in den Stoff seines Hemds saugte.

Tuuuuuut!

Dann, endlich, Paulas Stimme, die Orsini am anderen Ende der Leitung vermutete. In Orsinis Ohren klang sie erlösend. Während sich ein knappes Gespräch entwickelte, konnte Orsini in der Stille, die die Theatergeräusche abgelöst hatte, jedes einzelne Wort verstehen.

Nach den ersten Sätzen veränderte sich Slivovskys Tonfall. Mit der freien Hand zupfte er an den Spitzen seines Bartes herum. Paula hatte offensichtlich begriffen und den Befehlston hervorgekehrt. Dann endlich eine lose Handbewegung, das Messer gab seinen Nacken frei. Der Fuß auf der Holzlatte dagegen brauchte mehr Zeit, Slivovsky war immer noch am Telefon. Paula herrschte ihn gerade an.

... strafbar, Ermittlung behindern ..., konnte Orsini einige Wortfetzen aufschnappen und entspannte sich ein wenig. Noch nie war er über ihre schroffe Art so froh gewesen. Als Slivovsky die Latte mit den Nägeln weglegte, richtete Orsini sich langsam auf und rieb die schmerzenden Hände aneinander. Dann griff er sich in den Nacken. Blut.

Er drehte sich um und erkannte das starre Gesicht. Erst vor wenigen Stunden hatte der mürrische Feuerwehrmann sie aus der Kantine komplimentiert. Jetzt klappte er kommentarlos die Klinge eines Springmessers zusammen. Keine entschuldigende Geste, nicht einmal ein Anflug davon.

In Orsini begann es zu kochen. Seine rechte Hand hatte die Worte *Sau* und *abstechen* eingefangen und ballte sich nun zur Faust, um sie retour zu schicken. Doch vorläufig hatte er sie noch unter Kontrolle und strafte stattdessen den Feuerwehrmann mit einem abfälligen Blick.

*

Feuerwehrmann Achter zog die Vorhänge zu und machte Licht, als ginge er hier jeden Tag aus und ein. Was er vermutlich auch tat, dachte Orsini.

Ungeduldig überblickte er den Raum. Sein eigener Plan war gewesen, sich zuerst am Schnürboden nach den Engeln umzusehen. Doch Slivovsky hatte darauf gedrängt hierherzukommen. Um das gegenseitige Misstrauen abzubauen und mit Paulas Worten im Ohr, hatte Orsini schnell eingewilligt und war Slivovsky gefolgt.

Ein großzügiges Sekretariat, dem Haus angemessen, stellte Orsini schnell fest – Schreibtisch, Regale, ein paar Pflanzen, ein versperrter Schrank, an dem sich Achter nun zu schaffen machte. Slivovsky stand hinter ihm und zog einen bestimmten Ordner heraus, sobald Achter beiseitetrat.

»Das musst du dir ansehen«, sagte Slivovsky und tippte auf den Ordner. *Personal 5* hatte ihn jemand mit ordentlichen Lettern beschriftet.

»Die«, Slivovsky schlug den Ordner auf und ließ die Seiten von hinten nach vorne durch seine Finger gleiten, »sind alle vor rund einem Jahr entlassen worden. Das waren nicht nur zwei, drei!«

»Das gibt's überall«, erwiderte Orsini skeptisch. Entlassungen waren nicht das Thema, das Paula und ihn vorrangig beschäftigte.

»Natürlich, allerdings behauptet unsere verehrte Direktorin ständig, dass wir die höchste Auslastung und die besten Ergebnisse erzielen.«

»Budgettricks«, sagte Orsini, »damit man vor der Politik und der Presse gut dasteht. Gibt es auch überall.«

»Aber nicht in diesem Ausmaß«, entgegnete Slivovsky. »Wir sind das größte deutschsprachige Theater und haben bis jetzt nicht sparen müssen. Wenn man hierher gerufen wird, lässt man alles andere liegen und stehen!«

Orsini verzog die Mundwinkel nach unten: *Willkommen im 21. Jahrhundert*, dachte er.

Aufgebracht querte Slivovsky den Raum und betrat das angrenzende Direktionszimmer. Dort steuerte er auf einen ebenfalls versperrten Schrank zu, klopfte mit der Taschenlampe dagegen und ließ Achter auch hier aufsperren. Zielsicher langte er nach einem weiteren Ordner.

»Das hier ist der reine Wahnsinn!«

Er knallte den Ordner auf die weiße Marmorplatte, als wäre es sein eigener Tisch, und schlug ihn auf. Orsini war ihm gefolgt und beugte sich nun ebenfalls über die Schriftstücke. *Protokoll der Aufsichtsratssitzung*, las er.

Er warf einen kurzen Blick zur Balkontür, vor die Achter schnell den Vorhang zog. Trotzdem war Orsini nicht ganz wohl bei der Sache.

Slivovsky hielt den Zeigefinger unter eine bestimmte Zeile, sagte aber nichts. Orsini schob den Finger weg und überflog die Seite. »Was bedeutet das genau?«, fragte er im Lesen.

»Das hätte dir der Meersburg besser erklären können als ich.«

»Versuch es wenigstens!«

»Wenn ich es richtig verstehe, dann haben die Kündigungen das Finanzproblem noch nicht gelöst.« Slivovsky sah vom Tisch auf. »Außerdem: Auf der einen Seite wird jetzt zwar gespart, auch bei gewissen Produktionen, auf der anderen Seite – wenn du zum Beispiel ein Starregisseur bist und den Hamlet inszenierst – geht das Geldausgeben munter weiter!«

Orsini blätterte um. »Und du meinst also, dass Meersburg möglicherweise deswegen sterben musste?«

»Zumindest hat er irgendwie Wind davon bekommen. An dem bewussten Tag hat er mir erzählt, dass er mit dem kaufmännischen Direktor geredet hat. Unter vier Augen.«

»Und worüber?«

Slivovsky ließ die Taschenlampe von einer Hand in die andere fallen. »Das weiß ich eben nicht. Nur so viel: die Etage hier war sich angeblich nicht einig, was sie tun sollten. Und der Meersburg …«

»Ja?«

»Ich hab ihm gesagt, er ist ein Idiot! Er hat gemeint, er hat da ein Ass im Ärmel. Irgendetwas, womit er die Direktorin unter Druck setzen wollte. Sein größter Traum wär's ja gewesen, selber Direktor zu werden. Das wär übrigens ein Alptraum für uns alle geworden. Ich hab ihn noch gewarnt, dass er ein gefährliches Spiel wagt.«

»Gefährlich?«

»Ja, wegen dem Schwar…« Slivovsky stoppte mitten im Satz und biss sich auf die Lippe.

»Und dann ist er *gestürzt*«, lenkte Achter, der die ganze Zeit über hinter ihnen stramm wie die Karikatur eines Butlers gewartet hatte, das Gespräch in eine andere Richtung.

Orsini ließ die Stille einsickern, machte eine kreisende Bewegung aus dem Handgelenk und sagte: »Ihr meint *Schwarzgeld*?«

»Wir meinen gar nichts«, entgegnete Slivovsky. »Aber …, du bist doch nicht so naiv zu glauben, dass irgendwo auf der Welt etwas blütenrein läuft!«

Orsini lächelte, akzeptierte fürs Erste die Parade und fuhr fort: »Jedenfalls habt ihr daraufhin beschlossen, die Rundgänge etwas *auszuweiten*.«

»Ja, aber nur im Sinne des Hauses!«, rechtfertigte Slivovsky sich.

»Zuerst hast du ja noch offiziell nachgefragt, oder?«, half Achter ihm.

Orsini schwieg, denn die Schleusen waren nun endlich ein wenig geöffnet. Er brauchte nur das Auffangbecken zu spielen und wie ein Rechen den an der Oberfläche treibenden Müll abzuschöpfen.

»Statt eines Termins mit der Direktorin haben sie mir meinen Stellvertreter vor die Nase gesetzt.«

»Der Arsch ist sowieso nur ein Protektionskind«, pflichtete Achter bei. »Und außerdem richtet es sich die Hexe mit denen im Ministerium, wie sie's braucht.«

»Die Direktion hat wirklich die besten Kontakte nach ganz oben«, ergänzte Slivovsky mit entschuldigendem Blick zu Orsini.

»Habt ihr sie auf eventuelle Unregelmäßigkeiten hingewiesen?«

»Nein! Weil wir auch nichts Konkretes gewusst haben.«

»Wann habt ihr denn hier *nachgeforscht*?«

»Erst vor ein paar Tagen. Kurz bevor der Shure …«

Orsini schnappte den Ordner und sah Richtung Sekretariat. Wie viel Zeit hatten sie, ehe jemand das Licht bemerken würde? »Gibt es hier einen Kopierer?«

Achter nickte und ging voraus ins Nebenzimmer. Während Orsini die Blätter aus dem Ordner nahm, machte Achter sich am Kopiergerät zu schaffen.

»Und was hat Shure damit zu tun?«, fuhr Orsini fort. »Warum ist er eurer Meinung nach *gestürzt*?«

»Das wissen wir nicht«, gab Slivovsky kleinlaut zu. »Am ehesten noch, dass er etwas gesehen hat, ohne dass er es wusste.«

»Und man kein Risiko eingehen wollte«, ergänzte Orsini und erinnerte sich an das Gespräch mit Marlene. »Könnte sein.« Andererseits befanden sie sich nicht in einem Blockbuster mit Brad Pitt oder Clive Owen. Und dass bei Theaterleuten eine blühende Fantasie zum Job gehörte und folglich auch mit ihnen durchgehen konnte, war genauso möglich.

»Oder er hat zu viel von dem Zeug geraucht«, wandte Achter

ein, »wenn man bedenkt, welchen Lärm – Musik kann man das ja nicht nennen – die oft machen müssen, da kann man schon verrückt werden. Der hat immer häufiger seine irren Tests in die Nacht verlegt.«

»Du übertreibst«, fiel Slivovsky ihm ins Wort und nahm die ersten Kopien entgegen.

»Wer weiß noch von euren *Entdeckungen*?«, fragte Orsini.

Slivovsky schüttelte den Kopf.

»Sicher?«

»Ja!«

»Ist es nur der eine Ordner?«

Diesmal nickte Slivovsky. »Was die Sitzungen anlangt, ja.«

Orsini fuhr sich mit den Händen übers Gesicht. »Wo sind denn übrigens die Unterlagen zu den Gehältern? Die Buchhaltung? Wisst ihr das?«, fragte er. »Oder gibt es das alles nur mehr elektronisch?«

»Elektronisch?« Slivovsky zuckte mit den Achseln und zeigte mit der abgeschalteten Taschenlampe auf die hohen Schränke voller Ordner, »ich schätze, beides, aber da müsstest du alles selber durchschauen. Wir haben insgesamt über 600 Mitarbeiter.«

»Verstehe.« Orsini dachte kurz an Paulas Worte und schüttelte den Kopf. Da würde sie den regulären Weg gehen müssen, schon allein wegen des Umfangs. Überdies war die Sache mehr als nur heikel und eindeutig eine Angelegenheit für die Wirtschaftspolizei oder die Steuer.

Allein schon die Kopien der Aufsichtsratsprotokolle – er konnte sie zwar an Paula weiterreichen, wenn aber später die Frage auftauchte, woher sie stammten …

Außerdem, wenn sie tatsächlich so brisant waren, wie es den Anschein hatte, dann fühlte sich hier jemand erstaunlich sicher. *Er* hätte sie jedenfalls mit nach Hause genommen und dort unter Verschluss gehalten.

Ungeduldig sah er zu, wie die Maschine die Blätter in sich fraß, um sie danach als Zwillinge wieder auszuspucken, und versuchte, die Konsequenzen dieses Fundes zu überblicken. Anscheinend hatte das Theater Schulden in enormer Höhe. Der Ordner beinhaltete nicht nur die Protokolle der letzten Aufsichtsratssitzungen. Daneben gab es noch andere Schriftstücke. Namen, die Orsini nichts sagten. Handschriftliche Notizen. Er überflog die genannten Beträge und pfiff durch die geschlossenen Zähne. Finanzielle Schieflagen waren ein starker Motor für kriminelle Energien.

»Angenommen«, dachte Orsini laut weiter, »es ist so, wie ihr sagt: Wer hat dann die beiden ins Jenseits befördert? Die Direktorin? Oder die Dramaturgin?«

»Kann ich mir nicht gut vorstellen. Jedenfalls nicht persönlich«, erwiderte Slivovsky, schlichtete Blatt für Blatt wieder in den Ordner und brachte ihn zum Schrank zurück. Er schien völlig nüchtern zu sein. Orsini fragte sich nicht zum ersten Mal, ob der übermäßige Alkoholkonsum nur Theater gewesen war.

Rasch stopfte er die Kopien in ein Kuvert und sah sich im Raum um. Als Achter das Licht ausknipste und den Vorhang wieder beiseiteschob, warf Orsini einen Blick aus dem Fenster. Alles ruhig. Er drehte sich zu Slivovsky, dessen Miene im Finstern nicht zu lesen war.

»Diese Engel, was hat es damit auf sich?«

Slivovsky beugte sich über den Schreibtisch und nahm einen dolchartigen Brieföffner in die Hand. »Angenommen, die Direktion hat einen Handlanger.«

Misstrauisch verfolgte Orsini seine Bewegungen. »Ja?«

»Er könnte«, Achter stellte sich neben Slivovsky, »mit der Angst ein gutes Geschäft machen.«

»Wie?«

»Indem er etwas erfindet und es dann geschickt in Umlauf bringt.«

»Genauer!«

»Er oder sie streut Gerüchte, wonach nur jemand sicher ist, der einen Schutzengel hat.«

»Der Sinn dahinter?«

»Ein guter Nebenverdienst.«

»Man zahlt nicht zu knapp«, bekräftigte Achter.

»Aber wer?«

»Abergläubische Stars, normale Schauspieler, Techniker, alle, die auf der Bühne arbeiten und nicht Opfer eines Unfalls werden wollen.«

»Das wisst ihr, oder vermutet ihr das bloß?«, hakte Orsini nach.

»Wir wissen von mindestens sechzehn Leuten, dass sie solche Engel besitzen«, antwortete Slivovsky.

»Siebzehn«, sagte Achter und zog einen Engel aus seiner Hosentasche.

*

Unruhig marschierte Paula im leeren Wohnzimmer auf und ab. Die Situation im Theater ließ ihr keine Ruhe. Sie machte sich einen Espresso und verbrannte sich am ersten Schluck beinahe die Zunge.

Zumindest hatte sie einen ganzen Tag mit ihrer Familie verbracht. Alle waren betont bemüht gewesen. Ihre Mutter war ihr jedoch ausgewichen und hatte sich in den Stall zu den Pferden verzogen, um auszumisten. So hatte sie auch schon früher versucht, stummen Gram loszuwerden. Arbeit vertreibt dumme Gedanken, war einer ihrer ehernen Leitsätze.

Irgendwann war Paula ihr nachgegangen. Alleine schon der erdige Geruch, der einem beim Betreten des Stalls entgegenschlug, beruhigte sie etwas. In Gedanken an ihre eher wilde Kindheit fuhr sie mit der Hand über die glatte Lederoberfläche eines Sattels, streifte dann das Zaumzeug und schnappte sich eine Mistgabel, die an der Wand der Box lehnte. Dampfende Pferdeäpfel, frisches Stroh, das Schnauben der Pferde – irgendwann war das Eis schließlich so weit gebrochen, dass Mutter und Tochter sich doch wieder ansehen und miteinander sprechen konnten.

Nach dem Telefonat mit Slivovsky hatte Paula natürlich nicht mehr schlafen können. So gab sie Jojo bald darauf Bescheid und schnappte ihre Sachen. Dann schlüpfte sie rasch ins Zimmer ihrer Nichte, bei der Lilly schlief, und drückte Lilly einen Kuss auf die Stirn.

Wegen Shures Obduktion hatte sie ohnehin vorgehabt, zeitig nach Wien zu fahren. Nicht, dass sie sich sonderlich viel davon erwartete, dachte sie, als sie den Hof querte und den Wagen aufsperrte. Am ehesten noch von den Bluttests.

Drogen? Achter hatte es angedeutet. Man würde sehen. Im Fahren öffnete sie ihre Handtasche, zog das Handy heraus und kontrollierte zum mehrten Mal, ob sie den Ton eingeschaltet hatte, sollte Orsini sich nochmals melden.

Er hatte Glück gehabt, denn eigentlich hatte sie es ganz abschalten wollen, weil sie keine Lust auf einen weiteren anonymen Anruf hatte.

Wilasich hatte versprochen, den Staatsanwalt morgen deswegen zu kontaktieren. Eine Rückverfolgung der Rufnummer musste über seinen Tisch gehen. Sie befanden sich nicht im Land der unbegrenzten Internet-Überwachung. Und mit Gefahr im Verzug konnte man kaum argumentieren. Es war zumindest Ansichtssache. Und die Waagschale würde sich speziell an den Feiertagen nicht so leicht zu der Seite neigen, die zusätzliche Arbeit mit sich bringen würde.

Vor der kurvigen Strecke unterhalb der Ruine bremste sie den Wagen und starrte in die Nacht. Was hatte Orsini sich dabei gedacht, sich im Theater einsperren zu lassen? Hatte ihre Bemerkung ihn dazu gebracht? So hatte sie es aber nicht gemeint. Schlechtes Gewissen und Ärger, die ohnehin nahe beieinanderlagen, vermischten sich.

Zumindest hätte er sie informieren sollen, nein, müssen. Und weshalb geisterte der degradierte technische Direktor mit dem hinkenden Feuerwehrmann nächtens durch die Räumlichkeiten?

Sollte er in die Todesfälle involviert sein, würde er es jetzt jedenfalls kaum mehr wagen, Orsini etwas anzutun. Sie hatte ihnen allen befohlen, das Theater sofort zu verlassen, war jedoch Realistin genug, um das genaue Gegenteil zu erwarten. Als sie auf der Autobahn freie Fahrt hatte, griff sie wieder nach dem Handy, tippte eine Nachricht ein und stieg aufs Gas.

Bin auf dem Weg, Treffpunkt? P

*

Orsini überflog Paulas Nachricht, tippte rasch eine Antwort, steckte das Handy wieder weg und sah sich um.

»Jetzt muss ich mir doch ein Sieb kaufen«, meinte er dann und strich mit den Fingern der rechten Hand über die kleinen Dellen auf seinem linken Handrücken. Zwei der Nägel hatten direkt auf einen Knochen gedrückt. Die Ränder zeichneten sich immer noch rot ab.

»Die ist aber nicht von mir«, entgegnete Slivovsky und zielte mit dem Strahl seiner Lampe auf die kreisförmige Narbe in der Mitte.

»Nein, war aber auch ein Nagel«, erwiderte Orsini und spürte sofort wieder den Zettelaufspießer in seiner Hand.

Das Duo hatte ihm auf dem Weg Garderoben, Spinde und

Büros gezeigt, in denen sie auf ihren nächtlichen Gängen Engel vorgefunden hatten. Doch als hätte jemand die Engel weggezaubert, waren sämtliche Verstecke leer.

Vor den Spinden des Schnürbodenpersonals machten Slivovsky und Achter Halt, zeigten Orsini ihre Liste und schworen, dass sie stimmte. Orsini glaubte ihnen.

Und für das Verschwinden gab es eine einfache Erklärung: Angst. Vermutlich wurden die Engel längst Tag und Nacht am Körper getragen.

Achter öffnete den Spind des Schnürbodenmeisters. An der Innenseite der Tür klebten vergilbte Fotos von asiatischen Kämpfern in weißer Bekleidung. Orsini zog die Augenbrauen zusammen.

»Möchte man gar nicht meinen«, bemerkte Slivovsky, »aber ich erinner mich noch gut an seine Wettkämpfe.«

»Der Fettwanst hat selber gekämpft?«

»Und gar nicht schlecht«, erläuterte Slivovsky, »ist aber schon lang her.«

Plötzlich sah Orsini den Herrn im Himmel in einem anderen Licht – dem einer kleinen Arena, dazu ein Schiedsrichter, erhitzte Zuschauer.

»Würde ihm aber heute im Notfall auch nicht mehr viel nützen.«

Achter schob indessen mit der Taschenlampe die verschwitzten Kleider im Spind zur Seite. In der Ecke lehnte ein längliches metallenes Gebilde mit einer Art Greifer vorne dran.

»Wozu ist das?«, fragte Orsini.

»Der Schwanenhals? Den haben mehrere hier, wenn sich was verheddert«, antwortete Achter und stellte fest, was alle erwartet hatten: »Sein Engel ist auch weg.«

Orsini nickte und fragte: »Habt ihr beim Meersburg eigentlich auch einen gefunden?«

»Da haben wir noch nicht danach gesucht!«

Natürlich, dachte Orsini. Die Glücksbringer waren vermutlich erst nach dessen Tod in Umlauf gebracht worden.

Sie machten sich gemeinsam auf den Weg von der Garderobe zum Schnürboden. Ein Gedanke ließ ihm keine Ruhe.

»Wie war das eigentlich vor dem Sturz vom Meersburg? Da sind doch auch schon ein paar Unfälle passiert, oder?«, fragte er und streifte mit der Handfläche die straff gespannten Seile mit ihren Gegengewichten. Sie verliefen senkrecht an der Rückwand des Schnürbodens.

»Kleinere …«, erwiderte Slivovsky abwiegelnd.

»Soweit ich mich erinnere, wäre einer der Gastschauspieler fast verblutet!«

»Das ist in der Presse übertrieben worden«, meinte Achter lapidar und sah zu, wie Orsini sich vor dem Regiepult bückte. »Da hab ich auch schon gesucht«, murrte er.

Orsini ging nicht darauf ein, schob lose Kabel zur Seite, die von den Konsolen wegführten. »Und davor, da waren doch noch ein paar Vorfälle?!«

Slivovsky beugte sich zu ihm und erwiderte: »Das kommt in jedem Theater vor. Aber du hast schon recht, es hat zugenommen.«

»Es?«, fragte Orsini und hatte plötzlich wieder die feuchtfröhliche Runde in Klein Illmitz vor Augen. »Was hast du unlängst gesagt? Entropie? Was meinst du damit eigentlich?«

Slivovsky stand auf. »Nichts. Ist nur so eine Vermutung von mir.«

»Vermutung?« Orsini streckte sich ebenfalls hoch. Mit einem Mal fühlte er sich in der Gegenwart der beiden wieder beklommen. Doch er ignorierte seine Unruhe und hakte nach: »Also, was meinst du damit?«

»Die Entropie ist ein Grundgesetz.«

»...der Thermodynamik, ich weiß.«

»Aber sie lässt sich auch auf andere Gebiete übertragen. Sie besagt, dass in geschlossenen Systemen irreversible Prozesse ablaufen, die zur größten Unordnung führen, unweigerlich. Und die Burg ist ein geschlossenes System.«

Überrascht über den philosophischen Ausflug, schwieg Orsini.

»Besser gesagt, nur beinahe geschlossen«, ergänzte Slivovsky und stierte Orsini in die Augen, »und ob das System dadurch stabiler wird oder nicht, weiß ich noch nicht.«

Orsini starrte zurück. Am liebsten hätte er alleine weitergesucht. *Einen Zettel einwerfen*, wiederholte er Marlenes Worte und suchte auf dem Steuerpult nach einem Schlitz oder etwas Ähnlichem.

»Und in dem da?« Orsini deutete auf einen Schreibtisch mit Rollläden. Das altersschwache Ding hielt sich nur mehr dank brutal hineingetriebener Schrauben aufrecht. Wortlos griff Achter nach einem Haken und ließ die Rollläden hinuntersausen. Unbeirrt durchsuchte Orsini den Inhalt.

»Uns entgeht hier nichts«, meinte Slivovsky und baute sich zusammen mit dem Feuerwehrmann vor Orsini auf. »Wenn *wir* nichts finden, dann *du* schon gar nicht.«

Mit einem Mal wurde Orsini bewusst, wie weit es hinter ihm in die Tiefe ging, und noch dazu stand er im Moment besonders ungünstig. Wie beiläufig griff er nach einem Stück Blech und drehte es in der Hand. Achter hatte beide Hände in den Hosentaschen vergraben und sah ihm dabei mit einem Pokerface zu.

Paranoia, diagnostizierte Orsini bei sich selbst.

»Was ist das dort?«, fragte er rasch, mehr um sich aus der Lage zu lösen, als wirklich daran interessiert, und zeigte quer über den Schnürboden.

»Wo?«, fragte Slivovsky.

»Dort, das gebogene Rohr mit dem Trichter am Ende.«

»Das«, erwiderte Slivovsky, »ist die alte Gegensprechanlage.«

»Akustische Rohrpost?«

»Ja, genau. Früher, vor der Erfindung der Funkgeräte, haben der Inspizient und der Schnürboden so miteinander kommuniziert.«

Orsini nickte, behielt dabei aber Achter im Auge.

»Auf der anderen Seite hat es auch eine gegeben, die haben sie aber längst abgebaut«, erklärte Slivovsky und ging auf das Rohr zu. Orsini legte das Blech zur Seite und folgte ihm erst, nachdem auch Achter auf dem Absatz kehrtgemacht hatte.

»Einwerfen könnte man hier tatsächlich etwas«, meinte Slivovsky.

»Darf ich?«, fragte Orsini den Feuerwehrmann, schnappte sich dessen Taschenlampe und leuchtete auf die altertümliche Gegensprechanlage. Das etwa fünf Zentimeter breite Rohr verlor sich im Boden – ein Kommunikationspfad, den nur Eingeweihte kannten. Orsini richtete den Strahl der Lampe direkt in den Trichter und blickte von oben hinein.

»Und?«, fragte Slivovsky.

»Der Herr des Himmels hat doch in seinem Spind auch so ein Gerät.«

»Der Schwanenhals mit dem Greifer«, sagte Slivovsky und verschwand augenblicklich.

Als Orsini wenig später gemeinsam mit Slivovsky das Theater verließ – erleichtert und beunruhigt zugleich –, warf er nur einen flüchtigen Blick auf die Burg, die hinter ihnen wie ein felsiger Gebirgsblock hochragte. Zu sehr beschäftigte ihn ihr Fund.

Das Augenpaar, das aus einem der Fenster im zweiten Stock ihren Weg verfolgte, bis sie um die Ecke gebogen waren, sah er nicht.

*

Nachdem Paula mit überhöhter Geschwindigkeit an den Radar-Attrappen auf der Südost-Tangente vorbeigebrettert war, erreichte sie die Innenstadt im Rekordtempo und parkte den Wagen mitten im Halteverbot. Deutlich sichtbar platzierte sie das Schild *Einsatzfahrzeug* auf der Ablage und steuerte dann auf einen unscheinbaren Eingang mit einem schäbigen Baldachin aus Glas zu. War das wirklich der von Orsini vorgeschlagene Treffpunkt?

Zumindest würde sich hierhin kaum einer ihrer Kollegen verirren, dachte sie und musterte die verstaubte Auslage, die eher zu einem altmodischen Geschäft gepasst hätte. In einem goldenen Rahmen steckte ein vergilbtes Papier, das einer historischen Urkunde ähnelte, darauf in alten Lettern: *Bonbonniere Espresso, geöffnet von 18-2 Uhr früh.*

Daneben ein chromglänzendes Kaffeeservice samt Zuckerdose und zwei verspielten Silberlöffeln, eine Champagner-, eine Whisky- und eine Cognacflasche. Ein absurdes Stillleben.

Tagesbar, las Paula über der Tür, ein dehnbarer Begriff, elastisch wie die Zeit selbst.

Mit Schwung schob sie die Tür auf und vollendete die Zeitreise, denn im Inneren drängte sich der Eindruck eines Vorzimmers zu einem Nobelbordell unweigerlich auf. Allerdings aus der Kaiserzeit. Roter Samt, glitzernde Luster, ein hoher Schrank aus beinahe schwarzem Holz, gefüllt mit Flaschen und Gläsern, schmale Tischchen und in der Ecke ein Kachelofen. Das einzige vielleicht eine Spur modernere Mobiliar war ein Pianino.

An der Theke hielt sich ein jung gebliebener Monarchie-Fan mühsam aufrecht. Seine Uniformierung war dezent gemeint, schrie jedoch nach Geld. Die Bardame nickte Paula freundlich zu und murmelte einen kaum hörbaren Gruß. Kein anderer Gast, dachte Paula und zückte ihr Handy, um noch im Stehen eine Nachricht zu versenden, als sich die Tür abermals öffnete und Orsini eintrat.

»Entschuldige«, meinte er knapp, »ich musste erst dafür sorgen, dass Slivovsky auch wirklich den Weg nach Hause nimmt.« Er griff nach ihrer Jacke und nahm sie ihr ab, ehe sie protestieren konnte.

»Und dabei hast du dich bestimmt auch noch *kurz umgesehen*«, entgegnete Paula bissiger als beabsichtigt.

Ohne zu antworten deutete Orsini auf den Tisch direkt hinter dem Pianino. Paula überlegte kurz, während er seinen Mantel auszog, und steuerte ohne auf ihn zu warten den dahinterliegenden an.

»Hier ist es ruhiger«, pflichtete Orsini nur bei, ließ sich Paula gegenüber nieder und legte dabei ein Kuvert vor sie auf den Tisch. Mit einem Räuspern rückte er es zurecht, als wäre es ein Teller mit einer Mahlzeit.

Paula verkniff es sich, danach zu fragen, und wartete auf die Bardame, die eben zwei Getränkekarten in die Hand nahm. Der schwere tiefrote, vom Rauch abertausender Zigaretten imprägnierte Samt dominierte Boden und Wände des engen Etablissements und dämpfte ihre Schritte. Paula hatte eher das Gefühl, sich in deren Wohnzimmer zu befinden und nicht in einem öffentlichen Lokal. Stumm lächelnd blieb die Bardame vor ihnen stehen, bot ihnen höflich die Karten an und wartete.

»Wir… ich«, verbesserte sich Paula, »nehme ein kleines Bier, wenn Sie das hier haben.«

»Natürlich«, erwiderte die Bardame ungefähr in derselben Geschwindigkeit, in der sie sich auch bewegte. »Und Sie?«

»Ein schneller Entschluss ist manchmal nicht das Schlechteste«, erwiderte Orsini. Eine Anspielung auf Paulas zeitweilige Entscheidungsschwäche, was Speisekarten anlangte.

»Zwei kleine Bier also, bitte.«

»Bemerkenswerte Preise, zumindest für mich als Alleinerziehende«, kommentierte Paula die Getränkekarte, ohne Orsini anzublicken, klappte dann rasch den Umschlag des Kuverts auf und fragte: »Ein Textbuch?«

»Nein.«

Paulas Blick streifte ihn. Ihr war klar, dass er gelaufen sein musste, denn trotz der Kälte stand ihm der Schweiß auf der Stirn.

»Was wäre, glaubst du, geschehen, wenn ich nicht rangegangen wäre?«, fragte sie nach einer Weile, absichtlich provokativ.

»Vermutlich hätte ich ordentlich Prügel eingesteckt. Danke nochmals. Und: Ja, ich weiß, dass es verdammt leichtsinnig war. Ich wollte nicht mit leeren Händen dastehen.«

Immerhin ein Danke, stellte Paula überrascht fest, und das Eingeständnis eines Fehlers. Ihr Groll verzog sich in einen Winkel und gab Ruhe. Außerdem hatte sie Orsini mit ihrem Wunsch nach den Unterlagen ja letztlich auch angestachelt. Spontan tastete sie nach seiner malträtierten Hand.

»Wer von den beiden war das?«, fragte sie.

»Slivovsky, hätte ich ihm eigentlich nicht zugetraut«, antwortete Orsini rasch und zog dabei unwillkürlich seine Hand zurück, woraufhin eine unangenehme Pause entstand. Der intime Moment war vorüber.

»Dem traue ich noch viel mehr zu«, versuchte Paula das Schweigen zu überbrücken und griff nach ihrem Glas. »Dein Auftrag war, verdeckt zu arbeiten. Von einem nächtlichen Einzelgang war nicht die Rede!«

»Dafür hab ich aber etwas rausgefunden!« Orsini tippte auf die Dokumente.

»Und bist dabei erwischt worden.«

»Die beiden werden es keinem erzählen, dass …«

»Wieso bist du dir da so sicher?«, unterbrach Paula.

»Wenn jemand erfährt, wo sie sich nachts rumtreiben, zieht das eine fristlose Kündigung nach sich.«

Paula runzelte die Stirn.

»Keiner der beiden riskiert das. Vertrau mir, außerdem werde ich den Einzelgang nicht extra verrechnen.«

»Du hast ohnehin eine Pauschale«, erwiderte Paula und zog die Papiere aus dem Kuvert. »Was ist das?«

»Hat mir die rabiate Heimwehr gezeigt, nachdem du sie zusammengestaucht hast.«

»Slivovsky und der Feuerwehrmann«, sagte Paula mehr zu sich selbst, »wo haben sie das … ›gefunden‹?«

»In der Direktion, ein normaler Ordner, allerdings in einem versperrbaren Schrank.«

»Den uns die Direktorin kaum jemals auf offiziellem Wege aushändigen würde.« Paula warf einen Blick auf das erste Blatt. Genau dafür hatte sie Orsini letztlich engagiert. Und er war dabei zu liefern, musste sie neidlos zugeben. »Das Original?«

»Steht wieder an seinem Platz, und die Blätter im Kopierer wird niemand abgezählt haben.« Orsini beobachtete, wie Paula die Zeilen überflog, wie sie umblätterte, den Kopf hob, die Augenbrauen nach oben zog, sich mit der Hand zerstreut durch die Haare fuhr. Wie ihr Mittelfinger an einer Locke hängen blieb und diese in die Länge zog, bis sie wieder zurückschnellte. Wie sie den Zeigefinger befeuchtete und erneut umblätterte, konzentriert las, die Stirn runzelte.

Zum wiederholten Male stellte er sich die Frage, warum ausgerechnet sie ihn anzog. Sogar ihr eher sorgloser Kleidungsstil stand eigentlich im Gegensatz zu seiner eigenen Garderobe. Orsini erinnerte sich an Schals, die bei ihm den Verdacht auf Farbenblindheit geweckt hatten.

Mit jahrelang geübter Diskretion stellte die Bardame inzwischen die Getränke ab. Dazu Erdnüsse in einer kleinen Messingschale, die die Form eines Bananenblattes hatte. Orsini bedankte sich, während Paula abgelenkt einen Schluck nahm. Dabei blieb ein Rest von Schaum auf ihrer Oberlippe hängen.

Schlampig aufgetragener Lippenstift, registrierte Orsini, nachdem sein Blick auf dem widerspenstigen Schaumrest hängengeblieben war. Irgendwie passend-unpassend, drückte er ihr Wesen aus. Widerspenstigkeit, Spontaneität und eine gewisse Unberechenbarkeit.

»Träumst du?«, fragte Paula plötzlich.

»Was, nein, ich …«

»Also hat es im laufenden Jahr mehrere Sitzungen gegeben«, Paula legte die Papiere auf den Tisch, »wegen der prekären finanziellen Situation.«

»Und bei der letzten Sitzung«, erläuterte Orsini, »hat der kaufmännische Direktor offensichtlich einen Einwand ausgesprochen, den man genauso gut auch als Drohung lesen könnte. Einerseits ging es um das kommende Budget, andererseits um konkrete Bilanzierungsschritte oder -tricks. Je nach Auffassung.«

Paula blätterte weiter, schüttelte nach einer Weile den Kopf und zeigte Orsini eine Seite, die nicht aus dem Protokoll stammte. »Verstehe ich das richtig, oder bin ich nur naiv, wenn ich das nicht glauben will?«

»Ich schätze, wir sind alle lieber naiv, solange wir nicht mit der Nase auf das Offensichtliche gestoßen werden. Eigentlich ist die ganze Sache aber sehr kreativ gemacht, passend zum Umfeld.«

Knapp vor dem Jahreswechsel hatte man in den vergangenen Jahren enorme Einzahlungen getätigt, die wenige Wochen später wieder abgehoben worden waren, um so die Jahresbilanz zu schönen. Nun sah es so aus, als wollte der kaufmännische Direktor aber nicht mehr mitspielen.

»Vielleicht möchte er nur was für sich herausschinden, oder er hat einen Anfall von Korrektheit«, kommentierte Orsini.

»Jedenfalls wirft das ein neues Licht auf die *Unfälle*. Wenn Meersburg zum Beispiel davon Wind bekommen hat, könnte es sein, dass man ihn aus dem Weg räumen musste.«

»Dazu passt, dass Meersburg Slivovsky gegenüber erwähnt hat, dass er mit dem kaufmännischen Direktor gesprochen hat.«

»Bevor er gestorben ist?« In Paula begann es zu arbeiten. »Wenn das so wäre, warum wurde dann Meersburg beseitigt und nicht der kaufmännische Direktor?«

Die Tür zur Toilette öffnete sich, und ein Mann in einem karierten Sakko trat heraus. Er nickte höflich und ging an ihnen vorüber zur Theke.

»Vielleicht hat er sich umstimmen lassen«, knüpfte Orsini an.

»Warum redet er dann mit Meersburg darüber?«

»Vielleicht war die Reihenfolge umgekehrt. Erst das Gespräch mit Meersburg, dann die innere Wende«, Orsini rieb demonstrativ Daumen und Finger gegeneinander, »ein finanzieller Konflikt ist eine Sache, jemanden umzubringen eine ganz andere. Die Direktorin und ihr Schatten, hältst du es für möglich …?«

Paula sah der Bardame zu, wie sie dem Mann im karierten Sakko das Glas füllte. Von der Statur her ähnelte sie der Dramaturgin. War eine schlanke, nicht gerade durchtrainierte Frau im Stande, jemanden wie Meersburg von der Bühne zu stoßen? Warum nicht, gab sie sich selbst die Antwort und hatte das dazu passende Bild vor Augen. Auch der Tod des Tontechnikers würde Sinn machen, wenn er auf seinen Monitoren oder wo auch immer etwas Belastendes gesehen hatte – und es für eigene Zwecke nutzen wollte.

»So gut wie jeder ist zu extremen Dingen fähig«, erwiderte sie.

Nachdenklich schob Orsini seine Haare zurück. Sie hatten sich jedoch zu widerspenstigen Büscheln formiert und ließen sich nicht so einfach bändigen. An seinen Schläfen hatte sich Staub verfangen. Und darunter …

Ein roter länglicher See auf einer weißen Landkarte aus Leinen, dachte Paula und spürte in sich den Impuls, den Hemdkragen beiseitezuschieben, um die darunterliegende Kruste zu berühren. Die beiden selbsternannten Hausherrn hatten Orsini womöglich mehr zugesetzt, als er zugeben wollte.

»Paula? Hörst du mir überhaupt zu?«

»Ja, ja, natürlich«, antwortete sie rasch.

»Das Gespräch, das ich Anfang der Woche überhört habe, würde auch hineinpassen.«

»Ist aber alles nur eine Theorie. Es gibt keinen Beweis«, relativierte Paula und sah erneut auf den roten Fleck.

Was, wenn sie tatsächlich nicht ans Telefon gegangen wäre? Rasch konzentrierte sie sich wieder auf die Papiere vor sich: »Warum aber so eine spektakuläre Vorgehensweise, wenn es um die Beseitigung eines Widersachers oder potentiellen Aufdeckers ging? Da wär's doch still und heimlich gscheiter gewesen! Und warum dann auch noch der Tontechniker? Der war bestimmt nicht in der Aufsichtsratssitzung.«

Orsini zuckte mit den Achseln. »Wie gesagt, vielleicht hat er auch etwas mitbekommen. Aber bis nicht das Gegenteil bewiesen ist, handelt es sich nach wie vor um zwei Unfälle. Oder habt ihr etwas gefunden, das konkret dagegenspricht?«

»Konkret? Konkret nur das Licht am Schnürboden.«

»Licht?«

»Ja, hab ich das nicht erzählt?«

Orsini verneinte.

»Als Lehner zum Schnürboden hinauf ist, war es oben finster. Shure hatte aber keine Taschenlampe bei sich, oder zumindest haben wir nirgends eine gefunden. Gleichzeitig ist es schwer vorstellbar, dass er oben ohne Licht hantiert hat. Also stellt sich die Frage: Hat jemand nach Shures Sturz das Licht oben abgedreht?«

Für einen Moment schwiegen sie beide, dann wechselte Paula das Thema: »Hast du dir die Artikel über die anderen Unfälle durchgelesen?«

»Natürlich.«

»Wie passen die ins Bild? Drei Mal so viele Unfälle wie an anderen Theatern innerhalb eines Jahres. Reiner Zufall?«

»Eher nicht«, meinte Orsini. »Von wegen andere Unfälle: Dazu fällt mir der äußerst sympathische Maskenbildner ein. Habt ihr den eigentlich befragt?«

»Zu Shures Tod? Nein, war nicht sein Stück. Wieso?«

»Er hat so ein Hobby.«

»Hobby?«

»Ja, wenn jemand neu ist«, erklärte Orsini und schilderte die Begebenheit mit dem Messer.

»Immerhin hattest du eine Antwort parat«, stellte Paula fest und versuchte, sich den eleganten Maskenbildner mit gelbem Gel im Gesicht vorzustellen.

»Außerdem dürfte er Alice Meersburg ganz gut kennen.«

»Kein Wunder«, entgegnete Paula, »sie arbeiten vermutlich schon lang genug zusammen.«

»Ja, aber heute Vormittag«, kurz hatte Orsini einen Anfall von Zeitverwirrung – war es tatsächlich heute gewesen? –, »hab ich ein Telefonat zwischen den beiden mit angehört.«

»Und?«

»Da läuft irgendetwas.«

»Immerhin bist du jetzt schon so integriert, dass du mitkriegst, wenn was läuft!« Paulas Stimme war eine Spur zu süffisant.

Orsini verdrehte die Augen. »Im Ernst, Shure hat erwähnt, dass der Meersburg vielleicht nicht nur alkoholisiert war. Das wär doch wichtig zu wissen! Kannst du Meersburg nicht doch obduzieren lassen?«

Paula schüttelte den Kopf. »Ein Ehrengrab ausbuddeln? Wäre interessant, geb ich zu. Achter hat allerdings zu Protokoll gegeben, dass die Tontechniker selber nicht nur Zigaretten geraucht haben.«

»Verstehe.«

»Bezüglich *merkwürdiges* Verhalten: Erstens dieser Roth …«

»Der neue König?«

»Er profitiert vom Tod Meersburgs, und er hatte eine Auseinandersetzung mit dem Tontechniker am Tag seines Todes. Zweitens Ophelia. Hast du mit ihr inzwischen reden können? Hat sie ihren Zornesbrief fertiggeschrieben?«

Orsini schüttelte den Kopf. »Keine Ahnung, ist nicht so leicht, an die Hauptdarsteller heranzukommen, vor allem an die weiblichen. Und wenn ich noch mal in ihre Garderobe reinschneie, lynchen sie mich. Die sind sowieso schon überzeugt, dass ich von der Presse eingeschleust worden bin«, sagte er und schob die verbliebenen Erdnüsse von der Schüssel auf seine Hand. Dann nahm er eine einzelne zwischen die Finger und sah sie an, als sei ein Geheimnis in ihr eingeprägt.

»Es hat sich aber auch noch etwas anderes herausgestellt, heute Abend.«

»Und zwar?«

Orsini steckte die Erdnuss in den Mund und zerkaute sie: »Wie wär's mit einem Bonus?«

»Pauschale ist Pauschale«, erwiderte Paula.

»Die Getränke?«

»Wenn wir dienstlich hier wären, könnte ich unter Umständen …«

»Das heißt also, dass …«

»… dass du weiterreden sollst.«

»Dann lade ich dich ein«, sagte Orsini, schnappte die beiden leeren Flaschen samt den Gläsern und ging damit zur Bar. Der Mann im karierten Sakko saß mittlerweile am Pianino und spielte. Orsini lehnte sich zu ihm und wechselte ein paar Worte, ehe er wieder am Tisch auftauchte.

»Was ist das?«, fragte Paula und deutete auf die zarten Gläser, die Orsini mitgebracht hatte. Sie waren in der Form eines Ypsilons gearbeitet, Eiswürfel schwammen in einer roten Flüssigkeit.

»Trinke ich hier meistens.«

»Du bist öfters hier?« Eigentlich eine überflüssige Frage, das hatte Paula an den Blicken der Bardame längst erkannt.

»Ab und an.«

»Es wirkt irgendwie anders.«

»Ja, altmodisch und verstaubt, ein idealer Ort, um der Hektik zu entkommen. Zumindest für eine gewisse Zeit.«

Paula nickte und dachte an sich und Lilly. Sie hatte so gut wie nie Zeit für solche Pausen. »Also, was trinke ich da nun genau?«

»Vermouth.«

»Vermouth trinken doch nur ältere Damen!«, stichelte sie und nippte dennoch vorsichtig daran.

»Und?«

»Ich weiß nicht, schmeckt irgendwie nach …«

»Nach?«

»Nach … keine Ahnung … was ist da drin?«

»Mit Kräutern versetzter Wein. Die Mischung ist ein Geheimnis. Vor allem ist es aber Wermutkraut.«

»Interessant«, meinte Paula. »Aus Italien?«

Orsini verneinte. »15. Bezirk, Hinterhof. Ein alteingesessener Familienbetrieb.«

»Also kein südliches Flair.«

»Dafür ausgezeichneter Geschmack«, konterte Orsini. Dann deutete er vage in Richtung Eingang. »Was siehst du dort?«

Paula sah ihn verständnislos an. »Einen Betrunkenen und eine Bardame, die das Beste aus der Situation macht? Keine Ahnung, was du meinst!«

»Nicht die beiden, eine Etage höher!«

Ungeduldig schüttelte Paula den Kopf. »Ich hab echt keine Lust auf Ratespiele!«

Orsini sah sie herausfordernd an.

Paula seufzte. »Also gut: Flaschen in einer Bar.«

»Weiter rechts, an der Wand über der Tür!«

»Die Engel?«

»Genau.«

»Und, was ist damit?«

Eigentlich hatte er schon viel früher anfangen wollen. Aber dann hatte ihn das kleine Drama auf der Hinterbühne dummerweise Zeit gekostet. Ein kehliges Lachen entfuhr ihm. Sie hatten alle zusammen keine Ahnung! Nur den Kommandanten musste er im Auge behalten.

Mit einer gewissen Vorfreude, einem Kribbeln im Bauch, schob er den Polster zurecht, den er aus der Requisite entwendet hatte, goss etwas heißen Tee aus der Thermoskanne in den Becher und setzte sich. Natürlich war es kalt. Und es gab auch keinen wirklichen Grund, warum er ausgerechnet hier oben sitzen musste. Er zog die Mütze noch ein Stück weiter in die Stirn und trank. Die Flüssigkeit rann warm und belebend in seinen Bauch. Aber es war eben doch genau der richtige Ort, seiner Entdeckung angemessen. Und die Abluft aus dem Theater wärmte ihm zumindest den Rücken.

Im Schutz der Nacht hatte er sich wieder einmal ins Archiv eingeschlossen, um in Ruhe einem Hinweis nachzugehen. Ohne es zu wissen, hatte eine der Dramaturginnen ihm einen gewaltigen Gefallen getan. Sie hatte ihm von ihren Recherchen für die Jubiläumsfeier erzählt und dabei dieses Manuskript erwähnt, das er nun in Händen hielt – im Original.

Er trank einen weiteren Schluck Tee, sah über die eisigen Wipfel der Bäume im Volksgarten hinweg, knipste seine Taschenlampe an und schlug das Manuskript auf.

Und allmählich verstand er. Verstand, wieso sich die Bauherrn nach und nach in die Haare geraten waren, verstand, dass sie sich offenbar verschätzt hatten und in einen Sog geraten waren, aus dem es kein Heraus mehr gab. Anfangs titulierten sie einander noch mit *Lieber Freund!*

Victoria! Der Sieg ist unser!, schrieb der jüngere Hasenauer an den noch in Zürich lebenden, betagten Architektur-Star Semper. Doch bereits eine Seite weiter plagten Semper die ersten Zweifel. Sollte er mit über siebzig für den Kaiser noch von Zürich nach Wien übersiedeln?

Vorerst ging es um die Neugestaltung der Hofburg und den Bau der beiden Museen. Offiziell waren beide Architekten damit betraut worden, doch nur Semper wurde vom Kaiser mit allen Ehren empfangen. Von diesem Moment an war die böse Saat gesät.

Semper übersiedelte entgegen seinem Bauchgefühl in die Kaiserstadt, die nicht nur ihn magisch anzog, und begann bald nebenher auch das Theater zu planen. Es war ein Bau der Superlative: das größte deutschsprachige Theater, der erste elektrisch beleuchtete Ringstraßenbau, der neu erfundene Eiserne Vorhang, technische Meisterleistungen wie das Frischluftsystem – kurz sah er zum Blasengel hinauf, unter dem wie eh und je die verbrauchte Luft entströmte, die zuvor aus dem Volksgarten angesaugt worden war. Ein besonderer Ort für die höchste Kunst.

Aber bald wurde Hasenauer von der Weltausstellung in Beschlag genommen. Semper machte weiter, plante nebenher in München, Dresden und Rio.

Mit vor Erregung zittrigen Fingern knöpfte er den Mantel auf, erhob sich und ließ die kalte Luft an seinen Hals. Dann fing er an laut zu lesen – ein einsamer, wild gestikulierender Prediger vor starrem Publikum.

Mit der Weltausstellung 1873 änderte sich der Tonfall radikal, das Gemetzel um die alleinige Urheberschaft des Burgtheaters nahm seinen Lauf. Zuerst nur mit kleinen Gehässigkeiten, windschiefen Meldungen in der Presse, Streitereien um die Bezahlung der laufenden Kosten. Semper schrieb verzweifelte Briefe an seine Söhne. Wollte schließlich im gemeinsamen Bau-Bureau kaum mehr erscheinen. Drohungen wurden geäußert, Klagen standen im Raum.

Einen Moment legte er die Taschenlampe zur Seite und musterte Zeus' steinernen Hinterkopf, der an der Frontseite des Theaters zum Rathaus hinübersah. Er erinnerte ihn immer ein wenig an den Kaiser. War dem alten Mann das alles bewusst gewesen?

Zwei Seiten weiter – das Theater befand sich mitten im Bau, die Arbeiterschaft schleppte sich Tag für Tag zu Fuß von den Massenquartieren in den Außenbezirken zur Baustelle und abends entkräftet wieder heim – erkrankte Semper.

Er verließ Wien schwer gezeichnet, fing sich, kehrte zurück, erkrankte wieder und floh nach Italien. Nur um dort in den Armen seines Sohnes zu sterben, ohne die Fertigstellung des Burgtheaters zu erleben. Lag seit damals der Fluch über dem Haus?

Hasenauer vollendete zwar das Werk, doch der Boden war schlecht und verlangte seinen Tribut. Hatte Hasenauer zuerst jegliche Urheberschaft Sempers bestritten, machte er nach der Eröffnung des Hauses eine schnelle Kehrtwende, da erste Kritiker von eingeschränkter Sicht und schlechter Akustik sprachen …

Böse Geister sitzen auf der Bühne, schrieb einer der damaligen Schauspieler, *… die schlechte Erde, der eiserne, unwirtliche Boden nimmt uns die Kraft.*

Genauer hätte man es auch seiner Ansicht nach kaum formulieren können. Dass nach Hasenauers Tod schnellstens umgebaut worden war, hatte nicht viel geholfen.

Er klappte das Manuskript zu und schloss die Augen. Er musste heim, sich ausruhen, morgen wartete ein langer Tag.

Zahltag.

»Möglicherweise«, Orsini rieb sich beinah verlegen an der Schläfe, »gibt es so was wie einen hausinternen Fluch.«

»Was!?« Paula sah ihn mit einer Mischung aus Skepsis und Belustigung an.

»Ja, ich weiß, es klingt nicht gerade …«

»Wir reden hier von möglichem Betrug, Bilanzfälschung, Verdacht auf Mord – und du kommst mir mit einem *Fluch*?«, unterbrach Paula ihn.

Orsini wusste, Paula war Realistin durch und durch, mit einem genauen Gespür für die menschlichen Untiefen. Sie wollte ihn nur provozieren. Also berichtete er, fing bei den beiläufig aufgeschnappten Bemerkungen an, bis er schließlich wieder beim angeblichen Fluch landete: »… den sich jemand möglicherweise zunutze macht, um damit Geld zu verdienen.«

Paula hatte einen Eiswürfel in den Mund genommen und schob ihn von der linken zur rechten Backe. »Und wer soll das sein?«

»Da ich keinen Bonus bekomme, muss ich mir die Antwort darauf eben anders vergüten lassen«, erwiderte Orsini lächelnd und stand auf. »Ich würde gerne mit dir tanzen!«

Paula blieb einfach sitzen, sie war baff. »Du willst, dass ich mit dir tanze?«

»Ja«, antwortete Orsini. »Als gelernte Kriminalistin liegen dir genau jetzt fünf Fragen auf der Zunge: wer, wie, wann, wo und warum?

Ich habe beim Pianisten also auch fünf Lieder bestellt. Vielleicht war das etwas voreilig, weil ... die Frage nach dem Warum hab ich dir ja schon beantwortet. Mir reichen aber auch vier Tänze.«

Unentschlossen nahm Paula ihr Glas und leerte es. »Es ist ziemlich eng hier«, sagte sie widerstrebend. Dieser Sprung ins Private hatte sie überrumpelt. Von klein auf gewohnt, sich Männern gegenüber durchzusetzen, um ihre Position kämpfen zu müssen, gab sie nur ungern die Führung ab. Schon gar nicht, wenn sie eigentlich der Boss war. Andererseits stand Orsini einfach nur da und wartete, ohne sie zu drängen. Galant, musste sie eingestehen.

Um Zeit zu gewinnen, hakte sie also nach: »Wer?«

»Während *La vie en rose* bekommst du die Antwort darauf.« Orsini bot ihr seine Hand an und deutete mit einem Nicken auf die winzige freie Fläche vor dem Pianino. Der Pianist warf ihr einen freundlichen Blick zu und spielte den Edith Piaf-Song dabei wie im Schlaf weiter. In dem kleinen Silberteller auf dem Pianinodeckel lag weder eine Münze noch ein Geldschein.

Paula schloss für einen Moment die Augen und fand sich schlagartig im Hinterzimmer des Landgasthofs *Zur Alten Post* wieder.

Ihre Mutter hatte sie jeden Mittwochabend mit dem Auto hingebracht und pünktlich nach zweieinhalb Stunden wieder abgeholt. Damit ja nichts passieren konnte. Plötzlich erinnerte sie sich auch wieder an den knarrenden Parkettboden mit den großen Fugen und die unangenehm kratzende Stimme des hageren Tanzlehrers. Überdeutlich roch sie den süßlichen Duft seines billigen Rasierwassers. Sie hatte sich beim Tanzen nicht ungeschickt angestellt und war deshalb zur Lieblingsschülerin erkoren worden, der er sich immer unverschämter genähert hatte.

»Falls einer der Jungs sich an dich heranmacht, sag es mir …«, hatte ihr die Mutter mit strengem Blick aufgetragen. Dass der Tanzlehrer selber ein Schwein sein könnte, war ihr nie in den Sinn gekommen.

La vie en rose, la vie en rose …

Das alles lag schon lange genug zurück. Dennoch hatte sie besonders die letzte – ihre allerletzte – Tanzstunde klar in Erinnerung. Eine kurze Welle von Ekel befiel sie. Ehe sie das Bild verbannen konnte, hatte sie die Situation wieder hautnah vor sich: den stets adrett gekleideten Tanzlehrer, wie er ihr beim Vortanzen zuerst an den Hintern und dann zwischen die Beine griff.

Allerdings hatte es damit geendet – Paula öffnete wieder ihre Augen –, dass der Tanzlehrer der Länge nach mit schmerzverzerrtem Gesichtsausdruck auf dem Tanzboden landete. Sie hatte ihm mit voller Wucht ihr Knie in die Hoden gerammt. Schließlich hatte sie vier Brüder als Lehrmeister.

La vie en rose …

Sie sah Orsini an: Sie wollte nie wieder aufgefordert werden. Das Warten in der Reihe gegenüber den jungen Männern, der geile Tanzlehrer …

»Also, wer?«

Orsini hob die Augenbrauen, hielt beim Tanzen inne, langte nach seinem Mantel und holte ein zweites kleineres Kuvert hervor. »Vermutlich der Schnürbodenmeister. Das Wie kann man sich zusammenreimen, wenn man einen Blick hier hineinwirft.« Er hielt das Kuvert in die Höhe, knapp außerhalb ihrer Reichweite.

»Der Schnürbodenmeister«, wiederholte Paula, machte

einen Schritt auf Orsini zu, nahm ihm das Kuvert aus der Hand und öffnete es. »Interessant«, murmelte sie und zählte die zusammengefalteten Scheine, die zum Vorschein kamen. Ganze 700 Euro war jemandem die Sache wert. *Eva Anderlecht*, stand handschriftlich notiert auf einem kleinen Zettel.

»Die Königin«, stellte sie fest, steckte alles wieder ins Kuvert, legte Orsini die Hand auf die Schulter und ergriff mit der anderen seine linke.

»Ist übrigens die Mutter vom Laertes«, sagte Orsini, nickte unmerklich, legte seine rechte um ihre Hüfte und begann sich zusammen mit ihr zu drehen. Nebenher – als sei es das Selbstverständlichste auf der Welt, gleichzeitig zu tanzen und den Fall zu besprechen – schilderte er, wie es zu dem Fund gekommen war.

»In einem Rohr?«, fragte Paula, während der Pianist nahtlos auf das nächste Stück wechselte.

»Ja, die Anlage wird aber schon lange nicht mehr verwendet.«

»Ein ideales Versteck, wenn es nicht einmal Slivovsky gefunden hat.«

»Und ein gutes Geschäft«, ergänzte Orsini. »Slivovsky hat von mindestens 17 Engeln gesprochen. Das sind nur die, die sie gefunden haben. Wenn ich es richtig sehe, geht im Haus die Angst um, und die Leute glauben, dass sie durch den Kauf solcher Schutzengel irgendwie in Sicherheit sind.«

»Ein guter Nebenverdienst«, meinte Paula und beäugte die noch frische Narbe an Orsinis Hals aus der Nähe. »Zum Wer: Woher willst du wissen, dass der Schnürbodenmeister dahintersteckt? Könnte genauso gut sein, dass jemand ganz anderer sich das Versteck dort ausgesucht hat.«

»Natürlich, das ist auch nur die Vermutung unserer beiden Helden.«

»Was wiederum ein Ablenkungsmanöver ihrerseits sein könnte.«

»Richtig«, erwiderte Orsini erst nach einer Weile und mit veränderter Stimme. »Apropos Manöver: du tanzt übrigens ausgezeichnet!« Dabei zog er Paula eine Spur enger zu sich.

Die Tür öffnete sich, und ein kalter Schwall Luft mischte den Raum auf. Ein elegantes Paar in schweren Mänteln blieb vor der Theke stehen, sah Orsini und Paula einen Moment zu und verschwand ebenso schnell, wie es aufgetaucht war.

»Die haben sich offensichtlich verirrt«, meinte Paula und spürte eine selten angenehme Leichtigkeit in sich.

»The shadow of your smile«, summte Orsini leise mit.

Fast kitschig, Paula wollte sich nicht eingestehen, dass es ihr gefiel. Nein, eindeutig kitschig, entschied sie dann, während rund um sie der rote Samt sich immer weiter drehte. »Bleibt also noch die Frage nach dem Wann.«

Orsini zog ihre Hand in seiner näher, bis er mit seinem Zeigefinger ihre Wange berührte. »Jetzt«, erwiderte er und strich mit seinen Lippen über ihre.

Samstag, 26. Dezember

12

Diesmal stellte Orsini sich eine Spur breitbeiniger vor seinen Komparsen auf, checkte mit raschem Blick die Truppe und drehte sich erst dann nach vorn Richtung Zuschauerraum. Dort hatten sich inzwischen mehrere Magistratsbeamte eingefunden, die die Probe behördlich abnehmen mussten.

Ruhig und betont langsam glitten Orsinis Augen in einer Art Panorama-Rundblick von den Beamten weiter über die Assistentinnen zurück zur Bühne. Dieses Scannen hatte er sich vor Jahren von Pokorny abgeschaut, als sie für einen Staatsbesuch verantwortlich gewesen waren. Ein Attentat auf den Indischen Präsidenten war befürchtet worden.

»Vertrauen Sie Ihren Gefühlen, und reagieren Sie im Fall des Falles rasch«, hörte er Pokornys schnarrende Stimme. »Konzentrieren Sie sich auf das Ungewöhnliche.«

Allerdings war in dieser imaginären Welt alles irgendwie ungewöhnlich, außerdem spürte er langsam ein Kribbeln von den Zehen aufwärts, das nichts mit seinen Schuhen zu tun hatte.

Als er hinten Lacher vernahm, drehte er sich kurz um. Jeff nahm die Situation offenbar gelassen und feixte herum – vielleicht eine Spur zu sehr –, während Hamlet am Bühnenrand auf und ab ging, um sich in seine Rolle zu vertiefen. Mit gutem Grund machten die Arbeiter, die die Kulissen für die erste Szene nochmals überprüften, um ihn einen großen Bogen. Doch plötzlich stellte sich ihm jemand in den Weg und redete gestikulierend auf ihn ein. Marlene, erkannte Orsini an den schlaksigen Bewegungen. Er reagierte eindeutig unwirsch. Hamlet – den hatten sie in ihren nächtlichen Überlegungen ganz außer Acht gelassen, dabei war er mit Shure aneinandergeraten, mehr als einmal. Kurz blitzte ein Kantinen-Bild vor Orsini auf: Hamlet, wie er sich bei Marlene abstützte, einen Augenblick länger als nötig. Und dieses Interview, das Meersburg kurz vor seinem Tod gegeben hatte, hatte es Hamlet kaltgelassen?

»Das dritte Zeichen, 10 Uhr 50, Beginn der Generalprobe in zehn Minuten«, störte die bekannte Stimme über Lautsprecher Orsinis Gedanken. »Alle Komparsen auf das Podium. Bühnenmeister, Tontechnik und Feuerwehr bitte zu mir.« Folgsam trotteten die Angesprochenen zum Pult des Inspizienten. Für die Zuschauer hinter schwarzen Vorhängen verborgen, war es strategisch gut platziert: seitlich der Bühne, in Reichweite, falls etwas Unerwartetes geschah. Aber auch in der Nähe zu einem der Eingänge, durch den Marlene nun wieder verschwand.

Schlagartig erlosch das Licht. Orsini hatte das Gefühl, in einer finsteren weltlichen Kathedrale zu stehen, deren Ränder ins Unendliche reichten. Das Geflüster im Soldatenheer erstarb. Als Shakespeares tödliches Drama endlich seinen Anfang nahm, war Orsini fast erleichtert.

»Wer da?«, hallte es endlich über die Terrasse des Schlosses Helsingör.

*

Paula schob den Klappsitz lautlos nach unten, setzte sich in die hinterste Reihe nahe der Tür und sah sofort wieder auf ihr Handy. Shures Obduktion hatte vorerst nichts Neues ergeben. Genau drei Beamte hatte man ihr zur Verfügung gestellt. Einer war auf der Straße vor dem Bühneneingang postiert, um die Meute an Journalisten fernzuhalten, zwei im Haus. Sie hatte die Männer angewiesen, sich bei ihr zu melden, sobald der Schnürbodenmeister auftauchte. Denn er war zurzeit unauffindbar. Früh am Morgen hatte sie Kubicek mit einem Kollegen zu dessen Wohnung geschickt – nichts. Den dazugehörigen Durchsuchungsbefehl hatte sie dem Staatsanwalt nur mit Mühen abringen können, unter der Prämisse Gefahr im Verzug. Noch einen Toten wollte er letztlich doch nicht riskieren, auch wenn der Verdacht auf dünnen Beinen stand. Dennoch war wertvolle Zeit verstrichen.

Sie schaltete das Handy auf Vibration und steckte es zum zweiten in die Hosentasche.

Das neue Mobiltelefon hatte mit den anonymen Anrufen zu tun. Wilasich hatte durchgesetzt, dass sie zurückverfolgt wurden. Doch das Resultat war wie zu erwarten mager ausgefallen. Alle Anrufe stammten aus der Burg. Jedenfalls hatten sie beschlossen, eine Fangschaltung aufzubauen. Sollte der Unbekannte wieder anrufen, würde Paula mit dem zweiten Mobiltelefon den Kollegen warnen, der daraufhin versuchen sollte, die Quelle zu orten.

Paulas Hand lag auf der Sitzfläche des Platzes neben ihr und bewegte diese mechanisch vor und zurück, während sie versuchte, sich auf das Geschehen auf der Bühne zu konzentrieren.

Zwischen Hamlet und der Königin war ein Wortgefecht im Gange. Eva Anderlecht beherrschte ihre Rolle als eisige Monarchin perfekt. Äußerlich zumindest. *Was lebt, muss sterben,* warf sie Hamlet hin, ganz die distanzierte, blaublütige Mutter. Ob sie innerlich ebenso kühl war? 700 Euro für einen Engel sprachen eine andere Sprache.

Paulas Blick wanderte zu Orsini, der stramm auf seinem Posten stand, bewundernswert angesichts des wenigen Schlafs.

Dass er eine musikalische Ader hatte, wusste sie längst, dass sich dies auch in seinen tänzerischen Fähigkeiten niederschlug, war ein neues Plus. Sie kniff die Augen zusammen, um sein Gesicht im Halbdunkel, das die Hinterbühne umfing, besser zu sehen. Hatte er die Augen geschlossen? Schlief er im Stehen?

Sie hatte ihm ein SMS geschickt und hoffte, dass er zwischendurch die Möglichkeit hatte, es zu lesen. Auf keinen Fall wollte sie zu offensichtlich kommunizieren. Seine Insider-Kenntnisse waren aber für sie ebenso wichtig, wie umgekehrt ihn auf dem Laufenden zu halten.

Sie hatte den Probenbeginn abgewartet, um einen der beiden Beamten in die Direktion abzukommandieren. Er sollte dafür sorgen, dass niemand die Unterlagen entfernte, bis die Kollegen der Finanzforensik sich ihrer annehmen konnten. Wenn es denn überhaupt dazu kam: Was die Reaktion des Staatsanwaltes dazu anbelangte, so war aus dessen Sicht das tägliche Horoskop der Gratis-U-Bahn-Zeitung aussagekräftiger. Auf die Reaktion der Direktorin – sie sah das Zweiergestirn ein paar Reihen vor ihr sitzen – war sie auch gespannt. Vorläufig waren sie noch ganz ins Stück vertieft.

Paula rutschte auf dem unbequemen Sessel hin und her. Hob eine Pobacke, dann die andere – wie das Publikum das aushielt, eine ganze Aufführung lang – und versuchte, sich für das Stück zu interessieren. Zugegeben, die Schauspieler brachten Leben in die alten Sätze.

Gelogen, betrogen und gemordet wurde damals wie heute. So gesehen hatte sich nicht viel geändert. Humaner Strafvollzug und Resozialisierungsmaßnahmen hatten zwar Folter und Erhängen abgelöst, aber am Grundübel nichts geändert. Letztlich entschieden immer noch die niedersten Instinkte, ob ein Mensch einem anderen Gewalt zufügte, egal wie drastisch die zu erwartende Strafe ausfiel.

Unruhig schlug sie das Programmheft auf, das ihr irgendjemand in die Hand gedrückt hatte, und überflog die Seiten mit in Schwarz-Weiß gehaltenen Bildern. Als die Scheinwerfer plötzlich grelles Licht auf die Kulissen warfen, konnte sie auch den Text lesen.

Nachdem sich alle Facetten des Lebens in der Kunst abbilden, trifft man auch auf das Unerfreuliche, das Erschütternde, das Grauenhafte …

Wie wahr, dachte sie. Paula blickte sich im Zuschauerraum um. Worum ging es hier wirklich? Engel, Geld, übergeschnappte Schauspieler, oder doch nur Unfälle?

Inzwischen war auf der Bühne ein alter Mann in einem weißen Gewand aufgetreten, das verdammt nahe an ein OP-Hemd herankam. Nur der offene Schlitz auf der Rückseite fehlte. Der Geist des ermordeten Königs – den nur Hamlet zu sehen vermochte. Als Paula vorhin die Gänge entlanggegangen war, hatte sie beinahe körperlich die Anwesenheit solcher Figuren gespürt. Obwohl sie keineswegs esoterisch angehaucht war. Aber die Gemälde an den Wänden, das wenige Tageslicht, die verunsicherten Mienen – sie hatte kaum je an einem unwirklicheren Ort gearbeitet.

Wieder sah sie aufs Handy. Nichts Neues von Kubicek. Sollte sie hinfahren? Ihm war zuzutrauen, dass er den Wald vor lauter Bäumen nicht sah. Ungeduldig stand sie auf. Als ihr Sitz mit einem Knarren hochklappte, strafte der Regisseur sie mit einem bösen Blick.

*

Das Halbdunkel umhüllte das Podium, auf dem Orsini mit seinen Mannen stand, und dämpfte seine Wahrnehmung. Unweigerlich schweiften seine Gedanken ab. Roter Samt, Klavierklänge …

Als er wieder auf dem harten Bühnenboden der Realität landete, war die unruhige See von vorhin einer anderen Art von Anspannung gewichen. Ein ständiger hoher Ton begleitete die lange Szene, als hätte das ganze Theater einen Tinnitus. Ein spiegelglattes Meer an Schweigen herrschte hinter den schwarzen Vorhängen abseits des Stückes.

Er fragte sich, wohin Paula soeben verschwunden war. Eine Weile hatte er sie gut im Blickfeld gehabt, bis die Lichtverhältnisse gewechselt hatten. War der Schnürbodenmeister endlich aufgetaucht?

Vorhin – die Komparsen hatten parallel zu einer Szene nur minimal Zeit, um sich umzukleiden – hatte Orsini außerdem gesehen, wie Jeff sich in voller Montur davonschlich. Orsini hatte gerade in der Unterwäsche dagestanden, doch das nächste Mal würde er Jeff folgen.

Immerhin war bisher alles ohne Zwischenfälle verlaufen. Hamlet stellte gerade die Weichen für das berühmte Stück im Stück, das in Wien spielte. Eine Inszenierung, mit der Hamlet beabsichtigte, den Mörder seines Vaters zu überführen. Ging es bei den Unfällen um etwas Ähnliches? Gab es wie bei einer russischen Matrjoschka noch ein weiteres Stück im Stück?

Unmerklich schüttelte Orsini den Kopf. Er hätte dringend Bewegung gebraucht. Einen seiner langen Märsche durch die Stadt. Stattdessen stand er da wie angewachsen – langsam verfluchte er Paulas Einfall, ihn hier einzuschleusen – und würde nach der Generalprobe auch noch die Premiere durchstehen müssen, im wahrsten Sinn des Wortes.

Gleichzeitig erfüllte ihn für einen Moment eine absurde Gewissheit: Was immer es war, worauf sie zusteuerten, es würde erst während der Premiere geschehen. Sie hatten also noch etwas Zeit.

Oder – seine Gedanken schlugen postwendend die Gegenrichtung ein – war das nur seine Trägheit, die sich vor der ständigen Achtsamkeit drücken wollte?

*

Der vernichtende Blick des Regisseurs und seines Anhangs waren an Paulas diesbezüglich recht breitem Rücken abgeprallt wie Wassertropfen von einem Bananenblatt. Einzig das hämisch hingeworfene Wort *Dilettantin* hatte sie einen Moment verharren lassen, ehe sie eine der Flügeltüren aufstieß und dann bewusst achtlos hinter sich zufallen ließ.

Einer der Magistratsbeamten, die Paula zuvor in der Loge beobachtet hatte, während sie sich gelangweilt die Zeit vertrieben, kam gerade von der Toilette zurück und war damit beschäftigt, seinen Hosenschlitz zu schließen.

»Wird die Vorstellung heute Abend stattfinden?«, fragte Paula und sah dem Mann dabei zu, wie er hastig versuchte, den Reißverschluss nach oben zu ziehen.

»Was?«

»Die Vorstellung, heute Abend, gibt es irgendwelche technischen Einwände, die eine Aufführung vor Publikum verhindern könnten?«

»Bis jetzt nicht, aber die heiklen Stellen kommen erst«, entgegnete der Beamte verlegen.

»Und wenn es welche gäbe?«, fragte Paula.

Endlich war er mit seinen Verrichtungen fertig. Wieder Herr der Situation, nahm er die Türschnalle zur Loge in die Hand und antwortete: »Das fragen Sie mich?«

»Ja«, erwiderte Paula. »Sie sind doch für die Sicherheit zuständig.«

»Wenn es Einwände gäbe«, antwortete der Beamte und verfiel dabei ins Flüstern, »dann würden sie unter den Tisch gekehrt.«

»Von wem?«

Als Antwort deutete er mit dem ausgestreckten Zeigefinger zur Decke, blickte dabei Paula direkt an, öffnete die Tür und verschwand im dunklen Vorraum der Loge.

Hatte es Sinn, ihn zu bearbeiten? Würde es ihr bei den Ermittlungen helfen? Unruhig querte sie eines der Foyers und landete in einem kurvigen, prunkvoll ausgestatteten Gang mit hohen Fenstern zum Rathaus hin – ein seltsamer Kontrast zu den nüchternen Arbeitsräumen hinter der Bühne.

Immerhin hätten sie ihre Befragungen besser fortsetzen können, wenn diese verdammte Aufführung nicht stattfände! Im Moment war es weder möglich, Slivovsky nach seinen kryptischen Bemerkungen zu Meersburg auszuquetschen noch Marlene zu Shures Beobachtungen oder Alice Meersburg zur finanziellen Situation ihres Bruders – geschweige denn die Direktionsetage zu den angeblichen Konflikten. Paulas Handy begann zu vibrieren. Beim Anblick des Displays beschleunigte sich ihr Puls.

Ehe sie abhob, sandte sie ein vorbereitetes SMS vom zweiten Handy und sagte dann: »Kisch!«

Tatsächlich, kein nervender Kubicek, stattdessen nur ein paar Atemzüge.

»Wer ist da?« Paula starrte auf das zweite Handy und hoffte, dass ihr Kollege sein Geschäft verstand.

»Wer sind Sie?«, fragte sie weiter und kam sich dabei lächerlich vor. Es knackte in der Leitung. Dann ein tiefes Rumpeln. Gleichzeitig ein SMS aus der Zentrale: Hinhalten!

Paula verdrehte die Augen und begann ungeduldig auf und ab zu marschieren, das eine Handy am Ohr, das andere ständig vor ihrer Nase. Der Kollege dachte wohl, sie seien im Film.

Plötzlich krachte es im Hörer, und sie hörte Bruchstücke einer Bühnendurchsage: »… die Herren Mitterer und Daum auf die Unterbühne …«

Es war zum Aus-der-Haut-Fahren – der Typ hockte irgendwo im Theater und spielte mit ihr.

Ohne auf ein neues SMS zu warten, sprintete Paula los, stürmte an den leeren Publikumsgarderoben vorüber, stieß eine Tür auf, dann eine weitere – bis sie auf dem Gang der Damenseite ankam. Dort, neben dem Eingang zur Bühne, baumelte ein Hörer einsam von einer altmodischen Gabel herab.

Keuchend zog sie die Tür zur Bühne auf und starrte in ein dunkles Rechteck. Erst als sich ihre Augen an die Dunkelheit gewöhnt hatten, konnte sie die Umstehenden ausmachen. Sollte sie sofort abbrechen lassen? Hatte irgenwer jemanden gesehen?

Der Inspizient drehte sich zu ihr und legte den Zeigefinger mahnend auf die Lippen.

Du mich auch, formulierte sie unhörbar. Ehe sie eine Entscheidung treffen konnte, setzten sich alle in Bewegung, Musik ertönte, die Drehbühne beförderte eine neue Kulisse nach vorn.

Der Augenblick war verpasst. Frustriert steckte Paula das eine Handy weg und schrieb sich am anderen den Ärger von der Seele. Sollte sie die Spurensicherung antanzen lassen wegen des Telefons?

Zornig drehte sie eine Runde durchs Haus und kontrollierte dabei wieder und wieder ihr Handy. Warum dauerte das bei Kubicek so lange?

Wenn sie den Schnürbodenmeister nicht bald in die Finger bekam, zerbröselte ihre gesamte Strategie zu Staub. Denn außer den Kopien, wagen Vermutungen und einem kleinen Engel hatte sie absolut nichts in der Hand. Und derjenige, der noch am ehesten etwas in Erfahrung bringen konnte, büßte seine Zeit als Standbild auf der Bühne ab und befand sich möglicherweise sogar in noch größerer Gefahr, als er selbst ahnte.

Orsini hatte davon gesprochen, wie ungewöhnlich der Job am Theater für die Professionisten war. Seien es die Tapezierer,

Schlosser oder Elektriker – sonst bewegten sich diese Berufsgruppen nicht inmitten von exzentrischen Ausnahmeerscheinungen. Am Theater aber sahen sie Abend für Abend, wie die Schauspieler in die unterschiedlichsten Rollen schlüpften. Vom Liebhaber wurden sie zum Mörder, von der unschuldigen Tochter zur Rachegöttin. Sie sahen, wie Stars entstanden und angehimmelt wurden. Und waren mit ihnen auf Tuchfühlung.

Was machte das wohl mit jemandem, der mit seinem Können Tag für Tag mithalf, eine imaginäre Welt erstehen zu lassen, die Abend für Abend beklatscht wurde. Der selbst aber doch nur ein einfacher Arbeiter blieb – stets im Hintergrund.

Im besten Fall brachte es ihn vielleicht dazu, mehr zu lesen, zu diskutieren, zu verstehen, glücklich zu sein. Im schlechteren jedoch …

Plötzlich vibrierte wieder das Handy in ihrer Hand.

Weniger als eine Minute später stand Paula schnaufend im vierten Stock neben einem jungen Beamten in Uniform, der mit dem Kopf auf eine Tür deutete.

»Ich hab ihn gebeten, da drinnen zu warten«, sagte er und schob sich zufrieden die Kappe zurecht.

»War er in Eile?«, fragte Paula und erntete einen zweifelnden Blick. »Schien er gehetzt, überrascht?«

»Nein, keineswegs. Er wirkte so, als wollte er grade zur Arbeit kommen.«

Paula nickte und gab dem Beamten zu verstehen, dass er vor der Tür warten sollte.

»Der ist ein ganz schöner Koloss … sind Sie sicher, dass Sie alleine …«

»Ja«, unterbrach Paula gereizt und zog die Tür zu einem unscheinbaren kleinen Raum auf, in dem es auffällig nach Filterkaffee und Putzmittel roch. Darin, auf einem Holzstuhl, saß der

Schnürbodenmeister und wandte ihr den massigen Rücken zu, der in einem dunkelblauen Sakko von der Stange steckte. Von hinten betrachtet, gab es keinen Übergang zwischen Hals und Kopf.

»Mit wem habe ich das Vergnügen?«, fragte der Koloss mit warmer Bassstimme.

»Kisch, Kriminalbeamtin«, antwortete Paula knapp und erwartete Empörung. Doch der Schnürbodenmeister blieb stumm und vollkommen unbeweglich. Paula ging an ihm vorbei, lehnte sich an einen altertümlichen Heizkörper und suchte in der stoischen Miene nach verräterischen Zeichen. Ein angedeutetes Lächeln hing in den Mundwinkeln. Auf den ersten Blick saß ihr ein Durchschnittsgesicht gegenüber, das durchaus sympathische Züge hatte. War er der Anrufer? Wenn ja, dann hatte er vielleicht eine bessere Kondition, als seine Körperfülle suggerieren würde. Er schwitzte jedenfalls nicht. Es war allerdings genug Zeit vergangen, dass er auch mit dem Lift hätte hochfahren können.

»Wie sind Sie hier heraufgekommen?«, fragte sie kühl.

»Wie?«

»Ja, auf welchem Weg? Am Portier vorbei …?« Sie hoffte, ihn bei einer ersten Lüge zu ertappen. Denn während sie hochlief, hatte der Beamte, der den Eingang beim Portier bewachte, ihr telefonisch versichert, dass der Schnürbodenmeister nicht an ihm vorbeigekommen war.

»Über die Feststiege, Volksgartenseite«, antwortete er.

»Sie haben einen Schlüssel?«

»Natürlich, wie viele andere auch.«

Paula suchte in seinem Gesicht nach einem Schatten, einer größeren Lüge. Sie war überzeugt, dass jeder, der jemand anderem das Leben nahm, ein Mal davontrug. Nicht unbedingt sichtbar – sie fuhr sich über die lang verheilte Narbe an ihrer eigenen Wange –, dennoch eingekerbt in das, was einen ausmachte. Vielleicht hatte sie unrecht …

»Sie fragen sich sicher, was Sie hier machen«, lenkte sie ein wenig ein und lehnte sich zurück.

Ein kaum als solches zu erkennendes Nicken. Der Mann war eindeutig ein Fall für die Kollegin Elvira Zobl. Doch Elvira war im Augenblick nicht greifbar. Also entschloss sich Paula für das ihrer Meinung nach Naheliegendste: den Angriff.

»Wenn Sie sofort zugeben, dass Sie die Leute im Haus unter Druck setzen, indem Sie Geschichten in Umlauf bringen, daraus Kapital schlagen und auch noch alte oder neue Rechnungen begleichen, können wir uns das Ganze hier sparen«, warf sie ihm hin.

»Geschichten?«

»Ja, Geschichten über Engel.«

Ein Heben der Augenbraue, nicht mehr.

»Über Engel, die man kaufen muss, damit man vor Unfällen sicher ist, zum Beispiel.«

»Sie meinen den unglückseligen Meersburg?«

»Und den Tontechniker, der von Ihrem Arbeitsplatz aus in die Tiefe gestürzt ist«, kürzte Paula unwirsch ab.

»Das Theater ist eben kein Kinderspielplatz.«

»Und Sie keine liebe Tante, die aufpasst, damit nichts passiert«, platzte Paula heraus.

»Onkel«, verbesserte der Schnürbodenmeister süffisant.

»Ein Onkel, der zwei Leute umgebracht hat.«

»Ich bin ein guter Onkel«, erwiderte der Schnürbodenmeister. Abfälliges Grinsen. »Fragen Sie ruhig meine zwei Neffen.«

Paula stieß sich vom Heizkörper ab, schnappte sich einen Bugholzsessel und knallte ihn etwa einen Meter vor den Schnürbodenmeister hin. »Dann eben die lange Version«, blaffte sie ihn an und setzte sich. »Wie kommt ein Briefumschlag mit 700 Euro und einem Zettel mit dem Namen einer Schauspielerin in das Rohr der alten Gegensprechanlage?«

Der Schnürbodenmeister griff sich ans Kinn: »Es gibt drei Möglichkeiten«, erwiderte er mit ernster Miene: »Brieftaube, Phantom der Oper oder Stille Post.«

Paula lockerte die Pistole in ihrem Halfter und schob den Sessel näher. »Brieftaube wäre theoretisch möglich, Phantom der Oper schließe ich aus, aber Stille Post finde ich interessant«, entgegnete sie freundlich, nur um ihren Tonfall plötzlich zu ändern. »Ich würde an Ihrer Stelle den Mund nicht so voll nehmen! Sie waren nachweislich an beiden Tagen im Haus. Der Greifer, mit dem Sie das Geld aus dem Rohr geholt haben, befand sich in Ihrem Spind. Sie hatten ausreichend Gründe, die beiden zu beseitigen, und haben außerdem jemanden bedroht.«

Damit lehnte sie sich weit aus dem Fenster, aber das war manchmal nötig.

»Welche Gründe denn?«

»Ihre Geschäftsidee war in Gefahr. Meersburg hat Sie unter Druck gesetzt, deswegen musste er beseitigt werden. Ich brauche nur noch das restliche Geld zu finden, das Sie mit den Schutzengeln verdient haben. Das reicht für eine Anklage.«

»Greifer haben die anderen auch im Spind.«

»Möglich. Vielleicht sind Sie tatsächlich unschuldig. Dann werden wir«, Paula kontrollierte demonstrativ ihr Handy, »bei Ihnen zu Hause auch nichts finden.«

»Zu Hause?« Sein Gesicht errötete.

»Ja. Sie waren leider nicht anwesend. Wir mussten die Tür aufbrechen. Aber – wie gesagt – wenn Sie nichts zu verbergen haben, ist alles in Ordnung.« Sie steckte das Handy weg und fuhr achselzuckend fort: »Es sei denn, Sie hätten einen Auftraggeber … Sie müssten sich überlegen, ob Sie ihn wirklich schützen …«

Ehe sie weitersprechen konnte, entfuhr dem Schnürbodenmeister ein heiseres Krächzen. Dann wiederholte er, lauter diesmal: »Zu Hause!« Gleichzeitig schwoll die Zornader an seiner Schläfe so schnell an, dass Paula für einen Moment auf das pochende Blutgefäß starrte, bis er mit plötzlich vollkommen anderer Stimme sagte: »Dich finde ich, auch wenn du dich im letzten Loch verkriechst! Und dann ficke ich dich gleichzeitig von vorne und von hinten!«

Paula war einen Moment starr, eher vor Verblüffung als vor Schock.

Ausdruckslos stieß der Schnürbodenmeister die Zunge dann noch gegen die Wange und schloss genussvoll die Augen. Die öffnete er erst wieder, als Paulas Pistolenschaft in seinem Mund steckte.

»Du meinst so?«, fragte sie und schob die Waffe tiefer in seine Mundhöhle hinein.

Der Schnürbodenmeister begann zu würgen.

»Wenn du mich mit deinen fetten Fingern auch nur berührst, drücke ich ab!«, presste Paula zwischen den Zähnen hervor.

Plötzlich hämmerte es gegen die Tür.

Paula zog die Waffe mit einem Ruck aus dem Mund des Schnürbodenmeisters, rasierte dabei über die vorderen Zahnreihen und riss dem Schnürbodenmeister die Oberlippe auf.

»Was ist?«, rief sie, stand auf und steckte die Waffe in ihr Halfter zurück.

Mit verlegener Miene trat der junge Beamte ein, salutierte überflüssigerweise und sagte: »Unten herrscht Aufruhr, sie suchen alle nach dem … äh … der leitenden Beamtin.«

»In Ordnung«, erwiderte Paula. »Sie bewachen unterdessen diesen Mann und lassen ihn keinen Moment aus den Augen.«

»Jawoll!«, kam es verunsichert retour.

»Wie lange sind Sie bereits bei uns?«

»Meinen Sie inklusive Ausbildung?«

Paula schloss kurz die Augen, ehe sie auf den Gürtel des Beamten blickte. »Die Handschellen …?«

»Sind im Dienstfahrzeug.«

»Der Kollege?«

»Steht immer noch in der Direktion, soviel ich …«

»Dann müssen Sie das hier eben allein übernehmen! Dieser Mann ist unser Hauptverdächtiger in zwei Mordfällen. Sollte er flüchten wollen, zögern Sie nicht, von der Waffe Gebrauch zu machen.«

»Waffe?«

»Ja, natürlich, Sie können ihm auch ruhig bei der Flucht in den Rücken schießen. Bei diesem Fettsack kann man durchaus vorne und hinten verwechseln.«

»Ist das Ihr Ernst?«, fragte der Beamte unsicher.

»Natürlich nicht«, antwortete Paula. »Sollte er tatsächlich flüchten wollen, schießen Sie ihm zuerst ins linke und dann ins rechte Knie.«

*

Plötzlich registrierte Orsini in den hinteren Reihen seiner Mannen aufkeimende Unruhe. Diejenigen, die vom Zuschauerraum aus schlechter zu sehen waren, steckten immer wieder die Köpfe zusammen. Eine geflüsterte Welle entstand. Schob sich vor. Ebbte ab.

Orsini blickte nach hinten.

Doch gleichzeitig schien sich auch im Zuschauerraum etwas zu tun. Als hätte sich ein Teil eines Wespengeschwaders hinein verirrt. Wortfetzen, Zischen, einzelne Stühle klappten hoch. Doch die blendenden Scheinwerfer verhinderten eine klare Sicht auf das Geschehen.

Hamlet lief inzwischen zur Hochform auf. *Der Teufel hat Ge-*

walt, sich zu verkleiden, in lockende Gestalt!, flüsterte er. Gekonnt warf er sein langes Haar nach hinten, hockte sich auf die Rücklehne eines schweren Stuhls und setzte zu einem längeren Schweigen an, das in die letzten Sätze des Akts münden sollte.

Wieder bildeten sich hinter Orsini Wellen von Worten. Auch am Bühnenrand rückten schwarze Overalls und dunkle Jeans zusammen. Tuscheln. Während der Inspizient rügend zu einer Gruppe von Arbeitern sah, hielt Hamlet das Stück aber gekonnt am Laufen, ignorierte alles und jeden.

Dann endlich der Umbau, der nächste Akt. Aber erst, als Hamlet zum wohl bekanntesten aller Monologe ansetzte, durften Orsini und sein Heer abtreten. Während sie zu den Garderoben hetzten, um sich dort endgültig von den Maskenbildnern verunstalten zu lassen, schnappte er Wörter und Sätze auf.

»Angeblich ist jemand verhaftet worden!«

»Der Bühnenmeister!«

»Nein, der Slivovsky!«

Orsini seilte sich Richtung Herrentoilette ab, in der Hoffnung, Paula in Ruhe anrufen zu können. Dort aber lungerten mehrere Garderober herum, also trabte er doch den anderen Komparsen hinterher. Für die Kostüm-Verwandlungen war die Zeit ohnehin nur knapp bemessen. Als er die Garderobe betrat, in der der Großteil der Komparsen umgeschminkt und umgezogen wurden, hatte sich die Gerüchtewelle zu einer meterhohen Sturzflut aufgetürmt, die jedes Surferherz hätte höher schlagen lassen.

In Rekordtempo wurden den einen Komparsen Kostüme vom Leib gezerrt, den anderen ihre Narben und Verbände verpasst. Gasmasken und Helme wurden auf Köpfe gedrückt, manchmal zuerst auf die falschen. Stiefel wurden auf Füße gezogen und zugebunden. Waffen klirrten, Sessel scharrten. Mitten im Gewimmel versuchten die Maskenbildner, allen voran der Franzose, für Ordnung zu sorgen, setzten die Komparsen der Reihe nach vor ihre Tische und legten einen Tonfall in ihre Stimmen, der im Irrenhaus Wunder gewirkt hätte. Hier aber dämpfte er höchstens ein wenig die Aufregung.

Orsini versuchte dem Gewirr an Sätzen Informationen zu entreißen und kontrollierte sein Handy nach eingegangenen Nachrichten – nichts. Wen hatte Paula inhaftiert und warum? Oder war es doch nur ein Gerücht?

»Die Direktorin wird zusammen mit der Hexe befragt…« Keiner dürfe den Gang zur Direktion betreten, hieß es dann plötzlich.

Immerhin, dachte er mit Genugtuung, Paula sorgte für ausreichend Unruhe. Nur, was hatte sie konkret in Erfahrung gebracht, um in diesem Wespennest so herumzustochern?

»Beer!«

Orsini reagierte nicht.

»Beer! Verdammt, du bist dran!« Jemand schubste ihn zu einem der Tische. Kräftige Finger zogen seine Wange glatt und pressten kühle Fischhaut auf menschliche Haut.

Fünfter Akt, die Begräbnisszene – sie hat ihr diesmal ein wenig zugesetzt.

Vielleicht liegt es an der allgemeinen Stimmung. Es gibt keinen, der nicht gereizt ist. Alle fürchten sich vor dem heutigen Abend.

Zu Recht, denkt sie und sieht den Komparsen zu, die an ihr vorbeiströmen – alle wollen nur hinaus, um die kurze Zeitspanne bis zum Premierenbeginn zu nutzen. Eigentlich ist es keine Premiere, aber trotzdem nennen sie sie so. Als könnten sie damit das Vergangene, die alte Aufführung, ihre Ängste hinter sich lassen.

Aber das geht nicht.

Sie öffnet das Fenster über der fast menschenleeren Straße. Der Weihnachtsmarkt hat geschlossen, zieht keine Touristen mehr an.

Vor ein paar Wochen war das anders.

Sie starrt zur Feststiege und sieht wieder die Menschentraube bei Josefs feierlichem Begräbnis vor sich, das nur den Ehrenmitgliedern des Burgtheaters vorbehalten ist. Erstaunlich, wie viele ihr völlig unbekannte Menschen ihm die letzte Ehre erweisen wollen. Sie geht inmitten der Gruppe von Theaterleuten, Blumen in der Hand. Gladiolen.

Nicht einmal die dick aufgetragene Schminke kann die dunklen Ringe unter den Augen kaschieren. Am Morgen konnte sie kaum in den Spiegel sehen. Natürlich ist es ihr nahegegangen. Das war unvermeidlich.

Langsam steigen sie die Feststiege hinauf, wo Josefs Leichnam aufgebahrt liegt, inmitten eines Blumenmeeres.

In den Gesichtern sieht sie genau das, was man sehen soll. Betroffenheit, Trauer, alle sind ernst, würdevoll. Später werden sie sich in ihren Reden vor Lob überschlagen. Auch Politiker sind da und streiten sich darum, wer zuerst eine Rede halten darf. Schließlich war er ein bedeutender Schauspieler. Wenige haben es so weit gebracht. Aber ausnahmslos alle sind Schauspieler genug, um durch diesen Lack, den sie für den Anlass aufgetragen haben, nichts durchschimmern zu lassen.

Weder Angst noch Genugtuung.

Später blickt sie in die Runde, als der Leichnam, sein *Leichnam auf die offene schwarze Limousine geladen wird und zur Kaiserhymne im Schritttempo eine letzte Runde ums Theater fährt. Das Ritual hätte Josef gefallen.*

Heuchler, findet sie. Jeder Einzelne.

Ihr seid doch froh, ihn los zu sein!

Und ich bin die Verlogenste von allen. Zuerst die jahrelange geheime Liebe, und dann war diese Liebe mit einem Schlag vergiftet.

Der aufgeregte Wortschwall erreichte Paula noch auf den Stufen nach unten. Mit der komplett versammelten Direktionsetage hatte sie allerdings nicht gerechnet. Aber natürlich – die Generalprobe war zu Ende, man hatte Paulas Schachzug entdeckt.

Inmitten ihrer protestierenden Gefolgschaft wirkte die Direktorin wie die Anführerin einer Revolte. Ihr zur Seite die Chefdramaturgin. Ziel der Aggression war der Beamte in Uniform, dem Paula den Auftrag gegeben hatte, die Büros zu überwachen, damit nichts Inkriminierendes entfernt werden konnte. Die Körpersprache des Beamten deutete auf komplette Überforderung hin.

Paula verspürte den Drang, die Pistole zu ziehen und mit einem Schuss für Ruhe zu sorgen. Allerdings reichte ihr bloßes Erscheinen aus, um den gewünschten Effekt zu erzielen, denn von einem Moment auf den anderen war es vollkommen still. Alle Augen richteten sich auf sie.

»Haben Sie das veranlasst?«, fuhr die Direktorin sie in die Stille hinein an.

»Das ist mehr als ein Skandal«, unterstützte die Dramaturgin ihre Chefin, aber in neutralem Ton.

»Das ist nicht nur ein Skandal, sondern eine Überschreitung

sämtlicher Grenzen! So etwas habe ich in meiner gesamten Karriere noch nicht erlebt«, entrüstete sich die Direktorin lautstark und erntete große Zustimmung seitens der Belegschaft.

»Handeln Sie nach eigenem Gutdünken, oder halten Sie sich auch an irgendwelche Gesetze?«, fragte die Dramaturgin, im Tonfall immer noch die Ruhigere.

»§ 229 StGB, Verdacht auf Urkundenunterdrückung und § 173 StOP, Verdunkelungsgefahr«, erwiderte Paula betont sachlich. »Außerdem verstehe ich Ihre Aufregung nicht«, fuhr sie rasch fort, ehe jemand diese Paragrafen in Frage stellte. »Der Beamte hat Sie nicht in der Ausübung Ihrer beruflichen Tätigkeiten gehindert, noch wird er Sie hindern.«

»Nicht behindern!«, echauffierte sich die Direktorin. »Glauben Sie allen Ernstes, wir lassen uns das bieten? Das hier ist das größte deutschsprachige Theater, und ich leite es, wie Sie wissen. Ich ersuche Sie hiermit noch einmal, und in aller Höflichkeit«, ihre Stimme überschlug sich, »diese Bewachung hier und überhaupt Ihre Untersuchungen sofort zu beenden!«

»Der Beamte bleibt, wo er ist«, entgegnete Paula resolut, eine Spur schärfer im Ton.

»Dann …«, setzte die Direktorin zu einer Attacke an. Ihr knalliger Lippenstift hatte sich über die vorgesehene Grenze hinweggesetzt und erinnerte Paula zunehmend an die Bemalung eines Clowns. Ihre Stimme kletterte ins Schrille, »… sehe ich mich genötigt, unverzüglich den Kulturminister höchstpersönlich darüber zu informieren, um diesen Unfug zu beenden!«

*

Hastig hatte Orsini sich die Poleposition in der engen Herrentoilette erkämpft, um unbeobachtet seine Nachrichten zu checken. Die Pause bis zum Stückbeginn war nur kurz, und mittlerweile hatte es sich wie ein Lauffeuer ausgebreitet, dass erneut die Polizei im Haus war. Ein SMS von Paula, es war vor rund einer halben Stunde eingegangen, während der Schlussszene.

Befrage Schnürbodenmeister. Treffen in Pause?

Mehr nicht, seufzte Orsini und schrieb: *Treffpunkt wo?*

Dann schob er sich den Helm zurecht und beschloss vollständig in Montur zu bleiben, um nicht von eventuellen ehemaligen Polizeikollegen erkannt zu werden.

Was sich während des Stückes auf die riesige Bühne und die Nebenräume verteilt hatte, drängte nun unkoordiniert durch die Gänge. Er quetschte sich an einer Gruppe von Requisiteurinnen vorüber, die einen Garderobier belagerten. Sie schienen sich gemeinsam der Hysterie zu nähern. Marlene war auch darunter. Er dachte daran, sie beiseitezuziehen und mit ihr zu reden.

Was wusste sie noch über die Aktivitäten des Schnürbodenmeisters? Wer hatte ihr den Tipp gegeben, sich bei ihm den Engel für Shure zu beschaffen?

Doch ehe er sich in ihre Nähe schlängeln konnte, schob ihn von hinten ein Tross Komparsen weiter. Er versuchte, gegen den Strom zu schwimmen, als am anderen Ende des Gangs Stimmen lauter wurden.

An der Ecke hatte sich ein männliches Knäuel gebildet. »Du Arschloch!«, hörte er plötzlich Jeffs aufgeregte Stimme.

»Scheiß Komparse!«, schrie jemand anderer.

Plötzlich klaffte in dem Knäuel ein Loch. Doch die Lücke schloss sich sofort wieder. Immerhin hatte Orsini zwei Gesichter erkannt. Jeff im Clinch mit dem Leiter der Komparserie. Beide hochrot und zornig.

»Stopp!«, befahl nun eine besonnenere Stimme, die Orsini dem Bühnenmeister zuschrieb.

Die angespannten Muskeln hielten für einen Augenblick

inne. Das Knäuel schien fest zu werden wie erstarrender Gips. Der Lärmpegel sank. Jeff wurde weggezerrt. Erleichterung legte sich über die Anwesenden, einige schlichen sich davon.

Orsini nutzte die Bewegung im Gedränge, um Jeff zu folgen. Noch immer hielten zwei Arbeiter den Komparserieleiter fest, um ihn zu beruhigen. Der oberste Knopf an seinem Hemd fehlte, darunter hob und senkte sich die Brust in keuchenden Zügen. Das eine Lid flatterte, das Auge hatte einen gelblichroten Schimmer. Orsini ignorierte den stieren Blick. Wohin war Jeff verschwunden?

*

»Der Kulturminister«, erwiderte Paula gelassen, holte dabei ihr Handy hervor und drückte darauf herum, »befindet sich gerade«, sie hielt der verblüfft wirkenden Direktorin das Display vor die Nase, »auf einer Safari in Namibia. Zumindest steht das in den neuesten Nachrichten. Ich halte es für unwahrscheinlich, dass Sie ihn erreichen.«

Noch ehe die Direktorin antworten konnte, scheuchte die Dramaturgin die Anwesenden unmissverständlich wieder an ihre Arbeitsplätze, was diese unter Geraune und Murren auch taten. Zurück blieben Paula, die Direktorin, die Dramaturgin und der Polizist, der mittlerweile noch verunsicherter wirkte.

Im Gesicht der Direktorin hatte sich unterdessen sämtliche Farbe, die ihr Körper mobilisieren konnte, eingefunden. Ein praller Ballon, kurz davor zu explodieren. Widerspruch kannte und duldete sie offenbar nicht. Mit einem energischen Griff an den Unterarm der Direktorin löschte die Dramaturgin allerdings die brennende Lunte im letzten Moment.

»Natürlich müssen Sie als stellvertretende Leiterin all das tun, was Sie für richtig erachten«, begann die Dramaturgin leise und mit einer Schärfe in der Stimme, die ihr Paula nicht zugetraut hätte. »Allerdings steht heute, wie Sie wissen, die …«, sie machte eine kleine, aber wirkungsvolle Pause und legte ihre dramatischen Künste in die folgenden Worte, »… *Wiederaufnahme des Hamlets* auf dem Programm, und wir ersuchen Sie daher eindringlich, die nötigen Schritte zuvor mit uns abzustimmen und vor allem Rücksicht auf das Haus zu nehmen. Von einer Verständigung könnten wir absehen, wenn Sie das berücksichtigen.«

Übersetzt hieß das nichts anderes, als dass damit Zeit gewonnen werden sollte und dass die Abrechnung danach kommen würde, so viel war Paula klar.

Sie nickte und wandte sich dann an den Polizisten: »Sie sind mir nach wie vor dafür verantwortlich, dass weder ein Ordner noch sonstige Schriftstücke diese Räumlichkeiten verlassen.« Am liebsten hätte sie den beiden Furien die Kopien unter die Nase gehalten, doch damit hätte sie ihren einzigen wirklichen Trumpf zu früh ausgespielt. Für sie allein war das mehrere Schuhnummern zu groß. Unabhängig davon, ob deren Inhalt etwas mit den Mordfällen zu tun hatte.

»Wie Sie meinen«, bemerkte die Dramaturgin herablassend und nahm ihre Hand vom Arm der Direktorin.

»Wenn Sie nichts Konkretes gegen einen meiner Mitarbeiter oder eine Mitarbeiterin in der Hand haben, garantiere ich Ihnen, dass Sie noch von uns hören werden!«, schoss es aus der Direktorin heraus.

»Ist das eine Warnung?«

»Nein, eine Drohung«, antwortete die Dramaturgin.

»Drohung?« Paula legte eine Hand an ihr Halfter und holte mit der anderen ihr läutendes Handy hervor. Hörte kurz zu, warf den beiden einen ebenso herablassenden Blick hin und lief dann los, so schnell sie konnte.

*

Unter den Blicken des Mönchs in seiner dunklen Kutte war Orsini die leere Kaiserstiege ins Freie hinuntergerannt. Er hatte vorgehabt, das Gebäude zu umrunden, ehe er Paula anrief. Vermutlich würde Jeff bei der anderen Stiege seinen Ärger auslüften, die Hitze des Zorns mit der Hitze des Glimmstängels verbrennen.

Die Dämmerung hatte bereits eingesetzt. Darauf bedacht, keinem Polizeibeamten in die Arme zu laufen, suchte Orsini den Parkplatz vor dem Bühneneingang ab. Niemand, der sich für ihn interessierte. Nur wieder der Pizzabote, registrierte Orsini flüchtig, daneben der Franzose, in der einen Hand zwei Pizzakartons, in der anderen ein paar Geldscheine. Und vor dem Wagen Jeff, der den Boten grüßte und auf den Volksgarten zusteuerte.

Rasch überquerte Orsini hinter ihm die Straße. Ein Windstoß fuhr durch die massiven gusseisernen Gitterstäbe des Tores. Orsini zog den Reißverschluss seiner Jacke hoch und vergrub die Hände in den Taschen.

»Soldat!«, rief er.

Keine Antwort.

»Jeff!« Orsini marschierte zum Theseus-Tempel vor, am nackten Jüngling vorüber, dem die Kälte nichts ausmachte. »Hast du eine für mich?«, fragte er und setzte sich neben Jeff auf die Stufen.

Wortlos reichte Jeff ihm das Päckchen und schwieg auch dann noch, als die beiden Zigaretten ihrem Ende entgegenglühten.

»Spionierst du mir eigentlich hinterher?«, warf er Orsini schließlich entgegen und stand auf.

»Nein, aber als Kommandant bin ich für alle meine Untergebenen verantwortlich«, antwortete Orsini und erhob sich ebenfalls.

Jeff blickte einen Moment in die Ferne, ehe er antwortete: »Lass den Scheiß.«

Orsini nickte stumm. So wütend hatte er Jeff bisher noch nicht erlebt. Aber wie gut kannte er ihn denn tatsächlich? Er war der Erste, genauer gesagt der Einzige gewesen, der ihm gegenüber von Anfang an offen gewesen war. Er sah Jeff von der Seite an und fühlte sich für einen Moment unbehaglich. War Jeff einfach nur ein kommunikativer Typ, wie Orsini es bisher angenommen hatte? Normalerweise konnte er sich auf seinen Instinkt verlassen. Aber hier, in diesem Dschungel voller fleischfressender Pflanzen? Verfolgte Jeff mit seiner leutseligen Art auch noch ganz andere Absichten?

Langsam stiegen sie nebeneinander die Stufen hinauf und gingen auf der Rückseite des Tempels unter den Säulen hindurch.

»Er ist eben ein Arschloch«, sagte Jeff.

»Worum ist es denn gegangen?«

Jeff musterte ihn von der Seite. »Wie viel weißt du über ihn?«

»Wenig«, antwortete Orsini und dachte an Paulas Beschreibung im thailändischen Restaurant. »Aber genug, um mich zu wundern, dass er diese Position überhaupt hat.«

Orsini sah auf seine Uhr. Er wollte dringend Paula anrufen und wenn möglich sehen. Allzu lange blieb ihm dafür nicht.

»Es war nur wegen einem Job …« Jeff blieb an der Kante der obersten Stufe stehen, als gäbe es eine unsichtbare Grenze, und wechselte abrupt das Thema: »Hast du schon in das Buch reingeschaut?«

Orsini schüttelte den Kopf. »Keine Zeit.«

Mit einer ruckartigen Bewegung zog Jeff die Hand aus der Hosentasche und wies damit in die Ferne. »Dort, die beiden Museen, das Parlament«, sein Arm wanderte weiter, »alles errichtet zur selben Zeit! Schon beeindruckend, wenn man denkt …«

»Nach der Premiere«, schnitt ihm Orsini einfach das Wort ab – der historische Abriss musste warten, ebenso wie Jeffs Gemütslage – und durchschritt die imaginäre Grenze. »Bis später! Ich muss dringend telefonieren.« Er zückte das Handy und marschierte Richtung Ausgang.

Vor dem eisernen Tor blieb er noch einmal stehen. Seine Finger fuhren die Konturen des gusseisernen Zaunes nach, der den gesamten Volksgarten umschloss wie ein eisernes Bollwerk.

Von der Ringseite her konnte man ein Folgetonhorn hören, das rasch lauter wurde. Dann bog ein Rettungswagen mit kreischenden Reifen vom Ring ein und bremste vor dem Bühneneingang ab. Zeitgleich wurden die Eingangstür des Theaters und die Hecktür des Wagens aufgerissen. Zwei Männer mit einer Trage erschienen und verfrachteten sie in den Wagen. Orsini kniff seine Augen zusammen. Doch sosehr er es versuchte, außer einem blassen, leblosen Arm konnte er von der Person auf der Trage nichts erkennen. Dass eine zweite Person auf der anderen Seite den Rettungswagen bestieg, sah er ebenso wenig.

*

Gehetzt lief Paula an der Portiersloge vorbei, stieß die Tür auf – und sah nur mehr die Rücklichter des Rettungswagens, der mit Blaulicht auf den Ring zusteuerte. Orsini stand wenige Meter entfernt und blickte an ihr vorbei. Er hieß Beer, und sie kannten einander nicht. Als er sein Handy ans Ohr hielt, tat sie es ihm gleich.

»Ophelia liegt drin …«, erläuterte Orsini, »… ich muss jetzt in die Maske …«

Paula nickte ihm unmerklich zu. »Ein Beamter überwacht die Direktion, einer den Schnürbodenmeister in einer Kammer, und dem hier vorm Eingang musst du irgendwie ausweichen.«

»Keine Kriminalbeamten?«

Paula biss sich kurz auf die Lippen. »Es ist Weihnachten!« Für einen Augenblick trafen sich ihre Blicke. »Kubicek kommt, sobald er in der Wohnung des Schnürbodenmeisters fertig ist.«

»Ist er dort allein?«, fragte Orsini entgeistert.

»Nein, der Lehner ist auch dort. Und die Elvira ist auf dem Weg aus Tirol.«

»Verstehe …«

»Ich muss jetzt«, sagte Paula.

»Ich auch.«

Paula legte auf und verbannte jeden Gedanken an die vergangene Nacht auf später. Stattdessen wandte sie sich an den Portier, erfuhr von ihm aber nur, dass es sich tatsächlich um Ophelia gehandelt hatte. Über ihren Zustand wusste er nichts.

Wieder ein Unfall? Sie ließ sich den Weg zu Ophelias Garderobe erklären und rannte los. Requisiten, Kostüme, Geräusche – alles erschien ihr surreal.

»Lassen Sie die Finger davon!«, bellte Paula die Garderoberin an, sobald sie ihr Ziel erreicht hatte, und schob die kleine Gruppe Umstehender zur Seite. »Niemand rührt hier etwas an!«

Irgendwo in Paulas Kopf meldete sich eine hässliche, nagende Stimme zu Wort. Zu scharf, sagte sie. Viel zu scharf. Doch sie schob den Nörgler im Hirn ebenso ruppig beiseite wie die Dame, die für Ophelias Garderobe zuständig war und nun mit zittrigen Fingern aufräumen wollte. Immerhin hatte sie niemanden an Ophelias Sachen herangelassen.

Die Garderoberin zog ihre Schultern in Abwehrhaltung zusammen, was sie noch winziger wirken ließ, als sie ohnehin schon war. »Dann brauchen Sie mich ja hier nicht mehr«, sagte sie und wandte sich zum Gehen.

Paula zwang sich zu einem freundlicheren Tonfall. »Sie haben sie also hier gefunden?«

Die Garderoberin nickte und zeigte mit ihren filigranen Fingern zu Boden.

»Dort ist sie gelegen, hat an der Stirn geblutet und war nicht ansprechbar. Dabei hab ich noch mit ihr geredet, gleich nach ihrer letzten Szene.«

»Wann war das?«

»Vor vielleicht zehn, nein, fünfzehn Minuten. Ich bin ja nur kurz in die Kantine, um einen Kaffee für sie zu holen.« Die Garderoberin warf einen unsicheren Blick auf die Tasse am Boden, der Untersatz war zerschellt, die Porzellanscherben von der braunen Flüssigkeit angespritzt. »Und als ich zurück bin … ich hab sie fallen lassen.«

»Verstehe«, fiel Paula ihr ins Wort, »war sonst noch jemand in der Nähe?«

»Nein, leider!«

Paula überblickte rasch den Raum.

Klein und länglich. Ein schmales Fenster. Links ein Schminktisch mit Spiegel und Schubladen. Bürsten, Schminksachen, Lippenstift. Rechts ein kleiner dreieckiger Tisch mit zwei abgenutzten und doch bequem aussehenden Sesseln. Der Holzstuhl vor dem Schminktisch lag umgekippt auf dem Boden. Spuren von Blut.

»Hat sie etwas zu sich genommen?«, fragte Paula und deutete auf das leere Glas auf dem Schminktisch.

»Kann ich nicht sagen«, antwortete die Garderoberin und machte mit den Handflächen eine abwehrende Geste.

Neben dem Glas lag eine Lederhandtasche, offen, als hätte jemand darin gekramt.

Oder du willst es mir nicht sagen, dachte sie. »Wissen Sie, wohin man sie gebracht hat?«, fragte sie weiter, erntete aber nur ein Kopfschütteln, als das Handy in ihrer Hosentasche läutete.

»Ja?!«, sagte sie abgelenkt.

»Du hast angerufen.« Kubicek, betont neutral.

»Richtig, mehrmals. Schön, dass du zurückrufst. Gibt es etwas Neues bei euch?«

»Vielleicht.«

»Was heißt vielleicht!«, herrschte Paula ihn an, nur um sich gleichzeitig selbst auf die Zehen zu steigen. Das war bei Kubicek genau die falsche Taktik, gerade, wenn er sie zu provozieren versuchte.

»Vielleicht heißt … kann sein.«

»Moment«, erwiderte Paula, diesmal bewusst leise und lehnte sich gegen den Türrahmen. Das Gemurmel hinter ihr verstummte.

Kubicek, immer noch in der Leitung, meinte trocken: »Gibt's ein Problem?«

»Wenn du nicht bald hier auftauchst, schon«, erwiderte Paula und sah nochmals auf die Handtasche, »und der Lehner soll gleich mitkommen.« Dann legte sie auf.

*

Orsini sah hinauf zum Geländer des Schnürbodens und schob seinen Helm zurecht. Mittlerweile war er froh, ihn zu tragen, um gegen zufällig herabstürzende Teile gewappnet zu sein.

Unter der Palette an Geräuschen, die das Theater zu bieten hatte, war eines für Orsini neu: Von der anderen Seite des Vorhanges drang gedämpftes Murmeln herüber. Gleichzeitig wurde es auf ihrer Seite allmählich still. Die Hektik der letzten Stunde wurde wie von unsichtbarer Hand von der Bühne abgesaugt.

Wie es um Ophelia stand, wusste niemand, angeblich nicht einmal die Direktion. Die Gerüchteküche brodelte nur so. In aller Eile wurde Ersatz gesucht und ausgerechnet in einer jungen, aufstrebenden Schauspielerin gefunden, die ohnehin als Rivalin der Erstbesetzung galt. Sie konnte den Text zumindest einigermaßen und war verfügbar. Zur Sicherheit bekam sie ein Textbuch in die Hand gedrückt. Nur in ihrer ersten Szene würde sie daraus lesen, den Rest mit Hilfe der Souffleuse ohne Text versuchen.

Beinahe lautlos wurden letzte Handgriffe erledigt, Kommandos und Anweisungen im Flüsterton ausgesprochen. Dinge noch einmal überprüft, die zuvor schon zig Mal überprüft worden waren.

Dann erneut die sachliche Stimme des Inspizienten mit der Aufforderung, sich für den Anfang bereit zu machen. Schauspieler, die sich auf ihre Plätze begaben und dort warteten wie steif gefrorene Figuren. Dennoch der eine oder andere Scherz. Das rote Lichtzeichen. Der trennende Vorhang setzte sich in Bewegung und glitt nach oben.

Stückbeginn.

Während der Fahrt des Vorhanges beschleunigte sich Orsinis Puls unwillkürlich. Dennoch stand er da wie ein Fels in der Brandung, den plötzlich Worte, Lichter, Töne, Wind und Emotionen – gespielte wie echte – umspülten. Die Drehbühne trug den gespenstisch gekleideten Geist des ermordeten Vaters nach vorn und ließ ihn bald wieder in der Versenkung verschwinden. Schilf in einem Teich mit echtem Wasser bildete den Hintergrund, wofür vor jeder Vorstellung eine wasserundurchlässige Plane ausgelegt wurde.

Auf seinem leicht erhöhten Platz hielt Orsini wie auf einer Kommandobrücke die Stellung. Der Luxusdampfer hatte sich samt seiner Passagiere in Bewegung gesetzt und Fahrt aufgenommen.

Sollte es zur Kollision mit dem Eisberg kommen, würde Orsini reagieren. Das stete Ziehen in den Beinen, die Enge der Rüstung – alles wie weggewischt, so sehr konzentrierte er sich, das Wesentliche vom Unwesentlichen zu unterscheiden.

Ein Räuspern im Zuschauerraum lenkte ihn ab, doch im Halbdunkel konnte er nichts ausmachen. War es ausgeschlossen, dass nicht auch das Publikum zur Zielscheibe werden konnte? Ein Anflug von Panik erfasste ihn. Darüber hatten sie nicht einmal nachzudenken gewagt. Orsini schüttelte unmerklich den Kopf. Seine Fantasie ging mit ihm durch.

Seine Augen wanderten zu einem, der öfter als bei den Proben von seinem Textbuch aufblickte und die Bühne beobachtete, alles kontrollierte. Selbst der ansonsten so ruhige Inspizient zeigte also Nerven.

Rund zwanzig Minuten später bereiteten sich bereits alle auf den nächsten größeren Szenenwechsel vor. Während die Passagiere des Dampfers unterhalten wurden, werkten im Hintergrund zahllose Hände. *Die im Dunklen sieht man nicht*, dachte Orsini und ließ weiter seinen Blick schweifen.

Direkt neben dem Inspizienten wartete nun eine Gruppe von Komparsen und Schauspielern in prächtigen Kostümen wie ein Sack voller Flöhe auf ihren Auftritt. Ein Bankett sollte gegeben werden, mit allem Drum und Dran. Zwei Garderoberinnen legten letzte Hand an die Kleider und zupften unentwegt daran herum. Requisiteure, alle ganz in Schwarz, trugen Tische herein.

Nervosität, Anspannung.

Nur einer war seelenruhig – Feuerwehrmann Achter. Er saß direkt hinter dem Inspizienten und wirkte gänzlich unbeteiligt, die Beine weit von sich gestreckt.

Doch als das Lichtzeichen über den Köpfen der Gruppe erlosch und die Akteure der Reihe nach auf die Bühne marschierten, schnellte Achter hoch und griff hinter sich.

Orsini stutzte, startbereit.

Plötzlich hatte der Feuerwehrmann etwas Längliches in der Hand. Orsini kniff die Augen zusammen. Ein Feuerlöscher, größer als das Durchschnittsmodell. Achter machte damit zwei energische Schritte, schob mit der Schulter den schwarzen Vorhang zur Seite, nur ein bisschen, vom Publikum aus genauso wenig zu sehen wie vom Inspizientenpult – zumindest, solange der Inspizient sich auf sein Pult konzentrierte. Zum zweiten Mal beschleunigte Orsinis Puls. War das normal? Hatte Achter das an der Stelle immer so gemacht?

Die Komparsen in Achters Nähe waren damit beschäftigt, Tische zu einer langen Tafel aneinanderzureihen. Orsini schien der Einzige zu sein, der den Feuerwehrmann überhaupt beachtete.

Nun hatte er den Löscher in Bauchhöhe, das eine Bein auf einem Stuhl abgestellt, und beugte sich vor. Hob den Löscher noch höher und fuchtelte damit herum.

Von der anderen Seite betraten gerade die Schauspieler, allen voran die Königin, die Bühne. Je länger Orsini überlegte, desto unsicherer war er. Sollte er sich bemerkbar machen? Sah keiner, was geschah? Oder machte er sich einfach nur selbst verrückt?

Wenn Achter der Mörder war und gleichzeitig doch Bescheid wusste über Orsinis Identität – würde er trotzdem wieder zuschlagen? Ehe Orsini zu einer Entscheidung kam, senkte Achter den Löscher wieder und stellte ihn vor sich auf den Boden.

Orsini ließ die angehaltene Luft aus seinen Lungen entweichen. Natürlich, für das opulente Festmahl wurden Kerzen in prunkvollen Haltern angezündet, offenes Feuer auf der Bühne. Erleichtert verfolgte Orsini, wie die Requisiteure die Komparsen mit Kerzen, brennenden Kienspanen und mit Bergen von Essen versorgten. Als einem der Requisiteure ein Teller mit Gemüse entglitt und zu seinen Füßen landete, konnte Orsini wieder lächeln.

»Scheiße!«, flüsterte jemand.

Nach einem schnellen Blick zur Königin beförderte der Requisiteur das Gemüse vom Boden wieder auf den Teller und tat, als sei nichts geschehen.

*

Mit quietschenden Reifen bog Paula aus der asphaltierten Einfahrt des Allgemeinen Krankenhauses und schaltete das Blaulicht auf dem Dach ihres Autos ein. Ruhe, befahl sie sich selbst, im Bewusstsein, dass es nichts nützen würde. Sie hatte einen Fehler begangen, der sie jetzt noch ungeduldiger werden ließ, als sie es ohnehin schon gewesen war. Anstatt sofort der Rettung zu folgen, hatte sie in Ophelias Garderobe auf Kubicek und Lehner gewartet. Sie hatte eben sichergehen wollen, dass keiner etwas anrührte. Dann war sie zwar postwendend losgefahren, ohne Kubiceks und Lehners Bericht über die Wohnung des Schnürbodenmeisters anzuhören, war aber dennoch zu spät gekommen.

Fluchend trieb sie auf dem Rückweg zur Burg den Wagen im zweiten Gang zur Höchstleistung, schaltete in den dritten, überholte zwei sichtlich irritierte Lenker und war in Gedanken wieder vor dem Schalter bei der Intensivstation.

»Ja, Frau Lohr ist vor circa einer Stunde hier eingeliefert worden«, hatte der behandelnde Arzt bestätigt, zu dem sie sich schließlich mit Hilfe der Polizeimarke und der ihr eigenen Hartnäckigkeit vorgekämpft hatte.

»Und, lebt Sie?«

»Leben? Wir haben ihr den Magen ausgepumpt«, antwortete der Arzt und sah erstaunt von seinen Unterlagen hoch.

»Margarete Lohr, die Schauspielerin?«, fragte Paula nach.

»Natürlich«, erwiderte der Arzt.

»Sind Sie sicher?«

»Sie spielt die Ophelia, und ich war vorhin dabei«, bestätigte der Arzt mit leicht säuerlicher Miene. »Es lief alles reibungslos ab…«, er räusperte sich, »keine Komplikationen.«

»Und wo ist sie jetzt?«

»In ihrem Zimmer, zwei Stockwerke tiefer – wir hatten hier kein freies Bett.«

»Kann ich sie sehen?«

»Selbstverständlich, aber ob sie derzeit ansprechbar ist…«, er machte eine Handbewegung, dass Paula ihm folgen sollte. »Ich hab zwar eigentlich keine Zeit, aber«, er sah auf Paulas Halfter, »wenn Sie damit bei uns allein herumrennen, ist gleich die Hölle los.«

Paula folgte dem Arzt durch das Labyrinth an Gängen, gegen das das Burgtheater ihr nun regelrecht übersichtlich vorkam, bis er vor einem Raum stehen blieb und sich zu ihr umdrehte. »Im Normalfall ist sie morgen wieder auf den Beinen.«

»Wie ich sehe, ist dieser Fall bereits eingetreten«, erwiderte Paula und deutete an der Schulter des Arztes vorbei auf das leere Bett mit dem zurückgeschlagenen Laken. »Falsches Zimmer, Spontanheilung oder Toilette?«

Der Arzt schüttelte den Kopf und suchte dann nach der zuständigen Krankenschwester, die jedoch auch nur überrascht bestätigen konnte, dass Ophelia verschwunden war.

Die Ampel schaltete gerade auf Rot, als Paula über die Kreuzung preschte, zugleich wählte und sich anschließend das Handy zwischen Schulter und Ohr klemmte.

Kubicek ging jedoch nicht dran.

»Die Frau Meersburg war wie immer bei ihr«, hatte die Krankenschwester erklärt, »aber normalerweise unterschreibt sie den Revers, bevor sie geht.«

»Und wie war ihr Zustand heute?«, fragte Paula irritiert nach.

»Frau Lohr«, begann der Arzt mit besorgter Stimme und blickte dabei nach Bestätigung suchend zur Krankenschwester,

»ist eine, sagen wir es so, überspannte Person mit einem äußerst zerbrechlichen Nervenkostüm.«

Die Krankenschwester nickte zustimmend und legte dabei die Stirn in Falten.

»Das heißt?«, bohrte Paula.

»Dass wir ihr nicht zum ersten Mal den Magen ausgepumpt haben«, übernahm die Krankenschwester und fuhr fort: »sie wirft Substanzen ein, die ihr nicht gut bekommen, wir entfernen sie wieder aus ihrem Körper und richten sie mittels Infusionen wieder einigermaßen auf.«

»Zumindest körperlich«, bestätigte der Arzt.

»Und sonst? Ihre Garderoberin hat gesagt, dass sie an der Stirn geblutet hat.«

»Das war nur eine kleine Platzwunde. Haben wir mit zwei Stichen genäht. Aber …«, wieder räusperte er sich, schien etwas abzuwägen, »weshalb sind Sie eigentlich hier? Ich meine – Kriminalpolizei? Hat das etwas mit diesen Unfällen an der Burg zu tun?«

Paula hob die Augenbrauen. Klar, es wurde in allen Medien breitgetreten.

»Möglicherweise«, erwiderte sie nur, »weshalb?«

»Na ja, jetzt wo Sie nachfragen. Sie hatte schon eine größere Menge intus als bei den früheren Malen, soweit wir das auf die Schnelle beurteilen können. Wenn man sie nicht sofort gefunden hätte, wär's diesmal anders ausgegangen.«

Paula wurde noch hellhöriger, als sie es ohnehin schon war. »Eine größere Menge?«

»Ja, das war auch die Einschätzung des zweiten Arztes.«

»Und wovon? Was war das genau?«

Der Arzt druckste herum. »Also, die Frau Meersburg hat die Tablettenschachteln mitgebracht, damit wir Bescheid wissen. Mir ist das ein wenig seltsam vorgekommen. Aber nachdem wir sie stabilisiert haben, hatten wir einen weitaus schlimmeren Notfall. Ich glaube nicht, dass der Mageninhalt von der Frau Lohr noch irgendwo ist. Es ist immerhin schon über eine Stunde her. Wenn wir gewusst hätten … ein Anruf, zum Beispiel …« Er wollte ihr auf elegante Weise den schwarzen Peter zuschieben.

Wenn wir ihr noch mal Blut abnehmen könnten …, hatte Paula die Stimme des Arztes noch im Ohr, als sie ihren Wagen direkt vor dem Eingang des Theaters parkte.

Eine größere Menge, hörte sie nochmals die Stimme des Arztes, während sie sich an den Reportern vorbeizudrängeln versuchte. Sie würde sich einen Schlüssel für die Seiteneingänge besorgen müssen, dachte sie und starrte auf eine Journalistin, die in ein paar Metern Entfernung vor einer Kamera Aufstellung genommen hatte. Auch im Publikum war eine ungewöhnlich hohe Anzahl an Medienleuten vertreten, weit über die übliche Kulturjournaille hinaus.

Als ein besonders vorwitziger Reporter Paula mit aufdringlicher Geste ein Mikro hinhielt, bugsierte sie ihn nur kommentarlos zur Seite und gelangte mit Hilfe des Beamten, der immer noch die Stellung hielt, hinein.

»Was ist mit ihr?«, fragte Kubicek ohne Einleitung oder Gruß. Er stand neben dem schwarzen Brett und wartete offenbar schon geraume Zeit.

»Sie ist aus dem Krankenhaus verschwunden«, erwiderte Paula, hielt es aber nicht für nötig, Kubicek weiter ins Bild zu setzen. Obwohl sie ihn brauchte, wünschte sie sich gleichzeitig, dass er wieder verschwinden würde.

Eine Gruppe hektisch wirkender Bühnenarbeiter schleppte mehrere Bündel langer Speere, Hellebarden und Äxte vorbei. Hektisch deuteten sie Paula, dass sie achtgeben sollte.

»Ich glaub, da herrscht Krieg«, meinte Kubicek.

Paula verdrehte die Augen. »Die Ophelia ist hier also nicht vorbeigekommen?«

Kubicek verneinte, blickte mit aufgesetzt theatralischer Miene in seine geöffnete Handfläche und sagte: »Sein oder nicht sein.«

Unwirsch fuhr Paula ihn an: »Die Frage ist, ob du etwas für mich hast!«

»Natürlich«, erwiderte Kubicek im gleichen Tonfall, zog einen Zettel hervor und reichte ihn Paula. »Würde ich es sonst wagen, meiner Gebieterin unter die Augen zu treten?«

Paula überflog eine Liste mit Namen, von denen ihr einige bekannt vorkamen.

»Sie arbeiten alle hier. Das hat der edle Portier mir bestätigt«, sagte Kubicek. »Gebet mir zumindest ein kleines Zeichen Eurer Wertschätzung, Madam.«

»Die Preise haben sich tatsächlich erhöht«, murmelte Paula, ohne auf Kubiceks Darbietung einzugehen. »Das darf er mir gleich alles erklären.«

»Ich fand das Schriftstück in seinem Nachttische, zwischen den vergilbten Seiten eines Groschenromans.«

Paula schloss kurz die Augen, sammelte sich, sagte nichts und ließ Kubicek stehen. »Sieh zu, dass keine Fotografen reinkommen. Aber sei nett zu ihnen«, schleuderte sie ihm hin, ohne auf seinen Protest zu warten. Seine Abneigung gegenüber allem, was mit Medien zu tun hatte, war allseits bekannt. »Oder nein, am besten, du löst den Kollegen in der Direktion ab. Er steht schon seit elf Wache!«

Kubicek antwortete mit seiner Version eines Hofknickses, ehe er sich auf den Weg machte.

»Bitte alle Beteiligten zum Umbau auf den zweiten Akt vorbereiten«, erklang es über die hausinterne Lautsprecheranlage, während Paula die Stufen hinauf in den vierten Stock rannte, zwei Mal um die Ecke bog und dort auf den jungen Beamten traf, der den Schnürbodenmeister bewachte.

»Hat er sich bewegt?«, fragte Paula.

Der Angesprochene schüttelte wortlos den Kopf, wirkte jedoch angespannt.

»Gut«, sagte Paula und warf einen Blick in den Raum. Tatsächlich saß der Schnürbodenmeister praktisch unverändert auf dem Stuhl und blickte Richtung Fenster. Ohne lange herumzufackeln marschierte Paula an ihm vorüber, hielt ihm die Namenliste vor die Nase und sagte: »Eine ganz schöne Summe, die Sie da kassiert haben. Wenn Sie gleich alles zugeben, können Sie mit Milderungsgründen rechnen.«

»Alles?«

»Sie haben Geschichten in Umlauf gesetzt, somit die Leute verunsichert und daraus Kapital geschlagen«, antwortete Paula, ging am Schnürbodenmeister vorbei und postierte sich wieder am Heizkörper. Der Mann vor ihr schwitzte zwar nun doch, blieb aber nach wie vor in der Rolle des stummen Beobachters. Das Blut an seiner Oberlippe war zu einer Kruste getrocknet.

»Auf der Liste stehen sämtliche Personen, denen Sie Geld abgenommen haben.«

»Scheiß Sch…«, fluchte der Schnürbodenmeister kaum hörbar.

»*Scheiß Sch…* mehr nicht? Kommt noch was?« Paula starrte ihn herausfordernd an, stieß sich vom Heizkörper ab und trat den Stuhl, auf dem sie beim ersten Verhör vor dem Schnürbodenmeister gesessen hatte, zur Seite. »Wenn man auf andere Menschen Druck ausübt und Geld dafür kassiert, nennt man das Erpressung.«

Keine Reaktion.

Paula tippte mit dem Finger auf die Liste. »Einer meiner Kollegen hat das hier in Ihrem Schlafzimmer gefunden. Übrigens Gratulation, ein wirklich ausgefallenes Versteck!«

Die Augen des Schnürbodenmeisters verengten sich ein wenig. In aller Ruhe zog Paula ihre Waffe und legte sie neben sich auf den Heizkörper.

»Ein stummer Genießer«, provozierte sie weiter.

Der junge Beamte hatte sich in der Tür postiert, trat von einem Bein auf das andere und wirkte zunehmend blässer. Paula schenkte ihm jedoch nur kurz Notiz und konzentrierte sich wieder auf den Mann vor sich. »Meersburg hat also von Ihren Machenschaften Wind bekommen und musste deshalb sterben. Was hat der Tontechniker gesehen, dass Sie auch ihn beseitigt haben?« Sie ließ die Waffe auf dem Heizkörper liegen, ging am Schnürbodenmeister vorbei und blieb hinter ihm stehen. »Den Tontechniker hinunterzuwerfen war für Sie vielleicht eine einfache Angelegenheit, was mich mehr interessiert, ist, wie Sie das mit dem Meersburg hingekriegt haben.«

Keine Regung.

Dann, gemurmelt: »Fick dich!«

»Fick dich selber!« Paula ging wieder zum Heizkörper. »Du kriegst sowieso keinen Ständer …«

Paula grinste. »Dich werde ich wegen dringendem Mordverdacht an zwei Personen verhaften und hinter Gitter bringen. Das bedeutet, dass wir unser kleines Rendezvous so lange verschieben müssen, bis du wieder rauskommst und dann – das garantier ich dir – bist du so steinalt, dass du Windeln für Erwachsene trägst.«

Paula nahm die Waffe in die Hand, steckte sie weg und deutete dem jungen Beamten. Plötzlich hob der Schnürbodenmeister den Kopf, und seine Mundwinkel zuckten.

»Doch keine Lust auf Windeln?«

»Das mit der Liste und dem Geld stimmt«, sagte der Schnürbodenmeister so leise, dass Paula ihn kaum verstand, »aber das mit den Morden nicht.«

»Was?«

»Mit den Morden hab ich nichts zu tun. Ich hab das Geld aus dem Rohr geholt und es dann geteilt.«

»Geteilt? Mit wem?«

Der Schnürbodenmeister deutete mit dem Zeigefinger Richtung Boden, blieb aber beharrlich stumm.

»Geteilt?«, insistierte Paula.

»Weil er die Engel hergestellt hat.«

»Verstehe.« Paula tippte mit der Schuhspitze auf den Boden vor ihren Füßen. »Hat der da unten auch die Morde begangen?«

Der Schnürbodenmeister gab keine Antwort.

Ungeduldig holte Paula ihre Glock aus dem Halfter, nickte dem Beamten zu, ignorierte das Bauchgefühl, das ihr *Vorsicht* und *Verstärkung anfordern* signalisierte, und sagte trocken: »Na gut. Dann schauen wir eben nach, ob das stimmt. Wo müssen wir also hin?«

*

Der dritte Akt lief bereits. Hier in der Komparserie-Garderobe waren alle auf irgendeine Art beschäftigt. Orsinis Augen überflogen die Ordnung im Chaos. Ausnahmslos jeder der Schminktische war besetzt. Nervöse Komparsen standen in Warteposition Schlange, denn das gesamte Heer musste umgeschminkt und umgezogen werden. Ungeduldig befestigte Orsini sein Schwert und machte sich auf den Weg zur Bühne.

Als Ophelia vorhin – mitten im ersten Akt – auf die Bühne gestürzt war, hatte die Gesichtsfarbe der übrigen Schauspieler diejenige Farbe angenommen, die üblicherweise ihr selbst vorbehalten war. Noch ehe ihre Rivalin den ersten Satz von sich geben konnte, drängte Ophelia sie zum allgemeinen Erstaunen resolut zur Seite und schritt auf die Bühne. Zwar etwas wankend, doch zielgerichtet.

Laertes, der die Szene mit ihr bestritt, nutzte den Moment als Kunstpause und setzte ebenfalls fort, als sei nichts geschehen. Die Zweitbesetzung wurde unsanft von der Bühne befördert und löste sich in Tränen auf. Mit zwar bedauernder Miene, aber doch energisch schob der Bühnenmeister sie auf den Gang hinaus.

Vom ziemlich leblosen zu einem dermaßen lebendigen, aufgedrehten Zustand war es ein weiter Weg. Vermutlich hatte man im Spital professionell reagiert, aber ob das allein ausgereicht hatte?

Während nun Ophelia und Hamlet sich in ein zunehmend hysterisches Wortgefecht hineinsteigerten, legte jemand Orsini am Bühnenrand eine Hand auf die Schulter und flüsterte: »Du traust ihm immer noch nicht!«

Orsini drehte sich um. Slivovsky – ihn hatte er den ganzen Tag über kaum gesehen. Hatte Paula ihn vernommen? Sie hatte jedenfalls nichts davon erwähnt.

»Ja«, erwiderte Orsini leise und blickte zum Feuerwehrmann hinüber, »da hast du recht.«

»Und du tust ihm unrecht«, sagte Slivovsky, »er ist einer der Harmlosesten hier.«

»Harmlos? Bist du dir da sicher?« Orsini griff sich in den Nacken an seine echte Narbe.

»Ja. Jetzt, wo seine Nebeneinnahme erledigt ist, schläft er am liebsten bei der Arbeit.«

»Nebeneinnahme?« Orsini sah Slivovsky fragend an.

»Kalligrafie.«

»Was?«

»Handschriftliche Weihnachtskarten, mit Federkiel und Tusche gefertigt. Bringt ihm Geld für den Sommerurlaub. Er versorgt seit Jahren das ganze Theater damit. Die Rundgänge wegen der Engel und der Direktion, das hat er nur gemacht, weil ich es ihm angeschafft hab.«

Skeptisch schüttelte Orsini den Kopf. Gegenüber trat Ophelia gerade ab und wurde von Alice Meersburg in Empfang genommen. Daneben stand der hochgewachsene Maskenbildner. Beide schienen sich um Ophelia kümmern zu wollen.

»Ist zäher, als sie aussieht«, bemerkte Slivovsky.

»Und auch mit irgendwas vollgepumpt.«

»Möglich, aber das ist ihre Sache.«

»Nicht, wenn es illegale Substanzen sind und es schon zwei Tote gegeben hat!« Orsini sah auf sein Lichtzeichen. Er musste wieder an seinen Platz, aber etwas Zeit blieb ihm noch: »Was machen eigentlich der Franzose und die Meersburg so oft in ihrer Nähe? Ist einer von beiden der Versorger?«

Slivovskys Miene blieb unlesbar, als er antwortete: »Die Meersburg und die Ophelia sind einfach nur Freundinnen.«

*

»Sie begleiten mich«, befahl Paula dem jungen Beamten und wartete ungeduldig, bis der Schnürbodenmeister sich schwerfällig erhoben hatte und nun seinen Bauch auf dem Weg zum Lift vor sich herschob. Langsam, widerwillig.

»In Ordnung. Soll ich die Waffe schussbereit halten?«

»Was haben Sie denn geglaubt? Dass wir einen Spaziergang in den Park machen?« Zweifelnd blickte Paula den jungen Mann an. Sollte sie ihn doch gegen Kubicek austauschen? Das würde allerdings Zeit kosten, außerdem wäre dann die Ansammlung an ungustiösen Typen unerträglich.

Im Lift sagte Paula nur: »Wohin genau?«

»In den vierten«, antwortete der Schnürbodenmeister und lehnte sich an die Wand, betont lässig.

Paula drückte den abgenutzten Taster, und der schmucklose Lift fuhr rumpelnd in den Keller. Dort ließ sie die beiden zuerst aussteigen und den fettwanstigen Feinrippträger vorausgehen. Bei ihrem Kollegen bildeten sich im Nacken kleine Schweißperlen, die seinen Hemdkragen anfeuchteten.

»Hier stinkt's«, meinte er leise.

Paula nickte nur und sah auf ihr Handy. Ein Balken, immerhin.

Durch ein Wirrwarr von Gängen folgten sie dem Schnürbodenmeister, vorbei an Wagen vollgestopft mit allem möglichen Zeugs, unter Rohren und Kabelsträngen hindurch.

»Hier stinkt es ja noch ärger«, fing der Beamte erneut an, bis Paula ihn mit einem Blick zum Verstummen brachte.

Der Schnürbodenmeister war vor einer Tür stehen geblieben, machte aber keine Anstalten, sie zu öffnen. Paula rüttelte rasch daran und sagte: »Aufsperren!«

»Ich hab keinen Schlüssel.«

Ohne zu zögern, drückte Paula ihm die Pistole in den Rücken und wiederholte: »Aufsperren!«

Ohne Eile tat der Schnürbodenmeister wie verlangt und trat ein.

Klein Illmitz, wusste sie, als sie das absurde Schilfdach bemerkte. Rasch überblickte sie die Räumlichkeiten, Orsinis Schilderungen seiner nächtlichen Homecoming-Party im Ohr. Die Schlosserei. Aber wo war der Schlosser? Auf der Bühne? Lag Orsini mit seinem Instinkt richtig? Würde es während der Vorstellung einen weiteren Toten geben? Sie sah auf ihre Uhr. Lange konnte das Stück nicht mehr dauern. Sie würden sich hier nur kurz aufhalten, Engel suchen konnten sie später auch noch.

»Also, wo sind die Dinger?«, fuhr sie den Schnürbodenmeister an.

Mit einer abfälligen Kopfbewegung wies er in eine Ecke des Raumes.

»Geht's genauer?«, fragte Paula süffisant.

»Dort in der Nische, wo die Stahlprofile in den Regalen gelagert sind.«

»Welches Regal, welches Rohr?«

»Das Regal in Kopfhöhe, im hintersten Rohr, ganz bei der Wand.«

»Und wie soll ich die da rausbekommen, wenn da überhaupt irgendetwas drinnen steckt? Ein wenig Mitarbeit wär nicht schlecht.«

»Mit dem dünnen Stahldraht, der dort liegt.«

»Na, geht doch!«

Paula warf einen Blick auf das vollgestopfte Regal.

Der Schnürbodenmeister machte eine obszöne Geste in ihre Richtung. Am liebsten hätte Paula ihm mit der Faust ins Gesicht geschlagen, doch stattdessen schnappte sie sich den Draht und schob ihn in das hinterste Rohr. Sie stieß auf Widerstand und schob mit dem Draht kräftig an.

Ein dumpfer Schlag, als etwas aus dem Rohr auf den Boden fiel.

»So an Engel brauchst jetzt du«, sagte plötzlich eine Stimme hinter ihr.

*

Hinter Orsini machte sich die Hälfte seines Heeres zum letzten Mal für heute auf den Weg zum Umkleiden. Am Ende des Stücks sollte sie wieder wie zu Beginn als altmodische Norweger-Truppe mit dem siegreichen Fortinbras erscheinen.

Orsini selbst fiel es immer schwerer, die Konzentration

aufrechtzuerhalten. Mehr als zehn Stunden ohne Tageslicht machten sich auch bei ihm bemerkbar. Es war bereits nach 22.00 Uhr, die Schlussszene stand unmittelbar bevor. Nur noch wenige Minuten, tröstete er sich, bis er ebenfalls von der Bühne abgehen konnte. Hamlet und Laertes fuhren zum mehrten Mal mit den Fingern prüfend über die Klingen der Schwerter – mit ebenso viel Vorsicht wie in der Pause zuvor Orsini selbst. Stumpf und ungefährlich, dennoch hatte Orsini ein mulmiges Gefühl.

Endlich erlosch das Lichtzeichen, das er die ganze Zeit über aus den Augenwinkeln beobachtet hatte, um rechtzeitig den Abgang seiner übrigen Truppe zu befehlen. Für ihn und den verbliebenen Teil der Komparserie war der Abend somit vorüber. Er stellte sich an den Rand, um die Schlussszene mit dem letzten Rest an Aufmerksamkeit zu beobachten. Slivovsky war zuvor verschwunden, schon gleich, nachdem er wieder seinen Platz eingenommen hatte. Was genau dessen Rolle während des Stückes war, fragte er sich. Musste beim Eisernen Vorhang nicht ständig jemand die Aufsicht machen, um ihn jederzeit herabsenken zu können? Warum war Slivovsky aber dann vorhin neben ihm gestanden?

Orsini fuhr sich über die brennenden Augen. Vielleicht hatte er mit all seinen Vorahnungen völlig unrecht, dachte er nun. Vielleicht war es gar nicht nötig, hier den Wachhund zu spielen. Vielleicht war Paula längst erfolgreich.

Vielleicht …

Für einen Augenblick verlor er sich in Erinnerungen. Paula, während des Tanzens, ihr durchdringender, beinah belustigter Blick. Ihr Lachen, als er schließlich ohne Kommentar denselben Weg wie sie eingeschlagen hatte.

Plötzlich aber durchstieß das heftige Klirren der Schwerter seine Gedanken. Metall traf auf Metall, Worte von Ehre trafen auf Worte von Rache.

Orsini richtete sich auf. Wie lange hatte er vor sich hin geträumt?

Jedenfalls so lange, dass er nicht bemerkt hatte, dass jemand sich nah zu ihm gestellt hatte. Sehr nah.

*

Paula fuhr mit einem Ruck herum – doch zu spät. Die Glock wurde ihr aus der Hand geschlagen und landete auf dem Tisch, ihr Arm wurde grob verdreht. Sie hatte den Schnürbodenmeister unterschätzt: Trotz seines Fettwanstes hatte er sie mit einer eleganten, vor allem aber effizienten Bewegung nicht nur entwaffnet, sondern auch schachmatt gesetzt. Er zwang ihr die Arme auf den Rücken und drückte sie nun in gebeugter Haltung nach unten. Von dem jungen Beamten war keine Hilfe zu erwarten, er lag regungslos am Boden.

Ein Anfängerfehler nach dem anderen!, schalt Paula sich. Zuerst niemanden informieren, dem Verdächtigen nicht einmal Handschellen anlegen und nur unzureichende Verstärkung mitnehmen. Selbstüberschätzung und Eitelkeit! Und vor allem: Nur weil abgesperrt ist, heißt das noch lange nicht, dass keiner da ist! Ihre Arme schmerzten höllisch, als sie sich zusammenriss und nach oben schaute, direkt ins Gesicht des Schlossers.

Er stand über dem jungen Beamten, einen Hammer in der Hand, beinahe als wäre er von sich selbst überrascht.

Orsini – er war nur ein paar Stockwerke über ihnen!, schoss es Paula durch den Kopf. Wenn sie nur an ihr Handy käme.

Als hätte er ihre Gedanken gelesen, griff der Schnürbodenmeister ihr in die Hosentasche und fischte das Handy hervor. Er schleuderte es auf den Tisch und ätzte: »Das hat man davon, wenn man zu neugierig ist.«

Anstatt zu antworten, versuchte Paula einen kühlen Kopf zu bewahren: *Denk nach. Es gibt immer einen Ausweg.* Nicht umsonst hatte sie trotz Kleinkind-Stress mehr und härter als andere an sich gearbeitet. Hatte sich von Orsini das Interesse an Kampfsportarten abgeschaut und war letztlich bei Krav Maga gelandet. Nun hatte sie die Worte ihres Trainers im Ohr. Zuerst den Gegner in Sicherheit wiegen, sich unterwerfen. Dabei aber immer die Umgebung im Auge behalten, jede kleine Unachtsamkeit ausnutzen.

Sie zwang sich, ihre Körperspannung zu reduzieren, ließ ihre Oberarme schlaffer werden und ging in die Knie. Auch der Gesichtsausdruck war wichtig, Erschöpfung, Furcht, die Augenlider senken, den Unterkiefer locker lassen.

»Und was machen wir jetzt mit ihnen?«, fragte der Schlosser und wirkte dabei fast schülerhaft, obwohl er den Schnürbodenmeister um einen halben Kopf überragte. Somit war geklärt, wer von beiden der Anführer war.

»Was du willst«, antwortete der Schnürbodenmeister gönnerhaft und zog Paula zu sich. Sie ließ es geschehen, gab sich geknickt. Verschob alle im Moment unnützen Überlegungen – allen voran, ob die beiden tatsächlich die Morde begangen hatten – auf später und zwang sich, ruhig zu bleiben und auf den richtigen Moment zu warten.

Als der junge Beamte sich stöhnend bewegte, schubste der Schlosser mit seinem Fuß dessen Waffe außer Reichweite, gab ihm noch einen Tritt in die Rippen und näherte sich dann Paula. Hinter ihm fiel ihr ein seltsames Gebilde auf, eine Art Skulptur, mannshoch, offensichtlich aus vielen Kleinteilen zusammengeschweißt.

»Kunst?«, fragte sie und starrte das Ding an.

»Was?«

»Ob das Kunst ist? Von Ihnen?«

Der Schlosser stutzte und sah über seine Schulter. »Ja«, ein kaum merkliches Lächeln spielte um seinen Mund: Auch ein wenig eitel, stellte Paula fest und ließ ihre Hände noch etwas schlapper werden. Die Hand des Schnürbodenmeisters umklammerte sie nun nicht mehr ganz so fest wie zuvor.

»Gut«, murmelte sie anerkennend, aber scheinbar kraftlos und beiläufig. Sie bemerkte, wie der Beamte die Augen einen Spaltbreit öffnete und versuchte, sich unbemerkt auf die Seite zu rollen. *Zäher als vermutet*, dachte sie.

Der Schnürbodenmeister langte mit seiner freien Hand nach Paulas Waffe auf dem Tisch. Das genügte – mit einem lauten Schrei wand Paula ihre Hände frei.

Während es dem Beamten am Boden gelang, die Beine des Schlossers von hinten zu umklammern, drehte Paula sich um ihre Achse und trat nach dem Knie des Schnürbodenmeisters. Ehe er ihre Waffe in die Finger bekommen konnte, sackte er zusammen. Diesmal gänzlich ohne wie auch immer geartete Zurückhaltung ließ Paula mehrere Tritte folgen, sowohl gegen den Schnürbodenmeister als auch gegen den Schlosser, der versuchte den Beamten abzuschütteln.

Der aber rappelte sich hoch, stürzte sich mit Schwung auf den Schlosser, entriss ihm den Hammer und brachte ihn aus dem Gleichgewicht. Während Paula den Schnürbodenmeister mit einem letzten Tritt zu Boden beförderte, ging daneben auch der Schlosser nieder.

»Gut«, wiederholte Paula, zog endlich die Handschellen aus ihrer Tasche und ließ sie über den dicken Handgelenken zuschnappen. »Gefällt mir.«

»Mir auch«, erwiderte eine nüchterne Stimme – nicht die des Beamten. Der lag neuerlich außer Gefecht gesetzt neben dem Schlosser. Im Eingang zu Klein Ilmitz stand Slivovsky, die Waffe des Beamten in der Hand.

*

Plötzlich war Orsini wieder hellwach.

Ruckartiges nervöses Ausatmen, das an Heftigkeit zunahm, gleich neben seinem Ohr. Er drehte sich um und blickte in die zusammengekniffenen Augen des schnaufenden Bühnenmeisters, der dem Schauspiel gebannt folgte. Oder zumindest so tat. Immer härter krachten die Schwerter aufeinander. Hamlet und Laertes beherrschten die Fechtkunst, als wären sie damit aufgewachsen. Sie rannten mit ihren Waffen über die Bühne, verfolgten einander, drehten sich im Kreis, stellten sich dem anderen unvermittelt entgegen und verfielen dabei mehr und mehr in Rage.

Es hätte echter nicht sein können, dachte Orsini. Und die besorgten Blicke der Umstehenden bestätigten seinen Eindruck nur.

Er sah in die Runde. War dies einfach nur das fulminante Ende des berühmten Theaterstücks? Oder hatte jemand ein anderes Finale im Sinn, bei dem Meersburgs Tod nur das Vorspiel gewesen war? Sein Blick fiel auf die Königin, die bereits den großen goldenen Kelch in der Hand hielt, aus dem sie zu ihrem Verderben trinken würde. *Harmlos*, beruhigte Orsini sich – einer der Requisiteure hatte den Kelch befüllt und dann selbst einen Schluck daraus genommen.

Laertes' Schwert sauste auf Hamlets Arm nieder, durchtrennte den Ärmel, und Theaterblut schoss dunkelrot aus der gefakten Wunde.

»Die beiden geben's sich heute wieder«, raunte der Bühnenmeister und gab einen explosiven Schnaufer von sich. Hinter ihm war Jeff aufgetaucht, und neben Jeff die schwarze Hexe. Während sie unruhig auf und ab ging – ein paar Schritte vor, ein paar zurück–, stand Jeff kerzengerade da.

Etwas weiter entfernt meinte Orsini seinen speziellen Freund, den Franzosen zu erkennen, neben ihm Marlene, eine

Karaffe in der Hand. Sicher war er sich aber nicht, denn das Licht folgte ganz dem Rhythmus des Zweikampfs und erhellte den hinteren Bereich nur ausschnittweise.

Indessen krachte Hamlets Schwert zu Boden, er griff sich mit schmerzverzerrter Miene an den Arm. Wie vorgesehen folgte die Verwechslung der Schwerter, dann bekam auch Laertes eine Wunde ab. An der Wildheit des Kampfes änderte sich nichts, zumal Laertes nun auch noch eine brennende Fackel in der Hand hielt. Im Gegenteil. Wieder schnappten sie sich ihre Waffen und hieben immer verrückter aufeinander ein.

Gegenüber, in der Nähe des Inspizientenpultes, nahm der Feuerwehrmann Aufstellung. War er Orsini seit der Bankett-Szene hauptsächlich gelangweilt vorgekommen, strotzte er nun förmlich vor Bereitschaft – natürlich, die brennende Fackel.

Während sich der Schwertkampf unmittelbar vor ihnen dem Höhepunkt näherte, geriet einer der Vorhänge hinter dem Feuerwehrmann in Bewegung, eine lange Welle bis weit hinauf. Orsini spähte kurz nach oben. Hatte sich etwas Ungeplantes ereignet? Wer stand eigentlich dort am Steuerpult als Vertretung des Verdächtigen? Er hoffte nur, dass Paula mit der Vernehmung des Schnürbodenmeisters vorangekommen war. Aber dann müsste sie jetzt eigentlich irgendwo am Bühnenrand zu sehen sein. Sollte er draußen nach ihr suchen? Ihr ein SMS schreiben?

Der Vorhang drüben beruhigte sich wieder, eine Hand hielt ihn fest. Hamlet rammte mitten auf der Bühne den Tisch. Kerzenständer gerieten ins Wanken, Karaffen und Kelche fielen krachend zu Boden.

Die Hand schob den Vorhang zurück, bis er sich spannte und den Blick auf Fortinbras freigab, der sich das Gemetzel entspannt ansah und an etwas herumkaute. Im Stück profitierte er von dem Gemetzel und blieb zuletzt als neuer Herrscher übrig. Im richtigen Leben hatte er vielleicht einfach nur Hunger.

Orsini beobachtete weiter die Umstehenden. Die Tür beim Inspizienten ging auf, Ophelia und Alice Meersburg schlichen herein und lehnten sich nebeneinander an die Wand, gefolgt von der Kellnerin Maria. Auch sie wollte sich das Finale offensichtlich nicht entgehen lassen. Näher zum Publikum saß die Souffleuse. Sie hatte das Textbuch auf den Knien und starrte einsatzbereit auf die beiden Hauptakteure. Hinter ihr ragte die Figur des stellvertretenden technischen Direktors hoch.

Gefangen in der eigenen Schlinge!, schrie Laertes nun und versetzte Hamlet einen weiteren Hieb. Die Königin sackte in sich zusammen und rief: *Ich bin vergiftet!*

Laertes ging in die Knie, gestand, Hamlet Gift auf den Schwertspitzen aufgetragen zu haben, woraufhin dieser wie von Sinnen auf den König einstach. Orsini zuckte bei jedem Hieb zusammen, als sei es sein eigener Körper. Dabei wusste er, dass unter den Kleidern der Schauspieler kleine Plastikbehälter nur drauf warteten, zu platzen und ein Blutbad zu erzeugen. Ein Feuerwerk an Farben und an Arbeit für die hausinterne Wäscherei.

Unterdessen suchte Orsini nach einer Unregelmäßigkeit. Etwas, das bei der Generalprobe anders abgelaufen war. Etwas, das jemand im Verborgenen geplant hatte.

Laertes lag jetzt neben der Königin, versöhnte sich im Todeskampf mit Hamlet und machte dann seinen letzten Atemzug. Plötzlich zischte es von irgendwoher. Orsini verstand zwar kein Wort, bemerkte aber, wie Horatio, Hamlets einziger Vertrauter, offenbar einen Hänger hatte. Sofort sprang die Souffleuse auf, eilte in seine Nähe und griff professionell ein.

Zur gleichen Zeit gruppierten sich die Komparsen hinter Fortinbras und seinem Vorhang. Ein dumpfes Grollen wuchs aus dem Nichts, nach und nach überlagert von heftigem Geschützlärm. Pfiffe, Schüsse, Granateinschläge füllten den gesamten Bühnenraum und ließen den Boden vibrieren, bis schlagartig wieder Stille herrschte.

Hamlet bäumte sich in Horatios Armen zu seinem letzten Höhenflug auf. Dessen kurzen Hänger hatte das Publikum vermutlich nicht einmal mitbekommen.

Ich sterbe, Horatio! Das starke Gift bewältigt meinen Geist, deklamierte Hamlet mit überzeugender Geste.

Und wenn er nun doch …? Orsini schüttelte den Kopf. Warum sollte ausgerechnet er … Wie eine vorübergleitende Fata Morgana sah Orsini Hamlet und Shure im Streit über ein defektes Mikrofon. Einer war tot, der andere im Stück bald ebenso.

Dann erlosch Hamlets Lebenslicht, und seine verzerrt klingende Stimme, die sich im künstlichen Hall verlor, sagte: *Der Rest ist Schweigen.*

Unweigerlich hielt Orsini den Atem an.

Auf der anderen Seite schien sich die Souffleuse wieder zu entspannen. Sie beugte sich zum Inspizienten, ein gemeinsames Nicken, Einverständnis. Die Burgmaschine hatte die kleine Panne vorhin klaglos ausgebügelt. Flink huschte die zierliche Souffleuse an ihren Platz zurück, an Meersburg und Ophelia vorüber.

»Immer dasselbe«, murmelte der Bühnenmeister.

»Was?«, flüsterte Orsini abgelenkt, da er bei der Hinterbühne Bewegung ausmachte. Marlene hatte sich vom Maskenbildner entfernt und näherte sich Fortinbras und den Komparsen. Alles und nichts kam ihm mittlerweile verdächtig vor.

»Typisch«, kommentierte der Bühnenmeister merklich entspannt.

»Was meinen Sie?«

Als hätte etwas seine Zunge gelöst, fuhr der Bühnenmeister

fort und zeigte dabei den Anflug eines Lächelns: »Wie die Kinder.«

Orsini folgte seinem Blick. Der tote Laertes lag halb auf der Königin, seine Hand aber rutschte langsam höher, zur Tischkante hinauf. Wollte er etwa den goldenen Kelch?

»Was macht er da?«

Der Bühnenmeister grinste. Orsini versuchte abzuspulen, was er vorhin gesehen hatte, wurde aber unterbrochen.

»Bei der Premiere, der richtigen, haben sie der Anderlecht hochprozentigen Schnaps eingefüllt. Sie ist angelaufen wie eine Tomate, danach gab es ein mittleres Erdbeben.«

»Und?«

Laertes stützte sich kaum merklich auf und schob sich ein bisschen höher.

»Seither setzt sie den Kelch nur mehr an die Lippen.«

»Aha«, bemerkte Orsini.

»Der Laertes«, erklärte der Bühnenmeister weiter, »der liegt ja als Toter immer irgendwo anders. Es gibt da eine Wette mit einem der Requisiteure, ob er es jedes Mal schafft, den Kelch auszutrinken.«

Orsini starrte den Bühnenmeister an. Laertes' Finger streckten sich mehr und mehr über die Kante, hin zum goldenen Kelch, der im gleißenden Scheinwerferlicht blitzte.

»Bis auf ein, zwei Mal hat er die Wette immer gewonnen.«

Pauken und Trompeten aus der Ferne kündeten die Ankunft des norwegischen Heeres an. Plötzlich war da ein Satz, mitten aus dem Stück gerissen.

Zur Grausamkeit zwingt bloße Liebe mich, schlimm fängt es an, und Schlimmres nahet sich, hatte Hamlet seiner Mutter achselzuckend erklärt. *Bloße Liebe …?*

Und dann sah Orsini es vor sich. Eine kleine, unschuldige Geste, Tage zurück. Plötzlich hatte er alle gleichzeitig im Blickfeld, als hätten seine Augen den Panoramabild-Modus erweitert. Alle eine Familie. Alle ahnten es.

Bloße Liebe!

Laertes zog sich mit den Fingerspitzen über die Tischkante hoch, die Hand rutschte unmerklich nach.

»Nein!«, schrie Orsini.

Dann rannte er los.

Es geht ihr gut. So gut wie schon lange nicht mehr. Erstaunlich. Sie kann lachen, arbeiten, leben.

Laertes. Unwillkürlich lächelt sie ihm zu, obwohl sie weiß, dass er nicht reagieren wird. Dahingestreckt, das tödliche Schwert neben ihm. Das Sterben liegt ihm.

Das Leben auch. Nachher. Sie haben sich für nachher verabredet.

Natürlich weiß sie, dass es nichts Ernstes ist. Sie ist sogar froh darüber. Das wäre bei einem wie Laertes undenkbar. Und gerade das will sie jetzt. Freiheit, Spaß. Seine Derbheit bringt sie zum Lachen, seine Hand zum Höhepunkt. Nie war es bei Josef so gewesen.

Als der Kommandant losläuft, erschrickt sie. Was hat er vor? Auf seinem Gesicht liegt eine Entschlossenheit, die einem den Atem raubt. Mit einem Schrei stürzt er quer über die Bühne, genau auf Laertes zu.

Schlagartig versteht sie. Ihr Blick trifft sich mit dem von Laertes – nur kurz, genauso wie bei Josefs letztem Moment. Sie will aufspringen, alles verhindern. Doch ihr Körper reagiert nicht. Als hätte sie von dem Kelch getrunken.

Sie sieht ihren Bruder an, direkt, ohne Emotion. Sein Blick ruht konzentriert auf Laertes, dann erst schnellt er zum Kommandan-

ten, seine Lippen pressen sich gegeneinander. Plötzlich ist er unglaublich wütend, das kennt sie.

Und dann weiß sie es. Es ist die ganz Zeit um sie selbst gegangen. Nicht um die Engel oder das Theater, den Fluch oder das Geld.

Zumindest um sie, wie er sie sehen wollte.

Er hat sie schützen wollen. Er hat es nicht mehr ertragen. Sie kann in seinem Blick lesen, so wie in all den Textbüchern, die sie auswendig kann.

Sie hat zu lange gelitten, und er hat zu lange zusehen müssen.

Also hat er die Zügel in die Hand genommen, die ohnehin immer zwischen seinen Fingern lagen.

Er kann gnadenlos sein, immer schon.

Seine Beine sind schwer wie Blei, dennoch presst Orsini sie Schritt für Schritt gegen den Bühnenboden, gewinnt an Kraft, winkelt die angespannten Arme ab, um Tempo zu machen.

Während er direkt auf Laertes zusteuert, gibt es einen Moment, in dem alles eingefroren scheint. Als hätte die Zeit alle Bewegung in sich aufgesaugt, nur damit er das Wichtige erkennen, die Spreu vom Weizen trennen kann.

Der Norwegerführer Fortinbras, wie er mit dem Schwert in der ausgestreckten Hand die Bühne betritt. Den Ausdruck des Siegers im Gesicht, der sich von seinem Heer umjubeln lässt. Die prachtvolle Rüstung, golden funkelnd. Lichtstrahlen, die in alle Richtungen reflektieren. Der vielstimmige Männerchor, den das Heer anstimmt, der sich über die Trompeten und Fanfaren legt wie der Tau auf eine Wiese.

Schon als Orsini losläuft, liegen alle Augen auf dem gefeierten Helden.

Nur ein einziger Blick weicht ab.

Dieser Blick reicht.

Dann ist Orsini beim Tisch. Schlägt Laertes den Kelch aus der Hand, gerade als er ihn zum Mund führen will. Die Flüssigkeit spritzt in hohem Bogen durch die Luft, der glitzernde Strahl einer Fontäne, die den Tod versprüht. Spuren davon werden genügen, um später Gewissheit zu haben, schießt es Orsini durch den Kopf.

Gewissheit, die ihm dieser eine Blick ohnehin gegeben hat – im Gegensatz zu allen anderen Blicken erwartungsvoll auf Laertes gerichtet wie ein Pfeil auf seinem Weg vom gespannten Bogen zum Ziel.

*

Unmittelbar nachdem Orsini Laertes das Gefäß aus der Hand geschlagen hatte, brach ein Tumult los. Der Inspizient reagierte als Erster und sprang auf. Dann stürzte sich der Feuerwehrmann samt Feuerlöscher ins Geschehen, während der Norwegerprinz Fortinbras zur Randfigur verkam. Die Souffleuse schrie auf, ebenso die Dramaturgin am Rand der Bühne.

Es hatte offensichtlich den Anschein, als wollte Orsini Laertes etwas antun, weshalb sich mehrere Schauspieler dazwischenwarfen, Orsini auf den Boden pressten und schließlich mit Hilfe der Bühnenarbeiter in einen der Seitengänge schleppten. Kurz wurde im Publikum sogar geklatscht, ehe es Fortinbras gelang, wieder seine Stellung einzunehmen und das Stück zum Ende zu führen.

Inzwischen ging die Souffleuse mit völlig unerwarteter Rage auf ihren Bruder los, hämmerte mit ihren Fäusten auf ihn ein und spuckte ihm ins Gesicht. Mehr verblüfft als schuldbewusst sackte er in sich zusammen, als hätte er Lob erwartet.

Mittlerweile befanden sie sich längst in der Kantine. Laertes schien erstaunlich gut verkraftet zu haben, dass der Kelch nur so knapp an ihm vorübergegangen – präziser gesagt: geflogen – war.

»Zwischendurch warst du mir echt unheimlich«, sagte Jeff und streckte Orsini die Bierflasche entgegen. »Alle Achtung, Kommandant!«

»Danke«, erwiderte Orsini, stieß mit ihm an und nahm einen kräftigen Schluck aus der Flasche.

Stunden waren seit Orsinis Sprint auf der Bühne vergangen. Dennoch fühlte er sich hellwach, richtiggehend überdreht. Von den anderen Tischen ernteten sie seltsame, schwer zu verortende Blicke. Ein Geflecht aus Anerkennung, Skepsis, sogar Belustigung. Hamlet und Laertes saßen hinten beisammen – Laertes hatte schon die dritte Runde spendiert – und schienen Orsinis Gestik zu studieren, um ihn bei passender Gelegenheit nachzuahmen.

»Besonders, wie du nach dem Unfall – dem Tod – vom Shure allein zum Schnürboden rauf bist, habe ich mir so meine Gedanken gemacht!«, meinte Jeff und prostete Orsini zu.

Der grinste. »Ich war mir aber genauso wenig sicher, ob *du* nicht was mit der Sache zu tun hast«, gab er zu. »Nichts für ungut!«

Achselzucken bei Jeff. »Prost, Maria!«, rief er dann und hob das Glas Richtung Kellnerin, die ihn nur kurz ansah und sofort mit den Bestellungen weitermachte.

»Ich hab sogar sie verdächtigt«, sagte Orsini leise, »vor allem nach ihrer Nacht mit Laertes. Eifersucht – damit habe ich nicht einmal so falschgelegen.«

Langsam führte er die Bierflasche an seine Lippen. Ein Weg, um runterzukommen. Er sah Jeff an und stellte eine tendenziell boshafte Frage: »Und, hast du auch einen dieser Engel gekauft?«

*

Paula blickte ihr Gegenüber starr an. Das Verhör schien festzustecken, vielleicht weil sie sich in Gedanken noch unten im Keller befand.

»Die würd ich nicht so liegen lassen!« Slivovskys Stimme war ihr noch gut im Ohr. Der Schreck war ihr in die Glieder gefahren, gerade als ihre Anspannung etwas nachgelassen hatte, weil der Fettsack ihr nichts mehr anhaben konnte. Mit einem neuerlichen Adrenalinschub drehte sie sich um und blickte Slivovsky an. Er hielt die Glock in der Hand und sah von einem zum anderen, als müsse er sich erst entscheiden, zu wem er halten würde.

Doch noch während Paula fieberhaft ihre Optionen durchging, richtete er die Waffe auf den Schlosser, platzierte seinen Fuß auf dessen Rücken und wartete, bis der junge Beamte ihm die Handschellen angelegt hatte. Wortlos streckte Slivovsky dann dem Beamten die Waffe hin, der sie mit Schamesröte im Gesicht entgegennahm.

»Feuertaufe bestanden«, versuchte Paula ihn auf dem Weg nach oben aufzumuntern, ehe sie ihn mit den beiden zu Kubicek in die Direktion verbannte. Dann war sie mit Slivovsky auf die Bühne gehetzt, gerade rechtzeitig, um Orsini aus den Armen der aufgebrachten Belegschaft zu befreien.

Die Souffleuse hatte versucht, alle Schuld auf sich zu nehmen und begonnen, lang und breit von ihrer Kindheit zu erzählen, bis sie endlich bei ihrer Beziehung zu Josef Meersburg gelandet war, von der niemand etwas wissen durfte. Nur ihr Bruder, der hatte es natürlich mitbekommen. Und mitgelitten, so viel war klar.

Aber warum hatte die Beziehung geheim bleiben müssen?

Draußen blitzten die Scheinwerfer eines Autos auf. Was war mit Orsini? War er noch da? Sie verbannte den Gedanken, gab sich einen Ruck und beschloss, die Sache hier zu Ende zu bringen. Zumindest auf einige der Fragen wollte sie eine Antwort, und zwar bald.

»Also«, setzte sie an, »noch mal zurück: Wie war das mit dem Auge in der Schachtel?«

»Damit habe ich nichts zu tun! Ich gebe zu, dass ich die Morde begangen habe, aber über das Auge von diesem Arschloch weiß ich nichts!«

*

Jeff grinste. »Ich bin doch nicht blöd!«, sagte er und nach einer Pause, in der er mit einer verlegenen Geste seinen Hemdsärmel richtete: »Allerdings hatte es sich gerade erst bis zu uns Komparsen herumgesprochen. Wenn das noch länger so weiter gegangen wäre, wer weiß. Mir wär es ohnehin zu teuer gewesen. 700 Euro!«

»Bei dem Komparsengehalt müsstest du dafür lange sparen«, grinste Orsini und leerte sein Glas. »Gehen wir eine rauchen?«

Jeff nickte und folgte ihm bereitwillig. Auf ihrem Weg ins Freie begegnete ihnen die Direktorin, ein gekünsteltes Lächeln auf den Lippen. Aus seiner liegenden Position unmittelbar nach seinem Einschreiten hatte Orsini beobachtet, wie sie aufs Erste entrüstet reagierte – hauptsächlich, weil ein Teil des Publikums das Handy zückte, um mitzufilmen. Doch nach einer Schrecksekunde konnte man regelrecht zusehen, wie die Marketingfrau in ihr erwachte.

Eine bessere Werbung war kaum vorstellbar. Später hatte sie Orsini offiziell gedankt, doch es stand ihr ins Gesicht geschrieben, dass sie sich durch seinen Einsatz als verdeckter Ermittler übergangen fühlte.

Kurz nachdem Paula auf die Bühne gestürzt war, tauchten Wilasich und Elvira Zobl auf. Der Moment des Wiedersehens mit dem ehemals engsten Mitarbeiter verlief unspektakulär. Ein knappes Händeschütteln, ein Blick, mehr nicht. Vielleicht später, dachte Orsini. Als Wilasich entschied, alle sofort zu befragen, wurde Orsini zuerst hinzugezogen. Doch er hatte seine

Energien restlos verbraucht und war kurzerhand in die Kantine abgewandert.

Jetzt wählten Jeff und er den Ausgang über die Feststiege, um den Journalisten auszuweichen, die immer noch beim Portier die Stellung hielten. Doch mittlerweile hatte Paula sämtliche Eingänge durch Streifenbeamte sichern lassen, woraufhin sich die Presse ebenfalls verteilt hatte. Als sie ins Freie traten, wurde ihnen prompt ein Mikro hingehalten.

»Können Sie uns etwas zum jüngsten Vorfall sagen?«

»Kein Kommentar!«, erwiderte Orsini, froh, dass er seinen Sprint auf der Bühne in voller Montur hingelegt hatte und nun nicht wiedererkannt wurde. Er schob das Mikro beiseite und querte mit Jeff die Straße. Beim Ring blieb er stehen, tat, als suchte er die gegenüberliegende Straßenseite nach den nicht vorhandenen Lokalen ab, und meinte: »Irgendwie hätte ich jetzt Hunger auf eine *Pizza*.«

»Pizza?« Jeff schloss ertappt die Augen. »Seit wann weißt du davon?«

»Es ist einfach unlogisch, den Pizzaboten kommen zu lassen, wenn es in der Kantine ohnehin welche gibt«, erwiderte Orsini.

Jeff nickte. »Bis du aufgetaucht bist, hat es funktioniert!«

»Was kann man alles bestellen? Nur Pizza mit *klassischen* Zutaten oder auch welche mit *modernen* Gewürzmischungen?«

Jeff antwortete mit einer Gegenfrage: »Und, wirst du uns bei deiner Freundin verpfeifen?«

»Freundin?«

»Oder sollte ich sagen: Chefin?«

»Weder noch«, antwortete Orsini, »am ehesten Kollegin. Und: das kommt darauf an.«

»Worauf?«

»Ob du mir erzählst, was du sonst so weißt.«

Jeff trat von einem Bein auf das andere. »Was genau meinst

du?« Er schien abzuwägen, womit er sich freikaufen konnte, ohne allzu viel zu riskieren.

»Zum Beispiel, wer hier besonders gerne *Pizza* isst, beziehungsweise, ob die Meersburg und der Franzose nur gern *essen* oder auch *verteilen*.«

»Die Alice?« Jeff sah ihn erstaunt an. »Nie im Leben! Die ist so was von clean! Ihr Bruder, der schon.«.

»Der Josef Meersburg?«

»Der hat gemischt, wie er wollte. Alles. Deswegen haben wir ja wirklich an einen Unfall geglaubt, ich schwör's!«, sprudelte es nun aus Jeff heraus. »Sonst hätt ich der Polizei schon früher was gesagt. Und der Maskenbildner – ich weiß, du magst ihn nicht besonders. Dieser blöde Tick mit dem Messer, ich hab ihm gesagt, er soll es bleiben lassen. Er macht sich damit keine Freunde, ist aber eigentlich in Ordnung.« Jeff sah Orsini von der Seite an. »Er war fix der Meinung, dass du von der Presse bist. Deswegen hat er dich so verarscht.«

»Und du?«, fragte Orsini. »Solltest du mich aushorchen? Kurze Zigarettenpausen, Klein Illmitz …«

»Ja und nein«, erwiderte Jeff. »Du musst mir glauben, ich fand dich von Anfang an sympathisch. Schon, wie du dem Regisseur die Stirn geboten hast.

Aber mit deinen vielen Fragen …« Er zuckte die Achseln.

»Die Meersburg und der Franzose, irgendetwas läuft da noch, da bin ich mir sicher.«

Jeff grinste.

»Was ist?«

»Dir entgeht nichts.«

Orsini hob eine Augenbraue und wartete.

»Die beiden haben irgendwann damit angefangen. Es war zuerst nur eine Blödelei. In den Pausen, wenn sie warten mussten. Was hast du gedacht? Dass sie Mörder sind? Und dann haben sie bei einem Gastspiel in Berlin einen amerikanischen Produzenten kennengelernt, sind mit ihm was trinken gegangen. Na ja, und vor ein paar Wochen ist dann ein Angebot gekommen. Damit hatten sie nicht gerechnet.«

Orsini fiel es immer schwerer, nicht die Geduld zu verlieren. Selbst für ihn als Nachtmensch war es ein wenig spät. »Produzenten? Wovon?«

»C-Movies. Katastrophen-Scheiß, Marke tödlicher Vulkanausbruch oder Virus.«

»Und?«

»Die Meersburg und der Franzose haben ein Drehbuch geschrieben, rein aus Spaß. Und jetzt soll es verfilmt werden.«

Orsini verdrehte die Augen. Wenn das stimmte, würde es zumindest das seltsame Telefonat erklären, das er mit angehört hatte. »Aber um Ophelia kümmern sich die beiden auffällig oft«, wandte er ein.

»Um die muss sich auch jemand kümmern! Sonst schluckt sie wahllos alles, was sie in die Finger kriegt. Außerdem …«

»Ja?«

Jeff sah zum Eingang zurück, als wolle er sichergehen, dass ihnen niemand zuhörte. »Sie hat mit dem Hamlet eine kurze …«

Orsini dachte an den zerknüllten Zettel aus Ophelias Mistkübel. Der Bogenschütze .

»… Affäre kann man es nicht einmal nennen. Aber sie hat das viel ernster genommen als er. Seither gehen ihre Nerven noch viel öfter mit ihr durch, besonders, wenn der Hamlet sie während dem Stück quasi auch noch damit provoziert. Der hat echt kein Gespür, für gar nichts!«

»Das heißt, der Vorfall heute nach der Generalprobe, das war selbstverschuldet?«

»Kann ich nicht sagen!«

»Und Hamlet? Ist der auch ein Pizza-Fan?«

»Nicht wirklich. Der ist so schon ausgeflippt genug. Ein ordentlicher Rausch hin und wieder, das ist alles.«

Orsini stieß mit dem Schuh ein paar Kieselsteine auf den verwaisten Fahrradweg vor ihnen. »Hast du eigentlich eine Packung dabei? Ich meine, wir wollten doch eine rauchen.«

Jeff sah ihn an. »Meinst du quasi eine Friedenspfeife? Hab ich genug erzählt?«

»Wenn ihr ab jetzt wieder in der Kantine esst.«

Jeff bot Orsini eine Zigarette an und hielt ihm das Feuerzeug hin, als vom Theater her eine Stimme rief: »Hab ich mir gedacht …!«

Slivovsky. Sobald er sich zu ihnen gesellt hatte, nahm er mit größter Selbstverständlichkeit ebenfalls einen Glimmstängel aus der Packung, ließ sich Feuer geben und inhalierte den ersten Zug. Nach einer Weile des einvernehmlichen Schweigens deutete Jeff in die Ferne und meinte: »Ich hab noch einen weiten Weg.« Dann begann er sich überschwänglich zu verabschieden, indem er Orsini umarmte. »Einmal mein Kommandant, immer mein Kommandant«, meinte er augenzwinkernd. »Solltest du mal wieder was brauchen, Befehl genügt!«

»Geht in Ordnung!«, erwiderte Orsini und sah ihm nach.

Slivovsky trat seinen Zigarettenstummel aus und legte Orsini den Arm auf die Schulter. Er hatte offensichtlich eine Frage auf den Lippen, brauchte aber einen Anlauf: »Tut mir leid wegen der Hand.«

Orsini wiegelte ab. »Das ist schon fast vergessen«, sagte er und lenkte auf heikleres Terrain. »Ich hoffe, man wird dich wieder einsetzen in deine frühere Position.«

»Keine Ahnung. Kommt wahrscheinlich darauf an, wie es mit dem Haus weitergeht.«

Orsini schwieg.

Slivovsky knetete sein Kinn mit dem markanten Bärtchen und hakte nach: »Hast du eine Ahnung, ob deine *Kollegin* nachforschen wird? Wegen dieser Ordner. Ich meine, jetzt, wo der Schuldige gefasst ist?«

Orsini zog die Mundwinkel hinunter und sah zum Volksgarten. Ein paar Krähen flogen auf. »Leider kann ich nicht mit einem Orakel dienen.«

»Wie auch immer, wir werden das durchstehen. Und egal, welche Köpfe letztlich fallen: dem Haus kann man nichts anhaben. Das Haus ist das Haus. Egal, wer es momentan leitet, egal, wer oder was gespielt wird, egal, was rundherum geschieht.«

»Was mich interessieren würde«, nutzte Orsini die Gelegenheit, »was hat der Meersburg dir vor seinem Tod genau erzählt? Bezüglich der Finanzen – was hätte er vorgehabt?«

Slivovsky sah um sich, ganz ähnlich wie Jeff vorhin. Geheimnistuerei gehörte hier wohl dazu, ebenso wie dessen Verrat. »Er hat ein paar Mal Extrazahlungen bekommen, direkt auf die Hand. Frag mich nicht, wofür! Damit wollte er an die Öffentlichkeit. Es so drehen, als wäre es allein das Versäumnis der Theaterleitung gewesen. Dabei hätte er es ja selber versteuern müssen. In der Hinsicht war er – entschuldige, aber es ist so – ein Idiot. In Wirklichkeit hat er es einfach nicht verkraftet, dass endlich eine Frau die Burg leitet.«

»Eigentlich zwei«, merkte Orsini an.

»Korrekt. Aber du musst mir eines glauben – und das sag ich jetzt, obwohl sie mich suspendiert haben: Die beiden sind seit langem das beste Gespann, das wir haben. Es ist nicht leicht, so einen Betrieb zu führen. Der Meersburg hätte das nie gekonnt! Das hab ich ihm auch so gesagt.«

»Verstehe.«

»Diese Produktion stand von Anfang an unter einem schlechten Stern. Der Regisseur ist noch vom Vorgänger verpflichtet worden und angeblich ein Publikumsliebling. Wenn die wüssten, wie der sich uns gegenüber verhält … Da konnte die jetzige Direktion nicht viel dagegen machen.«

»Und die finanziellen Ungereimtheiten?«

»Wer weiß, vielleicht stammen sie schon von früheren Direktoren.« Slivovsky trat von einem Bein aufs andere. Orsini fand seinen Schwenk in Sachen Direktion erstaunlich. Vielleicht aber auch nicht, wenn er sich seine alte Position erhoffte.

Eine weitere Frage kämpfte sich in Slivovsky hoch: »Du warst doch bei der Einvernahme dabei, oder?«

Orsini bejahte.

»Mich würd interessieren … die Engel …«, druckste Slivovsky herum. »Hat er sie im Haus selber hergestellt?« Der Gedanke schien ihn zu quälen.

Orsini beruhigte. »Du brauchst dir keine Vorwürfe zu machen. Die Engel sind aus der Slowakei. Billigware, die unser Cowboy zu Hause mit Goldfarbe aufgepeppt hat. Insofern ein gutes Geschäft. Offenbar war das Ganze zuerst nicht wirklich ernst gemeint, aber als die zwei gemerkt haben, dass man damit auch Geld verdienen kann …«

»… hat es sich verselbstständigt.«

»Genau. Die Gerüchte haben sie beide gestreut, der Schnürbodenmeister war der Herr über die Finanzen, und die Verteilung haben sie abwechselnd erledigt. Die beiden sind mindestens genauso oft in der Nacht im Haus herumgegeistert wie Achter und du. Dass ihr einander nicht in die Quere gekommen seid, grenzt an ein Wunder.«

»Vor allem, wo wir auch noch Konkurrenz hatten …«

»Was ich mich noch frage«, wechselte Orsini das Thema, »was hast du mit der Entropie gemeint?«

*

»Sie geben die Morde zu?«

»Ja, das habe ich doch schon gesagt.«

Paula sah zu, wie der Bleistift von seinem Platz über dem einen Ohr in die unruhigen Hände wanderte. Die Unfälle, so viel stand fest, waren zu Beginn tatsächlich Unfälle gewesen, nach und nach mit ein wenig Hilfe … Erst die Sache mit dem scharfen Messer war kein Versehen mehr, sondern ein gezielter Testlauf. Einen Millimeter tiefer, und der Schauspieler hätte einfach nur Pech gehabt.

Paula nippte an ihrem kalten Kaffee. Der Bleistift in den Händen ihres Gegenübers wanderte zum anderen Ohr. Ohne jegliche Reue, sogar mit einem Anflug von Stolz, hatte er bereits erläutert, wie er bei Meersburg vorgegangen war.

»Was hatten Sie eigentlich gegen den Tontechniker?«

»Shure? Der ist selber schuld! Macht sich gleichzeitig an die Marlene und an meine Schwester ran!«, sprudelte es aus ihm heraus. »Der Arsch hat in der Kantine mit ihr rumgemacht, und später hätte er sie genauso sitzen lassen wie der Meersburg.«

Paula brauste auf: »Selbst wenn dem so gewesen wäre, Ihre Schwester sagt da nämlich was anderes, *deswegen* haben Sie ihn umgebracht?!«

Wilasich stieß sie unter dem Tisch mit dem Fuß an und fragte in ruhigem Tonfall weiter: »Sie haben ihn hinuntergestoßen?«

Paula sah Shures Leichnahm vor sich, wie Dr. Mirno ihn aufschnitt, ihm die Eingeweide entnahm, das gebrochene Rückgrat und die zersplitterten Rippen untersuchte.

»Sicher! Der Idiot hat mir voll vertraut und wollte mich aus Dankbarkeit sogar noch auf ein Bier einladen.«

Paula musste sich zwingen, ruhig zu bleiben, und lehnte sich zurück. Am liebsten wäre sie handgreiflich geworden. Selten hatte sie einen dermaßen von sich eingenommenen Täter erlebt. War ihm bewusst, dass er die nächsten Jahrzehnte hinter Gittern verbringen würde? Wenn, dann schien ihm das vollkommen gleichgültig zu sein.

Die anonymen Anrufe auf Paulas Handy hatte er ebenso gestanden wie die beiden Morde. Was Ophelia anging, war er jedoch schweigsamer. Er rechnete sich vermutlich Chancen aus, dass man ihm hier nichts nachweisen können würde. Paula fragte sich, wer ihr mehr zuwider war, dieser arrogante Typ oder der Fettsack.

Der Schnürbodenmeister war nach dem Intermezzo im Keller wieder zu seiner Einsilbigkeit zurückgekehrt. Die unappetitlichen Macho-Bemerkungen hatte sie ihm immerhin ausgetrieben. Was die Engelsproduktion anlangte, hatten die beiden ihre Vorgangsweise ausführlich erläutert.

Auch an Josef Meersburg hatten sie einen Engel verkauft, einen der ersten. Als er dann tatsächlich stürzte, gaben sie vor, helfen zu wollen. Doch eigentlich wollten sie nur den Engel. Hätte man den beim Verunglückten entdeckt, wäre das fürs Geschäft ungünstig gewesen.

Plötzlich klopfte es an der Tür.

Wilasich schaltete das Aufnahmegerät ab und fragte: »Ja?!«

*

»Die Entropie?« Slivovsky lächelte. »Ich hab gedacht, du fragst mich nie danach. Also, in der Badewanne ist sie das Maß für die Anordnungsfreiheit der Moleküle und Atome.«

»Badewanne?«

»Ja. In geschlossenen Systemen laufen Prozesse ab, die zum größtmöglichen Chaos führen. Die Entropie steigt.«

»Geschlossene Systeme?« Orsini war zu müde, um ihm wirklich folgen zu können.

»Das Theater ist eines, ganz eindeutig. Das Chaos nimmt unweigerlich zu und kann nur verhindert werden, indem von außen Energie zugeführt wird.« Slivovsky strahlte Orsini an. »Und das bist du. Außerdem hast du bewirkt, dass unsere dunkle Materie wenigstens um ein Prozent geschrumpft ist.« Nach dieser Erklärung streckte er Orsini zum Abschied die Hand hin. »Deinen Auftritt heute wird so schnell niemand vergessen, ich schicke dir einen Mitschnitt.«

Orsini schloss kurz die Augen, froh, dass sie sich von diesem intergalaktischen Ausflug zurückgebeamt hatten.

Mitschnitt? Im Netz würden bereits Amateuraufnahmen kursieren – für seine Arbeit als Privatermittler heikel –, allerdings würde man ihn dank der Fischhaut wohl kaum erkennen.

»Einen Mitschnitt?«, entgegnete er dennoch. »Kann man den nicht löschen? Womöglich werd ich des großen Erfolges wegen noch mal engagiert ...«

Slivovsky sandte ein Lächeln in die eisige Winterluft.

»Ich halte dir immer einen Platz frei.«

Orsini nickte stumm, dann schlenderte er, mehr um sich die Beine zu vertreten, am Zaun zum Volksgarten entlang Richtung Tankstelle, während Slivovsky zu seinem Wagen ging. Knapp hinter der Tankstelle bog Orsini ab, blieb stehen und blickte zum Bühneneingang.

Wie lange würden die Befragungen noch dauern? Sollte er doch wieder hineingehen?

Da öffnete sich die Tür des Bühneneingangs. Flankiert von zwei Polizisten, wurde der Inspizient zum Polizeiauto geführt. Dabei warf er einen letzten Blick zurück auf das Haus, in dem er so lange für Schrecken gesorgt hatte.

»Wartet!«, rief Paula den Kollegen zu, hielt die Wagentür auf, drückte den Kopf des Inspizienten nach unten und rammte ihn gegen den Einstieg.

»Entschuldigung«, zischte sie, ließ die verdutzten Beamten stehen und überquerte die Straße.

»An deiner Einstiegshilfe solltest du noch arbeiten«, meinte Orsini.

»Demnächst lasse ich eine automatische einbauen.«

»Die machen aber immer Probleme ...«

Paula lächelte. »Die Direktorin hat uns den Anwalt geschickt. Wir dürfen momentan niemand mehr in ihrem Büro postieren, weil der Täter ja gefasst ist.«

»Das war zu erwarten«, stellte Orsini fest. »Die Unterlagen werden wohl Beine kriegen ...«

»Es ist mehr als ärgerlich«, sagte Paula, »aber die Kollegen von der Finanzpolizei haben einfach nicht schnell genug reagiert!«

»Das liegt nicht unbedingt an ihnen ...«

»Ja, ich weiß. Zu wenig Personal, die Feiertage etc.«

»Und es gibt noch größere Fische im Teich, das darfst du nicht vergessen. So ein staatliches Theaterbudget ist zwar riesig im Vergleich zu Gagen in der freien Szene, aber im Verhältnis zu anderen Bereichen sind es doch eigentlich Peanuts, um die es hier geht.«

Paula nickte und zog ihren Schal enger. Der Wind, der in der Christnacht aufgekommen war, hatte an Intensität zugelegt und trieb über ihnen Wolkenfetzen vor sich her.

Orsini deutete vage Richtung Innenstadt. »Kommst du noch mit?«

»Je nachdem, wohin«, antwortete Paula und warf einen Blick auf ihren Wagen. »Warum nicht«, sagte sie dann. »Ich glaub, er steht hier ganz gut.«

Ohne konkretes Ziel marschierten die beiden los.

»Und der Tontechniker war also tatsächlich ein Zufallsopfer oder, besser gesagt, eine fatale Fehleinschätzung?«, kam Orsini auf die Geschehnisse zurück, nachdem sie eine Weile stumm nebeneinanderher gegangen waren.

»Denke schon. Die Souffleuse bestreitet hartnäckig jedes Verhältnis zu ihm. Aber was ich dich fragen wollte: Wieso hast du gewusst, dass das nächste Opfer Laertes sein würde? Du warst dir offensichtlich völlig sicher. Sonst stürzt man sich doch nicht vor tausend Leuten mitten im Hamlet quer über die Bühne?«

»Laertes hat sie in der Kantine geküsst, unauffällig. Mehr nicht. Und ihr Bruder hat zugesehen«, antwortete Orsini. Er zog dabei die Stirn in Falten.

Schwester und Bruder.

Wie oft hatte er sich gewünscht, dass seine eigene Schwester ihm näherstehen würde. Diese Beziehung hier war allerdings eindeutig aus dem Ruder gelaufen. Dass man eine Kränkung rächen wollte, war noch nachvollziehbar. Das Ausmaß jedoch nicht.

Familienbande, dachte Orsini, im wörtlichen Sinn. Vielleicht wäre er früher darauf gestoßen, wenn die beiden denselben Familiennamen getragen hätten. Aber das war reine Spekulation.

»Er ist sogar stolz darauf, wie er das alles hingekriegt hat. Keine Spur von Reue. Im Grunde ist er ein verkappter Regisseur, der unter seiner Position im Abseits gelitten hat und mehr wollte, als von seinem Verschlag aus per Lichtzeichen die Einsätze geben.«

»Wie es aussieht, hat er diese kleineren Unfälle zum Anlass genommen, selbst welche zu verursachen. Von Mal zu Mal ist er sicherer geworden. Während seine Schwester sich immer weiter in ihr Unglück vergraben hat.

Und bei dieser Inszenierung hat es sich dann angeboten. Er kannte das Stück in- und auswendig und brauchte nur darauf zu warten, dass eine geeignete Panne passiert. Als an dem Abend im Tumult alles drunter und drüber ging …«

Orsini schüttelte den Kopf. »Eines versteh ich nicht: Er war nicht an seinem Platz. Er ist doch wegen des umgestürzten Projektors hinter die Bühne gelaufen. Wie hat er es dann angestellt, dass das Lichtzeichen ausging?«

»Die Kabel verlaufen ja unter der Bühne. In einem unbeobachteten Moment hat er sich gebückt und den Stecker des Kabels herausgezogen. Das Lichtzeichen für den Meersburg ist erloschen, ohne dass er seinen Taster betätigen musste. Daraufhin ist Meersburg zu früh losgegangen. Die Stecker sind im Bühnenboden in den Klappen verborgen.« Am Rückweg hat er den Stecker wieder hineingeschoben. Ganz einfach. Jedenfalls hat Alice Meersburg angedeutet, dass Ophelia ihn dabei gesehen hat.«

»Wäre ein Motiv …«

»Ja. Wir haben ihre Einvernahme aber auf morgen verschoben, Ophelia ist nach der Vorstellung beinahe wieder umgekippt. Sie hat eingewilligt, die Nacht im Spital zu verbringen, wo man inzwischen hoffentlich noch eine Blutprobe von ihr entnommen hat.«

»Dann wäre das noch ein Mordversuch.«

»Genau.« Paula sah zur Burg zurück und stemmte eine Hand in die Hüfte. »Eine Sache ist allerdings merkwürdig.«

»Und zwar?«

»Das mit dem Auge in der Schachtel. Er bestreitet, dass er das war. Dabei ist das doch kein zusätzlicher Tatbestand.«

»Absurd«, Orsini vergrub seine Hände in den Manteltaschen – ihm war eindeutig kalt. Er stutzte: etwas fehlte, er ertastete nur das kleine Papiersäckchen. »Ich glaub, ich habe mein Handy irgendwo verloren«, meinte er stirnrunzelnd, »egal, fällt unter außergewöhnlichen Sachaufwand.«

»Leider nein, das müsste ich dir dann abziehen«, entgegnete Paula, holte ihr eigenes Handy hervor, wählte seine Nummer und hielt sich das Handy ans Ohr.

»Tja, es läutet irgendwo, aber definitv nicht hier.«

Es war so gekommen, wie er es vorhergesehen hatte: Der Tod hatte wieder zugeschlagen. Nur, dass sich ihm heute einer in die Quere geworfen hatte. Mut, dachte er anerkennend, es brauchte Mut, um die wütende Energie dieses Ortes in die Schranken zu weisen.

Er zog den dicken Schal enger – heute fröstelte es ihn ein wenig, der Wind kam aus einer anderen Richtung als sonst – und lauschte dem Atem des Blasengels direkt über seinem Kopf. Genauer gesagt waren es der Atem und die Ausdünstungen des ganzen Hauses, die hier entwichen. Angstschweiß, Bierdunst, Rauch. Mit leisem Quietschen drehte der Blasengel sich im Wind ein Stück um seine eigene Achse weiter. Einsam.

Er lehnte sich zurück und sah einfach nur zu.

Eine Mischung aus Unglaube, Enttäuschung und Erleichterung hatte ihn erfüllt, als er beobachtete, wie der Kommandant mit einem Schrei über die Bühne hechtete. Er hatte geahnt, dass es Laertes sein sollte. Aber er hätte nie gewagt einzugreifen, das stand ihm nicht zu.

Er war nur der Chronist, nichts weiter.

Langsam bewegte er sich unter dem Engel mit und sah das, was der kupferne Cherub bei jeder Umdrehung auch sah: zuerst das Rathaus mit seinen spitzen Türmen – die dem Kaiser abgetrotzte, hoch aufragende Machtdemonstration des Bürgertums. Auf die der Kaiser bei jedem Theaterbesuch vom Foyer aus blicken musste. Ein Dorn in seinem Auge? Er wiederum hatte mit den prunkvollen Feststiegen gekontert, die im ursprünglichen Plan gar nicht vorgesehen waren und dem Theater seine mächtige Breite gaben.

Dann das Parlament, in dem sich die Abgeordneten aus den Kronländern ins Wort fielen, solange es noch das Weltreich gab. Hinter dem Garten fürs Volk schließlich die riesige Hofburg, einem imperialen Herrscher gemäß.

Das alles war lange her. Und wirkte dennoch nach. Er blickte über die Dächer der Innenstadt, hinter denen der Hauch der Dämmerung aufstieg. Unten, in der Löwelstraße, angrenzend zum Volksgarten, sah er zwei Figuren gehen, nah beieinander.

Winzig klein.

Im Vergleich zu den vielen Engeln, die innen und außen das Burgtheater schmückten und deren eigentlicher Sinn es sein musste, das Gleichgewicht der Kräfte zu erhalten, waren die zwei Figuren vielleicht unbedeutend. Und doch hatten sie diesmal mindestens genauso stark dazu beigetragen.

Als er ein Vibrieren spürte, griff er in seine Manteltasche und holte sein letztes Fundstück hervor.

Kurz erinnerte er sich an die Reaktion der Kriminalbeamtin vor zwei Wochen. Er hatte sie vom Zuschauerraum aus beobachtet, wie sie die Schachtel mit dem blutigen Auge öffnete.

Dieses Ding hatte er vorhin auf der Bühne gefunden. Es war dem Kommandanten wohl im Sprung aus der Tasche gerutscht. Er sah auf das blinkende Display, las den Vornamen der Ermittlerin und spähte amüsiert über die Köpfe, steinerne wie lebendige, in die Ferne. Einem Impuls folgend, für den er später keine Erklärung hatte, holte er aus und warf das Ding in hohem Bogen über die Statue des Zeus hinweg.

Es segelte durch die Luft, als hätte der kupferne Blasengel es ausgespuckt. Dabei rutschten ihm die restlichen, unverkauften Programmhefte aus seiner Seitentasche und flatterten vor seine Füße.

»Was hältst du davon?«

»Um die Zeit?«

Sie waren am Ballhausplatz angelangt, wo die adligen Herrschaften einst ihrem geselligen Zeitvertreib nachgingen. Vom Heldentor kam ihnen ein Fiaker entgegen. Die Pferde ließen die Köpfe hängen und trabten lahm in der Kälte dahin.

Paula beobachtete, wie Orsini dem Fiaker auf seinem Kutschbock zuwinkte. Wohin?, dachte sie kurz. Einerseits war sie todmüde. Andererseits erinnerte sie sich an Tanzschritte in ihrer Wohnung. Hände, die sich Wege suchten, die Wörter nicht fanden.

»Komm«, sagte Orsini nur und zog Paula mit sich, bis sie vor dem offenen Gespann anlangten. Der Kutscher hatte einen mächtigen, aufgezwirbelten grauen Schnauzbart, breite Koteletten und eine Melone auf dem Kopf.

Josef Bratfisch, stieg in Paula ein Name hoch. Der Leibfiaker von Kronprinz Rudolf. Nach wie vor wurde mit den gewissen historischen Figuren Geld gemacht. Klischee und Kitsch – aus der Zeit, in der das Burgtheater errichtet worden war. So gesehen passte es ja.

»Was gibt's, Meister?«, fragte der Fiaker und legte die Hand mit den Zügeln in den Schoß. Die Pferde blähten die Nüstern, atmeten weißen Dampf in die Finsternis und stampften ungeduldig mit den Hufen auf den Asphalt.

»Wo geht's denn hin?«, fragte Orsini.

»Heimreise«, erwiderte der Kutscher schläfrig.

»Dürfen wir einsteigen?«, Orsini zog seine Geldbörse.

»Lass des stecken«, murrte der Fiaker und wies mit der Hand auf die Sitzbank hinter sich. »Es geht aber nur mehr zum Stall, und wo der Mozart überall gwohnt hat, erzähl i euch aa nimmer.«

»Ist uns sogar lieber«, erwiderte Orsini und deutete zu den üblichen Stellplätzen. »Wo sind die Kollegen?«

»Um die Uhrzeit schon lang z'Haus.«

»Warum fahren Sie dann noch?«, erkundigte Paula sich.

Orsini hielt ihr unterdessen galant den Einstieg auf und bot ihr die Hand an.

»Wegen der Aufnahmen«, antwortete der Kutscher, schob sich mit der Hand die Kapuze über die Melone und drehte sich zu den beiden um.

»Hast du es dir anders überlegt?«, fragte Paula und sah dabei Orsini an, der den Kutscher plötzlich anstarrte.

»Nein, nein«, erwiderte er rasch. »Welche Aufnahmen?«

»Irgend so ein ausländisches Team hat uns gmietet. Machn Probeaufnahmen für an historischn Film. Die stehn irgendwo und filmen mich und mein Gspann. Die Melone wolltens net, und so muss i immer den schwern Mantel samt Kapuze tragn, damit das authentisch wirkt.« Der Fiaker tippte mit dem Finger gegen seine Stirn. »Die wollten sogar, dass i die elektrischen Lichter durch Kerzn ersetz, so wie früher.«

»Sie sind nicht zufällig unlängst auf der Hauptallee …?«

»Oja, i fahr immer de Hauptallee entlang zu den Stallungen, wieso?« Dann glitt Wiedererkennen über sein Gesicht. »Vor Weihnachten, der einsame Herr mitn Feuer! Das war aber a andere Kutschn, die schwarze …«

»Richtig«, erwiderte Orsini, stieg ein und griff nach einer Decke, die auf einer Metallbox lag.

»Da san Requisitn drinn, schiebts es ruhig zur Seitn, wenns stört«, meinte der Fiaker und hob die Zügel an.

Quer über die Box klebte ein Band mit der Aufschrift *Xta/ Productions – Aut/171264.* Als das Gespann losfuhr, streckte Orsini seine Füße auf der Box aus und breitete die Decke über Paula und sich. Das Klappern der Hufe, das Knirschen der Achsen und Räder hallte bald darauf hoch über ihren Köpfen in der großen Kuppel der Hofburg wider. Ein Taubenpaar, das sich bereits zur Nachtruhe begeben hatte, flatterte auf. Auf dem Michaelerplatz verlor sich der Nachhall, abgelöst vom Rattern über das Kopfsteinpflaster. Der Ort, an dem das alte Burgtheater gestanden hatte. Der bescheidenere Vorgänger des heutigen.

Während Orsini den einen Arm um Paula legte, spielten die Finger seiner anderen Hand in der Manteltasche mit dem Papiersäckchen. Öffneten es und tasteten nach dem zarten Inhalt.

»Woran denkst du?«, fragte Paula unvermittelt.

Orsini zögerte. »An nichts«, sagte er schließlich.

Kinderlachen, strahlend blaue Augen, eine kleine Hand in seiner, weich und voller Vertrauen. War es nicht gleichgültig, wer der Vater war? Wie von selbst zogen die Finger die wenigen gelockten Haare, die er in der Eisdiele von Lillys Pullover eingesammelt hatte, aus dem Säckchen. Seine Hand streckte sich damit über den Rand der Kutsche.

»Und du?«, fragte er und ließ los.

»Ich … ich denke grade an Lilly«, antwortete Paula und lehnte sich an Orsinis Schulter.

»Wie weit wollts ihr eigentlich mitfahrn?«, fragte der Fiaker.

»Keine Ahnung«, murmelte Paula.

Orsini blickte für einen Moment in den Nachthimmel, als er fragte: »Einmal rund um die Welt, wär das möglich?«

Nachtrag

Zu Beginn der Arbeit an diesem Buch war die Welt noch in Ordnung: Das Burgtheater wurde von einem Mann geleitet wie seit jeher.

Genauso, wie der Inhalt des Buches unserer Fantasie entsprungen ist, haben wir es auch mit der Bestellung »unserer« Direktorin gehalten – es wurde eine Frau, auch, um zu verhindern, dass sich jemand gemeint fühlt.

Die tatsächlichen Ereignisse haben uns dann aber rasant überholt: Die jetzige Direktorin Karin Bergmann diente nicht im Entferntesten als Vorlage für unsere Figur.

Bei unseren Recherchen hatten wir kompetente Unterstützung – sollte sich dennoch ein Fehler eingeschlichen haben, ist er unserer.

Der Konflikt zwischen den für den Bau des Burgtheaters verantwortlichen Gottfried Semper und Carl von Hasenauer hat die Zeitgenossen beschäftigt und in zwei Lager gespalten. Die Hintergründe bleiben in den allermeisten späteren Kommentaren erstaunlich hartnäckig verborgen.

Sempers Sohn Manfred hat nach dem Tod seines Vaters allerdings eine sehr erhellende *Erwiderung und Richtigstellung* geschrieben.

Einer der schwerwiegendsten Katastrophen an einem Theater weltweit war der Brand des Wiener *Ringtheaters* 1881 (nicht zu verwechseln mit dem Burgtheater), bei dem mindestens 384 Personen starben. Das zu dieser Zeit in Bau befindliche *Burgtheater* musste umgeplant werden, der Eiserne Vorhang wurde erfunden, das elektrische Licht eingeleitet – ein großer sicherheitstechnischer Fortschritt gegenüber der bisher üblichen Gasbeleuchtung.

Die Eröffnung des Burgtheaters 1881 stand nur teilweise unter einem guten Stern: Zwar wurden die Architektur, der schillernde Prunk, vor allem aber die modernen Gemälde bewundert, die schlechte Akustik und Sicht jedoch bemängelt. Kaum war nach Semper auch von Hasenauer verstorben, wurde daher tatsächlich umgebaut.

Während der letzten Kampfhandlungen des Zweiten Weltkrieges verursachte ein abgestürztes Flugzeug auch im Burgtheater einen Großbrand. Der Wiederaufbau verzögerte sich, die Wiedereröffnung fand schließlich 1955 statt.

Was die Räumlichkeiten anlangt, haben wir uns im Großen und Ganzen an die tatsächlichen gehalten. Wo es der Geschichte dienlich war, sahen wir uns allerdings gezwungen, die eine oder andere Tür zu versetzen …

Danke

An Klaus Schwerin für seine genauen Gedanken und zahlreichen Infos.

Karl Heindl, der mit uns unter den kupfernen Blasengel geklettert ist, und bei einem Kaffee vieles erzählt hat.

Rita Czapka hat zum richtigen Zeitpunkt das richtige Dokument im Archiv ausgegraben und an uns weitergeleitet – vielen Dank.

Inge und Lothar, Eckhart und Klaus haben testgelesen und detaillierte, hartnäckige, um nicht zu sagen lästige Verbesserungsvorschläge gemacht.

Stefan Riegler hat uns einen ersten und dafür ziemlich ausführlichen Blick in die Welt der Targets und Trojaner gewährt.

Thanx very much auch an unsere Lektorin Maren Kröger bei Btb, die bei 38 Grad im Schatten Brücke für Brücke zwischen deutschem und österreichischem Sprachgebrauch gebaut hat, und an Lisa Volpp und Georg Simader von der Agentur copywrite für Rat und Tat in jeder Hinsicht.

Und last but not least mille grazie für die aufmunternden Worte angesichts drohender Erschöpfung an alle friends und family – ganz besonders an Max und Paul!